U0102137

"万里海疆巡礼"采访路线图

万里海疆巡礼

李建伟 / 主编

上

華藝出版社
HUA YI PUBLISHING HOUSE

《万里海疆巡礼》编委会

主　任：辛　旗

副主任：郑　剑　韦学良

主　编：李建伟

编　委：石永奇　刘　泰　贾超为　郑　雷

　　　　宿保平　李　真　何端端　卢文兴

　　　　严振安　徐秀林　邹　山　李民哲

　　　　李　林　高　博

目录

301　第四章：大海情怀

序

中国是陆地大国，也是海洋大国。300 万平方公里蓝色疆域辽阔深邃，1.8 万公里海岸线曲折绵长，6500 多个大小岛屿星罗棋布。万里海疆物产丰饶、景色壮美，吸纳百川、哺育兆民，是中华民族神圣不可侵犯的领土、领海和宝贵祖产！

习近平主席深刻指出，"中华民族是最早利用海洋的民族之一"。早在春秋时期，我们的先人们就萌生出原始的海权意识，当时齐国被称为"海王之国"，宰相管仲提出"唯官山海为可耳"的治国主张。近年考古学家发现的商代钱币"贝"许多是深海贝，意味着那时就有航海行为。战国时期，齐国哲学家邹衍提出著名"大九州说"，是山东半岛航海观念的代表。三国时期，东吴派卫温、诸葛直率甲士万人去台湾开疆拓土。晚唐时已脱离原内陆国家运行轨道，出现面向海洋的发展路向。宋代在造船和海上定向技术上领先世界，泉州成为"海上丝绸之路"的东方起点。元朝融汇东西方航海经验和技能，曾以水师兵锋直指日本列岛。明朝更建有完备的海防体系，设卫、所、巡检司等海防机构，将澎湖、台湾、钓鱼台列屿列入海图及巡海范围。特别是明成祖朱棣派郑和七次下西洋，船队最大规模时有 200 多艘、2 万多人，最远到达非洲东岸，恢复朝贡体系，奠定海上贸易秩序。但 16 世纪中叶之后，随着西方因陆路贸易被伊斯兰势力阻隔、海上新航路的发现，"大航海时代"开启。中国古代的海防逐渐被西方基督教势力的海上殖民贸易打破，

葡萄牙占据澳门，荷兰和西班牙势力侵入台湾。1840年鸦片战争之后，中国这头"东方睡狮"被西方列强瓜分豆剖。1894年中日甲午战争的海上惨败，彻底击碎了大清国的"天朝梦"。甲午之战120年来，中国一代代仁人志士前仆后继，经过辛亥革命、国民革命、抗日战争、土地革命和改革开放，实现了国家和民族自立自强。而今，怀揣着中华民族伟大复兴的"中国梦"，海洋再次成为我们必须关注的"领地"。

古罗马政治家西塞罗曾经说过："谁能控制海洋，谁就能控制世界。"纵观近现代世界大国的崛起，都与经略海洋息息相关。当今世界和平发展虽仍然是时代主题和爱好和平的国家与人民的追求，但放眼寰宇，国际格局变动不居，大国关系波诡云谲，空间争夺、陆上战火何曾停歇，围绕海洋争夺更是暗潮汹涌。美国竭力控制全球16条海上战略通道，俄罗斯宣称将"渗透太平洋"，日本提出保卫海上"千里生命线"，印度制定"印度洋控制战略"。而中国近年来在东海、台海、南海、黄渤海方向都面临严峻威胁与挑战，可谓"四海翻腾"。特别是美国提出"亚太再平衡"、"空海一体战"、"离岸控制"等战略，加紧对我国实施海上、岛链围堵，菲、越等国依仗美国撑腰在南海不断挑衅，中日在东海围绕海上划界、油气资源开发特别是钓鱼岛主权的争端持续升温。保卫海洋祖产、维护海上权益，已成为两岸三地中国人乃至全球华侨华人共同的历史责任和担当。

习近平主席多次强调，"强于天下者必胜于海，衰于天下者必弱于海"；"历史经验告诉我们，面向海洋则兴、放弃海洋则衰，国强则海权强、国弱则海权弱"；"建设海洋强国是中国特色社会主义事业的重要组成部分，要进一步关心海洋、认识海洋、经略海洋，推动我国海洋强国建设不断取得新成就"。浩瀚的大洋对我们虽充满了挑战，也提供着机遇，孕育着希望。推进海洋战略，突破"第一岛链"，昂首走向深蓝，铺就"21世纪海上丝绸之路"已成为我们实现"强国梦"的必然选择。

基于此，中华文化发展促进会联合中央人民广播电台、中国华艺广播公司、海峡之声广播电台、华广网、北京木子雨文化传媒公司等单位，于2013年5月7日在辽宁省东港市大鹿岛正式启动"万里海疆巡礼"大型采访报道活动。120年前，就是在这片海域发生了震惊中外的中日甲午大东沟海战，民族英雄邓世昌及700名将士与"致远"号等4艘战舰长眠于此。选择在这悲壮之地拉开采访活动序幕，就是要激起人们不忘国耻、矢志强国的澎湃热血，向全世界庄严宣告：所有中华儿女永远为拥有这万里海疆而自豪！永远要捍卫这中华民族的海上祖产！

从大鹿岛出发，在沿海各地方政府、驻防部队以及台湾地区有关人士的全力支持下，先后有60名记者，历时一年半，行程五万余公里，足迹遍及包括西沙群岛、南沙群岛、钓鱼台列屿、台湾本岛及金门、马祖、澎湖在内的100多个岛屿岛礁，采访千余人，发表五千余篇（幅）稿件，对我国辽阔海疆进行了一次庄严巡礼。这期间，我因工作缘故，曾在东南沿海某城市生活数月，也接受了报道组的采访，亲身感受到"海防"的重要及将士用命的豪情，亲身感受了"守土有责"四个字沉甸甸的分量，也体会了记者们一路采访的艰辛。可以说，这次活动成果丰硕，意义深远，必将在中国经略海洋的历史画卷上增添浓重的一笔！

这部书是"万里海疆巡礼"采访报道活动成果的结集。读者能够从书中深入了解我国万里海疆的历史渊源、风土人情，体认中华民族历史文化的古老厚重，学习历代先贤勤劳勇敢、崇高优秀的品质，知晓改革开放中海滨城市日新月异的发展变化，感受戍守海疆人民军队革命化、现代化、正规化的建设成就和广大官兵昂扬向上、乐守天涯的精神风貌。我衷心希望通过本书，能够唤醒全民族海洋、海权意识，增强捍卫我领土主权和海洋权益的紧迫感、责任感和自信心。

在我们比以往任何时候都更加接近中华民族伟大复兴的时刻，关心海洋、认

识海洋、经略海洋，是时代赋予我们这几代中华儿女的历史重任和神圣使命。如果说历史上我们曾经错失过海洋波澜壮阔的机遇，那么今天，我们将义无反顾地走向深蓝，依海富国、以海强国，为早日实现中华民族伟大复兴的中国梦，在万里海疆中彰显"沧海横流"的英雄本色。

　　是为序。

中华文化发展促进会副会长

卓﨑

二〇一四年十月于北京

1 旖旎海疆

黄海明珠大鹿岛

大鹿岛位于鸭绿江口入海处，是我国万里海疆最北端的第一大岛，北与大孤山隔海相望，东与獐岛唇齿相依，远望孤岛高耸，兀兀海面，如一只梅花鹿卧于黄海之中，因此称为大鹿岛。2013 年 5 月 7 日，"万里海疆巡礼"采访从这里开始。

甲午海战战场

大鹿岛因其特殊的地理位置，历来为兵家必争之地，明崇祯年间（1628 年—1644 年），辽东总兵毛文龙曾在岛上驻守，抵抗后金政权的入侵，率众将士立下"指日恢复金辽，吾侪赤心报国"的誓言。岛上立有碑碣，世称"毛文龙碑"。然而，至今令人难以忘却的是发生在这里的那场震惊中外的中日"甲午海战"。

大鹿岛前的黄海上，是中日甲午海战的战场。那是 1894 年 9 月 12 日，北洋海军提督丁汝昌率舰队出威海驶抵旅顺口，然后经大连湾驶抵黄海大鹿岛港外。当晚，"镇远"、"定远"等舰船停泊港外，"平远"、"广丙"两舰停泊港内，而"镇南"、"镇中"两艘炮船和 4 艘鱼雷艇护送运输轮船连夜渡兵登岸。至 17 日午前，丁汝昌率领的舰队完成使命，并准备午间起锚返回旅顺口。恰在这时，遭到了自海洋岛西南方向袭来的日本军舰的袭击。原来，当北洋舰队从大连湾运兵驶抵大东沟海面时，被隐藏在大东沟一带的日本特务福田中佐发现并向日海军报告，事后早已等候在朝鲜大同江口的日本舰队司令官率领 12 艘战舰向我海洋岛驶来，组成截击中国海军舰队的包围圈。我大鹿岛、海洋岛、獐子岛一线根本无观通警戒，日本舰队一帆风顺驶入我领海。午前 11 时 25 分，全速向大鹿岛的方向扑来。丁汝昌下令迎敌，从午间一直战至夕阳将沉，北洋舰队共损失 5 艘舰艇，7 艘受重创。中军副将邓世昌在"致远"舰弹药用尽时，亲自把舵，向日舰撞去，全舰 25 名官兵一起壮烈殉难……

邓世昌殉国后举国震惊，光绪帝垂泪撰联"此日漫挥天下泪，有公足壮海军威"，并赐予邓世昌"壮节公"谥号，追封"太子少保"，入祀京师昭公祠，御笔亲撰祭文和碑文各一篇。李鸿章也在奏折中为其表功。清廷还赐给邓母一块用 1.5 公斤重黄金制成的"教子有方"的大匾，并拨给邓家 10 万两白银以示抚恤。邓家用此款项在原籍广东番禺为邓世昌修建了坟墓，建起了邓氏宗祠。威海百姓感其忠烈，于 1899 年在成山为邓世昌塑像建祠，以志永远敬仰。国内人士亦纷纷撰联写诗予以悼念，变法的"六君子"之一的谭嗣同写诗赞道："世间无物抵春秋，合向苍冥一哭休。四万万人齐下泪，天涯何处是神州！"

东山坡，那无名的墓牌，正是部分甲午海战烈士的归宿。大鹿岛的寿星于大爷，给记者们讲述了上辈给他讲过的一个故事。原来，甲午海战在大鹿岛西南方向二三海里的地方开火后，当时岛上只有四五十户渔民全部惊慌隐藏了起来。大战之后，敌我双方的军舰都撤走了，四五十具穿着大清海军军服的尸体都漂到鹿岛四周，有的尸体被鱼虾吃剩了四肢，有的腐烂了。渔民们把尸体抬到东山坡上分散埋葬了。现在的墓地是东港市政府重新用水泥浇灌的。岛上的老人们说，过去岛上没有映山红，自从埋葬了甲午海战将士的尸体后，每年春天，山坡上的映山红总是一片片的火红。

　　为了纪念邓世昌以身殉国，大力弘扬爱国主义精神，2000年大鹿岛人在岛上立起了这座花岗岩雕塑，大理石基座上的文字是由全国政协副主席杨汝岱题写的。整个雕塑庄严凝重，邓将军威武高大，手按腰刀，炯炯的目光远望大海，象征我国的领海神圣不可侵犯。

　　岛上驻军也经常在这些爱国主义的传统教育基地进行教育活动，海军大鹿岛观通站指导员葛卫告诉记者，每逢八一建军节的时候，都会组织官兵到这里来，重温军人誓词，目的就是希望让大家不要忘记这段历史，特别是这段屈辱的历史，要让每一位官兵都牢记自己的职责，让他们知道，虽然自己在这个岛上是默默无闻的，但他们的价值是非常伟大的。通过搞这些活动，很多官兵都认清了自己驻守海岛的意义所在，认清了每一寸海域对于我们每一个中国人、特别是对于军人来说都是一种责任、都是一种使命，决不能忘记历史。

灯塔山

　　灯塔山原来叫蟒山，后来因为建了灯塔而改名灯塔山。登上灯塔山顶，矗立在记者面前的是具有异国风格的建筑，这就是英国人修建于1923年的航海灯塔。守护灯塔是一对中年夫妇，他们向记者讲述了灯塔山的来历，并语重心长的告诉我们，不要忘记中国近代惨遭列强欺辱的历史，提醒每个国人今天的日子来之不易。

　　清末，大清帝国日见颓废，对中国早已经垂涎三尺的西方列强，把一系列不平等的条约强加给中国，致使中国成了别人刀俎上的鱼肉，任人宰割。

　　清光绪二十九年（1903年），清政府先后在安东地区，也就是今天的丹东与美、英、日、法、丹麦、挪威、荷兰等国签订了《通商行船续约》、《中日通商航海续约》、《民团居留地》等一系列不平等条约，致使各帝国主义以合法的身份加紧了对我国东北资源物产的掠夺。

1906 年，英国人在安东创立了"安东海关"，垄断了安东地区航海经营权，当时长白山与浑江等地的木材由鸭绿江上游顺江而下，每年放排万余张，木材数百万株汇集于鸭绿江下游安东的沙河口，凤城、宽甸等地所产的大豆、粮谷、大茧、药材等物产也积聚安东，经由沙河口装船销往国内外。

为了行船方便，加速掠夺，1923 年英国人依恃拥有"安东海关"的特权，派两名英国人到大鹿岛来修建灯塔，经测量，他们选择在大鹿岛南端的蟒山顶，并从皮口、大连运进砖、白灰等建材，雇用岛上的渔民沿崎岖的小道运往蟒山顶。整个工程历时近两年，于 1925 年竣工。

此灯采用了当时比较先进的光学原理，照明距离很远，据老一代渔民讲，渔船在茫茫 100 海里处都依稀可见。

1945 年"光复"的时候，灯塔被破坏。解放后又重新得到了修复。现在灯塔仍在使用，归大连海事局管理。

看守灯塔的师傅告诉记者，如果是雨后初霁登临灯塔山，说不定还能看到蟒山佛光呢！所谓蟒山佛光是和山东蓬莱的海市蜃楼是一个道理，雨后由于空气的密度不一样，光线发生散射和折射而产生的虚幻景象。当地人传闻，能看到蟒山佛光的人必是大福大贵之人。

渔业与旅游并重

大鹿岛北高南低，总面积 6.6 平方公里，岛上的常住人口大约 3000 多人，属于辽宁省丹东东港市孤山镇所辖，这里景色独秀，有传统的捕鱼业，同时还有新兴的旅游业，每年夏天旅游旺季，游客最多的时候，上岛的人数近 6000 人。

大鹿岛四面环海，盛产对虾、梭子蟹、海螺、杂色蛤、文蛤以及各种鱼类等上百个品种，且以鲜活著称。岛上有二郎石、嘎巴枣树、滴水湖、老虎洞、骆驼峰、邓世昌墓和邓世昌塑像、明代将领毛文龙碑、海神娘娘庙、英式导航灯塔以及丹麦教堂遗址等多处自然和人文景观。

大鹿岛前的月亮湾，是一个天然浴场，海岸线长 3 公里，纵深 1 公里，坡降只有 1 米。滩沙细腻无海底礁石，为全国少有的优质浴场。游人可在滩上追波逐浪，乘船游弋海上。入夜，岸上霓虹灯倒映海中，五彩斑斓，岸上灯，水中灯，交相辉映，令人目眩。

如今，大鹿岛早已不再是传统渔村的面貌了，不但修筑了柏油路面，而且有了星级宾馆，渔家的小楼星散在海边，欧式、日式别墅也给游客们提供了舒适、优雅的居住环境。岛上气候宜人，海风轻飘，云雾缭绕。美丽的月亮湾、双珠滩，浪缓沙柔，使得这里成为中国北部海角最大的天然浴场。每年 7 至 9 月，是这里的旅游旺季，海内外的游客来到这里浅滩拾贝、岸边垂钓、大海冲浪、晨观日出、夜伴听涛。

多年来，集团公司持续加大以旅游服务为主的基础设施建设，初步建成了集旅游、餐饮、住宿. 娱乐一条龙配套服务的海上度假旅游地，近年来，平均年接待游客 3 万人次，最高年份达 13 万人次。记者在采访中了解到，在改革开放前，大鹿岛居民主要以捕鱼为生，一度十分贫穷，岛上居民人均收入不超过 100 来元钱。而今，随着捕鱼养殖技术的提高以及大鹿岛旅游度假产业的发展，昔日的大鹿岛已经焕然一新。

大鹿岛村长张宗义告诉记者，大鹿岛近海养殖有 20 多万平方公里，渔民每年 4 月开始下海，直到 10 月捕鱼期结束。目前，大鹿岛的鱼虾、贝类除了满足国内供应外，还出口日本、韩国等地。张宗义说，改革开放前，大鹿岛一度十分贫穷，全岛年总收入不足 90 万元，人均收入不超过 100 元钱。改革开放后，村书记带领大家发展集体经济，大力发展养殖业。

根据国际市场信息，他们集中养殖畅销的杂色蛤，出口日本。开始，他们把杂色蛤送到城市加工后出口，利润的大头被加工厂拿去，自己的"摇钱树"栽到人家地里。为此，他们集资建成冷冻厂，自己加工后出口，收入增加一倍以上。另外，外国人吃海产品讲究活蹦乱跳，所以，他们又集资 200 多万元，买了一条大船，报请海关批准，把刚捕捞的海产品装到船上，活着过海，收入又翻一番。近年来，许多本该农户承担的费用全由村里解决，从不向渔民要分文。

张宗义告诉记者，大鹿岛 2012 年人均收入达 1.65 万元，总产值达 5.6 亿元。如今，大鹿岛已经逐渐转型，以旅游业为主，养殖业为辅，开始两条腿走路。对于整个大鹿岛发展前景，张宗义充满信心。

大鹿岛灯塔山

辽南第一缕炊烟升起的地方

位于辽东半岛东南方的长山群岛，是我国最北的群岛。长山群岛由大小15座岛屿组成，就像巍然的堡垒群，屹立在波涛涌动的黄海北部海面。长山群岛总面积170多平方公里，行政上称长海县，属大连市管辖。长山群岛不仅景色优美，而且还是辽南第一缕炊烟升起的地方。

日出之乡

在县政府所在地大长山岛，县领导告诉记者，长山群岛被称为"日出之乡"，它属于大陆岛性质，原是中朝古陆的一部分，后经断裂作用与辽东半岛分离。从群岛的地理分布、地质构造和地貌等差异来看，可分为三部分：即外长山列岛、里长山列岛和石城列岛。外长山列岛包括獐子岛、海洋岛等，呈东西排列。岛屿地势高峻，各岛海岸陡峭，多处断崖临海，难以攀登，利于抗登陆防御。里长山列岛由大长山岛、广鹿岛、哈仙岛等组成，各岛地形较为平缓，多沙岸。其中大长山岛是整个群岛中最大的岛屿，面积为25平方公里，县政机关就驻在这里，是长山群岛的政治、经济、文化中心。石城列岛包括石城岛、大王家岛等，北距辽东半岛庄河湾仅4海里，是长山群岛中距大陆最近的一群岛屿。

长山群岛海岸弯曲，犬牙交错，构成许多湾澳，如海洋岛湾、柳条沟湾、西湾、四块石湾等，为船舶避风提供了有利条件。海洋岛湾位于海洋岛西侧，深入岛腹，即使湾外狂风大作、巨浪翻卷，湾里仍风平浪静，所以渔民称它为"太平湾"。"四面海浪八方风"，使群岛形成了独特的海蚀地貌。海蚀洞大小不等，幽厅深邃；海蚀桥高低错置，比比皆是；海蚀柱挺拔屹立，千姿百态，宛如海上石林，为群岛增添了无限风光。

第一缕炊烟从这里升起

北方明珠大连是一座现代化的、美丽的海滨城市，而这座城市的起源可以从一座同样美丽的小岛上探寻，那就是广鹿岛。在这个岛上，蕴藏着23处古代文化遗址，遗址跨越的年份从最早的7000年延续至明清阶段，被誉为"中国考古第一岛"。

广鹿岛隶属大连市长海县，地处辽东半岛东部的黄海北部海域，是长山列岛中的第二大岛屿。岛上发掘的小珠山遗址就坐落在广鹿岛吴家村西小珠山东坡上。在这个遗址中，掩藏着距今6500余年前的新石器时代早期，到距今4000年前的新石器时代晚期，长达2500余年的史前人类居住生活遗迹。

在广鹿岛上进行考古发掘工作的中国社科院考古所贾笑冰博士告诉记者，社科院考古东北工作队从2006年开始就驻扎在岛上展开考古研究。针对国际学术界的热点问题——稻作的产生与发展，最早的稻米在何处种植，又是如何传播到全世界的，进行了深入的研究。"比较流行的观点是起源于中国的长江中下游，沿海岸向北传，到胶东半岛、辽东半岛、朝鲜半岛、日本半岛。但在必经之路的辽东半岛恰恰缺乏稻米的证据，考古队想通过发掘与研究，找出证据证明这个推论。而在发掘稻米证据的过程中，他们又拥有了一个意外之喜——发现很多类似于荞麦的种子。"贾博士说:"按年代来讲,我们目前在这里发现的荞麦种子,或许是全世界范围内年代最早的荞麦种子。"由此可见,广鹿岛可以被称为是"辽南第一缕炊烟升起的地方"。

此外,小珠山遗址还出土了一些玉器、人面石刻、动物形态陶塑、村落房址等等,对研究原始宗教信仰、社会组织结构都有很大帮助。据悉,小珠山的聚落性成排房址,在辽东地区是第一次成规模出土。

大长山岛的变迁

黄金海岸风光旖旎,自然美景与繁华的市井相映成趣;环海花园色彩绚烂,鳞次栉比的欧式建筑增添了海上小城的无穷魄力。你没看错,这里就是位于辽东半岛东南方长山列岛中最大的岛屿大长山岛,长海县城的所在地。

大长山岛,内依大陆,比邻公海,雄踞于渤海之口,屏蔽于辽东之滨,是我国北方重要的军事要塞,自古以来就是兵家必争之地。从1840年鸦片战争以来,八国联军和日本侵略者曾多次进攻中国,其中7次都途经长山列岛海域。

大长山岛是长山列岛中最大的岛屿,驻守在这里的一代代官兵伴随着日出日落,潮涨潮落,一代代传承着"老海岛"精神,用他们的坚持、信念、执着与对祖国的爱,保护"渤海之咽喉、京津之门户",也守卫着这珍贵的海上家园。

"我刚来岛上时,很少能看到水泥,看到的都是石头,没有制式的路。"驻守在大长山岛某部直属高炮营教导员石瑞边走边指着远处的美景对记者说道:"要上街买个东西,找家很小很小的店也得走十几公里。"石瑞所说的是19年前刚来到这里时的情景——"风吹石头跑",他还给记者说起了这样一个故事:

"记得当时我当战士的时候,班长过生日,我心想给他送个礼物,买个西瓜吧！结果捧着个大西瓜，捧了 17 公里走回去。现在不一样了，岛上该有的都有了。"如今，记者放眼望去，长海县城精致而富有风情。身处这幅美丽的画卷中，人们或许很难想象，大长山岛曾经如此的荒凉。

石瑞是大长山岛变迁的见证者与参与者之一。从荒芜的小岛，到富庶的海滨城市，靠的是海岛上一代代守岛官兵和居民的努力与辛劳。而与石瑞有着同样深刻感受的还有长海县渔业局局长刘成德，他是土生土长的长海人，在长海生活了 40 多年，对于岛上的变迁再熟悉不过了，一提起守岛官兵，他觉得自己最有发言权。

"官兵们对我们海岛的建设起到了决定性的作用，他们付出的太多了。海岛的建设有今天，他们是功不可没的。"刘成德动情地说。

大长山岛上的每一条马路，纪录下守岛官兵抢镐翻锹时流下的汗水；每一块绿地，留下了守岛官兵精力浇灌的身影；漂亮的酒店公寓、精致的民居民房，甚至游客熙熙攘攘的黄金海岸沙滩浴场，都有守岛官兵奉献出的一份真诚的力量。刘成德是一天天看着岛上的树木多起来的、长起来的，路慢慢平起来、宽起来的。

"我们海岛的树木很漂亮，但是少，因为湿度高，树木都长得慢，长得不容易。我们在护林防火方面尽管管理严格，但险情在所难免，发生火灾时，抢在最前面的一定是部队。"刘成德指着身边的树林对记者说道："我觉得海岛离不开他们，我们就是一家人。和平时期，海岛官兵的确给我们建设家园起到了很大作用。"

大长山岛的华丽突变，有大长山岛守岛建岛纪念碑来见证。从 1954 年至今，共有 316 位海岛官兵为长山列岛鞠躬尽瘁、献出宝贵的生命，他们的名字镌刻在这座充满回忆与敬意的石碑上，也被深深地镌刻在了大长山岛人民的心里。石瑞经常漫步纪念碑，每年新兵入伍、老兵退伍必然要到这里来，他说，这里有"老海岛精神"，有"烈士们的忠魂"。

"316 位前辈给我们留下了永不褪色的瑰宝——老海岛精神。我们基层官兵对此耳熟能详：即祖国为重、以岛为家、以苦为荣、奉献为本。"外长山要塞区首长望着纪念碑说道。

"魏武挥鞭看沧海，岂知东海有长城；汪洋灭敌空潜快，岛岸坚防民与兵。"叶剑英元帅曾在诗中这样写道。军人的蔑视敌人、守家卫国的英雄气魄。石瑞表示，"老海岛精神"的传承正是体现了这点："要问我如何把'老海岛精神'一代又一代地传承的话，我觉得用三句话就能来概括：特别能吃苦，特别能忍耐，特别能战斗。事实上我们官兵现在都是这么做的。现在我们所有的基层官兵在日常训练的时候，目标更加明确了——就是能打仗，打胜仗！"

在长山岛，记者们还见证了不到 2000 平米候机楼的通用机场——大连长海机场。长海机场目前拥有一架飞机"獐子岛"号，每天只飞一班。飞机可容纳 14 名乘客，每天的早上 8 点从长海县长海机场起飞，飞行时间 35 分钟，就到了大连；

下午2点40分再由大连返航。如遇上6、7月份岛上的旅游旺季，会变成双航班制，以满足观光客和岛内民众的需求。

机场工作人员告诉记者，机票价格单程200元，往返320元，包含各项费用在内，非常实惠。机场工作人员介绍说，坐飞机往返长海县和大连之间的费用和乘车船价格差不多，但是时间只需要车船的1/4，机场吞吐量虽然很小，但订票购票等事宜依然可以在网上办理，非常方便。

一直以来长海的岛陆海上运输交通受气象因素影响较大，长期受潮汐制约，导致海岛交通不便，阻碍了全县经济的发展。随着经济发展的需要与旅游业蓬勃展开的需求不断增长，长海机场现在也在规划扩建，为有效破解这一运输瓶颈创造条件。

积极实施海岛生态修复整治

在长海县采访时，县领导告诉记者，长海县地处我国的北黄海，也是国家北方唯一的一个边远海岛县。在全面开展海岛保护与开发工作和实施海岛生态修复项目中，长海县坚持生态优先、因岛制宜、统筹规划、全面布局。

围绕着海岛生态建设，长海县始终秉承低碳节能、生态环保、资源节约的理念，先后引进了太阳能、风能、海水能等可再生先进能源技术，建设了一大批海水热能冷暖技术、太阳能路灯、海水淡化、污水改造、垃圾处理远离海岛等工程，逐步实现无害化、减量化、资源化和生态化的美丽海岛建设目标，保护了海岛自然资源和生态环境，提高了海岛自然资源生态服务功能，有效地改善了海岛的经济社会环境和人居条件。

海岛作为一个特殊的地理单位，生态系统极其脆弱，其保护与整治修复措施相对独立性强。长海县在实施海岛生态修复整治工作中，注重选择项目的真实性、可靠性和实用性，重点突出适用、科学、先进的生态环保技术设施的引进推广，解决海岛百姓最直接、最现实、最需要的民生问题，使越来越多的适应长海的短平快生态项目落户海岛，造福社会。

长海县领导告诉记者，全县 252 个海岛散落在 10324 平方公里的北黄海海面上。长期以来，海岛远离大陆，地理位置边远，基础设施落后，生态自然流失严重，公共服务能力差。长海县抓住国家实施的海岛生态修复工程的机遇期，大力开展海岛生态修复工作。项目本着低碳、环保和生态的理念，围饶着海岛的蓝天、碧海和青山建设工程，主要实施内容为岸线沙滩修复、泄洪渠和排污区整治、防波堤坝整治改建、太阳能路灯建设、垃圾污水处理系统改造等。

为了确保长山群岛项目的成功实施，鉴于北方霜冻期长、有效作业时间短的实际，长海县实行了项目统一组织、归口管理、全面推进的原则。项目实施工作方案明确了各成员单位工作职责，县海洋局作为项目主体单位对项目负全部责任，县财政、审计和监察部门负责资金管理和监督工作，县发改局负责项目的备案工作，县政府采购办负责项目的招投标工作，涉及需要环评的由县环保局负责，涉及规划和土地的由规划土地部门负责，项目地乡镇政府协助项目单位做好具体落实工作。对项目做了具体六个阶段的工作安排，并配套了九大保障措施，以示范工程的标准、优质工程质量，确保项目的全面如期完成。

通过本项目的实施，实现国家方案要求的修复受损的海岛生态系统，维护海岛生态平衡和资源的良性循环，提升海岛防灾、减灾能力和生态环境质量的工作目标，促进海岛独特的生态价值得到充分发挥，自然资源得到可持续利用，公共服务能力得到进一步提升。

与此同时，2013年，长海县按照"保护先行、科学规划、有序开发、合理利用"的理念，计划总投资6.5亿元，实施海洋牧场建设生态改造"1118"工程。工程将投放人工鱼礁及石方200万立方米，改造海底10万亩，投放优质海参苗种5亿头。具体项目包括：建设1个示范区，即獐子岛集团深水人工鱼礁建设示范区；建设1个试验区，即林洋水产有限公司浅水海底改造试验区；建设18个推广区，即在全县选择18家公司进行海底改造等。

探秘北方蛇岛

　　毒蛇对于大多数人来说，都是令人感到恐惧的一种动物。那么一座小岛上生活着2万多条剧毒毒蛇，会是一种怎样的奇特景象呢？带着满心的好奇，5月15日"万里海疆巡礼"采访团登上了大连旅顺老铁山的蛇岛，揭开了这个蛇岛蝮蛇天堂的神秘面纱。

　　绕过辽东半岛南端的老铁山，乘船向西航行20海里，有一个西北—东南向的小岛，横卧在海面之上，这个面积仅1平方公里左右的邻陆孤岛，就是蛇岛。蛇岛最高处标高216.9米，是西高东低单一构造的单面山，蛇岛原来是与陆地相连的，因为地壳运动，形成了海上孤岛。

　　岛上的生物因食物链断裂基本灭绝，只有蛇类靠捕食春秋两季过往的飞鸟存活了下来，形成了世界上唯一一个仅生存单一物种的蛇岛。鹰等猛禽和褐家鼠是蛇岛蝮蛇的天敌。蛇岛于1981年8月经国务院批准建立国家级自然保护区。为了保护蛇岛生态，除了生态保育研究人员，严禁其他民众进入。记者这次的登岛采访，是经当地环保局特批的。

　　经过近1个小时的海上航行，下午4时左右采访团抵达了蛇岛。海上的天气变化莫测，海面上的风浪较大，为了保证安全，当地的环保局只允许采访团在岛上停留半个小时。

　　登上了蛇岛之后，在蛇岛上工作了12年的蛇岛管理科科长毕恒涛，第一句话就是"跟住我，注意脚下，手不要往两边伸，不要靠近路边的树木"。

顺着一条山路，我们往山上爬。"你们看，那儿有一条蛇缠绕在树枝上。"顺着毕科长手指的方向，我们的目光齐刷刷地看了过去。

"树枝上什么也没有啊"，我们睁大了眼睛，都没有看到蛇，不免有些失望。

"你们仔细看，在那条树枝上，蛇正在晒太阳。蛇头就在树枝的末梢，还在吐着芯子。"毕科长耐心地指着树枝，我们都把眼睛睁得圆圆的，目不转睛地寻找着。

"看到了，那儿果然有一条蛇！"终于看到蛇岛蝮蛇了，心情都激动起来了。

这条蛇大概 50 多厘米长，脑袋小小的，灰褐色的蛇身跟树枝几乎相同，懒洋洋地缠绕在树枝上，不仔细瞧根本就看不出来。

毕科长说："蛇岛的草丛里、树枝上、水池边都能找到蛇岛蝮蛇，它们身上的颜色和斑纹与其所栖息树枝的颜色和形态极其相似，普通人很难分辨得出来。虽然蛇岛蝮蛇是一种剧毒蛇，但在一般情况下不会主动攻击人，只要小心不要踩踏和碰触蝮蛇，或过于近距离观察蝮蛇时，蝮蛇并不会伤人。"

据他介绍，蛇岛蝮蛇形态与习性同大陆上的蝮蛇有较大差异，因此科研工作者将它起名为蛇岛蝮蛇，这也是我国特有的蝮蛇。

蛇岛独特的自然环境为蛇岛蝮蛇生存提供了良好的条件，也为这里特有的生态平衡提供了基础。蛇岛地处海洋之中，气候温和，雨量适中，岛上多山沟、石缝和岩洞，可供蝮蛇冬眠，故十分有利于蛇类的生存、繁衍。蛇岛上的生态系统亦是十分独特，每年春季和秋季都有许多候鸟在老铁山附近栖息，蛇岛也就成了大量鸟类栖息的地方。黄道眉、山雀、雨燕等都有可能成为蛇岛蝮蛇的盘中餐。

蛇岛蝮蛇捕食猎物时依靠身上的保护色，隐藏在树枝上等待候鸟降落枝头，靠热感知能力定位目标，捕食的瞬间会成"站立"姿态叼住候鸟，注射毒液，待候鸟死亡后吞食。有的蛇岛蝮蛇一年可以捕食到几只候鸟，有的也可能全年一无所获。蛇岛蝮蛇能创造这样的生存奇迹，完全依赖于他们超强的抗饥饿能力。

为了让大家近距离地观察蛇岛蝮蛇，毕恒涛科长破例捕了一条成年的蛇岛蝮蛇。毕科长说："这是一条成年的雌蛇，约有四、五年的蛇龄。蛇岛蝮蛇是卵胎生的品种，每年的五、六月份和八、九月份是它的活跃期，八、九月份是交配繁殖的高峰。"

蛇岛自然保护区成立于1981年，专业的科研人员每2人一组轮班守岛，一到三周轮换一次，他们是蛇岛上仅有的人类。毕科长说："一旦发生被蛇咬伤的紧急情况，只能靠野外自救。用烟头将被蛇咬伤的伤口烫成中度烫伤，这样就可以减少蛇毒里的剧毒蛋白酶活性，先保住性命，再出岛注射蛇毒血清治疗。"

毕恒涛大学学习的是生物学专业，刚开始来蛇岛工作时，家人很担忧他的安全，现在也已经理解和支持他的工作了。他自己也从最初对上蛇岛的恐惧，变成了习惯与蛇相伴。保护区工作人员的工作条件也在逐步改善，早前管理科办公室没有建成之前，他住过工棚；房子在建期间，他住过没有门窗只有立柱的工地；从没有淡水，到修上了水井；从一天只能发电3小时，到现在可以保障24小时发电；他们也像岛上的蝮蛇一样，靠挑战自我，顽强地生活下来，保护着这群世界唯一、中国独有的珍稀物种。保护区成立之前，蛇岛上的蛇不足1万条，保护区成立之后，经过几代人的努力，现在蛇岛上种群数量已经达到2万多条。

在返程的船上，毕科长告诉记者，他有时候会捡到岛上被蛇咬伤、逃离蛇口后又死去的候鸟。通常他会捡起这些候鸟，喂给一些捕食能力弱的蛇岛蝮蛇，这样至少可以保证它们这一段时间的生存需要，因为有些蛇可能一年也捕不到一只鸟。

神奇的蛇岛蝮蛇靠忍耐饥饿、捕食飞鸟存活了下来。现在，在保护区工作人员的顽强努力下，人与蛇继续创造着绝境求生的故事。

渤海锁钥——长山列岛

　　在渤海、黄海交汇处，分布着几十个大大小小的岛屿如散落大海中的珍珠，它们全称长山列岛，又称庙岛群岛。近日，"万里海疆巡礼"采访团登上长山列岛，领略这里的人文景色和经济发展。

旅游资源丰富

　　长山列岛归属山东省长岛县管辖，共由32个岛屿组成，是山东省唯一的海岛县。长岛县岛陆面积约56平方公里，海域面积8700平方公里，海岸线长146公里。这里天蓝海碧、林秀崖险、滩洁礁奇、风光旖旎、气候宜人，是避暑观光、休闲度假的胜地。这里经常出现海市蜃楼、海滋、平流雾三大天象奇观。这里是八仙过海传说的起源地；这里有中国北方建造最早、规模最大的妈祖庙，是首批中国旅游强县、国家级自然保护区、国家森林公园、中国十大最美海岛、中国最佳避暑胜地、全国唯一的海岛型国家地质公园。

　　庙岛群岛属于"胶东隆起"的北延部分，由震旦系变质岩组成的山脉陷落而成，岩层走向近于南北。按地理位置分为北、中、南三群：北群主要有北、南隍城岛和大、小钦岛等；中群主要有砣矶、高山、车由和大、小竹岛；南群包括大、小黑山岛和南、北长山岛等。南部岛屿较密集，岸坡平缓；北部岛屿多分散孤立，岸峭水深。最大岛屿南长山岛面积 13 平方公里。最高岛屿高山岛海拔 203 米。大竹山岛突出于岛群最南端，距南长山岛屿 18 公里，为群岛最前哨。

县领导给记者介绍说，长岛县旅游资源丰富，不仅有地质观光之旅、和谐生态之旅，还有渔家风情之旅和文化古迹之旅。

长岛是国家地质公园，独特的地理位置和漫长的地质作用形成了长岛异彩纷呈的地质遗迹资源，海蚀崖、洞、柱及象形礁、彩石岸、球石等地质地貌景观古老、沧桑、绚丽。海滩漫步、荡舟大海、攀崖登山，观黄渤海天然分界线、龙爪山海蚀栈道、九丈崖、宝塔礁……领略自然造化的神奇。

长岛是庙岛群岛海豹省级自然保护区，每年 3-6 月份，西太平洋斑海豹成群结队途经长岛，在此休闲度假、谈情说爱。日光充足时，憨态可掬的海豹们爬上礁石享受日光浴，近距离与其接触，感受自然的温馨和谐。高山岛和车由岛是海鸥的王国，生息着数十万只海鸥，乘船临岛，恍若进入童话世界，岛屿四周白羽蔽日、鸣声萦耳，船行鸥随，万翅逐帆。置身其中，抛却喧嚣闹市的沉重，拣拾一份自由浪漫的情愫和轻松自然的心情。

长岛因"渔家乐"旅游项目而成为首批全国农业旅游示范点。古老淳朴的民风，厚道热情的渔家人，独特有趣的民俗令人耳目一新的渔家生活。走进渔村，吃住渔家，游在海上。令美食家叫绝的海岛饮食文化，让作家叫好的民间故事，使艺术家陶醉的渔家号子、渔家秧歌……随船出海，升帆、摇橹、撒网、下笼，感受渔家平淡而幸福的生活。

大黑山岛北庄遗址是国家级文物保护单位，距今 6500 多年的历史，是一处原始社会村落遗址。遗址规模大、内涵丰富，出土大量珍贵文物，被考古学家誉为"东方的半坡"。走进古遗址，触摸古老的凝重，寻找久远的声息，感悟历史空间的恒远和生命传承的意义。

北方最古老妈祖庙——显应宫

显应宫位于庙岛上，距今已有 891 年历史，是我国北方最早及影响力最大的妈祖官庙。"万里海疆巡礼"采访团专门拜访了这座历史悠久的妈祖庙。

显应宫内共有 3 座妈祖，寿身殿供奉的是北宋年间的金面妈祖像；东边莆阳殿内的粉面妈祖，来自福建湄洲岛；西面朝天宫内的则是来自台湾北港朝天宫的黑面妈祖。显应宫的何住持告诉我们，这 3 座妈祖象征着和平、勇敢、关爱，每当 3 月 23 日妈祖生日与 9 月 9 日妈祖升天的日子，都会有来自各地的信众前来朝拜。

悬挂在正殿万年殿门楣上的左右两副牌匾，是 2002 年连战先生和宋楚瑜先生分别为显应宫所题，上书"德被四海"与"福佑万民"，显示两岸同根同源一家亲。

长岛县副县长李俊杰介绍说："庙岛与福建莆田、台湾北港朝天宫，多年来保持了密切的联系。每年的妈祖文化节和妈祖生日，县里举办活动的时候，都会邀请台湾的妈祖信众过来。台湾有时候举行活动的时候，也会邀请我们这边文化界、宗教界的人士过去。"

长岛曾入选"中国十大最美海岛"，风光秀丽。长岛县政府准备修复庙岛的庙群建设，打造一个妈祖文化园，形成以宗教文化为主的旅游休闲度假文化岛屿。

靠海"吃海"

记者乘坐快船从长岛港出发，沿着黄、渤海交界线上向北航行，很快就到达长山列岛中最北的北隍城岛。乡里工作人员告诉记者，北隍城岛南距蓬莱港 64 海

里，北距旅顺港 42 海里，位置在山东省的最北端。整个岛屿面积 2.6 平方公里，岛岸线 13 公里，两个村共有 2400 多人。

乡领导告诉记者，北隍城岛林木覆盖率达 56%，植被覆盖率 95%。其景色宜人，海水清澈碧蓝，没有任何污染，水深流大，水质肥沃，水下岩石密布，杂藻丛生，海产品资源特别丰富，营养价值很高，主要特产海参、鲍鱼、海胆、海米、特别北隍城岛海参在黄渤海首屈一指。由于岛上只有林木没有粮田，大伙为了靠海吃海，动了很多脑筋，说起来还挺有趣的。乡领导风趣的说，这里的鲍鱼坐过飞机，黄鱼住进网箱的，就连海菜也爬上山顶。

乡领导带记者们来到海边，首先提到的是潮间带。透过清澈的海水，记者清楚地看到水底静卧着数不清的长度超过 6 厘米的鲍鱼。看样子，至少得自然生长 2 年时间才能长成这么大。乡领导风趣地说，这些鲍鱼打小就坐过飞机、轮船和汽车，南下福建度过冬春，又都是当地的皱纹盘鲍跟日本的黑鲍杂交培育的优良品种，所以底播才 15 个月，就自然生长得个头特别大、看起来年纪也大。

据介绍，北隍城岛是从 2001 年 11 月开始尝试让鲍鱼幼苗坐飞机南下福建过冬春的。其动机，是考虑到鲍鱼幼苗在当地虽然可以借助地下坑道等设施安全越冬，但生长得非常慢。因此育苗场就把 300 万头长度只有 1 厘米的幼鲍装船运到大连，再装车运到机场，然后再装机运到福建，在霞浦沿海海域养育壮苗。2002 年 5 月，300 万头南下福建的幼鲍长成了 3 厘米左右的壮苗，又北上返回北隍城岛，被底播到周围海域，生长很快。此尝试一举成功，效益很大，故而北隍城岛年年这般运作。一连多年，有 2000 多万头南下福建的幼鲍长成壮苗，返回北隍城岛周围海域潮间带底播。这些坐过飞机的鲍鱼苗只需自然生长 1 年半时间就能收获，养成时间缩短一半多。

为了让更多的幼鲍南下福建养育壮苗，北隍城岛创造了单位水体育苗量的最高记录，600 立方米育苗水体育苗达 1200 万头，到 11 月至少有 600 万头幼鲍坐飞机南下福建。渔民把这样养出的鲍鱼比喻的很有意思：就算不是"太空食品"，怎么也称得上"航空食品"！

从潮间带向外望去，记者发现了海面上有很多网箱养鱼的浮漂。由于对网箱养鱼包括深水网箱养鱼早有所见，所以对北隍城的网箱养鱼，记者最初并没有引起有效注意。但是，听了乡领导的一番介绍后，记者才感悟出北隍城网箱养鱼的独到之处。他们并不是在全县第一个成功地发展了深水网箱养鱼，他们的深水养鱼网箱在全县也不是最大的，而是他们独辟蹊径地养了其它地方谁都没有养过的黄鱼。

据介绍，在长岛县的海域里，黄鱼一直是一种生长最多、口味最美的鱼种。其它的许多鱼种都在随着海洋生态环境的变化日益销声匿迹，而黄鱼则年复一年地有增无减地自然繁殖，以至于目前已成为对人们垂钓最有吸引力、最能让人有所钓获的鱼种。但是，多年来，人们在发展网箱养鱼中，却一直只是盯着鲈鱼、加吉鱼、黑鱼等鱼种，偏偏漏掉了黄鱼。只有北隍城发现了黄鱼的网箱养殖价值，他们经过调查，发现黄鱼种苗资源十分丰富，用不着人工繁育，只需在近海网捕后放进网箱即可，每条小黄鱼苗收购价格才 0.3 元，而黄鱼养大以后活卖，每公斤近百元。因此，北隍城在发展深水网箱养鱼中，便毫不犹豫地决定让黄鱼告别"野外"生活，住进"别墅"网箱。

最后，记者来到山上看海。北隍城岛最高的山叫灯塔山，海拔 180 米。由于直接拔"海"而起，所以显得特别高峻，沿着盘山路坐车上山时，记者心里一直在为车喊"加油"。车到山顶后，让记者十分惊讶是，山顶的一片开阔地，竟然被渔民们铺了底网，用来晒海菜。在山顶俯视大海，由于有人指点，很快就发现了远海深处的千亩海带养殖区。虽然海带收获季节已经过去，但是用浮漂串联起来的海带养殖区里，依然船来船往，听说是哪里还有自然附着生长着的紫菜、海青等。记者估算着从海带养殖区到山顶的水平和垂直距离，怎么想都搞不明白，这里的渔民为什么和别处的渔民不一样，海带不在海边晒，偏偏要到山顶晒？

乡领导几句话道破了天机："海边沙滩石滩上晒的海菜跟山顶铺网晒的海带相

比，质量、档次、等级和价格的差别都很悬殊，直接关系着北隍城的海菜能否创出市场名牌，打入国际市场，同时也对增加渔民收入产生影响。"因此，渔民们自发、自觉地选择了让海菜爬山顶铺底网晾晒的新办法。在今年的海带收获季节，北隍城的海带 70% 以上是爬上山顶铺着底网晒的。

渤海锁钥

庙岛北与老铁山对峙，南与蓬莱头相望，扼守着宽 57 海里的海峡，在海防上有"渤海锁钥"之称。渤海海峡在历史上是外国侵入中国的主要路径之一。在清代和民国时期，由于群岛毫无设防，帝国主义的舰艇在渤海海峡横行无忌。第二次鸦片战争中，英法联军曾三次通过庙岛群岛，尔后登陆塘沽。20 世纪初的日俄战争和日德战争中，日军都以群岛作基地，进攻旅顺、龙口等地。如今济南军区某部驻守这里，岛上军民联防，坚如铁壁铜墙，已经成为名副其实的"渤海锁钥"，守卫着祖国的神圣海疆。

5 月 22 日，采访团来到了被称为"四无岛"的大竹山岛。在庙岛群岛散落的30 多颗小岛"珍珠"中，大竹山岛并不起眼，1.46 平方公里的面积，只比身边的"弟弟"小竹山岛大一点。岛上一片青翠的竹林，据说是冬季岛上的一抹亮色，因这里长年无居民、无淡水、无耕地、无航班，又被称为"四无岛"。我们上岛时，正赶上一场春末夏初的"喜雨"。

对于驻守小岛的济南军区某海防营官兵来说，连续一个多月没有充足降雨，直接影响到生活用水的贮备。营长张伟说，下雨时利用战士们自己修建的积水池，把雨水积攒下来，在缺少水源、没有下雨、天气恶劣的情况下，把水再洒播到菜地，或者通过净水设备过滤为饮用水。

据张伟介绍，几十年前，第一代竹山官兵为解决用水问题，挖遍全岛才找到一口潮汐井，水位随大海的潮起潮落而变化，井水味咸、苦涩，饮用之后常常会出现腹泻的情况，但在战士们看来就像甘露甜在心里。如今这种敬业、奉献、艰苦创业，苦中不言苦的老海岛精神，正激励着年轻官兵在艰苦环境中磨练打赢意志，守护庙岛群岛的最东端。

年内喝上"陆地淡水"

长岛县是山东省唯一的海岛县，没有大型湖泊和水库，一直以来，长岛县军民吃水主要靠地下水和淡化海水，而多数机井水达不到国家饮用水标准，开采之后易会出现海水倒灌，另外，建设万吨级海水淡化站的一次性投资较大，十年左右还需要重复投资，岛上军民饮水问题，成为制约长岛县发展的一项主要瓶颈。

据长岛县副县长李俊杰介绍，为解决饮水问题，目前长岛正在实施蓬长（蓬莱至长岛）跨海引水工程，敷设海底输水管线，改扩建配水管网，年内实现县城区供水。

李俊杰告诉记者，铺设海底管道，将蓬莱的水引到长岛上来，解决岛上的军民饮水问题，目前工程前期规划已经完成，陆上阶段已经开始开工建设，海底的招标马上就要结束，大约6月份开始开工建设，力争年内完工。这条管道由蓬莱到长岛，直线距离7公里，海底的铺设管道的距离8公里多一点，所有需要用水的地方都给他们通过去。工程完成后，长岛军民就可以和陆地居民一样喝上"陆地淡水"，日供水量达到10000吨。

李俊杰还告诉记者，长岛渤海生态修复示范区建设有序进行，示范区建设主要内容包括投放人工鱼礁、增殖移植大型藻类及人工放流当地鱼类，建成后将对修复渤海海洋生态环境，恢复近海渔业资源具有重要的示范作用。

东隅屏藩刘公岛

刘公岛，横陈于碧波万顷的威海卫港湾之中，西距市区 2.1 海里，东西长 4.08 公里。南北最宽处 1.5 公里，最窄处仅 0.06 公里，面积为 3.15 平方公里，似一幅天然屏障，屏护着威海卫，因此有"东隅屏藩"之称。威海卫湾港阔水深，常年不淤不冻。刘公岛历经沧桑，早年因甲午海战而闻名，今日因来自宝岛的梅花鹿和长鬃山羊为两岸所知。大陆和台湾两地同胞向往的旅游圣地。

中国近代海军的"摇篮"

岛上工作人员向记者介绍说，鸦片战争以后的中国，列强纷至，社会动荡，百姓深受其害。这极大地刺激了当时的清朝政府。为巩固国土，强化海防，清政府决心大治水师，确立"先从北洋精练水师一支"的海军建设方略，这样才促进了北洋水师的形成和发展。

清政府拟建北洋海军，以威海卫和旅顺为基地，两地分处山东半岛与辽东半岛的尖端，形同京津门户，共扼渤海咽喉，战略地位十分重要。一是把旅顺作为舰船修理之地，修筑了大船坞、鱼雷修造厂、海岸炮台（9座）；二是把威海卫刘公岛作为舰队驻泊补给基地，构建了严密的海防体系，先后修建了海军公所、铁码头、船坞，设立工程局、机器局、屯煤厂、电报局和电灯台，创立水师养病院、水师学堂，修筑海岸炮台6座，驻守护军2个营，并在日岛及威海卫南北两岸等要地修筑了炮台数座，均有陆军驻守。

1888年10月3日，《北洋海军章程》颁布实施，标志着北洋海军正式成军。章程参照英、德等国的海军章程，对船制、官制、升擢、事故、考校、俸饷、恤赏、工需杂费、仪制、钤制、军规、检阅、武备、水师后路各局等进行了规定，计6册14款，且规定北洋海军军旗为长方形黄色底青龙旗，自此，一支具有相当规模的全新近代化正规海防力量——"龙旗舰队"在刘公岛上正式诞生。

北洋海军成军初期，拥有舰船25艘，其中铁甲舰2艘、快船7艘、炮船6艘、鱼雷艇6艘、练习船2艘、运输船2艘，时称"七镇八远一大康，超勇、扬威捎操江"，总排水量约4万余吨，实力称冠亚洲，居世界第八位，官兵达4000多人。这支龙旗舰队堪称亚洲之冠。然而，不幸的是甲午战争中威海卫一战，创立只有6年多的"北洋水师"全军覆没。

甲午战败，导致列强瓜分中国狂潮，英国于1893年强租威海卫，刘公岛被设为"特坊"，成为英国皇家海军远东舰队的疗养避暑胜地。1938年，日军又一次占领刘公岛，在此设立华北要港司令部，驻扎伪海军。1944年，郑道济等爱国官兵发动了刘公岛起义。第二年，威海解放，刘公岛回到祖国怀抱。

今日刘公岛

岁月流逝，光阴荏苒。屈辱的悲壮历史已成过去，饱经沧桑的刘公岛发生了翻天覆地的变化。

100多年弹指一挥间。如今的刘公岛，已成为胶东半岛上闻名全国的爱国主

义教育基地。昔日的水师提督署，已变为人们缅怀先烈的纪念地。北洋水师公所门前，"中国甲午战争博物馆"九个大字在阳光下熠熠生辉。放眼望去，全岛苍松翠柏，郁郁葱葱，林间鹿群结队，鸟语声声。目前岛上的森林覆盖率已达85%，1992年被国家林业部确定为"国家森林公园"。

记者上岛之日，正碰驻军某部在这里过团日，一捧黄色的花束在甲午战争死难烈士纪念碑前静静地绽放，叙说后人对前辈绵绵的追思。像他们这样专程前来祭奠的人还有很多很多。据资料显示，开馆至今，已有1000万人次来此追忆先人。仅今年"五一"黄金周期间，日均上岛人数就达2.7万人。岛上的居民也靠着旅游业实现了脱贫致富。目前，岛上惟一一个叫东村的村落，居住的70多户人家，全都靠旅游及其相关产业实现了小康。岛上的老人也拿上了退休金，过上了幸福安逸的晚年。威海市也从十多年前的一座"一条街，一个喇叭，两栋楼"的小镇发展为一个初具规模的现代化旅游城市……昔日刘公岛的村民曾联名送给岛上驻军两块石碑"柔远安迩"、"治军爱民"，然而当时这朴实美好的愿望无一能成为现实，但今天它已在记者眼前鲜活地闪现。

陪同记者的海军某水警区干部介绍说，目前对外开放的场地十多年前都是部队的营房，为了支持地方的经济建设，也为了让更多人记住百年前那场令国人蒙羞的战争，部队陆续迁了出来。根据刘公岛管委会的最新规划，北洋水师学堂将在修复后重新对外开放。在规划图上目前水警区某部的营房已被水师学堂的戏台所代替，部队将又一次远离人们的视线，驻到更为僻静的地方。当水师学堂恢复其旧日模样，门前重新变得车水马龙时，也许很少还会有人记起，这里除了曾驻过大清的学兵外，人民海军的官兵也曾经维护过这里的一砖一木，正是因为他们的奉献，昔日刻记于碑石上的美好凤愿才能成为现实。

中华海坛

与天坛、地坛、日坛、月坛齐名，一脉相承的中华海坛，7月2日在甲午故地——刘公岛博览园落成，并正式对游人开放。

据史料记载，中华海坛原是渔人拜祭海龙王之地，祈求风调雨顺，海上平安。它沉淀着厚重的中国文化，也沉淀着千百年来人们对幸福生活的向往。中华海坛占地2000多平方米，属于经典的天圆地方建筑，颇得中国建筑之精髓，磅礴大气。正面有37块绿色花岗石雕刻而成56条形态各异、妙趣横生的藏青龙，它象征着中华大家庭中56个民族的团结、拼搏、奋进，也象征着海洋文化和刘公岛文化的博大精深。海坛正中耸立的定海神针，高16.8米，金黄色的圆柱身躯仿佛孙悟空的如意金箍棒拔地而起，直冲云霄。上方镶嵌着一枚直径1.4米的硕大夜明珠，晶莹剔透，闪闪发光。四条各富神韵的龙王缠绕在定海神针周围，怒目圆睁，密切注视着四周的一举一动。仿佛一旦有风吹草动，随时可以腾空而起，守卫中国的海疆。传说定海神针是盘古姓氏生于天地混沌中，其后开天辟地，18000年后死去，死后他的一颗牙齿化作神针，这神针曾被大禹用于治水，曾被孙悟空借用为兵器，还曾被东海龙宫作为镇宫之宝。如今她矗立在刘公岛中华海坛上。它的故事出神入化，让人浮想联翩。定海神针的使命在于"镇海"，它寄托着中华民族亘古以来能震慑和消除海上一切兴风作浪的妖魔鬼怪的理念，他代表了设计者对祖国的美好祝愿；让中华海疆不再受侵略，让龙的传人不再受欺凌，让碧波万顷的蓝色海疆永远造福于世代炎黄子孙。

站在中华海坛上，面对着平静的大海，在感受着浓浓海洋文化的同时，历史也给了世人深深的思考：中华民族是最早认识海洋和开发海洋的民族之一，中国是一个海洋大国，拥有300多万平方公里的海域。虽说有郑和下西洋创造出认识海洋的

辉煌篇章。但郑和下西洋只认识了海洋，没有认识海权，更没有得到海权。翻阅历史，辽阔的海洋在中华民族悠久的历史长河中打下了深深的烙印。从明末"禁海"、清朝"怕海"、民国"弃海"，中华民族有海无防的海洋史和海权史不堪回首。

历史的教训引发世人对海洋主权思考，警醒世人认识国家海洋上的不安全因素，影响的不仅仅是海洋上的事情，更重要的是将影响整个国家的主权安全乃至国家的存亡。

回顾百年前震惊中外的中日甲午战争，失败的原因除清政府腐败无能之外，是海权意识淡薄、海防建设落后这一重要因素，致使实力居亚洲第一、世界第四的北洋海军全军覆没。甲午之役的败北，西方列强对中国进行了瓜分的狂潮。

盛世化彩，四海升平，和平时期的人们早已淡忘了百年前战火与硝烟，但历史带给我们的是对未来的思考。和平的国际环境不是靠人们祈求的，而是要争取。21世纪是个海洋的世纪，人们对海洋的认识和重视已得到了空前的程度，在科技飞速发展的今天，发达国家已把海洋和海军作为国家发展的重要战略。时代在呼唤，蓝色的国土关系着未来中国的兴衰，维护海洋权益，强大海上国防，是每个中国人的共同责任。在四面环海的刘公岛兴建中华海坛，意在向世人昭示增强海权意识，关注海洋的开发，凝聚国人振兴海防。

刘公岛上的台湾"贵客"

在刘公岛上住着2户明星，它们来自宝岛台湾，2011年在刘公岛安家落户：梅花鹿"繁星"、"点点"一家四口，与长鬃山羊"喜洋洋"、"乐洋洋"一家三口。

每天早上7点，刘公岛国家森林公园医学科研部主任、饲养员刘晓明会打开鹿舍的大门，而梅花鹿"繁星"、"点点"，它们的孩子"晶晶"、"亮亮"此时早已守在门前等候着他了。

"7点一到岗，它们就在门口等着吃了。我们一天喂它们两次，上午一般是树叶，加上胡萝卜、地瓜，也算是点心吧。这些东西好吃，它们比较喜欢。然后我们打扫卫生，观察一下它们的粪便是否正常。"

初夏时节的刘公岛，正是草木茂盛、花香袭人的好光景，9岁的丛林海带着妹妹，蹲在鹿舍的栅栏前，观望得入了迷。他说，自己喜欢"繁星"，因为它头上的大角；妹妹说，都喜欢，因为它们都漂亮。孩子的童言，就像梅花鹿透亮的大眼睛一样清澈、无邪。

午后的时光，顶着美丽鹿角的繁星，时而踱步，时而卧躺，特别的帅气；母鹿点点和它的孩子亮亮依偎在一起，姿态优雅、怡然自得。而另一只小鹿晶晶，则显得和人们比较亲近，甚至把脑袋靠到栅栏边，让游客给它挠痒痒。刘晓明告诉我们，晶晶是点点诞下的第一只小鹿，因为缺乏经验，点点弃养了。所以晶晶是人工喂养长大的，和工作人员比较亲热；而繁星、点点对晶晶会比较疏远一些。

2011年，为了迎接这对梅花鹿，他们铺设了刘公岛上唯一的地暖设施，为它们过冬做好保暖工作；还开辟了园地种植桑树，好让它们能吃到足够新鲜的桑叶。它们现在早已适应了这里的气候条件和饮食，而且在今年一月份再次进行了交配，刘晓明说，繁星和点点很有可能将在9月份，再诞下一只小鹿。

刘晓明："梅花鹿是在今年1月中旬有过一次明显的交配行为，那么按照235天左右的时间会分娩来推算的话就是九月。但是我们现在不能确定点点是不是怀上了，所以还有待进一步观察。"

和梅花鹿一家相比，长鬃山羊喜羊羊、乐羊羊还有它们的女儿美美显得比较害羞，毛色偏暗的它们躲在隐蔽处，对于77岁的李爷爷和徐奶奶来说，还真是不好找。李爷爷他们专程来刘公岛看看来自宝岛台湾的梅花鹿与长鬃山羊。李爷爷说："台湾和我们是同胞嘛，看到他们的东西我觉得很亲切，很喜欢，这就是兄弟一家亲，互相赠送，互通有无，团结、团圆、友好。"徐奶奶看到我们特别的开心，主动告诉记者："我们是从烟台来看山羊的，它们是台湾来的嘛，我们特别想来看，台湾的动物我们也喜欢，看着很亲切的！"

在人们面前害羞的喜羊羊、乐羊羊在建设家庭这方面还是很给力的。刘晓明告诉我们，乐羊羊现在有了比较明显的妊娠特征，或许在今年 7 月份，又一只小羊会降生在刘公岛上。"一般动物会有一个季节性的发情行为，但是长鬃山羊比较特殊，它们是没有的。所以它们是否有交配行为，我们没有观察到。但是在上个月、4 月上旬的时候，我们观察到它的腹部右侧有一系列的颤动、蠕动，我们初步认为是胎动。我们持续观察后发现每天都有规律性的颤动，那可以判断应该是有一只宝宝了。现在我们只能通过体重的变化、体征的变化来判断乐羊羊的预产期。估计是在 7 月。"

对于刘晓明来说，迎接新的小生命固然是件高兴的事儿，但是也让他多了几分牵挂。"大家可能以为小家伙生下来我们就可以放心了，其实没这么简单。生之前，我们要担心难产的问题；生下来了，我们要担心幼崽是否成活；活下来了，小家伙能不能吃上母乳呢？真是比照顾一个人还要紧张。而且它们本身还带有一些意义，是从台湾来的动物，大家都很关心，所以我们也一直都很紧张。尤其是母鹿、母羊第一次生产的时候，压力挺大的！不过现在看它们也都很适应了。"刘晓明说。

尽管如此，刘晓明还是清楚地知道，他有强大的援军在身后。如果动物们有什么异样，台湾方面的专家会第一时间赶来协助解决。2010年夏天，为了迎接梅花鹿和长鬃山羊的到来，作为第一位到台湾学习相关保育经验的刘晓明与台湾方面的动物专家进行了一次深入交流。一个月的台湾之行，刘晓明得到了新知识，欣赏了宝岛的美丽风景，更收获了珍贵的友情。

刘晓明说，除了专业领域的沟通与交流，台湾人给他留下了非常热情的印象，让他几乎感觉不到什么隔阂与不一样。他说："有个老师傅50多岁了，听说我是从大陆来的，专程到宿舍找我，他的故乡也在山东，在高密，一直就想回来看看。我说好啊，你如果回来记得一定给我打电话。"刘晓明说。现在每到逢年过节，双方都会互相邮寄贺卡，或者发电子邮件祝福："觉得我们和台湾之间的关系，因为这两对动物变得更亲密了！"

刘晓明没想到，"繁星"、"点点"、"喜羊羊"、"乐羊羊"会成为自己与宝岛台湾结缘的纽带；他发自内心地希望，这些可爱的动物们在两岸民众的关心与爱护下，能健健康康地繁衍、壮大，一代又一代地成为两岸间真情流淌的载体与见证。

走进舟山海洋主题博物馆

　　舟山群岛位于杭州湾口的东海海面上，是我国的一个千岛群岛，共有岛屿1383个，散布在约22000平方公里的海面上。其中以舟山岛为最大，面积502平方公里，是仅次于台湾、海南、崇明三岛的我国第四大岛。舟山是世界闻名的渔场之一，海洋渔业资源丰富多样，是我国重要的渔仓。舟山群岛不仅渔业发展迅速，而且海洋文化也非常丰富，光是海洋主题博物馆就有10多个。10月上旬，"万里海疆巡礼"采访团走进舟山，感受海洋的文化魅力，体会海洋的博大精深。

中国海防博物馆

　　从舟山乘船30多分钟，就来到了舟山群岛第二大岛——岱山岛，岛上有一座博物馆依山沿海而建，绿色城墙掩映在茂密的丛林中，这里就是中国海防博物馆，它陈列了一段从明朝倭寇入侵到近代有海无防的屈辱历史，也展现了建国以来我国新时代海防发展的壮丽诗篇。

　　中国海防博物馆坐落于浙江省舟山市岱山本岛黄嘴头东南面沿海地带，地势险峻，整个园区建设有中心展览区、边缘展览区、隧道展览区、休闲旅游区等四大区域。中心展览区主馆门口有迟浩田将军亲笔题写的"中国海防博物馆"馆名。

600余幅图片和模型，展示从春秋、战国到近现代、以及新中国成立以来的海防史。可以见识到郑成功的战船、参加甲午战争的定远舰和致远舰以及中山舰、重庆舰等著名军舰模型，可以亲手触摸来自这些战舰上的古老的天文钟、船灯、船钟……博物馆的副馆复原了原驻岛官兵用房的设施和场景，用实物真实再现海军生活。

中国海防博物馆是集军事、历史、文化、游乐为一体的多元化现代文化场所，是一个具有爱国主义教育和国防教育功能的基地。近年来，岱山县挖掘深厚的海洋文化底蕴，致力打造海洋文化名县，相继建成中国台风博物馆、海洋渔业博物馆、盐业博物馆、灯塔博物馆、岛礁博物馆等五大海洋系列博物馆，使岱山这座古老的海岛日益散发出浓郁的海洋文化魅力。据了解，今后，岱山的海洋文化系列博物馆，不但将继续发挥传播保护海洋文化历史的作用，更会有机地结合海洋文化历史和爱国主义教育思想，让游客在参观中，同时得到爱国主义教育，让人们在了解历史的过程中，自然地增加对这片土地和国家的热爱。

中国灯塔博物馆

岱山海域，岛屿星罗棋布，舟楫穿梭，灯塔荟萃，林立于孤岛岬角，指引着航船避险就安。因此灯塔文化在岱山的土地上得以繁衍，有"中国灯塔看岱山"之美誉。

采访完中国海防博物馆，"万里海疆巡礼"采访团又走进了岱山灯塔博物馆，在了解灯塔的相关知识同时，也对那些航海者和一代又一代的岱山守塔人表达满腔敬意。

濒海而建的中国灯塔博物馆位于岱山县城竹屿新区，是岱山县打造"海洋博

物馆之乡"的其中一项精品项目，也是迄今为止国内第一个以灯塔为主题的旅游景区。已建成开放的一期馆区投资 700 多万、占地 5000 多平方米，仿造、汇聚了 7 座来自不同国家、不同建筑风格的著名灯塔。并建有一座陈列展馆，游客可以在里面了解灯塔的演变发展史，阅读一座座著名灯塔的轶闻故事。

据了解，舟山群岛海域灯塔荟萃，共有 10 余座灯塔，世界历史文物灯塔之一的花鸟山灯塔号称"远东第一灯塔"。岱山县境内有 3 座历史悠久的灯塔，为挖掘和发扬灯塔文化资源，岱山县在博物馆系列工程中推出了灯塔博物馆项目。整个项目计划分三期建设，总占地面积达 3.8 平方公里，将逐步建成 28 座世界著名灯塔，并在馆区配套酒吧、宾馆、餐饮等服务娱乐设施，目标是打造国内一流的灯塔文化观光度假胜地。

中国台风博物馆

夏季，是台风的多发季节；西北太平洋，则是全球台风最为频繁而强烈的区域，我国是西太平洋沿岸受台风影响最严重的国家之一。据不完全统计，全球每年发生台风 80 ～ 100 次，对人类生活产生巨大影响，平均每年约 1.5 ～ 2 万人死于台风灾难之中，造成的经济损失则达 60 ～ 70 亿美元。据科学家研究发现，近年来沿海台风越来越多，越来越强，不仅给沿海地区带来越来越大的人员财产损失，而且影响到海军舰艇和航空兵部队军事任务的执行。

素以险要著称的拷门大坝位于定海岱山东北，是浙江抗击台风的最前沿。每当台风来袭，此地浪涛冲天，惊险万分。于是，这里建起了国内唯一以台风为主题的气象灾难博物馆——中国台风博物馆。

车行拷门大坝，远远看到一个海船型的白色建筑。据导游介绍，呈流线型的建筑加之旁边小山的护卫，既能有效地避免台风对博物馆的正面冲击，又能让游客与台风面对面"交流"，充分感受台风的火暴与张力。台风馆里看台风，真可谓创意独特、别具匠心。

博物馆大门旁边，有7个手工竹编器具高高地悬挂在竹竿上。它们分别是沙漏、尖顶草帽、圆球、T字形、筐子、正方体和十字架。这7个美丽的竹编器具叫"暴风警报风球"，每只都能预报风力大小及影响本地的时间。据了解，暴风警报风球最早出自1884年的上海海关大厦，在抗击台风、预报天气方面发挥过重要作用，后来逐渐淡出历史舞台。建馆之时，工作人员把这些宝贝重新挖掘出来，形成了一道独特风景。

进入一楼大厅，抬眼就能看到一幅巨大的台风卫星云图。广阔的海洋上旋转着巨大的漩涡，中间的台风眼犹如万丈深渊，又如同噬人的黑洞，让人顿时毛骨悚然。台风的运行路线用红色的指示灯清晰形象地勾勒出来，让人直观地感受到台风的生成消亡过程；而650余幅图片，57件实物，以及声、光、电等模拟手段更让人见识了台风强大的破坏力。台风溯源于热带海洋上的强烈涡旋，西方称之为"飓风"、"风暴"，位居威胁人类生存与发展的十大急性自然灾害之首。人类历史上最惨烈的台风发生在1970年11月，孟加拉湾热带风暴引起的巨浪狂潮，冲岛淹城，致使30万人顷刻丧生！当然，台风也能降温并带来丰沛的雨水，或许这是台风有利的一面吧！

二楼是观台厅。试想，当台风光临，掀起十几米、几十米的巨浪，将海水甩过岛礁，重重地拍在拷门大坝上时，那将是一种怎样的惊心动魄景观！而零距离感受如此场面，才能让人懂得什么叫做真正的惊涛骇浪！

二期主馆是一座参与性的互动展馆，由台风4D动感立体影院和"风科普"系列仿真游戏娱乐区构成。48座三自由度液压动感平台、高保真环绕音响系统、7×12米超大屏幕，以及专为该馆量体制作的立体影片《台风惊魂》，让人从听觉、视觉、触觉上全方位感受风雨浪潮的态势和防台抗台的艰辛；而包括"驭风、听风、摄风、骑风、射风"等十个单体游戏项目组成的"风科普"系列仿真模拟游戏，则是真实道具与三维视频同步结合，让游客在非台风季节亲身领略台风的震撼和惊险。

目前，形象生动的台风博物馆已经成为中小学生气象教育基地之一。与此同时，博物馆还配置了一套先进的全自动海洋环境远程观测传输系统，为有效指挥防台抗台工作提供可靠数据。此外，博物馆还打算再投资 2.5 亿元，建设一个总面积达 3000 亩，以"台风"为核心的风文化乐园，凸显风科学、风文化、风娱乐、风景观形成风休闲，发展风经济，将初步建成国内一流、国际领先的灾难体验性海洋文化休闲旅游胜地。也许，这将开全国灾难旅游之先河了。

鸦片战争纪念馆

从岱山返回舟山，"万里海疆巡礼"采访团来到舟山鸦片战争遗址公园参观。公园以丰富的历史照片和实物全面展示了鸦片战争中舟山军民奋勇抗英的历史画卷，也向后人昭示"落后就要挨打"、"有海不能无防"的深刻道理。

舟山鸦片战争遗址公园（原名竹山公园），位于舟山市定海城西晓峰岭隧道上，是一座以鸦片战争古战场为载体，以爱国主义教育为主题的纪念公园。舟山鸦片战争遗址公园占地 10 余公顷，园内建有舟山鸦片战争纪念馆、"三总兵"纪念广场、百将题碑、傲骨亭迁建的三忠祠等。

纪念馆内讲解员向记者介绍说，1841 年 8 月，英军入侵舟山，面对英国殖民主义者的疯狂侵略，葛云飞、王锡朋、郑国鸿三位总兵率 5000 将士，在定海城西的晓峰岭和竹山等地与敌浴血奋战六昼夜，相继壮烈殉国，成为鸦片战争中战斗最激烈、牺牲最多的一次战斗。为铭记历史，昭示后人，舟山市委、市政府投资兴建了舟山鸦片战争纪念馆。

在三忠祠内，四合院式结构的建筑里，陈列有葛云飞、王锡朋、郑国鸿三位总兵的座式雕像、生平列传及图片资料共计 60 余幅。在三忠祠对面是"三总兵"纪念广场，三总兵的雕像屹立山头，直插云霄，彰显出中华民族充满骨气、不会屈服的决心。

据了解，舟山鸦片战争纪念馆还被海军选作"爱国主义教育基地"和"海洋观教育基地"。舟山水警区领导介绍说，每年他们都会定期组织官兵来纪念馆参观，通过历史让广大官兵懂得"海殇则国衰，海强则国兴"的道理，以此激发他们关注海洋、关注海权、关注海防、投身海军的热情。

巡航钓鱼岛

晨曦中，钓鱼岛清晰的呈现在我们面前，就像好客的主人，向来自祖国巡航编队的卫士们招手问好；蓝天白云下，黑白相间的海鸥舞动着矫健的翅膀，成群的翱翔在空中；船头两侧，三三两两的飞鱼从海里突然窜出，紧贴水面飞向远方，有的甚至能飞上百米远；宽阔的海面上，精巧的台湾垂钓船在浪尖波谷中穿行，不时还有高大的集装箱船通过；夜晚来临时，灯光捕鱼船把周边海域照的通亮，点点渔火与天际线构成了一道亮丽的风光。这是"万里海疆巡礼"采访团在我钓鱼岛及管辖海域巡航期间最常看到的景致。然而，在这些赏心悦目的美景之外，更吸引我们的是那些鲜为人知的巡航故事。

中国的固有领土

在我钓鱼岛及管辖海域巡航的 10 多天中，几乎每天都能看到钓鱼岛及其附属岛屿。从不同的方向看去，钓鱼岛呈现不同的形状，像巨龙、像卧佛、像笔架山、像雄狮、像金字塔、像铁锚……。在朵朵白云和湛蓝的大海的相伴下，钓鱼岛就像祖国的定海神针，矗立于波涛汹涌的东海之中。期间，巡航编队两次进入 12 海里领海内，钓鱼岛近在咫尺，周边的礁石、岛上的岩石、树木和青草清晰可见。

还不时有鸟儿在钓鱼岛上空飞舞盘旋，一会又叽叽喳喳叫着飞到我们的船头，像对大家打招呼似的。

巡航编队指挥员张庆祺，中等身材，浓眉大眼，脸上总是带着微笑。这位长期在海洋执法一线、有着丰富工作经验的指挥员告诉我们：钓鱼岛及其附属岛屿是中国领土不可分割的一部分，无论从历史、地理还是从法理的角度来看，钓鱼岛都是中国的固有领土，中国对其拥有无可争辩的主权。

钓鱼岛及其附属岛屿位于中国台湾岛的东北部，是台湾的附属岛屿，分布在东经 123° 20′ ～ 124° 40′，北纬 25° 40′ ～ 26° 00′ 之间的海域，距离中国大陆 180 海里，距离台湾 90 海里，由钓鱼岛、黄尾屿、赤尾屿、南小岛、北小岛、南屿、北屿、飞屿等岛礁组成，总面积约 5.69 平方千米。钓鱼岛位于该海域的最西端，面积约 3.91 平方千米，是该海域面积最大的岛屿，主峰海拔 362 米。黄尾屿位于钓鱼岛东北约 27 千米，面积约 0.91 平方千米，是该海域的第二大岛，最高海拔 117 米。赤尾屿位于钓鱼岛东北约 110 千米，是该海域最东端的岛屿，面积约 0.065 平方千米，最高海拔 75 米。

中国古代先民在经营海洋和从事海上渔业的实践中，最早发现钓鱼岛并予以命名。钓鱼岛海域是中国的传统渔场，中国渔民世世代代在该海域从事渔业生产活动。钓鱼岛作为航海标志，在历史上被中国东南沿海民众广泛利用。

日本在明治维新以后，加快对外侵略扩张。1879 年，日本吞并琉球并改称冲绳县。此后不久，日本便密谋侵占钓鱼岛，并于甲午战争末期将钓鱼岛秘密"编入"版图。1895 年 4 月 17 日，清朝在甲午战争中战败，被迫与日本签署不平等的《马关条约》，割让"台湾全岛及所有附属各岛屿"。钓鱼岛等作为台湾"附属岛屿"一并被割让给日本。1900 年，日本将钓鱼岛改名为"尖阁列岛"。

第二次世界大战后，钓鱼岛回归中国。但 20 世纪 50 年代，美国擅自将钓鱼岛纳入其托管范围，70 年代，美日对钓鱼岛进行私相授受，美国将钓鱼岛"施政权""归还"日本。2012 年 9 月 10 日，日本政府上演了一场"购岛"闹剧，宣布"购买"钓鱼岛及附属的南小岛、北小岛，实施所谓"国有化"。这是对中国领土主权的严重侵犯，是对历史事实和国际法理的严重践踏。

长期以来，中国为维护钓鱼岛的主权进行了坚决斗争。中国通过外交途径强烈抗议和谴责美日私相授受钓鱼岛，针对日本侵犯中国钓鱼岛主权的非法行径，中国政府采取积极有力措施，通过发表外交声明、对日严正交涉和向联合国提交反对照会等举措表示抗议，郑重宣示中国的一贯主张和原则立场，坚决捍卫中国的领土主权和海洋权益，切实维护中国公民的人身和财产安全。1958 年，中国政府发表领海声明，宣布台湾及其周围各岛属于中国。针对日本自 20 世纪 70 年代以来对钓鱼岛所采取的种种侵权行为，中国于 1992 年颁布《中华人民共和国领海及毗连区法》，明确规定"台湾及其包括钓鱼岛在内的附属各岛"属于中国领土。2009 年颁布的《中华人民共和国海岛保护法》确立了海岛保护开发和管理制度，对海岛名称的确定和发布作了规定，并于 2012 年 3 月公布了钓鱼岛及其部分附属岛屿的标准名称，当年 9 月 10 日，公布了钓鱼岛及其附属岛屿的领海基线，9 月 13 日，向联合国秘书长交存钓鱼岛及其附属岛屿领海基点基线的坐标表和海图。

张指挥员告诉我们，中国始终在钓鱼岛海域保持经常性的存在，并进行管辖。2012 年 9 月，颁布钓鱼岛领海基线后，首次巡航随之启动。9 月 14 日，由当时的中国海监 50、15、26、27 船和中国海监 51、66 船组成的 2 个维权巡航编队，抵达钓鱼岛及其附属岛屿海域，对钓鱼岛及其附属岛屿附近海域进行维权巡航执法。当年 12 月 13 日，中国执法公务飞机飞抵钓鱼岛上空宣示主权。2013 年 2 月 4 日，中国海监船编队在钓鱼岛领海内巡航时，对发现的日本侵权船只进行监视取证，开展了维权执法，此次巡航历时 14 小时 16 分。10 多天后的 2 月 18 日，中国海监 50 等 3 艘船组成编队进入钓鱼岛领海巡航，最近距离钓鱼岛 0.8 海里。与此同时，中国还通过发布天气和海洋观测预报等，对钓鱼岛及其附近海域实施管理。

绚丽的钓鱼岛之花

在巡航编队指挥船驾驶室舷窗两边，固定放置着 7 个花盆，分别种着兰花、长寿花、四季海棠等。每天天一亮，船长荆春隆的第一件事就是来到驾驶室，检查完驾驶人员工作情况后，开始用粉红色的小水壶给花喷水。荆船长说，船上空间小、生活单调，船员容易烦燥，养些花可以调节船员的情绪。花靠阳光雨露，船上没有雨露，所以荆船长每天都要给这些花喷上好几次水。

荆船长告诉我们，船上种植的两棵兰花是他从码头旁边的山上挖来的，已经开过几次花了；正在盛开的四季海棠，粉红的花、翠绿的叶，很是好看。荆船长说，春节在钓鱼岛巡航期间，四季海棠花开的也是这样好看，此地此景，大家看着钓鱼岛想起了我们的祖国，一致同意把这盆四季海棠命名为钓鱼岛之花。由于寓意深刻，又比较好养，因此大家都特别喜欢这棵钓鱼岛之花。现在船上已经有好几盆钓鱼岛之花了，都是荆船长从原有的一棵大的钓鱼岛之花上剪枝栽培的。

荆春隆船长是浙江宁波人，1966 年出生，从事海洋调查及海上维权一线工作近 30 年。曾经参与东海断面水文调查、钓鱼岛巡航执法等重大任务数 10 次，最高纪录为连续出海 119 天。先后多次被国家海洋局、原中国海监总队表彰为"维权二等标兵"、"个人先进工作者"、"安全先进个人"，2 次荣立三等功。

在荆春隆的船长生涯中，记忆最深是 2012 年发生的两件事。当时，他所在的船还叫中国海监船。

一件是成功护送香港"启丰二号"保钓船返回香港。荆春隆告诉我们，2012年 8 月 12 日，载着 14 人的"启丰二号"从香港出发前往钓鱼岛，多名成员于 15日成功登上钓鱼岛并宣示主权，但却被日方非法抓扣。经中国政府多次严正交涉

和努力，日本方面 17 日无条件放还了非法抓扣的全部 14 名中方人员及船只，其中 7 人于当天乘坐飞机返回香港。

荆春隆说，他们船的任务就是于 17 日晚上，接上并护送另外 7 人驾驶"启丰二号"由日本石垣岛启程返港。由于"启丰二号"在钓鱼岛附近遭到日本海保厅船只的阻截和夹击，船身受损严重，加上长时间航行，油水严重不足，给航行安全带来了一定的影响。荆春隆讲，在海上接到"启丰二号"后，首先为他们进行了食物和淡水等补给，确保人员和船员能够安全航行。当时，按照指挥中心的指令，两艘中国海监船沿一条比较特殊的航线行驶，一前一后为"启丰二号"护航。经过台湾南部海域后，8 月 22 号凌晨，"启丰二号"在海监船的护送下安全回到了香港，下午顺利停靠尖沙咀码头。之后，一路护航的中国海监船和香港水警进行交接。至此，荆春隆圆满完成了这次特殊的护航。

另一件是在钓鱼岛海域成功抗击大风。那是 2012 年 12 月，荆春隆所在的船奉命到钓鱼岛海域执行巡航维权任务，期间，突然遇到了大风浪。荆春隆说，那次风浪来得特别快、也特别大，驾驶室前面的玻璃窗上不停的有海水打上来，看不清前方海面。驾驶室在三层，距离海面超过 6 米，可见当时浪有多高。大浪一个接一个，船舱里的东西东倒西歪，当时船上多数人都晕船了。荆春隆说，他当时也晕了，但他是一船之长，是主心骨，必须要坚持，确保船舶的安全，只有船舶安全了，人员才能安全，任务才能安全。

荆春隆说，在海上是没有退路的，只有向前向前再向前。他说，其实，当时让他更感动的是，条件比他们船情况要差的另一条船也一直在坚持，那条船比他们的船早出厂 10 年，无论动力设备、船体状况都不如他们船好。荆春隆说，他当时告诫值班船员，一定要和兄弟船一起回去，这样万一有什么紧急情况时，还可以相互照应。就这样，他们一起坚持了 24 个小时，两艘船双双顺利返航。

海上老兵不言老

在波涛汹涌的东海钓鱼岛海域，排水量1000余吨的海警船只，尤如大海中的一叶小舟，不停的颠簸摇摆，最大时摇摆超过30度。因此，船上的东西全部都是固定的，大到机器设备、桌椅板凳，小到开水瓶、水杯，甚至连牙刷都是那种可以固定的。船上到处是扶手，有风浪时就连冲澡、上厕所都要拉着扶手。在这种情况下，船上工作人员尤其是随船出海的执法队员晕船可以说是家常便饭。然而，一旦遇到情况，大家全部精神抖擞，很快进入各自的工作岗位。

我们搭乘的这艘海警船，船上部分船员年龄相对比较大，尤其是大副、管轮等高级船员。他们都是从海军集体转业到船上工作的，在这一干就是几十年。虽然他们不少人已经年过半百，头发花白，但仍然精神抖擞，干劲十足。同舟共济几十年，他们已经融为一体，不仅工作上互相帮助照顾，生活上更是彼此关心体贴。不值班时，他们还会开开玩笑，小酌两杯，其乐融融。

报务主任沈华秀，是我们在船上接触比较多的一位老同志，他是1978年入伍的老兵，转业到船上工作后，一直从事报务工作。临别那天，他把刚写的两首词送给我们，其中一首是《念奴娇——甲午百二十年祭》：樯橹烟灭，问乾坤何震，黄洋事急。束手几人合鸥夷，惶恐君怵受耆。刘公督堂，金銮殿上，把台澎割了。三万万银，举目空悲凄。均道生来无福，燕乐生平，何来沉舟戟？贾生小杜哀后人，可怜几曾回首。剑倚瀛洲，吞吐八荒，王师极慰藉。颈今钓岛，唯能扬帆击楫。

被船员们称为"大秀才"的沈华秀，平时说话不多，工作之外，他喜欢看书、写字。每天完成本职工作后，都要坐下来看会书。但沈华秀并不是一个沉默寡言的人，当他打开话匣子时，就变成了一个地道的"话唠"。但令人惊奇的是，无论他说多长时间，与他交谈的人都不会觉得无聊，丰富的知识、清晰的表达、缜密的逻辑、开阔的思维使得与他交谈充满深深的吸引力。当我们问他如何做到这一切的时候，他给出了两个字："读书。"古人曰：书中自有黄金屋，书中自有颜如玉。书中所展示的正是包罗万象的大千世界，能够使人产生极大的满足感，并促进智慧的增长。沈华秀如是说。

在海上生活数十载，沈华秀没有什么特殊爱好，不打牌，不玩游戏，唯独喜欢读书。但凡空闲，他就会在自己的房间抱着书本好好看上一会。随着知识的积累和经验的增长，沈华秀对文学、历史和政治逐步形成了自己的见解，在点评时事、解读历史、文学写作方面经常"语出惊人"，给人许多启发与思考，经常让身边的同事啧啧称奇。如果说阅读充实了沈华秀的生活，那么尝试创作则成为了他的乐趣。沈华秀经常把自己创作的诗词和文章，与同事们一起分享，他感觉这样很开心。也许正是这些举动，让沈华秀什么时候看起来都乐呵呵的，满脸洋溢着灿烂的笑容。

船上老同志们在不断学习、相互帮助、相互关心的同时，也非常注重培养新人，被他们称为快乐"小鬼"的万严亮就是其中的一位。机电工盛维萍告诉我们，万严亮不管是业务能力还是平时为人都很不错。

留着小平头的三管轮万严亮，是 1987 年出生的新生代，船员之所以称他为"小鬼"，一来因为他年纪小，二来轮机部门素有称"鬼"的传统，例如轮机长就被称为"老鬼"。万严亮加入中国海警队伍纯属偶然。大学毕业后，他和许多学习轮机专业的同学一样，考取了国际通用的三管轮证书，加入了中国远洋集团，成为了万吨货轮上的一员。刚毕业就能拿到每月 16000 元的薪酬，万严亮很是满意，他的人生轨迹似乎注定要与远洋的航行轨迹彼此重合，也许他会像他的前辈一样，不断成长进步，晋升为"二鬼"（大管轮）、"老鬼"（轮机长）。

但生活的精彩就在于它总是让人捉摸不透。2013 年 7 月，在家休假的万严亮无意间从网上看到了中国海警局的公务员招考信息，并了解到我国执法船人才缺少，急需补充新鲜血液，于是他动心了。如果参加考试并被录用，他会倍感荣耀，但过去的远洋高薪也将"高台跳水"。强烈的思想斗争让他痛苦了很长时间，最终，经过反复的思考和家人的鼓励，他选择了尊重自己的内心想法：把自身价值与社会价值统一起来，为国家做一些贡献，远比金钱更可贵。心想事成，他凭借过硬的理论知识和出色的业务素质，在层层选拔中成功突围，光荣的加入了中国海警队伍。

但激情消退之后，现实的残酷也接踵而至。锐减的收入，狭小的住舱，轰鸣的环境，繁重的工作，一时间让他喘不过气来，倍感不适。在船上老同志的帮助下，天性乐观的他主动应对，克服各种困难，终于完全适应。2014 年 5 月的一次，在钓鱼岛巡航期间，细心的万严亮发现主机海水泵管道出现漏水，如果不及时排除，将可能造成连带设备的安全隐患，影响到任务的顺利进行。万严亮一边报告船长一边开始查找原因，经过他和轮机部门师傅们数个小时的紧张抢修，最终及时解决了问题，增强了设备的可靠性和稳定性，确保了海上巡航维权任务的圆满完成。

由于船上是下午 5 点钟吃晚饭，采访完万严亮已经接近晚上 11 点，大家都有些饿意。万严亮热情的邀请我们一起吃夜宵，他要亲自下厨做个蛋炒饭。只见他二话不说就把满满一盆米饭倒入锅里，然后满世界寻找鸡蛋。一时间，身边的老船员也乐开了花，原来他把炒鸡蛋和放米饭的顺序弄反了，万严亮露出满脸的尴尬和无奈。不过，他很快采取了补救措施，做出了香喷喷的蛋炒饭。

维权执法新血液

我们上船当天，刚放下随身携带的物品和器材，船长和政委就把我们一行请到了会议室，就巡航期间的相关规定和船上安全提出了明确要求。最后还发给我们每人一张"应变任务卡"，上面有包括弃船、遇到火情和人员落水时的信号及任务，一下子感觉肩上责任重了许多。实际上，比我们责任更重的是海上执法队员。

日本方面为达到所谓"实际控制"我钓鱼岛的图谋，可谓挖空心思，不遗余力。随船的执法队员告诉我们，钓鱼岛上没有淡水水源，并不适合人员常期居住。日本暗中派人将岛上留有的中国古代遗迹破坏，继之宣布将右翼团体在岛上非法设置的灯塔收归为"国有财产"。2009 年初，日本政府又调集可搭载直升机的大型巡逻船增防钓鱼岛。目前，日本海上保安厅第 11 管区的巡视船，除了不间断的为我们巡航编队"伴航"外，还有多艘巡视船 24 小时分守在钓鱼岛周边，替我们"看门"，而在空中不时还有侦察机出现。

参加这次海上执法任务的是 4 名年轻的小伙子，小组长王磊，一位从青岛海洋大学毕业不久的帅气小伙。王磊是浙江人，家庭条件优越，学习成绩优异，然而当他刚刚走上海上执法工作岗位时却有些不太适应。他的女朋友在上海一家大公司上班，工作也很忙。王磊一年有 100 多天在海上执法，这使他与女朋友聚少分多。特别是在远海执行任务时，没有电话信号，如同消失了一样，女朋友对此很不理解。这给王磊带来了不小的压力。生活上的压力归生活上的压力，王磊从没有因此而影响自己的本职工作。

这次上船的第一天，王磊就因海上风浪大躺了一天，但一有任务就立即跑到驾驶台处理，无论是英语还是日语喊话都把握的非常准确。一路上，王磊还不时为大家讲解执法情况，帮助记者找急需的相关资料。

"我叫郭炜，今年28岁，我是中国海警东海维权支队的执法队员。"铿锵有力的自我介绍中透射出浓浓的自豪与骄傲。他就是被称为"东海强音"的郭炜。第一次见到郭炜的时候，他正在使用甚高频对日喊话："钓鱼岛及其周边附属岛屿自古以来就是中国的固有领土。中国海警编队正在钓鱼岛附近海域进行例行性巡航。"义正言辞地宣誓主权，流畅清脆的音节通过他充满磁性的嗓音回旋在公共频道。那一刻，所有人都被这神圣的使命感所包围，激发出强烈的爱国主义情怀。

第二次见到郭炜的时候，他正在使用光电系统进行执法取证，冷静的操作，细致的记录，专注的神情，勾勒出一名执法者独特的魅力。郭炜并不是海上维权执法"科班出生"。在上海水产大学上学时，郭炜学习的是生物技术专业。毕业后，他选择了从事与所学专业相关的海洋环境监测工作。工作1年多后，他转行到维权执法部门工作。起初，郭炜以为凭着自己对海洋的熟悉，这份工作应该能够轻松面对。谁承想海上维权执法的要求之高远超他的想象，不但要掌握各项业务知识和精通各种设备仪器，还要学习英语、日语等多种外语。

"当时我头都大了。"回忆起过往经历，郭炜如是说道。好在付出获得了回报，郭炜最终实现了"华丽的转身"，成为了一名合格的海上维权执法员。郭炜告诉我们，海上维权工作敏感程度高，执法时言行要格外谨慎，同时还要特别注意自己的立场，以钓鱼岛巡航对日喊话为例，必须时刻牢记自己所代表的是中国政府向日本政府喊话，充分做到有理、有力、有节，不卑不亢，泰然处之。

郭炜还告诉我们这样一件事：一次，在执行完钓鱼岛巡航任务返港途中，锚区里一条渔船用甚高频在公共频道里问我们："中国海警，你们是不是从钓鱼岛回来？"我们有保密要求，肯定不能回答，所以就没理他。过了两分钟，就听到另一艘渔船在公共频道答道："这里是中国海警。没错，我们刚回来，钓鱼岛很好很漂亮。"当时大家全笑晕了。

　　执法小组的另外一位小伙子是被称为"山东好汉"的李超。李超 1988 年出生于山东泰安，毕业于山东政法学院。李超虽然参加工作只有两年多，但随船出海的经历却很丰富，看着他无论风浪大小都始终谈笑自若，不禁让饱受晕船煎熬的记者心生羡慕。李超告诉我们，其实他当初晕船也很厉害。2012 年，李超第一次出海时，搭乘的是一条数千吨的大船，他心中暗自庆幸，认为自己肯定不会晕。结果适得其反，一出海他就晕头晕脑，看见食物就想吐，根本不想吃饭。就这样，持续 5、6 天，每天早上吃点稀饭，除了值班就只能卧床休息。

　　这次的惨痛经历并未让李超自怨自艾，反倒激起了他心中的斗志。在进行自我心理调节的同时，李超也在思考如何能最大限度的减轻晕船带来的影响。于是，他开始把更多的精力向工作上转移，尽量不去关注身体的不适。最终，意志战胜了躯体，他成功适应了海上工作和生活，成为了一名合格的海上执法队员。

　　李超告诉我们，他去年领的结婚证，但至今还没办酒席。为此，他对妻子一直心存愧疚，毕竟工作的特殊性，必须让他在家庭生活上有所舍弃。为了弥补对妻子的不公平，每次出海回家，他都主动包揽了大部分的家务活，尽可能让妻子多休息。很难想象，印象中豪爽阳刚的"山东好汉"，做起家务活会是什么样?

　　提起海上执法队员，浮现在人们脑海中的形象总是刻板严肃、不苟言笑，但近距离接触他们，就会发现，其实不然。他们和大多数年轻人一样，充满活力，充满阳光，幽默诙谐，奋发上进。

　　执法队员还告诉我们，随着我钓鱼岛巡航常态化，海上执法任务的加重，海上执法的装备器材也有了很大改善。不仅有传统的相机、摄像机，还有先进的光电跟踪监视取证系统。通过这个系统，可以清楚的观察到周边的动态情况，甚至连海面上飞过的一只小鸟也都能捕捉到。

海上紧急大搜救

6月27号上午8点50分，大陆1艘渔船在钓鱼岛以北海域作业时机舱进水沉没，人员落水。接报后，中国海上搜救中心立即全力组织搜救，要求福建省海上搜救中心协调派出专业救助力量赶赴现场组织救助；通报福建省海洋渔业部门，联系事发水域附近渔船协助搜救；通过海岸电台呼叫附近商船参与搜救；通报农业部、国家海洋局、中国海警局、总参谋部、海军，请相关机构指派附近所属力量参与搜救；同时，通报台湾中华搜救协会，请台湾方面派出力量协助搜救。

上午10点30分，正在钓鱼岛毗连区海域巡航的中国海警编队指挥船接到指挥部指令，要求巡航编队全速前往附近海域搜救"闽霞渔"01003号渔船。时间就是生命，巡航编队迅速调转船头，全速向"闽霞渔"01003号出事海域航行。有意思的是，在钓鱼岛海域一直近距离为我船"伴航"的日本海保厅巡视船PL62号，主动向我指挥船喊话，请求与我方共同搜救"闽霞渔"01003号，我编队向日方说明海警编队正前往事发海域进行搜救，并对其表示了感谢。

这是一场两岸合作进行的海上紧急大搜救。当天上午，"闽霞渔"01003号渔船在钓鱼岛以北62海里海域进水沉没后，经过此海域的台湾"顺利宏"号渔船立即救起了船上的4名大陆渔民，其中1人死亡，另有6人失踪。之后，获救渔民从"顺利宏"号渔船转移到了台湾"海巡署"的"基隆"号海巡船上。大陆东海救112号搜救船在当天傍晚赶到搜救现场后，首先与"基隆"号海巡船取得联系，准备实施海上人员交接。此时，我们从指挥船上清楚的听到了从"基隆"号传来的声音，报告台湾渔船救捞起大陆渔民的人数和身体情况，并约定交接地点和时间。

　　巡航编队高速航行 6 个小时后，抵达事发海域。按照指挥部指令和巡航编队临时会议决定，船员和随船其他人员，全部投入 24 小时值班了望搜索工作。与此同时，船上光电系统启用红外搜索功能，各种器材和装备开始全方位搜索。根据部署，巡航编队船只以横队队形，两船间距约 2 海里，自事发海域向周边进行搜救。在 4 天紧张的搜救过程中，巡航编队在事发附近海域打捞上来了油桶、救生衣、雨靴、枕头、塑料油桶等物品。但遗憾的是，没有搜救到遇难人员。第四天下午，搜救行动结束，编队按指令返回原任务海域巡航。

　　在搜救现场，我们看到了海军"益阳"舰和"三明"舰正在开展搜救；台湾"海巡署"的"谋星"号海巡船，从我们两艘巡航船中间经过，并亲切的和我们打招呼；不远处，日本海上自卫队的 129 号驱逐舰也在该海域活动。

鸟儿飞到甲板上

　　一天晚间，正准备洗漱就寝时，忽然有船员告诉我们，后甲板发现了"不速之客"。于是，我们和船员一起，赶紧去看个究竟。原来，一只褐色的海鸟不知何时落到了后甲板上。面对大家的围观，鸟儿没有丝毫紧张，继续在人群中闲庭信步、东游西逛。一会儿，有船员拿来了一些食物并端来一盘淡水，但小鸟只是看着，并不急于去动它。

　　船政委张博伦告诉我们，海上航行时，经常有小鸟到甲板上来"做客"，可能是飞累了或者是迷路了。每次遇到这种情况时，船员们都不去惊扰这些小鸟，而是像接待小伙伴一样，善待这些小鸟，这已经成为鸟儿和船员们心照不宣的默契。海鸟休息好了，就又飞回海上。张政委说，在大海深处有小伙伴来串门，也给寂寞的海上生活带来了乐趣，带来了遐想。

在后船一个透亮的舱室里，我们看到了两棵种在塑料泡沫箱子里的西红柿，上面开了很多小黄花，还结有不少果实。炊事员告诉我们，种植这些东西，不仅仅是为了吃，更重要的是调节生活。由于船上空间条件限制，不允许饲养宠物，于是这些绿色植物，就成了单调乏味的海上生活中的一道亮丽风景。一棵西红柿从长大开花到结果再到成熟，都会成为全船人关注的焦点。它已经不仅仅是一棵西红柿，它还包含着来自陆地、来自家乡的生命活力。

巡航期间，我们经常听到船员们说，在海上工作、生活的人更加懂得绿色与生命的意义。船事务主任俞春林给我们讲了这样一个故事：一次，因为风大浪急，打坏了放在后舱几棵正挂果的红辣椒，船员们为此难过了好几天。之后，船员们每天自发的到这里值班，照料这些绿色的"娇客"。

蓝天白云下，二层甲板上3个不同颜色的圆形垃圾桶特别引人注目。政委张博伦介绍说，垃圾是人类生活的副产品，也是现代社会最让人头痛的环境问题之一。长时间的海上航行产生垃圾在所难免，但船上空间狭小，四周又是茫茫大海，怎么办？一抛了之当然不行。张政委讲，海警船上有一套卓有成效的垃圾分类处理办法。餐厨类的垃圾，在12海里以外，可入海，但有些垃圾还要按照要求粉碎成颗粒状才能入海。另外还分可回收的和不可回收的垃圾，有害的垃圾单独装，回到陆地按照要求处置。张博伦政委自豪的说，通过加强教育和严格管理，船员们都能从点滴做起，自觉执行各项制度法规，爱护海洋，保护环境，与自然和谐相处，已经成为大家的共识。

彩虹相送返航归

雨过天晴，还没来得及完全散去的云彩挂在天边，几只海鸥从云下飞过，在

阳光的照耀下，显得异常矫健。一道彩虹把天空的云彩和大海连在了一起，海面平静如镜。完成了本次巡航任务的编队与接班的编队在毗邻区顺利交接后，我们开始返航。

一到码头，我们就听到好消息：中国海警 1401 号船开赴南海练兵，并圆满完成任务返航。1401 船是新建造的中国海警 4000 吨级执法船舶，近日入列北海分局。1401 船长 99 米，宽 15.2 米，设计吃水 5.6 米，设计航速 19.1 节，满载排水量 5196 吨，续航力 12000 海里，自持力 45 天，船员 57 人。根据上级指示，中国海警 1401 船在完成接船、入列任务后立刻执行海上任务。4 天备航，3 天港岸训练，3 天海上训练。中国海警 1401 船从完成接船、入列到具备执行任务的能力，仅用了 10 天时间，以无法想象的速度完成了平时至少需要一个多月才能完成的海上训练工作。其中包括 14 大项备航和 30 多个训练课目。其中包括消防、救生、堵漏、溢油、应急、防抗台风等 12 个港岸训练课目及反恐、防冲撞、直升机着舰、水炮应用等若干海上训练课目。

今年初，我国建造的新型 4000 吨级中国海警 3401 船正式入列南海分局。中国海警 3401 船是国家海洋局重组以来首艘完成建造并正式入列的新型 4000 吨级、多功能海洋执法船。之后，我国另一艘 4000 吨级执法船中国海警 2401 船完成建造并交付东海分局。中国海警 2401 船是国家海洋局重组以来第二艘完成建造并交付的新型 4000 吨级、多功能海洋执法船。这两艘执法船的突出特点是性能优良，配备了先进的执法设备，能够满足海洋执法任务需要。

经过多年的建设，特别是近年来新建大吨位海警船陆续入列，中国海警在总吨位和平均艘吨位方面已经有了质的飞跃。与此同时，为弥补空中力量的不足，中国海警即将接收一批新的海上巡逻机，对海上目标的监控时间、范围和精度将有大幅提升，对加强中国主张管辖海域实施有效管控发挥重要作用，在维护祖国海洋权益事业中做出积极贡献。

晕船的痛苦已经渐渐忘去，晕码头的不适也成为过去，终于又可以迈开大步行走了。但始终不能忘却的是，那已经深深的凿刻在脑海里、复印到心田里，魂牵梦绕、挥之不去的钓鱼岛、南小岛、北小岛、黄尾屿、赤尾屿。巡航期间，在公共频道里经常能够听到从过往船只上喊出的"钓鱼岛是中国的！"的声音，至今仍然激荡在耳旁。

生机勃勃的万山群岛

万山群岛位于珠江口东南部，由 76 个岛屿组成。万山群岛中的伶仃岛，是民族英雄文天祥被元军押送随船经过的地方，1279 年他曾在此写下千古不朽诗句"人生自古谁无死，留取丹心照汗青"。万山群岛的采访可谓是费尽周折，因为台风来袭，采访团三上三下、历时一周才完成了采访任务。尤其是最后对担杆岛的采访，我们从珠海香洲码头出发，坐船 2 个多小时，先到万山岛，后抵伶仃岛，下午再从伶仃岛坐送菜的渔船，终于登上了担杆岛。一路上，岛上海军观通站教导员探亲的小儿子因晕船而不停哭喊的声音至今难忘。由于晕船厉害，上岸时多数人已有气无力了。

港珠澳大桥通过万山群岛

在去万山群岛采访的交通船上，我们看到了正在施工的港珠澳大桥，并参观了位于桂山岛上的"沉管"制造现场。

港珠澳大桥以公路桥的形式连接香港、珠海和澳门。大桥的起点是香港大屿山，经大澳，跨越珠江口，最后分成 Y 字形，一端连接珠海，一端连接澳门。整座大桥按六车道高速公路标准建设，设计行车时速每小时 100 公里。建成通车后，开车从香港到珠海的时间将由目前的 3 个多小时缩减为半个多小时。港珠澳大桥总工期计划为 6 年，预计 2015 年至 2016 年建成通车。港珠澳大桥建成后，将成为仅次于庞恰特雷恩湖桥和宁波杭州湾大桥、胶州湾大桥的世界第四长桥。

港珠澳大桥管理局工程技术人员向记者介绍说，港珠澳大桥工程建设内容包括：港珠澳大桥主体工程、香港口岸、珠海口岸、澳门口岸、香港接线以及珠海接线。同时还将建设景观工程，拟设白海豚观赏区和海上观景平台。大桥将采用最高建设标准，抗震达 8 度（地震烈度），能抗 16 级台风，设计使用寿命 120 年。

技术人员讲，港珠澳大桥工程进展顺利，在珠江澳门口岸人工岛的填海工程将于 2013 年 11 月底完工，年底开始兴建岛上建设，如口岸大楼；12 月中旬，把形成桥身的"钢箱梁"运到海上桥墩安装。在工程开支方面，虽然工资成本上升，但钢材价格下跌，水泥价钱平稳，整个项目未有超支。

港珠澳大桥通车后，将于港珠澳三地设立过关口岸作"三地三检"。港珠澳大桥管理局党委副书记、行政总监韦东庆表示，大桥工程自 2009 年启动以来，至今整体进度顺利，包括大桥主体工程、口岸人工岛及连接线等，也按计划进行，建筑工人亦已紧密加班，预计在 2016 年通车。把形成桥身的"钢箱梁"运到海上桥墩安装，标志桥梁施工由下部工程顺利转向上部工程。

韦东庆形容，建设港珠澳大桥犹如"百团大战"，局方要同时协调过百个建筑团队，因采用不少创新方法，申请专利权的项目也逾 200 多个。韦东庆说，建筑期间曾遇上不少技术困难，因大桥设计寿命达 120 年，对建筑技术要求相当高，他期望大桥能成为传世工程，以及港珠澳三地的标志性建筑。

港珠澳大桥人工岛发展有限公司总经理谢隽讲，整个人工岛填海工程的费用没有超支，维持在国家批准的 23.86 亿元人民币内，公司将于年底开始兴建岛上建设项目，包括口岸大楼，预算花费 48.8 亿元人民币。

港珠澳大桥全长约 55 公里，大桥特别采用高架桥加上"沉管"隧道设计，以

免阻碍附近运输船只航道。大桥工程全部投资额达 1050 亿人民币，2016 年落成后，将有助珠三角地区三小时生活圈形成。

担杆岛的"绿色家园"

担杆岛地处万山群岛最东端、最前沿，也是担杆岛中最大的岛屿，因 7 座山峰连成一线，形似"扁担"而得名。

尽管担杆岛属于一类艰苦海岛，高碱、高湿、高盐的环境带来的诸多挑战，但是驻守在这里的广州军区某海防部队的官兵们，用自己的双手建立美丽的"绿色家园"，不仅各种蔬菜种的郁郁葱葱、长势喜人，还养起了鸡、鸭、猪、鹅等。在他们的建设下，整个海岛一片生机勃勃的景象。

登上担杆岛，坐上"勇士"车，记者首先来了一个"环岛游"，穿梭在山路上，眼前的景色美不胜收，让记者产生了一种度假的错觉。"环岛路"见证了海岛的变化，海防团政治处主任姜伟介绍到，这条道路原来是"筷子路"，岛上物质奇缺，后来，岛上的基础设施进行了大改造，尤其是这条"环岛路"，进行了全新的改建。但是在海岛上修路也不简单，因为这里山坡多而且陡峭，施工单位也遇到了很多困难，混凝土的"粘稠度"非常难把握，太稠了修好之后容易开裂，太稀了道路的质量又不能保证。后来就一点点摸索经验，才有了现在的"环岛路"。

而后来，随着专门的巡逻车辆——"勇士"车的配备，用车辆巡逻就成为了现实。这样，实现了从徒步巡逻到车辆巡逻的跨越。

来到某部营区，记者眼前一亮，一块块菜地里，冬瓜、辣椒、茄子等长势喜人，弥漫着收获的喜悦。连长刘斌带着记者一边走一边介绍到，"菜的种类比较多，冬瓜、紫菜、辣椒、茄子、葱、姜、蒜都有，每块菜地大约有 7 亩，分到各个班排，大家也会比比谁种的菜比较好看好吃。"

尽管一直喜欢绿色，但在如此偏远的岛屿上能够见到这么多绿色还是给记者大大的惊喜。走着走着，池塘边，传来了一阵"嘎嘎嘎"欢快的叫声，原来，这里还养起了鸭和鹅，刘连长如数家珍地说着，"连队养了19头猪、30只鸡、20只鸭、5只鹅，营区里也有20多头牛。连队还有两个鱼塘，每年都会放一些鱼苗进去，年底的时候可以收获一些大鱼。现在有草鱼、白鳝等等。"刘连长的语气有几分自豪，的确，在这样自然条件艰苦的海岛上，能建设这样的"绿色营区"，凝聚着官兵们的汗水和智慧。在绿色的草丛里，记者还发现了几只悠然自得的白色的小兔子，没错，这也是连队养的。

营长刘贵强告诉记者，担杆岛尽管不大，面积也就13.2平方公里。但是岛上的动植物很多，这也说明岛上的生态环境非常好。

如今担杆岛上的森林覆盖率，从以前的不足50%增长到现在的56%，海岛上的猕猴也从以前不足300只增加到现在1300多只，成为我国南端最大的猕猴群落。

在某部连长蔡志杰看来，这里的一切都如此美好，人与人之间的关系、人与自然的关系都回归到最简单、最纯粹的状态。他说，"岛上人也不多，我们和当地居民、外来打渔的渔民，平时大家相互帮忙，共同协作，关系很融洽。另外，我们平时吃的东西，都是自己种的养的，都是取之于自然，我们平时在生活训练中，也都考虑到不去破坏环境，保持'原生态'的一种味道。"

外伶仃岛上的"艺术家"

外伶仃岛是镶嵌在珠江口与南太平洋交汇处的一颗璀璨的明珠，是珠三角地区进出南太平洋国际航线的必经之地，驻守在外伶仃岛的海防部队官兵们，不仅

守护着这片航道的安全，更用自己的慧眼巧手建设着自己丰富的"文化家园"。

外伶仃岛属于星罗棋布的万山群岛，如果打个比方的话，外伶仃岛就像一位天生丽质的少女，这里石奇水美、景色绮丽，加上四季如春，吸引了不少游客。

广州军区某海防连就驻守在外伶仃岛，连队营院依岛傍海，这里空气清新、整洁大方，让人心旷神怡。这里最具标志性的"景点"，就是一个刻在石头上大大的"家"字。教导员柏林告诉记者，这个"家"字是在 1997 年香港回归之前，当时一名当兵 8 年的老士官在退伍之前刻的。这个"家"字有两层意义：这里西北方向 5.8 海里处就是香港，在香港回归之前刻的这个"家"，第一层寓意就是香港回家了；第二层寓意就是在这个连队当兵 8 年，把连队当成自己的家，"以连为家"这种思想牢牢的刻在石头上，以此激励我们后来的官兵以连为家、建设部队、扎根海岛。

在大大的"家"字附近，就是该海防连的观察哨，远处望去，海面上各种船只来来往往，一片繁忙景象，再往前不远处，就是香港。海防连连长王建良介绍到，观察哨主要担负的任务就是对这两个水道的海空情况进行观察报知，遇到一些突发情况也会立即做一些处置，这是守卫海岛一项重要的工作。记者顺着王建良连长手指方向看去，只见星星点点的船只密布水道上，有大型的货轮，也有小的捕捞船，王连长告诉我们，对这一块海域的观察，对香港的安全也是一种无形的守护。

连队官兵们在爱军精武的同时，更用慧眼和巧手，建设着自己的"文化家园"。营院内一个小小的根雕室，却让记者如获至宝。广州军区某海防团政治处主任姜伟介绍到，这些根雕不仅栩栩如生，而且更能融入战士的训练和生活。比如一个根雕名叫"战神"，这个名字起得就很形象，就像战士在打军体拳的样子。还有根雕"退伍离愁"也非常形象——几个战士围成一圈，拥抱在一起诉说离愁别绪，将对海岛还有连队的眷恋表现的淋漓尽致。

看着这些根雕，有的上面还有某位战士做的诗，让记者感慨战士们真的不简单。这个根雕室，既展现了战士的水平，有丰富了军营生活，某种程度上也见证了海岛的变化。

其实，这样的"艺术品"，在营区内随处可见。在连队的"励志园"，绿树成荫，鲜花怒放，这里的一草一木，都凝聚了官兵们的汗水和情感。里面无论是各种龙飞凤舞的石刻，还是石凳石桌等等，都来自官兵们的巧手。

近年来，连队在军事训练上硕果累累，5次被广东省军区评为标兵连队，上级比武中多次夺得总评第一，同时，他们还打造"快乐守岛"，设立写作、书法、石刻等10多个兴趣小组。而在海防团政治处主任姜伟的眼里，每一名战士，都是"艺术家"，不仅能训练，还懂艺术。平时他们也组织开展一些影评、书评的活动，创建一些兴趣小组，都在培养和挖掘战士的文化素养。

也让我们祝愿，这些外伶仃岛的"艺术家"们，用青春和激情，谱写属于他们的"艺术人生"。

生机盎然万山站

海军某部万山观通站位于云雾缭绕的山顶，多年来，驻守在这里的官兵们"以岛为家"、"以站为家"，建设着他们的美丽家园。如今，随着新营区的落成，官兵们的生活条件得到极大的改善，营院内一片生机盎然的景象。

从码头赶往山顶的万山观通站，乘坐"勇士"车的记者真正体会了一回"山路十八弯"，在蜿蜒起伏的盘山公路上，不一会就一个急拐弯，让人晕头转向。如果要是遇到雾天，那可真是"云深不知处"，"只缘身在此山中"了。不过，对于这些，万山观通站站长李乔生早已习以为常了。他告诉记者，从码头到山上的观通站 5.5 公里，大大小小的弯总共有 21 道，急转弯就有十七八道。以前叫"筷子路"，因为它只有两条车道，一个轮胎那么宽，中间的杂草一米多高，开车的技术要求很高，车的轮胎必须要在这个轨道上，稍有偏差就会打到其它地方去。"险峻"二字都不足以表达这个开车的要求。如今，随着全新水泥路的落成，条件已经得到极大改善了。

来到万山观通站，首先映入眼帘的是门口方方正正的岗亭，在秀美的群山中，别有一股阳刚的味道。李站长告诉记者，可别小看这个岗亭，全是官兵们自己设计、自己建造的，而且非常坚固耐用，没有用一块砖，全部都是用水泥浇筑的。大家都感到非常自豪，这个应该说是凝聚了每一个官兵的心血。

进入营区，一栋崭新的五层白色小楼在阳光的沐浴下分外耀眼，这就是万山观通站官兵们日常工作和生活的地方。这栋小楼，将官兵们日常生活、办公、训练、学习等整合在一起，遇到恶劣天气，"足不出户"也能完成各项工作。

李乔生站长介绍到，这栋楼的窗户设计很有特色，最大特点就是防潮、防雾、防水的功能比以前有了很大的改善，通过密封条和侧边条，里面一卡紧，雾气就完全被挡在外面了，然后房间里就非常干燥。

在营区内，随处可见的还有各种各样的石头，不少石头上还刻上了漂亮的字。站长李乔生告诉记者，这些，也同样出自官兵之手。比如，一块"千里眼"的石刻，就是雷达兵刻的，非常贴切，雷达兵要像"千里眼"一样，看的远，看得准。

除了"军事特色"的石刻外，"以站为家"和"以岛为家"的两块石刻，也非常醒目。李乔生介绍到，这两块石刻体现了"以万山岛为家，以万山站为家"的官兵情怀。正因为大家怀有一份热爱，将这里当成家来建设，当成家来爱护，大家才有动力和激情。

李乔生站长告诉记者，所有的石刻，既有严肃正规，也有轻松活泼的，都是为了丰富大家业余文化，激发大家的创作热情，另外也时时刻刻提醒官兵们，你住在这个地方，就要履职尽责、爱岗敬业、献身海防、常备不懈。

从最初的学员到如今的站长，李乔生在万山观通站度过了七年的时间，不仅熟悉这里的一草一木，更见证了观通站的巨大变化。他说，"感情非常深。从当时那么破的一个老营区发展到现在这么现代化营区，有一种自己把这个孩子带大的感觉。希望所有官兵来到这里后热爱这里，当成一个家来建设，这就是最大的心愿。

万山海战精神永传承

1950年5月25日至8月4日发生在这里的万山海战，是新中国成立后的第一次大型海战，也是解放军战史上第一次步兵、炮兵与海军舰艇部队的多兵种协同作战，创下木船打军舰、抢滩攻坚的经典战例。如今，海军南海舰队某部和广州军区某海防团官兵们，传承万山海战精神，用自己的青春和智慧，守护着这片海防的安宁。

在海防团驻地的桂山岛，曾经发生过一场惊心动魄的战斗。1950年5月23日，万山海战的首战拉开序幕。这是一场惊心动魄的遭遇战。仅有28吨的我"解放"号炮艇率先抵达垃圾尾岛马湾口时，发现"迎接"它的是国民党军队20多艘舰艇组成的庞大舰队，随后进入战场的我"桂山"号登陆艇也立即陷入重围，一场带有几分悲壮色彩的"不对称"海战在夜色中打响。

战斗中，"解放"号从灯光信号中，判断出护卫舰"太和"号是指挥舰时，艇长梁魁庭指挥全艇火炮齐射该舰，"太和"号舱面中弹起火，舰队司令齐鸿章当场手臂被打断。群龙失首，国民党舰艇顿时在一片混乱中自相射击和碰撞起来，海战一直持续到天亮。这次战斗，不仅让国民党第三舰队遭到沉重打击，而且为整个万山战役的胜利立下了赫赫战功。战斗结束后，为纪念我"桂山"号，垃圾尾

岛被改名为桂山岛。如今在桂山岛上，海防团的新兵们的上岛"第一课"，就是瞻仰先烈，铭记历史。

　　海防团政治处主任姜伟告诉记者，尽管60多年过去了，但是当年的万山海战，对今天的战争依然有启示意义。在战略战术启发上面非常有意义，比如"木船打军舰"，在现在的炮兵中也还有运用，如果在利用一些支前的作战力量的时候，"木船打军舰"都还是有意义的。但是更重要的是启发思维，就是怎么样在作战中间，怎么样利用现有条件打赢战争，这是最大的一个启迪。"要创造性地去取得战争的胜利，创新，包括创新战法，这是最大的启迪。"

　　在海防团，创新战法训法，已是蔚然成风。根据海岛部队驻地分散的特点，他们探索了"实地编组训"、"分专业跨岛训"、"诸岛对抗训"等特色训练方法，而最让记者感兴趣的则是"精准训练"。

　　杨春晖副团长介绍到，"精准训练"就是突出把各个科目、各个内容，达到最佳精确的标准。比如说，炮兵专业瞄准、操作这一块，从这个瞄准器的方向盘转动，每转动一圈多少，怎么样停止转动，在哪个方向停止等等都细化。从这些最细小的方面来抓"精准训练"，避免任何一些影响精度的误差，这样，来达到最佳的一个标准。对于"精准训练"的意义，杨春晖副团长说，如果单个人员训练的最扎实最有效，那么在组合起来、协同起来，整体的实力不就提高了么。这种训练，是提高实战能力一个有效的方法。

　　如果说，创新战法训法是提升战斗力的"左膀"，那么，信息化装备则是这支部队的"右臂"。在该海防团，北斗系统的使用让部队通信快捷可靠、联为一体，新型雷达的装备让部队精确打击能力得到极大提升，而在船运中队，信息化系统更能让指挥所从"岛上"变到"海上"。船运中队教导员刘起雄介绍到，"这套系统安装好之后，一个是能够为船艇导航；二是能够实时监控，信息共享；三是多了一个海上指挥平台。"

　　如今的桂山岛，绿树成荫、奇石嶙峋，清新的空气和宜人的风景，吸引了不少兴致勃勃的游客。团政委赵琼飞告诉记者，官兵们在守护海岛的同时，也在建设着"美丽海岛"。他说，"守卫海岛是我们的职责，建设好海岛也是我们的义务。过去海岛几乎是荒岛，没有什么植被，现在看起来海岛郁郁葱葱，是经过我们多少代官兵，靠着自己的双手打造出来的。尤其是在建设海岛过程中，建立防护林，保护生态环境，做出了巨大的贡献。现在很多的游客到我们海岛都有很深的感受，好山、好水、好地方。"

　　时光荏苒，战火硝烟已经远去，在官兵们看来，今天，最重要的是共同携手，守护好祖国的万里海疆。赵琼飞政委说，需要传承爱国主义和民族精神，同仇敌忾，同心协力，捍卫我们自己的家园。姜伟主任表示，希望有更多的交流，更多的互动，来携手守护我们的海疆。

京族三岛　瑰宝飘香

在中华民族中，京族是一个颇具特色的民族，它是中国唯一的海洋民族，其独特的民俗文化与大海息息相关。尽管人口只有2万多人，但是其独特的文化瑰宝，吸引了世界的关注。

京族博物馆

迎着盛夏强烈的阳光，"万里海疆巡礼"采访团一行来到广西东兴江平镇的京族三岛，这里是人们对于京族居住的万尾、巫头和山心三个小岛的习惯称谓，如今早已成为与大陆相连的半岛，总面积为22.8平方公里，宽阔的道路伸向蔚蓝的大海，绿树丛中的小洋楼忽隐忽现，这个曾经以捕鱼为主、放牧海洋的少数民族无限风光。

京族是广西特有的少数民族，也是中国唯一的沿海少数民族。他有自己的语言、文字、服饰、节日、信仰等习俗，其独特的民俗文化与大海息息相关。据史料记载，大约在15世纪左右，部分京族人民先后从越南陆续迁徙到了广西防城县，定居于这三个充满传奇色彩的岛屿上。

车子停在东兴京族博物馆暨东兴京族生态博物馆前，身着天蓝色沙龙、白色裤子的京族姑娘小阮早已等候在门口。她说，这个博物馆就是她们京族文化的集中体现地，一共收集整理了京族纸本文物、竹木器具、祭祀用品、京族服饰以及京族生活用具等 200 多项和 10 件京族珍贵文物。

听说我们过来探讨京族文化，京族三岛村委会书记苏明芳也赶到京族博物馆，他告诉我，这座博物馆是在 2009 年建成对外开放的，它是京族老少在实现了富裕奔小康之后建成的，京族世代靠捕鱼为生，改革开放前生活贫困不堪。受惠于国家民族政策，如今京族人以远海捕捞、滩涂养殖、海产加工、中越边贸为主，已成为中国最富裕的少数民族之一。自上个世纪 90 年代开始，京族三岛以最具代表性的哈节为起点，有钱出钱，有力出力，传承着京族文化。

"哈"节与情歌

苏明芳告诉我们：所谓"哈"即唱歌的意思，一年一度的哈节，是京族的传统歌节，2006 年，"哈节"被列入全国第一批非物质文化遗产名录；2009 年 4 月份，广西东兴市被国家文化部命名为"中国民间文化艺术之乡"。哈节也成为吸引游客最多的时节，2012 年竟然达到十万人之多，老支书满脸堆笑，那时候的"村子里人声鼎沸，热闹极了"。老支书说，改变的不仅是这些，1995 年以前，京族三岛上只有小学，没有中学。当时京族孩子只能到距京族三岛 12 公里远的江平镇中学就读，路途遥远、语言障碍、习俗差异，京族孩子的求学之路异常艰苦，每年考上大学的京族学生寥寥无几。现在京族已普及了小学教育，建立了 4 所小学和一所中学，村子里已经有 100 多名大学生了。"大家有了文化，年青人的京族味更浓，走过的舞台也越来越大。"

京族生态博物馆作为京族文化的集中体现地，在这里展现了美丽的特色服装，

神奇古老的京族文字——"喃字"，还有京族最盛大的节日——哈节。京族是一个能歌善舞的民族，无论在茫茫的大海上还是在渔村的地头田间，到处都能听见京族男女优美动听的歌声，尤其是京族的情歌最有代表性。在现场一位漂亮的京族姑娘为我们唱起了一首经典的京族情歌——过桥风吹。

杨丽的声音清亮而干净，如同一阵清泉，四周仿佛都安静了下来，这首歌曲讲的是一个浪漫的故事——一对青年男女戴着斗笠过桥，风把斗笠吹走了，女孩子回家后被问到斗笠去哪儿了，说被风吹远了找不到了。其实斗笠没有吹远，是被女子送给男子，作为一个定情的信物。杨丽告诉我们，这首歌曲的故事，将会被拍成一个歌舞剧，再向大家展示。

实际上，京族的特色文化已经引发了台湾同胞的极大兴趣与关注，京族姑娘杨丽告诉记者，最近几年这种交流越来越频繁。她说，"每年都有，就是京族的特色文化——独弦琴、民歌、舞蹈等等，台湾民众非常热情，我们过去了，他们也会有人过来。"杨丽说，京族非常值得大家来了解的，包括京族的哈节是最具民族特色的，特别欢迎远方的台湾朋友到来。

奇特的独弦琴

一个条箱、一个摇杆和一根琴弦组成的独弦琴，看似简单甚至粗糙，却送出了丰满、淳厚音色，清澈明亮、优美动听，有吟唱般韵味，这就是京族的最具特色的乐器——独弦琴，演奏这琴的是57岁的苏春发老师，他是独弦琴第九代传人，这几天他忙得不亦乐乎，填表格、拍照片，练琴排练，为的是10月5日赴台湾演出作周全的准备，这是广西东兴江平镇京族民间传统艺术团第一次赴台演出，也是他自己的第二次赴台了。

作为京族民族文化的重要载体，独弦琴更在不同的舞台上焕发风采，苏春发是岛上年纪最大的独弦琴传人，2008年被授予"第一批广西壮族自治区级非物质文化遗产项目代表传承人"称号。他说："独弦琴是京族祖祖辈辈的宝贝，它有6个设点，主要靠一根弦头的摇杆，让声音千变万化，延伸出各种旋律而发出动听琴声……"就是这样的独弦琴，他曾经到北京、上海、海南等地演出，观众听得如醉如痴，大受欢迎。

2011年，苏春发带着独弦琴赴台湾花莲县参加2011年桂台经贸文化合作论坛，精湛的演艺赢得现场台湾同胞的一片掌声，也就是在这样的交流中，台北艺术大学的吴荣顺教授邀请老人家带领他的团队在再度赴台。苏春发老人说，不同的族群有不同的文化特色，现在独弦琴内涵已不仅指音乐，它代表的是京族独特的文化，是京族人民与外界沟通的一个最好桥梁。"这次赴台，我们不仅有京族的独特乐器的魅力，更有歌舞组合，让台湾朋友更多的感受我们这个民族的特质和热忱，和更多的朋友交流、研艺！"

与渔业结缘

京族生态博物馆内，一幅幅的图片和物品诉说着京族的历史。现场京族讲解员介绍到："我们的祖先来到福安，当时福安无人居住加上鱼群众多，因此我们的祖先暂居海边终日以打鱼为生，渐渐建立了非常美好的家园，距今已经有500多年的历史，我们京族居住的环境是非常浪漫的，有阳光沙滩大海。"

在中华民族的大家庭中，京族是唯一一个既沿边又濒临海洋，以海洋捕捞为主的民族，他们的智慧体现在各种构思奇妙的捕鱼装备上。在现场，记者看到了京族的"虾灯"，它是在黄昏的时候在上面点上灯，利用虾的趋旋光性吸引虾进来，在中间

开了一个缝，虾看到灯就钻进里面，没有灯光它不出来，"虾灯"体现了京族人的智慧。

另外，"拉大网捕鱼"也颇具特色，大网长达 1000 多米，重达几千斤，每张网价值 1 万多元，拉大网时，要 30 多人抬网到海边，由网头带头乘船沿距海边 70 多米远的地方沿沙滩岸线下放，最后拉到沙滩，形成一个 800 多米长的半月形包围圈，几十人各在两头拉，从早上拉到中午 12 时才将大网拉上沙滩。一网一般能打几百至上千斤鱼，甚至曾经有一网打 1 万多斤鱼的壮举。

美景美食孕育"美丽商机"

采访完京族三岛，记者们来到了邻近的江山半岛。江山半岛位于我国大陆海岸线最南端的北部湾畔，面积 208 平方公里，是广西最大的半岛。陪同采访的江山乡林国溪副乡长介绍到，江山半岛海岸绵长，沿岸分布有长滩坦荡的白浪、乱石穿空的怪石滩、有"龟蛇守水口"之称的白龙炮台等众多旅游景点。这里沙质细软，海不扬波，林带葱郁，鹤舞白沙，是旅游度假的理想场所。

记者首先来到了白浪滩，只见十里长滩，坦荡如坻，游人如织，颇有"阳光沙滩"的感觉。尽管烈日当空，但是记者走在沙滩上，依旧感觉到脚底的一丝清爽。白浪滩管委会的吴德兴主任告诉记者，白浪滩最大的特点不仅是沙质细软，而且因含钛矿而白中泛黑色，这种矿物质对身体有好处，多在沙滩上走走，不仅锻炼身体，更有益于身心健康。据了解，他们每个月都要在沙滩上举行一个主题活动，来自各地的游客也很多，其中也有不少台湾的游客。

与白浪滩相比，怪石滩也是亮点颇多。怪石滩是由海浪常年冲刷岩石而形成的，中间的石头呈褐红色，故又名"海上赤壁"。怪石滩崖高岩矗，由岩石构成的各种怪状栩栩如生，有的象怪兽，有的似花木，有的似迷宫……其中最逼真的要数"金龟望海"、"鳄鱼跳水"、"雄狮守海疆"、"蘑菇石"等等。不巧的是，记者赶到的时候，正值涨潮，所以只能远观。当地白龙村的洪永胜主任告诉记者，退潮的时候就可以走到这些石头上去，合影留念。

在怪石滩前方，几艘渔船正在忙碌着，做着捕鱼前的准备。洪永胜主任说，在这里不仅可以欣赏美景，还可以吃到地道的海鲜美食。因为吃到的海鲜都是渔民们从海上"新鲜打捞"上来的。当然，游客要是自己感兴趣，也可以随渔船一起去捕鱼，去体验一下渔民的生活。

在江山半岛，还有不少历史古迹，最有标志性的就是白龙古炮台。在江山半岛白龙尾尖端的四个山丘上，分别筑有龙珍、白龙、银坑、龙骧四座炮台，总称白龙炮台。记者看到，白龙炮台保存完好，炮台设在山丘顶上，炮座底下有6米深的地下兵库和弹药库，白龙炮台与企沙石龟头炮台遥相呼应，虎视眈眈，故有"龟蛇守水口"之称。白龙古炮台见证了当年抗击外来侵略者的历史，如今，先进的信息化侦测设备，时刻注视着海边的一举一动，守护着海疆的安全。

江山半岛不仅有颇具特色的美景美食，还孕育着各种商机。江山乡林国溪副乡长介绍到，由于这里山美水好，环境清洁，养殖业成为特色产业，有台湾朋友在这里率先做起了对虾养殖，经营了两千多亩的虾塘，从而带动了整个江山乡的对虾养殖。如今，这里对虾养殖的虾塘有一万多亩，销路也非常好，不仅在国内颇有名气，还出口到欧美国家和亚洲的韩国、日本等国。林国溪副乡长说："希望各地的朋友，尤其台湾朋友多来这里走走看看，除了美景美食外，说不定又有新的发现呢！"

金花茶文化与与阿里山茶

采访完京族三岛和江山半岛，我们来到了防城港市。在这里记者听说了该市

正大力发展地方特色经济金花茶，以茶为媒，加强与台湾阿里山文化交流的事。

金花茶是中国特有花卉，是国家 8 种一级保护植物之一，素有"植物大熊猫"、"茶花皇后"和"东方魔茶"的美丽，不仅有很高的观赏价值，还有很高的药用价值。世界上 90% 的野生金花茶分布广西防城港市的十万大山兰山支脉一带，1986 年防城港市的防城区那梭镇上悦村建立全国唯一以保护植物名称命名的金花茶国家级自然保护区，总面积超过 9000 公顷，汇集了自然界现有金花茶 32 种 7 个变种的 23 种 5 个变种，种类和品种居全国乃至世界第一。目前自然保护区周围已建成多个种植基地。金花茶已荣获国家地理标志保护产品，畅销海内外市场，产生了良好的经济、社会效益。

当地工作人员向记者介绍说，台湾阿里山茶不仅是台湾茶文化的主要标签，也是台湾风土人情的重要载体，其文化特色的挖掘、行销方式的创意都是正在发展金花茶值得学习和借鉴的，目前正在规划组团赴台参访的行程，深入了解台湾阿里山茶文化的内涵，取经茶文化行销经验，加强两地的交流与合作。

从 2009 年以来，广西防城通过"以花为媒，以节会友"大力发展金花茶产业，弘扬地方特色文化，促进了当地与台湾的合作与交流。据了解，台湾有关方面希望加强对广西金花茶的了解，在台湾有"茶艺怪杰"之称的茶艺师阿富师，早在 1992 年的时候，就专程到大陆寻访与台湾相关部门的合作与交流。他在广西了解到，早在 2004 年，当地就研制出一套特殊的加工技术，将金花茶制成了砖茶、饼茶。阿富师表示，他首先要将金花茶介绍到台湾，让美丽的金花茶促进广西和台湾的茶文化交流。

海上绿色家园——西沙

在距海南岛 180 多海里的东南海面上，有一片岛屿象朵朵星莲，颗颗珍珠浮于万顷碧波之中，那就是令人向往而又充满神秘色彩的西沙群岛。乘坐"抚仙湖"号补给舰从湛江一路向南，经三亚到永兴岛，经历了一天一夜的时间。航行在茫茫大海中，每到夜晚来临，记者们总是喜欢爬到甲板上，寻找夜幕中的北斗七星，幻想着远离祖国大陆的西沙群岛，是否也和这夜空一样神秘。

三沙首府永兴岛

真正登上永兴岛，是在看过一场完美的海上日出之后。还没从摇摇晃晃的眩晕中回过神来，我们已经从"抚仙湖"号补给舰上换乘小艇登上了永兴岛码头。

此后的几天时间里，我们先后在岛上生活了 5 天。一边好好体验岛上居民宁静满足的岛民生活，一边感受西沙守备部队"爱国爱岛、乐守天涯"的西沙精神。

永兴岛是三沙市人民政府所在地，是我国陆地面积最小、总面积最大、人口最少的年轻地级市。属于热带海岛的永兴，是一个由珊瑚、贝壳堆积而成的小岛，没有淡水。目前永兴岛上淡水来源分为 4 种：被当地人称为"岛水"的地下水、岛上收集雨水后净化的水、通过补给船从海南岛运来的淡水、海水淡化水。因为淡

水资源缺乏，岛上密布雨水收集装置。

在岛上生活了15年的渔民郑新三说："我们喝的淡水基本上都是靠补给船从海南岛运来，以前航班少，淡水送不来我们就只能喝净化后的雨水。现在补给船航班多了，淡水供应充足。"

为保障岛上居民的用水，三沙设市后不久，就上马了海水淡化工程项目。2013年5月30日，三沙市赵述岛上的海水淡化装置产出了第一捧淡化水，日产40吨淡化水的装置在一定程度上解决了赵述岛居民日常生活及公共用水的难题。

除了淡水问题，永兴岛的民生建设还面临着其它诸多困难。中共三沙市委书记、市长肖杰解释道："三沙市的建设面临着非常多的困难，生活难、工作难、发展难、建设也难。生活困难源于三沙市的基础设施条件和自然条件的制约，高温、高湿、高盐、高辐射，对人体的影响非常大。但我们正千方百计的加强各项基础设施建设。"

"养猪猪发呆，养狗狗跳海"曾是岛上枯燥生活的真实写照。"以前岛上只有邮局有几部电话，没有宽带，电视也只有几个台还经常满是雪花点，再加上每年都有几个月经常拉闸限电，那时候确实很没意思。"渔民冯明芳说。如今，漫步永兴岛，医院、邮局、商业银行、3G网络覆盖，图书馆、烧烤园、卡拉OK厅、篮球场、羽毛球场一应俱全。冯明芳说，"现在岛上的电视能收到100多个频道，随着岛上电网的改造及各项基础设施的竣工，以后的生活肯定会越来越好。"

肖杰表示，"在维护国家海洋权益和主权的同时，我们三沙也希望能够融入美丽中国，建设美丽三沙。我们通过这些工作，让百姓的居住条件不断改善，体制机制不断创新，基础设施日臻完善，生产生活更加便利，产业特色日益突出，最终建设人与自然和谐发展的海域边境城市。"

刚刚踏上永兴岛时，最先引起我们注意的，就是矗立在码头的"西沙精神"碑——"爱国爱岛、乐守天涯"。起初，我们对这几句话没有太深的感悟，然而与岛上守备官兵几天的接触和交流后，我才发现，在这里，国家主权、领土和国家利益这些概念不再模糊，"爱国爱岛，乐守天涯"是官兵们最喜欢的座右铭，它源于西沙人对这片蓝色国土的深深爱恋，源于对守卫蓝色国门崇高职责的深刻理解。

来过西沙的人都说，美丽是西沙的名片。可是这张名片的背面又曾写过什么呢？

这里写着西沙某水警区雨水班班长关延国，用15年收集、处理雨水的平淡生活，写着他和他的战友们冒着六七十摄氏度的作业环境，在岛上一处处半封闭的逼仄地沟内过滤雨水的景象，写着他顶着闪电惊雷，在狂风暴雨中急行的渺小身躯。

这里写着西沙某水警区女兵班刚入伍的小战士魏梦园，放下20岁少女本该拥有的纯真烂漫，穿上迷彩服在烈日下和队友迈着整齐划一的步伐，写着她至今仍不忍自己当了一名天涯哨兵告诉父母，而将所有艰辛和寂寞化作磨练意志的坚强品格。

这里写着退伍老兵、曾经的俱乐部主任刘强作词的那首《抗风桐》，这是在西沙传唱度最高的歌曲，写着80后的刘强和他的战友们在西沙从当初的青涩蜕变到如今略带中年的成熟，写着如他一般的老兵在即将退役告别永兴岛时，因不舍而泪水滂沱的脸庞；

……

这里写了太多战士们的故事，写着艰苦、写着寂寞、甚至写着生死考验。西沙官兵正是在这种"严酷的美丽"中，用热血和豪情在辽阔海疆上谱出一曲绽放生命热度的乐章。

鲣鸟天堂东岛

西沙东岛被称为"鸟岛"、"童话世界"，是西沙群岛中第二大岛，位于永兴岛东南约60公里处，面积1.55平方公里，海拔6.7米，是由珊瑚沙、珊瑚岩和珊瑚

瓦砾组成的岛屿。从高清卫星图中可以看到，整个珊瑚礁盘犹如展开的扇面，而岛上郁郁葱葱的植被，像是扇面上的动态立体图，镶嵌着点点飞鸟。

"万里海疆巡礼"采访团的记者乘坐小艇上岛这天，风刮得很急，浪打得很大。然而一下艇，大家都被眼前的美景震撼了，海水泾渭分明的蓝，沙滩纯洁无暇的白，甚至连天空也是剔透的。不过，就在我们赞叹这美景之时，东岛指导员却打趣的说："这里很美，呆一天是天堂，呆一周是人间，呆一年，那就是……"寂寞是守岛官兵的代名词，可东岛的驻岛官兵却将寂寞——化解在工作和生活中。

据东岛守备队队长戴巍巍介绍，东岛上绿化覆盖率达95%以上，植被繁茂。不仅有原生抗风桐树大干壮，人工种植的椰子树、木麻黄、土枇杷更是随处可见。在东岛海岸线上，还生长着一种被称为东岛"三宝"之一的水芫花，在我国只分布在台湾、海南文昌和西沙。在台湾地区，除了兰屿、绿岛之外，高雄的小琉球、恒春半岛的海岸都有它的踪影。水芫花，又称海芙蓉、水金惊、海纸钱鲁，是一种有许多分枝的小型灌木，多数呈现匍匐蔓藤状。花为白色或粉色，花萼6裂，花瓣6枚。水芫花对于保持海岸线有着一定的作用，但其对生活环境要求极为严格，它的生存环境一旦遭到破坏，就很难恢复。在东岛，我们看到延绵海岸线繁茂生长的水芫花，如此可知，东岛的环境保护做得极好。

东岛不仅植物种类繁多，海鸟也纷纷安居于此，岛上栖息着40多种鸟类，常见的有鲣鸟、乌燕鸥、黑枕燕欧、大凤头燕欧和暗缘乡眼等，所以东岛也素有"鸟岛"之称。东岛的第二宝就是红脚鲣鸟了，红脚鲣鸟在全世界仅有两个居住地，其中之一便是中国西沙东岛。红脚鲣鸟雏鸟需要经过亲鸟共同用胃中半消化的食物喂养才能长大，三周后就能同亲鸟一起到海上去飞翔。作为唯一一个二级保护动物红脚鲣鸟产地的托管部队，东岛守备部队不仅肩负着艰巨的守备任务，同时也守护着岛上的生态环境。

保护环境成了东岛守备部队官兵义不容辞的责任，他们也将环保观念践行到了日常的生活中。在远离大陆的小岛上守岛本就不便，平时训练更是艰苦，但部队仍克服种种不便，制定各项举措来护岛：官兵活动尽量避开鸟类栖息地，减少人为干扰；其中最大的一项工程是岛上专门修建了环岛公路，官兵们为了不破坏鲣鸟的生活环境，肩挑刀砍修建一条长 5700 米的环岛公路，并将公路的选址与鲣鸟的栖息地隔开一定的距离。为了降低各种噪音，使用太阳能电瓶车节能减排；栽种绿化林，养护被破坏的植被等等。

除了制定环保措施，岛上的官兵还兼职"动物医生"。救治受伤的海鸟，帮鸟儿包扎伤口这些事情都是小儿科了，然而一不小心，为鸟儿包扎时还有可能会被啄伤手。

东岛"三宝"还有一宝就是野牛了，东岛上生长着很多种类的陆生动物，黄牛、山羊成群，还有野狗、山鸡、野猫等等，这些动物很多都是以前我国渔民在岛上居住和生产而放养繁衍下来的。这些野生动物自由自在地生活在岛上，深藏在树林里，就是岛上生活多年的官兵们，也不曾多见。虽然动物们和岛上官兵"不熟"，但是不久前，岛上官兵们还是给小野牛当了回亲爱的"牛妈妈"。

那天，值班战士例行巡岛，偶然遇到一只被遗弃的小牛犊，于是他把小牛带了回来。待军医检查完小牛，战士们发现，这只刚出生没多久的小牛犊什么都吃不了，只能喝奶。小岛上的物资不像陆地上那么齐全，纯牛奶本来也就不多，这下战士们就更舍不得喝了，全都省下来给小牛犊。等补给船再来时，岛上官兵便托人捎带了奶瓶和奶粉。就这样，一个战士抱着小牛另一个战士喂着，大家像模像样地当起"牛妈妈"来。

在东岛官兵的悉心照料下，小牛渐渐可以独自进食青草了，官兵们找机会放生了三次，小牛要不就找了回来，要不就待在原地不走。最后一次放生，小牛犊才一步三回头地，跟着牛群依依不舍离去。

守岛官兵爱岛如爱家，对岛上的一草一木更是竭力呵护。东岛植物繁茂，自

然也闹虫害，不仅破坏了岛上的生物链，官兵们也没少受累。去除虫害，使用化学农药就可以快速达到目的，但是为了保护生态，这种简单的办法果断被抛弃。最后，岛上购买了一批环保灭虫灯，这种灭虫灯使用太阳能发电，白天利用太阳能储存电，晚上灯亮后引虫杀虫，不仅不影响岛上植被生长，也免去了对鸟类的影响。

戴巍巍到东岛担任守备队队长一年零两个月了，踩着老一辈的建设足迹，他说："东岛在整个西沙中是最美的小岛，东岛的美丽也是我们一代代东岛人的心血。岛上虽然条件艰苦，但在大风大雨中，我们守备官兵仍然坚持下来，如同抗风桐般，折下一段便可生根发芽、开花结果。我相信我们全体官兵的真诚，一定能够和岛上生态和谐共处，因为东岛就是我们的家！"

在东岛守岛官兵的营区，椰树下矗立着的"爱国爱岛，乐守天涯"的标语栏，这简单的八个字道出了东岛官兵的心声。东岛通讯班士官吴长志告诉记者："只要部队需要，我就必须留在西沙。"他说，在东岛的每名官兵，就像那首西沙军旅歌曲《抗风桐》中所唱的那样："抗风桐，天边的树，痴心热爱脚下土地我多像你。抗风桐，心中的歌，乐守天涯生机勃勃你多像我。"

我们离开东岛登船时，正是每天日头正烈的时候。望着茫茫大海，东岛上空成千上万只鲣鸟穿梭飞行。它们飞翔在南中国海的这片蓝色的"天堂"里，是那样自由，那样快乐！

交通枢纽琛航岛

交通艇终于开进了琛航港。从船舱里走出来，发现眼前的大海更像一块梦幻中的蓝宝石。海水仿佛一面铺展在蓝天下的绸缎似的美丽和宁静，最令人赞叹的是港内海水的清澈和洁净，尤其是与白沙滩交界处的浅水海区，淡蓝的海水接近透明，稍有动静会就会荡起朵朵涟漪。

由于琛航岛是天然良港，加上又是宣德群岛的交通中心，位置十分重要。因此，琛航岛曾一再为外国入侵者所侵占，1932 年法国曾派兵登陆，1956 年南越派军队占领。1974 年 1 月我海军自卫还击，收回该岛，18 名烈士英勇牺牲，从此长眠在这个祖国最南端的革命烈士陵园。刚一踏上琛航岛，我们便迫不及待的来这里祭扫海战英灵。

琛航岛长久以来就有一个优良的传统，任何一艘靠琛航的舰艇或上岛人员，都会自发地对英烈们进行祭拜，以告慰他们的在天之灵。"万里海疆巡礼"报道组的记者们和驻岛官兵一同祭扫 18 位英雄的长眠之地。

琛航革命烈士陵园位于琛航岛一角，陵园虽然不大，但修缮齐整，门口挂着"爱国主义革命人生观教育基地"和"永乐群岛自卫反击作战烈士陵园"的牌匾。陵园内，高 5.4 米的大理石主墓碑坐北朝南，正面镌刻"革命烈士永垂不朽"的红色大字，背面则记载着西沙自卫反击作战的概述。

烈士陵园祭扫活动一开启，气氛变得庄严肃穆，祭扫人员怀着对烈士无限崇敬的心情在革命烈士纪念碑下整齐步入烈士陵园，走在队列的两名官兵走上台阶，向先烈们敬献花圈。全体官兵鞠躬之后依序瞻仰了烈士陵园。烈士陵园的主碑后，冯松柏等 18 位烈士长眠在琛航岛烈士陵园。18 座石碑，守护着 18 个水兵的英灵。墓碑上镌刻着永恒的年轮，泥土中长眠着战士的忠魂。海风吹拂，青松摇曳。烈士们把青春和生命永远定格在了 19 岁、20 岁、21 岁、30 岁……

祭扫仪式中，官兵敬献花圈、水果、香烟，深情鞠躬，宣读军人誓词……气氛庄严肃穆，仪式简短却蕴含深意。

在英雄的墓碑前，西沙某水警区副司令员李治田向记者们介绍了西沙海战：1973 年 9 月，南越当局把我南沙群鸟十个岛屿划入其版图，1974 年 1 月 11 日我外交部重申我国对南沙、西沙、中沙、东沙群岛的领土主权。公然出动军舰入侵我领海，撞击我渔船，突袭我西沙诸岛。1 月 19 日，中国人民解放军海军为维护祖国神圣主权，奋起自卫反击，并于 1 月 20 日一举收复甘泉岛、珊瑚岛和金银岛，击沉敌舰 1 艘、击伤 3 艘，毙伤敌 300 多人，俘虏 49 人，取得了西沙自卫反击战的重大胜利，在这次战役中，我 18 位水兵献出了宝贵的生命，长眠在琛航岛的最高点上。

驻琛航守备营教导员宋峰为我们介绍说，每逢新兵下连、老兵退伍，部队都要组织扫墓仪式，缅怀革命烈士的英雄业绩，激发官兵战斗精神。"作为海战英雄传人，我们将继续继承和弘扬英雄精神，让革命先辈留下的宝贵精神财富在新时期天涯哨兵身上焕发出更加耀眼的光芒。"

烈士陵园旁边，是官兵们每日值班站岗的必经之路，一茬茬官兵只要上了琛航岛，也就成了陪伴这 18 位烈士的守墓人。他们每隔几天，就会走进陵园，在墓碑前细细打扫擦拭，为松树修枝、为草坪剪草；遇上刮风天，他们总会把滚落在地的苹果摆好，把吹倒的酒瓶扶起；每过一段时间，他们就提上红色的油漆，细细描画碑文……这里的每一位官兵都知道，国旗能在这座面积仅 0.34 平方公里的遥远海岛上高高飘扬，是先烈们 39 年前那场浴血奋战换来的。

祭扫仪式结束后，一位小战士跟我们说："每当我孤独或是想家的时候，都会去陵园坐一坐，和烈士说说心里话，墓碑下的烈士，早就成了陪伴着我们的亲人。"每天路过陵园，时不时和烈士们说说心里话，是很多琛航岛官兵的习惯。

本以为，我们对琛航岛的记忆最深的就是这座距离祖国大陆最远的烈士陵园，然而一场台风的登陆，却让我们和这里再一次结缘。

在琛航岛停留了一天后，第二天一早，我们就开始奔赴珊瑚岛，并准备在那里过夜。然而，由于当地俗称的"土台风"已经逼近，我们不得临时改变计划，重新回到琛航岛避风。

琛航岛是永乐群岛较大的岛屿之一，港口是天然避风良港，每到台风来袭，都会有大批船只到此停靠。因为台风登陆，我们前前后后在这里住了三个晚上，等待台风过境。正是这三天，留给了我们充裕的时间来好好观察这个小岛。

我们再次造访琛航岛的第二天，天空就开始飘起小雨，而后雨势渐渐变大，裹着狂风，吹打在椰林茂密的道路两旁。战士们跟我们说，这次的台风并不算严重，估计两三天就能过去。一边说，他们一边捡起被风雨打落在地上的椰子，向炊事班借了镰刀砍开一个口子，拿给我们喝。

果不其然，再隔天就雨过天晴了。在岛上四处走走，和遇到的战士们随意聊着天。一个在岛上当了几年兵的战士跟我们说，在岛上最难受的是无法抵御的寂寞和无聊，最好的办法就是别让自己闲着。对于这些不怕苦不怕累的小伙子们来说，寂寞才是最可怕的，他们开始给自己的工作增加难度，习惯了体能训练时边跑边喊，学会了从枯燥的工作中找寻乐趣。

当然，枯燥的日子要想不寂寞，就要学会自娱自乐，玩出花样来。打篮球、下象棋、写诗歌，都有战士积极参与。饭后，听到几个小战士正在非常投入的打腰鼓，应声落下的鼓点敲击出欢快的节奏，为岛上寂寞的日子平添了几分生气。

夕阳西下，我们来到码头旁散步。为了避风，这天一共有三艘船只来这里靠泊，码头也显得分外繁忙。晚饭过后，大多数战士或在休息、或在检修设备，唯有站岗执勤的战士面向无边的海面，始终纹丝不动。云层中，晚霞露出些许余晖，洒在这些人的脸上身上，仿佛镀了一层金边，格外庄严。

翌日，骄阳似火，海面又恢复往日的平静。起航的汽笛响起，我们乘坐的舰艇即将再次出发，忙碌的琛航码头也在这迎来送往间继续它艰巨而重要的使命。

海上明珠赵述岛

赵述岛是中国西沙群岛宣德群岛的其中一岛，位于南海西北部。1947年，为

纪念明代赵述奉命出使三佛齐而命名为"赵述岛"。该岛行政上隶属于海南省三沙市西沙区七连屿村。

该岛形状近圆形，四周被白沙滩环绕，林中有高椰子树，岛长600米，宽300米，岛呈东北－西南方向延长，面积约为0.2平方公里，为七连岛中第三大岛。

赵述岛上居住的都是琼海谭门渔民，岛上68户近200人。除了居委会的房子是砖瓦修建以外，渔民的房子都是木板搭建，外罩一层遮阳黑布；别看这小屋子麻雀虽小，但却是五脏俱全，黑色塑料布为铺面遮挡风雨，屋子里厅堂、阁楼、厨房分布得错落有致。

2009年11月8日，西沙永兴岛和赵述岛两个村召开了选民大会，选举出西南中沙群岛办事处永兴岛村委会和赵述岛村委会第一届领导班子。自此，中国最南端的基层组织——赵述岛村委会宣告成立，西沙生产作业的渔民和民工有了自己名副其实的"家"。

如今的赵述岛，正大兴土木为渔民建设统一的住房，由厦门集美企业捐赠的一套日产淡水40吨的海水淡化设备投入运行，这也基本上解决赵述岛居民日常生活用水需求。

离开赵述岛后，我们又登上了风光旖旎的珊瑚岛。珊瑚岛位于中国西沙群岛永乐群岛中永乐环礁西北侧，濒临南海主航道，在甘泉岛东北2海里、全富岛西南4.5海里处。

该岛坐落在礁盘西南侧，最高点海拔9米。岛上周高中低，岛内圆心周围地势低平为干涸潟湖演化而来，土壤主要是磷质石灰土，岛外围环绕有沙堤带。岛上沙层厚有淡水可饮用。岛上植被繁茂，鸟类众多。

南沙的变迁

"万里海疆巡礼"采访团在南沙采访时，南沙守备部队领导告诉记者，各级多措并举提升守礁官兵生活质量，南沙已经发生了翻天覆地的变化，我们的礁盘越来越年轻了，守礁人也越来越时尚了。

从"海上猫耳洞"到"海上花园"
人性化设施让守礁官兵告别鲁宾逊式生活

1988年2月，南沙群岛第一座飘扬着五星红旗的哨所——永暑礁高脚屋诞生了。

这是一种由竹竿作柱、篾席为墙、沥青封顶的简易竹棚高脚屋，战士们称它为"海上猫耳洞"。这种高脚屋，海风一吹，吱吱作响；海浪一扑，摇摇晃晃；太阳一晒，油毡直往下滴油；下起雨来，棚外大雨棚内小雨。不足10平方米的棚内，根本谈不上有什么生活设施，连洗澡都要靠天浴。

就在当年，南沙第二代高脚屋——铁皮高脚屋正式屹立在礁盘之上。这种被称为"海上蒙古包"的高脚屋，虽然使守礁官兵的生活空间扩大至30余平方米，但在南沙这种高温高湿的情况下，生活在铁皮屋子里，白天就和蒸桑拿一样。遇有台风来袭时，巨浪盖过屋顶，屋里的锅碗瓢盆全都漂在水中，唯有钢枪伴着国旗在汪洋大海中巍然屹立。

今天，"高脚屋"的身姿依然挺拔，但早已完成了它的使命，退出了历史舞台。耸立在南沙的如今是一座座充满现代化气息的永固式礁堡。

这是一种钢筋混凝土结构的礁堡，也称第三代高脚屋，虽然也称"高脚屋"，但与前两代相比，官兵的生活条件却是天壤之别：雨水收集系统让守礁官兵告别了每日定量一桶水的日子，宽大的储藏间使生活物资更加充裕，宽敞的活动平台让守礁官兵打篮球也变成了现实。不仅如此，药房、冻库、洗漱台甚至礁史馆等设施也是一应俱全。

在一代代守礁官兵接力的建设中，礁堡上有了菜地、有了猪圈、有了球场；有了第一棵树、开出第一朵花、长出第一棵菜……昔日被外界称为"世外礁盘，生存禁区"的荒礁孤堡上如今处处生机勃勃：椰子树挺拔生长，红白两色"太阳花"迎着海风傲然绽放，"四防"菜地里各种时鲜蔬菜生机盎然……

从"数月不见绿"到"顿顿有时鲜"
有力的后勤保障让礁盘不再是"海洋沙漠"

这是一顿普通的晚餐。永暑礁食堂饭桌上，标准的 4 荤 2 素，外加 1 个苹果，让刚刚结束军体考核的官兵们不禁胃口大开。

对于陆地上的人来说，这样的伙食再普通不过，可是在南沙岛礁，多年以来，每到守礁后期，这样的待遇只能在梦里出现。

由于储存条件所限，很长一段时间，南沙守礁官兵上礁不到 1 周，就无法吃上带叶蔬菜；到半个多月后，连土豆、洋葱也开始腐烂；到守礁后期，大家只能变着各种法子吃罐头。由于吃不到新鲜蔬菜，很多官兵口舌生疮。

守礁官兵吃菜难问题，始终牵动着党和国家领导人以及军队各级首长的心。2010 年 6 月，南沙科技种菜项目——永暑礁"四防"菜地正式动工，这项由国家科技部立项、专门针对南沙岛礁特点开发的科技种菜项目，于 2010 年 10 月产出第一批蔬菜。它采用先进的无土栽培技术，不仅具备"防台风、防雨水、防日晒、防腐蚀"功能，还大大缩短了蔬菜的成熟周期，月产量近千斤。

不仅如此，从 2010 年起，南海舰队为每批守礁官兵增加了一次中途补给，守礁部队还专门组织人员到广州，学习远航食品包装贮存方法，大大延长了蔬菜贮藏时间。至此，南沙守礁官兵吃新鲜蔬菜难的问题得到了彻底解决，官兵在礁上也能保证每天吃上新鲜蔬菜和水果。

如今的南沙官兵，不仅吃上了舒心菜，还用上了放心水。每到晚上，官兵们只需手持淋浴卡，到澡堂里一刷，就能畅快淋漓地洗上一次淋浴。各礁新建或扩建了冷藏库和冷冻库，大大增强了礁上食品贮藏能力。因为冷藏能力的增强，礁上延续多年的养猪事业也退出了历史舞台。

从"半年寄封信"到"手机随时打"
便捷的信息通道让南沙挥别"信息孤岛"

2010 年 5 月 20 日 10 时，这是一个激动人心的时刻。正在永暑礁的南沙守礁部队刘堂部队长拿起手机拨通一个号码，随着话筒里清晰地传来身处大陆的时任政委卢永华的声音，守在手机旁边的官兵们情不自禁地齐声欢呼起来。为这一天，他们等了好久好久……

曾几何时，南沙守礁官兵与外界传递信息渠道，只能依靠半年一次的换班补给。"遥盼天河书信来"，半年收寄一次的书信，成为官兵赖以寄托的精神支柱。

即使后来条件有所改善，给亲人打电话也是一种奢望。

守礁官兵的愿望，牵动着海军首长的心，海军首长指示要尽快完成官兵的心愿。

紧接着，海军与中国移动通信集团合作，在南沙岛礁建立移动通信基站，目前，所有岛礁及附近值班舰船都能接收到手机信号，南沙岛礁正式进入了手机时代。为方便守礁官兵，中国移动海南分公司向每一名守礁官兵赠送一张手机卡，内含每月400分钟通话时间和100条短信。

手机把守礁官兵与祖国亲人拉得更近。想家的时候，发一条短信送去问候；寂寞了，打一个电话诉说离愁，守礁的日子变得充实而温馨。

如果说手机通信基站的建成，更多的是为守礁官兵带来心理的慰藉，那么蓝网的开通，更让现代资讯走进了深海礁盘。

2008年，为了解决南沙守礁官兵学习资料匮乏的问题，海军政治部专门为南沙守礁官兵开通蓝网工程，并配发了数十台蓝网专用电脑。如今的南沙礁堡，已经告别了"信息孤岛"，进入"信息时代"，随意点击电脑网页，当天的《解放军报》、《人民海军》报等报纸便立刻呈现眼前，海军蓝网工程让南沙守礁官兵掌握信息资讯与大陆同步。

从"晚上数星星"到"天天有节目"
越来越健全的文娱设施让守礁官兵身处天涯不寂寞

"白天兵看兵，晚上数星星，出门看大海，入夜听涛声"。一首官兵自创的打油诗，形象地形容出南沙守礁官兵的精神文化生活。

为打发寂寞，一茬茬南沙官兵在读书中创造了以礁联、礁歌、礁报等为内容的礁堡文化，丰富的礁堡文化也为枯寂的守礁生活增添了许多别样的色彩。

"烙一身古铜，纳民族大业，天涯须眉潇潇洒洒，烟波浩渺中，审潮涨潮落，真如壮丽人生，留一朝豪气皆成千古风流；铸一副铁骨，承祖国重任，军营男儿轰轰烈烈，云海变幻处，看日出日没，都是锦绣山河，送一日时光化作万载辉煌。"原守礁部队张万华政委撰写的长联，道出南沙官兵以苦为荣、以礁为家的真情实感，让国内不少名家拍案叫绝。

如今的礁堡书柜里摆满了整齐分类的书籍，在各礁定期流动的图书箱里各类书刊丰富多彩；每个房间都安装有液晶电视机，70 多个电视频道任意选；每个礁上的电脑全部实现联网，联机游戏不亦乐乎。

在各级首长、机关的关心下，更多的电子数码设备进入了守礁生活。南海舰队领导慰问守礁官兵时，为每一名官兵赠送了一个数码 MP5，从此官兵也能随意在掌上看书、看电影。海军政治部为每个礁赠送了影视节目库和数字电影节目库，官兵足不出礁，便可尽情欣赏各种影视大片。

伴随各种现代文娱设施的涌入，礁上组织形式多样的文体活动也成为可能。元旦春节文艺晚会上，官兵载歌载舞，个个尽显其能；天涯月圆夜，守礁男儿引吭高歌，尽抒思乡之情；闲暇之时，各路好手泼墨挥豪，天涯风流尽现其中。此外，电脑游戏 PK 赛、"守礁之星"颁奖晚会、摄影展等一系列丰富多彩的文体活动，让天涯孤礁欢乐阵阵，笑声连连。

登上中国领海基点岛

庄严的领海基点石碑，不仅仅是军事标志，更是中华人民共和国主权的象征。这些领海基点石碑大都建在最前沿的岛礁上，整天与风浪打交道。由于交通工具和气象条件等因素，不是任何时候、任何人都能看到领海基点石碑的。因此，领海基点石碑很神圣也很神秘。"万里海疆巡礼"采访团先后登上了 20 多个领海基点石碑所在的岛礁，尽管这里风高浪大，靠泊十分困难和危险，但一旦登上去并抚摸到领海基点石碑的时刻，心情异常激动，使命感、责任感油然而生。

南坨子

位于黄海深处的海洋岛，拥有长山列岛最好的港湾和最高的山峰，海水清澈没有污染，号称大连最清洁的海域，马蹄形的海湾，是国内罕见的天然良港。海岸多处临海的断崖，易守难攻，历代兵家都将这里视作"不沉的航空母舰"。到海洋岛的第一天，我们就迎来了一场大雾，能见度不到 10 米的浓雾让海洋和陆地的界限不再清晰，微风吹过，凉凉的雾气打在脸上，就像是微小的雨丝，战士们说这样的大雾一年之中至少 40 几天。

到海洋岛的第二天，我们迎来的是一场 7 级大风，守岛部队操场上的篮球架尽管已经在底座里放了好多大石头加固，还是被吹倒了一个，有机玻璃材质的篮板碎了一地。为避免更大损失，战士们把所有的篮球架全部放倒。倒在操场里的篮球架就像停靠在港湾里的渔船一样，静静的避风，因为在海洋岛大风天气平均一年有133天。不过，"万里海疆巡礼"采访团的记者们，此刻却要迎着风浪向领海基点南坨子前进，大风天气虽然给航行带来困难，却也吹散了云雾，给拍摄带来良好光线。

海军驻海洋岛某舰艇大队参谋长魏东雷负责护送记者团乘渔船登岛。这样的大风天，让这个老艇长也有些担心了："我们舰艇一般出现6级以上的北风和南风时，通常就不会出海了，今天的天气是南风6级、阵风7级，我们已做好准备，一旦出现险情就施救。"

渔船上一位名叫"老二"的成员，它的出现让大家紧绷的神经轻松了起来。老二是渔民养的一只小狗，已经和渔民生活在一起三个月了，不但能出海，还特别爱吃鱼。有了它的陪伴，渔民的海上生活就不那么乏味漫长了。

离开港湾才几分钟，剧烈的摇动让我们的担忧又再度来袭。参谋长介绍，刚才的几个大浪打过来，船体的倾斜角度超过20度，估计今天的风力，会导致倾斜角达到45度。大角度的船体倾斜和颠簸，终于让记者的胃里开始翻江倒海，出发前吃下的两粒晕船药看来没有发挥作用，吐出来那一刻反倒轻松畅快了许多，和记者一样因为晕船而呕吐的还有那只名叫老二的小狗。

盼望了一个多小时，南坨子终于出现在眼前，可是没有码头，靠岸又成了一个新难题。换上了体积轻巧、动作灵活的小舢板，又连续变换了三次登陆点，大家终于手脚并用的爬上了南坨子下面的礁石。当地向导告诉我们，具有标志意义的领海定位点位于南坨子的制高点上，到达制高点还需要再爬431个台阶。

登上南坨子，意味着我们脚下的蓝色海洋就是中国海岸线的最东端，60年前留下的领海方位点石碑和石柱，告诉我们这里就是北纬139° 02′东经

123° 12′。随行的海洋岛某舰艇大队参谋孙鹏特地带来了红油漆，为已经字迹模糊的石碑重新涂上了鲜红的颜色。另一位已在岛上服役6年的士官白南南也是第一次登上南坨子，他说能亲自到南坨子上看一看祖国的领海，很神圣、很骄傲。自己能在这么重要的海域当兵，很光荣。

南坨子所在地人迹罕至，海水清澈，这里成了海鸥栖息繁衍的好地方，上百只海鸥在海天一色的蓝色国土上自由飞翔，当地人说每当有渔船从这里离开，都会有几十只海鸥在船尾跟随，有的海鸥甚至还会跟着渔船一直飞到海港，有人说这是海鸥对人类的依恋，记者却觉得这更像是一种护航，让所有靠海维生、出海闯荡的人们，可以并肩飞翔。

佘山岛

提及佘山，几乎每个上海人都知道那个绿荫环绕、环境优雅的佘山国家森林公园。然而，在上海的版图上，还有一个佘山岛。佘山岛地理位置特殊，素有东海"第一堡垒"、"海上屏风"和"长江口外第一哨"之称。特殊的地理位置使佘山岛在军事上、政治上具有极为重要的地位。这里是我国的"领海基点"、是东海海区海洋气象地震信息的采集点、民航客机进出上海空港的航空定位点、船舶进出上海港的重要导航标志，同时也是长江口方向海上防御的重要支撑。

佘山岛位于崇明岛以东35公里，吴淞口东侧75公里，面积仅0.088平方公里。佘山岛是上海地区唯一的中国领海基点所在地，从佘山岛的领海基点再往外12海里是领海，再往外12海里是毗连区，再往外则是大陆架、专属经济区，它与领海有所区别，再向外即为公海。这里在历史上具有着非常重要的军事、政治和经济地位，自鸦片战争后，先后被英国和日本占领，二战结束后归还我国。在岛上建造于 1871 年的佘山灯塔便是这段历史的见证者，如今，它继续见证着佘山岛的新发展新变化。

日前，记者乘坐"东水 649"号补给船，进行了一次难忘的登岛探访。经过 3 个多小时的海上行程，来到了素有"海上屏风"之称的佘山岛。整个岛屿几乎没平地、全部为石头所覆盖，岛上建筑多依山而建，驻岛士兵是海岛的唯一居民。夏秋之际的海岛上，阳光没有一点遮挡，肆无忌惮炙烤着这座小岛，踏上 200 多阶的爱岛登山路，走在崎岖的山路上，守岛官兵的艰辛窥见一斑。

佘山岛上无水、无电、无居民，被列为海岛中的特级岛。海岛上生活用品全靠大陆补给，岛上自然环境恶劣，常年受风、雨、雾困扰，这里风高浪急，不具备基本生存条件。然而，守卫此岛的驻沪海军某部观通站官兵以超人的生命力，铸就了一个个辉煌。

由于面积太小，岛上无淡水，驻岛官兵的使用的淡水全靠补给船从大陆运来。官兵们对于淡水格外珍惜，真可谓"滴水贵如油"。作为资深海岛人，气象班长龚兵在岛上度过了 16 个春秋，他告诉记者，原先岛上每个人的用水量都有严格的控制标准。早上洗漱的用水，官兵们常常舍不得倒掉，而是留下来洗衣、浇花和打扫卫生。现在虽然修起了一个小水库，还有了海水淡化机，用水状况有了好转，但大家节约用水的传统却一直传了下来。

记者在采访中了解到，1979 年出生的龚兵在他 18 岁那年选择了当兵，从那时起，他便坚守在这里。16 年中，他已经熟悉了这里的一草一木；63.5 米高的海拔，一条天梯般的石阶路蜿蜒而上，16 年里，他不知多少次的拾阶而上。

"现在这里就是天堂。"说起如今在佘山岛上的生活，龚兵觉得非常满足，"与刚上岛那时候相比，现在的变化是天翻地覆。"孤独与单调曾经是笼罩在这里的情绪，远离大陆，与世隔绝，每天看着日出和日落，作为气象班班长的龚兵对这里的气温、湿度、盐度等数据了如指掌。2005 年之前的佘山岛，官兵的业余生活单调，除了饭厅里仅有的一张乒乓球台，打发时间的就只剩下扑克牌了。比单调生活更糟糕的是这里艰苦的条件，无淡水、无市电，岛上的官兵只能依靠补给，每一次补给船来到这里，不啻为一个盛大的节日，补给船会带来淡水、食物、报纸还有家信，在手机和电话还不普及的那些年里，这些家信寄托着无数的牵挂。但当台风来袭，补给船不能及时带来补给的时候，守岛官兵们的一日三餐便只有吃"老三样"：马铃薯、海带、粉丝，"老三菜"吃完，最后只能靠酱油拌饭度日，最长的一次岛上长达两个月没有得到补给。

但岛上三无的恶劣的生存环境没有压倒官兵，他们用自己的双手建设着美丽的家园。他们用手指在岩石缝中抠出了23块"巴掌菜地"，每一名探亲归队的官兵，都会自发地带回一包家乡的泥土和菜籽……30多平米的地方，种了好多种瓜果蔬菜，即使补给船不来，也能应付好多天。

建站之初，岛上生活条件异常艰苦。当时官兵把所处的艰苦环境编成了顺口溜："白天兵看兵，晚上数星星；活动没场地，日子不咋地。"近年来，在军地双方共同建设下，新型码头、现代化营房、多功能学习室、直升机平台、环岛公路相继建成，程控电话交换机和微波电话、防渗透纯水机、卫星电视等高科技产品也在海岛安家落户。看着军营越建越漂亮，战士们打心眼里欢喜。

在连队的荣誉室里，挂在墙上的"扎根海岛、艰苦奋斗、团结拼搏、勇创一流"的连训让人印象深刻。"当兵不容易，当好佘山的驻岛兵更不容易。"新战士上岛后，都要参观一下荣誉室，走一走官兵们肩挑手抬由247节台阶垒起来的"爱岛路"，再亲手栽下一颗"扎根树"，正是这一茬茬的官兵，用他们的青春书写着小岛的春天。

夜幕降临的时候，我们告别了守岛官兵，踏上了返沪的航程。"云雾满山飘，海水绕海礁，都说那岛儿小，远离大陆在前哨……"。这首被海岛官兵们称为海岛岛歌的旋律又在耳边回荡，海岛官兵诚挚的脸庞、朴实无华的话语一一浮现……

两兄弟屿

两兄弟屿，又名两兄弟岛，位于浙江省舟山群岛东部，中街山列岛东端，隶属于舟山市普陀区东极镇，距沈家门约 67 公里处。全屿面积 0.02 平方公里，最高点西块岛海拔 27.9 米，由中块、东块、西块、笋等组成，从东西望之，似两块，因此得名。2000 年元旦，大陆有很多记者到东福山拍摄 21 世纪第一缕阳光，然而，从东福山到两兄弟屿还有将近 10 海里的距离。

早 8 点，记者乘坐的交通艇准时开动，出发时海面风平浪静，晴空万里，记者们都感叹运气不错，遇到了好天气。不过，交通艇上的工作人员告诉记者，两兄弟屿终年大浪无法停靠，今天天气不错但海况并不好。记者们并没有被吓倒，毕竟一路从北到南已经先后登上 50 多座大小岛屿，也算是战风斗浪无数，区区一个无人岛何足惧哉？

然而，航行一个小时后，海况骤变，风浪越来越大，船体上下不停摇晃，出发前的信心满满、斗志高昂马上就被晕船呕吐的天旋地转、四肢乏力所取代。二、三米的涌浪一个接一个，层峦迭嶂连绵不绝，让记者们望而生畏。从大家的安全考虑，艇上工作人员建议返航，在征求大家意见时，所有采访人员都坚持继续前进，争取登上两兄弟屿，看到领海基点石碑。在大家的坚持下，海上指挥员下达命令，继续前进。交通艇上的同志介绍说，东海海况和南海有所不同，风浪虽不算特别大，但是水下的暗涌很多，船艇会上下摇晃，更容易晕船。

100 多吨的小快艇在波峰浪谷间起起伏伏，记者一行的五脏六腑也在忽高忽低中上上下下。2 个小时不到，船舱座椅、甚至过道全躺满了人，有部分非执勤艇员、有一路随行的工作人员，当然还有记者一行。采访团 9 人中 6 人"横躺"，"非战斗减员"达 60% 多。同行到其它岛进行慰问演出的 4 个小姑娘，更是吐的让人惨不忍睹。然而，就是在这样的情况下，余下的 3 名记者一边在痛苦中挣扎一边对东海舰队某测量中队长张乾隆进行采访。

"1996 年，中国政府发布关于领海范围的声明，两兄弟屿是中国领海基点之一，这座领海基点石碑是 2006 年由我人民海军建立的。"从张乾隆缓慢而稳定的语速可以看出，他虽然同样脸色苍白却明显久经考验，"当时浪高风大，远远的就看见 3 米多高的浪拍打在礁石上，激起一片水雾。别看界碑体积不大，却重达 1.5 吨，我们队当时 20 多个人费了九牛二虎之力才运上去的。现在想起登岛建碑还记忆犹新，当时我和战友一起上去，海鸥特别多，认为我们侵占了它们领地，都飞过来啄我们，令我们好一阵狼狈。"张乾隆告诉记者，2006 年 10 月，上海海事局镇海航标处在岛上专项投资建造两兄弟屿灯塔，工程历时半年多。

一路颠簸，海水逐渐由黄变绿再变蓝，经过三个小时左右的航行，记者一行终于抵达两兄弟屿附近海域。最先看到的是四姑娘屿。所谓四姑娘屿就是四块接近的大礁石突出在海面上。过了四姑娘屿，就可以清晰的看见两兄弟屿上的白色灯塔和领海基点石碑。

由于两兄弟屿太小，上面没有码头，交通艇没办法靠上去，因此必须换乘排水量更小的渔船，才能上去。但严酷而霸道的海况最终让所有人选择了放弃：交通艇在两次尝试与渔船靠帮失败后，已经无法达成人员转运的任务。看着近在咫尺的两兄弟屿，看着阳光下闪闪发亮的领海基点石碑，一种深深的遗憾在所有人心头荡漾。

最终，海上指挥员没有再听取采访团的意见，直接下达了返航的命令。记者虽然遗憾，但深知指挥员的经验和使命，毕竟一路的颠簸已然证明了大海的凶险。在大自然不可抗拒的力量面前，人应该知道进退，这不是一种懦弱，而是对自我生命的负责，对随行友人的负责，对远方亲人的负责。

虽然未能登上两兄弟屿，但在船上眺望，两兄弟屿上的灯塔和领海基点石碑清晰可见。灯塔凝结着无数航标建设者的心血和汗水，向世人展示着中国海事的博大胸怀，也为过往船舶提供安全、便捷的导航服务。领海基点石碑和灯塔就像两兄弟一样，在惊涛骇浪中岿然不动，仿佛在向世界宣誓，中国的领海主权不容侵犯。

中建岛

坐在南海渔民老邓的船上，"万里海疆巡礼"采访团一路颠簸，终于停靠在了距离三沙永兴岛 178 公里的中建岛码头。中建岛是我们采访过程中见到领海基点石碑最多的一个岛，由于其特殊位置，中建岛上有三个领海基点石碑。

中建岛是为纪念 1946 年中国政府派往接收西沙群岛的"中建号"军舰而得名，

这里位于西沙群岛的最西端，是通往太平洋和印度洋的必经之地。这里远离大陆，整个小岛面积不到 2 平方公里。涨大潮时露在水上的只有相当于两个足球场大的地面；退潮后，就剩下一片片白茫茫的珊瑚沙。全岛由珊瑚和贝壳残骸构成，没有土壤，曾经寸草不生、热浪袭人，被喻为"南海戈壁"，又被称为风岛、火岛、沙岛。

岛上原本没有一棵树，自上世纪七十年代守岛官兵进驻以来，进行了大量植树绿化。为了在岛上种树，官兵们利用探亲、出差等各种机会，一包一包从大陆 20 多个省市背来泥土、树苗和菜种，在珊瑚沙上填土造地，植树种菜。在寸草不生，高温、高湿、高盐的珊瑚沙地上种活一棵植物非常不易，就算好不容易成活了，还要挺过岛上一年百余次台风的"洗礼"，才能真正生根发芽。

要提高种植的成活率，增加泥土和有机肥是关键。多年来，中建岛有一条不成文的规定，每一位回家探亲的守岛官兵归队时都要带回一包泥土和肥料。1980 年 10 月，中建岛老兵李华平从安徽老家带着两大袋干鸡粪上汽车，因为鸡粪实在太臭，售票员硬是不让他上车。无奈之下李华平只得告诉售票员原因，当得知西沙中建岛的情况和官兵们爱岛建岛的故事后，售票员感动了，不但让李华平上了车，还免了货运费。从此以后，李华平只要回家归队再带泥土肥料，当地车站总会为他亮"绿灯"。

如今，每年定期都会有新鲜的泥土用军舰运上岛，以改良岛上的土壤。但中建岛上的菜地仍保留着 30 多年来由官兵从各个省市带上岛的泥土而建成的各省"团结地"，不时还有休假归队的官兵从家乡带回一小包泥土添加到"团结地"里。

在官兵的不懈努力下，羊角树、马尾松、椰树和爬藤先后在岛上扎下根；每到春末夏初季节，还会有数万只大凤头燕鸥到岛上栖息。

被中央军委授予"爱国爱岛、天涯哨兵"荣誉称号的中建岛守备队就驻守在这里。经过历代守岛官兵的不懈努力，原来寸草不生的中建岛已长出 59 种植物，其中海马草是分布面积最广，生命力最为顽强的一种。它根茎鲜红，象征着天涯哨兵对党忠诚、时刻捍卫国家领海主权的满腔热血，官兵将其推举为"岛草"。2012 年，官兵们利用训练间隙，用海马草在茫茫白沙滩上种出了一面巨型国旗和"祖国万岁"标语。

远离大陆，生活寂寞艰苦，但这里的男子汉有苦不言苦，他们说，能守着国家的领土再苦也是甜：通信班长邱华面朝大海，深情地吟诵着自己的诗歌：你是海，用无限的宽广爱着我，也爱着小岛；只因为你最亲的爱人，我，住在小岛上。你清楚，我是你的支柱，但小岛更是大海的心啊，所以我不能离开小岛。

永署礁

在南沙的礁盘上，虽然没有在大陆沿海和西沙岛礁上能够看到的领海基点石碑，但这些礁盘上有我国的主权碑。特别是永署礁上的主权碑，大家亲切的称其为"中国印"。

永署礁位于南海中央航线和南华水道交汇处，太平岛至南威岛的中途，距海南岛榆林港约 560 海里，地理位置重要。礁盘呈东北－－西南走向，长椭圆形，长约 14.5 公里，宽约 4 公里，泻湖水深 14--40 米。礁面平坦，低潮时大部分露出水面。高潮时绝大部分淹没水中，仅在西南端有一块小礁石外露。应联合国教科文组织要求，我国在礁上建有一座海洋观测站。

永署礁是典型的热带海洋气候，四季烈日炎炎，是名副其实的"永署"。由于它位于南沙群岛的中央地带，是我国驻守在南沙礁盘中面积最大的一个，建礁时间最长，各种设施也最齐全，因此被守礁官兵们誉为"南沙首府"。

一踏上永署礁码头，最先进入我们视线的是一座白色的主权碑，上面写有"永署礁"三个红色大字。在主权碑前，守礁官兵介绍说：南沙守礁官兵精心设计

建造的这座主权碑，碑面 8.2 平方米，象征着永暑礁坐落在南中国海 82 万平方公里的海洋国土上，碑高 1.988 米，标志着我们守礁官兵是 1988 年进驻南沙的，碑的最上面雕有一颗红心，上面绘有中华人民共和国的版图，代表着南沙守礁官兵的心声："祖国在我心中"。

永暑礁上，除了醒目的"祖国万岁"4 个红色大字，礁上的片片绿色也十分惹眼。创业初期，官兵们发现，珊瑚礁堆积而成的礁盘坚硬如铁，没有半点土壤，犹如一片"海上戈壁滩"。出于对绿色的渴望，守礁官兵利用换防的机会，把一包包泥土带上礁盘。

永暑礁上有一棵 10 多米高的椰子树，如今已经结果。守礁官兵告诉记者，这棵椰子树上世纪 90 年代初，南沙守备部队原部队长龚允冲带领官兵在礁上种活的第一棵树，被大家称为"南沙第一椰"。

从最初用茶杯、弹药箱种花种草，到后来逐渐开辟出一块块绿地；从最初只有太阳花能够成活，到现在马尾松、大叶榕等 20 多种植物扎根于此，一茬茬守礁人用自己的双手创造了大海深处的绿色奇迹。

在永暑礁上，记者被一座白色大棚吸引。走进大棚，一畦畦绿油油的蔬菜生机勃勃，这是永暑礁上的"四防菜地"。推开玻璃门，700 多平方米的绿色菜地令人心旷神怡，白菜、辣椒、西红柿、茄子、豆角等绿油油、红艳艳，煞是好看。正在管理菜园的给养员武峰告诉记者，永暑礁的菜地从最初简陋的四面围墙，到如今集"防台风、防暴雨、防高温、防腐蚀"于一体的高技术大棚，月产蔬菜最多时近 500 公斤，不仅能满足礁上官兵的需求，还能趁着舰艇巡礁带给其他礁上的战友尝尝鲜。

武峰告诉记者，"四防菜地"顶部和四周都是用 PC 板覆盖，内部可以进行自动循环，随着南沙天气的变化，对菜地的环境自动调控。"四防菜地"采用了先进的无土栽培技术，大大缩短了蔬菜的成熟周期，目前可以种植十多个品种的蔬菜。

已经第 23 次执行守礁任务的老兵胡全明说，他十几年前刚上礁的时候，也和战友们试着种过菜。"当时比较简陋，礁上有一块空地，砌了一个两米高的围墙，防止海水打进来。那个土都是我们从各个地方带过去的。当时有 30 多块地，每一块都插了一个牌子，哪个省份的战士过去，插一个牌子。比如说我是湖北，插一个湖北的牌子，这块地就是归我种了。"

看着礁上难得一见的一片绿色，胡全明和战友们平时对自己的菜园子总是精心呵护。海上天气千变万化，每次遇到恶劣天气，守礁官兵们总会第一时间跑去保护菜地。"当时很负责任，因为天气不好，刮台风，都是找布、找塑料袋盖着它。浪太大，海水盐碱很高，打到菜上，菜马上就死了。当时水是特别紧张，我们每天就是 25 公斤水，南沙那么热的天气，每天必须要洗澡、洗衣服，尽量省一点水来浇菜。在南沙，天气炎热，怕菜生虫子，到了晚上我们打着手电抓虫子。"

如今，简陋的菜园子变成了先进的"四防菜地"。不论白天还是晚上，守礁官兵们有时间总喜欢来菜地转一转。武峰对记者说，"守礁官兵吃新鲜蔬菜难的问题，最起码是解决了。再一个，对我们的身心也是很大的鼓舞。平时操课、训练结束以后，我们还可以到菜地来维护一下、看一下。绿色比较稀少嘛，所以就比较关注这块菜园子。"

永暑礁上，和"四防菜地"紧挨着的一座小楼里，有一间屋子对胡全明来说感情很深。这是祖国最南端的邮局，全称"中国海南省三沙市南沙群岛邮政局"。邮局里只有一名守礁战士兼任局长和邮递员。胡全明刚上礁那几年，家里的消息总是通过每半年或三个月一次的补给舰带到这个小小的邮局来。

胡全明说，原来这里没有电话，靠写信，最盼望的就是家信。三个月或者半年，有船带信来，所有信装一起，到了南沙之后，交给我们南沙邮局的邮递员，邮递员负责分发给大家。三个月有人收几十封信是很正常的。

2011 年，随着手机信号的覆盖，南沙岛礁也进入了手机时代。每名守礁官兵

手里都有一张手机卡，每个月可以免费通话 400 分钟、发 100 条短信。便捷的通信让守礁官兵和祖国亲人间的距离更近了。但对于现任的邮局局长邱先伟来说，这样的变化让他觉得既失落又自豪。邱先伟说："现在手机信号也开通了，邮箱也一天天失去了它的作用，成为了一种象征。作为本批次的邮局局长，心里难免有点失落。但现在这些战友都在快下礁的时候，特地跑到这个邮局来，盖个邮戳。像他们所说的，将来无论走到哪，只要看到这个邮戳、这个信封，都会想起在南沙奋斗的每个日日夜夜，想起南沙这片神圣的土地。想起这些，我感觉我的工作还是蛮自豪的。"

胡全明第一次到南沙守礁是 15 年前，战友们常用一句话描述当年枯燥闭塞的守礁生活："白天兵看兵，晚上数星星，出门看大海，入夜听涛声。"而现在，礁上的信息也和岸上同步了。胡全明表示："我刚守礁的时候，根本看不到报纸的。现在，第一个，南沙开通了数字电视，每天可以看八九十个电视节目。第二个，南沙开通了蓝色海疆网络工程，每天可以浏览网页，解决了信息不畅的问题。"

在南沙卫士驻守的每个礁堡周围，几乎都可以见到第一代竹木结构高脚屋或者第二代铁皮高脚屋残存的遗迹。现如今，高脚屋已经完成了它的使命，取而代之的是一座座被官兵们称为"固定航母"的永固式礁堡。

一代代南沙守礁官兵用自己的青春和热血浇灌着祖国最南端的礁盘，建设着自己的海上家园。守卫在这片美丽的蓝色国土上，南沙卫士们也有自己的"南沙梦"。南沙守备部队司令员熊云说："我们也盼望南沙的基础设施建设有一个大的发展，比如说修建港口，修建码头，修建机场以后，能够带动南沙的整体建设。我们也盼望着所有的中国人都能到南沙看一看，每一个中国人都可以来，为祖国自豪，为祖国骄傲。"

2 蓝色方阵

探访首艘航母"辽宁"舰

2012 年 9 月 25 日，我国第一艘航母"辽宁"舰正式交付海军；2012 年 11 月，我舰载战斗机首次成功在"辽宁"舰着舰起飞；2013 年 12 月，"辽宁"舰穿过台湾海峡到南中国进行训练。"辽宁"舰的一举一动都格外引人关注。那么，"辽宁"舰上的官兵在舰上如何学习、工作和生活呢？近日，"万里海疆巡礼"采访团走进了这座"海上巨无霸"。

3000多个舱室像"迷宫"

"辽宁"舰飞行甲板以下有 10 余层，记者进入到第三层，感觉像"迷宫"一样，到处都是通道、舱室，整个航母内部的通道加起来总长度有数十公里，可想而知航母内部构造是多么复杂。

"辽宁"舰有 3000 多个舱室，有 1000 多人生活在舱室里面。在航母内部通行有很多规矩，比如往舰艏位置走，要走左舷，就是靠左侧通道；往舰艉的位置走，要走右舷，就是靠右侧通道。上下扶梯时，要遵守先上后下的规则等。

舰员们面临的第一阶段考核就是不走错舱室。走进航母记的不是路也不是门，而是门牌号，从门牌号里就可以解读出舰员所在的区域和他在甲板的第几层，准确地找到所处的舱室了。新兵上舰后必须在一个月内完成对所熟悉的舱室路线摸索，一般要求从他自己的生活舱到工作舱必须在 10 分钟内找到。

航母体积大、功能全、部署周期长，有"海上城市"之称，官兵在其中生活，就像一个小社会。舰员们生活条件比在其它舰艇要好得多，有现代化餐厅、超市、邮局、洗衣房、健身房、垃圾处理站等，这些以前不可想象的条件在航母上都变成了现实。

优中选优　铸就人才方阵

这是一支阵容豪华的高素质舰艇部队：舰员都是优中选优，其中，本科以上学历的军官达 98％以上，博士硕士 50 余人；这是一个多民族融和的海上大家庭：汉族、维吾尔族、回族、蒙古族、哈萨克族等 13 个民族儿女同在一艘舰上战斗，同甘共苦，同舟共济；他们就是"辽宁"舰的全体官兵——共和国第一代航母舰员。

自信、豪情，英姿勃发……行走在舰上，这是航母舰员给记者扑面而来的强烈感受。这些国之重器的操盘手是怎么选出来的呢？

"第一支航母部队，承载着中华民族百年强军梦想，选什么样的人，事关重大！" 2009 年 8 月，海军启动组建航母接舰部队。

"驾驭航母，决不是安逸的事业！特别是组建之初，没有现成的营房，军官连拖家带口的条件都不具备，已婚者将长期面临两地分居的生活……"因此，干航母的人要"有理想、有追求"，选"特别想干、特别能干"的人加入接舰部队；要"有能力、有潜力"，为航母事业选好"中坚力量"和"种子人才"；要"高起点、高标准"，全海军遴选，大范围考核，优中选优，选出精兵强将……

"辽宁"舰机电长楼富强，原是某驱逐舰支队装备部副部长，海军范围内数一数二的机电行家。部队组建初期，他独自负责航母机电专业，不到一年头发白了，

身体瘦了，但工作激情和标准不减，常在60℃机舱一呆就是三四个小时。

"第一代航母舰员，来源遍及海军五大兵种和海军各级机关、各个院校，都是抱着远大的航母梦来的！"采访中，"辽宁"舰政委梅文和舰长张峥自豪地告诉记者，"他们中有飞行员舰长、博士硕士舰长、全训合格舰长，有留英留俄的各领域各专业尖子人才，有优秀飞行员……"据介绍，舰上还配备了近5%的女舰员，几乎涉及舰上所有专业。

"辽宁"舰是中国人"强军梦"的缩影。中国海军举全力推动航母部队成军，"辽宁"舰上的舰员个个都是精挑细选，98%的军官具有本科以上学历，其中博士和硕士50多人。梅文政委告诉记者："我们这里有留英留俄的专业尖子，有全国'青年五四奖章'获得者，也有全军优秀指挥军官，个个都是优秀人才。"

孜孜以求　不断学习

航母不同于驱逐舰、护卫舰，官兵们过去的经验都只能作为参考。部队组建初期，来自水面舰艇部队的军官到海军飞行院校培训，再赴航空兵部队任职。从航空兵部队挑选来的干部则去学习水面舰艇，然后到驱逐舰部队任职。

接舰的普通战士从"辽宁"舰还是锈迹斑斑的"瓦良格"时就开始接触它，要完全熟悉这艘内部如同迷宫一样的航母需要一个月。一些人被淘汰下来，其它的被派往17个省市学习。"全国都跑遍了！上学时也没考过那么多试！"航空部门舰面保障中队支持设备区队区队长翟国成说。

但航母工程是一场没有标准答案的考试。由于西方严密的技术封锁，与此相关的所有知识都需自己探索。比如"辽宁"舰上每天要消耗食物近10吨，官兵就餐、垃圾处理都是新问题。

舰上1000多人的吃喝拉撒还是简单的，这个"海上巨无霸"的训练法规、部署流程更是一片空白。几年来，官兵们摸索形成指导文书上百册，有几千万字。

第一次进入"辽宁"舰舱室，当了20多年水兵的辅机区队长刘辉一下子"找不到北"了。说起当时的情形，刘辉心有余悸。迷路的尴尬，让刘辉和战友们明白了一个道理：在航母上每个人都是小学生！要想获得航母的"驾照"，唯一的出路就是学习。

从认路起步，舰员们开始了孜孜不倦的求学之路。数万台（套）全新装备如何使用？数10万册技术资料如何吃透？数以亿计的备品备件如何管理？战舰和飞机如何融合？岸舰如何衔接……铺天盖地的问号，犹如一副副千钧之担，压在接舰官兵的肩上。他们往返奔波在科研院所、研制厂家和实习部队之间。心在哪，收获就在哪。2012年4月20日，作为全舰最复杂、最庞大的部门，机电部门的官兵全面接管前机舱，率先实现独立操纵装备。那天，离接舰部队组建才刚两年半。随后，其它部门陆续实现了自主操纵。

刀刃上的舞者

航母飞行甲板，是"世界上最危险的4.5英亩"。而在甲板上放飞舰载机的起飞助理，被称为"刀刃上的舞者"，是世界上最勇敢的人。

"颜色和动作，是航母舰面交流的主要语言，各战位官兵通过它传递信息以操作各种特种装置，保障飞行员的安全。"飞行甲板上，身着绿色T恤、黄色马甲的起飞助理陈小勇说，飞机起降时所有的口令都通过手势来表达。

看似轻松的背后，其实危机四伏。

"你不觉得危险吗？"记者问。

"我知道！自1986年以来，仅某大国就有28名起飞助理在岗位上殉职……而且，我们的舰载机还在试验阶段，风险远超过外国同行。我很清楚，选择这一专业，无疑是用生命去探险、用躯体去铺路！"陈小勇说。

陈小勇是家中的顶梁柱，为了不让家人担心，他一直对父母和妻女隐瞒自己从事的工作。然而，2012年11月23日，随着歼—15舰载机在"辽宁"舰实现完美起降，陈小勇"露馅"了。陈小勇和另一名起飞助理潇洒的"凌空一指"，永远定格在人们的镜头里，成为引发"航母Style"的原型。

妻子给陈小勇打来电话："我怎么越看越觉得'航母Style'的第二个人就是你啊！"电话那头，妻子一脸泪水。

永远忠诚、永争第一

航母部队的指挥员更希望赋予这支队伍"铁军"的气质，官兵们多次听到领导口中说出那副著名的对联：升官发财请走别路，贪生怕死莫入此门。

"辽宁"舰的舰训是"永远忠诚、永争第一"。对舰长张峥来说，被任命为中国第一艘航空母舰的舰长非常光荣，但责任更加重大，他笑着说："只要加入到这支部队来，就别想过好日子了。"

"辽宁"舰上的舰报、广播、电视台，都以"开拓者"命名。"我们得种好这块试验田。"张峥说。

每一名官兵都在为航母早日成军贡献心智。"辽宁"舰首次夜航，值更官发现驾驶室挡风玻璃反射荧光，看不清海面。从汽车玻璃上得到启发，他们提出了在上面贴滤光薄膜的建议，解决了这个问题。

由于缺乏经验，舰岛上的舰面保障作业指挥台位原来布放有点乱，工业部门根据官兵们的意见改建后，指挥作业顺畅多了。据统计，接舰以来，舰上官兵提出各类建议近 4000 项。

在满载着油料、弹药和高压气体的航空母舰上，防火是一件大事。梳理世界航母发展史，被击沉的航空母舰不多，80% 的航母事故都是安全事故。行走在"辽宁"舰上，红色的灭火器随处可见，而损管灭火也是舰员资格认证的重要内容。

排水量达 5 万多吨、有 20 层楼房高的"辽宁"舰如同一座稳稳的"海上城市"，但这座"城市"里的很多岗位危险异常。但机电部门动力中队教导员肖磊明白航母对大家的吸引力："单是航母两个字就足够诱人！" 3 年前，他放弃相对轻松的机关生活，告别怀孕的妻子，报名来到"辽宁"舰。他发现，好多战友和自己一样，"忠孝不能两全"。"到这里来的都是理想主义者和完美主义者。"肖磊肯定地说。

不久前，交付海军不久的"辽宁"舰顺利实现了舰载机着舰。当米黄色的歼 -15 舰载机精确地钩到阻拦索，轰鸣着稳稳停在甲板上时，旁边身着蓝色马甲、戴着蓝色头盔的翟国成觉得头皮都要炸了，这种震撼和兴奋还有过一次，就是女儿降生时。

海风吹拂着崭新的航母码头，庞大的"辽宁"舰静静地驻泊在那里。其实，在这座"海上城市"内部，各项试验正在紧锣密鼓地进行着。当有人问舰长张峥航母形成战斗力的时间表时，他平静地表示，"用时间表来卡是不科学的。"

然而，每一名"辽宁"舰官兵都在朝这个目标使劲儿。不久前，张峥还去了某航空兵师参加舰载直升机飞行，"有生命的人和没有生命的武器互相拥有就是战斗力的实质。"他充满诗意地说。

在"辽宁"舰上，流传着这样一个故事。航母亮相以后，一名战士老家的邻居得知他在航空母舰上服役，平素来往不多的邻居非要把女儿嫁给他。张峥坦言，这种举国的关注会带来不小的压力，"但这是好事，"他说，"我们要做的就是努力不辜负大家。"

中国梦、军旅梦

"梦想做一名当代最可爱的人，所以，我来了。""辽宁"舰会议室。来自航空部门的李晓磊在新舰员座谈会上的讲话，激起了大家的共鸣。来自航海、武器、机电、安全等多个部门的20多名新舰员听完这位来自北京邮电大学在校生"羽翼丰满翱翔长空，兵刃锐利驰骋疆场"的军旅梦后，报以热烈的掌声。

参加这次座谈会的是刚刚加入"辽宁"舰战斗序列的新舰员代表。记者在与他们交流时发现，这些登上航母的新兵，不仅普遍学历高、心理素质好，还拥有别具个性色彩的梦想，他们对未来的规划相当清晰。

来自航海部门的帕丽丹侃侃而谈："我毕业于警校，有半年的警察工作经验。相比较而言，部队的生活更锤炼人……""你已经实现了成为航母一员的梦想，它与现实的差距大么？"面对记者的提问，帕丽丹眨了眨大眼睛："上舰第一天，我和战友打扫洗漱间，班长检查3次，都没通过。就在我们泄气的时候，班长告诉我，坚忍、细致的优秀品质不是凭空而来的，现在脚踏实地苦干，将来才有实力走向成功。后来，我又听蒙古族战友代娜仁图雅聊起当年的'两栖霸王花'、如今的女兵连长敖腾格日勒的成长故事，我想明白了，梦想和现实有差距不怕，就怕你不去努力缩短它。"

这个哈萨克族姑娘的发言，进一步引发了大家的深思，围绕"梦想"二字，新兵们各抒己见。蒋豪华接过话茬："进驻"辽宁"舰那天，舰长、政委为我们颁发登舰纪念卡时，我激动得差点掉了泪。成为航母一员，是新兵连多少战友梦寐以求的啊！但是昨天，亲眼看到班长排故，我才明白，做好舰艇心脏的'守护神'，不容易。也正是战位的噪音、高温，还有老班长手上的老茧和疤痕，激起了我在机电岗位干出一番事业的斗志。"

　　说到这儿，蒋豪华抿了下嘴角："班长说，女生当机电兵有优势，呵护起舰艇心脏更细心。但我觉得自己是笨鸟，所以，在班长的'特殊照顾'下，我已经提前进入专业学习了！"她的话，引起了大家的羡慕，能够尽早进入专业学习阶段，是这些年轻人得到认可的最直接体现。

　　在这些携笔从戎的年轻学子中间，不乏佼佼者，而且不少还是应届本科生和尚未毕业的在校大学生。但是，考军校、在航母上长期干，是大家共同的梦想。来自航空部门的龚占坤说："我的梦在大海，我想考军校，因为这样既能提升个人素质，又可以长期为部队贡献力量。"此言一出，毕业于师范大学、曾经在新疆地区支教的舰务部门战士吕思俊立即举手赞同。尽管即将从事炊事工作，专业不对口，但吕思俊没有丝毫怨言："努力做好本职工作，这也是对梦想负责的表现。在边远地区支教的经历，让我看到很多孩子怀着对幸福生活、美好未来的渴望，为摆脱贫困落后顽强地拼搏。而我们，已经拥有航母这一国人瞩目的工作平台，不作出成绩，愧对时代，更愧对自己！"

　　"这些新舰员的心声，是共和国航母上最动听的好声音，让我们实实在在地感受到了90后新兵的担当。"

英雄战舰　驰援大洋

"獭山雄踞，青龙臂挽，荟造化之灵秀；军旗高扬，群雄心同，铸书剑之劲旅。"这是海军东海舰队某驱逐舰支队政委翟永远，为他所在的这支曾经取得过七战七捷辉煌战绩的支队写下的诗赋。2013 年 10 月 9 日下午"万里海疆巡礼"采访团一行来到了这支传承了 60 载光辉历史的优秀部队。

英雄部队　战迹卓著

"伟哉雄师！历沧桑而底蕴厚，临春风而神思远。"在这支驱逐舰支队的历史上，曾经先后参加了南韭山、三门湾、菜花岐、檀头山护渔战斗、击沉"满庆升"、解放一江山岛、南沙"3.14"海战，并取得了七战七捷的辉煌战果，在人民海军的战斗史上写下了辉煌的一页。

"壮哉雄师！先锋列阵，敢趟敢闯，挺进深蓝。"如今的他们已经多次圆满完成军事演习、战备巡逻、护航护渔等急难险重任务，这支驱逐舰大队还曾因派出舰艇参与亚丁湾护航，接护被海盗劫持的台湾籍渔船船员而扬名世界。

"海军人才辈出，于斯为盛，英雄行列，兵精将强。挽弓如满月，引雕射天狼。"新世纪新阶段，支队官兵们传承了"忠诚、勇敢、精武、善战"的精神，以人为本搞建设，军事斗争准备深化推进，核心军事能力不断提升，部队科学发展水平再上新台阶。

正如翟永远政委在赋中写道的那样"雄关漫道，功属前贤，后继可期，唱雄师新景，豪情万丈。"这支有着光辉历史的部队在未来的发展中，也必将把忠诚、勇敢、精武、善战的雄师传统，代代相传。

紧急受命　千里驰援

听完支队的情况介绍，我们来到了"常州"舰上，舰领导为我们介绍了在亚丁湾接护台湾"旭富一号"惊心动魄的情况。

2012 年 7 月 24 日下午，被索马里海盗劫持后获救的台湾"旭富一号"渔船 13 名大陆船员乘机抵达北京，其余 13 名船员也都各自回家。至此，正在亚丁湾执行护航任务的海军官兵脸上露出了欣慰的笑容。

7 月 11 日，海军第十二批护航编队驶出马六甲海峡，顶着印度洋夏季季风形成的大风浪向亚丁湾进发。突然，一道命令从北京发出，通过电波传到编队指挥所："准备执行接护台湾"旭富一号"渔船船员任务。"

编队指挥员周煦明和政委翟永远心潮起伏。他们深知，把落入海盗之手 570 多天的船员接回家，让 26 个家庭骨肉亲人团圆，这项任务的意义是多么重大！

编队指挥所立即忙碌起来，综合分析各种信息，用最短的时间制定完善了《兵力行动方案预案》、《船员安置和生活保障方案预案》等行动文件。

北京时间 13 日 22 时 25 分，编队再次接到北京指挥所命令："常州"舰于规定时间前出至索马里某海域执行接护任务。随即，"常州"舰与编队分航，调整航向，疾速向指定海域进发。

摆在第十二批护航编队指挥所和"常州"舰前面的，不仅是气象云图上的大风浪区，更是一次没有先例、充满变数和风险的挑战。

时间紧迫，"常州"舰放弃了绕行风浪区的通常做法，按照海图上的最短航线，一头扎进了风大浪急的印度洋中部海域。

驾驶室里，舰长梁阳紧锁眉头，沉着地下达各种口令，操舵班长洪锦镇被剧烈的摇晃几乎摔倒在地，雷达班长冯硕目肩上围着一块毛巾，不断擦拭着因晕船反应冒出的虚汗。

17 日 10 时 30 分，经过连续高速航行，"常州"舰按计划抵达预定海域。与此同时，地处北京的海军指挥所内，海军领导坐镇指挥，一道道命令从北京发至万里之外的大洋……

临机决断　战机接应

舷窗外，黑云压顶，狂风嘶鸣，大雨瓢泼，海天一片浑沌。"常州"舰官兵瞪大双眼仔细搜索着海面，生怕错过稍纵即逝的目标。

正在大家焦急地搜索时，上级通报：26 名船员已脱离海盗控制，正在海滩等待救援。

"快！必须尽快找到他们！"官兵们知道，在这个险象环生、海盗猖獗的地方，暂时脱离海盗控制、孤立无援的船员，随时面临再次被劫持危险。

"早一分钟发现船员，他们就能早一分钟脱离险境。"经向海军指挥所请示，现场指挥员王明勇下令："派小艇抵近岸边搜索。"

两艘小艇刚一入水，就剧烈摇晃起来。

16 时 38 分，驾驶室甚高频里传来特战队员龚菊林的报告声："指挥所，我已

发现船员。"

然而，让所有人始料未及的是，尽管小艇一次次向岸滩发起冲击，但巨浪无情地阻隔在官兵和船员之间。

天色渐渐暗了下来，现场指挥员王明勇当机立断："调整接护方案，请示由担负空中掩护的直升机前出接回船员。"

此时，海况更加复杂，海面风力达 16 米／每秒，气象和海况很差。远程指挥的海军领导与机组指挥员通话，详细了解飞行准备情况。

"直升机起飞接回船员！"机长程文刚、飞行员禚玉峰挎着头盔领受任务，特战队员李潘、吴义东也一同登机，担负空中掩护支援任务。

随着战鹰轰鸣，旋翼张开旋转，直升机轻盈离舰，一个漂亮的侧身转向，贴着海面加速向岸边飞去。

近了！近了！机长程文刚看到，岸滩上，26 名船员向着直升机飞奔而来。

"我已发现船员，请示接护。"在得到指挥所同意的答复后，程文刚小心翼翼地操纵着直升机向船员们聚集的沙滩靠近。

沙滩松软，直升机无法着陆。此时，飞行员程文刚和禚玉峰也是心急如焚。这对配合多年的空中搭档相互望了一眼，程文刚做出准备悬停的手势，禚玉峰点了点头。

直升机迎着风悬停在半空，特战队员李潘、吴义东拉开舱门，索降落地，迅速在地面建立警戒。确认安全后，李潘转身向程文刚打出安全手势，并引导直升机缓缓下降。最终，直升机在距离地面15厘米的高度稳稳地悬停。

特战队员李潘快速向船员们靠拢，经过简单交流，船员们决定让年龄最小的李贺、陈文全和陈文雄第一批登机。在特战队员保护下，船员们手拉手，猫着腰跑向直升机。

迅速拉起、灵巧转身、平稳着舰……当地时间17时40分，第一批船员被成功接回"常州"舰。直升机刚刚落稳，光着脚、衣衫褴褛的安徽籍船员李贺就迫不及待地跳下飞机，大声喊着："这是祖国的军舰，我们安全了！"

夕阳西沉，天色渐暗。"常州"舰打开甲板指示灯，引导直升机着舰。在场的每个人心里都清楚，天色越暗，营救的难度就越大。最后一个跳下飞机的陈文雄刚刚跑到安全距离，直升机就再次拉起，向岸滩飞去。

第二批、第三批、第四批……当地时间18时28分，台湾船长吴朝义最后一个跳下飞机，26名船员全部被安全接护上舰。

依依惜别　失声痛哭

"旭富一号"渔船26名船员安全上舰后，海军指挥所随即向"常州"舰下达命令：安置好船员生活，按预案驶往坦桑尼亚达累斯萨拉姆港。与此同时，官兵们精心筹划组织的关爱行动也悄然展开。

刚刚走进"常州"舰通道，舰上同为安徽、河南籍的舰员就用家乡话和船员打着招呼。"回家了！""到家了！"在舰员们热情的招呼和引导下，获救船员进入"常州"舰专门安排的生活舱室。

很快，获救船员领到了崭新的被褥、洗漱用品和内衣、外套、鞋子等生活必需品。洗完澡、换上新衣服，劫后重生的船员们焕然一新。

看着电视屏幕上滚动播放的"忘掉过去、准备回家、开始新的生活"的字幕和舰员们精心布置的中国结、福字，李东利、李贺父子俩有了恍如隔世的感觉。面对护航官兵，饱受海盗折磨的爷俩热泪盈眶，不停地说："谢谢海军！"

在军舰上的第一顿晚餐，考虑到船员长时间没有正常就餐，"常州"舰炊事班精心准备了易于消化的稀粥、西红柿鸡蛋面和咸菜。福建籍船员陈荣华端着面条泪流满面："这是我570天来朝思暮想的家的味道啊！"

第二天一早，军医李利民带着医疗服务组为船员们体检，给他们送来了身体急需补充的维生素片，并为2名被海盗打伤的船员进行伤口处理和治疗。

7月20日晚，"常州"舰为船员们精心安排了一场"集体生日"晚会。在舰员们齐声颂唱着生日歌，舰领导手捧生日蛋糕走到船员中间："虽然今天不是你们出生的日子，但今天是你们走出阴影重获新生的第一天，希望你们吹灭蜡烛的时候，忘掉过去，带上你们对未来生活的美好希望回家。"

经过4天的航行，当地时间7月21日上午8时28分，"常州"舰缓缓靠上达累斯萨拉姆港码头。即将离舰的台湾船长吴朝义眼含泪水地说："请允许我代表26名船员向中国海军致以最崇高的敬意，衷心感谢你们为我们所做的一切！"话音未落，官兵们和船员紧紧拥抱在了一起。

深蓝劲旅　铁拳雄风

在海军东海舰队某驱逐舰支队，有这样一艘战绩优异的"品牌战舰"：波峰浪谷，它传出"百发百中"的胜利捷报；远海大洋，它犁开仗剑深蓝的壮美航迹；域外访问，它尽显人民海军的时代风采……两年多来，先后10余次圆满完成中俄海上联合军演、友好出访、实兵演练、实弹射击、远海训练等重大任务，荣获"全国创先争优先进基层党组织"、"海军先进舰连标兵"、"海军从严治军先进单位"、"舰队先进舰连标兵"等荣誉。这艘"品牌战舰"，就是以人民海军发源地城市命名的"泰州"舰。

时尚生活　铁拳雄风

悠扬悦耳的钢琴伴着喷香浓郁的咖啡，这不是在咖啡馆，而是在一支现代化的军舰上。

2013年10月10日，"万里海疆巡礼"采访团一行来到东海舰队某驱逐舰支队，并登上了这条充满着"国际style"的"泰州"舰，体验了这里的时尚生活与新时代海军的国际化发展新貌。

"泰州"舰隶属于东海舰队某驱逐舰支队，这支部队自成立以来始终牢记"忠诚、先锋、制胜"的支队口号，先后圆满完成了中俄联合军演、亚丁湾护航、利比亚撤侨等重大任务，谱写了辉煌的历史篇章。

"泰州"舰也曾多次参加重大涉外任务，不仅稳步提高部队多样化军事能力，更让"泰州"舰变得更加国际化。在"泰州"舰上，除了能够喝咖啡、弹钢琴舒缓身心，官兵们的学习热情更是高涨，不仅自学英语，几乎所有官兵都能够说上几句俄语。可以说"泰州"舰上的官兵们正是当下海军官兵的一个缩影：开放、自信、威武、文明。

从风情万种的异域港口到海盗肆虐的亚丁湾，从波澜壮阔的太平洋岛惊涛骇浪的印度洋，这支现代化的海军部队正在世人关注的目光中尽情挥斥着深蓝劲旅的铁拳雄风。

凯歌唱得最嘹亮

战舰逐浪，荣耀见证。"泰州"舰飞行甲板举行第二批训练尖兵颁奖仪式，反潜指挥仪技师周兵、电工班长许志明、声纳技师常安玉、自控技师何启国等训练尖兵的事迹，令人感动。争当明星岗、竞相练精兵，"泰州"舰创先争优活动再掀波澜。

采访中，舰领导为记者介绍了这样一件事：一次，"泰州"舰参加中俄联合军演任务。就在该舰按上级要求从锚地出发前，海上突起浓雾，能见度不到50米。"再大的困难也要完成任务！"舰党委一声令下，官兵们凭着过硬的技术，在浓雾中航行3个多小时，按时赶到演练集结地。整个演练中，该舰官兵以过硬的军事素质和良好形象给俄海军同行留下深刻的印象。俄方指挥官称赞："中国海军表现出了很高的职业素养，期待再一次与中国这样一支优秀的海军合作！"

"创先争优活动只有聚焦使命才有生命力，创在打赢上、争在精武中，才能最大限度地激发官兵的创造力！"全军优秀指挥军官、舰长王永平深有感触地告诉记者。

在"泰州"舰官兵看来，任务是随使命变化的，作战能力和训练水平的标准也应当是随要求水涨船高的。所以，聚焦使命开展创先争优活动，没有终止目标。舰党委抓训练，每个科目都求最精、最佳、最优；官兵练兵，每个战位都争"红旗舱"、夺"明星岗"。

反潜是世界性海战难题，为了精练深海擒鲨的本领，声纳技师、四级军士长常安玉入痴入迷，双耳练得红肿发炎也全然不顾，使能够准确分辨的潜艇声音信号由十几种增加到数十种。在一次反潜演练中，尽管狡猾的"敌"潜艇匿身于海底变幻莫测的涌浪、鱼群、水流及岛礁混杂信号中，行踪诡秘，但常安玉带领他的战友神情专注判别着海底声音信号的蛛丝马迹，调试机器、分析信号、记录数据……仅仅10多分钟后，他就果断指着显示屏上一绿色小方格里的亮点说："这就是'敌'潜艇！打！"

赢得信息战争，要敢与强手碰硬！报务专业上等兵林坚浩，一上舰就被浓厚的创争氛围所熏陶。得知报务技师张峰带领部门专业骨干在支队报务比武中连续三年包揽半数以上科目第一和总分第一，林坚浩虚心请教，潜心观摩，投入近乎疯狂的训练，他坚持每天加班训练1小时雷打不动，上舰不到3个月就能一分钟打125个字，6个月后就在支队大比武中一举拿下文字录入第一！目前他正在紧张备战，准备代表舰队参加海军比武。

你能填补空白，我能不断赶超。在创先争优活动中，"泰州"舰通过领导带骨干、党员带团员，形成了你追我赶的竞争态势：某型防空导弹检查调试时间按照原有预案需要35分钟，舰长王永平带着技术骨干通宵精练，做到了能在2分钟内完成检查调试，大大缩短导弹发射准备时间；舰艇应急处置科目中的舵机转换操作，以往需要120秒才能完成，辅机班长李丛军通过刻苦攻关将时间缩短了一半；穿着防化衣过去按规定 1 分 20 秒合格，该舰防化专业官兵硬是把速度提高到了 45 秒即可完成……

两年多来，该舰先后研究出新战法新训法成果 20 余项；打破实际使用武器实弹实射记录 2 项；在支队比武中获得 24 个第一，46 个第二，36 个第三；舰员自我维修保障能力大幅提高，每年排除海上重点故障 60 起以上，一般性故障 80% 以上都能自己解决；全舰涌现出"训练尖兵" 32 名，21 名官兵被上级评为优秀士官人才奖，53 名因训练突出和完成任务出色立功受奖。去年 9 月，该舰作为全军战备值班系统综合整治示范交流活动唯一的导弹驱逐舰代表接受观摩，以一流的舰容舰貌、精密细致的装备保养、全面过硬的舰员素质，向全军代表展示了海军的良好形象，赢得了高度赞誉。总部一位首长称赞："你们每一个细节都展示出了海军部队过硬素质和形象。"

"从海军诞生地走来，我们是威武的水兵，扬起渡江战役的风帆，乘风破浪再立新功……""泰州"舰官兵正唱着嘹亮的舰歌，在创先争优的东风中，破浪前行在打赢的深蓝航道上！

时刻准备打胜仗

采访中，记者从"泰州"舰执行任务过程的众多新变化、小细节中感受到了部队真抓实备谋打赢的努力，见证了人民海军正在不断提升战备训练的实战化水平。

"离码头部署！"

随着舰长一声令下，在赶赴东海某海域执行战备巡航任务的"泰州"舰上，记者发现，和以往不同的是，军舰刚一离开码头，舰首最前端的旗杆就放倒了。负责这项工作的帆缆区队长周三红说，这是按照实战要求，避免旗杆影响舰载火

炮打击目标的视线:"以前是规定的目标、规定的距离、方向,没有正前方的目标,所以就不用放倒。现在,对正前方和左右弦各个方向的目标,24小时随时进行火炮射击。"

"导弹发射!"

战备巡航中,"泰州"舰突然发现高速低空"目标"来袭,并遭受强烈电磁干扰,两枚导弹立即发射,准确命中"目标"。这是军舰临时组织仿真实战环境下的一次对空防御及对海攻击操演。所有命令都由作战值班军官下达,正在值班的陈为说,作战值班军官制度也是按照实战要求新设立的,"有了这个岗位之后,我们把训练融于战斗值班,在实战化训练、实战化战备、实战化巡航中提高部队战斗力。"

记者在军舰上走了一圈,看到不少岗位上都是年轻战士在值更,不像以往值更的多是老士官。舰长王永平说,现在已经实行了三班倒的分更次战斗值班,这对每位舰员的实战能力都提出了新的要求:"这就要求我们分更次战斗值班的每一更,都能够独立地操纵武器系统,能保证战斗力的持续保持。"

执行这次战备巡航任务的"泰州"舰指挥员、东海舰队某驱逐舰支队副支队长卢飞云说:"我们的强军梦就是随时准备,确保打的赢。上级和中央军委一声令下,我们能召之即来、来之能战、战之能胜,这是我们的最高梦想。"

海上轻骑——"蚌埠"舰

中国海军自行研制设计生产的首艘新一代轻型导弹护卫舰"蚌埠"舰，自从 2013 年 3 月入列海军以来一直受到广泛的关注，"万里海疆巡礼"采访团近日登舰采访，领略了这艘"海上轻骑"的不凡风采。

国产首艘新一代轻型护卫舰

作为当今世界领先水平护卫舰的代表，"蚌埠"舰集成了多型武器装备，隐身性能好，电磁兼容性强，先进技术应用广泛。交付东海舰队某水警区后，主要担负巡逻警戒护航、单独或协同其它兵力执行反潜作战、对海作战等使命任务，将逐步替代老一代护卫舰（艇）和导护艇。

"蚌埠"舰舰长黄继先介绍说，虽然从外形上来看，"蚌埠"舰显得比较轻巧，甚至有些"弱小"，但在内部，它拥有一系列同类舰艇所远远不及的先进技术，将极大地提高攻击效率，相信在未来执行任务时不会输给任何一个国家。同时，"蚌埠"舰的舰员编制仅为老一代护卫舰的三分之一，节省了大批的人力。

"蚌埠"舰是优化海军装备结构，提升基地防御作战力量，增强海军维护国家安全和领土完整、捍卫海洋主权和海洋权益能力的又一重要平台。新型护卫舰正式交付部队，标志着我海军基地防御兵力开始了升级换代，进入批量生产、有序更新的新时代。同时，它的高新技术装备也对操作人员提出了更高的要求。据黄继先介绍，为使"蚌埠"舰尽早形成战斗力，接装前，他们专门从所属多个单位精心选拔数十名主要职手配属舰上，经过半年多的强化集训，官兵们就已初步掌握了各型装备的实际操纵，并结合历次试验试航出色完成了各项实操考核。黄继先说，他最迫切的就是希望"蚌埠"舰真正投入实战，让这艘海上轻骑兵发挥它的威力，为保卫祖国海疆早日建功。

采访中，编队指挥员告诉记者，此次国产新型护卫舰正式入列，对于提升海军新装备比例，优化海军装备结构，提高海军装备信息化水平，增强海军维护国家安全和领土完整，捍卫海洋主权和权益的能力，以及执行多样化军事任务等都具有十分重要的意义。此外，新型护卫舰的大批列装，也将会对海军作战思想、战法、训法、管法、用法，以及人才培养和战场建设带来很大影响。

战力实现"连级跳"

记者在采访中得知，服役仅 7 个多月的"蚌埠"舰，日前在东海舰队某舰艇训练中心完成驻训任务并通过全训考核，可随时遂行战备巡逻、区域护航等作战任务。与此同时，该型舰《训练与考核大纲》等训练规范已基本形成，为后续同型舰尽快形成战斗力趟出了一条新路。

"蚌埠"舰作为某新型护卫舰首舰，集中了我国最新科技成果，技术密集、装备精良，入列当月就进驻某舰艇训练中心进行全训。为了尽快摸索出适用于新装备的组训方法，该训练中心组成联合调研组提前介入，边学习、边研究、边训练、边总结、边规范，全程参与舰艇试航、工厂培训、跟班作业等各个阶段，教练舰长、业务长和接舰官兵一起学研新装备知识，共同上战位实操。根据该型舰装备特点和武器系统效能，他们组织编写并修改完善 100 余万字的《某型舰训练与考核大纲》等训练法规和《某型舰整体训练组织和实施》等训练指导文书，形成"一套组训程序"、"一套理论题库"、"一套训练方案预案"等"九个一套"。以此为基础，"蚌埠"舰训练和考核步入了规范化、标准化的快车道：入列 2 个月，主炮实射命中目标；入列 5 个月，导弹发射命中目标；入列 6 个月，实射操雷命中目标……

新型舰艇引入了最新的作战理念，集成和信息化程度高。为尽快实现"蚌埠"舰人与武器装备的最佳结合，最大限度地发挥新装备作战效能，一方面加强官兵的信息化知识学习，聘请工厂、院所和设备厂家的专家登舰指导，讲解新装备构造原理；另一方面，从驱护舰部队请来 3 名参加过亚丁湾护航、联合军演的优秀舰长作为舰艇指挥员的导师，从海军、舰队邀请 20 多名专业比武冠军、岗位能手，为官兵现场指导，手把手帮带，使首批舰员在较短时间内掌握装备并通过岗位合格考核。

由于新型舰艇引入视频监控、航行态势观察等系统，部分装备实现无人值守、无人监控，他们积极优化人员部署，将原有的电航、操舵、主炮、副炮等小专业合并成航海、舰炮等大专业，使专业兵实现了部门内互通互用，压缩了编制，提高了舰员利用率。

为使"蚌埠"舰尽快形成战斗力，为后续同型舰艇训练与考核趟出路子，针对"蚌埠"舰未来可能担负的使命任务，在进一步细化防空反导、联合反潜、对海攻击、打击快速小目标、鱼雷对舰攻击等 10 多个训练科目操演流程的基础上，积极整合训练资源，和航空兵、水面舰艇、潜艇等部队结成训练对子，采取自主训练结合配合训练的方法逐步加大"蚌埠"舰实战化训练的强度和难度。舰长黄继先告诉记者，整个驻训过程，就好像打仗一样，官兵们到处找"敌人"。有潜艇

当对手，"蚌埠"舰就训练攻潜和反潜；有战机当对手，"蚌埠"舰就训练防空和反导；停靠码头，只要看到渔船，"蚌埠"舰就开展打击海上快速小目标操演。每次操演都是一次预考，整个训练过程考核组全程伴随，随时根据作战进程提出各种各样的紧急情况，好似一支无形的手推着指挥员在应对逆境、处置危局中提高打胜仗的本领。

两个首次

2013 年 8 月，初秋的一天上午，东海某海域，一场实战化演练激战正酣。入列仅 5 个月的国产某新型护卫舰首舰——"蚌埠"舰在海上疾驰，伺机对"敌"舰实施精确打击。随舰出海的某水警区司令员程杰介绍，这是该舰入列以来首次实射导弹。

"战斗航向 ××，准备导弹攻击！"舰长黄继先下达紧急战斗命令。对海导弹控制室内气氛骤然紧张起来，对海导弹班长汪海涛、导弹兵罗轶脸上汗珠直往下滴。和舰上官兵一样紧张的，还有装备厂家、科研院所的专家们。"首次实射导弹意义非凡，我们都在屏息期待射击结果！"武器专家唐亮说。

为确保实射成功，该舰所在的水警区在组织人员赴兄弟部队学习取经的同时，采取外请与内教相结合、专题辅导和现场指导相结合的方法，邀请科研院所专家现场讲授导弹及相关系统的基本性能、操作使用和应急处置方法，组织人员编写出《导弹技术准备实施细则和射击规则》，为导弹实射提供有力的技术支撑。

"发现并锁定目标！"指控部门报告。"导弹攻击！""5、4、3、2、1，发射！"只见一枚导弹拖着长长的烈焰，呼啸着直扑"敌"舰。

片刻，信息传来："导弹准确命中目标！"至此，"蚌埠"舰创下了该型舰首次实射导弹就准确命中目标的优异成绩，为后续入列舰艇对海作战使用积累了宝贵经验。

舰长给记者介绍说，在这之前，"蚌埠"舰首次成功完成了直升机着舰训练。

"请示着舰！"

"着舰准备好。"

"可以着舰！"

7月27日，东海某海域热浪滚滚。伴随着巨大的轰鸣声，某型直升机在飞行员的操纵下，不断调整着飞行高度和角度，稳稳地降落在"蚌埠"舰飞行甲板上，就像一颗珍珠镶在了舰艇的怀抱里。至此，"蚌埠"舰圆满完成了直升机着舰训练，标志着该型舰反潜作战半径得到了极大延伸，协同作战能力得到了重大突破。

之后，该舰又组织了燃油补给、直升机牵引、舰机协同搜救和直升机引导下导弹攻击等科目的训练，初步摸索出了该型护卫舰直升机着舰、舰机协同训练及某型直升机着吨位最小、平台最小舰艇起降、补给的方法路子。

海上反潜显真功

凌晨5时30分，"蚌埠"舰与2艘猎潜艇拔锚起航，组成联合反潜力量，赴东海某海域对蓝军潜艇实施打击。这次蓝军实力很强，他们是正迎接海军训练评定考查的某潜艇支队，且派出的是精锐艇队。"跟强手过招，才能真正锻炼自己。"舰领导兴奋不已。

设置多个突发情况，而且多个情况同时进行处置，是这场实战化演习的一个最大特点。演习中，他们还先后设置了"敌潜艇在商船掩护下企图撤离"、"红方观通雷达站遭敌电磁干扰"等情节。

辽阔的海面上，由"蚌埠"舰和2艘猎潜艇组成的反潜兵力群向作战海区疾驰。这是"蚌埠"舰归建之后，首次参加实战化编组训练。此前，他们拟定6套攻击方案和9个情况处置预案。同时，针对训练中发现难、协同难、攻击难的实际，他们聘请潜艇部队领导和院校专家组织授课，提高了官兵的整体训练能力。

8时30分，急促的战斗警报骤然响起，反潜编队迅速组成搜索队形展开搜索，"蚌埠"舰抢先一步发现可疑目标。海面上，两艘猎潜艇分别占领"蚌埠"舰左右舷，采取曲线运动进行搜索。"方位××，发现不明回音！"正当猎潜艇判定为蓝军潜艇并准备实施打击时，蓝军率先发射了一枚"鱼雷"。

一艘猎潜艇被"鱼雷"击中！迅速支援，打击敌人！由于蓝军潜艇在打击时，暴露出了目标方位，"蚌埠"舰和另外一艘猎潜艇迅速锁定，发射"鱼雷"实施还击。

10时30分，2个小时的对抗结束，实战化的演练，让官兵们大呼过瘾。"蚌埠"舰舰长黄继先感慨地对记者说："这么多的突发情况，逼着我们想点子，出办法！真是步步惊心，处处让人冒汗！"

在返航途中，演习总导演告诉记者，这次带实战背景的战术科目演练，是国产某新型护卫舰首次与猎潜艇协同反潜，探索出了该型号舰与猎潜艇的合同作战方法路子，检验了部队大规模作战准备能力。同时，进一步增强了首长机关组训和作战指挥能力。

厨房实现智能化

在采访中，记者还看到了一件有趣的事：用U盘来做饭。如不是亲眼所见，记者怎么也不会相信。记者在"蚌埠"舰上看到，炊事员小卢将已经切好的肉丁

"蚌埠"舰发射导弹

及配料放入多功能智能型蒸烤箱。然后，他在 5 寸见方的蓝色操作界面上，从一个小小的 U 盘里调出红烧肉制作程序，并按下"开始"键。不到 30 分钟两托盘味道鲜美的红烧肉新鲜出炉。

"蚌埠"舰副舰长高剑告诉记者，舰上配有一台多功能智能型蒸烤箱，有蒸、蒸烤和煎三种模式，可对 140 多种食材实现 1000 多种加工烹饪方法，各种烹饪方法存于配套 U 盘中，只需按照要求将食材放于烤箱内并选择指定程序，烤箱会自动将食物制作好，而且同种烹饪方式的食物可以放在不同隔层同时制作。

曾在某猎潜艇工作 20 多年的二级军士长钟礼虎告诉记者，舰上的餐厨设备较之以前老式舰艇有了翻天覆地的变化，特别是多功能智能型蒸烤箱制作出的饭菜一点也不比手工炒的差，而且还干净卫生。环视整个厨房，记者看到，30多个平方的厨房，灶台干净整洁，看不到一点油烟痕迹。原来，针对以往使用柴油灶油烟较大的问题，该舰全部使用电磁灶，加热速度快，同时减少了油烟排放，利于舰艇的隐蔽行动。

炊事员小卢告诉记者：以前他在猎潜艇上工作时，60多个人的午饭需要4名炊事员忙活一上午。现在他和班长两个人，近百人的饭菜只需1个小时就能做好。言语中流露出兴奋和自豪。

采访即将结束时，我们来到了政委翟士臣在舰上的办公室，这位从机关下来的优秀军官，不光政治工作做的好，而且还学会了舰艇操作，可以说是个多面手。"蚌埠"舰入列之时，翟士臣有感而发，做了一首藏头诗《首舰蚌埠——海天利剑》：

> 首开宏篇担重任，
>
> 舰载河山气象新。
>
> 蚌育明珠筑伟业，
>
> 埠旁枕戈为人民。
>
> 海上明月伴晨昏，
>
> 天地可鉴赤诚心。
>
> 利刃在手待出鞘，
>
> 剑气凌云慑敌魂。

诗文就挂在"蚌埠"舰政委室的舱壁上。正如诗中所言，"蚌埠"舰官兵们正期待着"利刃"出鞘。

巍巍"昆仑山"

巍巍昆仑，形容的是一番宏伟景象。用中国最巍峨的一条山脉——"昆仑山"命名的中国第一艘新型船坞登陆舰，正如其气势磅礴的名称一样，逐渐迈向深蓝海水。日前，"万里海疆巡礼"采访团有幸登上这艘排水量近2万吨的庞然大物，用耳听、用眼看中国海军的工作和生活。

横空出世：登陆作战跨越转型

"昆仑山"舰所在支队领导告诉记者，自从第一艘船坞登陆舰"昆仑山"舰2008年入列以来，支队不断探索以其为平台，联合舰载直升机、气垫艇、两栖战车等各作战要素的训法战法的转变。四年磨一剑。联合登陆作战初具规模，成功实现登陆作战模式的转型。联合登陆作战平台的"两栖作战先锋"，在人民海军的跨越式转型中也横空出世！

2008年初，一艘崭新的巨舰缓缓驶入湛江某军港，全军最大的水面舰艇列装南海舰队某登陆舰支队，立即吸引了世人的关注的日光。是年，与之相匹配的新型气垫艇也同时列装。此时，谁也料想不到这一艘新型船坞登陆舰"昆仑山"舰，会给带来我军登陆作战模式的新跨越。

一艘新型船坞登陆舰带来的是全新使命：在第一、第二岛链乃至全球范围内随时遂行作战兵力投送任务；在除两极外其他海域执行抢险、救灾、撤侨等上级赋予的其他非战争行动任务；担负运送兵员、重型武器装备及战备物资等战备运输任务。

使命重于生命，责任重于泰山。支队党委"一班人"清醒地认识到：作为两栖船坞登陆舰首舰，如何管好、训好、用好这条舰，将直接影响该型舰的后续舰战斗力的形成。如何让"昆仑山"舰尽快形成战斗力，是摆在支队指挥员面前的最新课题。

望着舰艏飘扬的八一军旗，犹如战鼓声声，催人出征。

面对全新装备，面对该型舰在训练方面一片空白，支队官兵开始了全新的探索。第一次试航归来后，167舰迎来了一批特殊的学习者，他们是某登陆舰支队各级指挥员。时任支队首长带领舰艇部门长以上人员，跟随某驱逐舰支队167舰出海见学，学习其正规化管理和训练。

随舰出海见学3天中，官兵们铆着一股拼劲，到各个战位上进行观摩，从部署操演到日常管理的方方面面，战位上留下了他们虚心求教的身影。3天的见学归来，每名官兵都带来厚厚的一本心得体会。

不光如此，那些天支队上下涌动着学习的热流，一场"面对未来的局部战争，新型船坞登陆舰该如何发挥其作用"的讨论正如火如荼展开。支队党委"一班人"也集中群众智慧，确定了创新发展的新蓝图：加快新型船坞登陆舰的战斗力形成，尽快达到可以执行多样化军事任务的要求。

军港中又多了一个繁忙的身影，汽笛声声，巨舰出航，一次次的试航训练，预示着一个新型作战平台正在逐步形成。

为了做到科学训练，他们先后与海军兵种指挥学院、大连舰艇学院等多所军内院校加强联系，开展学术研讨交流；同时，还结合官兵在操纵过程中发现的问题，及时与研究所、生产厂家进行反馈和沟通；并多次组织舰艇在复杂条件下进行大风浪航行和沉浮训练，均取得了多项历史性突破。

"这条舰的服役大大提高了我海军两栖登陆作战的能力，特别是提高了我海军向中、远海运送兵力和进行岛礁区作战的综合能力。"2008年4月9日上午，当胡锦涛主席亲临"昆仑山"舰视察时，时任某登陆舰支队支队长王新建为胡主席这么介绍道。

入列4个月后，"昆仑山"舰迎来了令人振奋的时刻。当天，胡主席先后检阅了该舰仪仗队，视察了坞舱、机库、飞行甲板等部位，并为该舰题字。最后，胡主席与该舰官兵一一握手并合影留念。主席的视察，对于该舰官兵来说，这是莫大的关怀和鼓励，是无比的荣耀。

主席嘱托记心头，争先创优当先锋。年底，在舰队机关的抽查考核中，人员参训率达93%，舰员优秀率达83%。该舰当年累计航程12456.1海里，先后被舰队评为"基层建设先进单位"、"军事训练先进单位"。2011、2012连续两年荣立集体二等功，被海军表彰为"先进舰连标兵"、"先进基层党组织"。

"新装备列装，我们要做的就是创新战斗力生成模式。"回顾这4年，支队纪洪涛支队长感慨地说："军事斗争准备任务繁重紧迫，必须得一步一个脚印抓紧训练啊！"

演练砺剑：联合登陆小试牛刀

2008年10月23日，这对于"昆仑山"舰来说是意义独特的一天。经过近半年的全面磨砺后，开始履行使命任务。

这一天，"昆仑山"舰作为南海舰队联合机动编队的指挥舰，从湛江港解缆启航，参加海军舰艇编队首次环南中国海远航训练，这也是该舰作为我国首艘两栖

船坞登陆舰入编半年多来首次参加的远航训练。从此，这艘"两栖巨舰"拉开了向中、远海投送两栖兵力的序幕。

"昆仑山"舰作为船坞登陆舰，将对我海军登陆方式带来革命性的变化。据了解，"昆仑山"舰的最佳装载方式是：坞舱装载 4 艘 726 型气垫艇，车辆舱装载 20 辆重型装甲突击车，机库与直升机平台搭载 6 架舰载直升机，对敌岛礁实施超越登陆和垂直登陆作战，一改往日的平面登陆作战。

要达到这一标准，是需要付出多少辛勤汗水，此时此刻只有"昆仑山"舰的官兵们心里知道。正是由于官兵共同努力，于是，我们看到了这些激动人心的"历史"记录：

2008 年 5 月，"昆仑山"舰在参加全军"128"集训期间，国产大型舰载运输直升机首次着舰成功，这标志着该舰的垂直作战能力初步形成。

10 月 26 日 12 时，"昆仑山"舰副炮首次对海实弹射击首发命中。此次实弹射击，在炮瞄雷达故障的情况下他们果断启用光电瞄准跟踪仪跟踪锁定，引导炮管转动指向目标进行射击并命中目标。

10 月 27 日 16 时，"昆仑山"舰首次横向补给对接成功并进行淡水补给。885 补给舰排水量 3 万多吨，"昆仑山"舰排水量近 2 万吨，两艘如此大吨位的舰艇在远海进行横向补给，这在海军补给历史上属于首次。

11 月 1 日 10 时，"昆仑山"舰首次成功向南沙岛礁投送陆战兵力。组织两栖船坞登陆舰在中、远海进行夺占岛礁演练……

随着某新型气垫艇的列装，"昆仑山"舰着眼打赢信息化条件下局部战争和提高执行多样化军事任务能力，通过与直升机、气垫艇、两栖装甲步战车以及登陆兵的紧密配合，综合运用舰载冲锋舟平面登陆、舰载直升机垂直登陆和舰载气垫艇超越登陆等方式，大大提高了该型舰兵力远程投送和立体投送能力，打破了依靠优势力量集中于某海岸实施抢滩的登陆模式，顺利完成了由近岸输送型向远海投送型、平面登陆型向立体登陆型、单一功能型向多样任务型转变。

这是一次悬念跌宕的实战演练。南中国海，风潮涌动。警报骤响，划破夜空。凌晨0200时，"昆仑山"舰内"登陆部署——"，全舰上下齐动，一条条指令从舰指发送到各个战位。天空，舰载直升机战鹰列阵；海中，两栖战车、陆战队冲锋舟纵横驰骋；海面，气垫艇高速疾驰。一幅立体抢滩登陆作战演兵图呈现在世人面前。这是此次远航训练中"昆仑山"舰进行"立体登陆"的一个缩影。

面对"敌"守军的负隅顽抗，到底鹿死谁手？硝烟散尽，导调组的演练总结中，以新型船坞登陆舰为核心的登陆编队大获全胜，特别是某新型气垫艇在演练中首次融入编组战斗体系，成为登陆作战中一柄寒光四射的利剑。

在随后历时半个月的远航训练，经东沙、过西沙、走中沙、抵南沙，最远到中国最南端曾母暗沙，实际检验了新装备的训练水平，"昆仑山"舰经受住了风浪的考验，创造了多项首次，拉开了向中、远海投送两栖兵力的序幕，取得了令人骄傲的成绩，犁开了驶向深蓝的第一条美丽航迹。

走向深蓝：着眼未来登陆作战

从一列装这条两栖船坞登陆舰就拉开了向中、远海投送两栖兵力的序幕，一连串闪光的数据见证了"昆仑山"舰不平凡的航迹……

2010年6月30日至11月22日，"昆仑山"舰再一次担负重任：作为指挥舰远赴亚丁湾执行护航任务。

执行亚丁湾护航任务中，面对全新使命任务，他们深入抓好新大纲施训，组织人员对《071型船坞登陆舰部署表》全部19个日常部署和26个战斗部署中相关舰员的职责进行了细致的调整和明确。以联合局部登岛作战为背景，强化了体系

作战观念，突出抓好快速装载、隐蔽航渡和突击上陆的专攻精练。

万里之外的复杂海域，官兵们不辱使命，近半年的护航时间，累计航行 3206 小时，为 49 批 615 艘船舶实施护航，查证和驱离可疑船只 60 多艘次，参与解救我国被劫船舶 1 艘，并创造了海军护航舰艇执行护航任务的"六个首次"和"六个之最"，圆满完成护航任务，再一次检验了全舰作战能力，并完成了历史担当。

2012 年 4 月，当"昆仑山"舰将再一次作为指挥舰参加"湛蓝——2012"远航训练的消息传来时，全舰官兵个个摩拳擦掌，纷纷表示一定在参加远航训练中展示昆仑山舰的风采，驰骋在深蓝色的海战场上建功立业，不辱使命。

"此次远航，任务艰巨，责任重大，这是舰队、支队党委对我们的信任，所以我们要做好'吃大苦'、'耐大劳'的思想准备，大家有没有信心？""昆仑山"舰刘开兴政委在远航前动员上这么讲。"有！有！有！"年轻的水兵吼出雄壮的声音，久久地回荡在巍巍"昆仑山"舰的每个战位上。

4 月 26 日上午，随着汽笛鸣响，向南，向南，再向南。一支由 5 艘现代化国产战舰组成的编队，向南中国海深处进发，再向着西太平洋进发。站在"昆仑山"舰舰首浪花飞跃，疾驰中不觉海水颜色已发生变化，从原来的浅蓝色转为浓郁的深蓝色。

"昆仑山"舰的作战指挥室里，作为指挥舰的"昆仑山"舰，通过一体化指挥平台向数据链实时传递的信息，可以显示编队每艘战舰所在的准确位置、航向航速以及所有编队舰艇监控到的海上活动目标情况，还能够把编队的整个情况实时传递至千里之外。

此时的"昆仑山"舰更像是一个作战指挥中心，指挥员可以根据整个编队的兵力配置情况随时下达攻击和机动命令，更可以给多艘战舰分配多批次目标。

面对未来登陆作战的需要，他们抓好核心战力生成的同时，还抓好多模块训练，组织实战化演练。他们协同陆战旅和直升机按照兵力展开、侦察搜索、引导拦截、临检拿捕、机动打击的程序，组织了海上反恐演练，探索了非战争军事行动训练的方法路子。

在此次远航中，"昆仑山"舰正是运用其强大的综合功能，与搭载的陆战队员、气垫艇、直升机，实施联合立体破袭作战，一举夺占敌岛礁。

在随后的远航训练中，"昆仑山"舰和其它两个群的舰艇组成的编队，环南中国海、出巴士海峡、抵西太平洋。

西太平洋上，一发发炮弹准确射向目标区，他们打响了舰队部队位西太平洋的"第一炮"。

一路之上红蓝对抗演练硝烟不断，上级首长的指挥下，全舰在逼真的实战环境中去摔打，真正练就过硬的本领，锤炼出一支敢打硬仗的雄师劲旅。

舰艇生活　激荡青春

舰长郭新武，人如其名，新时代的海军武将。郭新武 1998 年毕业，从在 100 顿不到的驳船做驳长到如今在近 2 万吨的登陆舰上做舰长，用他自己的话说就是："赶上了海军发展的好时光。"

的确如他所说的那样，郭新武的发展经历就是整个中国海军从黄水走向蓝水的发展经历，尤其是作为舰长的他，带领"昆仑山"舰踏上了护航亚丁湾的航程，这个被称为里程碑的任务，更是让他亲身感受到了中国海军走向"深蓝"的步伐。

提起护航亚丁湾，郭新武张口闭口提到的都是华人华裔华侨对中国海军的赞叹，他说："他们给我们带来的那种自信、自豪的感觉是特别深的！"

当舰队在印尼雅加达靠泊访问时，当地华人华侨踊跃报名登舰参观。在郭新武负责的那个参观小组中，有一对老年夫妇给他留下了深刻的印象。两位老人已

经80多岁的高龄了，却一再要求登舰参观，希望能亲身体验脚踩在这片移动国土的感受。顾及老夫妇的身体状况，却也执拗不过他们执着的郭新武陪同他们通过悬梯走上了"昆仑山"舰的甲板。

这时，老先生突然趴倒在甲板上就嚎啕大哭起来，拉着郭新武的手说："终于见到祖国有这么大的军舰，祖国的军舰还能到印尼来看我们！"老先生的话语感动着郭新武和在场的所有人，他说："我们海军的发展，其实也是给了所有华人自信心！"

战舰巡航万里海疆，水兵身居方寸舱室。方寸之间，舱室之内，激扬着年轻水兵们的青春和梦想。

第一次去船坞登陆舰的人，大都会迷路，因为"昆仑山"舰上的楼梯、通道、走廊数不胜数，进了船舱就向走进一个大迷宫，哪里是出口、哪里是入口，似乎都长得一模一样。从主甲板到01甲板、02甲板这三层空间，是官兵们训练、学习和生活的主阵地。别小看这宽不到1米的走道，在寸土寸金的军舰上，走道也不能成为被浪费的资源。"昆仑山"舰的官兵们正是巧妙利用这些空间，制作文化走廊通道，在这条走道上，能通过挂在两旁的镜框画中看到历年来海军获得的荣誉以及"昆仑山"舰的发展历程，能看到官兵们以舰为家的辛苦付出和丰硕的成果。这些镜框展示，融舰艇教育、历史、艺术等为一体，使之成为展示舰艇自身特色的窗口。

曾经，对于水兵们来讲，在海上享受"陆地般"的运动是"一件奢侈的事情"。可当记者第一次踏上"昆仑山"舰却惊喜的发现，坞舱内1个篮球场、5个羽毛球场展现在眼前；继续往前走，记者更是发现舰上已经将车辆库变成了健身娱乐中心，那里跑步机、乒乓球桌、组合健身器、划船器、仰卧起坐板、沙袋等健身器材一应俱全。

"昆仑山"舰政委郭开兴告诉记者，现在舰上已经成立了篮球队、乒乓球队、羽毛球队等兴趣小组，官兵们还根据自己的体质、值班时间等制定了一套科学的

"昆仑山"舰雄姿

健身计划，不管是出海训练还是靠泊码头，他们都坚持运动，使健身运动成了"昆仑山"工作生活中不可或缺的一部分。

从健身中心开放的那天起，每天晚餐后这里都是全舰最热闹的地方，只要不值班，上至舰长下至水兵，每个人都能在这里找到合适自己的健身项目。篮球和羽毛球场上，微微摇摆的船身中能寻找不同于陆地的打球体验；在成排的划船器上，你能和战友们一起感受"竞速"的乐趣；还可以在跑步机上一边感受大汗淋漓的畅快，一边欣赏正前方两台大屏幕液晶电视里播放的精彩节目……

聊起健身中心，战士们更是赞口不绝。"昆仑山"舰舰员石伟感叹说："从前舰上的休闲方式无非就是下下棋，现在，既能跑步又能打球，感觉真不错。"

"和平方舟"为和平

近日，历时 125 天，总航程 2.1 万海里，海军"和平方舟"医院船日前圆满完成"和谐使命——2013"任务，返回浙江舟山某军港。"万里海疆巡礼"采访团第一时间造访了凯旋而归的舰上官兵，了解他们在 4 个多月时间里履行和谐使命，当好和平使者的行程。

做好"中国代表队"

随着我国海军现代化的脚步日益加快，海军建设发展也从理念上有了很大的提升。中央军委作出了海军战略转型的重大决策，在这样一个大的战略思想的转变过程中，海军的装备建设，也包括海军卫勤建设获得了突飞猛进地发展，特别体现在海上医疗救护这个方面。"和平方舟"号是我国专门为海上医疗救护"量身定做"的专业大型医院船，船上搭载的某些医疗设施装备达到三甲医院的水平。

"和平方舟"号政委姜景猛介绍说，海军"和平方舟"医院船 2013 年 6 月 10 日起航，先后赴亚丁湾海域为各国护航官兵提供医疗服务，参加了东盟防长扩大会人道主义援助减灾和军事医学联合演练，以及印度尼西亚多国海军联合巡诊活动，出访了文莱、巴基斯坦、孟加拉国等 8 个国家，为各国民众提供医疗服务，并在返航途中参加了西沙海域搜救遇险渔民行动。

期间，"和平方舟"医院船采取医院船主平台全时展开，医疗分队广泛前出等形式，综合开展健康体检、门诊诊疗、手术住院、医学交流、健康联谊等内容丰富、形式多样的医疗服务。据统计，医院船先后为亚丁湾外国护航官兵，各国民众和华人华侨体检、诊疗 30086 人次，实施手术 293 例。

此次任务，"和平方舟"医院船开创了为亚丁湾外国护航官兵开展诊疗服务、参加国际人道主义援助减灾演练、参加多国联合巡诊并与外方医务人员联合坐诊、组织无码头保障条件下与外军合作实施患者转运治疗、利用直升机在他国开辟空中医疗通道、综合利用岸海空多种手段机动前出医疗服务、参加军地海上联合搜救并全流程处理遇难人员等海军医院船运用等"七个首次"，积累了海军多样化卫勤保障的宝贵经验，彰显了我国负责任大国的良好风范，展示了中国军人的精湛医术和博大爱心，传播了建设和谐世界、和谐海洋的理念，增进了与各国的传统友谊。

树立良好海军形象

随着我国海军近几年在先进技术和创新理念上的发展，海军进一步走向国际化日益成为一项迫切的课题，"和平方舟"号医院船的建成和投入使用极大地满足了这方面的需求，作为中国第一艘"海上流动医院"，"和平方舟"号不仅担负了像"和谐使命一2013"、"万里海疆行"这样的大型对外医疗演练任务，更在日常的训练和维护中，最大程度的体现了海军"中国代表队"的功能。

据"和平方舟"号政委姜景猛介绍，一段时间，一些国家关于"中国威胁论"的说法甚嚣尘上，尽管中国极力主张和平，但外国敌对势力一直没有停止诋毁中国的步伐，而"和平方舟"号这几年来所执行的多次"和谐使命"任务则用最实

际的行动给了他们最有力的回击。在"和平方舟"号2013年巡诊医疗海外的125天里，舰上的官兵用精湛的医术为所到国家的百姓带来了生的希望，同时也用中国海军的高素质作风感染影响了外国友人，树立了崇高的中国形象。

姜景猛介绍，为了每次的出访海外活动，舰艇上的官兵苦练英语，才在多次接见外国领导人和与外军进行甲板宴会的场合中，展现了中国海军有礼有节的气质，同时官兵们充分尊重和学习当地的风俗习惯，无论走到经济发达还是贫穷的国家，都用最谦卑的态度与当地群众交流，令外国人感叹中国海军的医术高明，人格更高尚。

在出访过程中，人们经常所看到的多数是"和平方舟"治病救人的画面，但其实在这些画面的背后更有着舰艇上无数技术保障人员所付出的努力，而他们的辛苦工作也为"和平方舟"的国际形象增添了浓重的一笔。在采访中，记者就了解到，负责医疗设备维修的班长李伯钰在岗位上默默耕耘，在海外航行中保证了所有医疗设备的完好运行，为医疗岗位的官兵提供了保障；提供了电力保障的电工技师丁辉，虽然在出访活动中并没有直接接见外宾的机会，但却在关键的时刻，通宵值班解决了电力的故障，确保了接见外宾活动的正常进行。就是这样不胜枚举的事迹，组成了"和平方舟"号维护祖国尊严，展现中国风采的群像。

锻造海上救护劲旅

采访完执行"和谐使命——2013"任务的情况，舰长于大鹏带记者们参观了"和平方舟"医院船并为大家做了详细的介绍。

海军"和平方舟"医院船，是我国自行设计建造的大型海上医疗救护平台，是目前世界上唯一一艘制式远洋医院船。该船2008年12月列编，舷号866，船长

178 米，宽 24 米，高 35.5 米，共分 8 层，设有伤病员换乘、检伤分类、手术、诊疗、后送撤离五类医疗区域，总面积约 4000 平方米，满载排水量 14300 吨。主要担负战时海上伤病员救治和医疗后送，参加国际人道主义救援、重大灾难应急救援和对外军事交流合作等任务，被誉为海上"生命之舟"。

"和平方舟"医院船服役以来，已累计航程 10 万余海里。先后医疗服务 3 个大洋，到访 20 多个国家，靠泊数十个外国港口，大力弘扬了人道主义精神，广泛传播了"和谐世界"、"和谐海洋"理念，生动书写了我国军事外交工作新篇章，巩固和发展了中亚、中非、中拉等国家地区的传统友谊，充分展示了我负责任大国和我军和平之师、文明之师的良好形象。创造了首次组织医院船赴海外执行人道主义医疗服务任务；首次医疗服务万里海疆；首次舰艇正式访问吉布堤、肯尼亚、塞舌尔和古巴等国；首次组织远海卫勤演练；首次参加多国援助救灾联合演练；首次出国参加多国海军联合医疗服务；首次赴亚丁湾海区为护航官兵及外国护航舰艇巡诊，开创了新中国军舰单船横跨太平洋新纪录。

"和平方舟"医院船具有四个特点：一是远洋救生能力强。该船续航力 30 昼夜，抗风力 12 级，最大航速 20 节，可搭载救护直升机 1 架，配有可调桨、侧推、减摇鳍等操纵系统，可以保证无极变速和满足大风浪条件下海上手术需要，具有良好的适航性、操纵性和远洋航行能力。二是救护手段多样。配有 6 艘全封闭伤病员救生小艇，具备直升机换乘、吊篮换乘和靠绑换乘三种换乘手段，能够快捷有效地实施伤员接收和后送。三是医疗设施齐全。配有医护办公室 7 个，护士站 8 个，手术室 8 个，病床 300 张，各种医疗设施 217 种 2414 台（套）。设有烧伤病房、无菌病房、ICU、X 光室、CT 室、彩超室、口腔诊疗室、医疗信息中心等 18 个诊疗科室，配有麻醉呼吸机、高频电刀等设备，医疗设施达到中国特殊医院以外的最高等级医院水平。四是配套设备先进。配有远程医疗会诊系统和医疗局域网、视频监控系统，可通过卫星与岸基医院进行远程医疗会诊，具有在海外实施

高难度手术的能力。配置医疗废弃物污水处理系统，能焚烧、打包处理固体废弃物，过滤、净化医疗污水，达到《国际海上防污染公约》要求。全船医疗区域设置独立的洁净空调系统，空气洁净度符合国际通用标准。

"和平方舟"医院船秉承"和平、和谐、健康、合作"的理念，发扬国际人道主义精神和"南丁格尔"精神，用人道关怀、救死扶伤的真诚行动传播友谊、传递关爱。先后参加了"医疗服务万里海疆行"、中国海军成立60周年多国海军活动、中俄联合海上军事演习、军地联合海上维权演练等重大活动。特别是2010年8月至11月，远赴吉布提、肯尼亚、坦桑尼亚、塞舌尔和孟加拉国等亚非五国执行"和谐使命-2010"任务，门诊诊治12800多人次，体检2100多人次，成功实施手术97例，特别是白内障摘除人工晶体植入术39例，被患者誉为"上帝派来的光明使者"。2011年9月至12月，医院船横跨太平洋，穿越巴拿马运河，赴加勒比海区，为古巴、牙买加、特立尼达和多巴哥、哥斯达黎加等拉美四国执行"和谐使命-2011"任务，门诊诊治10840多人次，体检600多人次，成功实施手术118例，积极开展中医传统疗法，让患者切身感受到中华医学的神奇。2013年6月至10月，医院船再次启航，赴文莱、缅甸、孟加拉、印度、巴基斯坦、马尔代夫、印度尼西亚、柬埔寨等亚洲8国及亚丁湾海域执行"和谐使命-2013"任务，门诊诊治13170多人次，体检2600多人次，成功实施手术65例，历时时间之长、服务国家之多、服务范围之广，为历次"和谐使命"任务之最。

雄关漫道真如铁，而今迈步从头越。随着国家利益拓展和海军整体转型建设推进，"和平方舟"医院船跨出岛链、走出国门的机会越来越多，任务越来越重，要求越来越高，面对远洋的波涛云涌，全船官兵满怀热爱海军、建设海军、献身海军的壮志豪情，决心大力弘扬"忠诚、责任、荣誉、和平"的团队精神，做到科学发展的航向永不改变，守海卫疆的决心永不动摇，前进的航船永不停歇，和平使者的风采永不褪色。

海上"巨无霸"——"巢湖"舰

2013 年 9 月 12 日上午 10 点左右，在雄壮的《中国人民解放军军歌》声中，中国自行设计的新型综合补给舰"巢湖"舰正式加入海军战斗序列，这是中国到目前为止自行设计建造的最大型的远洋综合补给舰，满载排水量达到了 2 万余吨，能在除极区及冰区外的世界可航行水域安全航行。该舰的入列，标志着中国海军远洋综合保障能力得到了进一步提升。在"巢湖"舰入列将满一个月之际，"万里海疆行"采访团来到了东海舰队某作战支援舰支队，参观这艘海上补给"巨无霸"，感受中国海军在后勤保障领域的长足进步。

应运而生

随着中国海军执行亚丁湾、索马里等地区远洋护航任务的逐渐增多，海军在综合补给舰方面一直缺乏更新换代的问题越发暴露的明显，老式的补给舰在部队执行远洋任务时，经常出现油料、食品等供应不上的问题，给官兵带来很多困扰，而"巢湖"舰的入列则弥补了海军在这一方面的短板。

"巢湖"舰政委傅国平介绍说，与上一代远洋综合补给舰相比，"巢湖"舰具有指挥操纵装备配置性能更强、补给装备配置与国际接轨、武器装备配置更符合任务需求等特点，可在海上实施各种干、液货航行横向接收，类似于淡水、导弹、各型装备物资都可以运输。为更好地满足远洋任务需求，该舰增设了一对目前国内最大的收放式减摇鳍，舰船在恶劣海况下稳定性更强。傅国平特别强调，前不久，该舰在试航期间首次对 2 万吨级以上舰艇实施横向综合补给，创下了海军综合补给舰海上互补的先例。

傅国平还介绍，为进一步为海上执行任务的官兵提供便利，"巢湖"舰还增设了对伤病员施行海上早期救治和后送的功能，开设了医疗区，设置了手术室、医务室、检验室、消毒室、X 光线室及暗室、医药器材室、口腔治疗室、双人隔离病房和双人病房，可进行日常诊疗和一般外科手术。"巢湖"舰在生活设施的配置上也体现以人为本，让执行远洋任务的官兵生活条件更加舒适。舰上不仅配有乒乓球室、图书室、网络室、健身房、理发室等，还专门为女舰员准备了 3 个住舱。

海军属于高技术兵种，在综合补给舰领域处于国内技术领先地位的"巢湖"舰上，更是需要一系列拥有高学历、高素质的人才。傅国平说，目前在"巢湖"舰上服役的官兵基本上一半都拥有大学学历，在某些高精尖的操作环节，更是汇聚了军内的精英，官兵们在"巢湖"舰上工作都感受到了无上的光荣，他们在军舰入列后的这段时间一直苦练技术，为"巢湖"舰真正参加重大护航任务时能够做到"首战用我，用我必胜"而时刻准备着。

新疆女水兵

在"巢湖"舰上参观时，有几位特殊的成员吸引了"万里海疆行巡礼"采访团的注意。她们是来自新疆的 3 位维吾尔族和 1 位哈萨克族的女兵，在这艘庞大的远洋军舰上，她们构成了一道独特亮丽的"小清新"风景。

在中国海军的舰艇编队中，女兵的数量本来就十分稀少，目前在舟山，只有"巢湖"舰正在进行女兵上舰的试点，而在舰艇上的30多名女兵中，4位从新疆特招进来的少数民族女兵更是受到了格外的瞩目，"巢湖"舰政委傅国平介绍说，由于民族信仰和生活习惯上的不同，舰队领导对4位女兵的训练和生活给予了高度的重视，不仅给她们提供了相对舒适的住宿舱，还特别安排了单独的锅灶和餐具，让她们能够放心的饮食。

在"巢湖"舰上，跟男兵一样，女兵也担负着通信、观察、报务、卫生等繁重的工作，压力一点也不轻，而4位少数民族女兵也被指派了重要的岗位。今年刚满18岁的维吾尔族女兵艾则提·古丽刚刚入伍一年，是女兵中最小的一位，老家在吐鲁番的小姑娘长着一副黝黑的面庞，还是稚气未脱的模样，不过在舰艇上她却担负着操舵手的角色。虽然还刚刚接触两个月，处于跟老兵学习的阶段，但当给记者介绍她的工作岗位时，她对业务如数家珍的程度，还是让人非常佩服。不过古丽自己却并不满意现在学习的进度，她介绍说，自己面前虽然只有看似简单的仪表盘，每天所要做的也是转舵，回复口令这样单一的工作，但要想在实战中完全精准的操作到位，达到舰长的要求也是非常难的，稍有一丝一毫的差错，就有可能酿成沉船的事故。

艾则提·古丽坦言，是曾经当过海军的姐姐影响了自己的职业选择，让她对军营特别向往，而能够来到海军，来到"巢湖"舰却是让她非常出乎意料，能够在这样大型和先进的一艘舰艇中工作，她感觉很新鲜也很知足。艾则提·古丽说，作为一个操舵手来说，最重要的就是把握好方向，而她现在只想把握好自己的人生方向，在巢湖舰扎扎实实的学好本领，成为一个真正的值得人信赖的操作兵，在将来的远洋巡航任务中发挥自己的力量，完成保卫国家的任务。

采访结束时，古丽反复叮嘱记者，要把自己的照片拍得白一点，因为她觉得当兵这段时间自己变得太黑了，有点不好意思。其实跟艾则提·古丽一样，"巢湖"

舰上的新疆女兵们各个都很爱美，她们喜欢唱歌跳舞，喜欢穿漂亮的衣服，但她们更喜欢的却是穿着迷彩，站在操作舵前，英姿飒爽的驾驶舰艇的样子，在她们的眼中，这样的时刻自己远远要显得更美丽。

作战支援舰与国家战略紧密相连

从舰上下来，我们又采访了这支部队的政委雷根法大校。先后在作战部队和支援舰部队任职的雷政委告诉记者：作战支援舰部队与作战部队共通点很多。首先，两支部队都是非常优秀，非常出色，都是具有优良传统的部队，都完成了很多重大的任务，都是在我们海军、东海舰队军事斗争准备当中发挥了重要作用的部队。但他们不同点也很多。比如，主战部队主要是以驱逐舰、护卫舰为主，武器装备、舰艇构成、人员构成可能相对单一一些，舰种少。而支援舰部队，有很多鲜明的特点，主要体现在三个方面：

第一个特点，部队历史悠久，传统底蕴深厚。这个部队是一个新机关、老部队，组建的时间并不长，但是它的所属部队很多都有比较悠久的历史，大多组建于上世纪五十年代前期和六十年代初期。比如，新中国的第一张海图是由这支部队绘制的，参加过打捞"跃进"号、"阿波丸"号等重大任务，东海的 13 座领海基点碑也这支部队建立、测量和维护的。历史上也涌现出很多英雄人物，比如被中央军委授予荣誉称号的张达伍，他所在的大队被中央军委记一等功，还有被军委首长誉为"当代青年军官楷模"的宋兴饶，还有一等功臣倪磊。

第二个特点，舰船多、型号杂、吨位大，使命任务十分繁重。支队现在有 50多艘舰船，比如远洋综合补给，东海舰队所有万吨级舰船都在我们支队，有 3 艘两万多吨级的大型补给舰，包括"千岛湖"舰、"巢湖"舰、"鄱阳湖"舰；再比如医疗救护，我们有全军唯一的医疗救护船，也就是"和平方舟"号，到目前为止，它已经执行了 3 次"和谐使命"任务、万里海疆行以及多国海军行动等等重大任务，出访了 16 个国家的 19 个港口，作为军事外交的友好使者，它主要传播的是和平之师，友谊之师，文明之师的形象，传递的是和谐海洋的思想和理念。支队每年航行的总里程是 26 万海里左右，相当于绕地球 8 周以上。我们现在归纳了三句话，叫做"任务越来越重、舰艇越走越远、方向越来越多"。我们经常同时间、远距离、多方向执行任务，航迹遍布世界各国。

第三个特点，我们舰船的活动海域十分敏感，政治要求很高。我们舰艇经常到海洋主权的争议区，海上划界的重迭区，还有岛礁的争议区执行任务。我们的舰艇行动，出岛链以后，到太平洋以后，到一些敏感的海域以后，经常受到其它国家和地区舰机的全时空、高强度、全过程的跟踪，我们在处置这种涉外事件，防止各种问题发生上要求非常高。因此，我们讲这是一支非常特殊的部队。

海空雄鹰

深秋某日傍晚，东部沿海某机场，在接到演习指挥部的命令之后，数架我军最先进的新型战机呼啸凌空，惊雷动海……执行此次演习任务的就是当年在抗美援朝和国土防空作战中击落击伤敌机 31 架、曾创下"同温层歼敌"、"双机对头着陆"等世界空战史上"八个第一"的海军东海舰队航空兵某部"海空雄鹰团"。

"海空雄鹰"的诞生

10 月 25 日，"万里海疆巡礼"采访团走进这支英雄部队，感受到他们与时俱进弘扬"海空雄鹰精神"、永葆王牌雄风的铿锵旋律。采访中记者得知，"海空雄鹰团"是一支战功卓著、英雄辈出的光荣团队，在抗美援朝和国土防空作战中，他们从鸭绿江畔打到东海前哨，从渤海之滨打到天涯海角，取得了以劣势装备击落击伤 11 种型号的敌机 30 多架的辉煌战绩，涌现出王昆、舒积成、王鸿喜、高翔等著名战斗英雄和"王牌"飞行员。

为表彰该团官兵的卓越功勋，1965 年 12 月 29 日，中国国防部授予该团"海空雄鹰团"荣誉称号。全团官兵用生命和鲜血凝成的"叱咤长空、敢打敢拼的英雄气概；不畏强敌、以劣胜优的顽强斗志；赤胆忠心、为国为民的坚定信念；行如猛虎、攻如霹雳的战斗作风；永不止步、勇于登攀的进取意识"，成为"海空雄鹰精神"。

采访中该团政治处主任范林坤介绍说，飞行团会经常性开展"弘扬海空雄鹰精神，争当新一代海空雄鹰"的行动，每年还在飞行员中评选新雄鹰，以激励年轻的飞行员牢记使命，练强本领。

飞行员刘翔在团里属于承上启下的一代，正逐步进入飞行事业的巅峰期，他说，从入团的第一天开始就进到了团里的荣誉室，看老一辈飞行英雄的光辉事迹，就感觉热血沸腾，"海空英雄精神"给了自己很大的鼓舞，希望自己也能有这么一天，去创造属于自己的辉煌战绩。

范林坤主任告诉记者，"海空雄鹰精神"最主要是体现在战斗力培养上。在"海空雄鹰精神"的激励下，近年来，该团多次改装新机种，次次提前形成战斗力，完成了海上昼夜间低空、超低空远程奔袭；深海、最低气象条件下起降等实战课目训练和重大演习演练任务，战斗力稳步提升。

云端之吻

对于在空中执行任务的航空兵来说，如何进行空中加油无疑是一项重要的课题，由于该项技术需要精确的高度差和速度差，对飞行员要求极高，因此危险系数也极大。记者在"海空雄鹰"部队采访时，了解到该部队在前不久刚刚进行了一次性对接成功的空中加油训练，突破了我国海军航空兵某新型国产战机大规模远程机动作战的能力。

2013 年 9 月 26 日上午 8 时点整，东海舰队某海域，随着一颗绿色信号弹腾空而起，一架加油机飞上高空，紧接着，东海舰队航空兵某师副参谋长田雷、所属

某歼击机团团长代长虹分别驾驶某新型歼击机，直追加油机。该师组织的新型歼击机空中加油训练正式拉开帷幕。

庞大的加油机率先驶入加油航线，伸出两条加油软管，受油机十几秒后穿云而出，在加油机后快速跟进。随着高度差越来越小，加油机尾涡气流对战机的影响骤然加大，驾驶员代长虹明显感到驾驶杆变得越来越沉，在加油机通信员引导下，他紧紧压住驾驶杆控制战机加速度推进，从左侧缓缓接近加油机。

马上对接就要成功，可是受气流影响，加油软管却突然飘走了，代长虹稳稳稳住驾驶杆，反复修正飞机状态，与加油机忽上忽下，在云端"跳"起了舞蹈。最终，代长虹驾驶战机慢慢靠近，将受油探头准确地与加油机完成对接，在云端演绎了"空中之吻"，随即，加油机将油料输入战鹰体内，几分钟后，吊舱"加油完毕"信号灯亮起，飞机成功脱离，而在接下来的过程中，所有参训飞机均按照规定动作，圆满完成空中加油动作，训练圆满成功。

据了解，为了此次加油训练，东海舰队航空兵某师某歼击机团针对如何修正扰流、保持稳定、准确对接等10多个技术难题进行技术攻关，研究制订了多套加油受油实施方案，最终在合练阶段，该团参训飞行员全部一次性对接成功。

惊魂6秒钟

作为一名飞行员在蓝天翱翔，不仅会面临各种变幻莫测气象的挑战，还可能需要经常处置一些突发的特殊情况，而在这其中，机场"鸟患"问题无疑是令全世界飞行员都最为头疼的。日前，海军航空兵某师飞行团副大队长王涛就在试飞某国产新型歼击机时，在离地后短短6秒钟内成功处置了一起鸟类撞击引起的发动机损坏事件，避免了一起严重的飞行事故的发生。

2013年10月16日上午10点40分左右，浙东某机场，海军航空兵某师飞行团正在举行跨专业飞行训练，飞行员王涛坐在前舱与该团副参谋长共同驾驶某国产新型歼击机准备出发，他们即将执行的是定点试飞的任务。

开车，滑跑，加速……一切的过程都似乎再正常不过，可就在飞机才刚刚离地2秒钟，距地面三到四米的时候，王涛突然听到发动机传来一阵沉重的撞击声，像是某个东西搅拌进了发动机的叶片一样。

就在这一瞬间，王涛的反应是：立刻要中断飞行，让飞机回到跑道。他没有时间跟后舱做任何的交流，便立刻推杆并赶紧收油门，而此时后舱也几乎在同一时间做出了同样的反应，紧接着飞机正常接地，加速板放出，放减速伞，飞行员安全脱离，化险为夷。一系列的动作结束，距离飞机离地只有短短的6秒钟，飞机的仪表盘甚至来不及发出任何预警，而飞机距离跑道尽头只有区区的200米。

事后，经过检查，有一只很大的鸟在飞机起飞时被搅进了发动机，导致第一级压缩器的37个叶片被打坏了35个，如果飞行员没有发现情况正常起飞，受损的发动机无法工作，将产生无法挽回的后果，由于王涛的果断快速反应以及和后舱的默契配合，他们避免了一起可能发生的一级或者二级重大事故，为国家和军队挽回了财产和生命的损失。

由于受近来台风等因素的影响，此次训练所进行的机场周边水源丰沛，食物充足，因此经常有众多鸟类集体出现，部队场站等部门长期以来做出了很多努力应对"鸟患"，也取得了很多成效，但仍然有零星的"漏网之鸟"为飞行带来困扰。已经有13年飞行经验的王涛回想起这次事件，他说首先要感谢多年来部队对他的培养，让他练就了对各种飞行状况下出现特情的迅速处理能力。他说，部队领导在每次飞行之前都已经对鸟类撞击所可能产生的状况做了预案，包括起飞时、飞行时、着陆时等各种时间的撞击，以及发动机、座舱盖等各种部位的撞击情况，让飞行员在处置时做到心里有底。

王涛说，作为飞行员，始终在与偏差与特情作斗争，他深知飞机起飞后不管发生什么情况，就只能靠自己和搭档两个人，所以在长时间的训练中，他始终保持高度的安全意识，练就了一身在极度紧张的情况下，仍然能够维持平稳的心态，快速有效的处理险情的本领。

惊险的"四起四降"

"万里海疆巡礼"采访团在"海空雄鹰"部队采访时，得知该团徐荣机组在前不久的一次远海飞行中突遇恶劣海况和复杂气象，飞行员凭借过硬技术和过人的胆识与急风暴雨搏斗了近 3 个小时后成功着舰。

机长徐荣时任队飞行大队大队长，已经在部队服役 10 多年。他曾经参加过 2008 年中国海军舰艇护航编队赴索马里执行任务，也参加了"海上联合—2012"中俄海上联合军事演习。而这一次，直升机在暴风雨中安全着舰，让徐荣成为舰队飞行任务完美收官的英雄。采访中，徐荣详细讲述了当时的惊险过程。

5 月 3 日上午 8 时 54 分，徐荣机组奉命起飞前往目标空域执行任务，一个多小时之后完成任务准备返回。"当时海面上风速非常大，大概 10 米每秒，我眼前的舰艇也在风浪中不停摇晃。"徐荣说，第一次降落时，在经过舰载直升机的甲板半圈距离还剩下一米的时候，直升机突然开始摇晃，不受控制，甚至就是几乎失去控制的状态，从左后方被甩出去，差点撞舰坠落大海！徐荣说，"出海执行任务这么多次，第一次遇到如此恶劣的气候情况，后来才了解，这是比较罕见的强乱流。"

10 时 50 分，机组人员在空中调整好心态尝试第二次着舰。虽然舰艇调整舰向和速度为直升机着舰创造积极有利条件。然而在乱流的影响下，直升机在进入着舰后半区的时候舰船开始剧烈晃动起来，舱内多个信号灯发出急闪并发出告警声，只得再次复飞。"这个时候，心里还是比较镇定的，但是由于要控制平衡，体力已经消耗很大了。"徐荣说。

11时16分，直升机进行第三次着舰，当直升机靠近待舰平台时，海上水文条件进一步恶化。当直升机下滑靠近舰艇300米时，受涌浪影响，舰尾高高翘起又高高落下，并且左右摇摆不定。机长徐荣果断上升高度，择机降落。"第三次失败之后，心里开始有点紧张了，"徐荣回忆，"因为燃油支撑不了太长时间，机组甚至已经做好了水上迫降或者跳伞的准备了。"

11时50分，随着海上风速稍减，舰艇状态趋于稳定。机组第四次请示着舰，6分钟后，在舰机协同下，机长徐荣观察待舰摇摆生成规律，抓住载舰稳定状态瞬间果断着舰。直升机在着舰瞬间突然发生摇摆，踉跄一下着舰，差点失控。甲板人员迅速冲上去固定直升机，机组人员终于经过3个多小时的勇敢拼搏安全返回了。事后，经过飞行参数和录像得知，直升机最大摇摆已经接近35度，属于直升机的极限！

历经"四起四降"的惊险之后，终于成功着舰，剩余油料只够飞行10分钟。现在，徐荣回忆起那次"生死着舰"时异常平静，他告诉记者，之所以能够成功处置这次重大特情，过硬的技术和心理素质必不可少，而这些都源于日常严格贴近实战的训练。

据了解，国外直升机部队从未出现如此情况的特情处置经历，徐荣机组为此次特情处置，开创了我舰载直升机首次在恶劣海况下安全降落的经历，并获得了舰载直升机处置类似特情的宝贵数据。

战机 "保姆"

随着海军航空兵不断成长壮大为中国海军一支重要的作战力量，担负各项飞行保障任务的航空兵场站，也越发凸显出重要的地位和作用。"万里海疆巡礼"采访团在某场站采访时，见证官兵们立足本职以及新情况的变化，打造多机种综合保障基地，为海军走向深蓝提供坚实的后盾所做出的努力。

提起航空兵场站，大家往往会想起那部著名的反映空军场站生活的《炊事班的故事》，其中反映的场站所担负的任务之庞杂可见一斑。尽管海军和空军隶属的军种不同，但保障体系同样也是"麻雀虽小，五脏俱全"，东海舰队航空兵某场站副站长郑志峤介绍说，场站虽然部门级别不高，每天所要做的工作也就是后勤保障，但实际上却是非常复杂的，从场道的保养，到灯光的维护，从通信导航到气象，乃至人员的食宿卫生等等，专业体系极其庞杂，就连最基本的油料保障，下面也要细分为化验质量，安全防卫等等，具有高度的综合性和专业密集性。

随着海军航空兵装备在这几年的长足进步，东海舰队某场站所承担的保障机型越来越多，已经囊括了海军的所有机型，以及空军和陆军的部分机型，正是基于此，场站力求打造好多机种的综合保障基地，在如何更加高效的提供综合保障能力，缩短再次起飞出动的准备时间上着力建设。

郑志峤表示，由于不同的机场、不同的机型、不同的团队对飞行的内容条件和要求都不一样，场站必须有效区分并兼顾好每一架飞机的要求，而碰到好天气所有飞机都要飞的时候，场站又要呈现出战机轮番上阵、飞行穿插进行、场站全部保障的情况。另外，由于场站负责的空中管制要精确到秒，一分钟之内有的飞机准备起飞，有的准备降落，出现一丝一毫的差错就会出现重大事故，在多次大

空中加油

规模的演练中，场战都面临巨大的保障压力。

郑志峤举例说，在去年的某次大型演练中，场站就曾面临着在同一时间，从天空到地面有四个层次四种机型在同时进行保障的情况。在一片繁忙的景象中，场站出色地完成了任务。所有工作人员都连续奋战，最早进场和最晚离开的汽车连甚至连续保障了23个小时，而这样的状态持续了整整一个月。郑志峤说，作为一名场战兵，往往意味着默默无闻，但保证好每一架飞机的平安起飞和着陆是他们的本职，也是他们奉献海军航空兵的根本。

海岸霹雳

作为人民海军五大兵种之一的岸防部队，是部署在沿海重要地段的特殊作战力量。东海舰队某岸导团，便是军事斗争准备关键时期，应运而生的海军第一支新型机动岸导部队，被誉为中国"海岸霹雳第一团"。该团自 2005 年组建以来，官兵们从无实际装备可训、无专业教材可用、无训练大纲可依、无成熟经验可鉴的"四无"窘境，到出色完成重大演习演练任务、实射导弹高命中率、百名优秀官兵受到表彰、连续 5 年被评为军事训练一级单位。"海岸霹雳第一团"正以敢凌绝顶的霸气，凝聚成为一支既可执行近岸防卫作战、要地空防任务，又能执行远海进攻任务的"杀手锏"力量。

走在创新路上的新型岸防劲旅

这是海军东海舰队某机动岸舰导弹团的一次日常训练。导弹发射车上，7 名战士正在自己战位上熟练操作。班长王鑫是这次训练的指挥员，负责协调这 7 个不同专业的战士各司其职又相互配合，而为了适应实战化训练的需要，王鑫不仅要能指挥，还要能胜任这 7 个战位的具体操作。

王鑫告诉记者：刚开始他只会操作自己的一个岗位，后来经过长时间的训练和学习，现在整个发射车一共 7 个战位，他都能独立操作，并且从最开始的简单操作，到现在提高到可以把每一个台位的简单故障进行排除。其实这就是为了去适应真正战场上的需要，做一个最坏的打算，如果在战场上，这个发射车出现人员伤亡，就留下一两个人时，也一样可以搞定，继续战斗。因此他们平时也会有意识地这样去训练，比如说小张操作的是 1 号位，小李操作的是 2 号位，两个人可以交替去操作，如果 1 号位出现问题了，2 号位可以顶上，操纵两个台位。

王鑫至今对第一次成功发射新型导弹的经历记忆犹新。那是 2008 年，他第一次发射导弹，第一次听到导弹出筒的声音，真是划破长空，震耳欲聋。那个时候在场的所有人都欢呼，因为他们在家训练了很多次，把出现的问题都解决掉，做了充足的准备。当时心情很激动，无法形容……

正是这种成就感与使命感，让王鑫在面对时代发展、接装新装备的时候，敦促自己不断学习。营长张民华介绍说，先进的装备要求先进的人才，让人才赶在装备前面，将装备吃透，已经成为团里的普遍现象。

张民华对记者讲，作为一个新型部队，装备的信息化程度比较高，信息化带来的是装备操作趋向简单化，但是要真正把装备玩转了，把装备最大的潜能挖掘出来，还需要一定的文化基础。官兵学习的途径大概有三种：一个是连队有自己的学习角；第二个，团里有绿色网吧，官兵可以通过这个绿色网吧和外面的世界接轨，学习知识；第三个是最普遍的途径，也是参加人员最多的，就是军队的成人自考，营里很多士官都拿到了大专以上的学历，这个对于团里整体文化水平的提高是很明显的。文化水平提高了之后，他对很多东西的理解就不一样了，对装备的操作也更加娴熟，也能真正参与讨论研究如何去发掘装备的最大潜能，而且他们是一线操作人员，这样不仅对部队的建设有利，也有利于他们各人的业务水平提高。

不光是知识储备要跟上，战术战法也在不断创新。在不久前的一次红蓝对抗

演练中，作为红军指挥员的营长张民华就经历了一场"虚惊"。张民华告诉我们，在2013年6月份参加的一次实弹射击演练中，由于采用红蓝对抗，他并不知道对方的活动规律，在方案已经制订完毕，在马上就要发射导弹的时候，发现他要打击的目标高速向下移动，就要出了机动区域。这个时候指挥室比较紧张，因为一旦出了机动区，按照演练规则是不允许射击的，于是及时对方案进行调整，马上要到发射时间了，突然发现这个目标速度减慢了，根据他们的推算应该不会超出目标的活动区，这样指挥所马上定下决心向上级报告，说可以按照既定方案射击，最后准时发射，准时命中，圆满的完成任务。

连长赵纪初也是这次演练的亲历者，他说，这种事先不知道会出现什么突发情况的"背靠背"演练方式是锤炼部队实战能力的有效途径。所谓的"背靠背"就是预先不知道目标所出现的位置，以便更好地去贴近实战。在演练过程当中，会设置一些在实战中可能遇到的一些情况，然后针对这个情况怎么去灵活应对。完成发射之后，会进行一个复盘，就有点像电影放映之后，再重新放一遍。因此，每次演习都是提升自我能力的一种途径，通过复盘我们可以找到存在的缺点：哪的流程还不够优化，软件方面出现什么以前没有想到的问题，然后进行讨论、总结，以后可以制定出一个更好的方式，对今后的演习或者实战都有很大帮助。

参谋长代莹强调说，作为一支新型岸防劲旅，他们并不仅仅满足于高强度的训练和演习，而是通过这些实践，让官兵们积极参与到装备改进和技术革新当中，以发挥信息化优势来提高部队战斗力。代莹讲，应该来说他们对这个装备作战的使用研究还是比较深入的，因为他们感觉到信息化的装备如果单靠高强度的一些训练，想要提升潜力的话，是有限的。因此他们通过对一些武器装备的操作系统软件的研究，跟厂家提了很多的意见和建议，厂家也采纳了，那么这样我们的装备性能就大大提高。那实际上来讲，装备的改进也是通过我们演习训练、通过作战实践来牵引的，既缩短了导弹发射前的准备时间，也提高了部队战斗能力。

一次成功的潜伏突击

采访时，团领导向记者们讲述了刚刚结束的一次远程机动实战化对抗演练的情况。初夏的一天夜晚，东海之滨某海域浪急风高，一场带有实战背景的红蓝对抗演练即将展开。岸导团作为重要配属兵力，根据指挥所先前部署机动至不同方向，与海上编队实施协同攻击。

"战备等级转进、进入一级战备……"随着上级指挥所下达命令，该团指挥所内空气骤然紧张。晚8时，团长一声令下，数台战车轰鸣中分批从车场鱼贯而出，紧接着便风驰电掣般向数百里外的待机阵地开进。一路上，为了躲避"敌"侦察追踪，他们时而穿插迂回变换车速，时而关闭无线电通话保持静默。

经过近5个小时的长途跋涉，突击群兵力进入待机阵地集结。阵地上，团长一边指示各战斗组迅速按要求展开部署，一边向指挥所通报兵力机动情况。上级指挥所指示："敌"舰艇编队将在次日10时左右进入防御海区，命你突击群明日在此之前机动至发射阵地，做好对其实施攻击的准备。

没有丝毫忙乱，一切按平时演练的程序进行。只见这一边，指挥号手、发射号手检查战车武器系统的运转工作情况，保证打得出；那一边，修理工靠前检查战车各性能参数，保证开得出；群指挥所更是积极与上级通联，保证指令快速、及时更新……各号手各司其职迅速展开准备。

时间一分一秒地过去，也许是急骤的海浪让"敌"军退却，或者是他们嗅到了什么。待突击群刚机动至发射阵地时，却没有等到"敌"舰来临的消息，只能

继续潜伏待机。时间已经过去了一天一夜，阵地上个别战士有些放松警惕。

"据我们了解，'敌'军也是一个高明的'狙击手'，狭路相逢勇者胜，双狙对垒的时候勇者才能赢，大家千万不能懈怠。"团政委的几句战前动员，立即让官兵们又绷紧了打仗弦。

"敌"军出动了！友邻兄弟部队明亮的"眼睛"，第一时间报告了"敌"军动态："接收'敌'目标指示，方位××，距离××，航向……"漆黑之中，导弹战车按预定方案再次机动至发射阵地，各战位号手迅速就位。岸导指控舱内，各战位操作号手铿锵的应答声此起彼伏，信息指挥终端显示屏、武器显控台信号灯不停闪烁，各类数据信息正在实时更新。信息处理台前，操作号手紧张有序地录入各参数。根据报告情况，指挥所成员迅速制定了有针对性的攻击方案。随着攻击时间即将到来，一枚枚导弹昂然挺立，怒指目标海区。

上级指挥所紧急命令："敌"将于 20 时 30 分左右提前进入打击范围。对手加快了速度，我们的速度则更快一步。目标进入打击海区边缘后，指挥员迅速下达实施打击的命令。

"第一波次发射倒计时"、"第二波次发射倒计时"……顷刻间，多枚导弹带着淡蓝色的尾焰，刺破漆黑的夜幕向海上目标飞去。数分钟后，信息反馈："敌"舰在我多波次攻击下已完全丧失战斗力。未及欢庆，岸导车队迅速转入阵地撤收阶段，呼啸闪烁的战车行列中，许多战士在凯旋的夜色中沉沉睡去。

受阅一次　光荣一生

2009 年 10 月 1 日，"海岸霹雳第一团"组成海军岸舰导弹方队，以排山倒海之势通过北京天安门，首次向世人揭开海军新型岸导部队的神秘面纱。中国海军新生力量向全世界展示了他们的风采。

"我，装备保障人员吴天来，申请参加国庆阅兵仪式"。2009 年，"海岸霹雳第一团"装备处修理所特装中队班长吴天来向党支部上交了参加阅兵的申请书。最终他经过层层选拔成为了装备方队 7 个战士之一。"海岸霹雳第一团"145 个战士组成的方阵参加了阅兵仪式，19 岁的他是装备保障方队中年龄最小的一位。

"如果能够去阅兵村，哪怕什么也不做，也是荣幸的。"吴天来为记者讲述了他"这一辈子都难忘的经历。"装备保障就是为了保障检阅装备"不停车，不抛锚"。为了不给单位丢人，不给祖国丢人，不让装备停在天安门成了吴天来 5 个多月工作的任务目标，他对自己的要求比平时更加精细。在底盘空间小、地面温度高的情况下，保养 176 个润滑口。5 个月的时间，除了检查、保养装备，他和战士们军姿一站站一天，做到 2 个小时不动，3 个小时不摇，4 个小时不倒。吴天来讲，"当时说来，能休息一下都是很幸福的。"

"当时我坐在储发箱里面，没有露脸，和车子一起通过了天安门"。吴天来谈起这段经历依旧掩盖不了当时激动的心情，"作为装备保障人员，虽然短短的几十秒种时间，但是我会想今天我为你保障，明天你为我争光。"

第一次参加国庆阅兵，也许替补战士坚持阅兵村的训练，在最后时刻没有上场，但是"海岸霹雳第一团"以"我受阅我光荣，我替补我自豪"的精神在那一瞬间展现出了最完美的姿态。

采访中，吴天来说，平时最怕对讲机讲到机器故障，不管是实战演习、还是日常训练，有一种责任感迫使我马上到位，不能为岸导队拖后腿。

"海岸霹雳第一团"新一代岸舰导弹部队曾在天安门马达轰鸣，铁流滚滚，相信今后同样能在海战场的最前沿，接受世界的检阅。

"示范班"激发训练热情

烈日炎炎，训练热情不减；骄阳似火，官兵斗志昂扬。这是岸导团一连老骨干组成的"示范班"正在为大家进行范班训练。

"铁打的营盘流水的兵"，连队到期老兵在部队服役多年，不仅对部队留下了深厚的感情，更形成了一系列好做法、好作风、好经验。为将自己的宝贵经验传承下去，老兵们积极请缨组建老兵班，希望利用退伍前的几个月时间为部队发挥最大的光和热。他们的请求得到营党委的大力支持，经过研究，党委一班人决定在这个荣获过集体二等功的连队组建老兵"示范班"：一方面可以让新骨干学习借鉴老兵们熟悉的工作套路、成型的工作方法、丰富的管理经验；另一方面老兵们的示范作用更可以带动激发官兵们的训练热情。

"示范班"成员中，不仅有见证该团组建初期"跟产跟研跟试"的技术骨干，有发挥主动性、"没有装备能训练，有了装备会使用"的训练尖子，还有参加过建国 60 周年国庆首都阅兵的受阅人员，更有参加过多次重大演习演练任务的操作号手。"示范班"组建来，成员不仅积极参与连队各项工作，更利用休息时间，将自己的好方法、好经验、好心得，写在纸上，体现在示范中，落实在训练、工作和生活里。

团领导告诉记者，"示范班"的示范作用，盘活了训练形式、丰富了训练内容，让官兵学习有榜样、提高有方法、赶超有目标，极大激发了官兵当兵打仗、练兵打仗、带兵打仗的战斗豪情。

航行在南沙生命线上

　　长期以来，为保障官兵更好地驻守南沙诸礁，人民海军南海舰队某作战支援舰支队担负着运输补给任务，他们主要负责为南沙守礁部队运送人员、补给油水、食品和弹药，并对南沙值班舰船进行补给，而从大陆到南沙的这条海上航线也被称为海上生命线。近日，"万里海疆巡礼"采访团记者随海军南海舰队"抚仙湖"号综合补给舰，一起体验这条海上生命线。

南沙补给现代化

　　迎着波光粼粼的海面，"抚仙湖"号解开最后一根缆绳，驶出湛江某军港，开始向南沙出发，执行换防与补给任务。南沙补给，曾经令数代水兵们感慨万千。建礁之初，因为没有专门的补给舰，所以换班补给只能靠几艘排水量不足千吨的改装运输船。2007 年，我国自主设计建造，专门为南沙换班补给量身定造的新型综合补给舰——"抚仙湖"号综合补给舰列装。

　　据该舰舰长王伟介绍说，我们现在乘坐的这艘补给舰拥有先进技术，具有航速快、补给量大、补给效率高等优点，丝毫不比外国先进军舰差。他自豪地说："国际上的船一般航速比我们快一点，像美国的快速补给舰，但是操作性方面我们要好一

点，比如一般的船没有手侧推，这需要在补给的时候压制波浪，我们船就有。"

该舰自 2009 年 7 月首赴南沙执行换班补给任务以来，每年数次轮流往返于大陆和南沙岛礁之间，至今已数十次圆满完成对南沙守礁部队的人员换班和物资补给。

从湛江某军港基地出发，到南沙最远礁盘 1400 公里。"抚仙湖"号补给舰担负的重要任务之一，就是每隔一段时间要对南沙各礁进行一次物资与人员补给。

"最大的挑战就是怎么用小艇平安地把换防人员运到礁上去，把礁上的人员平安的运下来，把物资弄上去。""抚仙湖"号舰长王伟对记者说："主要是担心风浪恶劣的条件下，如何面对困难完成补给。"

蓝色国土上的航迹

随着发动机强劲的推动，我们的军舰劈波斩浪，在海面上划出一道美丽的航线，海港、山峦、海岸线慢慢消失在视野外，海水开始变得清澈，进而呈深蓝色。此刻，副航海长王志强正在海图室紧张作业，他的职责就是为我们的补给舰制定南沙航线。他指着电子航海图对记者说："岛礁之间的距离、航程、航时、礁盘之间大概在什么位置都已记得非常清楚。"

王志强多次参加南沙补给，对于这条航线已经非常熟悉了。记者从海图室的电脑上可以清楚看到，我们的军舰走过的航迹，一路向南，在大陆与南沙之间一条航线跃然呈现，多次往返南沙执行任务的王志强把这条航线叫着南沙航迹，就是每次航行南沙都要在这片蓝色的国土上留下深深的痕迹。

"这个都是我们在前期规划好，像这个补给实施的过程是占到六成到七成，前面有三成是做航海计划和前期的准备工作。"王志强说道："这份工作的确非常辛苦的，但很值得。一份完整的计划制定下来要好几天的时间，很多地方是有不确定因素的，所以是要不断地变更。比如这次补给计划是从近 10 个方案里进行分析，最后是选择了这条路线。"

南海权益守卫者

记者从海图室进到船的外舷，咸湿的海风拂面而来，让记者感到特别的清新，海鸥不断围绕军舰飞行，白色海浪不断被抛在身后，这一切对于"抚仙湖"号综合补给舰的官兵来说早已是习以为常了。在与"抚仙湖号"补给舰政委齐宜善谈到这个问题的时候，他以一种自我介绍的方式来介绍这片南海，让记者印象非常深刻。他是这样做介绍的：

"我是人民海军'抚仙湖'舰政治委员，我身后这片大海是我心爱的大海，更是我们伟大祖国的大海，这是我们神圣的领土，我的责任就是维护好我们的海洋权益……"

齐宜善曾 30 多次来到南沙，随"抚仙湖"号南沙补给任务就执行过 10 多次，可以说对这条航线再熟悉不过了，而对于南海的热爱，更是不言而喻："在我整个军旅生涯中，来南沙应该是不少于 30 次，对这片海域我是比较熟悉，当然对这片大海我更是无比的热爱。"

长期以来，由于南沙没有淡水和油料，没有粮食和蔬菜，守礁官兵用的每一种物资，喝的每一滴淡水，都要从大陆运过去。以前补给紧缺的时候，难以保证各种食物新鲜，但随着南沙建设与海军现代化步伐加快，物资补给频率与规模都完全没有问题，可以保证各个礁盘的使用。

"过去我们讲，兵马未动粮草先行，后勤在战争中起到举足轻重的作用，甚至左右战争的进程，决定战争的胜负，我们守礁部队有强大的补给线，他们才能够

守得住、守得牢，才能捍卫祖国的主权和海洋权益。"齐宜善如此说道。

他现在思考的不仅仅是补给这么一件事情，更想的是如何开发好、建设好南沙，让南沙航线的意义更不同。"我们这条补给线不单给我们守礁部队送去了物质食粮，更多的是通过这个线的建立，送去了祖国人民对南沙官兵精神上的支持，我们这条线的建立，是与祖国的强大，与中国梦、强军梦紧紧地联系在一起的。"

南海舰队某作战保障支援支队的官兵，数10年航行、战斗在南沙这条生命航线上，每次航行不仅执行换防补给任务，更多的是守护好这条航线，保护好这片海域，开发好这片南海，赋予了南沙生命航线新时期新的使命。

航行在南沙生命线上

"万里海疆巡礼"采访团在前往南沙的"抚仙湖"号综合补给舰上，采访到坐镇指挥本次南沙之行的指挥员：南海舰队某作战支援舰支队副支队长汤四明。操着满口的湖南普通话、平时喜欢游泳的汤副支队长有着军人特有的威严气质，一开口却又幽默风趣。"我当兵32年了，参与补给任务8年。当兵入伍的时候年龄还小，不像其他同年兵伶牙俐齿，招兵干部问我'你为什么来当兵？'我顺口回答'当兵好玩啊'，还天真地反问一句'当兵有打仗不？'逗得对方哈哈大笑。"

经过部队生活的锤炼，当年天真的汤四明如今已成长为一名成熟的海军指挥员。"知道了什么是海洋，什么是职责，感到了压力，有了使命感。这么多年了，我仍然喜欢这个职业，如果哪天让我离开部队，我真的不知道还有什么事情可想的。因为我每天满脑子都是部队的事。"刚强的汤四明话里话外饱含着对事业的深情。

长期航行在南沙线上的汤四明，对南沙防线有着自己的特殊解读。他认为，南沙力量分为三个部分，第一是南沙守备部队，这支具有光荣传统的部队就是南沙精神的形象代表；第二是值班舰艇，这支具有实力的作战舰艇部队，有力保障了南沙守备部队的安全，这是真正实力的体现；第三，就是被誉为"南沙生命线"的补给舰艇，如"抚仙湖"号综合补给舰。"抚仙湖"号综合补给舰是我国建造的最新一艘补给舰，隶属南海舰队，2007年服役，属于综合型的大型补给舰，主要进行人员换防、油、水、主副食品、弹药等补给。

在补给作业时，海况对人的身体影响很大。海况好，连续作业12小时不会太累，劳动强度就不大。海况差，连续作业4、5个小时，人就会感到不舒服，像生病一样的全身无力。"作为指挥员，没有亲自下去操艇都有这种感觉，在艇上的人更是如此。"汤四明打了个比方："和在陆地上开拖拉机，装甲兵在陆地上开坦克的

"抚仙湖"号综合补给舰

道理是一样的。"

补给舰的工作强度大，作用更为重要。作战舰艇在和平时期的出动有限，出动率受到一定的限制，补给舰就不同了。说到这，汤四明又打了个比方说，"就如同炊事班的重要性，平时里工作并不起眼，不会获得很大的关注度。但如果没有它，船就不能运转，谁都离不开炊事班。同样，补给舰也是如此，断了南沙生命线也就影响了前方作战部队。"

补给物资的搬运，在海上比在陆地上风险大得多，南沙补给主要由"抚仙湖"舰上的官兵和南沙换防官兵一起完成，补给舰行驶到目的地后，所有官兵按补给清单共同协作完成补给任务。但物资从舰上吊放到小艇上要由专门的操作手负责，这是补给环节中最为危险的。在海况不好时，起伏不定的海浪造成工作艇的升沉运动剧烈，这时小艇风险就更大了，在补给作业的时候，小艇跟母舰的碰撞有可能把人碰下来，甚至造成亡人事故。

"有风险不怕，重要的是规避风险的办法，那就是要正确操纵小艇。这需要胆量，需要在胆量和技能之间熟练运用，指挥员胆量和舰长胆量都需要具备，胆量是靠训练培养，训练水平决定胆量。"

虽然执行任务已成为家常便饭，但是汤四明对每次任务的重视程度没有丝毫的改变。"每个人干的活都不一样，我对于自己在本支队的每项工作都感到特别光荣和自豪，每次干完一项活很成功地回去，系上最后一根缆绳的时候，我就有一种特别的欣慰感。"

走进"蛟龙突击队"

　　结束了对南沙和西沙的采访，"万里海疆巡礼"采访团来到了被誉为"蛟龙突击队"的海军特种作战部队。身着海洋迷彩、留着板寸、目光犀利的特战队员，格外抢眼。同样打扮、神采奕奕的政委叶民文大校，为记者介绍了兼备陆海空三栖作战的特战部队。

特种训练　超常标准铸利剑

　　叶民文政委告诉记者，"蛟龙突击队"作为海军的一支特种部队，在亚丁湾护航中发挥了重要作用。从 2008 年 12 月 26 日开始，他们随中国海军首批护航编队远赴亚丁湾，至今已连续在亚丁湾执行护航任务超过 1000 天，随船护卫、驱离海盗、解救遇袭商船，一次次将奇迹书写在大洋深处。这支部队可以从空中到陆地、从海上到水下、从天南到地北迅速发起攻击。他们是名符其实的"海上蛟龙，陆地猛虎，空中雄鹰、反恐精英"。

　　在叶民文政委的带领下，记者来到了某偏僻港湾——沙滩极限训练营。在营地，记者看到了他们当日的训练计划：

　　早上 5 时起床，到椰林深处静坐练"静气功"；6 时整开始爬山或长跑。负重

长跑，每人背沙袋，25 分钟内跑完 5 公里。

吃过早饭，紧接着开始练头功。要求气沉丹田，先用软木片后用硬木板，不断拍击头顶。练到一定功力，再撞树撞墙。队员们待头顶毛发脱落，并形成两毫米厚的老茧时，即可顶碎红砖了。

曾经担任一营营长的张根元让记者见识了他的"神功"：只见他两腿分开马步一扎一掌劈下去，整齐码放在铁凳子上的 6 块红砖，瞬间全数断裂。接着他手举两块红砖，脑袋狠狠一顶。"嚓！"一声脆响，头到砖断。三级士官李寿山，两手一张，拳头宽的木棍劈向他脑袋，立刻断成两截。一双看起来和常人并无明显不同的双手，在特战队员小黄那里，却具备了惊人的力量。他能够轻松地用手掌、手侧、手背将砖头开至八小块，能够徒手将树皮从树上抓下来。

午饭后，队员们稍事休息继续训练。一位连长告诉记者，他们连在特种兵"尖子兵"比武前的超负荷训练，每天要负重 25 公斤奔袭 10 公里。同时，还要做单双杠练习 200 个以上，跑 3 次 400 米障碍，并在两分钟内完成俯卧撑 200 个。

通过了基本训练，并不意味着人人都可以跻身到特战队员的行列。记者了解到，要想成为特战队员的士兵，必须经过一年以上的超强度训练，而且淘汰率在 50% 以上。经过严格筛选，精选出来的"个顶个、邦邦硬"的特种战士，除了熟练掌握海、陆、空、警多达上百件武器外，还掌握跳伞、爆破、潜水、攀登、滑雪、车舟驾驶、擒拿格斗、方位判断、地图识别等本领以及侦察、捕俘、审俘、照相、录像等获取情报资料的手段和用密码通信联络等传递情报的技能。

三栖作战　上天入海胜"超人"

如果说海军陆战队是由精英组成的团队，那么海军特种部队就是"精英中的精英"。海军特种部队具有空中、陆地、海上和水下四栖渗透突击作战和海上反恐作战能力。特种兵执行的任务特殊，决定了每个士兵都必须兼备"陆、海、空"三位一体的战斗技能。

东北大个田贵丰，号称特种兵中的"超级战士"。为了练臂力，田贵丰一年要拉坏5把弹簧拉力器，臂力棒要两根一块拧才过瘾。他笑着说"一根太软，不好使劲"。攀登是特种兵的基本技能。应记者要求，田贵丰答应给记者露一手。他当即脱下军装，换上迷彩服，穿上特战靴，在宿舍楼前站定，双手撑在墙垛两角上，两脚内侧夹紧墙面，迅速弹跳将整个身子腾空而起，跃至半米高处仍呈起始姿态。一眨眼的工夫，田贵丰已到5楼楼顶。一看手表，这位"超级战士"徒手攀登5层光滑直面高楼，仅用了18秒！

这还不算绝的呢！记者随田贵丰来到一排平房前，只见他屏息静气，突然一声大吼，使劲狂奔，距平房约一米处，飞身跃起，左脚蹬墙提身一纵，右脚已跨到房檐，同时，两臂一撑，整个身体已立于房上！飞身上房仅用了3秒！

深潜训练的难度和风险是最大的，要求队员身着潜水服，腰上别上压铅，携带蛙人运载器钻进潜艇鱼雷发射管。潜水班长刘晓伟告诉记者，鱼雷发射管里面漆黑一团，伸手不见五指，身体部位离管壁仅一厘米。最难受也是最危险的时候是加压、注水时，感觉耳鸣头晕，身体剧烈疼痛，稍有不慎就可能发生事故。在管道里的移动只能靠身体的整体协调，一点点地往前挪动，爬出管道要3分钟。打开海底门后，要借助海水的压力迅速潜入海中。有一次，刘晓伟潜入水下40多米执行爆破任务时，5条大鲨鱼就在他身边游荡，他仅靠随身携带的两包驱鲨剂机智地躲过了一劫，圆满地完成了任务。

野外生存训练是特战队员最难逾越的一道屏障。特战队员要被空降到没有地图标志的深山密林或沼泽地带中，与凶猛的"敌军"进行激烈的非常规作战，以此培养队员的求生、逃避、抗拒、脱险能力，锻炼在水断粮绝、孤立无援的环境

中利用原始资源维持生存的能力。他们需要熟悉贝、鱼、蛇、鸟、虫等的捕捉和野外烹调方法，能够辨别食用、药用有毒植物，懂得饮水净化法和取火要领，以及使用帐篷或就地取材构筑防水、保温、防虫的宿营方法等。

国际竞技　铜墙铁壁壮国威

这是一支新时代下英雄辈出的部队。叶民文政委告诉记者，该部近几年先后派出近百名官兵赴厄瓜多尔、委内瑞拉、爱沙尼亚等国家交流学习和参加"爱尔纳·突击"国际侦察兵竞赛，一次次扬威国外赛场。

2007年1月至2008年8月，林乔伟与支亚峰、李冰峰等赴委内瑞拉海军特别行动学校接受生存与死亡的考验、生理与意志的挑战。

折磨和体罚是这座"地狱学校"的特色，"地狱周"则持续考验着队员们的生理和心理承受极限。学员在100个小时里，不吃任何食物，也不能睡觉。队员们先要负重20公斤跑6公里、再涉水1公里、越过绳网障碍、再负重跑3公里。支亚峰的体重一个晚上就掉了5斤。

"虐俘训练"是最可怕的一次淘汰。在3天时间里，林乔伟被反绑双手，戴着黑头套，被教官用刺刺脚心，用荆条抽打，用烟头烫身体。更难忍受的是，他们被反绑双手、全身浇上饮料，扔到蚂蚁窝上任凭蚂蚁啃咬，痒痛钻心。在"陆地巡逻"训练中，他们要在数天内不带火种、没有照明，全副武装负重30公斤，穿过3条河流、翻过5座大山、渡过约1公里宽的海湾，行军200多公里。饿了，像原始人一样钻木取火，烤寄生蟹、寄生螺来充饥；时间紧迫、条件不允许时，就吃生鱼、喝雨水。最终，经过多轮残酷淘汰，林乔伟、支亚峰、李冰峰等和其它国家5名队员一起毕业，获得了委内瑞拉海军特别行动学校"海上突击队员"称号。

提起土耳其海上进攻训练基地水下突击队，以下两组数字就足以说明其残酷：组建 19 年来，平均淘汰率达到 67.5%，训练死亡率达 6%。2001 年 11 月，徐向贤和张根元力挫群雄，脱颖而出，首次进入土耳其海上进攻训练基地水下突击队。

近似实战的残酷训练开始了。"地狱周"是在 5 天 5 夜时间内不让队员合眼，不间断进行大强度体能训练和心理折磨。每天睡眠不到 1 个小时，不断地进行拖舟、划舟、游泳、行军；把学员手脚捆起来扔到海里，逼迫他们自救。队员们又累又乏，有一次徐向贤竟然在上厕所时睡着了。

在山地秘密输送训练中，张根元负重 30 公斤，整日整夜地抬着橡皮舟翻山越岭，在冲击 80 度的陡坡时，突然一块滚下来的岩石把他砸翻在地，连人带舟滚下山，十几分钟后才恢复知觉。教官劝说他放弃训练。张根元咬着牙站起来，忍着剧疼奋力前进。在规定时间内到达终点时，他的嘴唇被自己咬开了 3 厘米长的口子，口里含满血水。许多外国队员看得目瞪口呆。

最后，张根元以全优成绩完成了突击队的所有训练课目，并打破了该训练基地两项训练纪录。受到了总参谋部的通令表彰，海军党委为他荣记一等功。徐向贤获得了北约特种部队的"雄鹰低空跳伞"和"水下蛙人突击"荣誉奖章。

看过影片《冲出亚马逊》的观众，都忘不了"猎人学校"。一次，连长周军代表海军特战队员赴委内瑞拉"世界猎人学校"，参加第八届国际特种兵训练，编号"猎人 40 号"。他先后经历了"魔鬼选拔"、"水牢囚禁"、"虐俘训练"、"毒气室"的抗瓦斯训练等考验，获得委内瑞拉特种部队最高荣誉——"突击队员"称号。教官拿起"突击队员奖章"，用力拍进周军赤裸的前胸，奖章的尖刺生生扎进他的血肉！队友们走过来向他"祝贺"：他们一次次拔出奖章，又一次次拍进周军的前胸。在他们看来：特战队员的荣誉奖章，必须是战场上"带血的勋章"！

2011 年 3 月，在巴基斯坦参加的那次多国"和平—11"联合军演的情景，至今让特战大队张根元副大队长记忆犹新。参加"和平—11"联合军演的特种部队，

有美国海军陆战队、土耳其 SAS 排爆队、巴基斯坦特种部队和法国特种部队等 8 个国家的特战精英，可谓是一场世界特战精英部队的大聚会和大较量。

演练一开始，各国特种部队纷纷亮出自己的绝活：作为东道主的巴基斯坦特种部队进行了海上反恐、海上跳伞和翼伞定点降落等科目的训练演示；土耳其 SAS 排爆队演示了爆破和拆除炸弹作业；美国海军陆战队不仅进行了武器装备展示，还进行了室内突入射击等科目的操演。

最后出场的我特战分队，一上场就让在场其他国家特种兵眼前一亮：在完成商船攀爬、反恐战术和武术等内容演示后，张根元扎稳马步一掌劈下，整齐码放在铁凳子上的 6 块红砖，瞬间尽数断裂。接着他手举 2 块红砖，用脑袋狠狠一顶，"嘭！"一声闷响，头到砖断；中士乔小波，两手一张，劈向拳头厚的木板，木板立刻断裂成两截。上士郑树彬用手掌、手侧、手背又轻松地将砖头开至 8 小块……场上顿时响起经久不息的掌声和赞叹声。演练结束后，美国参演的陆战队排长汤姆森，主动找到中国特战分队的队长张根元说，他要代表美国陆战队跟他切磋切磋特战格斗技术。

面对眼前这位比自己块头大了一倍、高自己一个脑袋的美国大个，张根元欣然应战。格斗刚一开始，汤姆森不待张根元站稳脚跟，突然右手一个重拳，直接朝张根元的面部打来。说时迟那时快！张根元迅速一个侧身急闪而过，双手如钳子般，快速顺势抓住汤姆森的右手，一个利索的前背动作，就将其结结实实地摔倒在地上，把在场围观的外国特种兵们惊得目瞪口呆，随后就是一片喝彩声。刚被张根元扶起来的汤姆森，不仅输得心服口服，而且立马单腿跪在张根元面前，要求拜他为师。

事后，张根元了解到，汤姆森是美国陆战队里的格斗高手，曾经代表美国特种部队参加过许多场国际特种兵大赛，多次摘金夺银。可汤姆森怎么也不会想到，自己会输在这名看似瘦弱的中国特战队员手里，更不会想到，与他较量的对手，曾经多次参加过"爱尔纳·突击"国际侦察兵竞赛等国际侦察兵比武，并多次帮助中国队捧回了冠军的奖杯。

就这样，我海军特战队员一次次与国外同行同台竞技，一次次扬威海外赛场，一次次壮我军威。

海外护航　维护和平展风采

2008 年 12 月 26 日，"蛟龙突击队" 70 名特战队员奉命随海军首批护航编队赴亚丁湾、索马里海域执行护航任务。作为海军一支特殊的力量，这是特种部队组建以来执行的首次实战化准军事行动。他们不间断地昼夜高度戒备、长时间地担负随船护卫，一次次营救遇袭商船，一次次驱离袭扰海盗。

2009 年 3 月 28 日，特战分队长孙强奉命率 5 名特战队员，独立护卫"长航发现"油轮至肯尼亚的蒙巴萨港。隶属长航南京油运股份公司的"长航发现"号是一艘刚刚下水的国产新型油轮，满载排水量 46000 吨，航速仅为 13 节，船上装载了燃油 37000 吨，船形巨大、行动迟缓。

28 日早上，"长航发现"号抵达亚丁湾东口后告别护航编队，孙强和特战队员们"单刀赴会"，独立护卫着油轮向蒙巴萨港进发。此行，他们将穿过索马里东部海域的海盗活动高发区域，其间没有军舰伴随。进入 4 月，亚丁湾的气温日益升高，中午甲板上的温度高达 50℃以上，海上湿度高达 80% 以上，空气变得黏乎乎的。

为了确保商船安全，孙强、施祖定、李进、张春光、朱洪刚、倪一才等"特战六勇士"在舰艇前、中、后部位分两个班次保持 24 小时连续警戒防护，一个班下来，特战队员脸上、手臂上结了一层薄薄的盐粒。28 天里，特战队员每天只是

用毛巾简单地擦擦身子，没人洗过一个澡，有的甚至没有脱过一次鞋。队员们都是和衣而眠，握着枪弹睡觉，确保一旦有情况能够立即就位。为了完成人民海军护航史上随船护卫航程最长、用时最多的护航任务，6名队员未能搭上回国的军舰，在连续奋战近4个月后，继续在亚丁湾随第二批护航编队执行任务。

2009年12月24日，随第三批护航编队返航的特战队员们告别鲜花和掌声，回到部队后走上了训练场。而随第四批护航编队航行在亚丁湾上的特战队员们仍在警惕地坚守着自己的岗位，为航经亚丁湾的商船撑起了一片平安的天空。

2010年11月20日，亚丁湾上晴空万里，碧蓝的海面浪花朵朵，然而危机却悄然而至。当地时间11时40分，护航编队接到消息：中国籍特种运输船"泰安口"轮遭海盗袭击，4名海盗已登船，商船船员情况不明。此前，多国海上力量一艘军舰在试图靠近解救，遭到海盗疯狂射击，只好放弃救援。情况万分危急，护航编队立即启动反劫持应急预案。10分钟后，担负封控任务的4名特战队员搭乘直升机呼啸而起，2艘快艇搭载8名特战队员向"泰安口"轮高速驶去……

1000米，500米，300米……特战队员很快发现并抵近"泰安口"轮。直升机上特战队员使用光电红外等多种手段对商船及周边海域进行侦查搜索。狙击手瞄准船上海盗，发射闪光弹和爆震弹进行警告；抛钩、架梯……小艇上的特战队员在队长黎伟和副教导员李信华的指挥下，敏捷地从船艉登上商船，按搜索队形展开交叉掩护前进，快速控制了商船舱面和驾驶室。

此时，商船船员已在安全舱室呆了近10小时，部分人员出现急躁情绪。时间一分一秒地过去，特战队员不断交叉掩护对舱室进行排查，20分钟后抵近安全舱室将21名被困船员全部解救出来。一次次直面海盗威胁，一次次受命力挽狂澜。在险象环生的亚丁湾、索马里海域，特战队员们一次次紧急出动，一次次化险为夷。

至今仍然有数十名特战队员在亚丁湾随护航编队执行任务。

潜艇兵的"龙宫"生活

　　在解放军海军部队中，有一支披着神秘面纱的兵种——潜艇兵。尽管这支部队成立已五十多年，但许多人对他们的工作生活知知甚少，因其特殊的生活环境使潜艇兵生活始终充满了传奇色彩。近日，"万里海疆巡礼"采访团走进海军潜艇部队，切身感受了潜艇兵的"苦"与"乐"。

衣食住行都有讲究

　　潜艇空间狭小，一旦出海，艇员们的衣食住行都会遇到很大的困难。东海舰队潜艇某支队政治部主任周建明介绍说，艇上生活很艰苦，首先是缺水的烦恼。在远航时，艇上淡水尤其珍贵，潜艇的水龙头有专人管理。潜艇兵除饮用水外，每天用于洗漱的水以茶缸为计量单位，洗脸刷牙全在内。他们常常是刷完牙后用毛巾蘸上一点水擦把脸了事。

　　其次是热，特别是夏季到炎热地区执行远航任务的时候。由于潜艇航行时机械设备散发大量的热量无法排出艇外，所以舱内温度很高。周主任介绍说，热天航行时，官兵不分职务高低，不论年龄大小，通常只穿宽松、肥大的亚麻裤衩背心。因为亚麻织物吸汗强、易挥发、不粘身，即使十天半月穿在身上也不会有汗

臭味。

很难说清潜艇兵在水下属于自己的天地有多大，走廊里两人相向而行需侧身往来。睡觉得用可拆卸式吊铺，睡时装上，起床拆下，否则就会影响正常的机械操作。床与床是上下相连的，三层、四层，层与层之间只能侧仰而入，体格稍微丰满一点的要翻个身都不是件容易事。局外人很难想象，在舱温常常会达到三四十度的吊铺上美美地睡上一觉，对潜艇兵来说仍不失一件幸福的事。

潜艇上的"行"也大有讲究，人要有"眼力"，否则会到处碰壁、鼻青脸肿。周主任说，当潜艇在水下航行时，人员应尽量减少大距离跨舱室的走动，因为这种行动所产生的破坏均衡的力矩很大，会对潜艇的均衡产生影响。

除此之外，与水面舰艇比较，潜艇出海前的准备工作也要做得更加细致，周建明主任举了个例子，"潜艇存放在冰库里的食物要摆放规范，每天吃什么事先都要有详细食谱并严格执行，如果有剩饭剩菜，就要加盐压缩打包放存进冰库，不允许扔，因为扔出去就会有暴露的危险。"

特色文化丰富艇员生活

潜艇兵的生活有苦也有乐，在采访中，记者发现官兵们的业余文化生活异常丰富。一走进潜艇支队的军港，从艇员宿舍楼望去，就能看到4个网球场和一个集田径、体操、足球为一体的综合性运动场以及数十个排列整齐的篮球场。这些文化活动场地布置规范，器材配备齐全。周建明主任告诉记者，周末假日，他们都要根据官兵的兴趣爱好组织打球、下棋、健身等活动。

而在走进集网吧、健身房、水兵KTV等设施为一体的大型水兵俱乐部，里面热闹的场面吸引了记者的目光。淡黄色的墙壁上镶嵌着各式各样的海军兵器照片，造型别致的吧台摆有不少茶点……刚刚返航的某艇数十名官兵，相约来到"水兵KTV"，放歌高唱，增进了战友情谊，又唱出了战斗豪气。

随后，记者来到位于俱乐部二楼的网吧。推门走进，100多台电脑布局颇显大气，打开全军政工网，各种新闻尽收眼底；再打开书吧，局域网图书馆里有几十万册电子图书可供阅读，内容涉及社会、科普、教育、历史、娱乐等8大类40多个子栏目。

周建明主任说，支队近年来在丰富官兵业余生活方面做了很多努力。主要的出发点就是因为潜艇官兵在海上训练期间比较辛苦，他们回到岸上后，希望通过这样一个文化训练中心的场所更好的得到放松，让他们工作好、学习好，在海上有充沛的精力去完成任务。

除此之外，周主任还说，潜艇远航时，为了让潜艇兵始终保持饱满的精神和旺盛的斗志，支队官兵们在艰苦的条件下，还创造出了特色的水下"龙宫文化"。以水下快报、水下广播、水下演出、水下各项体育比赛为内容的"龙宫"文化活动，丰富了水兵的精神生活，增强了战胜一切困难的勇气。

在潜艇上，"掰手腕"是最常见的文体活动。南海舰队潜艇某支队政委卢永华告诉记者，在潜艇远航中，除了必要的工作外，艇员的生活也充满文化气息。卢政委讲，我们是水下长城，整个海洋的深处就是我们的天下，我们就在大洋的深处，我们就在"龙宫"，所以叫"龙宫文化"。

士官毕春希说，对潜艇兵来说，潜艇上除了开展各种体育锻炼活动外，最有意思的是每天出一期《水下长城报》，潜艇兵自己投稿，自己出版。"我们潜艇有这个传统，每一次远航或者昼夜航行，都有《水下长城报》，这里给大家很好的谈谈自己的感想的一个平台。有一年远航我是投稿最多的，投了十几篇，最后我写了一个很长的诗，战友们说，老毕，你写这么长准备给你办个专版，后来还真弄了个专版。"

尽管潜艇的远航充满危险和挑战，但是也不乏浪漫的时刻，只是这些浪漫，伴随着他们对这片蓝色海域的眷恋，对守护好"蓝色国土"的责任。

"百人一杆枪"催生业务精兵

"百人一杆枪"是潜艇部队一大特色，这就意味着一艘现代化的潜艇，即便错误操作一只小小的深度计，就有可能威胁到全艇战友的生命，绝不允许任何"稍有不慎"。因此，想成为一名潜艇兵，并不是一件容易的事。周建明主任说，并不是所有的官兵都有资格出海远航，能够执行任务的，都是经过多轮的选拔和淘汰剩下的佼佼者。

"百人一杆枪"，操纵这杆枪的"枪手"80%为士官，他们既是专业职手、管理助手更是人才培养的有力推手，支队领导机关很清楚，用活士官人才是打赢未来战争的核心元素。为此他们把士官队伍培养纳入人才队伍建设重点，每年拿出数百万元作为培养经费，安排机关科室分片包干培养。周建明主任介绍到，目前，支队的士官比例超过了80%，还有不少兵龄几十年的高级士官，这些都是各个岗位的骨干，在部队发挥了非常重要的作用。

潜艇出海，驰骋水下，看不见日出日落、潮涨潮退，完全依赖航海设备提供精确的方位、航向、水深等要素。实施机动，差之毫厘就会失之千里。先进的装备，必须科学而准确地操作。为了尽快掌握新装备的战术技术性能，这些专业精兵们开始了艰辛的探索：没有现成的经验，他们一遍又一遍地在艇上摸管路、对图纸、熟悉战位，同时充分利用专家上艇的机会，学习规范操作和维护技能。高素质士官身手不凡，很快成了新潜艇独当一面的技术骨干，担负起对新艇员"传、帮、带"的重任。

"我们是水下尖兵，潜入深深的海洋中，海底没有明媚的阳光，水兵心中格外明亮，祖国人民亲切的嘱托，就是水兵心中的太阳。"采访虽然结束了，但这嘹亮的歌声，却久久在记者心里回荡……

在远航训练中提高技艺

走得更远，潜得更深，是每一个在潜艇部队服役的官兵所共同追求的目标。近年来，随着中国海军军力的不断提升，潜艇出海远航的次数越来越多，在这过程中，也涌现出众多优秀的"远航带头人"，东海舰队某潜艇支队副艇长伍学文就在自己的潜艇兵生涯中不断树立远航精神，锻造官兵的强军意识。

支队自成立以来一直贯彻"在航就能远航，远航就要能战"的口号，激励官兵的远航精神，作为在该部队服役 16 年的副艇长伍学文来说，远航更是已经成为他血液里的一部分。伍学文说，航海一直是他的一个梦想，早在读军校的时候，他就对学习用的巨大的海图产生了痴迷，梦想有朝一日走遍图上的每一个地方，走到没有海图的地方，对他来说，这是一件最有成就感的事情，也是一个属于他自己的强国梦、强军梦。

4 年的大学学习，伍学文掌握了过硬的本领，成为了一名指挥航行的副艇长，有机会乘风破浪，挥斥方道，他更感觉到远航对于潜艇兵的重要性，也对潜艇到达的广度和深度更加在意。每当执行任务，穿越外海，向经度更东的方向不断挺近，向大洋深处的深蓝挺近，他的心中就有无限的荣耀感，他说，站在巨人的肩膀上，不断的超越下潜的时间、深度、广度，是作为潜艇兵最吸引人的地方。

伍学文说，回想他刚到部队时，潜艇只是单纯的作为一种具有威慑力的武器，常常趴在窝里，只能搞搞近海训练，而现在，海军的装备实力有了质的提升，组训方法也趋向科学，让他能够拥有强度和广度都更大的远航机会。仅仅近一年，伍学文的航行时间就达到了过去五年的总和，这不仅对官兵来说是一种极大地锻炼，对装备也是一种检验，体现了部队战斗力的提升。不仅如此，在多次远航的经验累积后，伍学文还深刻地体会到，潜艇远航不仅保卫了中国的海洋主权，维护了民族的尊严，而且当中国的潜艇可以走到大洋的每一个角落时，就意味着中国人可以去到外国人能去的地方，这对提升国民的自豪感有很大的促进作用。

自豪与荣耀的同时，伍学文也清醒的意识到，现在中国海军的装备提升速度还没有那么快，与外国军队还有很大的差距，要认清现实，迎头赶上，就要从技能的提升，战法的研究入手，抓住能抓住的地方，既然剑不如别人，就要苦练剑法，而要做到剑法超越别人，达到人剑合一的地步，就要从艇上的每个人做起。伍学文一直向官兵们强调，只要在艇上服役就是在奉献，而既然是奉献，就要树立精品意识，在奉献的过程中提升自己的能力，从别人规定自己要做好，要转向自己主动要做好，让每一名官兵从本职岗位感受到自己的价值。

雄厚的"人才方阵"

舰艇是一个国家现代工业水平的缩影。相比水面舰艇，潜艇的技术要求更加复杂，这就要求其必须配备训练有素的艇兵，才能成为真正的"钢铁鲨鱼"。

在南海舰队某潜艇支队，一批由高级士官组成的潜艇兵们，成为该部队颇具特色的"人才方阵"。这些在潜艇上服役超过 20 年的潜艇兵们，用他们的专业、智慧、勇敢和坚韧，一次次勇闯大洋，挑战极限，多次出色完成重大任务，守护着"蓝色国土"的安宁。

南方某海域，一艘黝黑的潜艇正在进行战术科目训练，在潜艇兵的操纵下，看似笨拙的潜艇，轻盈地规避对手，而后机动至安全地域，慢慢露出了"庐山真面目"。

登上潜艇，第一次见到这群服役时间超过 20 年的潜艇兵，记者感受到他们身上那种特有的沉稳和淡定。即使说起那些惊心动魄的故事，他们的语调也是从容而淡定。

士官王福民告诉记者，潜艇执行远航任务，遇见恶劣天气是经常的事情。有次航行中遭遇台风，也成就了王福民的一首"打油诗"。"这一次远航，遇到了大风浪天气和台风，我们在水下 80 米的时候，潜艇还是很晃的，人站是站不住的，坐也很费劲的，柜子都来回飞。后来写了一首诗——'艇在航行中，偶然遇台风，摇摆十八度，鱼吐我不吐。'这也算比较经典，就体现了官兵乐观向上的精神。处于那种情况的话，大家意志力还是蛮强的，好多人吐了之后，一抹嘴巴继续工作，都这样。同志们都挺喜欢这首诗的，每次出海的时候，风浪大了之后就想起了这首诗，都聊一聊说一说。"

与王福民一样，士官于西军也在远航中遭遇到很多的故事。最让他难忘的一次挑战极限的执行任务。"有一次，我们远航任务接近尾声了，快返航了，结果突然接到一个命令，叫我们延期 10 到 15 天的时间。那时候非常不凑巧，淡水柜又破了，所以只能是喝掺了海水的淡水，用那个煮饭，煮的饭是又咸又涩。尽管那样，我们还是坚持下来了，最后圆满完成任务。"

一次次的勇闯"龙宫"，一次次的挑战极限，让潜艇兵们愈发成熟。在 2013 年的一次远航中，由这群优秀潜艇兵们操纵的潜艇，更创下了远航时间的记录。更难得可贵的是，这次极限航行中，潜艇居然没出一次故障。士官陈瑞蒲告诉记者，他们单位高级士官比较多一点，都是"老家伙"，都是经过多次任务的，所以这次任务，准备非常充分，人员和装备搭配的特别合理，你适合干哪个战位，就进行分工调整。所以这次任务非常顺利。

一次次的成功，并非偶然。在他们看来，潜艇几乎就是他们生活的全部，潜艇上的设备，仿佛成为了他们身体的一部分。士官于西军说，"这些装备，就和我身体的一部分一样，我陪它比我陪我的老婆陪我的父母时间还要长，不光是我，每一个人都是这样，这么多年执行任务以来，顺顺利利的平平安安的就这么过来了，这也是我的一大骄傲。"

作为在潜艇服役超过 20 年的老兵们，这些高级士官见证和书写了人民海军"走向深蓝"的跨越。他们告诉记者，远海训练，是世界各国海军的例行做法，"你去你的，我去我的，你能去我也能去"。海军进行远海训练，不仅能提高训练水平，更是为了国家发展的需要。

潜艇艇长责任重

作为具有高风险性的潜艇作战部队，如何保证安全执行任务，避免发生事故无疑是第一要务。在潜艇兵口中常常流传一句话，潜艇部队是百人共享一杆枪，不论是哪一个环节出了问题，都会影响整个团队的安危。正是因为如此，作为整个潜艇带头人的艇长肩上往往会背负着极大的责任，东海舰队某潜艇支队优秀艇长李明在接受记者采访时告诉我们，他认为要带领艇上的所有官兵平安度过每次任务，就要用科学有效的管理方法，避免水下每一个环节的短板。

已经有 19 年潜艇兵经历的李明是某潜艇支队中资历和经验都最丰富的艇长之一，在部队服役期间，他更换了四个职务，亲眼见证了中国潜艇部队装备不断更新换代，逐渐走向自动化现代化信息化的过程，同时也对潜艇设计从早期片面强调攻击强度，走向如今的以人为本，方便官兵休息的变化印象深刻。然而，李明也深知，潜艇设计的相对人性化并不意味着就要放松对安全的警惕。李明说，当初高中毕业时选择潜艇专业，完全是因为对一个神秘领域的好奇，当他在书本上看到潜艇的画面时，他脑中浮现的就是一个个出海作战的壮烈画面，然而当他作为艇长，真正有了第一次的出海经历之后，他才意识到，要充分发挥潜艇部队的战斗力，首先就要保证艇上所有人的安全。

在未知的深海航行，每一个突如其来的变化都可能让潜艇上的官兵面临生死关头。李明深知，要避免这样的情况发生，就必须把工作做在平时，在常态中考虑到每一个风险。在平时对武器设备的保养维护上，很多战士往往存在偷懒和松懈的现象，认为这种工作枯燥而无聊，这时，李明就会借用家中马桶的例子来劝导他们：马桶常年不刷积了污垢肯定会影响健康，设备长期不维护积了铁锈同样会危及潜艇的安全，而且如果不注重平时的清洁保养，只是赶到检查前临时抱佛脚打油漆，必定要产生异味，同样也会影响身体的健康。由于艇内空间封闭，空气缺乏流通，卫生条件相对比较差，战士们意识到保持装备就如同维护自己的健康，自然而然就会对设备维护更加积极。李明说，自己就是利用这种最贴近战士心理的方式，来让他们意识到安全隐患就在身边。

李明坦言，自己的性格极其理性而谨慎，在很多时候有些完美主义，力求在艇上做的每一个决定都是及时而准确的，但他也知道水下不同于水上，在非常的情况下，谁都有可能出现失误，即使是自己最得力的副手，也不能保证不会出现纰漏。在这种情况下，作为艇长，就要在平时注意观察艇上成员的情况，了解每个人的长处和短处，如果有相对在某方面比较差的，就要及时补上，确保每个人都是自己专业的能手，尽可能的杜绝水下状态时出现任何的短板。

多年的潜艇部队生活经历让李明总结出了自己的一套理论，他认为潜艇部队在水下作战就好像两个蒙面的武士在决斗一样，谁都不清楚另一方的实力，在这样的情况下，唯有将自己的实力隐藏的最好，将身上的漏洞降到最低，才能在战斗中掌握主动权。

勇闯禁区的海上扫雷精兵

在世界各国海军中，有个不成文的规定：见到扫雷舰艇，都要向上面的官兵敬礼，因为它们是海上雷区"敢死队"。日前，"万里海疆巡礼"采访团一行来到了东海舰队某扫雷舰大队，近年来，该大队先后创新了"扫雷艇对空防御"、"复杂电磁环境下实扫战雷"、"编队导航扫雷"等 12 项新战法，提高信息化条件下的反水雷封锁作战能力，接近于实战的日常训练演练中，出现了许多亮点。

单次扫爆3枚智能雷

编队扫雷是舰艇扫雷的常用形式，长期以来，由于缺乏扫雷磁场战术数据，艇与艇之间易产生磁场共振，各型扫雷具间容易互相干扰。为此，该大队在演练前广泛搜集资料，研究制订编队扫雷预案和特情处置预案，完善了多种防范措施，不断规范扫雷训练的组织指挥和协同动作。

在一次演练中，扫雷艇上的声呐兵报告："左舷 10 度，距离 8 链（0.8 海里），发现水雷 1 枚。"经分析判断，这是一型智能型沉底战雷，具有极强的隐蔽性，需要多型扫雷具同时工作，且扫雷具物理场均满足水雷引信引爆要求方能扫爆。扫雷艇编队逐步靠近，而此时海区情况非常复杂，暗流涌动，加大了工作难度。突然，编队从前方水域传来一声巨响，隐匿在大海深处的一枚智能化战雷被扫除．水面刹那间飞溅起90多米高的水柱。随后，第二枚、第三枚智能雷也被扫爆。

近年来，该大队针对未来作战特点，选择舰艇指挥员较陌生海区、同时也可能是未来作战海区为训练场，有意识地把实弹射击、实扫水雷等危险系数高、组训难度大的科目放到恶劣海况下进行，先后完成了恶劣海况条件、新技术雷种和水雷"沉封"情况下的实扫等10多个高难科目训练，成功破解了低海况条件下扫雷作业、夜间拖带扫雷、复杂电磁环境下编队联合扫雷等"瓶颈"。

军民携手开辟胜利通道

在一次演练中，东海舰队某预备役扫雷船大队4艘经过加改装的渔船火速增援，拉开了军民联合扫雷的序幕。

由于目前我海军扫雷舰艇数量有限，难以满足未来战争中的大范围扫雷需求，使用加改装的渔船加入扫雷序列，是对海上扫雷兵力的补充。

早在2001年，该大队就借鉴历史上征用渔船改装成扫雷船的经验，在全军率先提出了军民联合扫雷的课题，专门成立了研究小组，在广泛征求科研部门和院校的意见和建议后，就军民联合扫雷战术和渔船扫雷装备改装等实质性问题展开研讨，形成了一套军民联合扫雷的基本战法。2005年，海军第一支预备役扫雷船部队——东海舰队某预备役扫雷船大队成立。扫雷船大队充分发挥渔民海上适应能力强、熟悉航道、数量庞大的优势，向执行非战争军事行动任务拓展，在维护海洋权益中发挥优势，进一步丰富海上人民战争资源。经过8年的磨炼，扫雷船大队已从"临时新兵"成长为拳头部队，也为军民联合扫雷提供了更加便捷的渠道。

导航扫雷引导战舰通过雷区

在一次上级组织的演练中，该大队某扫雷艇刚驶出雷障，又听到战斗警报的声音，命令扫雷艇部队快速引导某战斗舰艇编队快速通过另一雷区，官兵们不敢有丝毫迟疑，迅速奔向各自战位。

随即，指挥所召集相关人员立即研究作战方案，经分析，时间紧迫，常规的扫雷方式已不再适用，必须尝试一种新的战法：导航扫雷。这是一个全新的扫雷概念，是利用水雷日益智能化后抗扫能力强的弱点：扫雷舰将伴随战斗舰艇，通过发射电磁信号模拟出虚假目标，混淆智能水雷的识别能力，在不引爆水雷的情况下顺利通过雷区。这无疑是最危险的一种扫雷方式，官兵们的神经处于高度戒备状态。某新型磁性水雷具备"三脉冲封闭"技术，当它遇到磁性扫雷具时，它就知道这不是舰艇，而是扫雷具，会短暂休眠几分钟，要让它长时间处于休眠状态，就要不断给它休眠信号。

在官兵们的密切协同下，各种扫雷具的配合达到了无懈可击的地步。扫雷艇和战斗舰艇一点点地通过危险水域，水下的各种新型水雷纹丝不动。投下标注安全航道的浮标后，作战舰艇编队安全通过雷区。对付智能水雷的新战法又一次得到成功检验！

扫雷艇的士官艇长们

这是另一支英雄扫雷部队，同样隶属于海军东海舰队。这支战功赫赫的扫雷舰部队，新中国成立后执行过长江口反水雷作战，还曾赴朝援越。近年来，上级给部队装备了最先进的遥控扫雷艇，不过让人没想到的是，指挥这些扫雷艇的艇长们竟然是一群士官。

选用士官担任艇长最初是个无奈之举，大队政委方石介绍，作为某新型猎雷舰的子艇，战时是遥控的扫雷具，平时则是一艘"五脏俱全"的独立艇队，因吨位不到100吨，编制人数少，艇小级别低，起初选任的干部艇长一般都留不长。最先列装的一艘遥控扫雷艇，几年中先后换了5名艇长。频繁换艇长，对于扫雷艇战斗力生成和发展不利。于是，上级将目光锁定在士官身上，决定组建遥控扫雷艇中队。经过个人申请、支部推荐、各项能力测定、公开演讲竞选、党委民主投票等六关，汪洋等数名士官脱颖而出，成为全军首批士官艇长。

汪洋担任艇长之前是个扫雷兵，回想起当时的情景，他说，之前看到舰长操

海上扫雷利器

控舰船，指挥作战，就觉得特别威武，心里很向往，经常幻想自己也能成为那样的人，当真的有这样的机会的时候，第一时间就报了名，没想到梦想成真。

当好一名艇长，光有激情还远远不够，新岗位要求他们的专业技术、指挥能力都必须在原来的基础上有大的飞跃。作为首批担任海军作战舰艇长的士官，刚组建时，人员专业不一、履历不同，大队研究制定了《遥控扫雷艇艇长队伍建设措施和发展计划》，采取接装培训、跟班建学、帮带指导等方式，集中进行"一专多能"训练，引导他们系统学习全艇各类专业技能，深入每个战位磨练，所有士官都一次性通过了舰艇长"全训考核"，成为一名合格的指挥员。

从兵之头到艇之长，成长之路何其艰难！第二次执行任务，汪洋就遇到了麻烦，任务返航时在吴淞口遇到了很大的潮水，舰艇方向舵突然失灵，身处航道中间，前后都有渔船，情况非常危险。汪洋的心一下子提到了嗓子眼，虽然内心很紧张但是他却并没有慌乱，冷静的指挥艇员按平时练就的技术程序正确处置，避免了一起事故的发生。

2012年年6月，上级下达8041艇单艇北上某海域做水下抗水雷爆炸冲击试验。艇长冷青松整整半个月铆在指挥室内研究海图和航法。最终，他带领8041艇安全往返26昼夜，总航行超过1500海里，开创了海军遥控扫雷艇历史单次航行又一个新第一。

在一次次实兵演练中，士官艇长们指挥新型遥控扫雷艇，创下首次在海上扫除非接触导航战雷、首次海上实扫自航式水雷等新纪录。几年来，该大队士官艇长担纲了新型扫雷艇近80%的武器操作、日常组训、教育管理等主要任务，编写了《某型遥控扫雷艇训练与考核大纲》等全套训练文书，成为海军遥控扫雷艇训练范本。政委方石说，这群有勇有谋的士官艇长，凭着敢闯敢试，敢拼敢干的精神，让新型装备发挥出了新的战斗力。

3 忠诚卫士

海疆卫士的海防梦

测绘部队是人民海军中的一支专业部队，如果说，海军是国家海洋战略的支柱，那么大海就是海测兵驰骋的疆场。海测兵提供的海洋测绘信息保障，是海军战场建设的重要组成部分，因此享有"战场先锋"的美誉。近日，记者一行走进海军某海测船大队和导弹部队，感受到他们精练技术、固守海疆的豪迈情怀。

"无影利剑"的三代"掌门人"

首次定型试验试航、首次作战系统定型试验、首次最大自给力跨海区试训、首次抗风力9级以上锚泊试验、首次风力7级以上安全航行试验、首次海上进浮船坞试验、首次无码头岸滩油料补给、首次横移离靠码头……组建10年来，2208艇完成了试验、试航及演练等一系列具有开创性意义的重大任务，创下人民海军的9个"首次"和"第一"，并先后20多次参与并圆满完成演习演练、战备值班等重大任务，创新战法训法50多项。

如此耀眼的"成绩单"，吸引着"万里海疆巡礼"采访团急不可待地走进这艘中国自行研制的新一代导弹快艇，聆听三代艇长的砺剑故事。

汪三久：以首艇标准创一流业绩

接到担任 2208 艇第一任艇长的命令时，汪三久无疑是兴奋的。然而，当他真正面对这艘大小部件数以万计、线路图纸让人眼花缭乱、内部结构错综复杂的人民海军第一艘双体战斗舰艇时，他感受到了那份沉甸甸的责任和压力。

他迅速给自己定下工作目标：以最短时间熟悉并驾驭这个全新的系统，形成战斗力，并拿出经验、建起制度、立起规章，为后续列装的同型导弹艇如期形成战斗力奠定坚实基础，使 2208 艇成为海军快艇部队的排头兵。

汪三久带领全艇官兵开始了夜以继日地攻坚历程：没有使用教材，他们就从厂家借来说明书，反复研读；没有经验，他们就向科研院所专家请教，向生产厂家师傅学习、拜安装工人为师，整天趴在机件上，反复摸索艇上的电路、管路、标识。为了尽快掌握装备性能，他们白天出海试验，晚上汇总情况……仅一年时间，他们就制订了 23 项装备管理规章制度，提出的 200 多条装备改进意见被厂家采纳，为同型导弹艇的海上操纵、操作保养提供了成熟的模式。

新艇的双体船型设计与独特动力系统在海军部队是首例，为减少试航风险，汪三久带领官兵专程赴广东某双体游轮公司，租用游船开展操纵训练，娴熟掌握了双体船的驾驶技术。他还把海上渔排当模拟码头反复训练，一举解决了新型导弹快艇在海上难以靠并的问题。2006 年隆冬，随着首次发射导弹的成功，2208 艇初步形成战斗力。

陆剑峰：与时间赛跑的艇长

"防空警报，紧急备航……"一声长笛后，只见 2208 艇的官兵们迅速有序地挎上作战携行包、健步如飞地冲向码头。而此时，艇长陆剑峰拿着一只秒表早已等候在那里。原来，这是一次演练，陆剑峰正在掐表计算一次紧急拉动需要的时间。

接任艇长后，陆剑峰做每件事都喜欢用掐表计算的方法来完成。作为新型导弹快艇的首艇，这个时期的 2208 艇在战备训练等领域还有很多方案预案需要完善。

陆剑峰通过一次次的掐表计算，带领全艇官兵细抠每个战备动作、量化每个环节部署、优化了每项训练标准。2009 年，2208 艇担任新军事训练大纲施训的示范艇。为了将新标准尽快制订出来，陆剑峰仍是采用掐表计时的老办法。他清晰地记得，"当时，我们的两个导弹发射兵趴在导弹发射架下训练转接插头、应急处置，我在旁边用秒表计算他们完成每一个动作的时间。通过近二十天的强化协同训练，他们完成这些动作的速度不断提高，最终我们顺利完成了这项能力认证，将新标准制订了出来。"

就这样，通过这个简单得不能再简单的方法，陆剑峰，这位 2208 艇的第二任艇长带领着这艘"海上无影杀手"一步步走向成熟。

姜齐：在强化协同中书写新篇章

采访团抵达码头时，恰逢 2208 艇刚从外地执行任务归来。来不及休息，现任艇长姜齐就和记者聊了起来。

作为一艘有着辉煌历史的先进舰艇的第三任"掌门人"，姜齐直言压力不小。因为他不但要考虑如何保持战艇的荣誉，更要思考如何在继承中创造新的业绩。

在他的眼里，随着经济的发展、社会的进步，未来战争不仅人是多元化的、任务是多元化的，随着加装、改装等装备在使用过程中出现的新变化，舰艇装备也变得多元化起来。而未来信息化海战，战场瞬息万变，要使中国新型导弹快艇在战场上降龙伏虎，成为无坚不摧的海上利剑，惟有建设一支多元化配合密切的团队才能战无不胜。

姜齐将带兵的重头戏锁定在日常训练中强化协同意识，反复磨练团结、协调、配合上。他不仅要求全艇官兵在平时的作战训练中不断密切配合程度，还要求他们在平时的工作、生活中，一言一行、一举一动都注意养成一种协同配合意识。姜齐认为："从某种程度上来说，日常生活中的协同养成比军事训练中强化协同意识更为重要，因为部队不可能天天出海训练，天天执行任务，而生活却是时时刻刻都在继续。"

劈波斩浪十春秋，2208 艇在一代又一代"掌门人"的带领下，成长为中国海军快艇部队的"第一利剑"，让对手心惊胆寒的"海上隐形杀手"。

"导弹医生"康艳军

在军械技术保障大队见到康艳军时，他刚刚从外地执行任务归来。和其他参演官兵不同，在这场高规格的近似实战的实兵联合演习中，他除了担负相关保障任务外，还扮演了一个老师的角色，对参与演习任务的导弹发射控制专业人员进行导弹知识培训。康艳军说："在舰艇上我大概呆了近一个月，每次我都站在一边跟班作业，将我所掌握的知识和经验，以较容易理解的方式，给他们进行现场讲解。"

康艳军的日常工作是用专业的检测设备检测导弹的性能参数，来判断导弹是否合格，能否用于战备值班、执行作战任务等。康艳军笑称自己就象是导弹的医生，负责对导弹进行健康体检。导弹若有故障，要及时进行排除；性能参数如有超差，要及时进行排查、修理和更换。15 年来，这位"导弹医生"刻苦训练专业技能，现已熟练掌握部队所有专业的近 30 个号手的操作，成为所在部队有名的"导弹小专家"。

谈起自己的成长历程，他表示，学专业并不是很困难，但要学好、学精还是要下点苦功夫，自己最大的心得是"把学习当爱好来培养"。他说："刚开始接触导弹时，我觉得很神秘、很兴奋，然而一旦真正接触专业，面对各种复杂的电路图，我就开始有点迷茫。上高中时，我就比较害怕学电路图，这方面知识很薄弱，现在面对这么复杂的电路图，别提心里有多怵了。"

康艳军是个不服输的人，他不允许自己被一点点困难击倒。于是，他想尽一切办法学。他首先摒弃过去对电路图的不喜欢和害怕的心态，努力将它视为一种新的爱好来钻研。他还挤出所有能挤出的时间，不分时间地点学习。此外，每逢有专家来部队，他不但一直跟班作业，还随时随地请教。

从事导弹检测工作十多年，康艳军先后保障过十几次重大演习演练任务，排除导弹、测试设备大小故障300余起，积累了丰富的导弹检测经验。在日常工作中，细心的康艳军将自己的这些宝贵经验进行归类整理，编成小册子，拿出来供其他官兵学习参考。"我制作了一个排故教材——《导弹问题100问》。新兵或者骨干集训时，他们都可以看一看，平常排故的时候也可以拿出来参考，这样能帮助他们提高排故能力。"值得一提的是，康艳军每年都会根据新型导弹的性能改进实际工作中遇到的新情况，对这个教材进行适时更新，使它具有非常强的针对性和实用性。

多年的努力工作，康艳军取得了多项重要成果，如他参与完成的《某型导弹战时隐蔽进洞》课题研究获得人民解放军科技成果三等奖，研制的测试设备综合机箱故障定位仪为战时测试设备故障精准定位和排除，节约了大量的宝贵时间。在这些成果中，他最引以为傲的，是他参与编写的目前人民海军保障部队所使用的某新型导弹检测口令表。回忆起这个检测口令表的诞生，康艳军不禁流露出自豪。"2007年，我去参加新型导弹的接装培训。当时上级的要求是培训结束之后导弹直接列装我们部队，必须当月形成战斗力。我被指定为参加接装培训小组的组长，心里既高兴又觉得压力无比大。我带领着大家反复练习那型导弹从开始到最后的所有操作流程，按照怎么操作比较快、比较整齐、安全系数比较高的原则，反复完善提高。最后，仅用一周时间，就把整个操作口令表的手稿全部做了出来。直到现在，这份口令表还在全海军使用。"

今年是康艳军服役的最后一年。再过几天，他就要脱下心爱的军装，离开部队。在与他交谈的过程中，他不时就会流露出对部队的深深眷恋之情以及对所从事职业的热爱。"舰艇部队有自己的职责使命，我们做导弹保障工作的，相当于他们的拳头，只有我们保障有力了，他们才能打得出去，因此我觉得我这个职业很神圣。"

康艳军深情地表示，他真的舍不得脱下身上的这身军装，不仅因为他最好的青春都在其中，更因为他许多未竟的心愿、他的海防梦也在其中。"海防对于我们国家来讲非常重要，我感觉身上的担子越来越重。我希望自己在专业上能够多取得一些突破，能够在一些新型弹或新型装备上再整理和编写出一些更实用或者更超前的资料，为国防事业奉献自己一点力量。"

扎根在高山的"海天神眼"

"万里海疆巡礼"采访团在东海舰队某基地观通旅采访时，正好赶上一场实战化对抗演练，数十名士官勇担冲锋陷阵的重任，圆满完成演练任务。该旅按照打胜仗的标准，不断淬火加钢，一批"天上不放过一只鸟，海上不放过一根草"的精武士官脱颖而出，成为镇守海疆前沿阵地的"海天神眼"。扎根高山28载默默奉献的一级军士长张荣明就是其中之一。

光秃秃的石头山，孤零零的观通站，他一待就是28年，有人劝他走，有人说他傻，他左耳朵进，右耳朵出。一级军士长张荣明在千米山巅演绎了自己的精彩人生。

28年前，带着几分懵懂，张荣明参军入伍。天真的他本以为当了海军，就能驾驭战舰劈波斩浪，没想到却被分到了鸟不拉屎的深山老林里。

第一次上山，9.8公里的山路，160多道弯，把张荣明折腾得死去活来。更让他憋屈难受的是，山上连阳光都没有——吸饱了海面水汽的浓雾把地面和墙壁抹得湿乎乎的，宿舍成了"水帘洞"。张荣明满腔的从军报国梦瞬间被击得粉碎。

惆怅，郁闷，张荣明甚至想过当逃兵。但真能一走了之？临行前，亲人的嘱托，朋友的期待……想到这些，张荣明决定咬咬牙坚持。这一坚持，张荣明却发现了山上的独特乐趣：可以修收音机、可以雕刻山石、可以弹弹吉他……

生活有了乐趣，工作有了激情。上山不久，张荣明就能把站里的雷达装备玩得溜溜转。慢慢地，张荣明似乎发现自己渐渐喜欢上这片山，而且，随着岁月的更替，这种感情愈发强烈。要是有新同志不适应山上的生活，张荣明还会主动靠上去，用自己的经历感化他们。

张荣明说，记得那时的山路，根本不叫路。上面摆上两个石条子，汽车的两个轮子刚好卡在两边凸起的石条子上，稍不留神，小命就没了。每回上下山都要惊出一身冷汗，不足10公里的山路，硬是要走上半天。现在好了，宽敞的双行道水泥路从山脚一直铺到站门口，路边上都是水泥护栏很安全，上下山十几分钟很方便。

以前，山上雾大潮湿，吸饱了海面水汽的浓雾，经常将营房地面和墙壁抹得湿乎乎、水汪汪的，楼道成了"禁跑区"，宿舍成了"水帘洞"。现在，上级抓基层的力度加大了，防潮防雾的综合楼、先进齐备的生活设施，全封闭的阳光晒衣场……惠兵工程一件接着一件。十八大报告还强调要加快全面建设现代后勤。相信不久的将来，我们这座山头一定会变得更美丽，也会有更多官兵愿意扎根在这儿，乐守海峡，奉献青春。

以往，每到周末，大伙儿经常为抢一个电视遥控器争得面红耳赤，在走廊上高喊"三缺一"、找对家"炒地皮"来消磨时间。现在，这种情景消失了。乒乓球室、台球室、棋牌室、图书室、健身房相继建成，丰富多彩的业余生活，让大家有了更多选择。更让人兴奋的是，去年，在上级的关心下，站里还联通了政工网，学习娱乐又多了一个好伙伴。我真切地感受到了党的温暖，信党爱党，矢志不渝。

　　作为一名老兵，最让人高兴的事，是武器装备也发生了翻天覆地的变化。刚到山上时，我们用的雷达装备几乎全是手动的，操作起来极其不便。如今，装备已经升级换代了好几次，集成模块、电子设备……信息化程度也越来越高，极目海天，不惧瞬息万变。

　　张荣明告诉记者，站在山顶眺望，是他 28 年来养成的习惯。原本山脚下星星点点的村落、稀稀疏疏的房屋，现在变成了小城镇，齐整崭新的楼房高高耸立，和谐的小区、热闹的集市人来人往，新建的工业区、园林区焕发勃勃生机。再往远处看，那是他守候半生的大海，看似平静，实则暗涌汹汹，观通兵的双眼时刻

特区第一哨

紧盯着这片海域，没有一刻松懈、一丝懈怠。

张荣明说，他就是一个在山头上坚守了28年的普通老兵，他亲眼见证着部队物质文化生活条件逐年改善、高新技术装备数量逐年增多，也亲身感受到了驻地的发展变化，国防力量的日益壮大，这让他感到由衷的自豪。"可能是我把青春都耗在了这座山上，让大家心怀敬意，现在没有人说我傻了，相反，有人说我狂，因为我时常说，如果可以，我真的还想再干30年！"

采访中，战士们用"牛"来形容张荣明。有一次，基地组织专业理论考试，一开卷，张荣明就拿着笔发愣。看他这副傻样，主考官就劝他：你要是不会就提前出考场吧，别在这熬时间了。"我就是想等20分钟后再做题，看看自己能不能考第一。"张荣明一脸淡定。这让考官很不高兴：你不会就不会，干吗装啊？结果，20分钟后，张荣明"奋笔疾书"；再结果，第一个交卷，第一个走出考场，也是唯一的一个满分。

张荣明说，一个当兵的就应该有这样的狂劲，不怕强，不服输，关键时刻能顶得起。前年，有一个雷达装备改装定型会，旅领导指派让张荣明参加。轮到他发言，他也不绕弯子，一口气提出了18个问题。他说，这些问题任何一个不解决，雷达就是一堆废铁。厂家哪受得了这样的刺激。还未等张荣明把话说完，一位负责人当场就拍起桌子：那么多专家都没说个"不"字，一个小小的士官，你凭什么把我这套装备说得一无是处？你到底想干什么？

张荣明也很火，但耐着性子告诉他：我是最终的使用者，所说的每一个字都是在实践中发现的。在座的哪一位如果能像我这样，雷达一用就是二三十年，也会有这么多的问题。一番话，让那位负责人哑口无言，会场一下子鸦雀无声。说完，张荣明摔门而去。那位负责人紧张了，赶紧追了上去，一个劲地道歉。

张荣明说，其实，按他的脾气，他是绝不接受道歉的。但转念一想，以后毕竟还要用这套设备，事情也不能做得太绝。最终，张荣明把18条意见形成书面材料，交给了厂方，设备也拉回厂方进行"二次回炉"。

　　陪同记者采访的旅政治部主任陆海林告诉我们，观通旅所属部队大多驻守高山海岛，自然环境恶劣，生活条件艰苦，正是靠着像张荣明这些高级士官群体，把责任举过头顶，把使命刻在心头，用热血和青春，谱写出了一曲守卫海疆的时代壮歌。

三军共同守海疆

大海之中，高山之巅，万里海疆，祖国边关，三军将士，共守江山。本文向大家介绍的是在我国海防最南端、海岸线最西端和祖国东海之滨的高山海岛上陆海空三军官兵戍边守疆的故事。

"南海第一哨"——华阳礁

在南沙守备部队采访时，我经常听到官兵们说这样一句话：南沙的鱼儿有多少，守礁官兵的故事就有多少；南沙的水有多深，南沙官兵对祖国的爱就有多深。今天记者走进了祖国最南端的"南海第一哨"——华阳礁。

当夕阳西下的时候，卞自然很喜欢站在礁盘旁，看着太阳慢慢从海平面落下，余辉散落在眼前的南海，映红了脸颊。在他看来，此刻的南海最美丽，然后他会很自然地整理一下头盔，继续在华阳礁上执勤，目光警惕地坚守在礁盘上。对于卞自然来说，这样的生活、工作方式已经持续了多年，可以说是"习惯成自然"了。

卞自然是现任的南沙华阳礁教导员，1994年入伍，到南沙守备部队已经度过了19个年头。前后一共参加守礁任务18次，累计时长超过四年。也就是说，在他近 20 年的军旅生涯中，有五分之一的时间是在岛礁上度过的。虽然距离第一次上礁的时间已经很久了，但是谈到自己第一次坐船上礁时候的场景，他还记忆犹新。

"出了湛江港，一路就看不到东西，很新鲜！突然看到一个小黑点，战友说这就是我们的礁盘，大家很兴奋。当时我们就想，这上面还能住人啊？"卞自然笑着回忆道。

他眼中的小黑点，就是距离祖国大陆 1400 多公里的华阳礁。打开中国地图，可以看到华阳礁是我国有人居住的最南端的礁盘，被称为"南海第一哨"。

华阳礁位于北纬 8 度 53 分，东经 112 度 51 分，礁盘呈弓形，长约 5.6 公里。华阳礁北面礁盘有两块海拔 1.2 至 1.6 米的礁石露出，潮差为 2 米左右，东端外侧急陡变深至深海，守礁官兵的高脚屋就建在这小小的礁盘上。

"别看华阳礁小，战略意义可重大了。"卞自然满脸自豪地说道："这是我们国家在南海领海主权的象征。"

说到守礁生活，卞自然情不自禁的回忆起自己第一次登上南沙岛礁时的情景：礁盘被碧蓝的大海围绕，一个人站在礁盘上，自己仿佛就处于海天之中心，大海的壮阔，天空的宽广，一切一览无遗，尽收眼底。蓝天与碧海一色，白云与海鸥齐飞。波光粼粼的海水清澈见底，各种叫不上名字的鱼儿在珊瑚礁间游动嬉戏；清新自然的的海风扑面而来，伴着一股特有的咸咸鱼腥味。这一切对于从大山走出来的卞自然来说，都是第一次见到，心中十分兴奋，从此开始了长达 20 年的守礁军旅生活。

卞自然的名字特别，让记者很容易记住了这位湖南汉子。一口整齐的白牙与经过南沙长期曝晒后的黝黑肤色形成了强烈的对比。刚见到的时候他还有些腼腆，但当我们聊起南沙、聊起守礁、聊起礁上的一帮兄弟们，他顿时就来了兴致。

他告诉我们一句流传在南沙守礁官兵之间的一句话，叫"南沙海水深千尺，

不及战友兄弟情。"他说:"只要是同一批上去守礁的,不管你是哪里人,不管你从哪里来,就是一家人。"

对守礁官兵来说,最兴奋事情就是登上岗楼,站在国旗下站岗执勤。"此刻让人心中有一种强烈的自豪感,因为国门就在眼前,而能站在这里替祖国站岗放哨的人寥寥无几。"卞自然骄傲地对记者说道。

南沙华阳礁,作为距离祖国大陆最遥远的哨位,某种程度可以说得上是与世隔绝。卞自然告诉记者,他和战友们面对这样的环境,在狭小的礁堡上,各种文化娱乐活动非常多。

"大家想了很多来排解寂寞和思乡之情,比如战友之间聊聊天,在小码头上自制篮球框组织篮球赛,下象棋,还有战友们自导自演的一些节目。"卞自然说道。

20多年的岁月变迁,国家日益发展壮大,南沙守礁条件也不断改善。如今,钢筋混凝土永久礁堡早已替代了当年的木质高脚屋,守礁官兵们也住上了空调房。作为见证了这一过程的一名"老"守礁人,卞自然心中最为清楚,他说自己从没想到守礁官兵能住上空调房,礁堡会越建越大,通讯会像今天这样方便快捷。

"我们在南沙守礁,虽然远离祖国陆地,但从身边的变化可以感受到祖国的强大,我们驻守南沙也更有底气了。相对我们前辈来说,我们应该是最幸福的守礁人了。"卞自然如此说道。

从前,洪波阻归途,守疆战士保卫岛礁却只能遥望故乡,远航渔人漂泊海上也只能默默思亲。曾几何时,南沙岛礁的日报变成了月报,月刊成了年刊,写一封信,可能要三四个月才能到。如今,9座移动基站、3个卫星地面站威武地矗立在南沙守礁官兵的礁堡上,像一座座灯塔,照亮了守疆战士和过往渔民的"想家路"。手机信号覆盖了官兵驻守的每一个岛礁,只要有需要,官兵随时能和家里进行联络。

"天地为帐,大海为琴,笑傲南沙,乐守天涯。"这是卞自然教导员在日记本上写下的一句话，从这简单的十六个字中，让我们感受到了那份坚守在南沙的豁达与乐观，这也是新时期南沙官兵的写照。

华阳礁是人民海军驻守南沙的最南端哨卡，离越南军队占领的东礁有 45 海里的距离。特殊的地理位置要求华阳礁守备队官兵必须具备超强的"敌情"意识。前任礁长吴应祥在上礁前，就对守礁的的复杂和艰辛做好了充分的思想准备。然而，当他第一次登上华阳礁后，他发现情况比他想象的要复杂得多。"华阳礁是我们南沙最远的一端，号称"南海第一哨"，距东礁比较近，用望远镜可以看到礁堡。"更让始料不及的是，他值班的第一天就遇到了特情，发现某国侦察船近距离围绕华阳礁活动："某国侦察船从我们这个礁堡旁边一直在围绕礁堡活动，也不放小艇，也不干什么事情。这时，我们就向上级汇报，同时进行观察，他们也用望远镜观察我们，也不靠近也不远离。同时还发现了不明灯光在我们礁堡周围夜间放蛙人进行捕鱼活动，你要不注意观察的话，根本发现不到。"

虽然吴应祥正确的按照海空情处置规定，及时汇报、加强观察，这艘不明侦察船最终也离开了附近海域，但这件事还是给他上了一堂深刻的教育课，让他对守礁任务有了更深刻的认识。担任礁长后，他第一件事就是要求大家提高战备观念。"我一上礁就给大家进行教育，增强战备观念。外军侦察船进行活动时要加强观察，及时发报请示。华阳礁代表国家的主权，我们守礁是代表国家和人民守礁，在南沙躺着也是奉献，一定要代表国家和人民守好礁站好岗。"

每次来到华阳礁，都会被礁堡码头上那个 2 米见方的"家"字吸引，听说那是守礁官兵在第三代永固式礁堡建成时写上去的，已经有了 20 多年历史。火红的"家"字既是华阳礁独特的标志，也凝刻了守礁官兵以礁为家、乐守天涯的情怀。

陈水生是华阳礁的士官副礁长，到这次换防下礁为止，他已经 16 次来到华阳礁，累计守礁时间超过 4 年。作为一名 1997 年入伍的老兵，陈水生对华阳礁乃至南沙守备部队的"家"文化有着自己的理解。陈水生说，虽然"以连为家"是一

个在全军通用的词语，但是它在南沙却特别深刻，毕竟生活在沧海孤礁上，与外界几乎隔绝，大家一起值班站岗、洗衣做饭，朝夕相处久了，更能培养出家人般相亲相爱的感情。

感谢南沙守礁人，透过他们，让我们认识了这样一群坚守在南沙的幸福守礁人：他们微笑面对困难危险，他们坚定信念乐守天涯，他们忠诚地坚守在祖国的南大门。南沙的烈日虽然晒黑了他们的皮肤，但他们都有一颗爱国的赤子之心；狂风吹动着他们的衣襟，却不能动摇坚守的信念；雨水淋湿他们的"海迷彩"，心中却是满腔报国的忠诚。

竹山港哨所

东兴市是我国大陆海岸线最西南端的城市，位于该市的竹山港是我国海岸线与边防线的交汇处。驻守在这里的竹山港哨所是广西军区唯一一支两栖巡逻队，官兵们使用的巡逻艇不仅机动能力强，而且信息化程度高，是整个西南边防线上信息化建设的缩影。在这里，我国的海岸线与陆防线，祖国的历史与未来，交汇成一点。

东经108度，北纬21度，南中国海北部湾北仑河入海口竹山港，矗立着被官兵们视为神圣不可侵犯的"一号界碑"。这里是祖国万里海岸线的终点，也是漫漫陆地边防线的起点。驻守此处的是广西军区边防某部竹山港巡逻艇队，官兵既要执行陆地边防任务，又要执行海上巡逻任务，被誉为"水陆两栖巡逻兵"。

一半是海水，一半是陆地。在这特殊的地域，官兵每进行一次边海防线全程巡逻，至少需要8个小时，其中，3次乘艇、2次登岛、4次涉河、5次走陆地边界线。陆上巡逻，官兵们要翻山越岭，穿行在茂密的山林里，一次巡逻下来，身上往往被蚂蟥叮得鲜血淋淋，有时还会遇上毒蛇。山里经常是阴雨绵绵、山路湿滑，稍不留神就会滑倒摔伤。长年累月在这样的环境中执勤巡逻，容易导致尾椎受伤和关节腔积液，慢慢发展成腰椎间盘突出和骨质增生。记者了解到，在这里工作超过 5 年的士官，几乎每人都有伤病。

海上巡逻，官兵们不仅要应对暴雨、台风等复杂的海上气候，还要应对各种急难险重任务。2010 年夏天，热带风暴袭击北部湾，渔船码头上停泊的几艘渔船被巨浪吞噬。官兵们接到电话后，立即赶到出事地点，冒着随时被狂风巨浪卷走的危险，下海将渔民和渔船一一救起。还有一次，一艘走私成品油的大货船通过该海域，海关缉私艇紧急出击。穷凶极恶的走私分子向海面倾倒汽油后又将其点燃，海面上顿时火光冲天。艇队官兵闻讯后紧急增援，迅速驶向目标，将走私船围在中间，经过 3 个小时战斗，终于制服走私分子。

"下海代表祖国，上岸代表军队。"在哨所官兵看来，这句话不仅生动诠释了他们这支"水陆两栖巡逻兵"的特点，也道出了他们心中的荣耀。既要做"陆上猛虎"，也要成为"海上蛟龙"。从艇队组建的那天起，这群步兵出身的边防官兵就开始以高标准锤炼自己的陆海两栖本领。他们把目光从阡陌山野投向了更为广阔的南中国海；潮汐、海流、航道……这些从未听说过的知识成为他们的新课程。原先在陆地上是射击能手的官兵，到了摇晃不定的艇上却常常举枪不稳。为此，他们专门选择风浪大的时候，把自己绑在船上练习瞄准，个个练成了水上神枪手。

第一次巡逻在祖国的边海防线上，新兵周军在神圣之中颇有一丝兴奋。但他很快发现，哨长和老兵们都分外严肃认真，对察看过数千次的界碑及其四周进行仔细察看，检查界碑是否完好，用望远镜仔细观察对方。周军不解，每次巡逻都是这些事，何必这么较真。

"边海防线的走向、界碑情况以及所有标记点和未标记点的任何细微都关系到国家领土，每一次巡逻都是在显示主权、捍卫领土，国门前我们代表的是中国。"

老哨长的一席话，给周军上了深刻而生动的一课：边关虽远，连着祖国；岗位虽小，责任重大；一万次执勤巡逻可能没有情况，一次疏忽就可能使国家利益受损，边境巡逻远不是走一走看一看那么简单。从此，当一名合格的"国门卫士"，成了周军矢志不移的追求。如今，这个有着15年军龄的老兵，成为了哨所名副其实的"边防通"、"活海图"。

在这个哨所，像周军一样，官兵人人掌握了3种以上新装备的技术性能，个个实现了"一专多能"、"一兵多用"。因为在他们心中，祖国的尊严、军队的形象比他们的生命还重要，而捍卫尊严的最好利器就是拥有过硬的本领。

大学生排长黎胜刚到哨所时，倍觉大材小用。是火热的哨所生活改变了他。哨所每次巡逻在祖国边海防线上，3次乘艇、2次登岛、4次涉河、5次走陆地边界线、2次通过边境二级以上口岸，官兵的一举一动都事关祖国的尊严、军队的形象，这让他深深认识到："每次巡逻，仿佛触摸到祖国的肌体；每次查看界碑，总能感受到领土主权的尊严。"他说："过去，祖国在我脑海里就是一张地图，现在祖国在我心中就是神圣的边海防线和界碑。"

蔚蓝天空下，北部湾海域万顷碧波摇曳出醉人的涟漪。记者跟随巡逻官兵出海巡逻，沿途渔船、货船上的群众都面带微笑友好地招手问候。

东兴口岸的中越友谊大桥是巡逻的终点。大桥上人头攒动，他们大都是前往异国度假的国内游客。巡逻艇在桥下调头，立刻吸引了游客的目光，一些游客情不自禁地将镜头对准官兵们拍个不停。

巍巍国门前，一座刻着"中国"两个大字的崭新大理石界碑傲然矗立。界碑下，过去荒芜的沙湾苇滩如今已成为我国大西南通往东南亚的水上黄金通道。而驻守在这里的一代代官兵，也始终伴随着"一号界碑"成长。他们共同见证着边疆的巨变，憧憬着祖国明天的辉煌。

一号雷达兵

"万里海疆巡礼"采访团一走进福建空军某高山雷达站,就感受到了雷达兵们"开机 1 分钟,战斗 60 秒"的工作状态。

记者来到雷达站的时候,官兵们正在进行一等战备转进演练。站长李鹏介绍说,雷达兵的特色就是"平时就是战时",常年担负战备值班。一等转进演练是为了提高官兵的快速反应能力,因为平时空情很多,只要有重要空情或者不明空情,就要求转进一等战备。

站长李鹏给记者解释说,转进一等,就是换一些业务尖子、技术能手上岗值班,只要发出警报,不管你手头上干什么事情,也不管是什么时间,哪怕是正在吃饭、睡觉或者是深夜,都得起来上自己的岗位来值班。果不其然,警报哨音未落,官兵们已经跑步登上直通山顶的石头阶梯,一路向上往最高点的雷达战位奔去。

这条石梯又叫战备路,由于雷达站地处海防最前沿,转进一等战备早已形成常态化,对官兵们来说更是家常便饭。平均一天要转进一等战备三四次,战备路上的台阶都被官兵们数出来了。"总共有243级,尽管比较陡,但天天跑都习惯了。"站长李鹏说,"而且现在飞机速度很快,空情的稍纵即逝要求我们在事件上反应得特别快,一般两分钟之内必须要到岗位上,并且开机、操作兵器装备。"

雷达站里有一个"1 号班",专门针对一等战备值班,也是尖子班。大家都踊跃争当尖子,以能进 1 号班为荣。雷达技师刘满告诉记者,1 号班每年进行更改,以官兵对装备的操作水平、判断空勤的能力,来断定能否承担 1 号班这个责任。"因为 1 号班反映了你在军旅生涯中的军事能力,为了证明自己,大家都努力提高训练水平。"

进了 1 号班，就意味着责任。雷达操作员朱元章是 1 号班里的一员，对责任的践行让他实现了从一名地方青年到战斗员的蜕变。朱元章说，雷达操纵员负责国家国土的防空，国之不存何以为家，如果连这片天空都守护不好，拿什么守护自己的家人。所以，朱元章给自己定下一个目标，不仅要从地方青年向一名合格军人转变，更要成为一名战斗员。他通过和连队里的尖子较劲、向老班长请教以吸取经验，来提高自己的战斗水平，"努力成为一名战斗员，去守护好我们自己的海疆"。

战备路上有一块石头，刻着"闻战则喜"这四个字，这里的"战"是指战备，90 后雷达操作员吕健用他的亲身体会，诠释了什么是雷达兵的闻战则喜。

吕健："我当兵，可以说有三个步骤，最开始是希望，然后失望，到最后兴奋。因为最开始我是看《士兵突击》的时候，看到当兵拿枪保卫祖国，多好啊。后来知道是当空军，我就想空军应该是开战斗机，很帅气。结果后来到了这里，我才发现跟我的想法完全不一样。我一到新兵连就开始后悔，后来新兵连班长就跟我说，他说你想要什么样的生活，我说我想要打仗的生活，他说你现在就在打仗，我说为什么现在就在打仗，他说你不知道雷达兵有一句话吗：开机一分钟，战斗 60 秒，这难道不是天天在打仗吗？当时觉得也有道理。后来我第一次上雷达，感觉太枯燥、太乏味了，又开始有抵触情绪。班长就跟我说，你现在就已经在战斗，你这批情况掌握不好，这架飞机有可能就因为你的失误而损失，更有可能延误战机。后来我想想，觉得自己作用还是挺大，因为我一个人可以保障很多东西，平时向往飞行员他们在天上飞，感觉特别帅气，后来自己就想，他们也得靠我，我不保障的话，他们也不行。所以就到了现在的兴奋阶段，因为我一个人可以保卫这一片海空，非常有成就感，以前一上机就觉得哎呀我又开始累了，现在上机我就感觉到兴奋，因为我又开始战斗了，状态不一样。就一句话吧，值了，hold 住了！"

今日军营高精尖

新形势下，中国海军正在大踏步走高科技精兵之路，大力发展信息化现代军队。"万里海疆巡礼"采访团走近海军南海舰队某作战支援舰支队，与新型高科技复合型专门人才亲密接触。据支队政治部主任张加宏介绍，在支队干部中，拥有本科学历的人才已经占到了90%。

高技术人才催生具备全新作战能力海军

张加宏说，南海的海况测量、海图绘制方面，主要是他们负责，这其中测量测绘对专业要求很强。为了顺利完成任务，多年来支队对人才培养非常重视。目前，在支队中，专业技术干部占到全部干部的20%，这些人都是支队自己培养的。他们大多从基层干部中选拔，通过传、帮、带，老兵传承给新兵，能手帮助新手，骨干带头等的形式，学习、实践、钻研，最后形成一个庞大的群体。

侦察船大队高级工程师孙毅就是这样一个"好师傅"。孙毅热爱自己的专业，他的一生只用来做一件事，就是干好自己的专业——海调测量。同时，孙毅的好人品好人缘也很为人称道。他自己本身是学科带头人，自己爱学习爱钻研，获得了很多研究成果。支队每年都会分配新人在孙毅手底下学习，他把自己的所学所

长全部传授给"徒弟",做好传、帮、带工作。很多好的技术骨干都是他一手带出来的,尹善明就是其中之一。尹善明很年轻,但是技术过硬,曾获得支队"十大作战支援舰精兵"称号。

作战支援舰在高端技术人才培养方面取得了突出的成果,得益于支队多年来对人才培养与储备的重视。张加宏介绍,为培养高技术人才,支队陆续制定了很多措施,比如加强干部队伍建设的细则等;同时,支队非常重视高学历、高素质人才群体的建设。目前,支队干部中,本科学历人才占到了90%,研究生超过百位。当然,培养人才是一个系统工程,需要细功夫、苦功夫。张加宏表示,目前形势下,支队高端技术人才的配备跟支队的建设要求还有差距,今后,支队会继续高度重视这项工作,戒骄戒躁做得更好。

"信息边防"新气象

如今,随着信息化建设步伐的加快,边防也在发生日新月异的变化。在广西某边防前沿,不仅有"信息哨兵",官兵们还自己研发各种信息软件,并有自己的"连队网站"和"连队微博"。

在广州军区某边防团阵地进行采访时,恰逢风雨交加的天气,远处望去,边境的景物仿佛都裹上了一层朦胧的外衣,虽然天气恶劣,但通过"信息哨兵",边境的各种情况一览无遗。

排长戴云鹏介绍到,尽管天气比较恶劣,风雨都很大,但是这里的信息化装备设计时考虑了这里天气,所以说,即使在恶劣的天气条件下,他们仍然能够清晰的观察。值班的官兵不仅能看到实时的画面,而且可以进行录像,有情况及时上报。这样的话,对边境的一举一动掌握更加真实可靠,加大了边境处置的能力。

排长裴红炬告诉记者，信息化不仅给边防带来了变化，同时也对官兵们提出了更高的要求。他说，以前的巡逻方式基本上就是靠徒步和现场观察，如今则是信息化——包括一些远程视频监控系统、指挥系统、北斗系统等。这样，也对官兵提出了更高的要求，要做到"三熟悉、四会"，不仅要熟悉装备的基本性能、会操作使用等，还要能排除一般故障，维护保养等等。如今，一线官兵对岗位的这些装备，基本上都达到了"操作自如，了如指掌"。

在采访中，记者遇到了某营营长黄冕，作为清华大学的毕业生，黄勉带领战友们开发了不少"信息化软件"。在边防团，黄冕发挥自己计算机专业特长，担任团信息化建设领导小组成员，编写出新装备训练教材和考核细则。他告诉记者，比如一些装备的分解结合、武器的维修等，通过编写软件，在电脑上就可以实现虚拟操作，保护武器装备不受磨损。而且这种方式改变大大提高了官兵的学习兴趣，成本相对来说也是比较低的。

在采访中，记者还走进了"网络课堂"，感受到了扑面而来的信息化新风。这里最大的特色，就是官兵们在局域网上开发了自己的"微博"，上到连队主官，下到每名官兵，都有自己的"账号"。正在使用"微博"战士告诉记者，这个"连队微博"最突出的有两方面——第一是促进军事训练，大家平时就有关军事训练的话题会进行一些讨论交流；第二是增进彼此的情感，大家对边防一些有趣、开心、新鲜的事情，都发在微博上，与战友们分享。

采访结束时，记者深深感受到，这些年轻的边防军人们，既继承了边防军人坚韧、奉献、爱国等优良传统，又有自己的新特点，比如对信息化装备的掌握，新的知识结构和新的视角等等，给边防带来一股"信息化新风"。相信他们一定如同在这里战斗的英雄前辈一样，守护好边境的和平与安宁。

激光交战系统亮相海军陆战队

在南海某训练场，原本平静的海面变得不平静起来。上午时分，涂装海洋迷彩的数辆两栖装甲运兵车忽然出现在近岸一线，以冲锋的姿态急速向沙滩冲击过来，在触沙滩的一瞬间，后舱门迅速打开，全副武装的红军成战斗队形占领岸滩阵地，开辟登岛通路。驻守岸上的蓝军立即进行防守射击，顿时枪声大作，形成交战场面，海军陆战队某旅红蓝对抗演练正式拉开序幕。

"今天由陆战二连进行的登陆战斗，主要体现激光交战系统在实战化训练中的应用。"现场指挥员胡德明参谋长给记者介绍起了今天演习的科目："我们采取的是红蓝实兵对抗方式进行。"

此次演练中，演练部队使用的是某新型激光交战系统：每名战斗队员身上穿的、头上戴的都有感应装置，

手上的枪、以及各种轻重武器都装有激光发射器。只要参演人员在战斗中被"击中"，头盔的发烟装置就会冒烟。战斗开始没多久，作为蓝军的下士小张就被"击中"头部，丧失了战斗力。

问：刚才怎么被击中了？

答：敌人突然出现了很多，措手不及，很多目标不知道选择哪个，一露头就被打了。

问：打到什么地方了？

答：我刚才被打头部了，很逼真！

按照规则，小张立即自行撤出了战场。

战斗一开始就呈现激烈的态势，由于红军是从海滩向模拟岛屿进行登陆作战，

进攻初期时伤亡较大，多处冒出红色的烟雾，不断有红军人员从战场撤出。

红军班长向勇就是其中一名，他一边撤离战场，一边还在回想自己怎么被击中的："我以前觉得登陆时要直接向上冲，冲得猛就行。现在有了这个激光系统后，就让我看到不能莽撞地冲，更要讲究战术，保护好自己。"

此次演练采取的是接近实战的对抗演习，导演组只给科目，不干涉演习，双方斗智斗勇，发挥自己的能力。战斗初期，蓝军情况判断准确，准备充分，处置得当，战术灵活，一时间占据了战场优势，死死地把红军的进攻压制在海滩一线，并给对方造成了很大的伤亡。

"我们占据地理优势，居高临下，并设置了很多障碍，很好地阻击了红军的进攻。"蓝方指挥员孙建华对于自己的战术安排非常满意："我们采取了这套激光交战系统，用起来很顺手，很贴近了实战化，可以让我们很好地调配火力。"

眼看红方伤亡在增加，指挥员蒋飞燕立即改变战术，在增加火力压制的同时，采取迂回包抄、多点突击等战术，慢慢瓦解了蓝方的防线，抢占了第二、三道防线。此时战场上蓝色烟雾出现的频率增加，战斗也慢慢进入尾声。

"背水攻坚、勇往直前，我们胜利啦！我们胜利啦！"

在完成最后一道蓝军防线的突破后，登陆成功后，红军战士喊起了胜利口号，响彻海滩。

记者在现场看到，每名战士配备的都是这样的激光训练装具，轻便小巧，便于识别。红方指挥员蒋飞燕介绍说，采取新的训练方式后，能更好地编成力量，按照是战斗的需求进行战术调整，给连队训练带来了变化。

"在我们编制、编配以及人员武器配备方面，更加合理、更加可以发挥重火力的威力，为我们重火力打击敌人的暗堡等，提供了帮助。"蒋飞燕如此评鉴身上穿戴的这套对抗系统："最主要的是让我们的敌情观念、战术意识比以前强了，战术协同更完善，最主要的是更贴近实战。"

当红蓝双方指挥员与战士在各自检讨战斗得失的时候，教导中队中队长胡佳开始了忙碌的数据统计。刚才战场的一切，都经过激光感应系统收录进了计算机数据库，而计算机此刻就放在演练现场，伤亡比例、作战效果、战术运用等清清楚楚。

"伤亡的数字化、比例化以及态势图都可以显示出来。我们知道登陆战的伤亡很大，你看，红军经过训练，战斗初期的伤亡率已经大大降低了。"胡佳一边统计数据，对着计算机的态势图对记者说道。

记者查询了近期训练结果，发现每名战士都有详细的训练数据，再经过数据模型分析，可以找出训练中的薄弱环节，再进行针对性训练。

"它可以实时显示你在何时何地被何种武器击中、你又做了何种战术动作。"胡佳继续对记者说道："最大的优势就是把战场或者是训练场全部数字化，很好地评估训练效果。"

海军陆战队驻守南海，担负着重要的使命任务。在未来信息化战争中，不论是登陆与反登陆作战，或者别的形式战争都是非常残酷的，这就要求每名陆战队官兵的训练更加刻苦，更加逼真，更加贴近实战，并按照实战针对性训练。

在整个演习过程中，旅长陆卫东很少发言，就在指挥台认真观看。他说，在对抗演习打响后，战场的指挥权就直接交给双方指挥员了，自己并不介入。

"激光交战系统是我们新引进的仿真战场环境的训练系统，红蓝双方进行了实兵对抗训练，充分检验了我们两栖登陆作战作用与意义。"陆旅长对今天的对抗演习感到非常满意，并在战车前给全体官兵做了讲评：

"我们战士在使用武器的时候，亲身感受到了战场复杂环境对自身的考验。在今后的训练中，要更加严格要求自己，按照实战化的要求进行训练，达到消灭敌人、保存自己，能打仗、打胜仗的目的。"

海防团参谋长的大视野

美丽的海上绿洲——南澳岛，东距台湾高雄 160 海里，北距厦门 97 海里，西南距香港 180 海里，处在这三大港口城市的中心点，濒临西太平洋国际主航线。地理位置十分优越。自古今来，南澳是东南沿海一带通商的必经泊点和中转站，早在明朝就已有"海上互市"的称号。

广州军区某海防团就驻守在南澳岛，尽管身处小岛，但在团参谋长吕柏群看来，军人应该具备"大视野"，关注世界军事动态，研究各大经典战例，提升实战能力。

与某海防团参谋长吕柏群的初见是在饭桌上，得知记者有采访中俄"海上联合 -2013"军事演习的经历，他便饶有兴致的问起了演习的细节，这也让记者对他产生了好奇。

吕柏群说，其实他非常关注中国军队与外军举行的各种演习，尤其是中俄军队的联合演习，从 2005 年开始就一直很关注，尽管这看似与他的岗位没有直接联系，但他觉得，作为一名守护海防前哨的军人，必须要关注本国军队和外国军队的差异和优缺点，不能只是埋头做自己的事情，看不到外面的世界是怎样变化的。如何去学习别人的长处，是他最关心的。

在吕柏群的眼里，最欣赏的外军还是俄罗斯军队，他欣赏俄罗斯军队的训练有素、反应迅速，这一点在 2008 年爆发的南奥塞梯冲突中表现的尤为明显。当时，当舆论都在猜测会不会爆发战争的时候，俄罗斯军队已经第一时间挺近，尖刀部队是一个坦克旅，也是一支边防部队，很短时间内机动达 200 多公里。从这个细节看，说明俄罗斯军队备战水平相当高，从指挥员到基层官兵，不然不可能在如

此短的时间内，做出这样快速的反应。

吕柏群告诉记者，关注外军最重要的是学习人家的长处，提升实战能力。为此他们开展了极具特色的"考比拉"活动，就是通过"考核、比武、战备拉动"这三项活动促进日常的军事训练。尤其是战备拉动，检验部队随时可以应对突发事件的状态。

除去参谋长这个身份，吕柏群算是一个不折不扣的军迷。除了关注最新世界军事动态外，他还特别喜欢各种战例，而最让他印象深刻的是抗美援朝中的松骨峰战斗。他还按照战役地形图，拿着比例尺一块一块的量，不放过这场战斗中的任何一个细节。"我们的一个连队，差不多有240多人，当时竟然能够抗击数倍敌人7个多小时，真是不可思议，当时是一种什么样的精神在支撑着他们。"他也从中深深感到这支军队的特质和伟大。

从一名战士成长为一名参谋长，吕柏群在海防团度过了15年青春年华，与他一起成长的还有这支部队。尤其是信息化方面实现了跨越。"感触最深的是，信息装备到连、可视化到班排，这个也是走到了我们省军区的前列。这个对团的综合作战能力起到了非常重要的作用。所有的指挥员，在自己的指挥中心，足不出户就可以看到主要阵位有什么情况，并且可以直接指挥到各个点上。我感觉自己赶上这个信息时代，在以前这是不可想象的。"

吕柏群告诉记者，他对这支部队有着深深的依恋和情感。如果哪一天离开了，他也会失魂落魄，我想这种情感的背后，是他对这支部队的热爱，更是对这片海疆的眷恋。

水下劲旅的风采

秋日的阳光明媚而不刺眼，海面也随之温柔，码头上安静地蛰伏着一艘艘潜艇，就好像一头头浮出水面透气的巨鲸，而身穿海蓝色迷彩服的潜艇兵正在"巨鲸"上忙碌穿梭——这就是"万里海疆巡礼"采访团走进东海舰队某潜艇支队看到的一幕。潜艇部队属于大海，更如深海般神秘。在东海之滨，记者一行有幸登上潜艇，一睹这支水下劲旅的风采。

舞台如房间般狭小梦想似大海般辽阔

进入潜艇内部，最直观的印象就是"挤"，记者一行猫腰弓背，动作稍显笨拙，跟灵活自如的潜艇兵们一比，谁初来乍到，谁熟能生巧，泾渭分明。

由于空间非常有限，"巨鲸"的肚子里被划分成功能分明的几个舱室，人与设备各居其位，各司其职。

在官兵们生活起居的舱室，我们看到了写着"战场无亚军，一切为打赢"标语的会议室。说是会议室还不完全贴切，因为它还兼具手术室、饭厅、休息室等多种功能。副艇长武学文介绍说，这是为了"把空间利用到极致"。

体现这种"最大限度利用空间"的细节比比皆是：比如，官兵们的卧室是"12

人间"，但实际上只有 8 个床位——因为执行任务的时候，总有一个人在值更，所以两张床三个人睡……

在如此狭小的舞台上生活和战斗，潜艇兵们的梦想却像大海一样辽阔。支队有一句话，叫做"不想远航的潜艇兵不是一名合格的潜艇兵"。副艇长武学文说，每次新艇员下潜艇，都要经历一个喝海水仪式，苦涩的海水下肚，就说明是潜艇兵了。但是，要成长为一名真正的潜艇兵，还需要经过远航的锤炼。武副长说，做为一名指挥官，最兴奋的事情就是看到航海图上自己所在潜艇走过的轨迹，这也是我们人民海军发展壮大的足迹。"外国人能去的地方，我们为什么不能去？"武副长说，希望有一天，我们的潜艇能潜得更深，走得更远。

艇长就是权威我们把命托付给他

在参观潜艇的过程中，副艇长武学文透露给我们一个有意思的小细节：在艇上，有一些地方是"不能碰"的，那就是艇长的座椅。这是一个约定俗成的规定，因为在同舟共济、同生共死的潜艇上，艇长就是指挥的核心、整条艇的灵魂人物，必须要有他自己的权威，才能让潜艇上下更好地协调配合，协同作战。

教练艇长顾志华说，作为艇长，每次出海去执行任务，一到码头，一下潜艇，就感觉到了自己的岗位上，只要一踏上舷梯，就能明显地感受到肩上的重担和责任。带出去一艘潜艇和几十名官兵，就要安全无误地把他们都带回来。诚然，这是一种巨大的压力，但也正是这样的压力在时刻提醒着艇长们更好地去完善自我，无愧那把"专属"的座椅，无愧潜艇最高指挥官的位置。顾志华艇长还笑着说，有压力才是好事，要是时间长了没出海，浑身都不自在。

东海舰队某潜艇支队保障大队政委胡锐曾多次随潜艇出海，他说一上潜艇，就要百分之百地信任艇长，而艇长也值得信任，因为"我们把命都托付给了他"。

直面失误只为更好地出发

在支队的军史馆内，有这样一个特殊的版块，叫做"58-1=0"。支队宣传科科长张旭峰介绍说，这是把支队有史以来的"丑事"汇集起来，将每一次失误和教训毫无遮掩地展示给大家，意在提醒每一名潜艇兵，潜艇部队是"百人同操一杆枪"的部队，每一个人都是至关重要的螺丝钉，缺一不可。58个战位若是有一个出现失误，那么就有可能造成全军覆没的后果。

直面失误、解剖过失、吸取教训，潜艇官兵们一丝不苟地践行着，只为了更好地出发。

在航就能远航远航就要能战

如果说潜艇部队是一把深海利剑，那么战斗力就是赋予这把剑以锋刃的关键。"在航就能远航，远航就要能战"，支队每一位潜艇兵都把远航当做使命，把提升战斗力化为责任。

副艇长武学文说，随着人民海军近年来的飞速发展，我们的潜艇早已不是当初的"窝里趴"，一年的远航次数相当于过去好几年的总量，这也说明人民海军战斗力的提升。而作为一名潜艇兵要做的，就是在战位上完成自己的职责，做好自己的本职工作，这就是对守卫祖国海疆最朴实无华的实践，也是最可靠有效的保证。

与战斗力提升齐头并进的，还有官兵的战斗精神。东海舰队某潜艇支队政治部主任吴谦说，支队官兵能打仗、打胜仗的欲望很强，同时官兵们也在抓紧训练、时刻准备，不断提高能力，只为不辜负军人的职责和荣誉。"只要祖国需要，我们就要往前冲，争取做到能出去、打得赢、回得来，这也是每一个普通水兵和指挥员的坚定信念"。

不上潜艇参观，不知道潜艇兵的艰辛。上了潜艇，也就知道了百分之一。

一天很快过去，只觉时间太短。没来过潜艇部队，无法体会潜艇兵的艰辛，来过之后，也许能体会到他们辛苦中的百分之一。回想副艇长武学文所说，每次出去执行任务，最真实的感受分为三个阶段：一开始是接到新任务的兴奋；到了中间阶段，已经不知道外面的白天黑夜，而且晕船、空气混浊等问题逐渐突显，这个阶段就需要依靠内心的责任感来支撑；到了最后阶段，又回归振奋，因为顺利完成任务，安全回来了，这时候的荣誉感与成就感让人觉得前面的辛苦都是值得的。

走下舷梯，回头望，黑色的巨鲸依然安静停泊在码头，蓝色迷彩服们也依然在忙碌着，当然，还有最上空的五星红旗，依然在迎风飘扬。他们在时刻准备，为了下一次挺进深蓝。

水中蛟龙驰骋水下疆场

他们的航迹遍及南中海，深海龙宫见证了他们的忠诚，他们是北京奥运会、残奥会、广州亚运会、深圳大运会的水下防爆卫士，他们被亲切的称为珠三角的"救护神"，他们是南海舰队某作战支援舰支队海测船大队海洋调查中队。在上百次急难险重任务和生死考验面前，这个英雄群体，驰骋水下疆场，向党和人民交上了一份份满意的答卷。

科学组训　练就潜水硬功

西方冒险家曾把人类社会最具风险的职业分为两大类：一类是航天，另一类是潜水。潜水技术要求高，加上水下情况复杂、作业时间长，对潜水人员的体能、生理和心理都是一次极限挑战。"如何才能把风险降到最低，最关键的是练就过硬的潜水技能。"该中队中队长李圣鹏在接受采访时对记者坚定的说。

对中队的官兵来说，体能训练是例牌菜，雷打不动，每天8000米加三个100，即早上起床5000米，下午3000米，晚上100个蛙跳、100个俯卧撑、100个仰卧起坐。高强度的体能训练练就了他们超乎常人的强健体魄，这是潜水员的基础。

"遇到特殊紧急任务，3分钟就能集合完毕，背负60公斤重的潜水装具跑3公里，一点都不含糊。"分队长胡勇自豪的对记者说，他们以神出鬼没，反应迅

速、出奇制胜著称。因来无影去无踪像幽灵一般，被人起了个阴生生恐怖的绰号—"水鬼"。

水下作业技能的训练是潜水员的训练重点，为提高训练的效率和质量，他们紧密结合使命任务区的水域特点，采取分水域分层次的"两分"训练方法进行训练。同时注重贴近实战，根据不同季节防险救生的作业特点，将潜水员拉到陌生水域和深水海域进行训练。他们让经验丰富的潜水员率先下潜，对水下电焊、切割、堵漏等复杂科目进行操演，将潜水衣破损、潜水鞋脱落、放漂、绞缠和供气中断等应急情况下的处置预案，交由训练骨干在水下论证，提高了作业效率。

水下爆破是潜水员的训练难点，选准炸点是这项技能的关键，这需要潜水员具备精准的水下切割和水下电焊能力。中队长李圣鹏举例说，直径 10 厘米的空心钢管，只能精准锯穿 0.5 厘米，且误差控制在 1 毫米以内。为了练好这项基本功，他们在训练中采取"比较法"进行训练，即先在水上进行切、割、锯的训练，再根据水深计算出水下的阻力，进行水下训练。长期的科学组训，中队 90% 的官兵熟练掌握这个科目，中队还创造了用 3 根割条水下切割钢板 9.16 米的全国纪录。

敢下头水 做人民的守护者

所谓"下头水"，就是遇到突发任务，在水下情况不明、凶险莫测时，潜水员们人人都争着头一个下水执行任务。

潜水是高危作业，可以说每一次下水都可能与死神相遇。官兵们常开玩笑说："每次执行潜水任务，都把脑袋别在了裤腰上"，但每当人民需要时，他们总是毫不犹疑的头一个下水。

一次，中队接到赴大亚湾核电站进行水下清理的任务，当官兵们赶到现场实地观察后得知，核电站进水闸门隔墙、闸网布满了大量的铁丝和锋利的杂物，稍有不慎就会割破潜水服，危及生命。但一旦核电站的水道被旖旎拥塞，污水不能正常排出，后果不堪设想。"我经验丰富，我来！"，"我对这个水域最熟悉，我来！"到场的官兵们纷纷站了出来，最终，经验丰富的徐应旺请缨下潜。十几米深的水底，淤泥深及大腿，水下伸手不见五指，呼吸就靠水面一根输气管维系，受水温、水压和水流的影响，徐应旺的体能消耗极大。水下清理接近 2 小时后，水底的徐应旺突然发现自己的头盔式面罩供气突然减少，海水很快灌进了面罩。情急之下，徐应旺急忙用信号绳报告，要求加大水下供气，却不料供气不增反减，骤然呼吸困难。情况危急，必须撤离水下。但水下根本分辨不清方向，两边是墙壁，前后是闸门，万一被障碍物绞缠，后果不堪设想。水深十几米，身负装具 30 多斤，徐应旺果断解下多余的装具，吸了一口含有海水的气体，沉着冷静顺着墙壁往上浮。水上也有障碍物，出水碰头同样有致命危险。就凭着吞咽微含空气的海水，徐应旺又一次死里逃生，终于浮出水面。后经调查，是电厂工作人员误拔空气压缩机插头引起。

哪里水下有险情，哪里就有他们的身影。在珠三角，他们被人民亲切地誉为"救护神"。2009 年 7 月的一天，中队值班室接到驻地公安局求援电话，一名 16 岁少年和家人赌气，跳进驻地附近某海域，僵持两个多小时不肯上岸，由于潮水力量较大，少年只能顺着潮水漂浮。如果继续漂下去，很快会进入更深更广的水域，随时可能危急少年的生命。

看着正往深水区漂浮的少年，赶到现场的胡光、汪清云两名潜水员，顾不得多想，迅速穿戴好装具，准备入水进行营救。但出乎意料的是，少年情绪激动，禁止任何人靠近自己，情况紧急，胡光、汪清云决定冒险从两侧悄悄接近少年，

等潜到少年两侧时突然露出水面，再强行将少年救起。

由于少年所处水域离岸边较远，潜水员需长时间潜游靠近少年，这给胡光、汪清云带来了很大的挑战，时间就是生命，来不急半点喘息，径直潜到了少年两侧，果断抓住少年，将他托出水面。顿时，在现场围观的上千名群众发出了一片欢呼。

练一身英雄技向世界展风采

2008年8月8日，第29届国际奥林匹克运动会在北京举办，全世界的目光聚焦北京。海调中队奉命担负奥运会水下防爆安全检查任务。在精彩绝伦的奥运会开幕式上，在竞争激烈的比赛场馆，谁曾注意到，海调中队的官兵们正鏖战在冰冷漆黑水底。从通州河一号码头，到工人体育馆人工湖，从森林公园到每一个室内水下场馆，分布300多万平方米的水域内，除了要用探测仪逐一检测外，还要潜入水底一寸寸的探摸。安检水域水下纵横分布的场地设施、钢缆，湖水发出的阵阵恶臭，水下疯长的微生物，多年沉积的危险品，这些不利因素，阻止不了潜水员们每天探摸650平方米的惊人速度。

在一次探摸工人体育馆人工湖水域时，潜水员入水15分钟，报告水下发现可疑目标。现场指挥的中队长李圣鹏急令水下探摸的官兵全部出水，关键时刻，有着16年潜水经验的吴跃民请缨入水。水下能见度极低，微生物众多，凭着丰富的经验，吴跃民用了不到10分钟就将可疑物排除。但在他用力向上托举可疑物出水时，双脚却意外的被湖底的杂物纠缠，反作用力将吴跃名拉到了水底，由于双手握着可疑物，吴跃民来不及戴上呼吸器，对经验老道的他来说，这不算啥，凭借娴熟的水下技能，快速抽出随身携带的锋利匕首，割开缠绕双脚的杂物很快摆脱了困境。困境被摆脱了，但他还是喝了不少发臭的湖水，反胃多日。

没有欢呼、没有拥抱，在鏖战了100多个日日夜夜之后，官兵们克服种种困难，以顽强的精神和连续作战的作风，交上了一份安检水域万无一失的答卷。根据数据显示，在奥运安保期间，他们共下潜上千余次，探摸面积达328.7万平方米，顺利完成奥运会和残奥会国家体育馆、奥林匹克水上公园等21个场馆水下防爆安全检查任务。

人民需要时，他们总能第一个冲在前面。2010年广州亚运会，2011年深圳大运会，他们同样以一流的作风、一流的技能向世界展示了风采，在执行多样化军事任务中，向党和人民交出了优异的答卷！

潜水员准备下水

"四无"岛上献青春

日前，"万里海疆巡礼"采访团一行登上黄海深处的朝连岛，零距离接触坚守在这个"四无"岛的海军某部官兵。

朝连岛位于黄海北部，隶属青岛市崂山区沙子口镇，距崂山头约30公里。该岛岛形狭长，面积0.245平方公里，因其常年无淡水、无居民、无航班、无耕地，被俗称为"四无"岛屿。

说起登岛，采访团一行很是费了番周折。由于没有开通航船，采访团只能乘坐部队补给船，但补给船一周才有一次。5月31日早晨7点，经过几天等待，补给船终于顺利出航。

"今天第一次带老婆孩子上岛，准备去领海基点看看。"在长达3个多小时的航行中，我们意外的遇到了驻朝连岛海军某部司务长王忠林。"今天老婆儿子一起搭船送我上岛。"王忠林回头看了一眼妻儿，眼中有些不舍，"下次回家不知道又得多久，可能半年也可能一年。"

"爱人孩子以前来过朝连岛吗？"

"没有，他们头回上岛。以前处对象的时候想带她上岛，结果赶上大风天，没去成。今天难得有机会就带着一起上岛看看。"

"计划让他们在岛上待多久？准备去哪转转？"

"下午他们就跟船返回，岛上不具备住宿条件，"王忠林笑着说，"说起来真是舍不得，来回至少 7 个小时，岛上也就能待 2 个多小时吧。准备带他们去领海基点看看，怎么说呢？就那么点大的地方，也没有什么景点，看看领海基点石碑，爱国主义教育从娃娃抓起。"

说起岛上的生活，王忠林话多了起来："冬天每月补给一次，夏天每月补给两次，还得看天气，赶上大风大浪天气就只能等。"

记者好奇的问："那菜够吃吗？水够吗？不够怎么办？"

"要计划好，叶子菜只能保存一周左右，土豆萝卜时间能长点，万一不够挖点野菜和海菜对付一下。水也是一样，岛上没淡水，全靠补给，只能加强计划性。每次补给完，岛上就跟过年一样，洗次澡比发工资还兴奋。这几年情况好多了，早几年更加艰苦。"王忠林想了想说道。

"从当兵开始驻岛已经 17 年，能在岛上待着就是缘分"

登上朝连岛的第一时间采访团就被这个不大的小岛所震撼。一条近 50 米长、倾斜超过 45 度的长坡直通码头，让人不由产生步履维艰的感觉。登上长坡，几座破旧的营房呈现在采访团的眼前。驻岛海军某连指导员王刚告诉记者，这是以前的营房，50 年代建的，一直用了 50 多年，现在礼堂仍在使用。

"这台拖拉机是岛上唯一的交通工具，"王刚一边走一边指着路旁的拖拉机感慨道，"估计除了中士潘文勇，就属它在岛上时间最长。平时拉运补给物资全靠它，岛上没有牛，但它比老黄牛还牛！"

指导员口中提到的潘文勇引起了采访团的注意，询问之下，一旁的连队官兵顿时七嘴八舌，赞不绝口。技术员、多面手、理发师、驾驶员……这一个个"称号"，更加勾起了采访团一行的好奇。

"就是他！"

顺着指导员王刚手指的方向，我们终于看见了正开着拖拉机缓缓前行的潘文勇，此时他正拉着第一批补给物资往连队赶。

"老潘，你在岛上几年了？"记者招手拦住拖拉机。

"从当兵到现在一直在朝连岛，算算 17 年了。"个头不高的潘文勇对于记者的"突袭"显得有些惊讶，带着淡淡的广西口音回答道。

"岛上开拖拉机的人就你吗？"

"还有一个技师也会，他今天在战位上，就我来开了。"

"岛上生活怎么样？会不会觉得苦？"

"还好吧，习惯了也就好了。"老潘搓了搓手，礼貌的打断了记者的采访，"回头再聊，我先把活干完，他们都在等我呢。"

潘文勇口中的"他们"指的是连队里的其它战友，他们有的和老潘一样从南方来，有的家境优越从大城市来，但此刻却齐聚在这个"四无"小岛，成为了坚守海防的一份子。

再次见到老潘已是午饭后，他刚刚把补给物资分三批搬运完，额头上还汩着细细的汗珠。此时他站在山头，海风烈烈吹动着他的衣角，但他的双脚却踏实的站在土坡上，不曾挪动分毫。

"老潘，听说你以前抽烟？抽了多长时间？"

"抽了 12 年。"

"上岛才抽的？"

"嗯，刚上岛那时很寂寞的，课余时间看看海、想想家，想到老家的父母、原来的朋友，就点上一支。"说起抽烟，老潘有些不好意思，尴尬的笑笑。

"后来听说你又戒了？为什么？"

"一来对身体确实不好，岛上本来就容易得各种海岛病；二来发现好像越抽越闷，就干脆戒了。"说起戒烟，老潘自我解嘲道。

"那现在要是寂寞了怎么办？"

"现在条件好了，可以看看书、玩玩电脑，菜地也开垦了好几块，有空种种地，也就把寂寞打发掉了。"

身边的战友偷偷告诉记者，其实之前团里考虑潘文勇在岛上时间长了，照顾他安排他下岛到胶州，谁想不到一个月他就主动要求回到朝连岛。

"老潘，为什么就你在岛上时间长，别人怎么都走了？过几年你曾经的战友回来一看，哟，老潘你还在呢！你怎么想的？"记者看着话不多的老潘，不由逗他一乐。

"呵呵，其实每次看老前辈回来看看曾经战斗过的地方我就很有感触。哪天我也走了再回来肯定也舍不得，时间长了有种感情，有种依恋。我能留在岛上也算是缘分吧，毕竟待了 17 年，这是我奋斗过的地方。趁着还在岛上，充分发挥自己的能力多干几年吧。"说到这个话题，老潘眼里闪动着激动，变得有些自言自语。

"铁打的营盘，不动的老潘！"受潘文勇感染，记者也有些感动。

"我守灯塔守了快一辈子，这些年部队经常帮忙我们"

在朝连岛的东南角，矗立着一座高 13 米的灯塔。据记载，该灯塔于 1899 年由当时的德国殖民者建造，解放后按照"修旧如旧"的原则进行了加固和整修，目前主要作用是为进出青岛港的船舶提供助航服务。

采访团走进灯塔的时候，守塔人张战吉和李吉先正忙着准备午饭。

"张师傅，您一直在朝连岛上守灯塔吗？"记者问道。

"没有，我原来在别的岛守塔，后来到朝连岛守了 4、5 年吧。"58 岁的张战吉一边用毛巾擦着手一边直摇头，"不过所有守塔时间加起来快有 20 年了吧。"

张战吉向记者介绍，守塔人每两个月才能出一趟岛，一年下来有 8 个半月待在岛上，剩下 3 个半月是离岛休息的。

"守塔的日子感觉寂寞吗？艰苦吗？"

"就那样，一个人的时候比较寂寞。好在有这个老伙计陪我。"张战吉指了指身旁切菜李吉先。

"我是去年 9 月应聘来守塔的，"52 岁的李吉先回头看了一眼，"当时想着岛上空气好，艰苦点没啥，修身养性呗。"

"现在感觉怎么样？"

"还行吧，平时没事的时候种种地，打扫打扫卫生，跟部队上走动走动。"

"部队上没少给我们帮忙，"说到与部队联谊，张战吉一把接过了话茬，"逢年过节，我们就两人，也挺没有意思的。部队的同志经常拉着我们一块过节，过得很开心。每次赶上海况不好的时候，部队经常给我们救济一下，同甘共苦嘛。现在每次往岛上带点东西还全靠部队补给船。"

军民之情处处有，哪怕是这个只有 0.2 平方公里的"四无"小岛。

不到 3 个小时的采访很快结束了，岸边的补给船即将离岛而去，遥望着码头上送行官兵，记者团一行默默挥手，记忆着他们的脸庞，因为再次相见不知又待何时。

朝连岛上领海基点界碑巍巍耸立，金银花灿烂绽放，更有一群共和国的钢铁军人在默默坚守，用青春与汗水书写万里海疆的蓝色篇章。

开山岛上"夫妻哨"

在离江苏响水县灌河入海口处 10 海里的黄海海面上，有一座弹丸小岛——开山岛，面积仅有 1.3 万平方米，相当于两个足球场大小。岛上没有电，没有淡水，有的只是几排空荡荡的营房、嶙峋的悬崖峭壁和呼啸而过的海风。在这座小岛上，王继才、王仕花夫妇一守就是 27 年。27 年，每个人都会有不同的人生际遇和选择。而王继才、王仕花夫妇的选择是，为了国防事业，舍小家顾大家；为了海防安全，无私奉献，苦守孤岛。

记者乘坐的中国渔政船劈波斩浪驶出连云港灌河口码头 12 海里，开山岛"小岛夫妻哨"隐约地露出半个脑袋。开山岛面积 0.012 平方公里，仅有一个足球场般大小。岛虽小，却是军事要塞连云港的右翼前哨阵地。1939 年，侵华日军从灌河口登陆，首先就是占领了开山岛。1986 年，在开山岛上驻扎的一个海防连队撤离了，开山岛被转交给了灌云县人民武装部管辖。让谁去守岛，灌云县人武部王政委想到了王继才。小伙子能干、厚道，18 岁就是生产队长兼民兵排长。

1986 年 7 月 14 日，这是王继才铭记一生的日子，他成为第五任开山岛"岛主"。此前四任待的时间都不长，最长的 13 天，最短的 3 天。此时，王继才已 27 岁，3 年前结婚，女儿不到两岁。王继才说："刚上岛时就一个人，非常孤单，偶尔闷得难受的时候就一个人跑到海边嚎几嗓子。"

那时的开山岛上缺少生活设施，王继才在岛上过着栉风沐雨的生活，整天蓬头垢面。在得知丈夫真实的守岛生活是如此艰苦之后，王继才的妻子王仕花辞掉令人羡慕的教师工作，在当年 8 月份随丈夫上岛，任哨所哨员，这对夫妻的到来给开山岛增添了生机和活力。

夫妻俩说，刚来岛上时他们看到的是满山的野草，爬上台阶，呼啸的海风让人感到无尽的荒凉。而现在，记者看到的是郁郁葱葱，绿树成荫，一片生机勃勃的景象。王继才告诉记者为了改变开山岛的荒凉，他和妻子在石头堆里用钢钎凿出坑，从陆地上背来一袋袋泥土。第一年，他们种下 100 多棵白杨，全死了；第二年，种下 50 多棵槐树，无一存活；第三年，一斤多的苦楝树种子，只长出一棵小苗……，一种树不活，就换一种树栽。夫妻俩说，人都能在岛上活下来，不信树就活不下来。如今，他们种下的两棵无花果树硕果累累，一棵棵苦楝树也枝繁叶茂。

沿着嶙峋的山岩拾级而上，只见哨所前一面五星红旗高高迎风飘扬。夫妻俩告诉记者，开山岛虽然小，但也是祖国的一部分，作为开山岛哨所上的哨兵，升旗、敬礼是他们的职责。从 1986 年王仕花上岛之后，两个人就每天坚持升国旗，用过的国旗超过 100 面。2011 年，王继才夫妇参加了"十一"晚会。席间，两人每天在岛上升国旗的事迹，让天安门国旗班班长非常感动。在得知岛上异常艰苦，国旗台非常简陋，就只是一个普通的小台子上面插着一根小的竹旗杆的情况后，国旗班决定为他们在开山岛上修建新国旗台。2012 年，王继才夫妇和国旗班第一任、第八任、现任班长，以及人武部参谋长等人在开山岛新国旗台举行了一次特别的升旗仪式，庆祝开山岛新国旗台的成功修建。

27 年来，王继才、王仕花夫妇在岛上度过了 25 个春节，父亲和大哥的去世，王继才也没有下岛，女儿出嫁，王继才也没有送行，甚至连大儿子的出生也是夫妻俩自己在开山岛上艰难完成的。

在讲起当时大儿子出生的情况时，王仕花掩饰不住心中的激动，"之前我们打算是在陆地上生孩子，但是大儿子早产，出生那天刮风，浪很大，船没法过来，我当时吓坏了。老王在屋子里团团转，说怎么办怎么办。"妻子生产，又恰逢海况不好无法返回岸上，情急之下，老王只好用手摇通话机和武装部部长联系，幸亏有部长妻子的指导，王继才烧起了煤炉，将剪刀放到煤炉烧烤消毒，用水煮了用床单撕成的纱布，帮助妻子接生。回忆起当时的情景，王仕花说："当时真是没办法，现在想起来都还害怕，害怕命丢在岛上。我对老王说，我的命就撂在岛上，坑在你手上了。最后，他在部长家属的指导下给我接生的，孩子顺利出生以后，他就朝前面一跪，说老天有眼啊，让他们母子平安。"

　　家就是岛，岛就是家。王继才夫妇就像一对比翼鸟守候着哨所，当记者问到他们最大的梦想是什么时，夫妻俩的回答朴实却感动着在场的每一个人："我就是希望我们的祖国越来越强大，我们小岛条件越来越好就行了。""老公身体好，我就在这个岛上一直陪着他，完成他的心愿。"

王继才夫妇在观察海上情况

青春绽放浪花岛

南澎岛，位于广东汕头市东南40海里处，正东方向距台湾高雄只有90海里。其地处台、闽、粤三地交汇处海域，历来是海疆要塞，兵家必争之地。起风涨潮时，巨浪砸在峭壁上可溅起几十米高的浪花，甚至有"一浪盖全岛"的景象，所以，南澎岛有一个美丽的名字叫"浪花岛"。

"海上上甘岭"弥漫"精武热"

南澎岛之行，是一次充满惊险的采访。在台风来临前的间隙，记者一行乘坐快艇，在狂风惊浪中颠簸，一会冲上浪顶，一会又被重重抛下浪谷，感觉船身像要被拍裂了一样。漫长的50分钟航程中，记者们肩并肩手拉手以保持重心稳定，两名女记者甚至吓得不敢睁眼，船老大还开玩笑的讲，这么好看的风光你们不看太可惜了。一路提心吊胆，至到快艇靠岸的那一刻，记者才如释重负。

尽管南澎岛条件非常艰苦，被称为"海上上甘岭"，但是驻守在这里的某海防连的官兵们，就如同岛上的向阳菊一样，绽放着自己的青春和激情，谱写着爱军精武的乐章。

南澎岛面积只有0.34平方公里，"地无三尺平"，军事训练难展开，于是，这里"袖珍型"战术训练场、"智能式"投弹场、"点对点"射击场，不仅显得尤其可贵，更体现着官兵们的智慧。

班长田宝辉介绍到，这个岛地形比较复杂，因为场地有限，建了一个袖珍的投弹场，中间被跑 5 公里的一条路隔开，投弹时在这边，投弹投到另一边。射击场也是因地制宜，利用两山的山坳，建了一个 100 米的射击场。

在射击场，记者看到，射击点在一个山坡，而靶标在另外一个山坡，而且这地方正好是在一个风口上，风特别大。田宝辉说，冬天浪比较大的时候，有时候一个浪确实能盖过来，盖到岛的另一边去。

在南澎岛，迎接记者的是毒辣辣的太阳，不一会皮肤就晒得发痛，不过在班长田宝辉看来，早已习惯了。在恶劣环境下生活和训练，对他们来说，是对极限的挑战。

"印象最深的有一次，因为我们岛上只要有云过来的时候就会下雨，而且下的很大。那一次我们组织实弹射击的时候，本来是晴空万里，突然间刮起了狂风，接着就是暴雨，连长说就利用这个天气吧，我们也不走了，就在这里组织实弹射击，考核一下你们在雨天雾天射击能力。那一次印象是最深的，不到 5 分钟的时间，身上全部湿透，100 米外的那个靶都看不清了，只能模模糊糊地看到一个靶的形状在那里，其它什么也看不清。"

全身被大雨浇透，远处靶标模糊不清，但就在这样的情况下，田宝辉和战友们居然取得了优异的射击成绩。其中的诀窍是，他们经常在这种十分恶劣的天气下训练，都已经习惯了这种训练方式，并具备超强的毅力和耐力。南澎岛上每年 7 级以上的大风就有 200 多天，驻岛的战士们常年在六七级大风中练枪，个个都是神枪手。

逼真"战场"演攻防

南澎岛素有"闽粤咽喉，潮汕屏障"之称，历来为兵家必争之地，地理位置非常重要。某海防连指导员宾军告诉记者，爱军精武在这里显得尤为重要，而让他最为难忘的，是一次红蓝对抗演练。

当时，"蓝军"乘坐快艇登陆后，从几个方向对"红军"展开攻击。其中，"蓝军"的两个攻击点是"红军"预料到的，但是，"蓝军"兵行险着，从一个比较陡峭的山崖进行登陆偷袭，这大大出乎了"红军"的意料。"红军"做出应急反应，迅速集结几个机动小组，对这股偷袭的"蓝军"进行"围剿"，最终取得"反登陆"的胜利。宾军告诉记者，这样真刀实枪的"红蓝对抗"，双方收获都特别大。

某海防团政治处主任杨华曾经在岛上工作过多年，在他看来，这里最大的变化是"网络化"和"信息化"，不变的是军人的热爱和坚韧。

"有很多是传承的东西，南澎的很多精神是一代代传承下来的，所不同的就是现在信息化跟过去有很大的改进了，现在视频监控到点，网络也登上我们的小岛了，各种通信工具也配备的比较齐全，现在岛上的指挥通联跟过去比有了很大的改进，让我们体会到连队发展蒸蒸日上，越来越好了。"

"岛花"向阳菊

在南澎岛上，最常见到的是一种美丽的小花，五颜六色，向着阳光盛开，这就是被官兵们亲切地称为"岛花"的向阳菊。

　　杨华主任告诉记者，向阳菊是南澎岛特有的花种，其它地方很少看到，而且它能代表官兵很重要的几个地方——始终向阳，始终坚韧不拔，四季常开；另外它总是一簇簇一丛丛的靠在一起，风越大靠的越近，环境越恶劣，开得越灿烂，这实际上就是南澎岛官兵的品质和精神。在这里大家也像花一样在怒放自己年轻的生命，这就像向阳菊一样，看到向阳菊就像看到我们的战士，而且非常团结在一起，这就是他们的生活。

　　当采访结束，记者登上快艇在浪花的簇拥中缓缓离开南澎岛时，海浪中传来送别的官兵们嘹亮的歌声："把忠诚铸在那风口浪尖，把理想写在那碧海蓝天……"

南澎岛远望

海岛女民兵

在祖国万里海疆，不仅有英雄的中国人民解放军守疆戍边，还有广大民兵默默无闻的站岗放哨，而巾帼不让须眉的女子民兵连更是让人尊敬和自豪。"万里海疆巡礼"采访团先后采访了来自北海、东海和南海方向的三个女子民兵连。

黄海前哨花木兰

位于黄海深处的海洋岛，东与朝鲜半岛相望，西北与长山列岛毗邻，拥有长山列岛最好的港湾和最高的山峰，战略位置非常重要，有"黄海前哨"之称。自1960年起，海洋岛上拥有了一个响当当的"三八女炮班"，女民兵与驻岛炮兵部队共同进行操炮训练，保卫祖国的东北海疆，这些姑娘们也被称为"黄海前哨花木兰"。

每年的六、七月份，家住海洋岛的逄晓丽特别的忙碌。除了乡政府基层卫生助理的工作，更考验她的是炮兵班的训练。作为海洋岛某部高炮二连第十三代"三八女炮班"的班长，逄晓丽要完成的训练任务可不简单。

技术活对于女生来说没问题，由于训练操炮的整个过程对体力要求很高，

"三八女炮班"的姑娘们没少吃苦。"在平时的训练中我们非常刻苦，男士用一到两小时训练，我们就花一天或两天来训练。我们在训练中注重加强自己的力量锻炼。"逄晓丽说。

"放列撤去"，是"三八女炮班"的姑娘们最怵的一个训练课目。"放列"是将火炮从行军状态转换成战斗状态；"撤去"是将火炮从战斗状态转换成行军状态。7名娘子军能驯服这有"铁老虎"外号之称的高炮么？炮兵班5炮手牟苹丽告诉我们，放列撤去的难度在于，男女兵同时操练，速度，力量都要和男兵一致。"我们就鼓一股劲儿，就听班长喊1、2，大家伙儿一起跟着喊1、2，1、2起！那个时候是最苦的。但这股劲儿鼓完了以后，每一次这个科目和男生做的没有差别的时候，我们心里就特别欣慰。"

而且，放列撤去的危险性也很高，操作不当的话，甚至会有生命危险。但是"三八女炮班"的姑娘们，硬是靠着自己过硬的技术和过人的胆识，把炮兵操演动作完成得特别给力。练得多了，姑娘们的力气也越来越大了。看长相，逄晓丽纤瘦白皙、斯斯文文的，却没想到她轻轻松松地就把一百多斤重的记者给拎起来了，这体型和力气的不成正比，果然是"不同凡响"！

逄晓丽告诉我们，第十三代"三八女炮班"一共有7名战士，她们来自各行各业，有政府公务员、幼儿园老师、医生，也有公司职员，是由乡政府党委会直接命名选拔的，她们中最年轻的20岁，年纪最大的就是37岁的逄晓丽。牟苹丽加入"三八女炮班"已经7年了，回想起第一次实弹射击训练，她还记忆犹新。她说："第一次实弹训练的时候，我用枪代炮打，戴着个塑料头盔。第一次特别紧张，上到炮上后，由连长统一发令，班长再下口令，说发射！当长点射、短点射的时候，我就不敢睁眼了，就听见弹壳'砰、砰、砰'地打在头盔上，手紧紧地握着自己的炮手位置。这样不行啊，我还得看后座量，就等弹壳不响了，才敢睁开一只眼看后座量是否正常。不过，有了枪代炮这个经历以后，虽然再打实弹时

也还是紧张，但我在打完之后就说'什么时候再打实弹？挺过瘾的'！"

"三八女炮班"还有个特点，她们都是发挥型的选手，场面越大，气氛越紧张，她们实弹射击的成绩越好，她们的射击水准就连正儿八经的炮兵战士也不敢小看。驻岛"三八女炮班"训练的场地就在驻岛炮兵连队的训练场，同台竞技时，输家往往是男兵们，这样一来，导致炮兵连连长经常批评战士们说："女炮兵班都是女同志，你们都是健壮的大小伙子，怎么打不过女孩呢？"

展示在大家面前的，是"三八女炮班"漂亮的成绩、飒爽的英姿，但姑娘们的付出、牺牲比我们想象中还要多。训练的时候，既要圆满完成训练任务，又要完成自己的日常工作，白天训练，晚上就要加班，加班加到十一二点，第二天还得继续训练。牟苹丽还告诉我们，"三八女炮班"有规定，一旦接到紧急通知就要在短时间内迅速集合。有一次她带孩子上医院打吊瓶，好不容易哄着孩子打上针了，突然一个电话通知她15分钟后到班里集合，牟苹丽当场懵了："孩子怎么办？我只好打电话把婆婆叫来，婆婆还没到，我就走了，只能把孩子交给护士看着。我当时走的时候，心里可酸了，她也一直哭着叫'妈妈、妈妈'。等我结束训练回来接她时都十点了，那个时候都觉得亏欠她太多太多了。"

说到这里，牟苹丽的眼圈有点泛红，但是她接着说："即便是孩子生病了，你只要是炮兵班的一员，就有义务有责任要把这些任务给完成。啊，有的时候，人家问我我都会说，我是炮兵一员，我骄傲。"

逢晓丽的大娘，也就是她的伯母，是1960年第一代"三八女炮班"成立时主炮手，她的母亲、大姨也都曾经是"三八女炮班"成员。她对于"三八女炮班"的感情或许更深厚一些，她说，现在"三八女炮班"的存在，不是为了战斗，而是为了炮班艰苦奋斗、英勇奉献的精神能够一代代地传承下去。逢晓丽的女儿今年12岁，在她的眼中，妈妈是一名坚强的女炮兵，她为此骄傲。或许，在她的心里，也将会萌发出一朵成为"黄海前哨花木兰"的梦想之花。

不爱红妆爱武装

"大海边哟，沙滩上，风吹榕树沙沙响，渔家姑娘在海边，织啊织鱼网，高山下哟悬崖旁，风卷大海起波浪，渔家姑娘在海边，练啊练刀枪……"《海霞》的主题歌曾唱响全中国。这首歌曲就源于洞头先锋女子民兵连。

浙江温州洞头先锋女子民兵连建立于 1960 年 6 月，是一支闻名全国全军的民兵连。50 多年来，一批批渔家姑娘把青春奉献给了女子民兵连，先后获得 75 枚奖章、92 张奖状、128 面锦旗等荣誉。连队的先进事迹曾被写成长篇小说《海岛女民兵》并改拍成电影《海霞》，展现了女民兵们巾帼不让须眉的风貌，感动了一代又一代人。

在女子民兵连驻地，连长和指导员为"万里海疆巡礼"采访团的记者们介绍了连队的组建、发展和壮大。

新中国成立之初，大陆东南沿海形势严峻，经常遭到敌特袭扰，地处海防前线的洞头岛成了保卫祖国的最前哨。出生在洞头岛渔民家庭的汪月霞和姐妹们一起参加了洞头岛的保卫战斗，她们给前线部队送水送饭，护理伤病员。

为保卫胜利果实，1953 年，北沙成立武装工作队，1955 年在人武部和部队发动组织下，北沙乡成立了民兵连，桐桥村这个排中就有许多女战士，汪月霞成为女战士中最活跃积极的一员，她组织姐妹们为部队洗衣、种地、养猪……还参与到国防施工建设的后勤工作中。

1958 年，在"大办民兵师"的号召下，以汪月霞为排长的女子民兵排正式成立，并进入了参加渔业生产和与部队联防、联训、联欢的新阶段。汪月霞带领女子民兵排解放思想，破除"女人下海要翻船"的迷信旧俗，组建了"红旗丨姐妹"、

"海带十姐妹"等渔业生产先进班组,女子民兵排还以剪下发辫做绳子送给部队养海带的感人事迹扬名南京军区。1959年5月,海上大风交通中断,在虎头屿国防施工的战士断水多日,汪月霞当机立断带着几名男女民兵,划着小舢板,冒险给荒岛上的战士送水……她们的勇气和胆量令人刮目相看。

1960年4月23日,汪月霞被推荐参加在北京举行的"全国民兵代表大会",并在会上做了"军民联防"的典型发言。26日,毛主席、周总理、朱德等中央领导在中南海怀仁堂接见民兵代表并与大家合影,汪月霞幸运地被安排在了第一排。万万想不到的是同在一排的毛主席侧过头来风趣地对她说:"我到你那儿当个民兵要不要哇?"会后,国防部奉毛主席的命令赠送给她一支最新式的半自动步枪和10发子弹。当时,这种新式步枪部队都还未装备。

被荣誉与使命所激励的汪月霞回来时特地去南京军区,提出了建立女子民兵连的设想,在军区首长支持下,1960年6月,由120名海岛姑娘组成的"北沙女子民兵连"(后称"洞头先锋女子民兵连")成立,汪月霞任连长,陈玉兰任指导员。从此,汪月霞进入了她一生中最繁忙、最辛劳、也是最有成就的时期。

然而,她们却面临着一系列的现实困难:男女有别的传统观念、没有任何报酬的民兵身份、必须打渔卖鱼才有收入。23岁的汪月霞和她带领的海岛姑娘们克服种种困难,以令人难以置信的勇气、毅力和牺牲精神,取得了令人称奇的业绩。1962年6月,在敌特上岛袭扰的形势下,她们配合驻岛某部六连抢修战壕4500米、掩体51个,并连续18个昼夜坚守阵地……

她们又是训练,又是国防施工,又是政治文化学习,又是军民共建……1965年驻岛某部六连被国防部命名为"军民联防模范连",女子民兵连的事迹被写成长篇小说《海岛女民兵》,又以她们为原型拍成电影《海霞》。

新的时期,洞头先锋女子民兵连又有了新的发展和进步。

在先锋女子民兵连纪念馆,记者采访了连长陈盈盈。1984年出生于洞头的陈盈盈，先后被评为省"十一五"期间民兵训练先进个人、南京军区百名优秀"四会"教练员、全国民兵工作先进个人，荣立个人一等功 1 次。每天早上 6 时，陈盈盈准时吹响起床哨。紧接着，10 多位民兵迅速从床上弹起来、列队、跑 3 公里，早餐过后，大家整理好内务，又开始紧张的队列、射击等科目训练。

站在训练场上的陈盈盈，英姿飒爽。谈起她舍弃红妆爱上武装的选择，还得从"海霞"故事说起。一部电影《海霞》，一本小说《海岛女民兵》，一首歌曲《渔家姑娘在海边》，使"洞头先锋女子民兵连"闻名全国。"我从小听着海霞的故事长大，爱岛尚武、励志奉献的海霞精神一直感染着我，对军营充满向往和憧憬。"陈盈盈每次走进训练场，就会想起海霞的故事。因此，她 17 岁走出校门就加入了女子民兵连。次年，她又报名参军，正式圆了当兵梦。两年后，陈盈盈服役期满，家人在杭州已为她联系好工作，女子民兵连也向她发出邀请。这时，陈盈盈毅然选择回到女子民兵连，通过不断努力，成为民兵连连长。

2011 年，"郭兴福教学法"创立 50 周年，陈盈盈和其他 15 名女民兵骨干受领了"班用轻武器应用射击"教学课目任务。从 5 月份开始，洞头县人武部就组织她们进行了 3 个月的强化训练：凌晨 4 时许起床，直到晚上七八时才能休息。身为连长，陈盈盈除了白天和大家训练外，晚上还要加班加点改教案，每天只能睡四五个小时，有时候在训练场上一坐到地上就睡着了。由于训练强度大，她的肘部、膝盖上伤痕累累，牙齿被枪托打掉了一颗，但她仍咬紧牙关坚持带领大家刻苦训练。

功夫不负有心人。她所担负的"班用轻武器应用射击"教学课目先后通过军分区、省军区遴选，在南京军区组织的"郭兴福教学法"创立 50 周年纪念活动中，作为 6 个室外精品演示课目之一，向中央军委、总部首长演示汇报，得到高度评价。由于训练表现突出，陈盈盈被南京军区表彰为"百名优秀教练员"，并荣立个人一等功。

如今，在陈盈盈和女子民兵连官兵的努力下，民兵连已成为洞头的一个品牌、一份骄傲，"海霞"精神已渗透各个领域，一支支以"海霞"命名的志愿消防队、电力服务队、义工队活跃在洞头大街小巷，用行动践行着"海霞"精神。

采访时，我们还看到微电影《海岛女民兵的爱情故事》。这是一部国内首部关于新时代海岛女民兵事业、爱情、生活的故事，洞头的海岛风光、渔家风情、海霞元素在该片中一览无余。据介绍，微电影《海岛女民兵的爱情故事》以洞头先锋女子民兵连参加上级军事大比武为背景，讲述了副连长萌萌面对部队集体利益与爱情冲突时，仍坚持刻苦训练、尽忠职守，最终女子连队集体通过努力使萌萌的男友佳文理解并支持萌萌的故事。值得一提的是，该微电影不仅取材洞头女民兵，片中英姿飒爽的女兵全由洞头先锋女子民兵连骨干排女民兵本色出演。

50多年过去了，洞头先锋女子民兵连始终像一块磁石一样，紧紧吸引着一代又一代渔家姑娘，这面巾帼战旗始终猎猎飘扬在百岛洞头的海空。有一种坚定的力量，让她们脱下绚丽多彩的时装，换上迷彩服；束起飘逸的长发，戴上迷彩帽；拿着微薄的补贴，投入到朝五晚九的艰苦训练……理想、信念、忠诚、奉献谱写着守卫海岛华章，展现了海岛巾帼风采。

北部湾畔的"红色娘子军"

在广西北部湾畔地角炮台连城要塞遗址旁，活跃着一支由渔家姑娘组建的具有光荣历史的连队——地角女子民兵连。自1962年10月20日建连以来，先后73次被国防部、解放军总政治部和两级军区、各级党委政府评为先进单位，还多次受到党和国家领导人亲切接见。被人民誉为"南海前哨的巾帼英雄"、"北部湾畔的红色娘子军"。

　　人们不禁要问，是什么能让一个连队近 50 年仍保持红旗不倒，优秀如初。带着这样的疑问，"万里海疆巡礼"记者走进这个先进的集体，去探寻答案。一路采访下来，看到的和听到的，都是一个个优秀的个体和鲜活的事例，或许我们能从几代女民兵代表的身上找到"保鲜"的原由。

　　当年，国际国内局势风云变幻，女子民兵连应时而生。

　　龙先兰，地角女民兵连的首任连长，现已年过花甲，办事仍风风火火，快人快语。在那个"全民皆兵"的年代，她还是个十几岁的黄毛丫头。1962 年 5 月的一天，她从广播里听到了毛主席的话："我们的女同志就是要有志气，不要学林黛玉，要学花木兰、穆桂英！"当时兴奋得一夜睡不着觉，第二天一大早就缠着地角公社的武装部长要求报名当民兵。

　　在那个年代，地角渔村还流行"男打渔女织网"、"食死老公坐沉船"旧习俗，女人当民兵还真是一件难事。首先站出来反对龙先兰的是奶奶，理由是女孩子整天在外抛头露面，这是伤风坏俗的事。但在龙先兰一哭二闹三上吊等软硬兼施的攻势下，家人也没辙了，只得同意她报名当民兵。随后她便配合武装部的干部挨家挨户做工作，动员在家的女青年参加民兵连。在她的影响和带动下，先后有 180 多名女青年强烈要求报名参加娘子军。这在当时闭塞、落后、封建的渔村来说，是闻所未闻、见所未见的事情。

　　和许多第一代女民兵一样，她们把自己一生最美丽的青春无私奉献给了连队。如今，尽管她们早已脱下了戎装，做了奶奶，但她们仍时刻关注连队，并为连队做了许多力所能及的事。

　　当年，国防建设方兴未艾，女民兵巾帼不让须眉。

　　吴远莲，连队第二任文书兼通信员，因积劳成疾，牺牲在支援国防施工的岗位上。作为第一批参加枝柳线国防建设的志愿者，在扎根荒山野林的 90 多个日日夜夜，吴远莲带领一个班的女民兵打了 380 多个炮眼，采掘碎石 290 多吨，修复民房 100 多栋，被称为娘子军有名的"铁姑娘"。

有"铁姑娘"之称的她却是女民兵中身体最虚弱的一个，但她干活却最拼命。由于身体极度虚弱，施工环境又异常艰苦，她经常累得吐血。没多久，她就感到自己肚子痛得越来越厉害，但她从不对外人吱声。终于一天，她晕到在工地上不省人事。后送往医院诊断检查，已是肠癌晚期。病入膏肓之际她对连队领导说："我没有完成党交给的任务，要当'逃兵'而去了……"临走之际，她安祥躺在病床上，手里捧着的是毛主席的《为人民服务》。

在女子民兵连的连史上，她的名字下有这样一段话：当她得知不治之症降临后，脸上一直微笑，至死高举宗旨，留下了永恒的生命绝唱。

新时期，女子民兵连使命不改，保卫人民生命财产安全。

陈子英，党员女民兵，抗洪抢险先进个人。2003 年 7 月，台风"科罗旺"正面袭击北海，风大浪急，就连直径 50 公分的大树也被连根拔起，多处房屋倒塌，几处海堤在海浪的冲刷下决口，海水一下子倒灌淹没了附近的几个渔村。

陈子英带领一个 18 人的女子民兵小分队支援市民兵应急分队封堵海堤决口。望着依然施虐的海浪，陈子英第一个用绳子系住腰身，纵身跳进冰凉的海水中打桩。在她的影响下，大家都跟着跳了下去。可在打桩的过程中，她的左手指一不小心被锤头砸中，钻心的疼痛使她失去了平衡，接着就被海浪拍倒。战友赶紧用绳子将她拉上来，她才捡回了一条命。

事后到医院检查，她左手食指前两节粉碎性骨折，已无恢复可能，只得截肢。有人问她是否后悔，她回答说："我是民兵，又是党员，以后遇到这样的情况，我还会主动上。"

新时期，一代又一代女民兵精神在传承，永不褪色。邓俊玲，预备党员，90后女民兵。她一直视当女民兵的母亲蔡秀兰为心中偶像，去年高中一毕业，参加工作不久，就毅然接过母亲的枪，当上了光荣的女子民兵连女民兵。

　　她本有份很好的工作，在一家水产公司上班，为了参加民兵连的军事训练，原来的工作岗位被他人接替。献身国防，却丢了饭碗，很多人为她惋惜，包括她的家人也想不通。她离开那家公司大门的时候，心很失落但头却坚决不回。她说："工作丢了我可以再找，钱没了我可以再挣，但民兵却不能不当。"

　　邓俊玲显然对自己的选择感到骄傲，她说："像我一样女承母业的女民兵目前在连队还有好几个，我们都一直有个梦想，就是希望在各方面赛过母亲，把"娘子军"精神发扬光大，做个真正的地角女民兵连传人。

女民兵在海上巡逻

战士的第二故乡

"云雾满山飘，海水绕海礁，人都说俺岛儿小，远离大陆在前哨……"这首名为《战士第二故乡》的军旅歌曲，在祖国的大江南北广为传唱。歌中所唱的小岛就是位于东海东极列岛最东端的东福山岛，一个被当地渔民戏称为"风的故乡、雨的温床、雾的王国、浪的摇篮"的荒芜之地。

10月14日上午，"万里海疆巡礼"采访团在巡礼两兄弟屿后继续乘风破浪驶向东福山岛。然而登上东福山岛也并非易事。在海上小风浪也变成了大风浪，交通工具也从大轮渡变成小渔船，记者们亲身体验了这里驻军战士的艰苦生活。

沿着弯弯的山路向上，东海舰队某观通站就驻守在小岛的最高处。营门外的一块巨石上，刻着7个红彤彤的大字"人民军队忠于党"。走进营区，给我们印象最深的是这里有很多石刻，"战士第二故乡"、"东海第一哨"、"扎根海岛，艰苦创业"、"守雾岛以卫海疆，爱高山而习军事"等，充分体现了观通站官兵不畏艰苦、以岛为家、无私奉献的爱国情怀。

东福山岛面积仅有2.95平方公里，常年云遮雾罩。部队上岛时，岛上渺无人烟，荒凉至极。作为我国第一缕曙光照耀到的岛屿，东福山岛有碧海奇石的美景，也有动人心魄的传说。据传秦代方士徐福出海寻丹曾到过此岛，"东福山"就是以"徐福至此"而命名的。由于岛上荒芜，驻军的粮食蔬菜供应全部靠大陆派船运送，若遇台风季节，粮食蔬菜经常运送不上，有时候官兵们一日粮食只有半斤米，没有菜蔬只好配盐汤。因此，战士们编了顺口溜："住帐蓬，喝盐汤，半斤粮，肚角装，不怕苦，守边防……"为解决生活困难，官兵们自己动手，搬走石头，修建营房，用一小块一小块地来种菜。

《战士第二故乡》歌中的第一句就唱到"云雾满山飘，海水绕海礁……"在守岛战士的眼中，除了工作之外，陪伴他们最多的朋友就是大雾和海水，而寂寞和苦涩也往往成为他们最难排解的情绪，然而不管是老班长还是新战士，东福山的官兵们却总能在单调的生活中寻找到乐趣，用一颗温柔的心对待自己的人生，坚守着自己的责任。

雷达技师范正军是站里资历最深的士官，从湖南益阳来到东福山已经接近20年，看着一批批的新战士来了又走，而他却始终在自己的岗位上。面对外界很多不解的目光，范正军坦言之前也有在机关工作的经历，有很多的机会可以调走，但他始终觉得只有在东福山才能发挥自己的价值。范正军说，也许很多人觉得雷达技师的工作很简单，没有很多技术含量，但只有他自己知道，在日复一日的工作中，通过无数次的磨练，自己的专业技能有了多少的长进，而相反的，在机关工作，虽然拥有相对好的条件，但却让他感觉没有自己发挥的空间。

范正军更看重的是，在这么多年的海岛生涯中，他早已跟岛上的居民成了无话不说的朋友。不管是平时帮忙维修供电，还是逢年过节一起吃饭，都已经成了他生活的一部分，如果有一天他真的离开了，他会非常不舍，也会感到失去了生活的重心。如今，范正军已经有了妻儿，但她们却很少上岛，他说，家人对他的决定都很支持，相比于刚来时思想的波动，他现在已经习惯了不去想未来，只希望在岛上多干一天是一天，享受跟战友和百姓在一起的时间。

来到东福山整整10年的报务班长刘国红老家在安徽，谈到他跟海岛的缘分，他首先感谢了他的家人。刘国红说，刚到东福山时，他对岛上的荒凉和潮湿着实感到很不适应，也不止一次的想到要离开，但这时，是自己的父亲站出来给了他精神的支持，父亲对他说，不管在哪里当兵，都是发挥自己的价值，给国家做贡献。当刘国红遇到工作和生活上的问题时，父亲都会在家中给他第一时间的开导，让他逐渐找到了自己的位置。如今，十年过去，刘国红在东福山的工作已经得心应手，成长为站里的通信宣传主力。

除了父母，刘国红特别感谢了自己的妻子，他说，妻子自从跟了他之后，就忍受了很多常人不能忍受的苦涩，但妻子这么多年来在家中从来没有给他添任何的麻烦，他对此很愧疚。刘国红说，以前他曾经交过一个女友，几乎就要谈婚论嫁，但就在他执行一次任务的时候，女友因为不能理解而离他而去，这次经历对他的打击很深，也让他更加清楚了自己想要的生活，几年之后，他认识了现在的妻子，陪伴他度过了这么多年的两地生活，因此他更感谢东福山岛带给自己的姻缘。

"你可知道战士的心愿，这儿就是我们的第二个故乡。"在结束采访离开营房的时候，熟悉的歌声再度响起。刘国红说，明年因为身体原因，可能他不得不离开东福山，但就像所有离开这里的战士一样，他会格外珍惜这段与海岛有关的缘分，记住在祖国东海之东自己坚守的十年青春岁月。

艰苦的海岛生活拉近了官兵的心，也拉近了老百姓与子弟兵的距离。油机房外，有一排从山顶延伸至山脚下的两排电线特别显眼。原来，自从几十年前村民的发电机报废后，村子里的供电就由站里承担了。战士们说，细细的电线就像一根根血脉一样，联系着东福山官兵和岛上的老百姓，是军民连心线。每当遇上大风部队蔬菜供应不上时，山下群众都会争相送来自家的菜肴。每当天气晴朗的时候，渔村的姐们都会主动来站里，帮战士们洗衣被。逢年过节，岛上渔村数百名人家都会争相邀请站里官兵到他们家去做客，还曾经发生两户人家争一名战士"怄气"的故事。

　　小岛虽然偏远，但观通站的位置却极为重要。在东福山坚守十多年的雷达技师范正军告诉记者，他们每天要应付上万种各式船只的雷达回波。有一次，他发现某海域有两批目标紧贴在一起，15分钟没分开，根据经验判定：发生海上撞船事故。20分钟后一艘猎潜艇在该站的引导下前往出事海区，11名遇险船员全部获救。

　　近些年来，在军民的共同努力下，小岛发生了翻天覆地的变化。如今，守岛官兵住上了别墅式的营房，吃上了营养丰富的套餐。在课余生活上，结束了往日"白天兵看兵，晚上数星星"的历史，看上了"彩霸"，洗上了"浴霸"；图书室里，各类报纸、杂志、信息资料一应俱全，不出岛便知天下事，观通站的各项工作都取得了飞速发展。

忠勇守堡垒　奉献建乐园

这是两个官兵守海岛、建海防的故事，一个是发生在大连长海县的外长山，一个发生在上海的崇明岛。

大长山岛上海防团

黄金海岸风光旖旎，自然美景与繁华的市井相映成趣；环海花园色彩绚烂，鳞次栉比的欧式建筑增添了海上小城的无穷魄力。你没看错，这里就是位于辽东半岛东南方长山列岛中最大的岛屿大长山岛，长海县城的所在地。

近日，"万里海疆巡礼"采访团来到大长山岛，走进这座美丽的海上小城，也走近了驻守在大长山岛的外长山要塞部队。"我刚来岛上时，很少能看到水泥，看到的都是石头，没有制式的路。"石瑞边走边指着远处的美景对记者说道："要上街买个东西，找家很小很小的店也得走十几公里。"石瑞是外长山要塞区直属高炮营教导员，他所说的是 19 年前刚来到这里时的情景。

当记者放眼望去，眼中的长海县城，精致而富有风情。身处这幅美丽的画卷中，人们或许很难想象，大长山岛曾经如此的荒凉。

应该说，石瑞是大长山岛变迁的见证者与参与者之一。从荒芜的小岛，到富庶的海滨城市，靠的是海岛上一代代守岛官兵和居民的努力与辛劳。而与石瑞同样有着同样深刻感受的还有长海县渔业局局长刘成德，他是土生土长的长海人，在长海生活了 40 多年，对于岛上的变迁再熟悉不过了，一提起守岛官兵，他觉得自己最有发言权。"他们（官兵）对我们海岛的建设起到了决定性的作用，他们付出的太多了。海岛的建设有今天，他们是功不可没的。"刘成德动情地说。

大长山岛上的每一条马路，纪录下守岛官兵抡镐翻锹时流下的汗水；每一块绿地，留下了守岛官兵精力浇灌的身影；漂亮的酒店公寓、精致的民居民房，甚至游客熙熙攘攘的黄金海岸沙滩浴场，都有守岛官兵奉献出的一份真诚的力量。刘成德是一天天看着岛上的树木多起来的、长起来的，路慢慢平起来、宽起来的。

"我们海岛的树木很漂亮，但是少，因为湿度高，树木都长得慢，长得不容易。我们在护林防火方面尽管管理严格，但险情在所难免，发生火灾时，抢在最前面的一定是部队。"刘成德指着身边的树林对记者说道："我觉得海岛离不开他们，我们就是一家人。和平时期，海岛官兵的确给我们建设家园起到了很大作用。"

大长山岛的华丽蜕变，有大长山岛守岛建岛纪念碑来见证。从 1954 年至今，共有 316 位海岛官兵为长山列岛鞠躬尽瘁、献出宝贵的生命，他们的名字镌刻在这座充满回忆与敬意的石碑上，也被深深地镌刻在了大长山岛人民的心里。外长山要塞区直属高炮营教导员石瑞经常漫步纪念碑，每年新兵入伍、老兵退伍必然要到这里来，他说，这里有"老海岛精神"，有"烈士们的忠魂"。

"316 位前辈给我们留下了永不褪色的瑰宝——老海岛精神。我们基层官兵对此耳熟能详：即祖国为重、以岛为家、以苦为荣、奉献为本。"石瑞望着纪念碑说道。

大长山岛，内依大陆，比邻公海，雄踞于渤海之口，屏蔽于辽东之滨，是我国北方重要的军事要塞。而驻守在这里的一代代官兵伴随着日出日落，潮涨潮落，一代代传承着"老海岛"精神，用他们的坚持、信念、执着与对祖国的爱，保护

"渤海之咽喉、京津之门户",也守卫着这珍贵的海上家园。

崇明岛上团结沙哨所

素有上海后花园之称的崇明岛地处长江口,是中国第三大岛,被誉为"长江门户、东海瀛洲"。在美丽的崇明岛上驻守着上海警备区某海防旅团结沙哨所,他们驻守在崇明岛的最东南端,临近长江入海口,这里环境复杂,条件艰苦,军事战略位置重要。日前,记者来到了这个有着60多年历史的海防哨所。

从游击队到正规军,从小支队到整编团,从野战军到公安师,从要塞团到海防营,团结沙哨所经过了64载的发展,虽然名称番号在更迭,使命任务在变化,但始终不变的是海岛卫士的忠诚。

见人说话就笑的老兵叫张波,他是团结沙哨所的四级军士长,驻崇部队海防哨所的一名雷达技师。张波是哨所的技术标兵,炯炯有神的大眼睛让他练就了一双"鹰眼",不放过海防线上的任何疑点,无错情、不漏报。

也正是张波的这双敏锐的眼睛,让他在2006年巡逻过程中发现周围孩子农忙时帮家里干活,没能正常上学,甚至还出现辍学的现象。心系孩子未来的张波当时就萌生利用工作之余为孩子们补课的想法。在获得哨所领导支持后,张波委托河南老家的表哥,寄来侄子的小学课本,利用废木料制作了一块小黑板和一个50厘米高的讲台。就这样,张波的"流动小课堂"建立起来了。每逢周末,张波就挨家挨户为孩子们辅导功课,从最基础的拼音字母、加减乘除、写字造句开始,为孩子们进行辅导。

从那时开始,每个周末张波都要步行10多公里,到哨所周边的农户家里,轮流为十几名孩子补习功课。尽管农户走的走、留的留,孩子们换了一茬又一茬,但他还是风雨无阻地坚持了6年。

年复一年，日复一日。6年间，张波背着他的"流动小课堂"，累计步行路程近3000多公里，走坏7双皮鞋、磨破了3个书包，先后为16名孩子补习功课。如今，不少孩子已经长大成人，其中一名叫陈天的小男孩去年考上安徽老家一所大学，临走前特意来到哨所和张波合影留念，并留言：身背钢枪卫祖国，手执粉笔育人才。张波告诉记者，他感到由衷欣慰的是，随着经济条件的改善，如今团结沙哨所旁的渔民孩子都搬进了正规住所，可以接受国家的免费义务教育，孩子的未来将更加美好。

1997年入伍的海岛战士许盈丰不爱说话，爱琢磨专业技术，他干一行爱一行，被称为连队的"多面手"，战友心中的"全能王"。

他先后自学了《现代汽车发动机原理》、《车辆维护保养500问》等书籍，他是驾驶员，安全行车10万公里；他是维修员，全哨所4类15台车辆的性能以及维修、保养他一清二楚，对上万个零部件，做到一摸准、一口清，归纳出"看得到的查到，看不到的摸到，摸不到的想到"等车辆维修口诀，累计随队维修保障3000余台次，排除各种故障800余次，被官兵亲切称为"铁马神医"。

许盈丰在专研技术的同时，不忘"传帮带"，做好一名"教练员"，将所学技术传授给身边的战友，先后带出十多名优秀驾驶员。老许同时还擅长于维修水电，自掏腰包上万元购买各种维修工具盒零部件，累计为哨所维护、维修近万次，节约经费数十万元。

采访结束，夕阳西下，晚霞中海边的长堤下，一队人在前行巡逻。他们无论潮起潮落，船来船往，始终忠实地守卫在"东海瀛洲"旁，"东滩雷锋"、"铁马神医"或是普通哨兵，忠诚、奉献才是这群守岛卫士的最佳诠释。

霓虹灯下好水兵

作为一支海军最早组建的登陆舰部队，东海舰队某登陆舰支队先后参加过解放一江山岛、太湖剿匪以及南沙建站、西沙建场等急难险重任务，是一支屡建奇功的荣誉之师。日前，"万里海疆巡礼"采访团来到了这支历史悠久的部队，采访了新时代的霓虹灯下好水兵，欣赏了这里独特的"大舱文化"。

不愧时代谱新篇

站在上海的外滩边，凭江临风，观赏黄浦江上百舸争流的船只，凭江眺望雄伟壮观的东方明珠塔，回首百年外滩的建筑，亦老亦新，都展现出东方不夜都市的魅力。就是在这样一处霓虹璀璨处，海军某登陆舰支队勤务船大队常年驻守在这里，他们被人们亲切地称为"霓虹灯下好水兵"。

该勤务船大队常年驻守在繁华的黄浦江畔，与陆家嘴金融贸易区隔江相望，南接繁华的外滩中央商务区，左邻直通美、日等国的国际客运码头，背靠俄罗斯领事馆和数十家证券交易公司，与世界瞩目的陆家嘴金融贸易区隔江相望。这些年，他们出色完成中外联合军演、奥运会上海赛区安保、世博会安保等多项重大任务，被评为"全军军事训练一级单位"、"上海市拥政爱民模范单位"，成为上海黄浦江边一道亮丽风景。

2002 年，时任海军政委杨怀庆为该大队题写了"霓虹灯下好水兵"的题词，11 年来勤务船大队官兵与时代同行，与都市同进，不断丰富着"霓虹灯下好水兵"的精神内涵。

红色教育塑造忠诚卫士

时代在前行，环境在改变。地处繁华闹市区的海军某登陆舰支队勤务船大队积极开展与时俱进的思想教育、各式理论培训，深入开展"使命、职责、荣誉"系列战斗精神培育，透过科学理论的指引，光荣传统的熏陶，使命责任的激励，伟大时代的召唤，让"好水兵"不断在新的起点扬帆远航。

党的创新理论是"好水兵"们健康成长的"养分"。面对多元文化和多元价值观的冲击，大队官兵自觉用科学理论武装头脑，用"红色基因"滋养心灵，用时代元素丰富内核，保持坚定的信念和昂扬的精神，以正确的人生观、价值观引领人生，经受住了这个时代的考验。

该大队在全体官兵中叫响了"身居大都市，心向海战场"的口号，深入开展"使命、职责、荣誉"系列战斗精神培育，坚持每年一次评选"霓虹灯下好水兵"十佳风采人物、每月一次形势教育、每周一次紧急拉动，把万里海疆作为官兵"铸魂"的大课堂，定期开展中国近现代海防史教育。采访中一位即将新婚的士官虽然与新娘的城市近在迟尺，但他由于执行任务较多，婚期至今无法确定，他告诉记者，完成任务比结婚更重要，等完成手头的任务后再和心爱的新娘举行婚礼。朴实的语言诉说着这位士官的人生情怀，这也正是大队开展特色教育最好的硕果。

该勤务船大队以黄浦江两岸丰富的社会文化资源为依托，开展"一条江一堂

课"教育实践活动。勤务船大队党委定期邀请高校专家学者为官兵授业解惑；组织官兵参观洋山深水港、上海规划馆、上海一大会址等，在上海这座城市的今昔对比中感受整个社会的巨大变化。

特色教育打造中国海军形象窗口

这个大队所在的上海北外滩是一块"风水宝地"，万国建筑云集，同时资产管理机构云集，这里有着"中国的波士顿"之称，是上海有文化、有品位的财富之港。大队驻地上海扬子江码头是外舰来访的主要靠泊地和外国元首饱览黄浦江夜色的登船地，迄今为止，先后接待、保障了近 40 个国家 50 多批舰船的靠泊。大队官兵每年都要和数千名外国友人交往，他们既是东道主，又是展示中国海军形象的窗口。

为了全面提升官兵素质，展示海军良好形象，该大队为每名战士建立了素质档案，先后与上海 6 所高校建立教育协作机制，率先在驻沪部队开通了数字图书馆和网络课堂，有 400 多名官兵获得了大学文凭或国家中高级技术等级证书。目前，大队官兵普遍掌握外语、数学、物理学、心理学等多学科的知识，90％的人员能够和每年来访的外舰水兵进行英语会话。大队制订了《黄浦江上好军舰行为修养准则》，从垃圾收集到污水污油处理，都成为黄浦江上来往船只的文明表率。

该勤务船大队官兵形成共识，黄浦江是大队的驻泊地，更是中外游客游览上海的一道风景线，决不能让美丽的黄浦江染上污垢。对此，勤务船大队成立军港管理委员会，对舰艇保障、保养、排污的情况进行巡查监督，使"爱舰、爱港、爱浦江"成为每名官兵的自觉行动。

"我们代表中国海军的形象！"如今已担任基层连队教导员的张衡告诉记者，

在外滩边执勤站岗无小事，需要注重细节，有理有节是基本要求。只有文明站岗执勤，热情礼貌对待每一位游客和市民，才能彰显中国海军的文明之师形象。

由于地处繁华的黄浦江边，一些外国军舰经常来访，如何处理突发情况也成为考验该队官兵的课题。2008 年 9 月，厄瓜多尔"瓜亚斯"号帆船训练舰来沪访问期间，主机突然发生故障，一时难以排除，请求大队予以协助。四级军士长、东修 911 船主机区队长戴连喜奉命来到厄舰，用流利的英语与舰员沟通交流，得知主机启动后就马上熄火。经过仔细检查，戴连喜判断是自动保护开关发生短路，仅用了不到 20 分钟时间，就彻底排除了故障。

时代使命诠释新内涵

我们所处的时代是一个全面开启中国特色社会主义伟大事业的战略起点，也是一幅生动记录我军有效履行历史使命的辉煌篇章。"霓虹灯下新水兵"是伴随改革开放成长起来的一代，有着鲜明的时代烙印和特色。新时期军队建设使命催生他们过硬的能力素质。一代又一代好水兵的发展进程，正是中国海军走向现代化的一个缩影与代表。目前，80 后、90 后年青一代已经成为水兵的中坚力量，跳动的时代脉搏让他们产生更加追求"好水兵"时代内涵的共鸣。

独特的"大舱文化"

舱室里放电影可是件新鲜事儿。为了满足官兵的精神需求，支队先后投资了

50多万元为各舰统一配发了笔记本电脑、影碟机、投影仪，努力为官兵打造出"大舱星级影院"，给出海官兵带来娱乐与精神享受。海风徐徐，海浪轻拍。官兵们在训练之余坐在大舱里，观看百部经典爱国主义影片，饱尝影视大餐，心情格外高兴。

记者还看到，该支队每艘舰艇都有"大舱网吧"。他们在舰上专门腾出一间舱室，里面可容纳20多台电脑。为满足官兵的文化需求，该支队还依托驻地资源优势，借助浦东新区图书馆强大的文化资源建起一座"数字图书馆"。官兵们足不出户，即可查阅使用馆内近百万册的数字图书，汲取到最前沿、最鲜活的文化信息资料。新型阅读方式不仅丰富了官兵的业余文化生活，更为官兵学习成才创造了条件。

如果不是亲眼瞧见，记者怎么也不敢相信在军舰上，还有这样一个设施齐全的"大舱健身馆"。战舰远航，官兵不仅要进行高难度的训练课目，还要与大风浪抗衡，对体能消耗极大。去年，支队为各舰配发了一批沙袋、跑步机、臂力器、乒乓球台等体育器材和运动设备，组建成了深受官兵欢迎的"大舱健身馆"。为了强化训练效果，各舰还专门制定详细的海上体育训练计划，规定每天锚泊后"大舱健身馆"准时开放，非值更人员全部参加，使各项体育设施得到充分利用。

"大舱影院"、"大舱网吧"、"大舱健身馆"、"大舱心理咨询室"等富有舰艇特色的"大舱文化"的建立构筑起一道靓丽的蓝色文化风景线。丰富多彩的文体活动，不仅像一汪清泉滋润了兵心，更像一针强心剂激发了官兵斗志，促进了部队战斗力提高。

两栖霸王花

在南海某军营，驻扎着人民海军某陆战旅，其中的女子侦察中队被外界称之为"两栖霸王花"，她们个个身怀绝技，刀枪剑棍十八般武艺样样精通，练就了一身过硬的军事本领，她们既有钢铁般的军人斗志也有阳光般的少女情怀。

摩托车特种驾驶争做"女刀锋战士"

盛夏时节，烈日当空，南海某训练场地面温度达到了40多度，海军陆战队某旅女子侦察中队的女兵们正全副武装、头顶烈日进行高强度训练。记者眼前的这群身着海迷彩、身背武器与全副作战装具的黑黝黝女兵就是"两栖霸王花"。

"立正，向右看齐，向前看。

今天，我们的训练科目是摩托车特种驾驶，准备上车！"教导员余娜娜下达了训练科目。

排长蓝小练立即带领女兵跑步到三轮摩托车前，飞身而上，发动摩托车，迅速出发，开始急速行驶。在这个过程中，他们要模拟通过危险路段、躲避火力、隐蔽射击等特战动作。

"驾驶摩托车靠的不仅仅是力量，更是靠技巧与判断力。"蓝小练在车队最前列，带头完成各种动作，此刻的三轮摩托车在她们手中如同玩具一般"听话"。

"今天有男兵就对我们说，看到女兵练成这样，怪吓人的。"蓝小练略显骄傲地说道。

不论是两轮行驶还是隐蔽驾驶，不论是高速通过还是低速接敌，蓝小练与战友们动作干净利落，绝不拖泥带水，高难度的训练表演也赢得了大家阵阵掌声。

当完成所有指定训练科目后，记者看到头戴钢盔她们早已经是汗如雨下，但黝黑的脸庞神情坚定。蓝小练说，这样的训练已经是很普通的了，还不算高强度，她们平时也会自己给自己加压，希望争取能够成为一名"女刀锋战士"。"刀锋战士"是该旅每年进行的一次对掌握顶尖技战术官兵的全能评比，优中选优，只评十名。

"之前选拔的时候，我还不符合条件，今年选拔我肯定参加。我要争取做一个最优秀、最出色的'女刀锋战士'。"蓝小练坚定地说道。

从摩托车训练场出发，很快就到了轻武器速射靶场，男子特战队员、教官杨桩正在指导女兵们进行特种射击。

"拔枪、出枪……好，注意姿势！"

就是这样一个看似简单的拔枪动作却非常多的讲究：准一点，就能快速击毙敌人；快一秒，就多一分生存的希望。

这样拔枪插枪动作每天可能要做几百上千次，女兵陈娟对记者说，这样除练习技战术水平外，更是为了练就一种良好稳定的心态。

"这个首先是你的个人体能、心理素质、承受能力等各方面都要达到要求。"陈娟如此说道："甚至要做好超越自己的准备，必须融入到集体中来。"

临近中午，训练场热风阵阵，汗水顺着姑娘们的额头往下流，一颗颗豆大的汗珠挂在眉毛上，女兵们仍然稳定地端着枪一动不动，专心练习射击。

"我们的女兵在这里独树一帜，我希望她们能完成一些男兵都不能完成的任务。"杨桩教官说："女子特战队员的训练要求不逊于男兵，甚至在某些方面比男兵还更高更严，为的就是能发挥她们的潜能，希望她们在特种作战或护航等方面都能发挥特殊作用。"

高强度的训练，姑娘们的体能都已消耗极大，杨教官表示女兵们在平时都要做好基本体能训练，跑步、单双杠、武装越野、游泳等，这些都是最基本的，所有的女兵都已达到了标准。

"她们也意识到这只是短时间的训练，如果要有更加大的进步，就必须加倍的努力。"杨桩教官对于今天上午的训练他表示基本上满意，但要达到更高的水平，还需要"霸王花"们付出更多："她们接受能力不错，证明有潜力接受我们的训练，我们要加大训练的力度。"

机降滑降显身手　勇猛直前撼山谷

虽然烈日当空，海训场高温高湿，但姑娘们一刻也没放松，有的分队在进行军体拳、武术格斗的练习，有的分队还在进行高空滑降训练。

记者来到滑降训练地，只见在数十米高的楼顶上，垂着一条滑降绳，现场指挥员表示这就是模拟高空直升机滑降，在两栖侦查作战中，潜入敌后、特种作战都需要熟练掌握滑降技巧。

"报告"

"下"

"是！"

班长陈仟第一个下滑的，只见她扣好锁扣，把枪往背后一背，双手握好滑降

绳，双脚一蹬就离开了墙壁，几个动作就灵巧地降落地面，然后立即抛开滑降绳，抢占战位，为后续的战友做好掩护。

"全班都很棒，大家都克服了自己的心理障碍。在实战的时候，可能随时出现各种状况，需要我们及时地克服，完成任务。"

在滑降训练中，上等兵方卫珊漂亮的战术动作吸引了记者的注意，她动作轻盈标准，从她略显稚嫩的脸上很难想象是这样一名年轻女兵完成的，当记者问起她擅长什么的时候，她的回答更是让记者吃惊，她说自己好像基本上都擅长，没什么不拿手的：

问："你擅长什么方面科目？"

答："攀登、滑降、拳术、射击、游泳等！"

问："其中你最拿手的是什么？

答："都很拿手！"

要成为一名合格的"两栖霸王花"非常不容易，她们的训练科目非常多，训练强度也很大，要求每名队员必须熟练掌握射击、爆破、通讯、侦察、攀岩、驾驶、滑降、游泳、潜水、武装泅渡、水下逃生、荒岛生存等数十项军事技能。

方卫珊说，虽然累点苦点，但是还是非常喜欢现在的训练生活，并为此而感到自豪：

"我觉得很自豪，能够有幸加入中国海军陆战队，加入两栖女兵陆战队，成为其中一员。"

在记者离开的时候，"两栖霸王花"的姑娘们齐声喊出了陆战旅的猛虎精神："背水攻坚，勇猛直前。背水攻坚，勇猛直前……"洪亮的声音充满杀气，震撼山谷。

亦刚亦柔"霸王花"，一道特殊的刀锋

看着"两栖霸王花"们自信的神情，记者不由得由衷的敬佩，暗暗为她们竖起大拇指。

训练场上，我们看到的是"霸王花"刚强不服输的一面，在晚上举行的晚会上更是让记者看到了她们"温柔"的一面，也正是白天训练场上的这些女兵，他们合唱一曲《晚风吹过哨塔》，让白天一起训练的战友们陶醉。

"晚风吹过哨塔，天边一抹红霞，年轻的士兵巡逻归来，枪口一朵野花，一样的英俊少年，一样的英姿挺拔，一身征尘更显得威武潇洒。……"

歌声在宿营地上空飘荡，让人久久沉浸其中。通过一天的面对面采访，让记者对这些亦刚亦柔的"两栖霸王花"有了更深的认识。

战争从来没有让女人走开，面对未来复杂的战场环境，要求她们必须练就过硬的本领，铸就一支世界一流的女子陆战队，在未来战场担负特殊使命任务，成为共和国特战钢刀上的一道特殊的刀锋。

幕后英雄地勤兵

有这样一群军人：他们是海军，每天却是与飞机打交道；他们是航空兵，但极少在天空中飞翔。他们坚守在大地，与飞行员们之间有着生死相依的情感纽带。他们就是海军北海舰队驻青岛某水上飞机部队的地勤官兵。

作为解放军中唯一的水上飞机部队，北海舰队青岛某部装备的水上飞机已经服役25年了。因此，这里的地勤官兵们每天都担负着繁重的飞机养护及维修任务。政委于海波用几句话概括了他们的辛劳，"冬天一身霜，夏天一身汗，长年一身油；弓身为桥，挺身为梯。他们的工作非常辛苦，但又非常重要。"

附件师王忠新所在的修理厂附件车间担负着水上飞机液压、冷气、操纵、燃油、除冰和防灭火等六大系统部附件的修理工作，附件工作用"苦、累、脏"来形容是再适合不过了。2006年冬天，他进入飞机油箱进行油箱清洗工作。对于身高超过1米8的他来说，通过大小只有50×50厘米的油箱口、再进入到总容积两立方米的油箱中本来就不是一件易事。那天，他正在油箱中一点一点地将尘屑和油污清理干净，没想到不出一会儿，战友们就发现他在充满刺鼻油气的油箱中晕倒了。

"我们用来清洗油箱的油，挥发性很强，我那是有点中毒的症状。就像一氧化碳中毒似的，很快，你都没反应过来，就直接倒在油箱里了，晕过去了。那时每个油箱外都有人，所以他们把我拖出来了。"王忠新笑着说。他在机库醒来后，在油箱外休息了半小时，再次钻进去，把工作完成。"你是干这个的，不干完怎么能行呢？还得继续啊。"

长年繁重的工作让王忠新落下了严重的腰椎间盘突出，本该卧床休养的他，却放心不下手中的工作。机务大队长周权威告诉我们，除了腰椎问题外，耳鸣、关节炎、心律不齐都是地勤人员常见的职业病。

周权威给记者解释说："耳鸣是因为噪音；关节炎呢，不是因为老下水，是因为天太冷了，海边雾气大，很潮湿。那心律不齐也是因为噪音，我们离飞机近啊，发动机一响，我们就感觉心脏一起震，感觉要跳出嗓子眼儿来。"

周权威从事机务维护工作20多年了，"吃苦耐劳、严谨细致"一直是他的工作原则。38岁那年，他为了解决飞机的一次突发故障，在夜幕中潜入5摄氏度的低温海水中反复检查了3次。

"在海里眼睛睁不开，就是用手摸的，这些零件啊、部件啊，我们脑子里都有数，什么样是正常，什么样是不正常，一摸就知道了。"周权威回忆说，当时自己脱掉衣裤，潜入冰冷的海水中，摸索着可能出错的每一个部件。但是为什么要三次下水呢？"我有点不敢相信自己。就是害怕检查的不够好，工作的不到位。"

老同事王俊刚了解周权威，他说，周权威不是不相信自己，而是肩上的责任太重了，担心机组的安全，也要为部队财产负责。那天，一而再、再而三地检查、复查，直到确认故障排除，周权威才安心上岸。当时从海水中直起身子来的他已经被冻得说不出话来了，但他却说，机务人员就是飞机的保姆，所有这些都是他应该做的。

"机务是战鹰的保姆，工作一定要落实。如果飞机维护不好，就算影响任务、就算挨批评，我也不能让它上天。"周权威的语气和表情都特别地诚恳。

说到地勤官兵的"保姆"情结，机务大队特设主任王俊刚可谓是"母爱泛滥"。不得不提的是他的一次休假经历。去年11月，他休假在家。他家距离机场只有二三百米，每天早上他就伴着飞机的起降声起床干活。有一天听着听着，飞机的发动机声儿不对劲了。

"我一听，（声音）怎么突然停了？我马上打电话问'怎么了'？！后来才知道是飞机试飞时刹车系统有点问题。"当记者追问他当时他在做什么时，他憨厚地笑了，"我在粉刷墙壁呢。"

说到这里，大家都笑了。周权威打了个比方，"这有啥听不见的？孩子哭了，不管多远，妈妈肯定能听到。这就跟我们的娃似的。飞机的声儿，人家听着是噪音挺吵，我们听起来，觉得还挺好听的呢。"

地勤工作往往需要起早贪黑，王俊刚的妻子笑称，他把自己的家当旅馆，修理厂反而才是他真正的窝。为了照顾家庭，妻子辞掉了工作，好让他全心全意干好机务工作。提到这些，王俊刚觉得很愧疚。

"我们从事的工作，早上起得很早，晚上又加班回得很晚，家庭照顾不了，必须有一个人牺牲。所以，她辞职了。我每次想起这个事儿都觉得挺对不住她的，因为不光是我们需要成就感，她也需要工作、需要在工作中得到成就感。"

正是出于对海与天深沉的爱，地勤官兵默默无闻地奉献着。但是，修理了一辈子飞机的他们，却很少有人上过天。记者在修理厂采访一位地勤班长时，得知他当兵15年来仅参加过3次飞行。记者正要为此而喟叹时，班长的脸上露出的竟是自豪的表情。我们这才知道，还有许多当了20多年兵的老地勤，一次也没飞过。附件师王忠新就是其中之一。

王忠新说："当了一辈子兵没上飞机的有很多。我们的飞机和别的机型不一样，机上没有座儿啊！另外飞行条件也的确很艰苦。我是真心想上去，20多年没上过，光是修它了。和咱的工种关系不大……有机会还是想上去坐坐的。"

　　周权威、王俊刚曾经跟随机组一起执行过任务，但是飞上天后的情景却和他们想象中的不一样。王俊刚说："我上了天后，看了窗外的景色，也不是我想象中那样。而且咱这飞机，飞得低，很颠簸，降落的过程中我一直恶心想吐，耳朵也憋得难受，好像灌了水似的，下地后十分钟内听声儿都觉得有回声。这回我也算是体验了飞行员们的辛苦、不容易。"

　　上了天，地勤人员亲身体验了飞行员们的辛苦，进一步增进了他们与飞行员的感情。周权威说，地勤的职责就是要让飞行员飞得安全、飞得放心，只有他们的工作做好了，飞行员们才能感觉踏实；这种信任，建立在扎实工作的基础上。修理厂教导员张健一语道破了地勤与飞行员之间的关系："空勤和地勤的关系吧，和别的部队任何两个部门之间的关系真是不一样。亲密？责任？应该说很多感情都融到一起了。空勤把生命托付给你地勤了，我的命都在你手里了；地勤呢，人家命都托付给你了，你负的责任有多重大啊，这真的是生死相托的。这是心灵上的一种联系。"

　　没有直冲云宵的豪情，但他们有脚踏实地的付出；没有畅游大洋的气概，他们却有忠诚质朴的信仰。他们就像一颗铆钉、一个齿轮、一根导线，在微小的岗位上，散发出巨大的能量。

艇长是这样炼成的

　　舰艇是海军最基础的作战单位，一旦出海执行任务，舰艇战斗能力的发挥和全艇官兵的安危，全系于艇长一身。今年刚满30岁的王鹏飞，已经担任实习艇长半年，21日，他迎来了一次非常重要的全训考核，通过这次考核，意味着他将正式成为一名合格的艇长。为了这场持续三天的大考，他需要在猎潜艇上各个岗位历经10年锤炼，才有机会向艇长的岗位迈进。

　　"滴铃铃铃……"

　　早上8点半，随着一连串紧促的铃声响起，考核开始！紧急起锚的命令一下达，全艇官兵立刻迅速行动起来："集合！1、2！1、2……"水兵们动作精准、士气高昂，他们每一个战位的表现都将决定实习艇长王鹏飞是否能够通过考核。

　　考核组由北海舰队某水警区各专业技术岗位的12位专家组成，他们当中的很多人就是艇长出身，航行过程中他们将以实战为背景，随机给出各种突发情况，考验实习艇长王鹏飞的处置能力。不一会儿，猎潜艇接到布雷任务。16名艇员在后甲板摆开队形，展开布雷工作。

　　"报告！右甲板有人落水！"

　　正当艇员专心布雷时，传来人员落水的消息，考核组组长张健表示，这也是考核内容之一。"这个时候应该丢下去一个救生圈，布雷工作不能停止。在真实战场环境下，也是这么一个操作顺序，考虑到人员在当前海况中有生还希望，那么舰艇就要先完成军事任务，再进行救生作业。"

完成布雷后，舰艇返程，落水人员也被安全救上来了。记者们刚松了口气，前后舱甲板上却燃起熊熊烈火，"后甲板中弹着火！"

黑色烟雾滚滚升腾，艇上气氛瞬间紧张，水兵们迅速接上水管，喷水灭火。

水与火的考验过后，考核组给出前方发现敌船和敌机的情况，准备战斗，指挥舱里实习艇长王鹏飞的命令也越加急促。

"各单位加强对空观察瞭望！雷达电台保持静默！参谋长注意，导弹左机高一！右侧，发射！"

水警区王琦司令员也亲临考核现场，作为有着30年军龄的海军老兵，历任猎潜艇、扫雷舰、护卫舰指挥员的他认为，果断和镇定是一个合格艇长的必备素质。

王琦："处置情况一定要快，一连串的口令一定不能迟疑。'左舵！右满舵！两进一！四进一！'口令一定要快速，所有的方案都要烂熟于心，不能慌乱，要气定神闲。年轻的艇长成长中都会有这样一个过程。"

三个小时的考核过后，午餐时间到了，大家稍稍松了一口气，实习艇长王鹏飞在这个间隙接受了我们采访。他说："从早上到现在，3个小时，航行过程中接收到敌方导弹的雷达信号时，我是最紧张的。因为导弹对我艇的威胁是最大的。不管是规避还是抗击都是比较难的。比较有自信的项目是防核化演练这个环节。因为这个演练要持续三天三夜，所以现在还只是一个开始。刚开航时我比较紧张，后来看看海况还不错，艇员的实际操作能力也表现得很好，我对全艇的作战能力有信心。我想我可以完成上级考核组下达的各种任务。"王鹏飞信心满满地说。

接下来的69个小时，他和艇上的战友们还将继续接受考验。午餐时间，船舱里传来了广播声。"尊敬的首长，亲爱的战友们，大家中午好。蓝色小广播又和大家见面了。首先，请允许我代表全体官兵向水警区首长考核组、以及'万里海疆巡礼'采访团表示最诚挚的欢迎。跨海巡江励神器，等闲风浪见敌夷。战风斗浪亲兄弟，同舟共济心相惜。请祖国和人民放心！"

"我爱这蓝色的海洋，

祖国的海疆壮丽宽广，

我爱海岸耸立的山峰

俯瞰着海面像哨兵一样……"

《我爱这蓝色的海洋》是战友们每次出海的必听歌曲，碧波之上，万里海疆，记者相信，王鹏飞和他的艇长梦正伴着歌声一起飞翔。

参加完海上的全训舰长考核，我们在机关采访了水警区司令员王琦。王琦接受记者采访时表示，中国应该牢记历史，不能忘记历史，建设一支强大的人民海军；要有一种当兵打仗、带兵打仗、练兵打仗的意识，缔造一支有血性、打胜仗的现代化海军。

王琦司令员说，"威海不仅战略地位重要，还是中国近代海军北洋水师的诞生地，也是北洋水师的覆灭地。部队组建几十年以来，全体官兵都感到自己身上责任重大，甲午海战这段屈辱的历史不能在我们身上重演，朝着建设一支强大海军的方向，这些年来我们的海军不断地壮大，装备在不断地更新，一批新式的护卫舰马上就要交接入列，部队建设迎来了难得的机遇。"

据王琦司令员介绍，部队辖区的海岸线跨山东省的五个地级市，辖区海岸线长1900多公里，海平面有2万多平方海里，又面临着朝鲜半岛，最近的岛屿距离白翎岛只有98海里，常年担负着繁重的战备训练任务，一年出动的舰艇1000余艘次，平均航行4万余海里，机关领导每年在外工作也达到200多天。虽然工作非常辛苦，但是官兵们建设海军、热爱海军的意识没有丝毫地减弱，工作干劲非常的足，官兵们一起出海训练，一起献身海军、献身国防，磨练意志，想打仗谋打赢。

　　王琦司令员说，"我们国家不仅有960万平方公里的陆地领土，还有300多万平方公里的海洋国土。对于中国海军来说，必须很有血性、很有朝气，必须走出国门、走向深蓝，就像今年春节期间那样，舰队派出护航编队巡逻南沙，在全国人民合家欢乐的时候，我们的海军守卫着国土，官兵们在战斗岗位上迎接春节的到来。党和人民感到安心，我们也感到非常的自豪。"

海上编队训练

为祖国这片海而来

在启航去南沙前的采访中，很多军人提起祖国那片遥远的蔚蓝之海时，眼里都会涌出泪水。

在南海守备部队，记者见到了徐阳。从石家庄机械化步兵学院毕业后，他主动申请来到南沙，是驻守南沙东门礁的副队长。

徐阳对记者说，有一次，一名战士的父亲去世了，但战士离完成自己的守礁任务还有一个半月的时间。这名战士坚持不回去。我们就在大海边，面朝祖国的方向，为他的父亲举行了一个简单的祭奠仪式。当时岛上的物资也不充裕，大家就把酒洒在海中，每个人拿出几支烟点上。我的那个战友跪在大海边，失声痛哭。我们也泪流满面。说到这里，徐阳顿了顿，仿佛又回到当时那个哭泣的情境。

在南海守备部队，记者还见到了女兵李敏。最先见到李敏的，是她的背影，翘拔地站着，很有兵的样子。一扭头，是张年轻而明媚的脸。2011年，作为卫生员，李敏去了南沙。她会对记者讲，南沙凌晨时的星星特别亮，仿佛触手可及。她也会活泼地拉起记者的手说，姐姐，我给你看一个南沙我特别喜欢的地方，然后就拉着记者，跑向军史馆中她最喜欢的一张照片前。那是永暑礁的防波堤。在那里可以看到很多小鱼和螃蟹，让人去了一次还想再去一次，特别漂亮。讲着讲着，李敏却哭了，之后一抹泪水，问记者在被采访时哭了是不是很丢人。但她又说，南沙那个地方去了之后，会有很多打动人心中柔软地方的事情，所以我们很多人都会哭。这种柔软到底是什么？记者很想知道。

在某作战支援舰支队，记者见到了操作班班长叶龙生。当兵 16 年，他的日子都与南沙紧紧相连，曾经 52 次赴南沙为守礁官兵进行补给。当补给船为南沙守礁官兵进行补给时，他是小艇驾驶员。

有一夜在他的记忆中格外深刻。当时，他们给南沙岛礁上的官兵补给完乘小艇返回母舰时，突然下起瓢泼大雨，巨浪翻滚，母舰顿时在他眼前消失不见，只有一道水墙矗立在小艇前。突然，艇上的一个人被浪打了下去，叶龙生凭着第一反应，一伸手将自己的战友抓了回来，但战友手里的对讲机却掉进了大海，这意味着他们与母舰之间彻底失去了联系。叶龙生当时的感觉就是绝望。在接下来的 8 个小时中，叶龙生和战友就在海里挣扎着慢慢寻找，母舰也没有放弃，打开灯照向大海。最后，奇迹出现，他们被母舰发现，救了上来。

这番生死经历之后，叶龙生依旧留在南海，继续着他的补给。叶龙生说，这不是自己精神上有多崇高，而是因为这是自己选择的职业，也是自己的职责，不能放弃。

有的时候，面朝大海，不是只有春暖花开，可能会有失去亲人、却又无法赶去现场时的痛彻心扉，有与海浪搏斗时的绝望与希望，以及为保卫祖国海疆而背水一战、勇往直前的豪气。但不论是身处一线的南沙守礁官兵，还是为他们提供补给的作战支援部队，还是海军陆战队以及其它部队，为保卫祖国的万里海疆，他们一刻也没有放松。"中国军人不会丢失一寸领土、不会浪费一粒海水"，这是他们对祖国的承诺。

就在写上述文字的时刻，记者所乘坐的军舰汽笛声响起，船儿就要远航，奔向南沙。祖国那片令人魂牵梦绕的蔚蓝色海疆，究竟会以什么模样展现在记者眼前？在南沙的航行中，又会遇到什么人？发生哪些故事？

见证无悔青春守礁人

不知道人的一生中究竟可以有多少机会在大海中航行。此刻，记者就坐在海军"抚仙湖"号军舰负一层的甲板上看海浪翻滚，一名穿着海魂衫的年轻水兵就坐在离记者不远的箱子上。

安静了一段时间，记者问水兵："你在舰上的哪个部门工作？"

"我是守永暑礁的。"水兵答道。

"守几次礁了？"

"这次是第5次。也是最后一次，因为我准备复员回家了。"

水兵很安静。

继续安静。

之后，记者问："有遗憾吗？"

"没有了，因为我到过南沙了，"水兵肯定地说。"只是回家后，没了礁上兄弟们的陪伴，我会想起他们。"

浪花继续翻滚。记者想着水兵口中所说的"不留遗憾"，想知道那片海和那群人究竟是什么模样，可以让走近的人都对其一往情深。谜底很快就会揭晓，因为再经过两天多航行，我们将到达"万里海疆巡礼"的第一站：南沙群岛赤瓜礁。

孤独的岛礁　主权的象征

军舰将在第二天凌晨5时到达赤瓜礁。头天傍晚时分，天空中刮起风，飘起小雨，军舰的甲板上亮起昏黄柔和的灯。几个人正在给甲板上的小艇加油。因为军舰的吨位比较大，赤瓜礁附近海水较浅，军舰无法靠近，上礁人员只有乘坐小艇才能到达。

顶着风，记者晃晃悠悠地爬上小艇旁的舷梯。小艇上的水兵说："今天的风有五级。"他们一边继续给小艇加油，一边淡定地说："这在南沙根本不叫风。"可在满耳呼呼的风声中，记者却被吹得左摇右晃，感觉都快要掉下舷梯了。

南沙的风啊，你究竟该是有多"温柔"？

军舰一直向南，离赤瓜礁越来越近了！

第二天很快来到。虽然不是第一批登艇人员，但凌晨5时，当还在睡梦中的记者听到"第一批登艇人员请在中甲板集合"的广播时，记者还是头未梳、脸未洗，抓起衣服穿好便冲了出去。航行了两天，也晕了两天船，终于来到了赤瓜礁，记者要第一眼看到它的样子！

天色一片黑暗，甲板上依旧是昏黄柔和的灯，只是一片忙碌，不少人是凌晨3时就开始起床进行准备工作的，登艇人员已经穿好橘红色的救生衣整队完毕。往船舷右侧看，只见黑漆漆的海面上，几排黄色的亮光远远浮在那里。嗯，那里一定是赤瓜礁！于是记者拿起相机进行拍照，并对着灯光想象着赤瓜礁的样子。这时，一名水兵对记者说："那不是赤瓜礁，而是船只。赤瓜礁没那么大，它在船舷左边。"绕道船舷左侧，只见一片黑色中，相隔数十米，有一大一小两个白色的小光源，那里才是赤瓜礁和它的灯塔。

于是，记者就在停泊于南中国海的军舰甲板上，朝着赤瓜礁的方向，坐等太阳出来。天亮后，随着灯火退去，赤瓜礁终于现出了它的样子：一座灯塔，相隔一段海，是一栋白色的房子。近处的海是深蓝色，远处的海是蓝绿色，灯塔就在海的两色交汇处。茫茫大海中，它们显得有些孤独，但却是中国领海主权的坚强象征！

印在心底的海

当记者乘坐的小艇渐渐靠近赤瓜礁为碧绿色海水所覆盖的礁盘时，赤瓜礁房屋上"祖国万岁"、"英勇顽强，敢打必胜"和"中国赤瓜"几行大字，一下子映入记者眼帘。同行的水兵告诉记者，一开始，并没有"中国赤瓜"这几个红色大字的。2011年，赤瓜礁上的指导员让班长张希磊和几名战友将这几个字刻了上去。刻字那天，张希磊和战友将梯子架在海水中，海浪不断拍打着梯子，便有3名战士站在海水中扶着梯子，一人则在上面拿笔描字。张希磊说，当时的感觉无法形容，但一定是严肃而又庄重。

张希磊是第5次守礁，此次距离他上次守礁只间隔了一个月。张希磊说，只要有需要，我们就上。在赤瓜礁，这个年轻的小伙子已经度过了3个春节。守礁的日子是单调的，在四周为海水所环绕的礁盘上，张希磊也曾感到孤单寂寞，但张希磊说，南沙的地理位置和政治意义都十分重要，赤瓜礁周围海况海情复杂，在这一沧海孤礁上，负好责任守好礁是他们的使命。而正是这种责任意识使张希磊和他的战友们在远离祖国大陆的赤瓜礁上有一种强烈的荣誉感。

登上赤瓜礁，望着四周美的一塌糊涂的碧海蓝天，记者在屋顶找到了正在执勤的战士。他是赤瓜礁的副礁长，1997年入伍，自2000年便来守礁，如今，他马上就要离开赤瓜礁退伍，记者见到他时，是他在赤瓜礁所站的最后一班岗。

原本他的站岗时间是凌晨5时到8时，但他一直站到了10点多，并淡淡地说："最后一班岗，想多站一会儿。"守礁10多年，他对周围岛礁的情况非常清楚，并对记者说，前方就是外国非法占领的岛屿。这位副礁长说他看得见被占的海岛，但记者睁大眼睛，看到的除了海，还是海。不是因为记者视力不好，而是在过往十几年间，这片海已经深深印在了这位副礁长的眼里和心里。

我想把南沙岛礁都守遍

上赤瓜礁前，记者在"抚仙湖"号上遇到了即将赴任的赤瓜礁礁长王振刚。我们各坐在一筐洋葱上，开始了采访。

王振刚原本在三亚工作，2006 年他主动请缨，来到南沙。"因为我想感受南沙。"王振刚朴实地说。"如果有可能，我想把南沙的岛礁都守遍。"此行，是他第 8 次守礁。

王振刚的女儿叫王瑾瑜，今年 1 岁多。在这之前，王振刚的妻子曾流过一次产。当时，王振刚上礁没多久，他的妻子就流产了。但他的妻子硬是忍住，没有将这件事告诉他，直到事情过去一个多月，自己的身体渐渐恢复，悲伤的心情渐渐平静后，才将此事告诉王振刚。王振刚讲到这件事时，语速很慢，声音很低。

"对于一个女人来讲，流产是一件令人特别伤心难过的大事，她却一个人扛了下来。她怪您了吗？"记者问。

"没，她没怪我……"王振刚喃喃地说，用手指擦了下泪水，之后又不好意思地抿了下嘴。

在王振刚心中，最美好的时刻就是看祖国的五星红旗在南沙高高升起。这里和他国非法占据的岛礁犬牙交错，这里是斗争的最前线。王振刚女儿的名字"瑾瑜"的意思是漂亮的石头，南沙的海水中就有很多漂亮的石头，它们和王振刚的女儿一般，都是王振刚最为珍视的宝贝。王振刚的心愿是希望祖国更加强大。

记者问他，南沙守礁官兵是否都或多或少有种理想主义和英雄主义的情怀？

他回答："是的。"

离开赤瓜礁时，王振刚、张希磊和其它换防至礁上的战士站在码头送别我们，

他们大声呼喊着"首长再见""战友再见"。这一幕，记者已经在之前的新闻报道中有所了解，因此有了心理准备。但当记者亲身听到那口号时，还是会忍不住动情。列队中，礁长王振刚卖力地摇着手，显得精神十足。阳光下，他黝黑脸庞上那两道浓黑的眉毛格外明显。

从赤瓜礁回来的晚上，记者问一名即将守礁的士兵："想去礁上吗？心情怎样？"士兵幽默地说："你看我现在这么亢奋，你觉得我心情怎样呢？"记者说："我看出来了，你肯定很爱南沙的礁石，迫不及待想要去。"

水兵让记者猜他多大了，记者说："32岁。"他一副很受伤的样子说："我今年才26呀。不过，"他顿了顿，说，"南沙的气象条件差，每守一次礁就会老很多，遇到热的时候，两个小时就会被晒曝皮。那里敌情复杂，夜里要是来艘不明身份的船只，整晚上大家都睡不成觉，得时刻关注。我们一个叫刘明的礁长每到守礁时就会整夜失眠。"

这名战士叫王涛，和记者聊天时，他正在甲板上吃泡面。当时已经是夜里11点多了，但他还是没法回去睡觉，因为得随时待命上礁换防。

第二天早上10点多，记者收到他的短信，上面写着：祝你一路顺风，吃泡面的王涛。此刻，记者所在的"抚仙湖"号军舰继续向南航行，而王涛已经下舰，守候在南中国海的礁石上。后来，记者见到了王涛口中的刘明，之前他已经守礁12次。刘明刚刚换防下来，虽然高大英俊，但眼角的皱纹却已很深。他对记者说："回到陆地上后，可以调理下睡眠了。"

16年兵龄　25次守礁

在到达东门礁之前，记者见到了即将换防上礁的东门礁老班长刘振。刘振皮肤粗糙，走路快，说起话米底气十足。

从 19 岁那年的青涩新兵开始，到如今成为一名拥有 16 年兵龄的老兵，刘振最好的青春年华都放在了南沙的礁盘上。如今，这是他第 25 次也是最后一次守礁，之后，他便要离开部队。刘振说，虽然自己守卫的礁堡小，但只要守礁人在，能看到头顶的五星红旗，他国就不敢在这里横行。

在南沙守礁，战备等级高，驻守在这里的人都做好会牺牲的准备。尽管危险，但刘振说，这里是祖国的领土，如果你不来守礁，别人就会来。当兵 16 年，刘振三分之一的时间待在了礁上，三分之一的时间是在前往礁盘的航渡中，三分之一的时间则在后方搞训练。他说，那些礁石已经留在了自己的心里。十几年的从戎岁月，他说将之描述为"精彩"是不够的，"无悔"则更为恰当。他无悔自己这十几年在礁上的坚守。在几十年的人生长河中，想到有 7 年时光是在南沙的礁石上度过，刘振觉得很自豪。这是一种精神上的富足。

刘振说："现在，就要离开南沙了，在最后一次守礁中，我会珍惜在南沙的最后 90 天，过好每一天。"而对于 90 天后的分别，刘振说，因为经历了太多的伤感场面，他会控制好自己的情绪。

他说，他能想到的最浪漫的事就是若干年后，和家人、战友重回南沙这片曾经守卫过的海域。那时，老战友们或许都已是老头子，他们将再前往南沙，畅想当年的兄弟情。

采访完刘振的第二天，记者登上东门礁。东门礁很小，往前走 5 米便会掉到海里去。上面的岗楼，依然有一位身板挺拔的战士，他叫施金华。

施金华说，希望周围属于祖国的岛礁上都能插上五星红旗。他说这话时，风很大，东门礁上的红旗迎风招展，猎猎作响。施金华说，南沙守礁人的精神世界都很纯净。他想告诉自己的爸妈和妻子：这么远，自己没办法照顾你们，很歉疚。但祖国的南大门总得有人守卫。

转眼间，天空下起了雨，施金华身上很快就被雨水打湿了，他却在风雨中笑着说："这样的细雨蒙蒙多好啊！"记者将目光转向四周朦胧的海面，想象着如果祖国的岛礁遍插五星红旗，该是什么模样。

神圣南海别样美

记者乘坐海军"抚仙湖"号军舰，在南海上继续航行。在东门礁完成补给后，"抚仙湖"号的下一站，是南熏礁。船上的人说，每次来南熏礁都会下雨。当"抚仙湖"号到达南熏礁时，果然也遇上了这里的风雨。

在大海中乘坐小艇前往礁盘是一件惊险的事。原本以为小艇上会有专门的座位，但上了艇才发现，现实没那么优雅。人只能坐在舱盖上，双手抓紧舱盖，脚蹬小艇边的栏杆，就这样被放离母舰，开始了与大海的博弈。在赤瓜礁第一次入海时，随着小艇在海中摇晃，记者心中一阵紧张，以为这就是大风大浪了。但和南熏礁的风雨相较，才知什么是"小巫见大巫"。

前往南熏礁那天是个下午，天空下起了雨，打在海面上，也淋在我们身上。风浪很大，小艇在海中无助地左右摇晃，又在浪的波峰和波谷间跌宕，一切似乎都失了控。海水不时涌入小艇，大家的鞋里都进了水，几个两米高的浪打来后，记者便从头湿到脚了。流进眼里的海水很是生涩，只能赶快用手抹去，但这却是徒劳，因为总有新的浪打来。

驾驶小艇的张海波就站在旁边，于颠簸中掌控着我们在海里的唯一依靠。这名27岁的湖南青年当兵已经10年，自"抚仙湖"号出厂，便在舰上服役，被称为"小艇王"。坐着"小艇王"驾驶的小艇，即便风急浪大，也无须紧张，因为记者知道，他见过比这更大的风浪。

起航前，坐在岸边的台阶上，记者和张海波有过一次聊天。"有一天晚上补给，遇到至少高 5 米的浪。艇是立起来跑的，艇艏上翘的角度超过 45°。浪把小艇打的蹦蹦响，一个浪打到我胸口，生疼。大家的鞋子都不见了，海浪还把 4 个人卷入了大海，"张海波说："当时，我就拿着手电筒照着去找他们。"不知道那一夜张海波和他的战友们是怎样度过的，但当他们最终平安返回时，他们还是没有离开这片海。

"南沙是我们的领土，礁上的人都是战友，补给保障好他们是我们义不容辞的责任。南海很神圣，不管在任何岗位，都应有这样一个意识：保卫国家，保卫海洋。"张海波说。即便这片海洋有时并不温顺，需要他们出生入死，他们也从不惧怕。在张海波看来，南海特别美好，就算是晕船把胆汁都吐出来，他也喜欢这片海。他说，这是海军的军种属性所决定的。张海波还说，航海的要求就是要胆大心细，风浪来，不要怕，不要慌。记者坐在小艇上，看着身旁的张海波，想着他说的这 9 个字，心中默念了许久。

终于，我们到达了南熏礁。

来南沙就是上前线

莫名地，就对南熏礁有好感，或许是因为这个名字很美吧。但南熏礁的实际情况却并不美好。这里离外国非法占领的岛礁相当近，敌情异常复杂。

南熏礁上的老班长蓝青永当兵 12 年，守礁 14 次。他说："看到岛上越南人的武器装备越来越先进，防御也好，我们心里很着急。2010 年之前，他们那边一到夜里灯火辉煌，我们这边晚上 11 点就得熄灯。最近几年情况好了，可以 24 小时发电了，也有了空调。"

2006 年的中秋节，蓝青永他们刚把月饼摆到院子里准备过节赏月，外国的武装渔船就来挑衅，还有蛙人在礁盘周边摸来摸去。蓝青永就和战友们进行"对空射击"警告。那一个中秋夜，他们就在这样紧张的氛围中度过。

蓝青永对记者说："来南沙就是上前线。我们就是为祖国这片海而来。即便危险也要坚守，因为这里属于中国。"

不知道万巍是否真切了解老班长蓝青永口中所说的这种危险。他是南熏礁新上任的指导员，1989 年出生，东华理工大学国防生，毕业两年，此次是他第一次守礁。

见到万巍时，是在军舰负一层的水兵宿舍外。与其说他是指导员，不如说更像一个邻家男孩，面孔还有些稚气。讲话时，他的两只手会不自觉地紧握在一起，显得有些拘谨。但下了军舰的万巍却是另外一副样子。

在南熏礁码头搬运东西的人群中，记者找到了万巍。当时，他已经浑身是汗，准备再去搬运物资，并协调指挥着大家的行动。记者问他："还适应吗？和你想象中一样吗？"万巍说："差不多。来之前，这里的样子我已经看过很多遍了。""想家吗？""还好吧。"他笑着回答道，之后便继续加入搬运物资的队伍中去了。那种同南熏礁的融合感，使他看起来一点也不像是初来乍到。

记者采访过的南沙守礁官兵都把上礁称为"回家"，说他们所守卫的礁盘就是他们的第二个故乡。看着"守礁新人"万巍的背影，记者渐渐相信，南沙的礁盘对于守卫它们的官兵来讲，有着像家一样的吸引力。

眷恋南沙情未了

离开南熏礁继续航行一段时间后，便来到渚碧礁。"渚碧礁"，这也是个很美的名字。

老班长黄秀成是记者在礁上采访到的第一个人，当兵 15 年，守礁 20 次。记者问他，"渚碧"这个名字是怎么来的，他如数家珍地告诉记者："渚碧以前曾叫'丑未'和'沙比'，后来才叫渚碧。"随后，他在采访本上工整地写下"丑未"和"沙比" 4 个字，那种严谨的态度让记者顿生敬意。说完这些，黄秀成便被喊去忙活了。

在礁上转了一圈，又见到黄秀成。记者问他："飞机平台的水泥地上有一串刻在上面的数字"2011.10.20"，是什么意思？"黄秀成说："那是我们当时修整地面时刻的。除了那个，礁上还有官兵留下一些其它的记号。"他带记者来到礁史馆，那儿的地面上就刻有"93 期南沙守礁施工纪念 07 年"的字样。黄秀成说："除了地面，我们睡的床板上也有官兵们写的字。以前有人写'每逢佳节倍思亲'，有人会写上自己的名字。"记者则在黄秀成邻铺的床板上，发现了"奋发图强，主动作为" 8 个字。

"为什么要写这些话？"记者问。"为了留个念想。"黄秀成说。但实际情况是，无论是写在床板上的话，还是刻在水泥地上的字，都不会留存。因为床板会坏掉，地板会裂掉，上面的字自然也就消失不见。因此，有一天，当这些守礁官兵退伍离开南沙后，南沙不会留下什么属于他们个人的专属印记。

黄秀成给自己的孩子取名黄丹青。这寄托了他对历史的一种赤诚理想——人生自古谁无死，留取丹心照汗青。只是今后，在书写有关于这片海的历史时，黄秀成或许只是众多默默无闻守礁官兵中的一员。但黄秀成说："我们来这里不是为了被谁记起。我们来这里就是为了履行国家的使命，这件事本身就很光荣，这就很好了。"

太阳偏西的时候，与黄秀成的聊天继续。眼前是明晃晃的海水和守礁官兵们曾经住过的第二代高脚屋。很多年过去了，第二代高脚屋只剩下一些细细的铁支架，不时被海水拍打着。当年的南沙守礁官兵就是在这些高于礁盘几米的铁支架上，搭起类似于看瓜的棚子，守卫着南沙。黄秀成说："二代高脚屋的屋顶是铁皮

做的，特别吸热，里面就像蒸笼似的，热的受不了。但即便如此，南沙的守礁前辈们还是坚持了下来。"

明年，黄秀成就要复员回家了。记者问："对南沙还有什么心愿吗？"他笑着说："希望今后能来这里开个渔场。"不论走到哪里，一辈辈守候在南沙的官兵对它都有着太多的眷恋。而当他们要与南沙分别时，总是挥一挥衣袖，不带走一片云彩。

离开渚碧礁，回到母舰，一位从礁上换防下来的战士找到记者，说礁上有人托他带来一只大贝壳。记者见他手里拿着一张硬纸壳，上面写着记者的名字，那字迹很熟悉，是黄秀成的。那时船刚刚起航，还能看得见渚碧礁。后来，天空下起细雨，渚碧礁就消失在红色的雨雾中。黄秀成发来信息：你所在的军舰很快隐匿在蒙蒙夜雨中了，再会。此时，记者的手机没有了信号，只能在甲板上对着远方的雨雾，说声"再会"！

守好脚下的"中国地"

离开渚碧礁继续向前航行一段时间，便到达这次"万里海疆巡礼"的倒数第二站：永暑礁。我们乘坐的拖船还未靠近永暑礁，便听到礁上传来的欢迎声。军舰到达码头时，守礁战士们已列队站好，甚是庄严。

永暑礁其实是一个东北西南走向的水下礁盘，长约26公里，宽约7.5公里，涨潮时露出水面的最大一块礁石只有一个桌面那么大。

都说万丈高楼平地起，南沙的营房则是在礁石上盖起来的。礁石为海水所覆盖，礁盘上的水比较浅。施工部队便将礁石炸开，将碎礁石从水下挖出，再将从1000多千米外的大陆运来的、重达几百吨的沉箱放上去。所有这些都是在茫茫大海上进行，施工时还不时有风浪来袭。

浇筑混凝土时，由于当时没有搅拌机，施工部队就用人工搅拌水泥。海上施工要掌握潮汐规律。施工官兵白天扎钢筋、制木模，晚上退潮后则背水泥、推斗车，一直干到天亮。南沙的天气酷热难耐，50℃量程的温度计拿出来一挂就爆，解放鞋的胶底踩在滚烫的珊瑚礁上，一下子就变了形，被晒脱皮则是家常便饭。就是在这样混着血与汗以及风吹浪打的艰辛中，包括永暑礁在内的南沙岛礁有了今天这番模样。

记者站在前辈们铺就的平整的水泥地面上，发现这里随处可见宣示中国领海主权的标记。一上礁就可以看到写有"永暑礁"三个大字的石碑，石碑左侧临海围墙旁还有一块小石碑，上面写着"南沙是我国土，神圣不容侵犯"。

岛礁上除了营房，还建有菜园。永暑礁上的室内菜园非常有名，里面种有茄子、西红柿、香瓜等蔬菜瓜果，有着其它礁堡上所没有的绿色生机。礁上的司务长黄胜发对记者说，这些蔬菜瓜果可以满足官兵的不少需求。跟着黄胜发在菜园里转了一圈后，黄胜发谈到家书引发了记者的兴趣。

当兵 15 年，守礁 17 次，黄胜发写了 5000 多封家书。2001 年 6 月，黄胜发给当时还不是自己妻子的姜宁华写信。因为守礁的缘故，信写好后不能及时寄出。即便如此，黄胜发还是把每封信用信封装好，一次就投出 100 多封。

"现在还写信吗？"记者问，"写啊"，黄胜发说："只是现在我把信都统一写在一个本子上，拿回去让她一起看。"黄胜发给记者看了他最近写的家书。那是很大很厚的一个本子，从今年 2 月 26 日开始写，不到半年的时间就快被写满了。本子的扉页写着：写给我最心爱的妻子姜宁华——祝宁华永远享受最美的幸福！

他在家信里写道："昨日岳父的 60 大寿，你们全都参加了，只缺我一个。忠孝难两全，选择南沙，就等于选择了为国家随时战斗和奉献。"他也会写："我爱你，我爱南沙，因为有南沙这个大家，我们的小家才会幸福。"

那些字迹非常工整，几乎没有涂改的痕迹，可以看出黄胜发在写信时该有多

么专注。几千个日日夜夜里，写信已经成为黄胜发的一种习惯，家国情怀充溢在100 多万字书信的字里行间。

黄胜发从未让自己的妻子来过永暑礁，他只是对妻子讲，这个地方很美、很安全。但他却对记者说："我们在这里谁都不怕，已将生死置之度外。"

郭广立 2000 年第一次守礁时，就是在永暑礁。他说："南沙军人就是来守南沙、守这片海、这个家的，这里是我们的中国地，能够守卫它，无比荣耀！我们就是要守好它！"

南沙官兵的家国情怀中从来都只有铮铮铁骨，没有怅然。

"守好我们的中国地！"这是多么荣耀而豪迈的字眼！两年前，央视一套热播剧《中国地》讲述了"九·一八"事变后，一个叫赵老嘎的农民，在他所处仅有"八公里"的小山村团结广大群众浴血奋战，后来在中国共产党的领导下，与来犯的日本鬼子斗智斗勇，坚守家园 14 年而未让日军占领的抗日传奇故事。而恰恰是这14 年的坚守，"八公里"中国地上挥之不去的中国红，长了全中国人的志气，使中国精神永存，在那个年代彰显出伟大的民族精神。时至今日，中国地上的中国精神已成为支撑中华复兴、实现"中国梦"的精神动力。

入夜，"抚仙湖"号军舰夜泊永暑礁。从军舰的甲板望去，不远处的永暑礁灯火通明。一名刚从永暑礁上换防下来的水兵在箱子上坐着，说自己正在"看海"。此时，栏杆外的大海漆黑一片，只是会不时泛起一些白浪。记者想，南海这片"中国地"在他心中定有别样的魅力。

祖国有这样一个美丽的海洋花园

到达"万里海疆巡礼"的最后一站华阳礁是凌晨 2 点，记者在凌晨 3 点半起床，以便能够赶上小艇。这天的海水出奇的平静，南中国海的星空熠熠生辉，不时有流星划过。接近华阳礁时，礁上射出的灯光弥漫在星空和海面，将我们温柔地包围。

礁上的战士李彬说，凌晨 2 点他们一看到母舰，就起来准备迎接我们了。这位累计守礁快 5 年的老兵因为守礁，没看到过妻子大肚子时的样子。第一次见儿子，儿子已经 1 个月大了，第二次见儿子，儿子已经 1 岁了。他希望记者多多宣传，好让国人知道，祖国还有一个这样美丽的后花园。

和李彬聊完，记者爬上华阳礁的岗楼，华阳礁的副礁长正在那里站岗。过了一会儿，东方天际渐渐亮了起来，在不远处还是有些发暗的海水中，一个黑影静静立在那里。"那是什么？"记者问。"我们的主权碑。"副礁长答。

天越来越亮，云的色彩也丰富起来，海水被染成了一道红色，直至亮眼的太阳"唰"地跃出海面，水中的主权碑也变得更为清晰。20 多年前，曾有 6 位南沙战士于主权碑旁，风雨中与外国士兵对峙，他们说："我们一定会守住礁盘，就是死，也要死在主权碑旁！"

守卫南沙的官兵们每天早上和晚上都会进行宣誓。记者曾让他们说一下宣誓词，不少人在小声说了一两句后便突然忘了词，对记者说："这个词小声说还真说不出来，我给你喊一遍可以吗？"那声音异常嘹亮，充满忠诚与血性。

日出日落时分，守礁官兵就会面朝祖国大陆的方向高声喊道：

"我们是一支守卫南沙的英雄部队，我们的南沙精神是热爱祖国、无私奉献、英勇作战、艰苦创业、团结协作。今朝立业南沙、千秋有功国家；

我是一名光荣的南沙卫士！我宣誓："热爱南沙，报效国家；服从命令，听从指挥；努力工作，爱岗敬业；勤奋学习，提高素质；刻苦训练，争当尖兵；严格要求，遵纪守法。"

这份誓词与守卫华阳礁的 6 位勇士喊出的话有着一脉相承的英雄气概。所以，

如果你在读这段话，就请用尽气力大声地喊出，或许可以离南沙守礁官兵的精神世界更近些。

站在华阳礁，沐浴着朝阳，心静如水。向远方眺望，除了大海与主权碑，什么也看不见。生活的悲欢离合远在海平面之外，而守卫是一种英雄的姿态。

站在赤瓜礁和东门礁向北望去，尽是茫茫的大海，不见祖国大陆的影子。说这里是沧海孤礁，是最为恰当的形容。记者也在霎时间明白，这些礁堡为何都要把"祖国万岁"这4个字刻在上面。这4个字不仅刻在礁堡上，其实也刻在了守礁官兵的心中。因为如果不是有"祖国万岁"这种信念作支撑，谁也无法对抗大海的苍茫。

在赴南沙采访前，记者对于南沙这片海域以及守卫它的部队有着很多充满感性的想象。而在奔赴南沙的实地采访中，南沙也确实满足了记者对于大海的所有浪漫期待。比如，某天晚上撩开船舱的窗帘，一副海上升明月的实景图就挂在窗外；某个天气晴好的时刻，三四只海豚跃出闪光的海面；在夜晚的甲板上吹风，头顶洒满宝石般的繁星；夕阳西下的火烧云渲染得就像电影里那么美……

但随着采访的深入，在这些浪漫的美景之外，记者也意识到，这里就是战场。各个礁盘的值班记录本上不时会有外国船只出现的记录。南沙守备部队司令员熊云大校说："天上有飞机、海里有舰船、水下有蛙人，南沙守礁官兵面临来自外国陆海空三方面的威胁。"熊云说，他从上礁第一天起，枪里便压满子弹。在他看来，驻南沙部队就是一支蓄势待发的利剑，随时可以出鞘。

出征大会上，即将奔赴南沙的官兵们大声宣誓："人在礁在国旗在，誓与岛礁共存亡。"很多守礁官兵对记者说，那种感觉就像是奔赴前线，是最让他们热血沸腾的时刻。因此，南沙不仅有浪漫之美，这还是一片战斗的水域。尽管危险，战斗在这里的人却淡定而乐观。你也许很难从他们那里听到什么惊天动地的故事。因为所有的危险、苦累都会化作他们平静的回答：还行。习惯了！

海魂衫　想说爱你不容易

"小艇王"张海波、老班长蓝青永、黄秀成和年轻的指导员万巍，他们都穿海魂衫。而如果你曾亲眼见过以南沙碧绿色的海水为背景，一名身着海魂衫的年轻水兵欢快地坐在补给小艇上进行一番短暂的休息时，你会觉得海魂衫是一种充满英雄气息的服饰。

张海波说，有时遇到风急浪大，眼前一片漆黑。茫茫大海，仿佛就只有自己驾驶一叶孤舟，被留在那里继续挣扎。蓝青永说，守礁中，有时一个浪就可以打到礁上的 3 层岗楼上。黄秀成则说，战斗在继续，生活在继续。

记者见到的那名水兵所坐的小艇后来出了故障，听说是因为使用时间长，小艇破了一个洞。水从洞向里钻，还不断有机油从里面冒出。那名水兵便和战友跳进水中去堵漏洞。他们的海魂衫湿了脏了后，便被脱下来，放在岸上，人则潜在水中，寻找漏洞。旁边的人说，肯定会被迎面喷一头机油，那味道一定不好受。因为即便是站在岸上的记者也被浓厚的机油味熏得晕晕乎乎了。

他们都爱海魂衫，但在爱上海魂衫的同时，也就得爱上战风斗浪，爱上勇往直前。看着他们，记者想：海魂衫，想说爱你不容易。

有一天天色已暗，在从礁上返回母舰的途中，突然看到空旷的海面上出现很多渔船，船上都插着中国国旗。大家见后异常开心，对着渔船大声喊：你好。他们也向我们问好。《岳阳楼记》中"渔歌互答，此乐何极"，应该是人们在水里相遇时才会有的欢快，只是此刻还混合着一种特别熟悉的祖国的味道，让人觉得特别踏实。这就是我们的中国海，我们的中国地！

在华阳礁那片静谧的海中，记者无意识地哼起了《长城谣》。此歌写于 1937

守礁战士

年，原是电影《万里关山》的配乐，淞沪战役爆发后电影没有拍成，歌却传唱开来。"大家拼命保故乡，哪怕敌人逞豪强。四万万同胞心一样，新的长城万里长。"南沙卫士们所坚守的，就是我们新时期的南海长城。这种同仇敌忾的意志和保卫国家的决心，在任何时候都是一样的。

就要离开南沙了，刚刚熟悉它，爱上它，便得离开，世间的遗憾莫过于此。而对于记者一路上所搭乘的"抚仙湖"号军舰，总有一天，记者会到那个湖，去看看那一汪清水。

铁山"神驴"与南澎"老黑"

一个是位于北方的广鹿岛，一个是位于南方的南澎岛，两个海岛相距千里，但却孕育出了相似的故事。

铁山"神驴"

"万里海疆巡礼"采访团近日抵达了位于黄海北部外长山群岛西边的广鹿岛，在登上广鹿岛上一座海拔 245 米、被岛民称之为"铁山"的山头后，我们发现，在山顶最高处竟然屹立着一座"铁山神驴墓"。墓前立着一块近两米高的石碑，碑上铭刻着四个红色大字：铁山神驴。石碑旁是一头毛驴雕像，它正奋力地拉着一辆铁制胶轮车，瞭望着大海和蓝天。现在，与毛驴一起在海岛高山上日夜守望大海的是驻岛某海防营观察所的官兵们，该营教导员郑宝宇为记者们讲述了"神驴"的故事。

1949 年，某连队在山西买了一头毛驴，抗美援朝时，毛驴也随着连队参战。有一次，这个连队坚守一块阵地，眼看弹药将要用尽了。这时，牵着这头毛驴往阵地运弹药的战士却遭遇流弹牺牲了。危急关头，这头毛驴竟然冒着枪林弹雨，沿着以前曾经走过的路，将弹药运到阵地。由于及时补充了弹药，战士们终于守

住了阵地，毛驴也救了全连战士的生命。战后，部队给毛驴记大功一次，并给它戴上了军功章。

朝鲜战争结束后，这头毛驴又随着连队进驻大连广鹿岛，在铁山上担任海防任务。那时，身经百战的毛驴已经有编制、有口粮，是一位特殊的"战士"了。郑宝宇说，"驴战士"在广鹿岛上，有三大功绩，是一位"功臣毛驴"。"首先，它为我们连队营区的建设立下了汗马功劳。"郑宝宇抚着毛驴雕像说，"当时岛上物资匮乏，搭建营房的许多材料、工具，都是毛驴一趟趟地从山下驮到山上的，对于一只母驴来说，负重量真的很大。我们也不知道它是怎么做到的，只能说，这是一位有战斗精神、吃苦精神的驴'战士'。"

毛驴的第二大功绩则与口粮有关。郑宝宇说，毛驴"服役"期间，驻扎在广鹿岛上的部队粮食供应比较紧张，这时候，毛驴的口粮就被提供给了战士，而战士们则在山上打草料喂养给它。

至于毛驴的第三大功绩，听起来就有点玄乎了。据说，由于铁山山顶没有水源，所以连队的用水必须从山下挑上来。而当时，从山下到山顶只有一条非常险要的小路，战士们称它为"通天路"，挑水的战士经常摔伤。这种情况下，运水的重任又落在毛驴身上。一个大油桶，一劈两瓣，分别固定在毛驴的背脊两边，每次，只要战士把水桶放在毛驴身上，轻轻一拍屁股，它就会自己来到山下的水井旁；山下的驻军把水桶灌满后，再拍它一下，毛驴就会运水上山。有时，毛驴甚至能把门拱开，在水缸边停下来，等人取走水桶。

郑宝宇说："取水的泵房很狭小，毛驴如果直接走进去，它调不了头，出不来；它神就神在懂得退着进泵房，所以它进泵房时都是用自己的屁股把门顶开，装好水后，再把水驮出来。"

1979年7月，年迈的毛驴永远离开了战士们，战士们为它举行了隆重的葬礼，并为它修建了坟墓。30年来，岛上的驻军换了一拨又一拨，但了解这头毛驴的事迹，已经成为每一拨新兵入伍时的必修课；而为毛驴守墓，也成为岛上官兵必做的事情。2007年，岛上的战士和居民重新修缮了毛驴的坟墓，在墓前立了一块近两米高的石碑，并撰写碑文，让"铁山神驴"的故事能够广为流传。

郑宝宇告诉我们："现在有老兵回来看老连队时，也一定会上这来祭奠'铁山神驴'，许多老兵看着毛驴雕像热泪盈眶，因为这也是他们的老战友，他们对它有特别深厚的感情。"

从毛驴雕像到观察所，中间有一条小小的"连心路"，路的两边用鹅卵石拼出了两道车辙，郑宝宇说，这就是毛驴走出的车辙，这也是驻岛官兵们对它永远的怀念。

南澎"老黑"

在我国美丽的东南沿海，矗立着许多鲜为人知的小岛，南澎岛就是其中的一个。小岛地处台湾海峡喇叭口处，扼守着台湾海峡通往太平洋的国际航道，是太平洋进入粤东地区第一道屏障，素有"潮汕屏障，闽粤咽喉"之称，历来为兵家必争之地。18和19世纪英国和日本帝国主义都曾把它当作侵占潮汕的跳板。50年代初期，台湾国民党当局也把这里作为反攻大陆的前进基地。

小岛面积不大，只有0.34平方公里，一位诗人曾这样描绘它：台风来，沙石满天飞；海潮卷，一浪盖全岛。因为风大浪高，人们又叫它浪花岛。浪花岛名字虽然浪漫，自然环境却异常恶劣。广州军区某海防团南澎岛海防连就驻守在这个孤悬海外的小岛上。

驻守这里的一茬茬官兵怀着对祖国和人民的无比忠诚，顶风斗浪，恪尽职守，艰苦奋斗，不辱使命，用实际行动模范践行社会主义荣辱观，用青春和热血奏响

了一曲曲戍边卫国无私奉献的动人壮歌。

1953年上岛以来，南澎连官兵以"苦在南澎，功在国家"的崇高情怀，忠实履行着守卫祖国南大门的神圣使命。多次出色完成战备执勤，海岸境界，要地防御等重大演习任务。先后25次被总部、军区和省军区评为"基层建设标兵单位"。2次荣立集体二等功，三次荣立集体三等功，1992年，连队被广州军区授予"模范守备连"荣誉称号。

岛上生活枯燥单调，但官兵发扬革命乐观主义精神，把这座荒凉小岛变成了一座生态小岛、文化之岛，变成了官兵心里最美丽的海上家园。这个外观奇特的菜园子是连队官兵艰苦创业的真实写照和最好见证。岛上土壤不适合种植，连队制定规定：凡有人下岛，必须带泥土回岛。50年来，一茬茬官兵带回的泥土足够改良30公顷的土壤。岛上强台风多，种下的蔬菜常被刮飞，为此连队还组织官兵开山劈石，垒墙挡风。为了保证菜苗生长有足够水分，官兵们除了节约用水，还轮流值班，起早摸黑从坑道接积水浇菜。如今西红柿、黄瓜、空心菜、苦瓜、茄子等20多种瓜果在岛上安家，结束了蔬菜供给"一日青，两日黄，三日全烂光"的历史。

训练之余，晚饭之后，连队官兵都喜欢在这里走一走，坐一坐，谈谈心，聊聊天。菜园子成了官兵喜爱的情感家园。在守岛官兵的眼里，岛上的一切都是有生命的。这些普通的石块，水洼，草地经过官兵的合理想象和美化加工，相继变成了"金蟾观海"、"外来飞涛"、"南澎科尔沁草原"、"国旗广场"、"南海明珠"、"营区全貌"、"情感家园"七大景观。每年老兵退伍前，都要在这七大景点前照张相片，说是只要把七大景带回家，也就等于把南澎岛带回了家。几年来，为建设美化小岛肩扛手推，他们挖掉小山包，建成国旗台、迎宾大道、利用空余时间捡来1420个海螺，拼成中国地图。在营区周围建成了剑麻、太阳花、五色菊，如今的浪花岛处处充满了生机和活力。这是官兵创作的反映守岛生活的歌曲，近几年他们创作的近十首南澎连官兵生活的歌，在守岛部队官兵中广为传唱。官兵自编自导自演的文艺作品相继在军区和全军获奖，连队多次被上级评为"基层文化建设先进单位"。

南澎岛官兵艰苦创业精神给记者留下了深刻印象，南澎岛上"老黑"的故事至今记忆犹新。

"老黑"是连队一条富有传奇色彩的狗，它守岛11年，有很多传奇的故事。在官兵眼中，老黑是一名称职的老士官，它能识别军衔，会提前叫值班员起床，与战友们一同喊口令，一起站岗、巡逻、训练、娱乐，甚至会在拔河比赛时咬着干部裤子拼命拉。它很有威严，夜间站岗时，若有其它狗见到自己人乱叫，它会

毫不犹豫上前教训一顿，但开饭时，即使再弱小的狗都敢从它嘴里抢食物，它从不为此生气。

那些年，有将军问过："老黑"好吗？离岛的官兵问过："老黑"最近身体怎么样……2007年，"老黑"去世了，全连官兵冒雨在这里为它举行了葬礼。连队通过短信将消息传给离岛的战友，一些战友回短信说在远方为"老黑"默哀1分钟，后来，省军区原政委蔡多文少将指示给"老黑"立碑纪念。连队用对人的待遇对待"老黑"，实际上是对守岛价值的最大肯定，连守岛的狗都这么尊重，人就更不用说了。不管它多么平凡，但它的一生都没离开过小岛，它的一生都与忠诚、警惕有关，连队推崇这种精神，尊敬所有以岛为家，默默无闻守卫海疆的官兵。

"老黑"的墓就在从码头到营区路的左侧斜坡上，在"老黑"墓地，我们看到了祭"老黑"文：

我们的战友——"老黑"，1997年至2007年用一生的时间守护着南澎岛。我们怀念它，冒雨为它举行葬礼，是为了表达对守岛价值的尊重。

在我们眼中，"老黑"是一位称职的三级士官。它能识别军衔，会提前叫值班员起床，与战友们一同喊口令，甚至会在拔河比赛时咬着副指导员裤子拼命拉。"老黑"是官兵用奶瓶喂大的，大家给它洗澡，与它玩闹，它是官兵寂寞时最忠实的陪伴者，入睡时最警惕的守护者。平日里，它会与官兵一同站岗、巡逻、训练、娱乐，病重时，它仍会边呕吐边站起来摇着尾巴对官兵表达真情。这，就是我们记忆中的"老黑"。11年来，将军问过："老黑"好吗？离岛的官兵问过："老黑"身体怎么样……

今天，"老黑"的故事结束了，但守岛的精神还在传承着，和谐的南澎还在延续着，亲密的战友情还在继续传说着。我们把"老黑"葬在这里，是为了让它继续守望着来来往往的官兵，用它的忠诚、警惕、热情继续影响和感染大家，激励官兵戍守前哨、奉献海岛。

4 大海情怀

新时代的士兵故事

这是"万里海疆巡礼"采访团采访的一组士兵故事，他们中有男兵也有女兵、有老兵也有新兵、有个人也有集体，但无论是老兵新兵、男兵女兵、个人集体，他们的故事都感人至深。

侠骨柔情一女兵

记者是在去海岛的交通艇上认识江慧勤的，她作为海军东海舰队某水警区司令部的一名业余演出队员，同记者们一起上海岛为官兵们演出。一路下来记者了解到，她是国家二级运动员，还是国家一级武术裁判。

江慧勤 1992 年 1 月出生于湖北黄石的一个小乡村，现为水警区司令部通信站有线中队文书。经过几十年的奋斗，靠着勤劳双手，父母亲如今经营着两个年产值近千万的养殖场。按说，如此优裕的家庭环境，她的生活一定很"滋润"，然而她却说，其实表面光鲜的自己，吃的苦可能许多同龄女孩根本无法想象，她也因此对父母"怀恨在心"。

这还要从她的习武健身说起。习武，父母的本意是让江慧勤能强身健体。小时候，江慧勤体弱多病，在 7 岁以前，医院几乎成为了她的另一个家。为此，江慧勤的父母狠狠心，把她送到黄石的一个武术教练那里学习武术，强健体魄。

8 岁那年，当别的小孩还在缠着爸爸妈妈吃肯德基这些洋快餐时，江慧勤已师从黄石素有"金腿王"之称的吴春舫，学习中华武术。每天清晨，当太阳还未露出地平线时，教练便带着她练习腿功，1000 米的坡路，在 30 分钟完成来回。完成后回去吃饭，完不成就不能吃饭，甚至还要受皮肉之苦难。回忆当初练功的情景，至今让她记忆犹新。

经过两年的摔打磨炼，她掌握了八卦掌、长穗剑、枪术、太极拳等传统武术。中华武术博大精深，不下十足的功夫，是领会不了其内在精髓。俗话说，习武就是"外练筋骨皮，内练一口气"。江慧勤在训练过程中，伤筋动骨是家常便饭：9 岁，左脚踝关节脱节；15 岁，膝盖韧带因超强度训练，造成拉伤，直至今日，每次跑步之后膝盖还会浮肿；17 岁，在进行 720 度空中转体时，因单脚着地不稳，造成严重腰肌劳损加上韧带拉伤，3 个月的时间里，她每天要在背上扎 20 根银针，进行针灸理疗。这些，只是印象较深刻的伤痛，还有一些擦皮掉肉的小伤，对她来说已经记不清次数了。

2006 年，12 岁那年，她被选拔进入武汉运动体育学校，师从赵歆教练，成为一名专业武术学员。武汉运动体校是一个专门培养比赛型选手的学校，在这里，是江慧勤武术层次的再次突破。

台上一分钟，台下十年功，每一次的成功，都是汗水积累的成果。冬天正当大家棉衣裹身时，她却经常身着单衣一遍又一遍重复着招式，练空翻，练踢腿、练挥拳，常常练到全身被汗水湿透，头发滴水。一天，天空飘着鹅毛大雪，正在武汉办事的父亲顺道来看女儿，当看到正在练功的女儿，大冬天只穿件单衣，混身被汗水浸透时，心中说不出的心疼，然而嘴上却说，"不出汗怎么能出成绩"！

2009 年，读高一的江慧勤被特招进入武汉体育学院，成为一名大学生，同年被教练组确定为参加国际武术比赛的培养对象。值得一提的是，大学四年她没有

找过父母要过一分钱的学费，而是用获得的助学金、奖学金加上暑假打工挣的钱完成了学业。

经过系统培训，江慧勤成了一名真正的"武林高手"。在参加湖北省馆校比赛中，她连续四年获得"女子对练"第一名。2012年7月，她与队友一同远赴新加坡参加国际武术大赛。表演了长穗剑、八卦掌和集体剑术，一组高难度的武术动作震惊全场，凭借扎实的武术功底及精彩的个人表现，得到现场评委的青睐，并获得剑术第一的优异成绩。同年，取得一级裁判证和武术四段资格证。

在练习武术的同时，江慧勤的兴趣爱好也很广泛，曾独自一人背着帐篷登黄山看云海、攀泰山观日出、赴桂林赏山水、飞深圳游南澳。"人不能懒惰，只有不停向前奋斗，因为只有向前，才能获得更多。"谈到这些年"驴友"生涯的收获，她这样说道。不仅如此，健美操、体操等体育类也是她的强项，在大学期间江慧勤还取得了高级瑜珈教练资格证。

江慧勤本可以在家好好享受物质生活才对，然而，她却放弃了生活中富足，大学毕业后，偷偷一个人报名参军，直到临行的前一天，才告诉仍然蒙在鼓里的父母。问其原因时，她说，这可能与她特立独行的性格有关，她可以为了吃一碗正宗的手擀面，而不远千里飞赴河南。入伍当兵其实是在同学们的一次聚会中提起的，2012年她就真的抛开一切，穿上军装成为一名海军士兵。也因为当兵，江慧勤放弃了去俄罗斯和新加坡出国交流学习的机会。

"出国，以后还有机会，而当兵，错过以后，我怕再也没机会了。"江慧勤如是对记者们说。如今，江慧勤用她在练武中养成的坚韧、细心和果敢等人性，运用到工作学习中，成了连长、指导员的好助手，也是战友们的好伙伴，更为大家带来了无限的欢乐。

"海归"士兵王帝

南京军区某海防团战士王帝，是一位准 90 后的独生子，意大利留学生。也许他会和贴着这些标签的年轻人一样，成为一个白领上班族，每天朝九晚五的穿梭于高楼林立的写字楼之间，然而他选择了另外一种人生——当兵。

1989 年 11 月出生的王帝，2012 年毕业于意大利米兰大学，"我也快成老兵了"，如今他已经快在部队待满一年了，等到今年新兵到来时，他将不再被大家成为"新兵"。其实在高中毕业时候，王帝就有机会来部队当兵，王帝的父亲也是一名军人，从小在部队里长大的他，在心里认为当兵很枯燥很乏味"每天做着同样的事情"。于是高中毕业后就决定离开家里去欧洲留学。

出国之前，王帝的人生规划是在国外大学毕业后能继续深造，并争取留在国外，"出国之前觉得国外处处好，可当真出国后发现，其实中国一点也不比国外差。"在欧洲留学的 4 年，王帝发现外国人对于中国存在很多偏见，他意识到只有国家的经济和军事强大，才能说服那些有偏见的外国人。他也理解了自己的父亲曾经"枯燥乏味的训练"并不是为了自己，而是为了保卫祖国。于是，留学归来的王帝向父母提出想来部队当兵，而且是从基层开始锻炼，他希望通过当兵来沉淀自己，磨砺自己。王帝的家人尊重了他"弃文从武"的意愿，2012 年，王帝背起行囊来到部队当了一名雷达兵。

回想起作为新兵刚来到连队的第一天，王帝仍然历历在目。"第一天刚来不熟悉，连坐在哪吃饭都不知道。"王帝说他要感谢班长的帮助，就在王帝在食堂门口不知所措的时候，班长把他叫到身边坐下，还帮他夹了一个鸡腿。说起班长对他的帮助，王帝说在他想退缩、想放弃的时候，同样是班长帮他渡过了难关。从小

在营区生活时看到士兵们艰苦的训练，王帝想如果换成自己应该也没问题的。然而当他真的来到部队时候却发现，一切没那么简单。"以前觉得跑 3000 米没什么问题，然而新兵连第一次跑 3 公里时，我跟班长说了好几次算了吧，以后我也许就能跑下来了。但班长却鼓励他坚持下来，如果第一次坚持不下来，以后永远会给自己找到借口。"最终班长拖着王帝走完了最后的 1 公里，正是在班长的帮助下，王帝度过了最不适应的 2 个星期。

部队的生活改变了王帝，用他的话说，当兵能够让自己学会耐下心来做一件事。在国外留学时，王帝经常会在屋子"乱到自己都没法呆"的时候才会收拾下，然而如今的他却能认认真真的打扫卫生，稍微有些不干净都"不好意思说打扫过了"。

曾经，王帝会看着兵营外的灯光发呆，想起曾经的生活，有时他也会跟战友讲起他在国外的见闻。但王帝仍然觉得要像自己的父亲一样扎根在部队，"有一次执行任务时，有几个小孩子跟妈妈说当兵真帅，孩子妈妈跟他们说，如果你好好锻炼身体以后也能像叔叔一样"，那一刻，王帝的心里充满了自豪，王帝说选择当兵能让自己感到骄傲，一个人活着要有值得自己自豪的事情，"其实穿一辈子军装也挺好的"。

涠洲岛的"南丁格尔"李伟

从小就知道 6 月的天是娃娃的脸，说哭就哭说晴就晴，来到广西北海才知道什么叫阴晴不定，这个时节，一天下四五次雨，一会儿还是艳阳高照，下一秒就可能有瓢泼大雨。"万里海疆巡礼"采访团原定 7 月 29 日登上位于广西北部湾深处的涠洲岛，因为多变的天气，不得不推迟了一天的行程，采访团团长甚至开玩笑称我们是看天过活的。

30 日，报道组一行人终于登上了有中国十大最美海岛之一美称的涠洲岛，上岛之前就听说岛上某观通站有一位家喻户晓的军医——李伟，扎根海岛 21 年，义务为驻岛军民看病治病 10 万多人次，被誉为"海岛南丁格尔"。

入伍 27 年，21 年时间驻守在这座海岛上，李伟刚来时岛上经济贫困落后，远离大陆交通不便，甚至没有通电。面对单调的海岛生活，他也曾打过退堂鼓，不理解领导为什么要把自己放到这里。但是看到岛上军民渴望的眼神，他选择了留下，而且一呆就是 20 多年。现在，他已经离不开这里，岛上的风土人情已经融入了他的生命。曾经有两次很好的调离机会能到更好的单位去实现他的行医理想，但是他都放弃了，他说："我在岛上呆久了，岛上的情况我熟悉，这里需要我，我也离不开这里了，呆在这里是我的责任。"

刚上岛时，李伟所接手的医疗设备只有一个生了锈的听诊器和烧柴火的消毒锅，他用了半年的时间自己重新组建设备。多年来，他一致致力研究行医，闲暇时总会买些专业的医疗书籍给自己充电，对于很多海岛疾病他都深入研究，找出解决方法。岛上军民长期受风湿性腰腿痛和关节炎疾病的困扰，李伟自学中医知识，在自己身上练习针灸，经过努力，李伟很快能够熟练运用针灸治疗颈椎、腰椎、股骨头等风湿疑难病症。此外，李伟在治疗毒虫咬伤方面也有所建树。

由于常年在岛上为军民防病治病，李伟的婚事一拖再拖，37 岁时，他才与驻地幼儿园的一名老师成了家。儿子如今 8 岁，因为要上学，妻子只好带着儿子下岛陪读。对于妻儿李伟有很多愧疚，因为长期不能陪伴儿子成长，导致孩子不跟自己亲近，但是他相信，等儿子稍微大一些一定会理解自己、支持自己。

李伟不仅是大家的医生，还是部队的老大哥，平时士兵们有什么想法、困难，总愿意到他那里说一说。提起他的为人，战士们都滔滔不绝。

李进勇说："对于李哥，我们既尊敬又喜爱。不管是工作还是生活上，他都比较关照我们。医术非常高，涠洲岛这边蚊虫毒蛇比较多，我们经常被咬，每次李哥都是无微不至的照顾受伤人员，半夜都要起来看好几次。他认真负责的精神也很感染我们，甚至在休假时他也会常打电话回来询问伤员情况，回家也不忘工作。"

三都岛上"老水牛"

"今年52岁了！现在许多新战友还没有我儿子大，和他们在一起都不太好意思摘下帽子——满头白发太扎眼！"说这话的人，因为与舰艇轮机打了30多年交道，手指上的油污似乎永远洗不掉了；又因被岛上的海风吹了26年，两鬓的霜白仿佛也洗不掉了。他叫徐水来，东海舰队某猎潜艇大队正团职机电业务长。

然而在三都岛上，很多官兵并不叫他的大名，都亲昵地喊他"老水牛"。在部队能被称为"牛人"的，自然不简单。徐水来让人佩服的有两条：

第一条，他是比武场上的"夺冠专业户"。对机电装备的各个部件他了然于胸，能够快速地排除诸多故障，比武夺冠总是很轻松。徐水来几乎参加了该部所有大型演习、训练和出海保障任务，排除故障手到病除。一次参加某重大任务前期，徐水来带人认真检修机电设备，日夜加班检查各艇，整整一个星期吃住在艇上。航海途中，他高烧39℃，刚刚呕吐完，用袖子擦一擦嘴角，继续坚持维护机电设备。战友们纷纷伸出大拇指：徐水来，牛！

据说刚分到艇上时，徐水来白白净净的，老兵们都认定这"新兵蛋子"待不了多长时间。"后来坚持下来了，不是为了给谁看，更多的还是因为入伍时自己曾发誓要干点事儿！"徐水来很快就适应了机舱艰苦的环境，用了不到一年时间就在专业技术上有所建树。

第二条，他把根扎在海岛，始终不曾动摇。凭着过硬的技术，徐水来在入伍第四年就提干了。身份变了，他依然选择待在岛上，兄弟单位过来挖、上级部门下来请，他就是不挪窝。

"咋不想走？岛上条件苦啊！可是那时候，大队的舰艇正临近最高服役年限，是故障高发期，我哪有心到别的地方去过舒服日子！"徐水来真诚地说。一晃20多年，从艇上副机电长到大队机电业务长，他再没离开过这个又苦又累的岗位。徐水来变成了在岛上默默耕耘的"水牛"。不知不觉间，官兵们又在"水牛"前加了个"老"字。

今年，徐水来到了正团服役的最后一年。闻讯，地方某船舶公司领导带着优厚的招聘条件找上门来。而徐水来主动向大队党委打了《志愿超期服役报告》。他在报告里说：作为一名组织培养教育多年的老兵，我懂得如何取舍……我的家庭、亲人已经为我承受了太多，他们默默的支持就是为了让我更好地干好部队的事情……我既然已经亏欠了家庭、亲人，就绝不能愧对国家、部队，我甘愿当一名三都岛上的"老水牛"。

海岛上的士兵突击

在陆军的所有兵种中，步兵是最基础的兵种，步兵的体能训练一向严格，海岛上的步兵训练更是要克服许多陆地上无法想象的困难：一是天气，冬天的海风裹着浓重的湿气打在身上，让人瞬间僵冷；二是地形，海岛上陆地面积相对狭小，想找一块宽阔平坦的训练场地难上加难。在陆地上可以围着操场的5公里跑步，在海岛就全部变成了天然的越野障碍跑。

在驻守长海县海岛的沈阳军区某海防团尖刀连，记者偶遇了一次海防战士的日常训练，尽管已经是立夏节气，岛上的气温依然很低，每一个战士的耳朵和手上都布满了冬天冻疮的疤痕和皲裂。皮质坚硬常常会磨破脚皮的战地靴硬是被战士们穿成了布满皱纹的软皮靴，而且右脚的鞋子明显比左脚的鞋子劳损更严重，据说，这是因为在徒手攀登训练中，为了固定绳索，战士们采取的动作是左脚缠住绳索踩在右脚上，双腿发力向上攀登，一整天训练下来右脚鞋子的脚面部分已经灰黑一片。

更考验尖刀连战士体力和意志的，是1000米越野障碍跑训练。高强度的训练和海风烈日的侵蚀，让这里的战士个个拥有像雕塑一般线条刚毅的黝黑面庞，坚定而又纯粹的目光更增添了记者对他们的崇敬。

记者在采访中得知，在海洋岛海防团有一位新兵成了新闻人物：他一个人拿到了涵盖单兵训练、救护、400米障碍、手榴弹、单杠等十项考核的第一名。当然，仅仅这些还不足以让记者对他崇拜，一个更让我们崇拜的原因是，取得这个成绩的新兵，是一位刚刚从国际知名的英国萨里大学酒店管理专业毕业的海归硕士。1988年出生的王川阳在和这些比他年轻8到10岁的壮小伙们的竞争中脱颖而出，令人不得不好奇，究竟是怎样的选择和怎样的坚持让他参军的第一步走的如此稳健。

原来王川阳出生于军人世家，爷爷参加过抗美援朝战争，是第一代守岛战士，父亲和姑姑也是军人，早在读大学期间他就有机会参军入伍，但为了实现自己携笔从戎的梦想，他决定学成归来再去参军。

王川阳说，自己从英国回来的时候就决定去当兵，全家人都非常支持，最大的阻力来自于他的女朋友和同学。自己海外的同学都选择在英国和美国继续深造、移民国外或者到一些外企去工作，不能理解王川阳的选择，不过，"通过我的开导，他们逐渐有所改变，尊重了我的选择。"他说。

王川阳多年游学海外的经历让他看到了东西方的差距，也让他更多了一份报国的热忱，与其他年轻人参军是为了尽义务、获得一份人生经历的初衷不同，王川阳对未来有着自己的规划。

王川阳不想被现实束缚了自己的梦想，既然选择了就要完成好梦想。他说："短期内，我希望透过我的经历，鼓舞更多高学历的人才加入到军队里面来，长期目标我希望自己能够成为着眼世界军事变革的国际军事人才。"

梦想总是完美的，但是，当梦想照进现实，总有一些时候让人会自我怀疑，这一点，王川阳说，他做好了充分的准备，因为他相信自己信念的力量。谈到困难，王川阳认为最大的困难就是忍耐。因为新兵连强调的就是服从命令和听从指挥的习惯养成，而王川阳以前在国外自由自在习惯了，刚开始很不适应。

有一次，夜里在外边扫雪，王川阳对自己产生了疑问：为什么 10 点多了，别人都在睡觉，我却在这里铲雪，为什么要选择过这样一种生活？但是这种怀疑很短暂："我的信念是坚定的，任何对目标的怀疑都是前进路上非常正常的，关键是要坚持。"他说，"我经常在日记里鼓励自己，如果吃苦充满意义，那我称之为奋斗。"

王川阳是一个有梦想，更愿意为梦想付出坚实努力的人，为了不让自己的体能输给年轻的战友，入伍前他专门用了半年时间做体能恢复。在海外的同学得知王川阳参军的消息都纷纷表示不可思议，因为中国军人的纪律严明和训练艰苦让他们在海外也有所耳闻。不过他却说，正是这种"不抛弃、不放弃"的士兵突击精神培养了战友们深厚的情谊。最后他特别用英语向海外的朋友们诠释了自己的选择和自己的中国梦。

兵之王者

"兵王"，是士兵中的王者，据说这是任何一部字典上都查不到的词汇，士兵们出于对兵之王者的敬佩与拥戴，创造了这个词。在真实战场环境下，时间是决定胜负的关键要素。快一秒，战场上的胜算就会增一分。兵王的诞生，往往就与

他们打破时间的桎梏、进而夺取战场上的主动权有关。

朱作双，海军某水警区班长，二五炮漂雷靶射击从未失手，保持"首发命中"纪录13年，在更换撞针专业比武中，更是创下令人咋舌的惊人纪录。更换撞针，是指实弹射击中，火炮撞针折断，进行排除故障更换断了的撞针，安装上新的。"整个过程涉及16个机件，大约是30至40个步骤。"朱作双说。

这项科目，朱作双的最好成绩是12秒04，而考核的标准合格成绩是1分20秒。他的战友说，他的操作一向是一气呵成，如行云流水，因为一旦动作卡壳，操作就完成不了。"有的时候我给自己加点难度，睁眼的话是12秒左右；闭着眼或是蒙着眼，大约需要17秒左右。我的炮，我是很熟的。"提到自己的操作，朱作双很有信心。

张茂春，济南军区某海防团驻刘公岛海防一连副连长，他之所以成为当前解放军炮兵的集体偶像，也与一组数字息息相关。新兵下连后，张茂春的第一个专业就是炮兵瞄准手，一年后，在训练场上已经没有对手的他为了突破自己的"瓶颈"，伤透了脑筋。原来，瞄准手既要精确装定表尺和分划，又要迅速操作火炮高低和方向，一心不能二用，他的成绩裹足不前。没想到，《射雕英雄传》中老顽童周伯通一手画圆、一手画方的"左右互搏"，让他突然产生了灵感，决心将"一心两用"搬到瞄准手训练中。

经过3个月的反复练习，张茂春把瞄准手双手操作技能变成了一种本能反应，实现了"数据装定与火炮操作同步进行、居中气泡与排除空回一步到位"，创造了瞄准手装定改装29秒的最佳成绩，比考核规定的优秀成绩提前了49秒，在当年的团部比武中，得到了他的第一个"第一名"。

这一连串漂亮的数字，让我们惊叹于这两位军人出类拔萃的军事素质。然而在这亮眼的成绩背后，他们"超人"的付出更超乎我们的想象。那么，怎样才算是"超人"的付出呢？张茂春的回答很简单——那就是挑战自己，挑战生理极限。

他回忆了自己在 2008 年参加济南军区侦察兵比武前训练的场景："这十个月，我的左脚第三个脚趾头，最多的时候可以看见五层水泡；我的脚上，一天最多磨出了 20 多个水泡；我穿坏了 4 套迷彩服，7 双胶鞋。我的训练量有多大？一个上午，40 次一百米。我想大家都知道跑一百米是什么感觉，全力冲刺之后，心跳、呼吸加速；跑完 40 个一百米后，就什么也听不见了，心脏就在嗓子眼儿这儿跳动，但是就是不敢坐下来，还要继续训练。也就是这样，才更能磨练人的意志。"

说这番话时，张茂春的状态始终是积极、勃发的。相比于张茂春的自信、张扬，朱作双更沉稳、更内敛，他说，他所处的舰队有浓厚的"尚武"氛围，这样的环境让他发自内心地全情投入。2006 年，正在进行比武训练的朱作双意外摔下舰梯，受伤住院。在医院的五天时间成为他最煎熬的日子，终于，他忍不住偷偷溜出医院，拖着病腿上了训练场。

"我让陪护的小战士躺在我床上装睡，护士来的时候就糊弄过去。我呢，偷偷地从货运电梯走，到靶场上去训练。那次比武我是射击得了第二，排除障碍（更换撞针）得了第一。当时比赛时可以做两动，但是我只做了一动。一是因为比较有信心，第二也是因为做完第一动我就一点儿力气也没有了。"那次比武，单腿支撑身体的他更换撞针的成绩是 13 秒 12。回想起当时的情景，朱作双忍不住笑了。原来，当天他比赛的时候，陪护的小战士打来了几十个电话；等他比赛完回电，就听到小战士嚷嚷："班长你快回来吧，护士要给我扎针！"

笑与泪、血与汗，成就了兵王头上的光环。张茂春说，"第一"的背后是汗水的支撑，而荣誉背后是使命的支撑。2009 年 7 月 1 日，斯洛伐克列士基综合训练基地距地 350 米的天空中展开了跳伞项目，23 岁的他背着伞包站在机舱口时，心中翻腾的只有一个想法。

"我是海防战士，没接触过跳伞，本来应该训练三个月的项目，我们只训了 7 天，而且前四天在叠伞。飞机飞到 1000 多米的时候，恐惧感发自内心地升腾起来。

那次我写了一份遗书。当我站在机舱口，抱着伞包时，我心里在想：'老爸，老妈，老姐，我爱你们，如果我能活着回来，我一定好好对你们。'"

这是解放军首次派代表队参加"安德鲁波依德"国际特种兵大赛，从军生涯中只训练了三天跳伞的张茂春凭借超常的体力、毅力和智慧，第一个着陆。

"350米空中跳伞是个什么概念？我们在空中自由落体的话，是每小时180公里的速度，差不多是每秒50米，那350的空中跳伞，也就是个7秒多的事儿。我们一跳下飞机就在心里默数1秒、2秒、3秒……数到5秒，主伞如果不开，我们就要弃主伞开备用伞，那时已经落了200米了。所以，如果主伞不开，根本没有时间去考虑开备伞的问题。像我这样基础薄弱的人，这次对我来说真的是一次大考验。"

张茂春清楚地记得，那天上了飞机，大家的眼神都很坚定。因为如果有一个人退出，那么解放军代表队在这个项目上就没有成绩。他狠下心，对自己说，"就算是死，我也要跳！"

"因为现在如果不跳，人家不会说你张茂春训练不行，你张茂春是胆小鬼，你张茂春没有战斗精神；人家会说中国军人不行，中国人不行。那个时候，爱国爱军的精神真的成为一种力量，完完全全地汇聚于一身包裹着我，真的可以献身！"回忆起当天的情景，张茂春很激动。

张茂春坦言，出国比武之前，"爱国爱军"对他来说，是一种他心里知道但又抓不住的东西，好像离他很远，但是又时时出现在身边。其实，这也是朱作双的心里话。当他想到明年即将复员时，脸上露出的不舍与失落，已经道出了他心底深处那说不出的秘密。

这是两位兵王的故事，让人深感震撼，也让人热血沸腾。或许，张茂春的座右铭会让我们更加懂得，兵之王者的极致。

张茂春："我的座右铭是：不要因为路远而踌躇，只要去做，势必到达。"

高山海岛上的激情与梦想

"万里海疆巡礼"采访团从北到南、从西到到东，一路走过了上百座海岛和高山、采访数千名官兵，他们那种扎根高山海岛、以苦为乐、无私奉献、忠诚保国的精神给记者们留下了深刻的印象。

以苦为乐笑脸墙

位于大连獐子岛的海军驻岛某部观通站的活动室里，有一面特殊的墙，墙上是一张张官兵们可爱的笑脸，这就是全营有名的笑脸墙。指导员杨晓亮告诉记者说，收集这些"笑脸"的初衷是希望可以记录下每名驻岛官兵的开心时刻，而收集到这些笑脸一共用了一年多的时间，每张笑脸的背后也都蕴含着不同的故事，"比如训练取得好成绩，营区有了新变化等等"，大家是打从心里高兴，才有了这些阳光灿烂的笑容。

在笑脸墙的下方贴着一排排五颜六色的卡片，上面是战士们写下的留言与祝愿，有的祝愿部队越来越好，有的祝愿海岛发展越来越顺，其实，这不光是一面笑脸墙，还是官兵们的心愿墙、许愿树。

尽管驻岛官兵们条件非常艰苦，但战士们认为，上了海岛，海岛和部队就是

自己的第二个故乡。透过这一张张笑脸，我们看到，官兵们以自己最阳光的心态来面对驻守部队的生活与工作，以苦为乐、乐守天涯。

"老海岛精神"的新传人

北隍城岛，地处渤海海峡"咽喉"，东临黄海，西靠渤海。济南军区某部扼守在此，威名远扬的"渤海第一哨"矗立在岛上最高峰安乐山。

某营教导员俞立煌介绍，因"渤海第一哨"岗楼年代已久，年初营里决定原址重修。听说要在悬崖峭壁施工，所需大型建筑机械、车辆等都无法进入现场时，许多建筑公司望而却步。最后，一家公司虽表示同意施工，但前提是所有建筑材料要部队自己运送上山。

一份"自己运送建材"的倡议书由一连上士班长张力发起，很快，所有官兵都签上了名字。官兵们说，连接岛上前后两个自然村近千米长的军民合用坑道，当年就是"老海岛"们一米一米挖出来的，眼下这点困难算得了什么。

当年战天斗地的场面重现了。300多吨水泥、沙石等建材，全凭官兵训练之余用肩膀和双手运上山坡，许多战士身上磨破了几层皮。哨所竣工那天，地方工程人员不由感叹：这群兵太能吃苦了！

北隍城岛的官兵，就像扎在岛上的颗颗钢钉。刚从军校毕业，主动申请到北隍城岛的排长兰天就是个有"故事"的人。兰天的爷爷参加过抗美援朝战争，回国后来到北隍城岛劈山凿石修国防工事再立新功。父亲兰东升，在岛上出生岛上入伍，训练执勤样样是榜样。2005年，兰天入伍到岛上当兵，两次荣立三等功，被保送上了军校。如今，兰天成了新时期传承"老海岛精神"的形象代言人。

徜徉营区，"将军树"、"不老松"的一枝一叶皆写满了爱岛建岛的动人故事，"铭史墙"、领航雕塑等新景观，则激励着新一代海岛卫士们续写海上传奇的新篇章。

羊窝头有群气象兵

东海舰队某部气象观测站常年驻扎在连云港市东连岛一个叫羊窝头的地方，乍一看，这里生活上面朝大海、春暖花开，工作上观天测海、听风辨雨，很是羡慕人。但没在海岛居住，不知海岛的辛苦。日前，万里海疆巡礼采访团一行来到这里，充分感受了小岛官兵以苦为乐、奉献祖国的精神。

气象观测站地处东连岛羊窝头上，三面环海，地势陡峭，自然环境恶劣，雷多、风大、雨急，自然环境相当恶劣。班长杨春宝依然清楚的记得，刚建站时，岛上营区除了几间石头小平房，都是荒山野岭。那时候道路不通，所有补给物资都是用小渔船摆渡至岛上的小码头，然后再肩挑背扛搬到山上的营区。相比这些，岛上最严重的问题还是缺水，杨春宝曾经带领3个战士修建了约3平方米的蓄水池，收集雨水，一到枯叶落地的季节，池水就变成黄色，但却被他们美其名曰"西湖龙井"。

闲暇之余，他们起早贪黑，硬是在荒山上开辟出10块菜地。现在岛上蔬菜基本能自给自足，随时都能吃上了各种时令蔬菜。他们还利用休息时间，从山上挖来草皮、花草树种等，精心栽种在营院内，使站内一年四季都芳草如茵。此外，在上级的关心下，他们也住上了新大楼，还建起了学习室、活动室、阅览室等场所，工作、学习、生活得到了极大的改善。

观测站虽小，任务却不少，主要负责对规定海域的水文、气象等数据的采集。杨春宝班长介绍说，从海边、山顶、半山腰，到处都有观测站的驻点，早上6点到半夜2点，时时都要观测。平时还好说，赶上冬天降温，干湿球温度表下的纱

布很容易结冰，观测前必须先用温水融化，等纱布温度下来才可以观测。有时候天气太冷，一次化不掉还得重复两三次。看海洋站数据就更苦了，山体陡峭，与海平面近乎垂直的一条青石路，283级台阶，战士们每天都要走五六个来回。

杨春宝在观测站呆了已经有十一个年代，被戏称为"羊窝头里的羊班长"，入伍以来，先后多次被评为优秀士兵，2005年还被东海舰队评为"优秀士官标兵"，荣立三等功1次。2002年刚上岛时，杨春宝经过一年多的刻苦努力，熟练掌握了各种气象仪器的操作使用。2004年，他接过老班长的"接力棒"，当上了观测组组长，此后，每当新兵上岛，他都手把手的搞好传帮带，毫无保留的将经验和心得体会传授给新同志，使新兵在一两个月的时间就能独立值班执勤，为气象保障队伍注入了大量的新鲜血液。

杨春宝告诉记者，近些年来，站里的观测设备也有了很大的改进，过去采集数据还需要人工来进行，现在都已经全部智能化。"看似我们平常的工作很简单，但是责任却很重大，"杨春宝说，"海洋数据采集也是一个系统工程，对每组数据我们必须要很认真很负责，如果一个数字出现差错，就有可能会影响到海军的行动甚至是国防科研。"

据了解，近年来，随着远洋市场的拓展，船舶从近港作业逐步延伸到远海，航程远、海区陌生急需特别的航线气象保障。于是，观测站的战士们在完成部队日常作战训练、护渔护航、抢险救灾等保障任务的同时，又充分发挥自己的技术优势，平均每年为渔民及船运公司提供气象服务1200多次，长线航行保障近20多次，所提供的数据无一差错。他们也因此被船员们誉为"航线保护神"。

雷火地山上的观测站

东海舰队某观通站驻扎在舟山市普陀区展茅镇一个叫雷火地山的地方，这里自然环境恶劣，基本上是半年风，半年雾，且交通不便，补给困难。日前，万里海疆巡礼采访团一行来到这里，充分感受了海军官兵们以苦为乐、奉献祖国的精神。

雷火地，顾名思义，这里夏季多雷，雷打在山坡上远看似着火而得名。观通营教导员张鹤勇介绍说，每年的4-10月份，是这里的雷电频繁期，因岩石层很厚，雷电无法导入地下，常会击中山坡，给人和设备带来一定的危害。除了雷电之外，这里在春天两季基本大雾弥漫，空气潮湿，官兵们的生活受到了很大的影响。

虽然条件艰苦，但官兵们的工作却没有一丝放松，由于该站所在辖区内岛礁多、水道多、作业渔船多、训练海区多，海上情况比较复杂，小小的观通站全年都担负着繁重的战备值班任务。近年来，在上级的关心下，他们也住上了新大楼，连上了政工网，还建起了学习室、健身房、阅览室等场所，工作、学习、生活相比过去得到了极大的改善。

在采访中，记者还听说了一个跟观通站有关的感人故事，由于雷火地山的气候条件恶劣，一年12个月，5个月刮风，4个月起雾，3个月有雨，山上的战士经常没有蔬菜吃。山脚下翁家岙村村民孙芬年听说了之后，就每天挑着40公斤的担子，为山上的官兵们送菜，硬是在原先没有路的山涧乱石中走出了一条小路，这一挑就是30余年，除了春节几天，从不间断，观通站的士兵们都亲切地叫她"挑嫂"。孙芬年和官兵们之间的故事也被拍成了电影《鱼水缘》，影响和感动了无数人。

桃花岛上的歌声与欢笑

提起祖国舟山群岛中的桃花岛，人们首先想到的就是大师金庸笔下那个神秘的武侠世界，如今桃花岛已经被开发成旅游景区，浪漫的射雕文化吸引了众多游客来访。但人们很少知道，就在桃花岛海拔几百米的高山之上，却驻扎着海军某观通站，默默的守护着祖国的安全。日前，万里海疆行报道组就来到了该站，和海军某水警区临时文艺小分队的四名女兵一起，为官兵们带来了欢笑与歌声。

坚守在高山上的观通站，没有旅游景区的喧嚣与热闹，更没有武侠世界中的浪漫与传奇，官兵们每天的任务只是简单枯燥的盯着一大片广阔的海域观察汇报情况。尽管眼前的海景是如此美丽，但他们却毫无心思欣赏，因为在他们的心中，保障好祖国东海这一片神圣领域的安全，才是第一要务，每天的工作容不得他们有一丝的杂念。部队独特的地理位置决定了观通站周边配套条件的艰苦，不管是吃水、买菜，都需要驱车一个多小时到山下的镇里补给，而娱乐活动更是十分缺乏。

跟随报道组来到这里的四名女兵已经不是第一次来这里慰问演出了，虽然她们都还是刚刚入伍的战士，但是舟山附近的边防海岛他们几乎都走了一圈。今年刚刚 21 岁的陕西姑娘李延，个子不高眼睛却很大，来到这里的每一分钟，她都在用会说话的眼睛跟守岛的官兵交流，举手投足间乐观的个性展露无疑。

李延说，她的爷爷是抗美援朝的志愿军，从小她就了解部队的大事小情，也对军人有很深的感情，当了海军之后，她更是对海岛官兵的生活有了切身的感受。她说，守岛的战士们虽然生活非常艰苦，但每次演出时都会非常感谢她们，还会送她们礼物，所以每次演出，尽管因为晕船她经常会吐得乱七八糟，但只要出现在战士们的面前，她都会精神百倍的表现，她笑称，现在自己心里已经住了一个

"小金刚"。

一个多小时的演出,李延和她的伙伴们带来了现代舞、小合唱等节目,虽然没有绚丽的舞台,虽然没有专业的音响,但在桃花岛的高山上,姑娘们在蓝天下尽情的笑着,唱着,和岛上的官兵一起做游戏。他们不仅给桃花岛带来了欢笑与歌声,也给驻守海防的观通站士们带来了心灵的温暖。

涠洲岛上的美丽军营

7月30日,"万里海疆巡礼"采访团一行登上了享有"南国蓬莱"美誉的涠洲岛。

涠洲岛是中国最年轻的火山岛,也是广西最大的海岛。从高空鸟瞰,涠洲岛象一枚弓型翡翠浮在大海中。

在涠洲岛上,驻守着海军某观通站。在这里,官兵们不仅出色完成了各种军事任务,更通过自己的勤劳和智慧,建设着美丽军营。周亮教导员向记者介绍到,在这里,有岛上唯一一个足球场,有芒果林、香蕉园和蔬菜园,昔日杂草丛生的旧营区如今成了"家园式"、"景观式"新营区。

在建设美丽营区的同时,海军某观通站的各种文体活动也开展得如火如荼,有爬山夺旗、环岛"马拉松"、风场摄影、云雾写真等等。记者赶到采访时,该部正为庆祝"八一"举行了一场精彩的篮球赛。

在继承光荣传统和优良作风的同时,海军某观通站推行"快乐守岛"和"美丽守岛"。看到一张张朝气蓬勃的年轻面孔,看到他们带给海岛的美丽变化,正应了那句话——"最美的风景,是人"。

罗华观通站的"文化盛宴"

八一建军节当天,"万里海疆巡礼"采访团来到海军某部罗华观通站,这里是广西十万大山的制高点,一年中有 9 个月的大雾天气,自然条件艰苦。但是官兵们以苦为乐,还形成了颇具特色的"根雕文化"和"水兵碑林文化",让采访的记者们感受了一次特别的"文化盛宴"。

经过陡峭的山路,一路的急转弯,记者一行终于来到了罗华观通站。一进门,就看到一幅对联,上联是"云遮雾锁高山军人显本色",下联是"电闪雷鸣罗华男儿尽风流",横批是"青春无悔"。与记者同行的李营长曾经就在这个观通站工作过三年时间,他对记者介绍到,罗华观通站,海拔比较高,达到了 900 多米;另外常年比较潮湿,在雾季上山下山很不方便。另外,由于地处广西十万大山西南角的制高点,电闪雷鸣也很多。在这里工作的观通兵,可以体会到常人难以体会的"别样的风景"。

尽管生活条件艰苦,但是这里的文化生活却非常丰富。梁明教导员告诉记者,这里的根雕文化非常有特色。这些根雕,是官兵们利用业余时间雕刻而成的,有大有小。比如最大的一个,叫"独角的公羊",像一只公羊,但是又只有一个角,所以就给它这个名字。另外,也有一些利用小的树根雕刻成的,比如一个"老黄牛"的根雕,虽然说它的体积比较小,但是蕴含的精神还是比较深远的,形象都非常像一头"迷你版"的老黄牛,正是高山部队需要的一种精神。可以说,每件作品它的寓意都是不一样的,很多作品的表现力都是可以升华到这种精神世界这方面。

除了根雕文化,这里的水兵碑林也颇具特色。在山路的一侧,一个个雕刻的书法龙飞凤舞,既有苏东坡的《赤壁怀古》、刘禹锡的《陋室铭》等经典文章;也有官兵们自己的"原创"内容。官兵们告诉我们，这里同样是自己动手刻上去的，体现了中国传统文化韵味，而且展现了大家生活在高山上的一种情怀。

教导员梁明告诉记者，除了根雕文化和碑林文化之外，还有很多"小演讲比赛"等文化活动，希望丰富多彩的文化生活既能陶冶官兵的情操，更能激励官兵的斗志。

在采访当中，记者忽然遭遇了一场突如其来的暴雨，差点被淋成了落汤鸡。原来，由于这里山高雾多，下雨是家常便饭，有时候，官兵们走在路上，暴雨忽然而来。这个采访的小插曲，让记者对这些官兵们多了一份敬意。就是在高山和峭壁上，在大雾和雷雨中，观通兵们绽放着他们的美丽青春。

南麂官兵的凡人伟业

想上南麂岛，并不是想象中那么容易。这个近年来名声鹊起的小岛，距离大陆最近点有 28 海里，即 50 多公里的距离，变幻莫测的风浪、时常造访的台风，都是进入南麂岛唯一交通工具——渡轮的最大敌人。人们常常要提前致电港口，才能确认是否能够成行。

面积仅有 7 平方公里的南麂岛拥有三张"金名片"：国家级海洋自然保护区、世界生物圈保护区、中国最美十大海岛之一，每年 5 到 10 月都会有数万游客蜂拥而至，享受美景美食。但在平安喜乐的背后，很少有人知道，岛上还驻扎着一支乐守天涯的海军部队，官兵们默默无闻中守护着海疆。日前，记者随"万里海疆巡礼"采访团登上位于浙江省东南海域的南麂列岛主岛——南麂岛，探访东南沿海一线官兵的工作生活。

首先吸引记者注意的是岛上处处可见的台风肆虐的痕迹。2013 年 10 月 6 日，

台风"菲特"的核心对流刚刚经过这里，最大风速高达 17 级，营区驻地也未能幸免：房顶的红瓦被掀得七零八落，玻璃窗多处破损，连院子里的篮球架也遭遇"飞来横祸"——被房顶吹落的热水器砸中，扭曲成匪夷所思的形状。

对于 1955 年 5 月设立的这个站来说，这样的台风已经经历了不知多少次，固定的防台机制在"菲特"来袭时又一次发挥了作用：大多数官兵进入掩体避风，干部和老战士则带头组成应急分队留守在营地里，力争把损失降至最低。"台风这个东西没办法'抗'的，只能避。"官兵们笑着说。

台风不是这些官兵面临的唯一问题。2009 年来到岛上的张指导员介绍说，相比台风，更大的问题是每年冬天十余次的冷空气，以及由此带来的大风大浪。一般 9 级风以上便会造成停航，而停航的时间一长，所有人的补给就成了问题，有时甚至一餐只有一个菜，但战士们主动克服困难，毫无怨言。

窦班长对此也深有同感："刚来时觉得海涛悦耳，海风舒畅，但时间长了就没感觉了。现在不关心风景，只关心天气——冷空气、台风，这些会直接影响通航，饮食都成问题，有时战士们自己种的菜还没长大就摘来吃掉了。"

航班少，也造成了探亲难。曾经有官兵家属春节期间来探亲，从正月初六等到正月十五，带来的特产都坏掉了，才等到有船上岛。每年只有一次休假探亲，与亲人的长时间分离是战士们面临的一大困境，几乎每个人都有自己的辛酸故事。一位姓端木的战士讲到，有一次凌晨接到妻子的电话，得知孩子发烧，但他却远在天涯爱莫能助，那个时候当真揪心。

在艰苦的环境中，家人一般的战友情谊是坚持下去的动力之一。"以岛为家"是岛上官兵的一贯信念。窦班长说，每次送老兵，战士们都送到码头，洒泪而别；老兵回来探望战友，见到门口的两棵"站树"都热泪盈眶。

对张指导员来说，"以岛为家"就是"在一个地方，静下心来把事做好，对得起自己的身份和职责"。据他讲，南麂列岛中有一座名为"稻挑山"的领海基点岛，岛上的石碑书写着鲜红的"中国"二字。讲到此处，他笑着说："当了这么多年兵，不就是为了这两个字嘛？"

南麂岛，浙江全省最后解放的地方，离钓鱼岛最近的有常住居民的岛。正是因为岛上一代代官兵言传身教，把"乐守天涯"的精神传统传承下去，才有了一方海疆的安宁，真正堪称"凡人伟业"。

养猪放羊也是战斗力

在海洋岛南洋农副业生产基地，火鸡、鹅、鸭子的叫声远远传来。这里是由身穿海魂衫、却干着农活儿的六期士官朱成敏带领的 9 名战士创造的奇迹。

由于岛上的特殊气候，往返于大连和海洋岛之间的船期受到很大影响，陆地上的蔬菜时常不能按时运到岛上，官兵们吃菜难的问题非常突出。于是，艇队官兵从 1997 年开始，利用业余时间在距离海洋岛码头 30 多公里外的临海山坡上开荒种地、圈养牲畜，打造出了闻名全军的南洋农副业生产基地，建起了"海上南泥湾"。

十六年过去了，这里的官兵换了一茬又一茬，但生产基地里的大棚从来都是生机盎然，猪羊鸡狗兔样样不缺。舰艇大队官兵们的餐桌上内容丰富，不仅可以自给自足，还可以为海洋岛上的民众提供部分食材。南洋农副业生产基地副班长李晓从新兵下连开始就在这个基地工作，这一干就是十年，他常说：养猪放羊也是战斗力。

李晓告诉记者：刚当兵的时候，我想只要是海军都是在船上，没想到在这个地方。我也想出海，但是在这儿时间长了，觉得干农活儿其实和他们都是一个样。咱就在这儿种菜放羊放牛，他们在舰艇上也是干，不用管干什么，只要在部队就要好好地干。他们有技术，咱们也有技术。这几年分来的新兵都有专业，都是船上的专业，学报务的、油机的，都有专业，就感觉当一次海军过来种地反差挺大的。在这个地方咱干得明明白白的，他们没有吃的喝的了，咱们用车拉下去，他们也挺高兴的。在这儿待了十来年了就有感情了，每次感觉回家的话就感觉是出差了，每次休完假回来，一见这个大门就感觉好不容易又回来了，把这儿当成家了，各个方面都适应了。

朴素的话语，真实的情感，无私的奉献，闪光的青春，这正是当代驻防海岛官兵对"祖国为重、以岛为家、以苦为荣、奉献为本"的老海岛精神的最好诠释。让我们记住这铮铮誓言，向三军驻防海岛官兵致敬——"我守海岛，请党放心"。

情满无形的界碑

东海之滨，驻守着一群平凡的雷达兵。一年时间里，他们观 8 个月雾，赏 3 个月雪，只有 1 个月能拥抱阳光。"浓雾遮蔽不了视线，暴雪压垮不了脊梁，我们守卫着蓝色国土的第一道闸门，使命光荣、责任艰巨！"笑对海雾风雪，官兵们说只要向着梦想前进，心中就充满阳光。

那一年，温海涛怀揣从军报国的梦想来到部队，可他没想到竟阴差阳错分到观通站当上了一名雷达兵。"不操枪、不动炮、天天围着天线打转转。"温海涛上山没几天就开始跟班长念叨，"我要上军舰闯大洋。"

有一天，班长带着温海涛走进雷达阵地，指着显示屏说："陆地边境上有国门，你知道蓝色海疆的国门在哪里？"说完，班长在显示屏上熟练地用手指顺着光点画出一条线，"这条线就是我们守护的海上国门，线的两端是相邻的两个领海基点。"

"这是条看不见的红线，但谁都不能逾越……"班长的这句话在温海涛心里一装就是 17 年。如今，那条红线已经深深地刻进了温海涛的脑子里，分毫不差。

"原来我们是在守国门！"那天的情形温海涛记忆犹新，"我们守卫着一座座无形的界碑，随时锁定那些有'想法'的目标。"

观通站站长张明明告诉记者，班长当年教育温海涛的那番话如今成了每名新同志上山后的第一课："在这里，我们就是祖国的眼。"

思想的高度决定行动的速度。某猎潜艇大队大队长范文武告诉记者，每天在观通站当面海区活动的各种舰船有近 500 批，有中国的、外国的，有商船、渔船，还有担负各种任务的各国舰船。雷达兵要在第一时间根据这些目标的航向航迹、雷达回波，准确分析判断出他们的目标属性并上报。

一次，四级军士长王楠烨值班时，发现一道回波形态异常，沿着领海线来回移动。经过仔细分析、判断，他确定这是某国侦察船编队。正准备上报时，一名

跟班的新同志提醒他："班长，上报错了是要挨处分的。"王楠烨拍了拍新同志的肩膀，果断地说："报错了，我受处分事小。漏报了，损害了国家海洋权益事大。"说完，王楠烨毫不犹豫地将情况上报。

由于王楠烨上报情况及时，上级迅速判明情况并及时采取了处置措施。事后，上级通令表彰这个观通站，称赞他们"为维护我领海权益做出了积极贡献"。

地位特殊、使命特殊，雷达兵们在高山之巅坚守着自己的梦想。山上一年有8个月是雾天，站里规定遇到连续大雾天，不许开窗户。可尽管营房装有双层窗户和大功率除湿机，房间的墙壁还是因潮气腐蚀发生霉变，官兵们每年要粉刷10多次墙壁。

裸露的岩体含铁类物质，海拔高度正处在积雨云区和滚地雷高发地区。于是，站里又规定遇到打雷时，身体不准靠墙，双脚不准站地。据不完全统计，3年时间里，观通站被雷电击坏的电视接收"铁锅"就有27个。

每年大雪封山，官兵们所需要的生活必需品和食品补给就变得很困难。因此只要有官兵下山，大家都会从山下背点泥土上山，用于农副业生产。

在大队政委阮凯的调研笔记中，记者看到这样一句话，"没有选择的能力，但有享受的权利。虽然这里的条件艰苦，但我们能品尝到梦圆的甘甜。"

如今，贫瘠的山头变成"家园、校园、花园"式的营区，官兵们就地取材变废为宝，用石头点缀出一座高山花园。观通站营区，各种奇石竖立两旁，上边刻着"桅尖明珠"、"枕戈待旦"、"训练场就是战场"等内容，时刻警示官兵即使身处高山，也要常备不懈。移步换景，官兵们悉心打造了"情注山海"的假山喷泉，阳光晾衣房、蔬菜大棚、生态养猪场点缀四周，成为一道靓丽的风景。

战士自有战士的爱

这是一组普通士兵的爱情故事，他们都工作生活在海岛上，只不过是一个在东北，一个在西沙；一个是入伍时间不长的新兵，一个是即将退伍的老同志。殊途同归，他们在自己生活的海岛上收获了同样的爱情。

"鸟博士"李长寿的海岛情缘

"万里海疆巡礼"孚流团在西沙东岛采访时，指导员毛连桥介绍了"鸟博士"李长寿的故事。李长寿在 16 年的守岛生涯中，不仅与白腹鲣鸟结下了情缘，更以鸟为媒，成就了一段幸福佳话。

西沙是一个多台风地区，每年途经此地的热带风暴和南海特殊气候的热带低气压多达二三十次。台风过境，树上的鸟巢顷刻间就会被刮得无影无踪，巢中的雏鸟也常常被刮落在林中。四级军士长李长寿发现这个情况后，常常在台风来临前后，进入树林查看鸟儿。他说："我们巡逻跟别的单位不一样，别的单位可能就是沿着海滩，我们还对一些鸟进行救助，比如说台风之后我们去巡视下树林，看到有小鸟掉到地上，我们会把它捡起来，放回树枝上去，因为很小的时候它在树

枝上站立的能力比较差，可能风稍大点就把它刮下来了，如果你把它放回原位的话，它的父母还会继续哺育它。"

在长期观察中，李长寿发现，鲣鸟实行一夫一妻制，两只鸟儿齐心协力搭建鸟巢、共同哺育后代。筑巢时，雄鸟充当"搬运工"，衔回枯枝等用于筑巢的材料，雌鸟则充当"泥瓦工"，负责搭建鸟巢，鲣鸟从配对开始到营巢成功一般需要持续1-3周的时间。

他把这些鲣鸟的生活习性、繁殖时间的选择等等都记在本子上，然后写成信件寄给中国科学技术大学。由于他搜集了大量第一手资料，被中国科学技术大学聘为东岛鸟类生态学研究义务观察员。

2005年到2008年，中国科技大学硕士研究生赵贵霞赴东岛研究、观察鲣鸟及其栖息地，时任水警区政委陈俨特别指派喜欢鲣鸟的李长寿做好赵贵霞的保障工作。晨光微露，李长寿就带着"鲣鸟硕士"钻入丛林观察、记录白腹鲣鸟的生活习性；夕阳西下，俩人结伴踩着晚霞在白腹鲣鸟的护送下满载而归。3度春秋，他俩记录了大量的白腹鲣鸟生活习性。天天感受着鲣鸟的恩爱与坚贞，再加上长时间的朝夕相处，李长寿与赵霞渐生情愫。

2009年，经过3年恋爱后，李长寿与赵贵霞喜结连理。要他们结婚的典礼上，主持人问他们是怎么走到一起的，赵贵霞一脸甜蜜的说："我们俩是鲣鸟当的红娘。"一句话，惹得现场亲朋好友会心大笑。现在已经有了一个宝贝女儿。

据李长寿的战友张少龙回忆，一次强天风天气袭击西沙，造成东岛原始森林大片被刮倒，许多躲藏在树枝巢穴的幼鸟被刮落在地上。当台风过后，李长寿在林中巡逻时发现一只被风雨打下来的白鹭。担心白鹭不能自愈，李长寿便把它带回来宿舍，先是用吹风机把白鹭的羽毛吹干，又用旧棉絮搭了个窝给白鹭休息。

在台风登岛的两天时间里，李长寿就跟白鹭一起度过了两天两夜的时间。看到吃昆虫的白鹭在屋子里找不到吃食，李长寿就冒雨跑到灌木丛中，趴在地上便逮起了蚂蚱。为了让白鹭吃到活着的蚂蚱，李长寿用草把逮到的蚂蚱串成串儿送到它跟前。两天时间很快过去，风和日丽了以后，李长寿便将白鹭放飞。李长寿与这些自由翱翔的鸟儿可以说是情缘深厚。

在东岛，繁茂的抗风桐里有成千上万的鸟蛋，他们一个不捡；成群结队的小鸟，他们一只不抓。每逢打靶训练，官兵总是到离鸟林最远的地方，生怕刺耳的枪声给鸟儿带来刺激；夜间站岗巡逻，战士们的脚步总是轻轻的，生怕吵醒了鸟儿的美梦……。李长寿说："这里的生命是很脆弱的，如果是被你随意的破坏的话，有可能就是造成它的毁灭。"

挥手自兹去，啾啾鲣鸟鸣。高大的抗风桐树冠上，成群的白鲣鸟送走一拨儿又一拨儿像李长寿这样的爱鸟护鸟的守岛官兵。

1981年东岛被划为白鲣鸟自然保护区，使鸟类及其生长环境得到很好的保护。东岛鲣鸟自然保护区也成为我国唯一一处由部队代为管理的自然保护区。30多年来，人民海军一直驻守在美丽的东岛上，与国家二级保护动物鲣鸟和谐相处，成了不折不扣的鲣鸟"保护神"。

大鹿岛上的爱情故事

海洋在人们的印象中意味着美丽与神秘，海军也被称作最浪漫的军种，记者脑海里的海军战士应该是皮肤黝黑，手握钢枪，穿着帅气的水兵服，站在白色的舰艇上劈波斩浪。然而当我们来到海岛上却发现，除了皮肤黝黑，其他的细节都颠覆了记者的想象。战士们守在小岛上，24小时不间断的通过雷达扫描监控海面动向，常人眼中的无敌海景，对他们来说就是时刻不能放松警惕的战斗平台。半小时轮渡就能到达的岛外繁华世界，对守岛战士们来说却是陌生和遥远。有的战

士甚至退伍那天才第一次出岛，寂寞孤独可想而知。不过这几天大鹿岛观通站却非常热闹，因为士官徐启利2个月前刚刚订婚的未婚妻娜娜来队探亲了。这是他们第四次见面，两人的故事还要从两年前娜娜在岛上丢失的钱包说起。

娜娜："我来这度假时把钱包丢了。坐上船，船开了才发现的，包里有银行卡、身份证。结果没想到我回家后，钱包被邮回来了！还是部队的地址邮来的。我真没想到钱包还能找回来，就写了感谢信过去。"

娜娜没想到寄回她钱包的解放军叔叔竟然是一位高大帅气的山东小伙儿。姑娘的心开始放不下了。

娜娜："我来岛上时他来接我，我送了他一块表，但是他不要。我当时就感觉……第一是尴尬，第二是难过。送他礼物是纪念嘛。当时真的……眼泪快要掉下来了。他毕竟是军人，不能想玩就玩，只陪了我一天。我们聊得很投机，这么快要分开，我感觉有点失落。"

半年后，徐启利休假回家，两人第二次见面，娜娜决定带启利见自己的母亲。聪明漂亮的娜娜是单亲家庭，生活让她早早的学会了独立和坚持，娜娜说她知道嫁给军人意味着什么，但她相信这是属于她自己的平凡小幸福。

娜娜："幸福是……我的想法可能成熟一点，我不得不面对成长。他和我联系着，我们不吵架，只要在一起，就什么都不怕。他是当兵的，我不能要求太多。"

在大鹿岛，记者们还听到了这样一个故事。

大鹿岛观通站的军医韩维毕业于第二军医大学，妻子是他的高中同学，韩维从军校毕业分配到海岛之后，妻子就预见到将来聚少离多的生活，拥有日语硕士学位的她放弃了很多高薪工作机会，选择离海岛最近的省会城市沈阳当大学老师，这样每年至少还有两个寒暑假可以去探望韩维。如今他们可爱的儿子已经9个月了，谈到妻子和儿子，白净纤瘦的韩维笑得特别开心。

韩维："孩子叫韩与时，意思就是顺应天时，顺应时运。太太叫曲萌。我孩子的小名儿就叫韩大芽。小时候叫小芽儿，越来越壮，就叫大芽儿啦。"

　　面朝大海，却未必总是春暖花开，更多守岛战士的爱情败给了时间和距离。同样的青春，他们无法像普通青年那样爱得洒脱、爱得轰轰烈烈，他们的爱更隐忍、更深沉。大鹿岛观通站的副站长张嘉鹏已经在站位上坚守了整整7天，这位来自内蒙的小伙子刚刚和相恋了4年的大学同学分手了。我相信那是一段和电影《致青春》里一样纯美的校园爱情，这4年也一定承载了嘉鹏很多不舍的记忆，谈到未来他说没有抱怨，只有祝福。

　　张嘉鹏："其实每个人长大时都会经历一些感情的挫折和失败，但是我不会抱怨什么。我也曾经想过，如果我没有穿上这身军装，我们会怎么样。但是当一个军嫂真的很难，丈夫不在身边，军嫂很辛苦的。希望她幸福吧，希望她有男朋友在她身边，在她遇到困难时可以帮她，可以牵着手逛街。希望我们两个都好，都能找到适合的另一半。"

娜娜（左）和徐启利（右）

海岛女兵的花样年华

这组女兵故事，一北一南，一老一新，一个是初春一个是盛夏。首先我们看到的是驻刘公岛海军某训练大队女兵们的故事：

"1、2、3、4！"随着嘹亮的口号声，北海舰队驻刘公岛某训练大队的女兵们走入了"万里海疆巡礼"采访团的视野。

这里是每一个战士梦想起航的地方——新兵连。走进训练大队，就意味着步入海军生涯的第一重天。我们眼前的这群女兵，年龄在18到22岁之间。在这个女孩最青春最宝贵年华里，她们选择了一条艰苦却又无悔的军旅路。

"高晶，18岁，来自陕西西安！"

"鲍婷婷，20岁，济南人。"

"于艺文，20岁，青岛人。"

"苗嘉慧，威海人，19岁！"

"杨颖，山东人，19岁。"……

当她们满脸阳光地介绍自己时，一个个美丽的名字从她们脆生生的声音里绽放出来。可是你能想象得到么？就在前一天的战术训练中，这些女孩的手肘全都磨破了，每个人卷起袖管都是一片大大的伤疤。

"一练就会受伤，胯上、膝盖上都是这种淤青。人人都有的。不过我们也不害怕，要练好就要持续练，不能因为受伤就不练了。"她们笑着说。

训练大队里的女兵一直是男兵们敬畏的对手，在灭火、环岛10公里越野跑这些考验体力和胆量的训练项目中，女兵们的成绩丝毫不亚于男兵。在爬战术、舰艇绳结等考验灵活性和技巧性的项目上，男兵甚至会输给女兵。

队长李静曾是一名海军女子陆战队员，她说，姑娘们为了达到这个标准，在训练中要付出更多，"首先对体力要求是很高的；作为女孩，在特殊生理期的时候也不能请假，那就是心理和生理上都要增强抗挫能力了。我们第一次全副武装跑越野7公里的时候，后面有收容车一直跟着我们，但是我们队里没有一个人因为身体不适或是坚持不下来要上车。因为上收容车对于集体来说是一个耻辱，就是这种集体荣誉感激发大家一定要跑下来。到了最后冲刺的时候，后面有哨音催促着，有收容车等着，前面有冲锋号在吹响着……很多小女孩跑不下来的时候，尽管很想把手里的枪扔掉，但是还是一边哭喊着'妈妈'，一边坚持到了终点。"

姑娘们就是这样——想象着自己的父母、最爱的人在终点等待着她们，鼓励自己完成了艰难的训练。

再过几周，训练大队的姑娘们就要结束集训，分配到各自岗位上了。密集的集训生活将被相对轻松规律的日常生活取代，但是这段同甘共苦的战友情却是大家最不舍的记忆。

李静："每年分兵的时候，我们整个操场哭声一片。大家在一起同甘共苦了两三个月，那种感情是很难形容的。就连营区里收拾垃圾的一位阿婆，都跟着我们一起哭。这种战友之间的纯真、这种真挚让我很留恋。"

曾经是个刺儿头的小兵也向班长张薇说出了心里话："张薇班长是我新兵连的班长，她一直对我很好，把我当家人一样看待。可是我表现不好，给她带来很大的压力。我觉得……我一直把班长当作……像姐姐一样，希望班长以后更好，希望退伍后可以找一个好工作，嫁一个好老公。"

听到这里，一直因为严肃而被起了"叔叔"这样外号的班长张薇也忍不住红

了眼眶："我们之间都懂……所以，也不用说太多。"

谈到分别，这些阳光、坚强的女孩们哭成了一片。

"那天战术训练的时候，我一直在草地上趴着。我当时在想，这可以是我这两年来最后一次爬战术了。其实真的挺有感触的……我就是觉得，最后了，我一定要好好表现。其实，真的舍不得军营。"

"刚到新兵连的时候，我的表现也不太好。但来到军营后，今年真的成长了很多。不管是身体上还是意志上，都成长了。我觉得这样的我回到家里，我妈妈一定会很自豪的。我终于可以对她说：'女儿长大了'。"

看到这些花季女孩的泪水，记者们也泪湿眼眶。我们知道，今天的泪水、笑容、坚强、信念，都将融进她们未来的征途，成为她们花样年华里最宝贵的人生财富。

离开北国的威海，"万里海疆巡礼"采访团又来到来到了盛夏的南国西沙。

2001 年 5 月 14 日，人民海军女兵第一次踏上西沙这片美丽岛屿，成为驻防纬度最南端的巾帼英雄。12 年过去了，西沙女兵在"天之涯、海之角"的西沙群岛，守卫西沙，建设西沙，用青春与汗水写下了他们生命的华章。

西沙群岛地处南海前哨，战略位置十分重要。在西沙女兵的比例很少，所以，岛上为数不多的女兵们被官兵尊称为"公主"。

西沙女兵班担负着西沙通信值班任务，可以说责任重大，由于驻岛部队驻防分散，点多线长，同时面对复杂的海上形势，完成好每一项任务，都面临着很高的要求。要当好履职尽责的通信卫士，首先要练就过硬的专业技能，一个合格的话务员和报务员讲究"四功"：脑功活，耳功灵，口功清，手功巧。西沙通讯连女兵班副班长单联圆告诉我们，他们平时不但要会四功，现在还要求熟练使用电脑，还要练习听辨方言。她说："因为首长打电话过来，一般要求一遍就能听清，各个首长的口音都不太一样，自己做的软件，录好了以后，放到那个软件里，仔细听辨方言。一般方言都是有一些词都是固定的讲法，时间长了，习惯了就分辨出来了。"

西沙女兵班从 2001 年成立以后，女兵班的姑娘们虽然换了一茬又一茬，但是他们各个爱岗敬业，没有出现过丝毫差错，没有发生一起错漏情事故。

西沙群岛地处南海前哨，特殊的地理位置决定了特殊的使命任务，要求每名守岛官兵，不仅要精通本职专业，还要掌握各种军事技能，为了成为一名合格的守岛卫士，对于天生体质稍弱的女兵来说，往往要付出比男兵们更多的艰辛和汗水。

手枪射击是女兵的必训科目，由于女兵臂力稍差，为了保持举枪的稳定性，她们吊上水壶练习臂力。西沙女兵夏娇告诉我们，因为女孩子臂力都比较小、比较柔弱，手枪端久了需要稳才能瞄得准，所以她们平时练的时候会着重训练臂力这一块。"比如说端枪的时候首先是两分钟，然后慢慢的时间往上面加。还有就是我们每个人都有军用水壶，刚开始的时候是挂一个空壶，慢慢的放一点水，最后可以挂一整壶水，然后立在那里端枪好几分钟。慢慢把臂力练起来之后，就开始练准确度，瞄靶心。最后去靶场实弹训练，逐步大家都会有一个提高。"

3 公里越野是女兵另一个必训科目，夏娇是 2009 年入伍的大学生士兵，刚上岛时，她体能较差，三公里越野成绩常常处于及格的边缘，为了不给西沙女兵拖后腿，她一直坚持刻苦练习，成绩最后冲到了良好。她说："其实没有什么其它的办法可以让你加强，提高你的成绩，就是要多练。除了上班的时候，晚上六点到七点这一段时间可以自由活动，那一段时间我就每天跑，每天跑，结果经过一个半月之后，我们有一次考核，17 分半及格，我那一次跑完之后，他们跟我说才 16 分 2 秒，我觉得好神奇，所有人都觉得不可思议，你怎么突然一下子就提高了，我也觉得就是在不知不觉中这个成绩慢慢的提高了。"说道这里，我们从夏娇眼里看到了一丝得意，她说："事情就是这样的，重复去做，熟能生巧，我觉得这是我成功的一个秘诀。"

西沙群岛远离大陆，岛上生活相对单调，文艺活动就成为海岛上活跃生活、陶冶情操的最好方式。西沙女兵各个多才多艺，也有属于她们展示才艺的舞台。

西沙女兵经常参加演出队，到各岛为官兵们演出，也与守岛官兵结下了深深的战友情。西沙女兵毛俪颖告诉我们："我觉得西沙官兵更纯朴一些，比较简单，也好沟通。有的小岛官兵特别热情，有一次我在那里唱歌，我记得是有一个战友，还给我献花，又抱我一下，过了一会好像又是他，又给我献花，又抱了我一下。特好玩。"

女兵夏娇说："我是西沙的兵，每次到各个小岛，都会见到我认识的人，感觉特别的亲切，我自己特别的兴奋，每到一个地方，我就像介绍自己的家一样，向演出队的其它的战友介绍情况，每当此时，他们都说我特别自豪，我说那当然了，当西沙兵肯定要自豪！"

西沙地处中国南海，人们形容那里是"四高两缺一多"，高温、高湿、高盐、高日照，缺泥土、缺淡水，多台风。台风正面来袭时，狂风夹杂着暴雨，折断大树，也真是吓人。西沙女兵夏娇谈起自己第一次经历台风的时，最多的感受竟然是兴奋。

"我新兵第一年的时，年底有很多的台风，有次正好是晚上我跟一个班长值晚班，开始刮了大台风，进入了一级的防台部署。我当时觉得特别兴奋，我从来没有见过刮那么大的风。台风低压来的时候，你就会感觉耳膜气压特别低，有点晕眩的感觉。"夏娇说自己的胆子特别大，虽然不怕台风，可台风带来的狂风雨水却容易渗进屋子里毁坏机器。"到十二点钟的时候台风猛打窗，从那边开始渗水，渗好多水，就跟那个水龙头开了一样涌出来，往我们机台上面那边渗。不行，我们赶紧起来，叫我们隔壁一班的参谋，还有首长，就说我们这边机台渗水，他们赶紧拿一些布和拖把堵住，然后把机台用我们坐的那个凳子立起来，顶住那个窗户，让我们都转移到他们的值班室，那天晚上我们所有人都没有睡，然后就在等着台风过去。"

第二天早上八点，夏娇下班走出机房顿时就愣住了，"满地苍凉的一种感觉，很多树全都倒了，地上都是枯枝烂叶就感觉这个地方好像被摧毁了一样，当时那个班长还拿着她的手机一路拍过去。我们觉得这个台风真的是很厉害。"

女兵也爱美，但是西沙太阳最毒，如果在室外呆上半个小时，就可能被太阳晒伤，生长在北方秦皇岛的班长郭玲玲，最怕西沙的毒太阳。"上面确实环境挺恶劣的，就像我来这就晒伤过好多次，可能皮肤比较脆弱，尤其是脸部，晒伤过很多次。"

西沙虽然条件艰苦，气候恶劣，物质匮乏，但这里却有战友之间最真挚的情感，最深厚的情谊。吃生日蛋糕，对在城市生活的人来说是很平常的事情，可是对于西沙女兵来说，这可是一年中最奢侈的享受。西沙女兵毛丽颖说："女生本来就是比较嘴会馋一点儿，然后很少吃到那些比较好吃的零食或者什么，难得去吃，有时候过生日的话，岛上没有那种蛋糕，要是运气好的话，刚好你过生日那天有船，头一天可以让别人买好放在冰箱里面，第二天大清早以后就可以切蛋糕，把蛋糕切小一点，发给每个人吃，然后会给连队一些男兵也送过去，因为难得吃到。"

毛丽颖说，因为蛋糕可是稀罕物，有些新兵的蛋糕不小心掉地上去，下意识的，她们就会把蛋糕捡起来接着吃。

虽然西沙的工作，生活环境恶劣艰苦，但西沙女兵从不叫苦，而是在西沙艰苦的环境中书写着自己的青春华章。

西沙女兵最喜欢《抗风桐》这首歌。抗风桐是西沙最常见的一种植物，属于常青乔木，抗风桐不怕狂风，不怕暴雨，不怕日晒，落地生根，生命力极其顽强，在西沙这样的艰苦环境中，西沙女兵们学会了很多。夏娇说："西沙这个环境特殊，一起吃过苦共患难的人会感情比较深，尤其是退伍的时候，大家平时感情就比较深，最后走的时候，所有退伍的士兵，所有连队的人都会站在那里列队，欢送他们。看着他们，他们就对我们嘻嘻哈哈的笑，本来开始大家情绪挺好的，首长说上船，要走的那一刻特别的不舍，因为他们就不可能再来了嘛。就看着他们，就慢慢地上船，然后最后走的时候也是每个连队的人站在一块，跟连队的人挥手再见，最后船真的是行了很远了，他们就一直是挥手挥手，到很远很远了，都能看到在挥手。"

　　艰苦的环境没有打击到这些原本是"公主"的女孩子们，她们用自己的热情和快乐感染着岛上的每一个人，也华丽的成长为一个合格的女兵，完成了自己的美丽蜕变。

毛丽颖

飞向海天的情怀

2013 年 5 月 22 日上午，一场由军地双方联合举行的"首次军民联合跑道抢修抢建演练"在青岛举行，海军驻青岛某舰载机部队派出直 9 型直升机顺利完成救护演练任务。作为解放军第一支舰载机部队，这个光荣的团队先后执行南极科考建站、首次环球航行、海军成立 60 周年大阅兵和亚丁湾护航等多项重大任务。

一提到海军，人们首先想到的就是大海和战舰。其实，在海军队伍里，还活跃着一支具有重要地位的作战力量，他们就是与大海和蓝天为伴的海军航空兵。23 日，《万里海疆巡礼》采访团走进了海军驻青岛某舰载机部队，大海的壮阔和天空的高远，让这些穿着海军制服的飞行员有着不一样的军旅情怀。

一级飞行员马磊告诉我们，和陆地上的飞行相比，由于海天一色，缺乏参照物，海上飞行的难度更大，"所谓容易出现错觉是因为海和天是一个颜色的，分界不明显。我们在飞行时精神上本来就高度紧张了。陆地上飞行是有飞行地标的，哪怕是庄稼地，颜色也是不一样的，你能分得清；但是海上是不一样的，全是水波纹，水波纹一看就晕。所以你要经过艰苦的训练，让你适应这种海上的生活，去习惯它。"

再过一年，马磊服役期就满 20 年了，在近 20 年的飞行生涯中，让他印象最深的飞行，是为了新机型的科研任务做试飞员。他告诉记者，"印象最深的有两次。

一次是刚起飞没多久，离地面比较近的时候黑屏了，然后我们就直接没了上升高度，只能直接向前顺着落下来。还有一次是在空中，综显突然黑屏了，那天还下着雨。幸好垂直能见度还可以，我们靠着地标和手持 GPS 来判断航迹位置，就近着陆。"当记者问他"你有后怕过么？"他回答说，后怕是有一点，但是想想机组配合不错，自己操作也没问题，就不再担心了。

曾在亚丁湾执行护航任务的二级飞行员禚玉峰至今还清晰的记得他和机组人员在索马里海盗控制区域紧急出动，接护台湾籍渔船"旭富一号"26 名船员的过程。

2012 年 7 月 16 日，他在去亚丁湾的途中接到了紧急任务——解救人质。"海盗本来是计划用小艇把人质送到我们的船上，后来因为海况不理想，他们不送了，把人质丢在沙滩上。我们直升机出动时是下午五点多，沙滩嘛，沙多，我们飞机的防沙罩不行，尝试到水面和沙滩交界的地方，以低高度悬停的方式，把人质接回来了。"

回忆起当时的情景，禚玉峰的脸上露出难过的表情："他们都很瘦，在那呆了一年多，26 个人一天只能吃到一斤大米，而且没有盐。当时我们接到他们时，船老大是台湾的，他把他的孩子第一个送上飞机，自己是最后一个上飞机的。这个让我很感动。如果我们不去接，他们就回不来了，没有经历过生离死别的人，可能感触不到（那种体会）。他们在飞机上坐着的时候，对着我们一个劲儿的作揖，表示感谢，因为机上噪音特别大，说话也听不见。到了舰上时，飞机的主轮还没有落在甲板上，就有一个人质已经跳下去了。要知道，他们都赤着脚没穿鞋，甲板上的防滑砂那么硌脚，而且还有一定高度，他们也硬跳下去，因为感觉是见到亲人了，求生的欲望特别的强烈。大副那天也哭了，一个五十多岁的男人。

这次解救台湾人质的经历，让禚玉峰受到了前所未有的震撼。"以前给护航舰队伴随护航的时候，他们打着旗语说'感谢中国海军'，我感觉很自豪。但也和这次经历带给我的感受是完全不同的。这次我觉得我做了一件让别人一辈子不会忘记自己的事儿。"

禚玉峰参加的这次营救任务创造了海军舰载机部队护航史上多个第一：首次在海盗控制区域接护船员，首次使用直升机接护船员，首次在大风浪、高海况陌生异国海域接护船员，首次暗夜无灯光引导陌生区域选择野外着陆场悬停接护船员等等。

能在重重考验之下完成这样高难度的任务，离不开战友们平常刻苦训练积累下来的飞行经验。繁重的各项任务使得飞行员们一出航就离家大半年的情况经常出现，一级飞行员马磊有一年只在家里待了18天。

马磊说，谈到对家庭的照顾，他就会感觉很痛心。"一年在家可能最多就只有一两个月。我曾经算过一次，任务最重的那一年，我有大约7至8个月的时间是在外面出差，不在本机场的。剩下的4个月，还要参加我们本部的训练、值班。那年回家也就18天，我在记事本上记着了。"

所以马磊说了这句话："飞行员的孤独感是由来已久的。很多人问过我，飞行的体会是什么。当你在空中的时候，你的那种自由感，是别人体会不了的；但同时你的孤独感，也是别人感受不到的。其实我们更希望有一个稳定温暖的家庭，一旦空闲下来了，真的是非常想回家。"

对家庭的眷恋、还有对蓝天大海的渴望，让这些飞了20多年的航空兵内心始终有种矛盾的情感，对亲人的愧疚和多年的奔波劳苦让他们渴望安定，可那片蓝天与大海就像是他们心中的图腾，永远带着信仰的力量。

当记者问他们，如果有一天，不能飞了，他们会如何告别自己的飞行员生涯？马磊是这样回答的："我会偶尔会看看天上，看看我的兄弟、我的战友还在飞行，我会默默地祝福他们，希望他们能像我一样，安安全全地飞到现在，飞到回家。"

"我要是不飞了，就是在有生之年好好陪陪老婆孩子。工作的时候亏欠他们比较多，那退休了就要好好陪他们。我想退休的那天早点来，可以回家，但是又不希望那天这么快来，我还是热爱蓝天，热爱飞行的。只要听到飞机的马达声，我就心里充满了牵挂。"禚玉峰沉静的声音里，饱含着恋恋不舍的深情。

深潜海洋的依恋

中国海军中的潜艇部队，一直是一支"神秘之师"，由于执行任务的特殊性，更多的时间他们只是默默地在深水潜行，在狭小的空间里忍受稀薄的空气，将孤独留给自己，同时也将担忧留给家人。相比于潜艇上的官兵，军嫂们往往承受着更大的心理与精神上的压力，"万里海疆巡礼"采访团日前来到东海舰队某潜艇支队，寻访了两位潜艇部队的军嫂，走进她们的内心世界，感受那深潜海洋的依恋。

不要问我到哪里去

在潜艇部队里一直流传着这样一句话：不要问我到哪里去，问我也不会告诉你。的确，由于潜艇兵执行任务的特殊性，保密成为了他们的第一守则，不管是朋友还是家人，他们都要做到，让他们知道关于潜艇的情况越少越好。也正是因为这样的原因，作为潜艇兵的妻子，习惯丈夫的沉默成了最基本的要求，每当执行重大任务时，官兵动辄就要在潜艇上度过十几天或者几十天，没有手机信号，没有书信联络，一切关于他们的消息全部消失，这对于他们的妻子无疑是一种煎熬。

老家东北吉林市的任鹏飞是一个让你看一眼就心情开朗的人，做起来喜欢指手画脚，笑起来完全不顾鱼尾纹，乐观的性格写在她的每个表情上。然而就是这样一位学音乐出身的 80 后女孩，却选择了潜艇兵作为自己的另一半。说起和丈夫——部队机电长陈震认识的过程，任鹏飞说，他们一共见了三次面，就定下了终身，原因没有别的，就是觉得他做每一件事都踏实放心。她说，现在想来，也许就是因为做潜艇兵一定要沉得住气，才让丈夫修炼成了现在的性格。

然而，相识只是一刻，相伴却是一生，做一名潜艇兵部队的军嫂，任鹏飞首先要忍受的不止是两地分居，还有长期的信息隔离，每次当丈夫要出海执行任务时，期限这个词汇就成了摆设，丈夫每次都丢给她一个渺茫的日期就匆匆出发，留下她自己苦苦等待。众所周知，潜艇兵是一个高危险的兵种，在艇内操作稍有不慎，就将酿成悲剧，很多时候，任鹏飞常常看着新闻瞎想，是不是丈夫真的出事了，就在这样难熬的一分一秒中，任鹏飞度过了无数的日日夜夜。有一次，在担忧中，任鹏飞突然间觉得心脏特别难受，喘不过气来，情急之下，她突然笑着跟女儿说：我给你写份遗书吧。其实在那一刻，任鹏飞觉得不管自己是不是会死，一定要让女儿知道不要怪罪爸爸，在说这件事的时候，她脸上堆着笑容，但眼角却掉下了泪珠。

牺牲自己守护你的世界

深潜入海底，放弃自己的健康和名誉，在最隐秘的角落里做出最大的贡献，潜艇兵无疑为祖国的海防做出了极大的牺牲。然而，在他们的背后，军嫂们做出的牺牲一点也不少，工作、生活、家庭，一切重担都压在这些女人的身上，她们不得不放弃自己的事业，一心一意的教育子女、赡养老人。

出生在安徽绩溪一个小村子里的高丽芳和她从小青梅竹马的同村男孩高灶辉

幸福的走到了一起，然而看似平静的生活实际上却隐藏着重重危机，一切只是因为高灶辉是一名潜艇兵，这个不平常的职业引起了高丽芳父母的强烈反对，他们不忍心自己唯一的女儿从此要一个人撑起一个家。面对爱得深情的两人，高丽芳的父母提出了最后一个条件：不能让女儿随军到部队。年轻的高灶辉答应了，但他没想到，最终自己还是没有遵守诺言，由于担任着部队航海业务长的重要岗位，每当部队有潜艇要出海时，高灶辉都要身先士卒，一年当中几乎有三分之一不能在家。在忍受了几年的两地分居生活之后，儿子的出生让高丽芳决定背弃父母，只身一人来到部队。

高丽芳是一个从小家庭条件殷实的女孩，本来还拥有一个人人羡慕的银行工作，一瞬之间，一切却要从头开始，光是找工作她就不知道碰了多少次的壁。但性格倔强的她始终不肯放弃，最终找到了一份在农村信用社的工作，让家里多了一份收入保障。由于高灶辉家中还有95岁的老母亲，儿子的身体也不是很好，高丽芳几乎每天都在老小间把自己折腾的疲于奔命，有时候，老母亲会问，儿子为什么不来看她，她要帮着隐瞒；有时候，儿子会问爸爸怎么还不回来，她又要帮着安慰。夜深人静的时候，高丽芳真想大哭一场，但每一次她都忍住了。

与丈夫结婚16年，高丽芳从来没有享受过一起出去旅游的待遇，也几乎从来没有得到一句丈夫的甜言蜜语。但在这16年里，丈夫高灶辉执行了多次重大任务，得到了全军无数的荣誉，成为一名优秀的航海业务长，每次当高丽芳看到执行任务回来面色苍白的丈夫时，她总是觉得所做的一切都是值得的，因为正是自己守护住了这个家，也守护住了丈夫的世界。

"真正的男儿，你选择了军旅；痴心的女儿，我才苦苦相依。"两位不同经历，不同年龄段的军嫂，相同的却是都与身为潜艇兵的丈夫结婚超过了十年，面对如此多的困难她们仍然坚守了这份爱。任鹏飞说，虽然很多时候自己觉得做军嫂挺难的，但是想想看，那么多的军嫂和自己一样也在坚守着，就觉得不孤单了，同时也说明这是一件值得坚守的事情。戏称自己是"女汉子"的她说，现在自己基本上家里任何事情都是一把好手了，往好处想，这也是对自己能力的一种锻炼。

　　同样的，高丽芳也说，人都说做军嫂不容易，但之所以选择了这条路，都是因为对军人那份光荣的看重，如果看到他们真正发挥了自己的价值，守卫了祖国的海疆安全，心里面的那种自豪感绝对会冲淡所有的辛苦。

记者采访军嫂任鹏飞（左）和高丽芳（中）

一位退伍老兵的幸福坚守

外伶仃岛在星罗棋布的万山群岛中风格独特。岛不大而绮丽，山不高而峻秀，尤以水清石奇为人称道。在这样一个美丽的海岛上，有一个关于幸福和坚守的美丽故事。

与谢坚的相遇是在驶往外伶仃岛的客轮上，尽管风浪颠簸让记者有点难受，但在谢坚看来，这比起 25 年前他乘坐木船在大风大浪中颠簸了大半天，第一次到外伶仃岛的艰难旅程，真的是要好太多了。

1988 年，谢坚从海岛部队退伍后来到珠海，那时候珠海特区一片如火如荼的景象，很多岗位都需要人。在邮电局面试时，一位科长对他说，"人民军队为人民，人民邮电也是为人民"。就因为这句话，就让谢坚决定来到外伶仃岛邮局。

第一次来到外伶仃岛邮政所，满怀激情的谢坚发现，这里条件出乎意料的艰苦。当时，岛上没有自来水，没有市电，连看似简单的吃饭都成了大问题。于是，谢坚只好自己掏钱，买了几包当时"昂贵"的方便面，正当他干吃的时候，卫生所的工作人员给他送来一壶开水。这壶开水让谢坚第一次在外伶仃岛感受到温暖。

当时的外伶仃邮政所仅有一间 40 平方米平房，半间营业、半间睡觉。夏天暴晒后，酷热难耐，蚊虫叮咬，无法入眠。当地的老百姓和渔民，看到谢坚手脚都溃烂了，到山上去挖草药，从渔船上拿水给他。这些关爱让谢坚非常感动，"在这么一个非常艰苦的海岛上，这么多好心人，这么多善良的人帮助我。"

谢坚最后选择留了下来，不仅仅是因为感动，更因为那个年代，谢坚所在的邮政所提供的邮件和电报业务，是外伶仃岛上的人们和外界联系的唯一渠道。当时外伶仃岛本地的人口 900 多人，外来人口却有 5000 多人，不少是在港澳渔船上务工的船员，一出海就是 10 天半个月，居无定所。而寄给岛上的邮件基本上没有详细的地址，很多时候为送一封信，谢坚往往要跑遍全岛。

"我经常要去送一封信、一封电报，不管上班下班，不停的去找去问，看有没有认识这个人，经常找到他们后，他们拿着信件或者电报，打开的时候经常会抱着我哭。"

在那个年代，用"家书抵万金"来形容信件的重要性一点都不为过，在成千上万次送信件中，有一次最让谢坚难忘。

"我记得有一个是渔民，在海岛打工，有一封给他的电报过来，差不多十天，我天天找他，找啊找，最后终于找到了。电报的内容是他的妻子顺产，就这几个字，看到电报之后他抱着我哭。他告诉我，他老婆怀孕的时候，因为妻子有心脏病，医生告诉她，生孩子有生命危险。当时我看到那个人，也有 30 多岁了，终于收到了这个电报，他非常感动，那么我心里也感到非常欣慰。感觉自己做了一件非常快乐的事情。"

就这样，25 年来 3000 多封信件被谢坚一一送到收件人手中，一旦有空谢坚也很热心，经常去当地百姓家里帮帮忙。正是他的热心和善良，在岛上他收获了自己的爱情。

谢坚的妻子蔡丽妆，当年随父母来岛上做生意，两人相识相恋，互生情愫。谢坚说，"当初经常去帮她的爸爸妈妈，有空的时候干干活。她父母亲也受感动了，她经常说我好像骗了她的爸爸妈妈，感动了她家人的心。"

蔡丽妆的出现，让谢坚不再孤单，她如今也在外伶仃岛邮政所工作，这个小

小的邮政所，成为名副其实的"夫妻所"。在外伶仃岛邮政所，记者见到了蔡丽妆，她看上去美丽大方，眼神中满是喜悦。

对于这段爱情，蔡丽妆说，还说被谢坚的人品所吸引——"也不是骗啦，就是开玩笑的，如果不喜欢的话我也不会嫁给他。我们家在这边做生意，随着大家相处时间长了，他没事时候就帮我搬货物。我每次在码头干活累的满头大汗，衣服都湿了，他就跟我讲，你去换件衣服，把湿的脱下来我帮你洗。他是一个愿意帮助别人的人，在码头我不在他也会帮助别人干活。"

如今外伶仃岛的邮政所早已不是当初 40 平方米的平房，取而代之的是一栋 4 层小楼，液晶电视、电脑、打包机一应俱全。

谢坚告诉记者，如今的外伶仃岛交通便利、生活舒适、景色优美，而他将继续在这个美丽的海岛上坚守。他说，"作为这个海岛变化的见证人，希望这里越变越好，越来越美丽。"

采访结束的时候，记者在想，什么是幸福。也许走遍千山万水，看过万千风景是一种幸福，而像谢坚这样坚守理想不离不弃更是一种幸福。

"拥军航线"上的船老大

南中国海是一片蓝色而透明的世界，碧海蓝天，白云如絮，风光无限。我们在美丽的西沙采访时，总能听到不同海岛的官兵说起同一个人——老邓。每当提到老邓，官兵们的眉宇间都显露出一种兴奋的表情。大家说的老邓，名字叫邓大志。今年50岁的老邓，是琼海市潭门镇林桐村琼海05039号船的船长。在中建岛，记者们见到了老邓，皮肤粗糙，体格健壮，脸庞黑中透红的邓大志，一见面就给记者留下了深刻印象。

少年出海闯三沙

为什么驻守西沙的官兵们提起邓大志会兴奋？原来，对南海海况了如指掌，不仅坚持帮助守岛部队运送蔬菜等补给品，还帮助官兵们转送信件包裹，甚至是帮忙汇款转账，这种工作自从1996年应下以后，邓大志已经整整坚持了18年。被大家称为"拥军航线"上的"拥军船长"。

"我18岁就出海了。"邓家世代都是渔民。1981年，年轻的邓大志跟着父亲出海成了渔民，现在他的儿子也跟着他出海成了渔民。从初次出海到成为船长，邓大志用了10年时间。1991年，买了第一艘渔船，靠着世代传下来的潜捕技巧和航

海路线图，邓大志在被潭门渔民称之为祖宗海的南海里讨生活。

有着丰富闯海经历的邓大志练就了一身"深海探宝"的潜捕好本事，年轻的时候只带潜水镜他能直接潜到十四五米，在水下呆上 5 分钟左右。"那时候主要是抓梅花参。"邓大志说，到上个世纪 90 年代，有了增氧机后，渔民口含管子能下到更深的地方，一般都能潜到二三十米，而且可以停留超过 1 个小时。"最深的还有人潜到五六十米。"

"潜捕一定要在礁盘附近，我们一般是抓苏眉、青衣、石头鱼、石斑等'生口'，所以西南中沙大大小小的岛礁，潭门渔民祖祖辈辈都是走遍了的。"邓大志口中的海底世界相当的美丽：十几米深的海底礁盘下，石头鱼会跟着珊瑚的颜色改变，全身翡翠绿色和白色相间苏眉漂亮，体积越大的苏眉翡翠绿的颜色越多……

但是，潜捕的危险系数也很高，"潜水病"是最大的困扰。"我的二哥在 1995年就是因为潜水病过世，大哥的儿子今年也死于潜水病，我自己也曾因潜水病腰部麻痹过。"说起这些的时候，邓大志声音低沉，平静的脸上略微有些伤感。

结识驻岛官兵成为"送菜员"

南海上的捕渔生活虽然艰苦，但也给邓大志带来许多收获，与西沙驻岛官兵的深厚情谊就是其中之一。

如果不是因为海上的一次意外经历，老邓的生活可能与西沙部队永远没有交叉点。邓大志还记得，有一次他的船在靠近西沙附近的一个小岛作业时，因为驻岛官兵怀疑渔船装有违法货物，便将其拦截下来检查。检查结果是渔船没有违法货物，邓大志的船只平安返回。后来，邓大志又到这个小岛附近作业，一来二去，他逐渐和驻岛官兵熟悉起来。

1996 年 10 月，正在琛航岛附近捕鱼作业的邓大志，突然遇到了一场暴风雨，他的小船在风浪里险情不断。后来，在岛上驻军的帮助下他才安全地把船停在了琛航岛的码头。这次暴风雨困住了好几条渔船。由于那段时间天气不好，部队的补给船迟迟到不了，琛航岛上的官兵已经很多天没吃上蔬菜了。当时驻守在岛上的官兵就跟停靠在码头的渔民说："船老大，下次如果再过来捕渔，方便的话就给守岛的战士们带点蔬菜吧。"老邓和其他几位渔民都表示没有问题。没过几天，包括邓大志在内的在岛上避风雨的渔民陆续地把新鲜蔬菜送到了琛航岛上。

从此，因为一个承诺，邓大志成为西沙驻岛官兵的"送菜员"。这一送就是十多年。

十多年如一日坚持当"邮差"

一年后，只有邓大志一个人还在继续为岛上的官兵送菜。慢慢地，邓大志从顺便送送菜到为西沙守岛官兵代买物品、寄送信件，邓大志从"送菜员"演变为"邮递员"，业务的范围也从一个岛到多个岛。

"除了永兴岛以外，所有的驻军岛礁我都送过，包括西沙最南面的中建岛。"邓大志说。每个月出海捕鱼前，邓大志都会把事先买好的白菜、青椒、黄瓜等各种新鲜蔬菜装上船再走，"差不多有七八千斤吧。"除此之外，邓大志还会送活禽、淡水等官兵需要的物资，"他们要什么我就送什么。"他说。自从接下这份"邮差"工作以后，邓大志很少在家过年过节。"以前岛上没有冻库的时候，逢年过节都要按时间把菜送过去。"

"你们看看下次要来还要带什么东西？"每次离岛前，老邓都会拿一个本子认真记下。整整 16 年的坚持，使邓大志和岛上的官兵建立了很深的感情和信任。有

时候有一些西沙驻岛官兵甚至会把取钱、存钱、汇款等很私密的事情放心地交给邓大志代办。

采访中，中建岛官兵给记者讲述了这样一个故事：2011 年除夕，中建岛守备队司务长严凡的手机响个不停，新春祝福像一朵朵绽放的白浪花，涌入他的心田。突然，一条信息让严凡的手微微抖了一下，他注视着屏幕的眼睛开始变得湿润。"小严，很久没来中建岛了，我刚买了一条新渔船，正在修整船舱，所以这个春节不能给你们送物资了。我元宵节一定会再次扬帆西沙。祝西沙官兵过一个快乐祥和的春节！老邓。"这条朴实的短信让严凡激动不已，他向战友们奔走相告："老邓元宵节要来了！"听到这个消息的战友们个个喜上眉梢，纷纷凑到严凡身边，争相传看……

2013 年 5 月 17 日，邓大志船长被海军驻西沙某水警区授予"天涯哨兵"称号，并从水警区司令员刘堂大校手中接过了荣誉证书。2014 年初，中央电视台制作推出的《走遍中国》系列纪录片中还专门播出了对老邓的采访。

"喜哥"的故事

无独有偶，在去万山群岛采访时，记者们又遇到了另外一位船老大——黎喜。因为台风的关系，客轮只能开到桂山岛，而从桂山岛到担杆岛就没有客轮了，正当我们万分焦急的时候，突然有人告诉我们，可以坐"喜哥"的船去，这是记者们有机会结识了大家称为"喜哥"的黎喜船长。

从珠海香洲港码头上客舱去万山群岛，往返港澳的多彩游船，不时在海面上扬起一道道白色的缎带。到了桂山岛下船后，匆匆登上了"喜哥"的"伶仃洋 8 号"民用运输船。

离开码头，和邓大志船长同样干练的"喜哥"向记者介绍说，这趟船是专门为海岛的官兵和居民运送生活物资和食品的，有大米、土鸡蛋，还有一些蔬菜水果。由于这两天台风刚刚过去，现在还在台风的尾巴上，风浪也是比较大的，船也比较摇晃，但他却说这点风浪根本就算不上什么……

记者：今天海况怎么样啊船长？

黎喜：挺好的。

记者：那我们一般是多长时间补给一次？

黎喜：我一个星期一般是两班船。我开船超过二十年了，服务岛上军民。

记者：我们今天就是赶着台风的尾巴去给岛上的军民送东西？

黎喜：对。台风跟年轻人一样，登陆上去，就变老人了，就没力了。我风雨不管的，成了岛上军民的一个生命之舟。几十年歌都有唱，当兵为什么光荣？他当兵保卫祖国，光荣就是责任重，我为什么要弄一个船来送军粮啊，用一句话，同舟共济，军民团结如一人，试看天下谁能敌……

听了"喜哥"的一番话，让记者们对黎喜更加起敬。"喜哥"是万山群岛远近有名的船老大，早期来往担杆岛，都是搭乘"喜哥"的顺路船。不过，那时渔民自家的运货船一无海上客运资质，二无任何救生设施，三无定时定点开航停泊的习惯，平时除了熟悉的岛上渔民朋友外，货船上概不带客，否则就会受到海监执法部门的处罚。船老大"喜哥"也是个精明人，无缘无故不会让陌生人搭船，海上无风三尺浪，单程 8 个多钟头的海上远航，万一出了啥事，承担不起。

但他看到守岛官兵常常因为天气原因，上下岛困难，有时因为台风，还影响生活，十天半个月吃不上蔬菜。于是"喜哥"就主动提出为守岛内部队官兵服务，帮助他们补给，为来往士兵提供交通，从此他成了官兵的好朋友。

如今，随着部队后勤补给能力的不断增强，从万山群岛到西沙群岛各个小岛，已经不再像过去那样依赖老邓和"喜哥"的渔船了，但是他们依然牢记着自己的承诺，坚守在这条"编外航线"上。

鸟儿飞过我营房

2013 年 5 月 29 日，在 4 天大雾之后，《万里海疆巡礼》采访团终于搭乘民船登上灵山岛，一同登船的还有做买卖的渔民，旅游的老人团以及岛上官兵盼望的补给。

从码头到山顶营房的 7.8 公里路程，岛上观通站的吉普车足足跑半个小时，眼前路窄弯多，我们一行就在车里紧紧抓着前面的靠背，感受着不断的颠簸，路上因下雨滚落的山石大大小小，车内偶尔听见擦过底盘的咔咔声。

山路两侧则是郁郁葱葱的深绿，藤蔓缠绕着树干，绿叶遮蔽了一切足以生长的地方，远望是薄雾低垂的海上，船影隐约，山上已听不到汽笛，只有近处树丛中吟吟的鸟鸣。

灵山岛真的很美，但是守护她却并不浪漫，这里不会有终日的阳光，也不会有成熟的果实自己掉落，海拔 513 米的灵山岛，是中国万里海疆中的第三高岛屿，这个海拔创造的环境，只剩下"夏穿云雾，冬走冰雪。"

在每年的 6 至 9 月，海雾弥漫，灵山岛常有 20 多天不见太阳的时候，雾气之大，可以伸手不见五指。然而正是这几个月的降水，是岛上官兵主要的淡水补给来源，但海雾笼罩之下，航班中断补给不足，官兵就要计算着粮食蔬菜过日子了。

到冬天的时候，岛上经常雪深过膝，天寒地冻，山顶处曾有零下 37 度的低温记录。虽说冬日无雾，补给按时，可 7.8 公里的山路上冰雪凝冻，不能行车，战士们只能一日三趟，一趟 3 个多小时，将蔬菜米面背负到灵山山顶，即使在零下十几度的寒冷中，也走的汗透衣衫。

岛上的艰苦与美丽的风景简直如云泥之别，但也许正是这样美丽而艰苦的环境，将守岛官兵与岛屿融为了一体。

观通站站长张功友告诉我们：战士们在这样的环境中，对自然有着天然的感情，保护好灵山岛的环境，是一代一代老兵传下来的传统，有的战士巡逻的时候，口袋里都有黑色塑料袋。见到垃圾就收集了，这种事都是自然而然的在做，没有谁要求。

营区的檐下，有麻雀的巢穴，观察小鸟的生长，是战士们一种日常的乐趣，远处的器械架上，各有一个更大的喜鹊窝，一个已经有几年了，每次战士们都爬上去看看幼鸟的孵化，看着小喜鹊一点一点长大。战士出操锻炼或跑步打球，喜鹊麻雀就在枝头观战，如果大风吹落鸟巢上的树枝，战士们就收集起来放在窝下由鸟雀自取。人与鸟，就这样无言相生，如一对心心相印的老邻居。

然而，人与自然并非总是这样和谐。由于灵山岛地处胶南黄海，正是南渡北归候鸟的落脚地，随着经济发展，当地有人发现候鸟是一笔不小的财富，以鸟网横亘于林中，捕捉来往鸟类以满足一些人的口腹之欲，一旦海鸟入网，翅羽相缠就不能挣脱，直到精疲力竭而死。在迁徙季节，来到岛上的每个鸟群都至少有七八十只，撞网的数量，可想而知。

去年初冬，巡逻的战士发现了这样的鸟网，就立即用镰刀割除了，在此之后，观通站官兵、护林队、边防与灵山当地政府一同展开了"清网行动"。

士官李绍宝说："我们看见就用镰刀把网给撤了，还有边防和咱们乡里的，给老百姓讲清楚就好了，他们也能理解，毕竟保护好这个环境大家都有好处。在岛上，我们看见这些鸟都很亲切，平时跑步巡逻都能看见，撞网上挂在那挣扎着扑腾实在太可怜了。"

当时发现鸟网的战士，为了引起社会重视，特地将此事反映给了青岛电台，野生鸟类保护协会知晓后，先后两次来岛上了解鸟类情况，与边防和护林队展开了保护行动。

各方共同努力之下，"清网行动"取得了相当的成功，现在的灵山岛，已经没有任何鸟网出现，老百姓也已理解有鸟的灵山岛才是更珍贵的旅游资源，蕴含着更大更为长远的经济效益。

如今，每日晨起的战士，都能见到铁架上的喜鹊，窝边孵化不久的雏鸟开始单飞，屋檐下刚生出的一窝小麻雀，嘴角的杏黄还没有退去，入夏后刚刚能飞。还有更多不知名的海鸟，整日里盘旋在灵山岛的周围，鸣叫不断，不时地掠过山顶的营房。

当我们离开灵山岛的时候，天终于放晴，岛上已经连续5天大雾，不曾见过阳光，细雨后的灵山岛，阳光普照之下，更显葱绿。

灵山岛

生态环保护海疆

在南沙，守礁官兵们不仅保卫着这片祖国最南端海洋国土的安全，还用自己的实际行动守护着这片海洋净土的美丽。"万里海疆巡礼"采访团的记者们在南沙各礁堡采访时，见证了守礁官兵垃圾分类的环保举动，听到了救助海鸟、放生海龟的生态环保故事，感悟到南沙卫士对祖国蓝色海洋国土的真挚热爱。

在南沙各礁堡的墙壁上，经常可以看到这样的宣传语：礁堡是我家 环保靠大家。白色墙壁上，鲜红油漆刷写的大字，在蓝天碧海的映衬下，非常醒目。宣传语的中间，还有官兵们自己设计的环保图案。在礁堡的角落，守礁官兵们自制的蓝色垃圾筐全部都是两两并排摆放。两个垃圾筐的白色标签上分别写着"可回收垃圾"和"不可回收垃圾"。东门礁礁长尹文玖介绍说，对南沙守礁官兵而言，垃圾分类早就成为一种生活习惯。

"我们对所生产出来的垃圾全部进行细致分类，把可回收和不可回收的分的很细。比如说，我们所用的东西都是由纸箱包成的。所有纸箱全部拆开以后，我们叠起来，用绳子扎捆好。我们所带上去的易拉罐、玻璃瓶，我们用篮筐把易拉罐全部的踩扁，把玻璃瓶全部的收集齐，一点点的弄好以后，随着换班，装在我们补给筐里面再运回到补给舰上。这些我们都做到了。包括我们所用的机器上废旧的机油，我们都会带回来的。"尹文玖说，"我读过一个故事，新车放在那里，车门没有打开

的时候，放了一个月，别人不会动，大家都觉得这辆车如此之好，不会损坏。如果说一个车一旦把车门打开，或者把一片玻璃打碎，再放一个月，不仅这个玻璃是碎的，其它地方全部会破坏的。我们自己在这里坚守这片国土，我们所要做的就是从自己开始，把美好的东西维护下去，不能去破坏这个生态环境。"

南沙群岛，上下天光，碧波万顷，岛礁珠连。南沙卫士守护的珊瑚礁周围，因为海水较浅，海水颜色由深蓝逐渐变成碧绿，五颜六色的海洋生物游动其间，海底世界美不胜收。在东门礁，记者遇到了一位初次守礁的军医，他叫谭瑞星。上礁这段日子，守礁官兵们对海洋生物的了如指掌，简直让谭瑞星惊讶。"他们认识的非常多，包括海里这些五颜六色的鱼，还有各种各样的海洋的生物，他们都叫的出名字，包括我们周边的海鸥。他们都会一一地告诉我这些鱼有什么习性，比如说爱吃什么，什么时候出来。"谭瑞星说。

守礁官兵们开玩笑说，他们生活的礁堡是"海景房"。房前屋后，偶尔也会有海洋生物造访。在赤瓜礁上，指导员钟彬拿出一张放生海龟的照片，向记者讲述了几天前刚刚发生在赤瓜礁上的感人故事。钟彬说，"有个海龟受伤了，礁堡后面有一个沙滩，海龟趴在那里没动。站岗的战士发现之后，我们下去把它拿上来一看，身上受了很多的伤。腿上、背上很多地方都受伤了。军医拿一些药，战士天天帮它抹，抹了好几天就好了，活蹦乱跳的，最后把它又放生了。我们那天除了站岗的，全礁人都下去，举行了一个相当于放生的仪式。海龟在盆里面的时候感觉还是不那么的有活力，一放到水里面，哗一下游走了。这个小礁就是我们的一个家，我们觉得，这就是保护生态环境嘛。"

在南沙礁堡周围总有成群的海鸟环绕飞翔。茫茫大海上，官兵们守卫的礁堡常常成为这些海洋鸟类歇脚的地方。在礁堡的墙头屋角和旁边的礁石上，经常可以看到栖息的海鸟。手握钢枪的坚毅哨兵和姿态优雅的美丽海鸟，构成一幅和谐的画面。在这里，南沙卫士们把陪伴他们的海鸟视为朋友，甚至纵容海鸟在礁盘上吃喝拉撒。东门礁礁长尹文玖讲述说，"天上飞的鸟类，如果说飞到礁盘上面，哪怕它们在我们礁盘上有的时候啪啪地拉鸟屎，我们都进行清理，而不是捕杀，这一点绝对不会的。对于这种美好环境下的生态物种，我们只能做到我们所生活范围内尽力的维护，而不是去破坏。"

在南沙礁堡，救助海鸟的故事更是数不胜数。第11次执行守礁任务的永暑礁战士王强甚至还在礁盘上解救过猫头鹰、白鹭和鸽子。王强回忆当时的情景说，"早上一起床，一只猫头鹰飞在里面，确实是翅膀不行，不知道怎么到那里的，有一个战友把它养了一段时间，放飞了。以前白鹭老是停留在我们礁上，有的时候剩下的米饭给撒到码头给他们吃。还有鸽子也经常到我们礁堡上停留的，停留好几天，有时候飞到餐厅里面，活动室里面。就是为了让它恢复起来，每天放点米什么的，几天以后不见了。在南沙部队，在海上抓到这些东西肯定放。"

熟悉南沙的人都知道，高温、高湿、高盐是南沙的特点。这样的自然条件下，花草树木很难成活。为了在南沙的海天之间增添一抹绿色，20年前，南沙守礁官兵在永暑礁上种下了第一棵椰子树。当年被称为"南沙第一椰"的小树苗，如今已经成长为20多米高的参天大树。松柏、野枇杷、椰子等20多种植物陆续在南沙扎根生长。永暑礁上一条名叫"爱国路"的小道，尽管还不足50米长，但两旁的树木已经枝繁叶茂。南沙守备部队政委胡天明说，这是南沙卫士们用自己的真情守护着美丽的南沙。

"我们很多的土是从后方运来的，很多的植被是从后方运来的。虽然南沙的三高气候很难让它成活，但是我们官兵在最大限度内，都把它养好、种植好。现在的永暑礁应该说已经植被比较好了，有很多的树木，很多的花草，各个小礁又因地制宜的种了很多的太阳花、蔬菜、草类等等。"胡天明政委说，"南沙在我们战士的眼里面就像自己的家一样，感情非常深厚。我们每一次守礁，都把南沙当家，除了站岗、战备执勤、守卫好以外，对南沙的一草一木，都比后方的家爱护的还要好。"

南沙卫士杨志亮今昔谈

杨志亮，海军大连舰艇学院毕业后从军报国，1988 年在南沙赤瓜礁海域维护领土主权的"3·14"海战中，被子弹打断左臂，他把受伤的胳膊绑在皮带上，继续英勇战斗，荣立一等功。杨志亮住院期间，时任中央军委副主席杨尚昆、总参谋长迟浩田、海军政治委员李耀文专程到医院看望。

杨志亮奔赴战场时，正在热恋之中，草草在日记本上写下"我就要登礁了"，成为留给恋人唯一的一句话。一年后的 1989 年，这对恋人在北京结婚。时任海军司令员刘华清、政治委员李耀文亲自来到婚礼上祝贺。

杨志亮常说，军人的生活就意味着艰苦，意味着奉献。但他却动员自己在复旦大学物理系就读的儿子毕业后参加海军，到舰艇上做一名真正的水兵。

不久前，已经担任北海舰队航空兵副政委的杨志亮，接受了"万里海疆巡礼"采访团的专访，回顾了他的传奇战斗经历和人民海军的跨越式发展。

首支舰载航空兵部队组建具有里程碑意义

记者：海军首支舰载航空兵部队已经在渤海湾畔正式组建，您感受最深的是什么？

杨志亮：我难掩心中的激动，一种光荣感、自豪感油然而生，既为海军部队日新月异的成长壮大感到振奋，更为航母部队战斗力建设的大踏步前进鼓掌喝彩。作为航空兵部队的一名建设者、领导者，我一直以来都对舰载航空兵的创设、发展给予高度关注。这次舰载航空兵部队正式组建，为海军战斗序列增添了一支新型主战力量，鼓舞人心、提振士气。它对海军兵力结构带来了重大改变，加速推进了航空兵由岸基型向航母舰载型的转变，是一次历史性的大跨越，是海军建设史上具有里程碑意义的大事。海军航空兵走向远海、挺进深蓝不再是遥不可及的梦，这是实现强国梦、强军梦迈出的坚实的一步！从此，人民海军正式走进远洋海军的时代。

记者：您怎么看在维护国家海洋权益方面，舰载航空兵部队所担负的任务或者在未来可能扮演的角色？

杨志亮：舰载航空兵部队是一个新生的、重要的作战力量，它的成立是航空母舰编队走向远洋，实现人民海军走向大洋的重要一步。当前，随着经济社会的发展，我们的经济利益已经拓展到了全球。我个人常常思考一个问题，随着经济的发展，如何维护我们国家的经济利益在全球的发展，需要哪些力量能够完成。我想随着国家利益的拓展，我们维护国家利益的能力也必须去拓展，靠什么？靠我们有强大的海军力量，走向远洋，维护国家在全球的战略利益。这是历史的必然，也可以说是历史的呼唤。因此，海军舰载航空兵的成立，标志着我们在这方面迈出了非常重要的一步。我们这种能力不是扩张性的，是一种防卫性质。党中央提出了建设和谐海洋的理念，我们会一贯秉承中华民族的传统，不搞扩张，强大了也不搞扩张。我们是一支和平的力量，是维护世界和平的一支非常重要的力量。多少年来，我们在外面没有一寸土地，没有在外面侵略别人。相反的，我们派出的都是维和部队，体现出了我们国家是一个负责任的大国。

记者：舰载航空兵部队在渤海湾组建，对提高北海舰队航空兵的训练水平有怎样的促进作用？你们将怎样借此东风进一步提升北航部队在信息化条件下的军事训练水平？

杨志亮：这种促进作用非常明显。我们与舰载航空兵建立了良好的交流机制，在转变训练观念、改革训练模式、创新训练管理、提高训练质量效益等方面都会有很好的借鉴促进作用。首先，在训练观念上，通过深刻领悟舰载航空兵建设对航空兵部队提出的新要求，必将强化北航各级加紧转变、超前转变的紧迫感、责任感。其次，在训练模式上，舰载战斗机特殊的飞行环境和更高的技战术要求，对我们在组训职能、组训流程、训练内容、组织指挥等方面都提出了更高的要求。第三，在人才培养上，对我们承训新员能力、实现训战一致目标、培养选拔舰载机飞行"苗子"和相关专业人才的培养、储备等都将起到推动作用。

这次舰载航空兵部队组建，如一股东风，为我们推动信息化条件下军事训练水平提升带来了一个契机。好风凭借力，扬帆正当时。下一步，我们将围绕"能打仗、打胜仗"的目标，按照"立足现有、提升能力、加强融合、构建体系"的思路，大力加强信息化建设，全面提高基于信息系统的体系作战能力。

记者：北航部队驻地曾经是甲午海战的战场，100多年后，这里早已改变了有海无防的屈辱历史。就拿海军航空兵来说，1975年5月，我军在这里成立了第一支舰载机部队——北海舰队航空兵某舰载直升机部队。2013年5月，海军第一支舰载航空兵部队又在这里正式组建。您怎样理解其中的跨越式发展？

杨志亮：是的，北航部队驻地黄渤海方向历来是军事战略要地。这里是京津门户，是首都防空前沿。随着我国经济的快速发展，国防建设和海空防御能力不断强大，现在不但有海有防，而且我们在为建设和谐海洋而努力。38年前，我们建设了第一支舰载直升机部队，实现了海军航空兵走向远海、走出国门的梦想。到目前，我们舰载直升机已多次出访，先后访问60多个国家，充分展示了我海军航空兵的良好形象。

2013 年海军第一支舰载航空兵部队的正式组建，标志着航母部队战斗力建设进入了新的发展阶段，吹响了海军战略转型的"冲锋号"。这是时代的呼唤，是历史的必然，是一代代海军官兵不懈奋斗的积淀，承载着中华民族伟大复兴的强国梦想，离不开祖国强大的坚实后盾。

每名有华夏血统的人都应该维护我海洋权益

记者：说说您个人的经历，我们常常用一句话形容一个军人的经历丰富：上高原，下海岛。您长期在海军工作，也曾经在西藏高原工作过。对您来说，哪一段工作经历是您最难忘的？

杨志亮：应该说 33 年来，我走过了祖国大江南北，也走过世界很多海域。在我的人生经历中，用一位老首长的话讲，一不怕苦，二不怕死。自己作为水兵，能够到雪域高原去戍边，能保卫祖国的蓝色海疆，同时保卫祖国的雪域边疆，这些都给我留下了很深刻的印象。真正难忘的还是那场保卫南沙的自卫反击战斗。作为一名军人有幸能够用自己的鲜血捍卫祖国的尊严，这是我一生的荣耀。能够亲自到雪域高原上去为祖国守国门，这是我终生的自豪。在同龄人中，在同时代的军人中，我是一个幸运者。

记者：回顾一下历史，距离 1988 年您亲历的"3·14"海战已经过去 25 年了，已经几代人成长起来了，但是南海问题现在依然是中国周边一个非常重要的热点问题。这么多年，以一个亲历者，加上海军部队一名指挥官的身份，您怎样评价当年那次战斗的意义？

杨志亮：1988 年南沙赤瓜礁自卫反击战，已经过去 25 个年头。随着潮起潮

落，硝烟已经消失殆尽，但是这段历史作为一个亲历者来讲是刻骨铭心的，难以忘怀的。

这么多年来我也在思考，南海局势可以说是十分复杂的，这是由于历史造成的。自古南海这块地方就是我们中国无可争辩的领土，特别是1975年之前在世界上没有任何的争议。我们中国人民解放军海军到南沙去，正像农民到自家田里耕耘一样，完全是我们自己的事情，不允许周边国家说三道四，更不允许他们对我们进行任何干扰。

但是现实情况恰恰相反，周边国家从本国利益出发，无视中国对南沙主权的要求，肆意出兵对南沙进行了侵占分割，并且对资源进行开发和掠夺，这是我们中国人民和中国人民解放军特别是海军绝不允许、也绝不答应的。从1988年那场战斗到现在，南沙局面还是在复杂多变之中，这应该说是我们海军官兵的痛。每个中国人、有华夏血统的人，都应该共同维护我们南海主权和我们的海洋权益。

记者：我们采访团叫"万里海疆巡礼"，您作为一名老水兵，从南海走到北海，真正用脚步巡礼了我们祖国的海疆，也走出过大洋。在走向远海的过程中，您再回过头来看祖国万里海疆，您是什么样的情感？这种海洋意识在国民心中应该有一个什么样的地位？

杨志亮：应该说我们万里海疆，风光秀美，是我们整个国家经济发展的一个高速地带。从沿海延伸到内陆200公里是我们国家的一个经济带，是支撑国家经济发展的一个重要地域，十分的美丽富饶。

从沿海目前的形势来看，周边应该说是多事之秋，从北往南没有一个安静的地方。按照联合国国际海洋法规定，我们有300万平方公里的海洋国土，现在有150多万处在争议之中。作为一名军人，一个海军军官，为这样的现状而着急。因此我们曾经采取多种形式呼唤着整个国家的人民，来把眼睛瞄向海洋，关注海洋，关注我们海军的发展。只有国家的经济强大了，海军强大了，才能够有力量来维护我们应有的海洋主权和海洋权益，维护国家经济和社会的正常发展。

杨利伟从太空中看到一个蓝色的星球，其实 70% 的海洋覆盖在地球上，正是这个蓝色星球使我们变成地球村。要想在这个村庄里行走，中华民族的发展靠的就是海洋的拓展，要依托海洋。海洋是我们的通道，海洋是我们未来资源宝贵的、丰富的宝藏地。因此，要引导全民都来关注海洋，热爱海洋，同时建设好海军。

记者：您 33 年的海军军旅生涯，让您感觉到扬眉吐气很骄傲的是什么时候？

杨志亮：应该说随着我们海军这种战略的转型，海军由弱变强，由小变大，特别是近 10 年来海军部队装备建设，各种新型战舰在不断的下水，新型力量在不断的增添，使我感觉到十分振奋。以航母"辽宁"舰为标志，这对我们水兵来讲，是实现蓝色梦想的一个十分重要的标志，每个水兵都为此感到振奋和自豪。我们有了力量，就有能力去维护我们应有的权利。

誓死捍卫国家领海主权

记者：向您求证一个细节。据说 1988 年 "3·14" 海战的时候，舰长给您下达命令，让您带领第二组准备去捍卫国家海洋权益的时候，您曾经换上一双新的胶鞋，而且把自己的手表和钥匙放在房间里。当时您做这些举动，是怎么想的？

杨志亮：作为一名军人，时刻要上战场，上战场就意味着流血和牺牲。特别是在当时的特殊情况下，登岛礁作战，不像在陆地上作战，那是没有任何掩体。作为水兵，战舰就是我们的阵地，离开了战舰，就意味着一种牺牲。作为水兵登礁作战，离开战舰就没有想着能够回来。正是在那种背景下，对祖国人民宣誓完了以后，就是义无反顾，视死如归那样的豪情壮志奔赴到战场。所以说我把自己多余的东西放下来，穿上最干净的服装，以豪迈的豪情走向了战场。

记者：您的爱人那个时候还是您的女朋友，还在远方等待着您，当时有没有想跟她留下一些什么话？

杨志亮：当时海上生活是非常紧张的，同时也是很单调的。我相信，每个经过热恋的青年，都是能够理解那段很特殊的情感时期。每天我都要把海上的感受，以日记的形式记录下来，在上战场之前，也就草草的写了"我就要登礁了"，只留下了这么一句话。

记者：当时就写了这么一句？

杨志亮：对。

记者：后来日记本给她看了吗？

杨志亮：后来还是看到了，写了厚厚的一沓。

记者：据说抢救您的过程当中，那个时候您有一度已经血色素低到 10 以下，非常危及生命了，怎么过的那一关？

杨志亮：那个时候自己不知道了。醒了以后，医护人员告诉我，血色素只剩下 5.6 克，人一多半的血已经丧失掉了。我当时回到湛江医院之后，他们输了 2600 多毫升的血。据医护人员讲，首长对我十分关心。受伤之后，听说我是大学生，海军司令员张连忠专门指示医护人员要全力以赴，用最好的医生、最好的药全力抢救。因此十分的感谢首长和广大医护人员，是他们给了我第二次生命。这么多年来，我始终以感恩之心，勤奋工作，不辜负他们这一片深情。

记者：其实对于很多人来讲，南沙和西沙很多岛礁可能只是更多的通过照片、影像数据看到，没有办法亲身去经历。当时您上礁的时候刚刚毕业半年的时间，那是您第一次上礁吗？

杨志亮：作为登礁来讲是第一次，作为水兵巡航，我去南沙是第二次。第一次是 1988 年春节之前，我们这支部队是第一次巡航南沙，为建设联合国第七十四号海洋气象观测站的施工部队进行护航。南沙的岛礁，十分美丽。我曾经在日记中写到，远远望去，在日落下的海面上，突然会像一颗碧玉一样，一块块的岛礁镶嵌在大海之中，随着你由远及近，海水颜色也在不断的变化，看起来非常非常美丽。浪花之中见真情，实际上我们南沙巡航，每个人看到这些都是激情澎湃的。

记者：第一次登上这个岛礁，而且是在这么紧张的战斗过程当中，能够给我们描述一下当时的感觉和想象有什么区别吗？

杨志亮：当时登礁的时候是早上八点，那天天气十分好，晴空万里，海水清澈见底。我们开着小艇到了礁盘，退潮的时候，小艇搁浅，我们人下了小艇，趟着水，向礁盘上前进，脚底下都是海石花，我们穿的胶鞋，有的同志的脚、腿都被海石花划破了。

刚才说了，礁盘远远的望去是那么的美丽，但是登礁是上战场，面对的是凶残的敌人。在我上去的时候，为了放松我们这个小组战友的心情，我还跟他们开玩笑说，等我们凯旋的时候，采它几块海石花，你们帮着我扛回去。几个战士乐呵呵的说，枪炮长，这个石花真漂亮。实际上当时是为了放松大家的心情，眼睛始终盯着敌人。我们就是这样踩着礁石，遇到水深的地方，就游泳游过去，浅的时候就相互换着，一步步的走向插国旗的地方。

记者：当时上岛的时候，我们有多少人？

杨志亮：当时我们第一批队员已经上礁，我是第二批登礁队的队长。第一批是在13号的夜间11点左右，登上赤瓜礁，把国旗插在了上面。当天晚上他们几个同志就坚守在赤瓜礁上。第二天凌晨，敌人不顾我方已经在赤瓜礁的现实，强行登上了赤瓜礁，并且在赤瓜礁上插上他们的国旗。在这样的形势下，我奉命率领第二登礁小组开始登礁。

在这个过程中，第一组的同志已经在岛礁上呆了近10个小时，当时他们是6个人，我带的第二组也是6个人。随后的第三、第四组陆陆续续的登礁，一直到早上8点半左右，敌人是40多人，我们是50多人，形成了对敌的优势。

记者：当时您站在最前面？

杨志亮：我这个小组上去之后，和第一个小组会合，接着后面陆陆续续的部队都在登礁。因为当时登礁的是由两条舰艇的人员组成，就形成两个集团，从两个方向向敌人压过去了。我一看这个队形非常密集，就带领我的小组从侧翼向敌人走了过去。整个部队中，我们小组是冲在最前面的。当时我们不准开第一枪，要通过喊话和敌人搏斗这种形式，把敌人驱赶下去。我们带有匕首，准备和敌人进行肉搏。

记者：走到跟敌人很近的时候，最近有多近？

杨志亮：我们和敌人对峙状态的时候，大概有500多米。因为在海上没有任何参照物的情况下，500米看着就近在眼前。随着我们人员的增加，指挥员决定把敌人从礁上驱赶下去。一步步地向越军靠近的过程中，从500米，200米，100米，50米，同时不断的喊话，用越语说这是中国领海，你们必须离开，但是越军置之不理。我们继续往前，直至到了越军插他们国旗的下面，和他们进行了零距离的接触与面对面的战斗。

记者：当时您是盯着越军指挥官看，还是在扫视他们？

杨志亮：主要是盯着越军持枪的护旗兵。越军登礁之后，利用预先所做的准备，在往礁盘上运送建设物资，准备在礁上建设工事，构成永久占领的事实。他们分成两拨，一拨人在这里加紧进行施工，一拨人挡在前面进行保护施工人员。我们盯着的就是国旗下这帮保护人员。

第一个任务就是把他们的国旗拔掉。在这个过程中双方发生了战斗，当我方一位一米八多的河北大汉，卡擦一声把越军的旗折断的时候，护旗兵就调转枪口准备向他开枪。在这一瞬间，我冲上去就抓住了越军的枪，让他别动。这个时候，越军一转身，一梭子子弹就打了过来，越军首先开了枪。

记者：当时您就马上进行还击了？

　　杨志亮：越军开枪之后，我枪顶着他的腰，一撸扳机，一梭子子弹把他给击毙了。与此同时，一名战士用枪就把另一名持枪的越军给打倒了。这个时候，整个的礁盘上枪声大作。越军船上的机枪和他们的炮也纷纷的向礁盘上进行扫射。在忍无可忍的情况下，我们的战舰对越舰进行了火力打击，仅仅用了8分钟，就把越南的武装运输船给击沉了。

　　记者：您当时是严重负伤，这可不是训练上的那种伤，当时您是忍着剧疼，指挥大家在战斗？

　　杨志亮：回来很多同志谈这段感受，其实当时受伤之后，我是不知道的。我第一梭子弹打光之后，枪不响了，我准备抬起左手去换弹夹，但左手已经抬不起来了。这个时候，鲜血在阳光下白白的海石花衬托下，显得是那么的刺眼，这才知道自己受伤了。在这种情况下，我仍然按照原来准备的预案，指挥大家边还击，边往礁盘边缘撤退。

　　记者：还是一个意识，一定要维护国家的海洋主权？

　　杨志亮：对。

子承父业　追随海军的浪漫与梦想

　　记者：您这段经历真是让我们很多人，包括当代的国防生、大学生们也是对您肃然起敬，因为您当年就是大学毕业后不久参加了这场保卫战。后来，您又和清华大学的国防生进行了座谈。他们对国家海洋权益的认识，您怎么看？

　　杨志亮：通过近距离和当代大学生的接触，我感觉他们的知识更加丰富，对祖国的情感更加浓厚，特别是对于海洋的认识，随着这么多年的宣传报道，他们十分关注。可以说青出于蓝胜于蓝，一代更比一代强。作为祖国的未来，希望寄托在当代大学生身上，寄托在他们对祖国这种深情和厚意上。祖国的发展离不开他们，中国海军的发展离不开他们。特别是目前高校的国防生，他们是军队的未来和希望。我也真诚的祝愿他们在学校好好的努力，多学本领，将来到部队来展示自己的才华和聪明，为国防建设做出自己应有的贡献和努力。

记者：您的孩子也即将大学毕业了。据说您对他有一个期许，希望他能够穿上戎装。您对他的军旅生涯有什么样的期待，您希望这段经历能够给他的人生带来什么不同？

杨志亮：我作为一个部队的老兵，通过自己几十年思考和沉淀，觉得特别是在当今这种军事转型、科技高度发展的时代，军队需要人才、需要知识，来驾驭我们现代的装备。我儿子是复旦大学物理系的一名高材生，自己也很有追求，很有自己的理想。他跟我讲，他们这个系每一个人都有 6 个单位去聘用他们，可以说复旦生在上海就业是非常顺畅的。

但是，到临毕业了，我们父子做了一次交流。我说一个人要把自己的理想和国家的梦想结合起来，特别是现在"中国梦"的实现，我感到只有"海军梦"实现之后，才能实现中国的梦。作为一个老水兵，我动员儿子，我说你还是要到部队来，子承父业，用你所学的知识，为实现蓝色的梦，为实现海军强军的梦，做一点自己应做的事情。儿子经过一番思想斗争，也和同学们有很多的交流，最后和他辅导老师也进行了一些交流，老师们都鼓励他，现在基本上同意到部队来。

记者：也是当海军？

杨志亮：是。我想还是让他当水兵，到舰上来，到大海上去。如果有可能的话，还是要把他送到我的母校大连舰艇学院去培养，通过培养以后，让他到舰艇上工作，我感到这是对年轻人的锻炼。

想升官发财，不要到部队来。部队就是跟苦连在一起的，军人的生活就是意味着艰苦，意味着奉献，这是几十年来，我深深的体会。但是作为一名优秀的年轻大学生来讲，这也是自己展示才能的很好舞台，是实现人生价值的一个很好的平台。只要自己努力，祖国和人民都会承认你的。

记者：有很多有志青年都想参军报国，为维护国家主权做贡献。作为海军一员，您想对这些有志青年说些什么，把他们吸引到海军来？

杨志亮：在清华大学和大学生们座谈的时候，那个时候正好是夏天，我穿着洁白的海军服坐在台上跟他们讲，海军是国际性兵种，也是战略性兵种，同时它是一个综合性的兵种。军舰是流动的国土，海军可以坐着舰艇，走遍世界五大洲、四大洋。只有海军才能够代表国家，乘着自己的舰艇，不用签护照就可以到别的国家港口进行访问。海军的生活不仅仅是歌词里唱的那么浪漫，更多的还有很多男人的豪放。当你在电视里看到一名舰长威武地站在舰桥上的时候，那种潇洒，是我们每个人成为一个水兵的梦想。

在对外交流中树立自信，相互学习

记者：您随舰艇还有代表团曾经出访过世界很多地方，当地华人华侨对我们海军的期待给您留下哪些深刻的印象？

杨志亮：每一次在海上漂泊几十天之后，到了异国他乡，远远的看到码头上华人华侨举着红旗，舞着狮子，放着鞭炮，来迎接我们的瞬间，确实感到非常亲切。再一个，就是我们离码头的时候，那些华侨们依依不舍，一直到我们眼中看不见，望不见他们，他们还在码头上对我们欢送那样的场景，给我们留下很深的印象。

另外，我们也深深的能够感觉到，华人华侨在当地的地位，特别是我们军舰靠了码头之后，他们和当地居民那种融合融洽、和谐相处，也给我们留下很深的印象。他们为当地经济建设做出的贡献，受到当地人的高度尊重，也是对我们很

好的一个教育。

记者：他们登舰参观的时候，大家都是什么反应？

杨志亮：应该说他们很振奋，看到祖国的战舰这么威武雄壮，看到我们的水兵这么英姿飒爽，他们感觉非常亲切，载歌载舞，赞不绝口。另外在我们招待会上，他们用不同的方式尽情地表达对祖国的深厚情意。

记者：每一次出访都让您感触很深？

杨志亮：是的，出国更爱国。直接的近距离接触，感觉我们国家改革开放以来，日新月异的发展，感到我们沿海这种经济发展的实力。经过对比，我们感觉一点不比他们差，所以说出国更爱国，深深的体验到我们祖国的强大。

记者：在您出访过程当中有没有和外军接触交流的经历？外军给您留下哪些深刻的印象？

杨志亮：出去主要是向外军学习。我们出访的主要目的，一个是带着中国人民的深情厚谊，传达这种友谊；另一方面是向外军学习，外军的治军理念、建军理念有很多值得我们学习的地方。

首先，他们的纪律意识是非常强的。另外，他们作战训练要求标准是非常高的。在组织训练上，他们一丝不苟的精神、对职业的崇拜，特别是在院校教育方面，都给我们留下很深刻的印象。

我作为一个在部队多年从事政治工作的人，更多的关注的是他们的人文、他们的历史、他们怎么样培养军人的武德。应该说，在国外看到他们对文化的传承，特别是军事院校，国外每一个院校里面都有荣誉墙，可以从这里看到走出来的为国家、为民族做出贡献的英雄。树立这样的楷模，培养大家爱国，培育官兵对国家、对民族、对军人职业的崇拜。

他们每一个十字路口都有很明显的标志，就是本国的民族英雄。每个城市里最繁华的地方都有烈士陵园，都在最好、最美的地方。凭吊他们为国捐躯的英烈的陵园地，到处是绿草鲜花，到处是那种洁白的汉白玉的墓碑，这个都给大家留下很深的印象。

通过他们点点滴滴的培育，实际上是对一个民族精神的一种塑造，为国捐躯，无尚光荣。我记得到了智利，国会前下了半旗，我问当地人这是怎么回事？他说这是维和部队有官兵牺牲了。一个战士牺牲在国外，国会都要下半旗，全国都要致哀。通过这种形式来塑造军人的这种荣誉，为国家奉献牺牲，无尚光荣。他们这种培育是一个很大的全民体系，这个都是需要我们很好的去学习、借鉴的。

记者：说到外国的军事院校对全民国防教育的培养，在我们国家每年的9九月也会有全民国防教育日。结合目前的海洋形势情况，维护海洋权益的迫切性，您有没有思考过，在全民国防教育日期间，我们可以对我们民众，包括青少年做哪些国防教育，让他们增强维护海洋权益的意识？

杨志亮：可以说近年来在这方面，我们国家做了很多积极工作和有益的探索。特别是随着国民对国防的更加关注，部队和地方在这方面做了很多的思考。就我们海军来讲，我们处在沿海，是经济发展最快的地区，人民生活比较富裕，民众国防意识随着经济的发展在不断的提高。应该说，通过我们军民融合、共建，通过每年的八一双拥，各方面都能体现的很充分。现在最主要的就是怎么样形成法律和机制，使这种不自觉的行为，变成一种强化的自觉行为，这个很重要。

海军部队今年4月23日在青岛以及海南一些地区，进行了"国防开放日"活动。据各大媒体的报道和现场来看，这种反响是很好的。这个在国外是经常性的，百姓每周都可以随时到军港，到我们的国防教育基地进行免费参观。这是一种很好的形式，特别对青少年，我们现在就要积极的通过这种方式形成制度，使人们在潜移默化中热爱我们的海洋，热爱我们的海军，共同维护我们的海洋权益。

与祖国同在
——南沙守备部队司令员熊云专访

在浩瀚的南中国海，有一片神奇的国土——南沙群岛。它星星点点，宛如一串串珍珠撒落在万顷碧波之中，这些岛屿所在海域面积82万多平方公里，是中国的神圣不可侵犯的领土。唐朝诗人韩愈曾写下"州南近界，涨海连天"的诗句，由衷地感叹和赞美南海那番水天一色的壮丽。这里不只有她的天成之美，更有那些为守护她而挥洒满腔热血的南沙守礁官兵和那些不朽的英雄故事。日前，"万里海疆巡礼"采访团记者采访了南沙守备部队司令员熊云，倾听他讲述那些守卫南沙的感人故事。

盛夏时节，南国椰树飘香，一派生机勃勃的景象。广东湛江的某处军港旁，细浪冲刷着沙滩，海鸥不时飞过，人民海军南沙守备区就座落在这样一处美丽的地方。每天工作之余，守备区司令员熊云都会顺着军营里整齐的道路走到海边，来到一处特殊训练场转转，看看即将赴南沙执行换防任务的官兵们进行训练的情况。

"靠海边的地方，我们模拟了南沙的礁堡，这样就可以在后方让战士们最大程度接近实战要求进行训练。"熊云边走边对记者说道。

训练场的特殊是因为这里"藏"有一个小小的"高脚屋"：面积看似不大，也就百十多平米，高度也就普通平房那么高，上面涂装了海洋迷彩，显得普通又隐蔽。熊云司令员介绍说，这座模拟"高脚屋"与真实的相差无几。

"这是钢筋混凝土做的，基本上与第三代高脚屋的情况差不多，战士们平时就在这里训练，然后再去南沙守礁。"

驻守南沙　乐守天涯

南沙群岛自古是中国的领土领海主权所在，距离祖国大陆约 1000 海里，位于印度洋至太平洋海上交通的咽喉要冲，具有极其重要的战略地位。1988 年，联合国教科文组织委托我国政府在南沙永暑礁海域建立第 74 号国际海洋气象观测站，观测到的水文气象数据参与国际间的交换和共享。随后，人民海军奉命进驻南沙，肩负起保卫祖国南海的神圣使命。现在分别驻守在南沙的永暑、赤瓜、东门、南薰、渚碧、华阳和美济等礁。南沙守备部队常年驻守岛礁，环境极其艰苦，守礁官兵每隔一段时间就进行换防。此次，熊云将再次带队前往南沙驻防，在此之前，他已经五次前往南沙守礁，每一次都让他有着不同的感受，他说："我深刻感受到，我们战士在南沙驻守，一是环境很艰苦，现在虽然有改善，但比后方来说还是比较差。二是敌情非常复杂，一天二十四小时陆海空都有监视——天上有外国的飞机、水面有外国的舰艇、水下有外国的蛙人，敌情严重，这对每名南沙官兵都是很大的考验。"

在南沙，雾水是咸的，晒干后便是白白的盐花；放在地上的温度计，一两分钟内准会晒爆。缺少淡水和蔬菜，使许多人口舌溃疡、皮肤溃烂。熊云说，只有到了这里，才知道什么叫苦。为了解除寂寞，有人曾将一条健壮的军犬带上礁盘。令人难以置信的是，寂寞带来的痛苦连这条狗都不能幸免，最后竟狂躁得变成了一条疯狗，自己跳海了。可见，人生活在这里要经受多大的考验。

坚守南沙　忠诚奉献

20 多年来，南沙开拓者们用鲜血书写了许多可歌可泣的英雄故事，一代又一代的南沙官兵依然坚守在沧海孤礁上，没有任何动摇。这里涌现出了连续守礁两年的"守礁王"龚允冲、总计守礁八年之久的"新一代守礁王"李文波等人，熊云司令员说，这样感人的人与感人的事，在南沙守备部队非常普遍。

"这种坚持来源于一种对祖国的忠诚，来源于一种坚定的信念，在南沙官兵的心中，就有着这样坚韧的'南沙信念'。"熊云如此对记者说道："我们守礁最长的是连续 25 个月，最短的也是 4 个月，在这样长的时间里，我们的官兵都保持了很好的状态。这来源于什么？就来源于对祖国的忠诚与无私的奉献。在南沙守卫中，没有这样的信念是撑不住的。"

正是这种忠诚和信念，激励和鼓舞着南沙军人，在艰苦卓绝的环境中和战斗中锤炼出了"热爱祖国、无私奉献、英勇顽强、艰苦创业、团结协作"的南沙精神，不论岁月如何交替轮换，潮涨潮汐，南沙军人换了一茬又一茬，南沙精神依然闪耀着熠熠的光辉。

与祖国同在　与生命相连

在南沙守礁官兵中还流传着这样一句话：南沙的鱼儿有多少，守礁官兵的故事就有多少；南沙的水有多深，南沙官兵对祖国的爱就有多深。熊云司令员说，这就是多年来南沙官兵一种与祖国同在、与生命相连的托付。对此，他如此解释道：

"与祖国同在，我们深刻感受到就是南沙官兵肩负的一种责任，如果我们没有在这里守卫，没有南沙岛礁，那我们就将丧失上百万平方公里的海洋国土，我们感受到祖国的利益与我们干的事情是紧密相连的。"

熊云给记者介绍说，驻守南沙除了彰显了我军事力量和南沙主权外，还实实在在地坚决捍卫海洋权益，常年在这里捕鱼的渔民更能够体验到这点。多年来，他们为在这里捕鱼的渔民——包括大量来自香港、澳门、台湾的渔船提供安全保障，让过往渔民真切感受到祖国的实力与强大：

"我觉得在南沙我们血浓于水的，是一家人。台湾渔船、包括港澳的都主动向我们的礁盘上靠，他们有什么困难也都直接找我们，这是一种很自然的亲情，我们也尽可能帮助他们。"

同舟共济 相守南沙

一代代南沙卫士枕戈待旦，在守礁、建礁中收获了一笔宝贵的精神财富。热爱祖国、无私奉献、英勇作战、艰苦创业、团结协作成为南沙精神的关键词。"上礁就是上前线，守礁就是守阵地"，"人在，礁在，国旗在"成为一代代南沙守礁官兵们坚定的誓言，他们也更愿意称自己为"南沙卫士"。

南沙卫士中有感动。熊云说，"2012年感动中国十大人物，我们南沙气象工程师李文波，在南沙工作20年，先后28次上南沙，累计守礁94个月，相当于8年。"

南沙卫士中有浪漫。熊云表示，"我们有一个四级军士长，在永暑礁上面，在2010年以前南沙还没有电话，他守礁10年，每次寄100多封信。为什么每次寄100多封信？因为他一守就是4个月，他每天给对象写1封信，用3300多封书信赢得了烟台海关一个刚毕业大学生的芳心。"

南沙卫士中有快乐。熊云司令员讲述说，"南沙在我们祖国最南端，海域非常的广阔，到了南沙你会感觉到我们祖国还有这么辽阔的海洋国土，还有这么多丰富的资源。全国这么多人，派我们去守礁，确实感到很自豪，责任很重大，这是实实在在的一种快乐。我们南沙官兵走到哪里都受到人敬仰，受到人重视，我们作为南沙人也感觉到一种无比幸福快乐。"

但在南沙卫士中，更多的是无私的奉献。熊云表示，"今年三月份，我到前方去调研。走之前，我们一个礁上有一个雷达干部，他小孩1岁多，得了一个重症，在重症病房，爱人想让他下来见一面，然后我们带了一个换班的。因为我们到那个礁上7天才到，结果不到第三天的时候又打电话过来。那个礁上两个雷达干部，另外一个雷达干部父母出了车祸，在家里两个都抢救，这样从后方再带人去来不及了，只能下来一个人。小孩不行的那个，跟他说你下去，因为你父母现在还能抢救，我那个小孩反正是不行了，我就是下去见一面也挽救不了他的生命。后来我到这个礁上，握着这个干部的手，什么叫做无语？你不知道说什么，你也不知道说什么好，这就是无语。我只好拉着他的手，拍拍他的肩膀。什么是无私奉献，这就是无私奉献！"

熊云说，南沙卫士的职责与祖国利益紧密相连，对国和家，他们有最朴素的理解。"我们南沙官兵感觉到，祖国是我们的母亲。祖国是一个大家庭，这个大家庭需要我们每个人奉献。只有这个大家庭好了，我们的小家庭才能幸福。"

在南沙，"祖国大家庭"还有更加不同寻常的含义。在南沙卫士们守卫的南熏礁西南面13海里处就是台湾地区军队守卫的太平岛。两岸军队在这里共同维护南海主权，成为"血浓于水"最生动的写照。

熊云指出，"比如说我们巡逻到太平岛附近，感觉就是我们自己的。台湾的渔船、港澳的渔船，有时候就往我们礁堡上靠，一种很自然的亲切。有时候出去捕鱼很晚，他还回来，回到我们岛礁附近抛锚，第二天一清早就走。在南沙，我们感觉血浓于水的亲情，中国人的这个感受更深。"

蓝色梦想　期待开发

浩瀚的南海美丽而纯粹，那里碧波万里、七色的鱼儿成群、各种资源异常丰富。星罗棋布的南沙岛礁更是上天赐予我们最好的礼物，它们如同珍珠一般镶嵌在我们蓝色的国土上，等待人们的采摘。

熊云说，南沙官兵就是要把这里坚守好、维护好，等到机会成熟时，让更多的国人能够到这里看看，不论您是度假还是休闲，不论是科研还是开发，不论您是潜水还是探险……都能到这里来掬一捧海水，赞叹南沙之美，真正让南沙发挥其应有的价值，这才无愧于祖国的南海明珠的美称，同时，这也是守礁官兵的蓝色梦想。

"只要将来条件具备，南沙的地理物质条件都可以接受大家来看。我们有个礁盘条件非常好，可以开发成旅游胜地。"熊云司令员为记者开始描述自己对于南沙未来发展的设想："按照专家的说法，这里仅次于美国的夏威夷，可以旅游、度假、游泳等，将来港口、码头、机场等基础设施建成后，地理上距离根本没有问题。每个中国人都可以去。我们守礁官兵也希望大家都能够到南沙去看看，一起为祖国感到骄傲与自豪。"

南沙官兵自己谱写了《南沙卫士之歌》，歌词中这样写道："在辽阔南海的高脚屋上，有一群好男儿手握钢枪，战风斗浪守国门……"歌声豪迈而坚定，让我们如同听到了启程的号角，这让即将开始南沙之旅的记者，又多了一份期待、憧憬与激动！

南海情怀

——访西沙某水警区司令员刘堂

刘堂现任海军西沙某水警区司令员，说起他的军旅经历，他总会这样说，我当兵34年，一直守卫祖国的南海。从1991年到南沙守备部队，2012年到西沙某水警区，南中国海成为刘堂人生中最不能忘怀的一段经历。

初到南沙印象深刻

1988年2月，我国政府应联合国教科文组织要求，在南沙永暑礁上建立了海洋气象观测站。同年8月2日，成立海军南沙守备部队，担负起保卫和建设南沙的神圣使命。

1988年3月14日，越南海军505编队入侵我南沙群岛领海，在越南海军登礁人员和舰船首先向我军登礁人员和军舰开火的情况下，我海军502舰艇编队奋起反击，以一人轻伤的代价，击沉两艘军舰，重创一艘，收复此前被越南非法侵占的永暑、华阳、东门、南薰、渚碧、赤瓜等6岛礁，史称"3·14"海战。

作为热血男儿，刘堂正是在那时报名要求到南沙守备部队工作，并得到上级批准。"当时我在沙角训练基地当新兵训练队队长，第一批去南沙的有我们几个班长，特别是我的两个战友直接参加了赤瓜'3·14'海战。当时打过仗以后，他们就给我写信，我还把他们的信在全队官兵面前宣读了一遍，并且号召全队官兵向他们学习。"刘堂说："在这个过程中，我自己也受到他们的感染，也想向他们学习，到这片热土，到这片国家军队急需的地方。所以就报名要求到南沙去守礁。"

南沙"3·14"海战打响以后，南沙守备部队正好急需干部战士。经过组织挑选，1991年6月，刘堂来到了南沙守备部队，当时在司令部当管理员。1992年，刘堂执行了第一次南沙守礁任务，这一守就是一年。1992年6月上礁，到1993年6月才下礁。

虽说南沙的名字耳熟能详，但刘堂第一次踏上去南沙守礁的征程时，仍然非常激动。踏上礁盘与战友相见的场面，更是让刘堂数度流泪。"当时，是跟医疗船去的，就我们几个人。去的路上，风浪比较大，晕船躺了几天。广播里说，到南沙海域了，我们很兴奋，都爬起来，想着终于到了南沙，看看这儿的水是不是跟其它海域的海水有区别、有什么不一样的地方？"刘堂说，"再一个看看天空，有什么不一样的地方。特别是看到礁堡，一个小白点，当时那个心情激动的不得了。这个小白点是一点点变大的，老远看着这个小白点，想着我们的战友就在这个小白点上生存、坚守吗？等小白点慢慢的变大了、走近了，我们才相信这是一个碉堡，确实是我们的战友在上面坚守。"

刘堂准备往礁堡上换乘的时候，看到礁上的战友欢呼声一片，敲锣打鼓迎接。刘堂很快理解了那种心情："那个年代，来一个船不容易，见到自己的战友不容易，官兵那个兴奋的劲，可以说都是跳起来的。因为有些同志守礁一年了，见到我们高兴，终于盼来了船。高兴！"

刘堂和战友们刚刚上了码头，战友们就扑过来，热烈的拥抱、欢庆、欢呼。直到今天，20多年过去了，刘堂想起当时的场面仍然会心酸："我们都掉了眼泪，我每一次想到这个场面，自己都心酸，都想流泪。那种场面，确实太感人了。这

是我第一次到礁上，那种深深的感情感染了我，也坚定了我的信念：要向他们学习，忠诚报国，像他们一样坚守，不怕千难万苦。"

守礁生活永难忘记

20 年前，南沙守礁官兵住的还是第一代、第二代高脚屋。铁皮房里，太阳直射后，室内高温、高湿，像蒸桑拿。当时补给周期比较长，岛礁上缺少淡水，缺少新鲜食品，官兵中得溃疡的人很多。

在刘堂第一次守礁这一年里，他得了皮肤病，也经常口腔溃疡，几乎没好过。"因为缺淡水，我们当时都是虎斑背，一种身上的皮肤病。为什么口腔溃疡，就是缺青菜，缺维生素，嘴烂的，喝点水，喝点咸汤，都是火辣辣的，非常痛苦。"刘堂回忆起当时的守礁生活，非常感慨，"桌子上 6 个菜，最起码有 4 个是罐头食品，两个是冻品和一些干货，腐竹、木耳，最多的菜就是马铃薯、洋葱，根本看不到绿颜色。看到这些菜就反胃，不想吃。但是不吃又不行，我们领导想了不少的办法，就是怎么能够把这个饭吃下去，让官兵搞一些比赛。不吃不行，身体是革命的本钱，如果体质差了，就完成不了繁重的值班、站岗、放哨这些任务，就没法坚持下去。"

南沙常年高温、高湿、高盐，环境极其艰苦恶劣。刘堂说，"特别是那个年代，没有空调，没有电扇，平时只有拿本书，拿个蒲扇自己扇一扇。南沙住房通道一般是在内部，即使外面凉快，里面还是很闷热，不透风，不通气。"但正是在这样的环境下，守礁官兵们以军人坚韧的毅力、特有的赤诚，在南中国海履行着自己的神圣职责，在沧海孤礁上创造了以"爱国、奉献、坚韧、创新"为主要内容的南沙精神。

从南沙到西沙

期间，除因工作调动离开了几年，刘堂一直在南沙守备部队工作。刘堂在南沙守备部队先后工作了 19 年，20 多次参加守礁，数十次参加补给，南沙每个岛礁都留下了他的足迹和汗水。刘堂从一名基层指挥员成长为南沙守备部队的部队长，之后又调任西沙某水警区任司令员。

离开南沙的刘堂，心里有很多不舍："其实说句实话，我离开南沙守备部队，我当时心情特别的难受。当时南沙官兵们给我举行了一个欢送仪式，并且拉着横幅，很多的战友都哭了，掉了眼泪，我也控制不住自己的泪水。因为朝夕相处，同礁共济那么多年，出生入死，和战友们结下了深情厚义。南沙情、战友情、兄弟情把我们紧紧的联系在一起，很多的动人故事，就是在小礁上产生的。"

离开了南沙，到了西沙，从小礁来到了大岛，刘堂觉得，自己的军旅生涯与众不同。"我经常跟三沙市领导讲，我说三沙我守了两沙。到了西沙以后，我深深的被西沙官兵的这种热爱祖国，无私奉献，这种忠诚所感染。"

离开时舍不得南沙，但是到了西沙，刘堂又爱上了西沙："我是 2012 年 3 月份到的西沙，7 月份三沙市成立。我们作为西沙官兵要保卫好、建设好、守卫好西沙这块蓝色的海洋国土，这是我们的职责和义不容辞的责任。"

对守卫西沙，刘堂司令员充满信心："根据部队的使命任务和特点，根据形势的变化，和下一步可能有些使命的转型，以及岛礁防御的特点，西沙官兵有能力、有信心保卫好我们这片海洋国土，维护好国家海洋权益。

南沙诗人　卫士情怀

南沙特殊艰苦的环境，把刘堂锻造成了一名合格的战士，也把刘堂培养成了一名军旅业余诗人。南沙远离祖国，远离亲人，对祖国的思念，对亲人的惦念，都汇聚成了诗歌的情愫。守礁期间，刘堂创作了大量诗歌，后来还结集出版了诗集《卫士情怀》。

谈起自己对诗歌创作的爱好，刘堂特别谦虚："我写东西一个是爱国偏多一些，因为处于这种环境，对祖国这种忠诚，有时候控制不住，想写点东西表达我内心的感受、感动。那些都是自己在这种艰苦环境下的一些寄托。你要说是诗歌，我从来不把自己这些当成诗歌，因为还缺少一些韵律，有的可能还不是很通畅。"

翻开刘堂的诗集，处处流露出忠诚报国、富有血性的真挚感情。刘堂对这样的评价还比较认同："总是感觉有一种冲动，特别是在那个环境下，一说到爱国，眼泪都快流出来了。谈到祖国万岁，你在这个岛上，在这个礁上，热血沸腾，要在大陆突然喊声祖国万岁，有人还认为你是神经病呢。"

刘堂觉得，艰苦的地方就需要一些口号，并且人到了这个特定的环境，就是控制不住自己的感情。"你看过去那些远离母亲的游子，特别是那些去海外的人，一提祖国母亲，那就不一样了。我们同样远离祖国大陆，远离祖国母亲，一提到祖国，就有那种情怀、那种感情、那种冲动。"刘堂说，这是其他人体会不到的，是那种繁华都市的人所体会不到的。"这个地方就是爱国主义教育基地，也是我们干事业、体现价值的一个地方。"

忠诚守礁报春晖

2011 年，刘堂带队执行南沙守礁任务。上礁前三天，刘堂突然接到家里的电话——母亲病危。母亲 38 岁守寡，独自一人把刘堂和几个兄弟姐妹拉扯大，刘堂对母亲的感情可想而知。可守礁责任重大，刘堂无法到母亲病床前尽孝，只能安排妻子照顾生病的母亲，自己赶赴南沙执行任务。刘堂内心经受了感情的巨大煎熬，也促使他创作出了那首感人肺腑的诗歌《亲爱的母亲》。

刘堂说，"祖国母亲是最伟大的，但是我也写了一首母亲，是讲到我自己母亲的。因为我 12 岁时，父亲就去世了，母亲 38 岁守寡，辛辛苦苦把我们姊妹几个拉扯大。前年在我去南沙执行守礁任务的前三天，得到母亲病重的消息，我又不能回去伺候，我们很多官兵都面临过这样的事情，他们在礁上守礁，亲人病故不能回去尽孝，家庭困难不能回去尽力，家里有事不能回去尽心，这也教育了我。特别是我作为一个指挥员、一个即将率领官兵赴阵地、赴前线的指挥员，更不能临阵脱逃。我只能把这个事委托给我妻子，让她回去伺候病重的母亲，我就到了南沙执行守礁任务。"刘堂说，他写《亲爱的母亲》这首长诗时，有时候是把门反锁上，生怕自己的战友进来看到他红着眼圈掉泪的样子。"我写《亲爱的母亲》这首诗哭了不知道多少次，特别是写到母亲的艰辛，想到那种场景，眼泪汪汪的。我最感激母亲的，就是在我上学的时候，家里那么贫穷，父亲去世以后，我哥哥就不再上学了，因为家里供养不起几个学生，哥哥当时 17 岁，就回家帮母亲干一些活，把有限的资源、有限的财力用在我身上，让我继续学习。"

刘堂上初中时复读了一年才考上高中，一般很多农村孩子上了初中考不上高中就回家种田了，而刘堂的母亲却没有这么做。"我母亲尽管没有文化，但她却非

西沙老龙头

常重视文化，尽管自己吃苦，她希望孩子幸福。母亲说孩子要是没有文化，以后也就是这种生活，她说让他继续再复读一年吧！所以第二年我就考上了我们全乡唯一的高中。如果说我不上到高中，我到部队也没有机会考学。如果说母亲不支持我当兵，我也没这种机会在部队坚守。"刘堂谈到母亲当年的决定，满是感激。

刘堂 1981 年入伍，那时对越自卫反击战的枪炮声还没完全停止。当时有一个指导员在战场上失去了一只胳膊，他到刘堂读书的高中做报告。听了那次战斗英雄的报告，刘堂下定了参军入伍的决心："边听报告边哭，在我的心灵当中就笃定我要当兵，我要向他们学习，我要为祖国而战，在我年轻的躯体里真的是热血沸腾。"

由于当时还在打仗，刘堂的两个叔叔都反对他当兵，母亲却坚决支持刘堂的决定。刘堂至今还清晰地记得参军那天的情景："我永远忘不了当兵走的那天早上，母亲五更就早早起床，亲手为远行的儿子收拾行囊。我当时离开母亲，内心也是非常的难过、痛苦。你真正穿上军装，要离开家乡，要奔向远方赴边疆的时候，又真想留下来，觉得自己去当兵有逃离家乡、逃离母亲的感觉。自己已经十八九岁了，需要为母亲分担困难了，反而出去当兵。在为了亲生母亲和祖国母亲之间，我当时确实产生了很大的矛盾。但是，当看到母亲很坚定、很慈祥的目光的时候，我还是坚定了信念，这是母亲给我选的路。"

热血铸就"强军梦"

南海舰队某快艇支队是一支英雄的部队，1974年，这支部队的两艘扫雷艇参与了著名的西沙海战，用自己的热血和忠诚守护着祖国的蓝色国土，涌现出15名烈士。支队政委喻文兵大校日前接受"万里海疆巡礼"采访团记者采访说，要实现"强军梦"，不仅要传承好西沙海战精神，更要紧盯最新军事前沿，瞄准最强对手，打造部队的"精气神"，铸就一支有血性、能打胜仗的部队。

西沙海战具有重要意义

喻文兵政委说，发生在1974年1月的西沙海战，也许并不为很多人所熟悉，但时至今日，在南海局势日渐复杂的今天，却更加显现当年这场海战的重要性。当年，南越当局不顾我国政府再三警告，悍然出动军舰、飞机、侵犯我西沙群岛。人民海军南海舰队与陆军、渔民和驻岛民兵，奋起反击，英勇作战，取得了重大胜利。对于这段历史，南海舰队某快艇支队政委喻文兵则是如数家珍。

"首先，西沙海战是解放军海军第一次与外军打仗；其次，西沙海战是第一次远离大陆、远离支援的一次作战；第三，西沙海战的背景是，政治外交斗争转化为军事斗争；第四，西沙海战是一次以弱胜强之战，人民海军的扫雷艇打败了南越的驱逐舰，以劣势装备击沉敌舰取得全胜。尤其重要的是，西沙海战，奠定了今天西沙的态势，也奠定了今天三沙市的基础。"

喻文兵政委所在的这支部队，亲历过西沙海战，而西沙海战精神，也成为这支部队最深刻的烙印和最宝贵的财富。他表示，"最优良的传统是西沙海战精神，最需要传承的也是西沙海战精神"。

瞄准对手书写"强军梦"

面对记者，喻文兵政委侃侃而谈，从部队的历史、部队的文化，谈到部队的军事训练，尤其是他对军事前沿知识的了解和兴趣，让记者觉得这似乎应该是一位军事主官。他告诉记者，最近关注到美国人提出的"真空管道交通"，如果真正实现，那么，从美国到中国也许只需要两个小时。这样的话，会对军事领域产生何种影响呢？

在喻文兵政委看来，要实现"强军梦"，就是要紧盯最新军事前沿，瞄准最强对手。强军，不仅仅是武器装备的"强"，更是战法战术的"强"，人的综合素质的"强"。在今年举行的多次演练中，他们围绕综合防御、协同攻击、强电磁干扰等高难课目进行实战化演练，提高部队实战能力。

喻政委说，从历史上看，南海并不太平，作为南海方向一支重要作战力量，他们不仅有信心和有决心，更有勇敢和血性，守护好这片海洋。

能"文"擅"武"铸精兵

采访完政委，我们来到了其所在的某护卫艇大队采访。某护卫艇大队有着"海上卫兵"的美称，这支部队不仅有着光荣的传统，在各项重大演习和任务中屡创佳绩，更瞄准未来战场铸精兵，是解放军海军中首个实现"政治指导员全训考核"的单位。在这个大队，政工干部不仅能"文"，更会"武"，无论是实弹射击还是操作舰艇，样样都在行。

说起政工干部，给人们的印象似乎是"擅文不擅武"，但是，在南海舰队某护卫艇大队，这里的政工干部却是"虎虎生威"，能上艇指挥、能驾艇操纵，原来，这得益于该部开展的"政治指导员全训考核"。

组织干事骆登益介绍到，全训考核设置的科目比较广，涉及到军事和政工。军事全训首先是理论，涉及到专业舰艇操纵知识、信息化知识、联合作战知识等等，采取计算机随机抽考的形式。其次就是重头戏——"实装考核"。指导员的海上考核有离靠码头、定点抛锚，救生等科目。在这个时候，指导员就要化身为"艇长"，下达命令、及时处置、把握全局、应对自如。

骆登益任组织干事之前，在某护卫艇艇当指导员有近三年的时间，更参与了该部队首批"政治指导员全训考核"。谈起当时考核的情景，骆登益的语气透露着难忘和兴奋。"当时考核那天，海况不是很好，风浪特别大。我当时是用了10个口令，就是把码头给靠上去了，最后得了八十多分。定点抛锚科目偏差不到20米，30米内为优秀，我已经达到优秀了。"

教导员朱应生与骆登益一样，参加了这次全训考核。朱应生最难忘的是考核前的那段充实和忙碌的日子，白天花几个小时操纵陌生的舰艇，晚上再看书学习到凌晨。他觉得，这段经历让自己的视野和能力都得到跃升。

"最大的印象就是包括自己知识方面是丰富了，没考这些东西以前，就是下个课题啊让我们去做，我们停留在指导员以下的水平。当时经过这次全训考核啊，我感觉学到很多东西，甚至可以从营长的角度去实施这些东西。"

政委周正学告诉记者，开展"政治指导员全训考核"最大的意义，在于培养政工干部的军事指挥才能，因为现代战争需要政工干部既要能"文"，更要擅"武"。

周正学政委自身更是身先士卒，在各项比武竞赛中，经常看到他的身影。而让他颇为自豪的是，他在轻武器速射比武中取得第二名的好成绩。

"轻武器比武时，10发子弹我打了七十八环。不要小瞧那七十八环，很难打。要求是三个单发，两个连射，还有时间限制。所以说我们这个比武竞赛，要求的非常高。上至大队领导，下至列兵一样的，都必须参加考试，都必须参加同台竞技。"

说起比武竞赛，这支部队更是获奖的"大户"，近两年来，在支队组织的各项比武竞赛中拿下了32个第一。政委周正学说，这些成绩的取得，源于平时全员额、实战化的训练。

"小快艇"的"大气魄"

与护卫艇大队紧邻的是导弹快艇部队。在海军舰艇家族里，与排水量动辄几十万吨的航母、上万吨的补给船、几千吨的驱逐舰和护卫舰相比，排水量只有几百吨的导弹快艇可谓是不折不扣的"小块头"，但是，在这支新型导弹快艇大队，记者不仅感受到信息化建设的高水平，更感受到打赢信息化战争的大气魄。

2013年4月，南海舰队5型11艘新型主战舰艇悬挂满旗，依次排成舰阵，接受中共中央总书记、国家主席、中央军委主席习近平的检阅。在受阅舰艇中，

涂有蓝色迷彩的两艘"小个头"舰艇分外显眼,这就是解放军海军最新型导弹快艇。此次,记者一行来到南方某军港,有幸登上了这艘代表海军现代化水平的导弹快艇。

登上导弹快艇后,空间并没有想象中的狭小,反而感觉与大型舰艇非常相似,只是变成了"浓缩版"。舰载导弹是导弹快艇的"牙齿",教练艇长王俊兵介绍到,装备的某型反舰导弹,具有打击距离远,打击火力猛,突击威力强等特点。来到导弹快艇的驾驶室,只见一个个按钮镶嵌在流线型的平台上,各种仪器设备高度集成,让人产生了似乎置身于飞机驾驶舱的错觉。据悉,这些设备充分考虑了作战性能的要求与人员操作的便利度和舒适度,具有先进的信息化处理能力,用教练艇长王俊兵的话说,"麻雀虽小,五脏俱全",展现了优秀的信息化和自动化水平。

导弹快艇虽然先进,但也比传统舰艇复杂得多,仅动力系统就涉及计算机、微电子等十多门学科。这也对全艇官兵综合素质提出了更高要求。祝勇艇长告诉记者,他们的秘诀是"一专多能"训练,既一人要能精通本专业的同时,要兼任多个岗位,不仅要成为"技术能手",还要成为"多面手"。

而在常凯博副艇长看来,新型导弹快艇尽管"小",却汇聚了各种大"舰"的先进系统,担负的使命任务重大,需要具备"大视野"。他说:"现在我们这个舰艇是我国比较先进的舰艇,上面的很多系统,和主战舰艇上的装备都是一样的,系统原理都是一样的,所以说虽然是在小舰艇上,但是和在大舰艇的感觉是一样的,我们在小舰艇,艇小但是我们志气不小。平常就要给自己加压,通过我们有限的资源,最大的发挥我们的能量,去适应这个信息化战争的东西。"

自组建以来,该导弹快艇大队先后多次完成重大演练任务,在风口浪尖淬炼部队战斗力。教练艇长汪俊兵介绍说,"经常是连续五天以上在海上训练和执行任务,有时候海上这个海浪就像小山一样,但是依然坚持训练。在风口浪尖的搏斗,主要是训练艇员对恶劣海风的适应能力，尤其是抗晕船能力非常重要，确保能够在恶劣的海风下能够操纵，能够顺利的完成任务。"

在这支部队的官兵们看来，决定战争胜利的，不仅仅是信息化装备，更是那种勇往直前的"刀尖"精神。官兵们告诉记者，新型舰艇的性能和作战使命任务，决定了他们是尖刀刺出去的"刀尖"。在他们看来，自己就是"刀尖上的舞者"，愿意将这种"刀尖"精神，化作保卫好每一寸国土的动力。

导弹快艇编队

倾注深情护海洋

这是一支战功卓著、英雄辈出的部队，曾经创造了小艇打大舰的战斗奇迹，新时期这支部队又了新的进步和发展。近日，"万里海疆巡礼"采访团在东海舰队专门采访了这支光荣部队的政委李志武大校，并聆听了舰艇官兵讲述的小艇故事。

全民海洋意识的培养至关重要

中国是一个海洋大国，全民海洋意识的培养至关重要。日前，东海舰队某快艇支队政委李志武在接受记者采访时，也强调了这个观点。

作为一名老水兵，李志武政委在言谈中流露出对海军的深厚感情，他结合自己身处海防一线的切身体会，阐述了对海军之于一个国家的重要性的深刻理解。

李志武告诉我们，他一当兵就在海军，对海军、海洋有着很深的感情，对海军、海洋之于一个国家的重要性的理解也是比较深的。例如，我们国家能源的进口，需要通过海上通道运进来，那么海上通道的安全就必须要有保障，现在是相对比较和平的时期，一旦有突发情况的时候能不能保证得了？靠什么来保证？当然首先要靠国家的综合国力，但是直接的保证力量就是我们海军。包括我们海洋权益的维护，首先通过国家的政治、外交，但也离不开军事力量，要解决这些问题，还需要海军力量的强大，海军力量强大不了这些问题也解决不了。

我国拥有 300 万平方公里的海洋国土，是名符其实的海洋大国，但离真正的海洋强国还有一定距离。李志武认为，要想实现从大到强的跨越，最基本也是最具有源动力的一点，就是全民的海洋意识。

李志武说，强化全民的国防意识，特别是海洋意识，这一点非常重要。因为我们现在国家的发展空间在海洋，国家利益的拓展也需要海洋。目前来看，我们国家是海洋大国，但不是海洋强国。从十五六世纪开始，像西班牙、葡萄牙、英国，以及后来的美国、日本，这些国家之所以能够成为海洋强国，是得益于整个国家的、全民的非常强的海洋意识，海洋意识强、海洋观强，才能对海军建设重视，才能集中力量发展国家的海军。

我们海军这些年在维护国家的海洋权益、海洋利益方面，也做了不少工作，做了很多努力。比如说我们亚丁湾的护航，这个是全国人民高度重视、高度关注的，对国民的影响也是非常大的；还有我们的海军舰艇编队出国访问，我 2007 年随 168 舰艇编队到欧洲四国访问，历时将近 3 个月，到俄罗斯的圣彼得堡，到英国、西班牙、法国，感受到当地华人对海军建设给予的殷切希望，实际上全国人民包括海外的华人都希望海军强大，海军建设的步伐进一步加大，他们对海军建设非常关心，高度关注。应该说通过这些年，特别是近几年来国家、军队，包括海军，在强化全民的海防意识、海洋观念做的一些工作，效果还是比较明显的。但我们在这方面还有很多工作要做，特别是一些沿海的地区，在这方面应该意识要更强。

近几年以来，维权斗争和军事斗争准备任务非常紧迫，我们支队官兵对自己身上的责任、使命任务感到越来越重，在这方面大家也没有丝毫的懈怠。我们的舰艇在东海方向担负着战备巡逻任务，通过这些行动对官兵战斗精神的培塑、使

命任务意识的强化，责任意识的强化，都起到了非常重要的作用。

李志武政委还指出，现在我们树立全民海洋意识、维护我国海洋权益以及发展壮大人民海军，对未来有着深远的意义。

李志武告诉记者，当然我们现在正处于转型发展时期，对海军的长远建设和发展有很深的考虑，但是从目前来看，在维护国家利益拓展和发展等很多方面我们还需要加强。因为考虑到一个国家今后的发展，也考虑到我们中华民族子孙今后的发展，这是紧密相连的。不光是考虑我的孩子今后是一个什么样的环境，更是我们民族今后处在一个什么样的环境当中，这是很重要的。实际上我们陆上的资源用得很多了，那么下一步我们更多需要的是用海上的资源，并且海洋资源非常丰富，现在看到很多资源在被别的国家蚕食、掠夺，感到很心疼。所以海洋、海军对一个国家今后的发展，对我们民族今后的发展是非常重要的。所以我想不光是我们海军官兵要认识到这个重要性，整个全民都应该认识到这个重要性，都应该加强这方面的建设和投入，这也是综合国力的一个重要体现。

小艇故事多

采访完了李政委，趁着吃饭前的时间，记者一行来到了艇上，在小小的护卫艇上一间不算宽敞的会议室里，记者和几位官兵挤在一起，聊起了他们的小艇生活。相比于大型的驱逐舰、登陆舰，快艇部队可谓是名符其实的"小弟弟"，快艇虽然小，但官兵们的快乐轶事却一点儿也不少。

陈之好现任某快艇指导员，他给我们讲述了不久前强台风登陆时，难忘的防台经历。有一次出去执行防台任务，他们碰到好几个台风，有一个台风直接面对我们防台的区域就过去了，大风刮了整整三个小时，因为艇很小，风浪也很大，晃得非常厉害，横摇大概达接近 40 来度。全艇官兵都集合到会议室里面，大家相互鼓劲，大队参谋长也和大家在一起，不停鼓励大家。他说，这点小浪，不要放在心上，坐下来喝杯茶，一会就过去了。陈指导员回忆说，那一次给我留下非常深刻的印象，从领导到普通一兵，都穿着救生衣，大家在这里讲故事、喊口号、发表自己内心的言论等等，把那段时间扛过去以后，看到第二天早上风平浪静，太阳从海面上初升，这种感觉真的是难以言表。

由于护卫艇体积较小，抗风能力比较弱，克服晕船成了艇上每一位官兵必须要完成的功课。指导员卞万春说，就算晕船到吐，也要吐在自己的岗位上。你再晕，你也要坚守在自己的岗位上。操船的晕不晕？他也晕，晕也得把船操住；操雷达的，晕船吗？晕也不能睡觉，也得看着雷达，万一有渔网或者其它船只过来，很容易出现事故。所以各人有各人的职责，你晕船也得自己克服。实在不行就抱着个桶吐，吐得最严重的时候连胆汁都吐出来了。

报务班长路兴桥已经在这艘护卫艇上服役了将近 12 年，他说，对于一名海军官兵来说，想要去大型舰艇上服役是再自然不过的梦想，但是小艇也有小艇的价值，也有它的苦与乐。路兴桥说，当自己刚到这儿的时候，第一反应就是：为什么艇只有这么大？小炮艇的生活是比较艰苦的，没有专门的场所供艇员们吃饭，官兵们都是在码头三五成群地围在一起吃饭，刮风下雨也是如此。虽然条件苦，但是在这种环境下成长，能够锻炼一个人的品质，大家都能以艇为家、以艇为荣，在一起共同克服困难，以后就能够在海疆上劈波斩浪。

幽默风趣的路班长还给我们讲起了在艇上做饭的趣事。他说，在艇上烧饭，航行的状态中，船在不停晃动，所以煮出来的饭会一半生一半熟，所以一些烧饭的老班长，就要提着锅，手随着船晃动，这样船虽然在晃，但锅不晃，底下的火照样在烧，就能保证舰艇上的人员出海训练以后，菜是热的，饭不凉、不生。

小艇上的故事聊上三天三夜也聊不完，官兵们和记者谈的很开心，小小的会

导弹快艇发射导弹

议室里不时传出阵阵笑声，但笑过以后有心酸、也有感动，也许正如这些可爱的官兵所说，他们苦中作乐的精神来源于自己肩上的责任。路兴桥班长说道，人总要在岗位上锻炼自己，要有苦中作乐的精神，锻炼的东西越多，以后自己工作岗位上发挥的作用就会越大。

昔日英雄今安在

——探访战斗英雄麦贤得

麦贤得，广东省饶平县人。1945 年出生，1963 年入伍。1965 年"8·6"海战中，时任海军护卫艇某大队 611 艇机电兵的麦贤得英勇作战，不幸被一块炮弹弹片击中右前额，在脑神经严重受损、脑浆溢出粘住眼角睫毛的情况下，他仍然坚守在战位上，直到战斗最后胜利。期间，他以惊人的毅力，顽强的战斗意志，在几台机器、几十条管路里，检查出一个只有手指头大的被震松了的螺丝，并用扳手拧紧，保证了机器的正常运转。1966 年 2 月，国防部授予麦贤得"战斗英雄"荣誉称号。

不期而遇

采访"战斗英雄"麦贤德，是一次不期而遇的对话，更是一次涤荡心灵的收获。

"万里海疆巡礼"采访团来到广东省汕头市麦贤德的老部队采访时，意外获悉麦老刚从广州出院回到汕头，身体恢复的还不错。抱着试一试的想法，我们拨通了他的电话，没想到麦老欣然应允。于时，我们立即决定专程去拜访麦老。

在水警区宣传科同志的陪同下，我们来到了一幢普通的居民楼前。听到我们的脚步声，麦老和夫人李玉枝女士同时从屋里迎了出来。阳光中，出现在记者眼前的麦老，身型清瘦，精神矍铄，脸上挂满了笑容，这就是已经 68 岁的战斗英雄麦贤得，我们简直不太相信自己的眼睛。

麦老和夫人热情地把记者们迎进楼前的小院里，在二老的介绍下，我们参观了这位老战斗英雄的家。麦贤得的家布置得简朴温馨。走进屋内，首先映入眼帘的，是客厅墙壁上那一张张麦老受到党和国家及军队领导人接见的照片，这一个个"光荣的瞬间"仿佛在无声地诉说着主人曾取得的荣耀功绩，以及他与 48 年前的那场著名的"8·6"海战密不可分的关系。"这个是毛泽东主席接见我，这个是江泽民总书记接见我，这个是胡锦涛总书记……"麦贤得指着墙上的照片如数家珍，脸上带着小孩般满足的笑容。墙上的每一幅照片都可以说"大有来头"，见证着永不褪色的荣誉和奇迹。而说到自己的奉献，麦老只有简单的五个字："为人民服务。"

珍贵的记忆碎片

几十年前的那场战争，留给麦贤得的，除了无上的荣誉，还有头部重伤后伴随一生的严重后遗症，他的智力大大衰退，还有非常明显的语言障碍。他相濡以沫的妻子——李玉枝女士告诉记者，由于当时麦贤得负伤后脑浆流出，他的记忆也变得支离破碎，如今麦贤得对于战场上的回忆，还是靠战友们的叙述帮助他把这些记忆碎片串连起来的。

在麦贤得断断续续的讲述和李玉枝女士的会意补充中，记者仿佛又看到了那个即使头部受到重创，却仍然坚持战斗的年轻的麦贤得。

1965 年，在著名的"8·6"海战中，轮机兵麦贤得被一块弹片打进右前额，插到左侧靠近太阳穴的额叶里。他脑浆流出，顿时失去知觉，跌倒在机舱里。副指导员替他包扎好伤口时，他苏醒过来，嘴里已经发不出声音。迷迷糊糊中，麦贤得听见班长说机器出现故障，情况十分危急，他挣扎着起来，额上的鲜血粘住了眼角和睫毛，阻碍了视线，已经模糊的意识里他只知道"自己是一个军人，仗还没打完，炮声还在响，就要坚守岗位。"

就这样，麦贤得在半昏迷状态且目不能视物的情况下，凭着耳朵从几十条管路、千百个螺丝中判断出机器故障在哪个部位、凭着经验准确拿取需要的螺丝刀和扳手等工具，拧紧了那颗松动的螺丝钉，保证了机器的正常运转。当舰艇再次启动时，战友们都感到惊讶。而麦贤得忍受剧痛坚持战斗了3个小时，直至战斗的胜利结束。

说着这奇迹般的英勇事迹，李玉枝看了看身旁的麦贤得，轻轻说："都是平时训练出的硬功夫。"

在采访中，麦贤得总是提到人的因素很重要，他说国家就是一个大机器，每个人都是一颗小小螺丝钉，只有每颗螺丝钉尽职尽责，国家机器才能正常运转。

一旁的李玉枝女士笑着说，退休后钟情书法的麦贤得，最近写得最多的就是"永作小小螺丝钉。"

闲暇时候，麦贤得还会去参加一些青少年爱国教育的活动，到学校去跟孩子们见见面，说说话。

麦贤得说，如果没有革命先辈们把自己的生命献给祖国、献给革命，就没有中国的现在。我们的战斗精神要一代传一代，即使只是小小的小兵，也要把自己的革命进行到底。

保卫海疆不变色

麦老指着自己的额头告诉记者，它不同寻常，里面填充的都是有机玻璃。他的头部在那场海战中受伤非常严重，为此他先后做过四次脑手术，这给他留下了严重的后遗症，不但失去了很大部分的记忆，而且智力也大大衰退，语言表达能力受损尤其明显。

尽管记忆残缺不全，尽管时隔近半个世纪，但对麦贤德而言，"8·6"海战犹如一幅雕塑，早已深深刻进他的生命里。每一幕场景，每一个细节，他都记忆犹新。因此，当我们一提起那场战斗，他立即变得情绪激昂起来。他表示，决定战争胜负的最大因素是人，而人靠的是战斗精神。如果没有一不怕苦，二不怕死的战斗精神，当年他们是无法做到"以小艇击败大舰"的。

操着不那么清晰的语音，说着不那么完整的语言，麦老沉浸在回忆之中。他说，当时，人民海军的装备远远落后于国民党海军。而611艇是临时抽调新兵组成的，很多人互不认识，更没有在一起训练过。这样一支看似没有任何战斗力的队伍，唯一的共同点是每个人都抱有"誓死保卫祖国海疆"的坚定信念和敢打敢拼的精神。"受伤后，我脑子里只有一个念头，那就是祖国领土一寸都不能丢。当时，脑浆外流，遮住了视线，我就用耳朵来判断机器故障在哪个部位，凭感觉来找螺丝刀等工具的摆放位置，准确地进行战斗操作。这一切靠的是在平时训练中练就的'夜老虎'精神。"说起这些，麦老的眼神里透着股骄傲。

对麦老钢铁般的意志，共同生活了几十年的麦夫人深有体会。她告诉记者，由于伤情未得到及时处理，脑浆外流过多，当年送到医院救治时麦老的右手已经没有知觉。为了使右手能摆脱完全麻痹的状态，住院期间，他艰难地顺着横杆一格一格地往上爬，即使累得大汗淋漓，仍咬着牙坚持康复锻炼。右手不能写字了，他就坚持用左手写。康复出院以后，麦贤德又坚持每天用右手练习书法，增强右手的肌能。

从和麦贤得老英雄的谈话中，我们能很明显地感受到那场战争对他身体造成的伤害，但在他不甚连贯的话语中，却时时有一个信念触动人心，这个信念没有任何复杂思维的修饰，来得单纯而纯粹，却最是动人——"养好身体，身体棒，听从祖国的召唤，保卫海疆永不变色，祖国领土一寸都不能丢。"

退休在家的麦贤得仍然心系国家大事。他说，钓鱼岛、台湾，祖国的领土都要保卫，我们学习本领、学习技术，发展自己，保卫祖国江山。

李玉枝女士还透露了一些小细节，2012年由于健康原因，麦老半年多时间都在医院中度过。期间，麦贤得睡觉的姿势仍然跟水兵在艇上睡50公分的床铺那种姿势一样，一躺就是好长时间身都没翻过，连医生看了都觉得心疼，感动地称："麦老真不愧为'钢铁战士'！"

2007年，麦老从海军某基地副司令员的岗位上退休。本可以安享晚年的他，仍时时关注人民海军的建设，关心中国国防安全及国际时势发展。他经常不辞辛苦，应邀到部队和学校讲述战斗经历，进行革命优良传统教育，激励广大青少年和年轻官兵踊跃投身海军现代化建设。他经常说："国家就是一部大机器，我们每个人都是其中的一颗螺丝钉。我们要永做小小'螺丝钉'，学好知识、本领和技术，保卫中国的万里海疆不受侵犯。"

他还每天收看电视、收听广播和阅读报纸，了解全球热点尤其是事关中国领土完整与安全的问题，如台湾问题、钓鱼岛问题、菲律宾挑起黄岩岛争端等最新发展情况。他激动地一再表示，祖国的领土一寸都不能丢。"若有哪个国家胆敢挑起战争，我将和大家都一样，随时听从国家的召唤，奋勇报国上前线，时刻准备着消灭来犯之敌。"

记者采访麦贤得夫妻

　　李玉枝说，麦贤得看到现在人民海军的建设发展感到很高兴。他在电视上看到航母，就说："我们有航母了，我们还要造很多的航母，一个战斗群……日本这些国家看到我们航母出来了，他们害怕，怕我们国家强大起来，所以我们更要团结。"

　　在采访的最后，麦贤得说，全中国人民都要和平团结，并且寄语年轻官兵：祖国的未来靠年轻一代，向你们致敬，祖国的花朵红艳艳。

　　临走前，麦贤得专门为采访团题写了"万里海疆巡礼"六个大字，并勉励大家要了解海疆，宣传海疆，保卫海疆！

5 两岸故事

在崇明岛感悟两岸血脉相连

有"长江门户、东海瀛洲"之称的上海崇明岛面积仅次于台湾和海南岛，与台湾岛一样也属于岛屿型农业。公元 696 年，岛上开始有人居住，到唐朝神龙年间，人们开始在岛上建立崇明镇并取名为崇明。"崇"为高，"明"为海阔天空，"崇明"意为高出水面而又平坦宽阔的明净平地，这里是有名的鱼米之乡，明代抗倭斗争中，崇明"沙兵"以英勇著称。近日，"万里海疆巡礼"采访团就近年来崇台二岛之间交流交往情况和崇明岛的发展变化，采访了刚刚率崇明县农业采访团从台湾访问归来的崇明县县长马乐声和驻岛官兵。

崇台何曾是两乡

1949 年前后，崇明岛约有近 2000 人赴台湾落脚扎根，目前在台后裔有近万人。这批人在上个世纪 60 年代组成了台湾地区首个以地域组建的同乡会，经过几十年的发展，"崇明同乡会"在促进两岸经贸、农业和文化交流方面，起到了积极作用。

两岸同胞同根同源，血脉阻隔不断。在台湾的崇明人，对两岸风物均怀有深厚情谊，正所谓：两岸一家亲，浓浓乡音传递出两岸民众割不断的亲情。

随着近年来两岸往来的日趋热络，崇明岛与台湾岛之间的农业交流颇为紧密。在崇明岛上有专供台湾的养蟹基地，为台湾精心培育蟹苗，一批批的蟹苗从这里被送到台湾苗栗，长成"优质大闸蟹"。马乐声县长在苗栗参访中看到了这批如今生长的十分肥美的"祖籍"崇明螃蟹，正是这些螃蟹让苗栗的台湾蟹农提高了收入，改善了他们的生活。

众所周知，台湾民众酷爱食蟹，但岛内河蟹养殖由于缺乏专业养殖技术和优质蟹苗供应，其存活率往往不足三成。而随着崇明大闸蟹在台湾热销，苗栗县大闸蟹养殖面积也从去年的几十亩扩大到了460亩，越来越多的台湾民众必将因此大饱口福。在参访中来自上海海洋大学和崇明养蟹人才还对苗栗地区的养蟹进行技术支持。

马县长表示，通过蟹苗输出，崇明岛和台湾中南部地区交流合作进一步加深，随着蟹越长越大越长越肥，两地的关系也必将越来越深入。

除了民间和农业交流，崇明岛和台湾两地在文化体育教育等方面的交流，近年来也卓有成效。崇明县已成功举办了多届崇台两岛书画作品展活动，促进了两岸文化产业的互动与发展，并在岛内外产生了一定的影响。据马县长介绍，2013年11月，崇台两地交流的书画作品展将走进台湾，近距离的让两岛艺术家以画为媒，以画交友，以画传情，共同以美术的形式同绘中华美景。

环崇明岛女子国际公路自行车赛一直是崇明岛的一项特色活动，如今，这项活动或许将走进台湾。根据规划，崇明环岛赛在不久之后将启动崇明和祖国宝岛台湾两岛联动，在原有崇明赛段的基础上，增加上海市区赛段和2-3个台湾赛段。在未来将更进一步全力打造崇明、台湾两岛联赛。

崇台的教育合作交流也正在如火如荼的进行中，崇明县教育局每年都会组织一些校长老师赴台湾交流。马乐声县长表示，崇台教育交流不仅仅是纯粹教育交流，更是面向未来的交流，要鼓励两地学生多互动，大力发展两岸青少年交流。

见证崇明岛发展变迁

采访完马县长，"万里海疆巡礼"采访团又来到崇明岛某部海防哨所，采访了钱顺民中校。钱顺民在岛上驻守了 17 年，见证了崇明岛的历史巨变。

记者：钱中校，你好。

钱顺民：你好。

记者：现在崇明岛海防哨所主要担负的任务是什么呢？

钱顺民：我们这个哨所主要是担负着长江口海空观察任务，以及沿岸滩涂的巡逻警戒任务，那么周边的治安和防台防汛也是我们的任务之一。

记者：站在哨所我们可以看到刚刚修建几年的上海长江大桥，觉得这些变化是非常大，同时看看哨所现在也都是新建的哨楼，我想请您谈一下这个哨所它是不是也经历了很大的变化呢？

钱顺民：对的，我们这个哨所早在上世纪 50 年代的时候，它就是一个坑，当时为了观察海面情况日夜轮流换班的一个小坑，一直到上世纪 60 年代的时候才造了一个小的观室，观室也很简单，就像一个小碉堡的样子。到了上世纪 80 年代，我们才建了一个六十多平方米的两间平房作为我们的哨所。一直到了 1996 年才建了一个哨楼，比它高一点的哨楼，到了 2006 年建成了现在的这个哨所。

记者：那可以说这个变化还是比较大，我们走到这个岛上，觉得自从大桥修建了以后，崇明岛确实发生着日新月异的变化，您在这个岛上已经多少年了？

钱顺民：1997 年到现在吧，将近十六七年。

记者：十六七年了，那应该说你也是见证了这里发生的变化。

钱顺民：是，就像我们的哨所一样，我们那个哨所从原来是一个小坑，到后面两间哨房到现在，那么它一开始观察的就是一个纯海面，周围老百姓要出行的主要交通工具全都是靠船，有的是渔船、有的是轮船、有的是渡船。那么随着 2005 年国务院批准建长江隧桥以后，大桥每天的施工的进展，实际上都在我们哨所哨员的观察的范围之内，每向前推一米，同志们心里面就高兴一点。那么到 2009 年 12 月份建成通车的时候，当时岛上真的是欣欣鼓舞，万人空巷，老百姓都来了，都到这里来参观，都来看。那么这一个变化我们哨所也很有幸，从头到后都见证着这一个伟大的时刻。

记者：那现在岛上的变化你觉得主要有哪些方面比较突出的。

钱顺民：要是变化，最大的变化突出的就是交通。大桥建成以后老百姓出行方便，岛上的农产品运出方便了，岛上的老百姓就医要进上海市区也方便了，要想到上海购物也方便了。很多年以前岛上有一个传说叫浪搭桥，浪搭桥是什么意思呢，就是长江里面的浪它会搭起来桥，为什么，从前有一个新娘，要嫁到上海去，要嫁到外地去，出不了岛，后来老百姓就想象了这么一个神话把新娘子从浪上搭桥送过去。

记者：也就是说明那个时候的一个交通的状况是吧。

钱顺民：是的。

记者：那现在呢?

钱顺民：现在有了大桥以后，老百姓生活确实是方便了。我们哨所后面的那个村也是能够说明这一个变化的。原来哨所后面的村因为在崇明岛的最东端主要靠渔业，农业方面一是盐碱地种不了粮食，二是技术也跟不上。大桥通了以后，老百姓搞起了自己的养殖、种植，在长江里面鱼苗的养殖，蟹苗的养殖，交通改善了，它成为崇明岛进出岛的最方便的一个村，从一个穷村变成了现在岛上的富裕村，你看老百姓后面的小洋楼都盖的一栋一栋的，这是看见的变化，也就是这几年的变化。

记者：对，崇明岛的变化你觉得还表现在哪些方面呢?

钱顺民：其它的我就觉得崇明岛随着改革开放的发展以后，岛上的生态环保，建生态岛的观念，在老百姓当中由不愿意、不参与到现在变成了认可、参与、投身，比较积极，那么当年政府提出来就是退耕还林的时候很多老百姓是不愿意的。那么这几年的发展变化是很明显的，老百姓愿意把自己的地拿出来种树，拿出来搞生态农业，这个变化也是比较大的。那么老百姓的观念改变以后岛上的绿化的面积由原来的百分之十几，达到了现在的 26%。生态环境的改变给崇明人的生活也带来了一系列的改变，那么这几年随着生态发展本身也保护的比较好，绿化面积也很好，上海来的人比较多了，崇明的农产品在市区销售也明显上去了，那么带来的变化老百姓的收入水平也上去了，他们确确实实从生态发展里面感受到了给自己带来的实惠。这一块我觉得老百姓还是比较认可的。

记者：另外大桥通了以后，崇明的对外交流也发展的比较好是不是？

钱顺民：是的，想当初 2009 年这个大桥通车的时候，第一个星期我是记得最清楚的，每天将近 10 万人进崇明岛，那么进岛了以后崇明的停车场紧张，宾馆紧张，饭店紧张。最有意思的就是崇明特产田螺酥，原来是老百姓到市场上去卖，大桥通车的那一个礼拜崇明全岛田螺酥脱销，上海来的游客到菜地里给农民一百块钱你给我两根就行了。

记者：崇明岛是我们国家的第三大岛，就是说第一是台湾，第二是海南，第三就是崇明，那么崇明岛和台湾岛这两个我们国家比较大的岛它之间的联络也是比较紧密的，你是不是知道这个历史的渊源呢？

钱顺民：这是的，我就觉得崇明和台湾真的是血浓于水，为什么这么说呢，首先从历史上来讲，郑成功收复台湾的时候它的出发地一是太仓浏河，二就是上海崇明，原来的苏州府嘛，就是崇明也是到台湾去的一个地方。这是历史的渊源。第二个我就觉得崇明在台湾的人比较多。崇明岛在国民党的将军有大概就有 27、28 位之多。

记者：台湾现在崇明籍的人口也不少。

钱顺民：大概将近 1 万多人吧。

记者：那边也是有崇明籍的同乡会?

钱顺民：有的，他们出版过一本书，叫在台湾的崇明人。一套三本，一开始出的时候是一本，后来陆陆续续编到了三本，而且是很多人要求编才编的。

记者：那现在改革开放崇明也更加注重对外交往这样一个情况下，是不是也开展一些和台湾的交流活动呢?

钱顺民：这是的，因为崇明是祖国的第三大岛，台湾是祖国的第一大岛，不管怎么说血脉相连，崇明这几年对台湾的文化交流也很多，崇明的扁担戏，崇明的山歌等都到台湾进行表演，尤其是这几年崇明发展生态农业，台湾这些方面有很多的先进的经验，我们到台湾去参观见学的交流的人次也蛮多的，县里面的领导最近也刚到台湾去了解生态农业的发展情况。台湾的电子行业，就是 IT 业也是比较先进的，我们崇明岛在东段也要建叫智慧岛这样的一个工业园区，那么这一块也是我们重点借鉴的一个方面。那么生态农业的发展也带动了崇明经济的发展，我们崇明也有很多生态农产品是送到台湾的，崇明最具代表的崇明米酒、崇明年糕，本身就是到台湾去的老兵回到崇明岛再来开发把这个产品再销往台湾。

记者：那这样一个交流的情况，这样的一个交流的活动，你觉得是不是对双方都是优势互补然后互利共盈的呢?

钱顺民：是这样的，因为在台湾的人想念崇明的一些土特产，那么对于我们崇明我们的土特产销到台湾去也给我们创造了一部分利润，但是同时他们又从台湾带了不少台湾的产品过来了，台湾的水果我们这里面大大小小的水果店都有的卖。

记者：那你对这样的交流活动是什么样的看法，又有什么样的期待呢?

钱顺民：我觉得台湾是第一大岛，崇明是第三大岛。一个在海上，一个在长江口，尽管距离很远，但是我们文化的根是很近的，也是嵌在一起的。前面讲的，文

化的交流，我们崇明发展需要先进的管理经验，需要先进的高科技的技术，台湾都能给我们一些互补。那么加强这一个交流有利于两岛人民增进感情，互通有无。

记者：现在东海的局势也还是比较复杂，你们在担负这样的守防任务的时候应该也能感受到，那么面对东海，面对这种复杂局势，你对于海峡两岸的中国军人联手协防是一个什么样的看法呢？

钱顺民：我觉得钓鱼岛属于中国领土的这样一个历史事实，我们军人应该有一个共识，是中华民族的土地，就不能让一分一厘被别人侵占，大家就应该有一个共同的保卫它的责任，那么我想两岸军人同作为炎黄子孙，对待大是大非的问题应该不会犯历史的错误，原则性的错误，我还是希望我们两岸军人能够结束敌对这样的一个状态，共同守卫我们祖国的领海和主权。

记者：好，谢谢你。

走进瀛东村

每个来到崇明岛的人都能感受到大陆近年来新农村建设的成就。采访完马县长和钱顺民中校，参观完瀛东村后，记者们得出了这样的结论。

瀛东村，这个只有不到30年历史的村庄，从茫茫芦荡发展到如今成片小楼和诗意的田园生活。总面积2.67平方公里的瀛东村，拥有100亩鱼塘、1000亩良田、73户人家、198名居民。村庄大力发展生态农业，不仅生产绿色的农副产品，更为瀛东村带来了一定的经济效益。除了生态农业、生态渔业养殖，瀛东村近年来还兴办起了特色的生态旅游业，吃渔家饭、住渔家屋、干渔家活，正逐步成为瀛东村的旅游品牌。随着两岸旅游的进一步深化，相信也会有更多的台湾民众走进这个中国第三大岛——崇明岛。

两岸佛教一家亲

普陀山是中国四大佛教名山之一，海内外闻名。中国佛教协会副会长、普陀山普济寺方丈道慈法师日前在浙江普陀山接受了"万里海疆巡礼"采访团的采访。道慈大师在采访中表示，近年来，他曾多次赴台出席佛教活动，每一次都受到了热烈的欢迎，真切的感受到两岸佛教一家亲。

海上佛国 历史悠久

普陀山四面环海，寺庙建筑错落在山间海滨，与海天景色浑然一体。山石林木、寺塔崖刻、钟声涛音，皆充满佛国的神秘色彩，可谓"海上有仙山，山在虚无飘渺间"。

原定上午接受记者采访的道慈法师，由于连续重大法事活动，一直到中午才有时间回到方丈室，在将近一个小时的采访中，精神矍铄、思维敏捷的道慈法师，用他那带着浓重浙江口音的普通话详尽的介绍了记者们关心的问题。

道慈法师告诉记者，观音菩萨在中国民间有着广泛影响，观音信仰习俗遍及大江南北，并且走出国门，传到海外，特别是旅居海外的华侨在居住国供奉观音圣像，念诵观音佛号，影响着居住国人民对观音之信仰，一些海岛国家和地区的

民众，更把观音奉为祈求航海平安的保护神。

普陀山历史悠久，宗教文化浓厚。早在 2000 多年前，普陀山即为道人修炼的宝地。明万历三十三年（1605 年），钦赐宝陀观音寺为"护国永寿普陀禅寺"，山以寺名，此为普陀山名之始。因其东南海中有洛迦山，又有普陀洛迦之称谓。昔时历代帝王多建都北方，其南之东海称作为南海，故元、明时期也称南海普陀。

道慈法师说，唐宣宗大中年间 (847～860 年)，天竺僧人来此修行，亲睹观世音菩萨现身说法，授以七色宝石，遂传此地为观音显圣地。后梁贞明二年 (916 年)，日本高僧慧锷从五台山迎奉观音像乘船回国，途经普陀莲花洋为风浪所阻，祷而有应，便在普陀山结庐供养其像，即今"不肯去观音院"。此后，普陀山就成为观音菩萨的应化道场。

宋、元时，佛教发展很快。北宋乾德五年（967 年），宋太祖赵匡胤派太监来山进香，首开朝廷降香普陀之例。南宋绍兴年元年（1131 年），宝陀观音寺住持真歇禅师请求朝廷允准，易律为禅，迁 700 多渔户离山，全山遂成佛门净土。元大德三年（1299 年）六月，敕封江南释教总统、宝陀观音寺主持一山为妙慈弘济大师，携带国书出使日本，弘扬佛教，与日通好，普陀山知名度益发远播海外。明、清两朝，因倭寇和荷兰殖民主义的干扰，普陀山实行海禁，佛教三废三兴。

清末至抗日战争前夕，可谓普陀山佛教的全盛期。1924 年，全山有 3 大寺、88 庵院、128 茅蓬、4000 余僧侣，仅普济禅寺就有僧众上千，蔚为壮观，称为震旦第一佛国。1937 年 7 月，日军侵占普陀山，海港封锁，香客断绝，庵院失修，佛事败落。抗战胜利后稍有复苏。

1950 年 5 月 19 日，普陀山解放，时有僧侣 316 人。党和政府贯彻宗教信仰自由政策，保护正当宗教活动，并拨款修建普济、法雨两寺和杨枝庵等。后因受"文化大革命"的影响，党的宗教政策遭严重破坏，宗教活动一度中止，粉碎"四人帮"后，党的宗教政策得以重新落实。1979 年 4 月，普陀山管理局成立，国家拨出资金和物资，抢修危房，修复景点。此后，管理局、佛教协会发挥各自的潜力，加快普陀山的建设，普陀山佛事活动重现兴盛期，保护、管理和发展进入了一个新的阶段。

普陀景致　与众不同

普陀风光，四时景变，晨昏各异，为其他名山所少见。前人曾有"普陀十二景"、"普陀十景"、"普陀十六景"之说。最早载于志书者，是明代戏曲家、文学家屠隆诗咏之普陀十二景：梅湾春晓，茶山夙雾，古洞潮音，龟潭寒碧，天门清梵，磐陀晓日，千步金沙，莲洋午渡，香炉翠霭，钵盂鸿灏，洛迦灯火，静室茶烟。清代裘琏所编山志亦有十二景：短姑圣迹，佛选名山，两洞潮声，千步金沙，华顶云涛，梅岑仙井，朝阳涌日，磐陀夕照，法华灵洞，光熙雪霁，宝塔闻钟，莲池夜月。后人一直以"十二景说"流传至今。

普陀山素有"海上植物园"之称，全山古树名木繁多，高大参天、华盖如伞的樟树遍布全岛为后人奉献着清凉绿荫。随着时间推移和人文景观的新建、重修，普陀山景色更加迷人。如今，旧有景点面貌一新，新辟景点风采更神。

根据国务院批准的《普陀山风景名胜区总体规划》，分为南天门、普济寺、潮音洞至观音跳，西天门至风洞嘴、法雨寺、佛顶山慧寄寺，飞沙岙至梵音洞、海澄庵后岙沙、百步沙千步沙（以上在普陀本岛）、洛迦山和邻近朱家尖的白山、十里金沙、樟弯等13个景区。属普陀山行政管辖的10个景区分别是：南天门景区、普济寺景区、潮音洞至大佛景区、西天门至风洞嘴景区、法雨寺景区、佛顶山慧济寺景区、飞沙岙至梵音洞景区、海澄庵后岙沙景区、百步沙千步沙景区、洛迦山景区。

普陀山凭借其特有的幽邃、神秘的海上风光，很早就吸引着众多文人雅士来山隐居、修炼、游览。1924 年，浙江省政府就把普陀山规划为全省 17 个名胜区之一，使之成为闻名海内外的旅游胜地。1979 年普陀山重新开放后，来山览胜观光、调查考察、度假修养者与日俱增。自 1987 年来，香游客连年超百万人次，其中 2001 年达 167 余万人次。不仅有来自全国各地，还有来自日本、美国、德国、法国、菲律宾、新加坡等几十个国家和港澳台地区的信徒、游客。旅游项目从旧时单纯佛教文化旅游和观光揽胜，发展到避暑度假、疗养休养、文物考古、海岛考察、学术交流、体育保健、书画写生、影视摄制、民俗采风等活动，为适应旅游业蓬勃发展的新趋势，普陀山管理局大力加强旅游基础设施建设，进一步开发各种旅游资源，积极保护文物古迹，取得了明显的成效。

1979 年至今，国家和地方先后投资数百亿元，加强基础设施建设，为普陀山旅游经济的发展，提供了强有力的支撑。按照"因山布寺、依寺组群、因景设庵"的总体布局特点，做好"佛"字文章，大大恢复提高了原有宗教气氛。开辟了参与性、娱乐性于一体的各种特色项目，为普陀山增添了亮丽的色彩。如今，随着旅游业的兴起和发展，普陀山在海内外的知名度越来越高，香游客纷纷来此朝拜观音，观光揽胜，普陀山已成为中外文化重要的交往窗口和著名的旅游胜地。

两岸佛教　源远流长

道慈法师回忆，2011 年，台湾灵鹫山与浙江普陀山签署合作意向书，同意互赠观音，普陀山重铸毗卢观音金身渡海赴台，他也一同前往。他说，毗卢观音金身赴台引起了非常大的轰动，台湾方面举行了盛大的欢迎仪式，数千名教徒前往迎接，国民党荣誉主席连战与立法机构负责人王金平也都受邀出席接驾。

道慈法师表示，观世音菩萨对中国人影响深远，菩萨具有慈悲济世以及普渡众生的精神，毗卢观音赴台安奉，一定能让台湾民众受到更多庇佑。同时，两岸佛教圣地相互交流，可以让两岸民众在共同信仰的基础上更密切交流，也有助于促进两岸和平发展。

2012 年 10 月 24 日上午，由台湾中国佛教会理事长圆宗长老担任导师、中华国际供佛斋僧功德会导师净耀法师任总团长、台湾新北市佛教会理事长明空法师和台湾南海观音文教基金会会长吴天池博士任副团长，率 41 名僧尼和 279 名居士到普陀山展开"南海观音寻根之旅"系列活动，当天普陀山佛教协会在普济寺大斋堂举办隆重欢迎仪式。道慈法师代表普陀山佛协致欢迎词，圆宗长老发表寻根感言。

道慈法师说，台湾南海观音普陀山寻根之旅活动，由普陀山佛教协会和台湾南海观音文教基金会联合主办。2012 年 6 月，普陀山佛教协会与台湾南海观音文教基金会达成了"台湾南海观音普陀山寻根之旅"活动意向。举办此次活动，旨在传承普陀山观世音菩萨法门，弘扬观音"同体大悲"精神，加深海峡两岸佛教界和民间友好交往，增强台湾佛教界和民间信仰对普陀山观音道场的认同感与归属感。

道慈法师回忆说，2005 年 10 月 31 日至 11 月 2 日，国际佛光会世界总会会长、台湾佛光山开山宗长星云大师，到普陀山住了三天，拈香礼佛、弘法开示、谈古论今。大师给普陀山佛教四众弟子留下了很深的印象，他的一言一行，他的举手投足，他的音容笑貌，使人感到是那么亲切，带有很强的摄受力。道慈法师说，这几年，他与星云大师多次见面交流。

道慈法师俗名翁兴旺，1953 年 6 月生于佛教家庭，浙江舟山人，汉族。在普陀山慧济禅寺依了开大师剃度出家后，就读于南京栖霞山寺首届僧伽培训班，近亲赵朴老和茗山老和尚，1983 年在栖霞山寺依茗山老和尚受具足戒。1986 年任普陀山慧济寺副监院。2010 年 2 月，在中国佛教协会第八次代表大会上，道慈法师当选为中国佛教协会第八届理事会副会长，当年 4 月当选普陀山佛协第五届理事

会会长。2010 年 8 月 10 日上午，在普济禅寺举行了盛大的道慈法师方丈升座法会。

普济禅寺又叫前寺，坐落在白华山南、灵鹫峰下，是供奉观音的主刹。全寺占地 37019 平方米，建筑总面积 15289 平方米。寺内有大圆通殿、天王殿、藏经楼等，殿、堂、楼、轩共计 357 间。大圆通殿是全寺主殿，人称"活大殿"，供奉着高 8.8 米的毗卢观音。普济禅寺与法雨禅寺、慧济禅寺并称为普陀山三大禅寺。普济禅寺的前身为"不肯去观音院"，创建于唐咸通年间，后宋神宗于 1080 年将其改名为"宝陀观音寺"，专供观音菩萨，香火始盛。到南宋嘉定年间，御赐"圆通宝殿"匾额，指定普陀山为专供观音的道场。明初，朱元璋实行海禁毁寺，直到明万历三十三年（1605 年）朝廷拨款重建，并赐额敕建"护国永寿普陀禅寺"，使普济寺成为当时江南规模最大的寺院。清康熙年间，遭荷兰殖民侵略者践踏，寺院被劫掠一空。1689 年海疆平息后，康熙下旨重新修缮、扩大规模，至雍正九年（1731 年）时基本完成，现在的大部分建筑都是这期间完成的。抗日战争后，寺院萧条败落；"文革"期间佛像尽毁，僧侣被遣散。1979 年开始全面修复原貌，重筑了毗卢观音等佛像和楼阁，形成了现在的规模。

记者在采访中得知，1990 年，道慈法师骑自行车朝礼九华山、峨眉山、五台山，途经 12 个省，180 个县市，行程 3 万多公里，巡礼名山圣境，遍参诸善知识，历炼身心，圆成宏愿。近年，道慈法师出访过日本、泰国、新加坡、意大利、罗马及香港、台湾等 20 多个国家和地区，推动佛教交流，弘扬观音文化，深受海外华人佛教徒的尊敬和爱戴。

道慈法师为人平实，道风严谨，坚持过午不食，热心公益慈善事业。自 2005 年开始，在重庆万州地区设立"慧济慈善基金会"，每年捐 5 万元善款，资助 100 名贫困学生，并发愿持续 10 年。道慈法师讷于言而敏于行，诚恳朴素，廉洁务实，本分待人，从容处事，修崇净业，行具禅风，语默动静，皆具宗门特色，曾经在普陀山三大寺任过监院，爱护大众，关心后学，成就闭关阅藏法师数 10 人，慕名皈依者遍及海内外。

采访中，道慈法师还提到，日前他受邀参加一个普陀山的老年节活动，看到一群老人享受舒适的老年生活，这样的情景让他感慨颇深。他说，这些年来祖国日益强大，普陀山从原来电灯没有，路灯没有，码头也没有，到现在酒店、道路、码头，到处都是繁华热闹的景象，各个庙宇也金碧辉煌，百姓安居乐业，这一切既要感谢国家的支持，也要感恩观音菩萨的保佑。国家兴旺才有佛教兴旺，国家平安才有佛教平安。

2013 年初，道慈法师在佛教生命观研讨会上，发表了"奉行观音精神、珍爱一切生命"主旨演讲，围绕"慈心悲愿、善待生命"主题，重温佛陀教诲，本着宗教的使命感和社会责任感，以观音菩萨的慈悲观与佛教的生命观，劝诫漠视生命的不理性行为，呼吁佛教界三大语系的四众弟子们，精诚团结，依教奉行，珍爱生命，反对自杀。严持三皈五戒，以圆满的人生实现生命的解脱，厉行四摄六度，在利他服务的实践中圆满菩萨道行，为促进当地经济发展和社会和谐做出应有的贡献。

山海奇观洛迦山

在普陀山对面的波涛中，有一座形态奇异的小岛，看去酷似一尊大佛安详地仰躺在烟波浩渺的海面，头、颈、胸、腹、足均分明可辨。苍茫大海上，海岛无数且形态各异，但像这样惟妙惟肖的却堪称一绝，让人惊叹大自然造化之鬼斧神工。这就是普陀山海域有名的"海上卧佛"，其名为洛迦山。

洛迦山位于普陀山东南约 3 海里，面积 0.63 平方公里，最高峰海拔 97.1 米，周围礁石嶙峋。因其与"海天佛国"普陀山相邻，而且从正西方向看去酷似卧佛，故又有了"睡观音"、"海上大卧佛"的别称。传说，很早的时候观音就在此山参禅做功，专心修道。每年农历六月十九，观音得道后，从山上一脚跳到普陀山紫竹林安身说法传教，普度众生。所以，旧时凡来普陀拜观音的善男信女都必去洛迦山进香，还有"不到洛迦山就不算朝完普陀"之说。

洛迦山四面环海，在海洋性气候的影响下，冬暖似春，夏凉如秋。山上林木葱郁，花香鸟语，环境优美，四季气候变化不大，是旅游避暑的好地方。据当地志载，明万历年间，有僧在山中结茅。至清末，山上有妙湛、圆通、自在、观觉四座茅棚，但后遭毁。1980年，普陀山佛教协会重新整修洛迦山，先后完工五百罗汉塔、观音事迹故事碑廊等多处佛教建筑，自此洛迦胜境真正名不虚传了。

当夜幕降临，普陀山锚地内渔船上的桅灯点亮，红、黄、蓝、绿相继而起，机声隆隆，组成了一片海上闹市。此时远远望去，洛迦山灯塔闪闪发光，就像是卧佛的眼睛。据记载，五百年前的明代，就有人在洛迦山上挂上灯笼，指导航向，所以过去叫做天灯台，而"洛迦灯火"也是旧时普陀山十二景之一。明屠隆有诗赞曰："荧荧一点照迷津，光夺须弥日月轮。"

真正意义上的灯塔，则是清光绪十六年（1890年）英国人在此建造的，被载入国际航海图志。新中国成立后，灯塔得到改建，采用了密封旋转灯，红、白射程分别达到9海里和15海里。2007年6月起，这里还成了我国第一个"夫妻灯塔"，分别有两对夫妻在此实施管理。灯塔前方的海域，是著名的洋鞍渔场，昔年冬季带鱼旺发时，我国沿海江苏、山东、福建、广东等省的渔民纷纷前来捕捞。百余年间，那高高矗立于小山尖上的灯塔，见证了普陀山、沈家门十里渔港，乃至舟山百年历史与现实的巨变。

秋高气爽的天气，登上洛迦山极目远眺，浩浩大海横无涯际，山海奇观可悉入眼帘。南有白沙、朱家尖、月岙，怪石嶙峋；北眺淡浮数山，巅圆如釜，即为葫芦岛；西望普陀山，逶迤起伏如蛟龙戏珠，山中的千步沙、紫竹林、梵音洞隐约可辨，其景甚妙。"唐宋八大家"之一的王安石，早年在任勤县县令时就曾游览洛迦山，并赋诗赞曰："山势欲压海，禅宫向此开。鱼龙腥不到，日月影先来。树色秋擎出，钟声浪答回。何期乘吏役，暂此拂尘埃。"洛迦山之"海上卧佛"，的确不愧为孤绝之处的山海奇观。

普陀山

海洋渔文化之乡象山

位于祖国东海之滨的宁波市象山县，境内有中国六大中心渔港之一的石浦港，海洋渔文化非常丰富。近年来，象山通过积极开发渔业和旅游产业，越来越广泛的被外界知晓，而作为国台办授牌的对台交流基地之一，象山在对台经贸和文化交流方面所做出的努力更是受到瞩目。日前，"万里海疆巡礼"采访团来到象山，专访了县政府副县长干维岳，听他讲述东海渔港象山如何打造对台经贸合作区的远景规划。

与宝岛台湾的不解之缘

提起象山，很多外地人都会对它拥有的优质旅游资源印象深刻，不管是每年九月盛大的"开渔节"，还是有着 600 多年历史的石浦古城，都已经成为了象山的一张张名片，但是很少有人知道，东海之滨的这座小城还和海峡对岸的宝岛台湾有着不解之缘。

干维岳副县长介绍说，1949 年国民党败退台湾之时，曾经将象山的一部分居民带到了台湾。多年后，这些人在台湾台东落地生根，建立了富冈新村，著名演员、车手柯受良的父亲就是村中的成员之一。因为这层特殊的渊源，如今象山与富冈新村已经建立了长久的联系，在每年的"开渔节"期间，台东富冈新村的渔民都会因为共同的信仰来到象山共襄盛举，并祈求两岸渔民平安幸福，这也为两岸文化交流增添了浓重的一笔。

正是由于历史和现实的多种原因，象山具备了与台湾发展经贸文化交流的条件。干维岳介绍，由于两岸政治生态的不断优化发展，经贸交流的日趋密切，近年来，象山正在以两区域建设为平台，进行大开发、大开放和大发展，着力打造对台经贸合作区规划。他说，自从 2012 年时任国台办主任的王毅亲自授牌象山为全国对台交流基地以来，象山在建设两岸经贸合作区平台的层面做出了多项努力，包括建设海峡广场，大力发展对台小额贸易；吸引众多台商落户象山投资兴业；发展与台湾间的农渔业的合作，引进 70 多个台湾技术专家进行石斑鱼育种和饲料制造技术交流等等。

象山县民政局局长张有为介绍说，在成功打造全国著名的深水良港象山港、新兴的滨海新城石浦、著名的象山影视城的基础上，目前象山又大力筹划大目湾新城的建设，大目湾新城以低碳环保的理念为基础，规划建设长三角地区的"不老岛"，将引进台湾汤臣等集团资本的介入，着力推出台湾风情岛，让大陆人更加了解台湾文化，享受休闲海岛的生活。面对已经取得的一系列成果，干维岳最后说，相信随着两岸交流的进一步深化，象山与台湾两地的民间文化的进一步融合，两岸的经贸合作交流将进一步提升。

全国唯一海洋渔文化生态保护区落户象山

干维岳告诉记者，2013 年 2 月 28 日，《海洋渔文化 (象山) 生态保护实验区总体规划》获国家文化部批准，标志着中国唯一以海洋渔文化为保护核心的文化生态保护实验区落户象山县。

海洋渔文化是指世代渔家人在其生存的海洋自然环境之中，生产与生活两大领域内的一切社会实践活动的成果。而象山县就是中国海洋渔文化的典型代表，渔具、渔船、渔场、渔港、渔讯、渔灯、渔歌、渔曲、渔鼓等原生渔文化俯拾即是。目前，象山有国家级非物质文化遗产项目 6 个，省级项目 13 个，宁波市级项目 33 个。2008 年，象山被授予"中国渔文化之乡"，而象山"中国开渔节"从 1998 年起已连续举办了 16 届。

2010 年 6 月，文化部正式批准设立海洋渔文化（象山）生态保护实验区。这是全国第 7 个、也是目前唯一以县级行政区域为单位的国家级文化生态保护实验区。2012 年 11 月 2 日，《海洋渔文化（象山）生态保护实验区总体规划》论证会在北京举行，专家组同意通过《总体规划》。2013 年 2 月，文化部办公厅下发《关于同意实施〈海洋渔文化（象山）生态保护实验区总体规划〉的批复》。《总体规划》中明确规划期限为 2011 年至 2025 年，分近、中、远三个阶段实施。在"十二五"期间，将重点实施和实现建设国家海洋文化保护区、建设全国重要的海洋渔文化实践和产业基地、创新与发展海洋文化保护模式三大目标。

干维岳说，2013 年 9 月，东海 3 个多月的休渔期结束，而一年一度的中国（象山）开渔节也拉开帷幕。2013 年第 16 届中国（象山）开渔节首次升格为浙江省人民政府主办。开渔节源于 1998 年，此前已成功举办了 15 届。经过 15 年的发展，开渔节逐步形成了仪式、论坛、文艺、经贸、旅游五大板块 10 多个精品活动项目。

开渔节前夜，渔民们举行了开船仪式祈福。祈祷巡安船队有 6 艘船组成，妈祖、如意巡安船各 1 艘及 4 艘巡安小船，分别代表"肃静回避"、"妈祖巡安"、"如意赐福"、"一帆风顺"、"鱼虾满仓"和"吉祥渔港"。一位当地居民介绍，石浦东风妈祖文化由来已久，渔民在出海前都要向妈祖祈福，以求平安丰收。

"祭海"就是渔民出海捕鱼时，为求平安、丰收的一种仪式。9 月 13 日上午，第 16 届中国（象山）开渔节祭海仪式在象山石浦东门渔村举行，本次祭海仪式在人员安排上，改公祭为民祭，参祭人员全由纯正渔民组成，组委会推出"寻找祭海人"活动。参祭的 16 个渔村按照祭祀要求由各村推选出 200 名渔民代表组成陪祭团。200 名渔民手持高香，心中祈祷，拾级而上，虔诚奉香，场面蔚为壮观。

干维岳说，本届开渔节与往年有很多不同。"象山港大桥通车后，共接待 510 万人次来象山旅游，同比增长 52%，大桥的开通让象山人民感受到桥海时代的魅力和机遇。"在第 16 届中国（象山）开渔节举办期间，还举办了"港台浙商"象山投资合作行活动之象山县投资环境恳谈会、高层次人才创业与金融服务"洽商活动等。来自象山县相关部门的统计显示，去年开渔节期间，全县共接待游客近 44 万人次，旅游经济总收入约 3.6 亿元，创下开渔节举办以来的最高水平。

走进石浦渔港古城

在干维岳副县长的建议下，记者们参观了石浦渔港古城。石浦是一个有着 600 余年历史的渔港古城，依山面港，陆地总面积 119.5 平方公里，其中沿海岛礁 176 个。石浦早在秦汉时即有先民在此渔猎生息的记载，唐宋时已成为远近闻名的渔商埠，海防要塞，浙洋中路重镇。如今，石浦是国家二类开放口岸、全国渔业第一镇、浙江省首批历史文化名镇。

石浦古城沿山而筑，依山临海，人称"城在港上，山在城中"。它一头连着渔港、一头深藏在山间谷地，城墙随山势起伏而筑，城门就形而构，居高控港是"海防重镇"石浦古城雄姿的主要特征。老屋梯级而建，街巷拾级而上，蜿蜒曲折。

瓮城座落于碗行街、福建街、中街交汇口，始建设于明代，清光绪年重修，现在古城墙保存完好。今重建的瓮城占地 240 平方米，入口设城门，上置门挺，出口为城楼重檐，由铡门组成。石浦以瓮城为标志，分城里、城外，故称古城石

浦。城内各场馆设置可使游客体验到过去城里商铺的繁华和百姓热闹的生活。

石浦老街中药铺老字号"大皆春"药铺创建于明末，铺名原本叫"同饮和"药店，后改为"大皆春"。"大皆春"主要经营中药，店内有加工场，生产丸、散、膏、丹、酒等100余种。

"干大当铺"创办于清康熙后期(1701～1722年)，至同治年间转资宁波人与本地林氏。原占地约5000平方米，建筑8000平方米，由总上房(老板、掌柜)、看正房(营业评估押品)、票房(钱房)、帐房、牌房(洗涤整理)、取房、楼头房(保卫)等组成。除经营一般典当业务外，更主要是经营渔船、渔具典当和发放信贷。其经营范围和规模，堪称东南沿海典当之最。1943年当铺大部分房屋毁于日机轰炸，仅存取房与银库。2004年修缮总上房、看正房(营业房)、取房与银库。

全国独此一家的中国扣陈列区，就像一个盘扣专卖店一样，特色鲜明、风味独特。中国扣，又叫盘扣，是古时女孩家用灵巧纤细的手盘出来的美丽之扣。飞燕展翅扣、龙凤呈祥扣、石榴百子扣、梅花吐香扣、鸳鸯千秋扣、君兰婷立扣、秋菊佳色扣、荷塘春色扣、金色赏鱼扣、桃花盛开扣等，只数达600多个，式样100余种。

"侍郎府"侍郎俞士吉，字用贞、号栎庵，晚号"大瀛海客"，象山人，洪武三十年(1397年)中举，官至礼部、刑部侍郎。永乐四年(1406年)，俞士吉以礼部侍郎衔出使日本，册封日本富士山为"寿安镇国之山"，立碑勒石铭诗，永修睦邻友好。

亚洲飞人馆馆内，陈列的是亚洲飞人柯受良1992年飞越长城，1997年飞越黄河，2002年飞越布达拉宫……用过的战车、战衣，相关珍贵影像资料。柯受良，象山石浦人，三岁时随父母，离开家乡石浦。但他仍不忘家乡鱼水之情，生前曾多次回乡探亲，对家乡石浦的每一点进步都感到由衷的高兴。在他的大力倡仪下，象山县于1998年举办了第一届中国开渔节，他还担任过第六界中国开渔节的形象大使，对提高象山的知名度作出了很大的贡献，象山也因为有了他而更加生动。

海上明珠——渔山列岛

从石浦出发，朝东南方向航行大约 47.5 公里，便到达了象山最东南的岛屿，中国领海线基点所在岛——渔山列岛。渔山岛给人的第一印象便是清新的空气，令人心旷神怡。蔚蓝的天，湛蓝的海，把海岛掩映得更加美丽。

渔山列岛分北渔山、南渔山、五虎礁三群岛。这里岛礁棋布，暗礁林立，海水清澈，风光优美，海水透明度达 10 米以上，站在礁岩上可看到各种鱼类在水中畅游。海藻类、贝壳类沿岩布列，特别是矗立于悬崖之巅的国际灯塔，庄严的国境碑，波涛汹涌的仙人桥，雄伟多姿的五虎礁，绝壁千仞的悬崖，崖边蔓延开着黄花的仙人掌，金光万道的日出，情趣怡然的采捕更具魅力。渔山列岛被誉为"亚洲第一钓场"。北渔山灯塔是渔山岛的标志，有"远东第一大灯塔"之誉，成为国际航标。

渔山列岛由 13 座岛 41 个礁组成，全岛呈东北、西南排列，南北 7.5 公里，东南 4.5 公里，全岛面积约 5 平方公里，其中以南渔山为最大。领海基点所在的五虎礁，雄踞海疆。从本岛看去，五虎礁为伏虎礁（包括紧贴其身的仔虎礁）、尖虎礁、高虎礁（岛）、平虎礁、老虎屎礁。沉浮汹涌波涛之中的"五虎"更显出它的雄健之势。潮高时其形状则如珠浮碧海，变得玲珑可爱，令游人一睹而终生难忘。

来这里的游客多喜欢上北渔山岛，该岛面积不大，仅 0.5 平方公里。北渔山岛南高北低，最高点海拔为 83.4 米，岛上有灯塔一座，爬南峰观灯塔，成了上北渔山游客的主要目的。渔山灯塔是我国渔山海域南北行船的必经之道，也是一道亮丽的风景线。

北渔山灯塔是渔山岛的标志，有"远东第一大灯塔"之誉。光绪二十一年，

由上海海关耗资 5 万两白银建成，当时仅有塔身和灯器。据当地渔民讲，建塔前 12 年，曾有华轮"怀远"号，德轮"扬子"号两船在该岛附近失事，死亡 165 人，地方志也有详细述载。该灯塔为铁铸成，形似圆筒，红白相间，高 16.9 米，直径 4 米的灯塔。塔身所置特等镜由法国巴黎巴比尔公司特制，直径 2.66 米，高 3.6 米，重 15 吨，为当时世界特等镜之最。该灯塔每隔 30 秒闪出白光一道，26 海里内外可见其所发信号。

据守塔人介绍，由于海岛地理位置的重要性，灯塔始终是该海区的主要导航设施。二次世界大战期间，灯塔被日军侵占，1944 年毁于战事。1947 年，海关派技师史端昌等重建。1955 年 2 月渔山岛解放时，灯塔再遭破坏。1985 年交通部批准在原址重建一座全钢铁骨架灯塔，采用太阳能电池、氙灯和鼓形透镜，灯器采用的是英国 DRB-211884000C2 密封式光束射器，主灯光射程 25 海里以上，灯塔相关的其他装置为国内领先。新塔要比老塔高，也比老塔苗条，一高一矮，一胖一瘦相映成趣。

站在灯塔远眺猫头洋，海面上白帆点点，渔轮穿梭；晴朗天气海边垂钓，拾贝赶海，情趣盎然。夕阳西下时，则是银盘当空繁星相拥，塔光闪烁渔火点点，海风拂面而来，此情此景无可比喻。

渔山岛的另一个胜迹当数"仙人桥"。在岛上走时它是"桥"，而从海面上看它，它便是一道巨大的"门洞"，高约 20 多米，宽约 30 多米，原本这里是临海绝壁大悬岩，大自然造就了它，大自然又不停地雕琢它，终使崖顶一个约 200 平方米的岩石下塌，下塌的石被海浪拖得难知去向，而下塌后独独留下了临悬的一道凌空石梁！"仙人桥"居空横架惊涛之上，伏桥俯视，顿觉四面来风，可觉涛卷浪翻声如雷鸣，亦能觉身下的"桥"似颤似颠，大有即刻里会倾覆百丈涛谷之感。

海上柱状节理——花岙石林

在象山，被称为"海上石林"的花岙也是非常值得一去的地方，在这里可以看到少见的柱状节理石。出石浦城，过三门大桥，到金高椅轮渡码头座轮渡上花岙岛。登岛后沿水泥公路前行，过花岙村，总共行走6公里就到了石林景区。

中国的柱状节理群虽然发现很多，但形成海蚀崖的，只有漳浦、澎湖和花岙岛等很少几处，且多为灰黑玄武岩景观。花岙石林色调明快，形态浑朴，是相当罕见的熔结凝灰岩，而且其体格比漳浦、澎湖的石柱都要大，甚至比直径达四五十厘米的英国巨人堤的石柱还要粗壮。

花岙石林景区面积11.12平方公里，其中花岙本岛9.83平方公里，由自然风光、沿岸海蚀地貌、沙滩、砾石滩和人文景观4大部分组成。岛上山峦叠翠、景色迷人，36岙、108洞，岙岙有景，洞洞有"仙"，旅游资源十分丰富，尤其以神形大佛头的大佛山、气势恢宏的石林景观、幽深莫测的神秘洞穴、宁波市唯一海岛卵石奇观的清水岙砾石滩以及张苍水抗清兵营遗址、仙阁楼台岩貌、林海风涛、海鲜品味等更负盛名，被誉为"海上仙子国，人间瀛洲城"。

花岙石林由成千上万条四边形、六边形柱状节理的石柱组成，参差有序地构成长6000米、高30米，面积18万平方米的奇特海上石林悬崖景观。虽然浙江、福建一带的地质体比较特殊，但是，酸性岩能形成这一形态非常独特，类似石林在世界上也十分罕见。中国石林中没有一个形态及其形成机理与花岙石林一样。2009年1月，中国科学院院士、著名地质学家刘嘉麒在考察了花岙石林后认为，花岙石林为中生代酸性岩浆形成的柱状节理，形成年份约为白垩纪早期。

两岸半屏　乡音乡情

位于浙江温州市南部沿海的洞头县，因为境内下辖的大大小小 100 多个岛屿，素有"百岛之县"的美称。因为同根同源，自古以来洞头一直与宝岛台湾有着众多经贸与文化的往来，近年来，洞头县大力发展半屏山文化，更是与台湾高雄建立起长效的交流机制。"万里海疆巡礼"采访团日前慕名来到洞头县，来感受这个海岛县城与台湾之间密不可分的情结。

两岸血脉割不断

提到洞头，就不能不说到它的标志性建筑望海楼，在这座建于南北朝时期的建筑内，集中呈现了洞头县的渔业经济和文化状况，让人们能够更加直观地了解这座海岛县城的前世今生，而在楼内，还特别展示着一副台湾著名诗人余光中先生为洞头所写的题字：洞天福地，从此开头。这八个字恰如其分的诠释出了洞头的美景和历史，也道出了洞头与台湾之间的渊源。

据洞头县的文化专家邱国鹰介绍，洞头县海岛上的五分之三居民都说闽南话，有着与台湾相同的祭拜妈祖的习俗，洞头与台湾基隆港最近距离只有 138 海里，早在上世纪二三十年代就已经建立起了小商品的交易平台，双方互相运输鱼虾等海产品，生意做得相当红火，直到1949年国民党退守台湾，这段历史才戛然而止。

而近年来，曾经一度中断往来的洞头与台湾，因为一座半屏山而重新紧密的联系在一起。半屏山是洞头县内一座著名的岛屿，因为美丽的景色和神话传说而闻名，1979年，上海戏剧家刘润根据它创作了大型神话剧半屏山，取得了巨大的成功，而当时观众中就有很多台湾人表示非常激动，因为台湾境内同样也有一座半屏山，而且形状景色几乎都与大陆的相一致，正是因为这样的渊源，勾起了很多在台湾定居的大陆人心中的思乡情结。

洞头县副县长林新磊介绍说，2010年3月，洞头与台湾高雄分别成立两岸半屏山旅游经贸文化促进会，两岸半屏山文化交流活动日趋热络。在洞头县举行的首届活动上，台湾的民意代表和温州市长代表双方出席，并共同将采自台湾海峡的水注入半屏山海域，举行同注海峡水的活动，之后双方还在半屏山上种植了多株台湾相思树，并树立"同源同根碑"，上书"两岸半屏，乡音乡情，珠联璧合，共迎荣景"，象征洞头与高雄的经贸文化交流掀开了新的一页。

林新磊说，目前，洞头县在半屏山文化促进会的基础上，还在大力发展与台湾的妈祖文化交流，在每年农历三月二十三的妈祖诞辰日，洞头都举行大型的朝拜活动，吸引众多台湾信众前来，通过共同的宗教信仰，极大的密切了两岸民众的情感。

走进洞头半屏山

半屏山／半屏山／一座山分成两半／自古传说一半在大陆／还有半屏在台湾／半屏山／半屏山／一半在大陆／一半在台湾／祖国大地水相连／山连山／骨肉同胞心相连／海峡两岸紧相连／万水千山隔不断／美丽的宝岛我们的家园／可爱的祖

国大好河山。

邱国鹰介绍说，这首悦耳动听的《半屏山》，以朴实无华的歌词、优美高雅的曲调，表达了海峡两岸同胞心连心的骨肉之情。正如歌中所言，在大陆和台湾，分别有一座半屏山。大陆的半屏山在浙江温州市洞头县，台湾的半屏在南部的高雄市。两座半屏山虽然被大海分割成两地，但却隔海相望。更有趣的是，地处温州的洞头人不仅会讲温州话，而且大多还会讲闽南活，有很多家庭在台湾岛内有亲戚，有的还有婚姻关系。

邱国鹰说，相传在宋代时，福建惠安有一渔船从东岙口进港，伙计用盘斗打水时，不慎盘斗被海水冲入崖洞，后来当船行驶到半屏山拨浪鼓屿旁，又看见盘斗，才知道崖洞两头相通，因不知岛名，故称渔船驶入处为洞头。

由于半屏山在海上，游览半屏山要从洞头中心渔港码头乘坐游船。中心渔港码头也称为"洞头门"，清末形成渔港，上世纪三十年代至四十年代末，曾是对台对外经贸的中转站，新中国成立后，这里成为浙南的主要渔港和水产品集散地，被国家农业部确定为国家一级渔港。从中心渔港码头出发几分钟，就来到了"海上神州第一屏"。

首先看到的是迎风屏。迎风屏因地处整座断崖的东端，要承受东、西、南三面来风而得名。迎风屏中，最传神的景观是"渔翁扬帆"。靠山一侧的壁岩，就像一个神态自若的老渔翁，他面前高高耸立的礁岩，是一面迎风扬起的巨帆。这两块岩礁，一个是"渔翁岩"，一个是"一帆峰"，两者正好构成一幅绝妙的"渔翁扬帆"图。大自然这个伟大的雕塑师，把在渔村中最常见的渔翁扬帆驾船出海这个普普通通劳动者的形象，雕刻在半屏山上，就像是要告诉人们，劳动最光荣，劳动最快乐。绕过"一帆峰"，看到的一座座礁岩，层层叠叠，最顶上有许多小尖顶，看上去很像欧州哥特式建筑，这就是所谓的"欧式城堡"。

过了"欧式城堡"，就到了第二屏映霞屏。这一屏礁石的颜色，与其它三屏明显不同，呈赤红色。有人说，由于它最先承受旭日朝霞，久而久之，颜色也与霞彩一样了，所以就称映霞屏。映霞屏最引人注目的景观是两头赤色大象，因而也称为赤象屏。两头紧紧相依的大象，浑身赤色，一对大大的招风耳低垂于脑袋两边，长长的鼻子伸入海面，惟妙惟肖，令人浮思联翩，不知它俩是在嬉水玩耍，还是想洗个海水澡。导游告诉我们，如果爬到山顶从大象头上往下看，这一屏还有"泥牛入海"、"龟蛙拜观音"等景观，形态都十分逼真。

当你正在对大象入迷的时候，随着游船的移动，回头再看刚才观赏过的"一帆峰"，竟然变成了戴僧帽的猪八戒了。猪八戒到这里干什么？原来前面第三屏有一个"龙宫门"，进门后可以直达东海龙宫，龙宫里珍奇宝物、美女美食，应有尽有，八戒想进宫去捞一把。可是，不知是八戒心虚力单，还是龙宫防卫严密，八戒没能进龙宫，只是眼巴巴地张望着。

在迎风屏和映霞屏之间，有一高耸独立的礁岩，这就是擎天柱了。传说，东海龙宫的镇海之宝"神珍铁"被孙悟空借走后，大海失去平衡，经常浪翻波涌，渔民难以出海捕鱼，生活十分困苦。观音大士知道后顿生慈悲，从头上拔出碧玉簪抛入海中镇住波涛。簪一下海，马上变成巨大的石柱，这擎天柱就是碧玉簪露出海面的部分，当地渔民也叫它"定海针"。

第三屏叫鼓浪屏，这是因为屏前有礁岩相对，形成峡道，潮涨潮落时，冲过峡缝，激起浪花四溅，发出如擂鼓般的响声，所以得名鼓浪屏。厦门有个鼓浪屿，洞头有个鼓浪屏，同是海岛景观，异曲同工、异地同妙。在鼓浪屏中，有一条条颜色黝黑、裂痕明显的礁岩，礁岩上有一个方形小潭，形如盛猪饲料的石槽，因此得名"海猪槽"。石槽内含着一小潭水，涨潮时，海水涌进与原有的潭水混在一起；退潮后，潭里的水居然还是淡的，着实令人感到奇怪。据说，这水还有润肺平肝的功效呢。

从"海猪槽"南侧看过去，有一块呈赤红色的大岩石，这就是多少人梦寐以

求的"黄金印"。传说，东海龙王的小太子跟一个渔家孩子交上了朋友，为帮助渔家孩子的后娘治病，龙太子把自己的小金印送给了他。孩子的哥哥贪财，想丢弃后娘把金印占为已有。然而，当哥哥把小金印抢到手时，金印却脱手飞出，变成了大岩石。不知过了许多年，在一个月圆之夜，有渔民在这块岩石上捉螺贝时，敲下了一小片岩石带回家，第二天岩石竟变成了黄金。从此，就有了"黄金印"的说法。

最后一屏叫孔雀屏，也称孔雀岩。距海面百余米的山顶，尖尖的岩石是孔雀的头颈，往下逐渐增宽的岩礁是它的身子，整个岩石尤如一只昂着头、翅膀紧贴在身上的孔雀，因此称为孔雀屏。在孔雀屏可以看到"醉卧渔翁"、"龙宫门"、"虾将岩"、"乌龙腾海"和"龙凤呈祥"等美景。

孔雀屏边上，有一块横着的岩石，形似一个赤脚渔翁喝醉了酒，仰卧着歇息。渔民们整天在海上战风斗浪，劳动强度大，性情豪爽，大多喜欢喝酒，这天然景观，是打渔人性情的真实写照，因此称为"醉卧渔翁"。从孔雀屏往下看，在贴近海面的岩壁上，有一处特别陷进去的地方，形状像一扇门，在第二屏回头看的那个戴僧帽的八戒，想进的就是这个"龙宫门"。"龙宫门"前面，靠左侧一块赤红色弯翘型岩礁，就像一只大龙虾，这就是"虾将岩"，号称是守护龙宫大门的"虾将"。

顺着"虾将岩"再往南，在一大片金黄色的悬崖峭壁中，夹着一条黑色的巨龙，长约百米，宽1米左右，从西南向东北腾跃。东北端的两块突出岩石，是它巨龙的双角。看它的走势，是向龙宫门方向扑来。这就是传神逼真的"乌龙腾海"景观。从"乌龙"的方向看山顶，原先的孔雀岩由于转换了角度，变成了一只"凤凰"。它与下面岩礁上的"乌龙"合在一起，又成了一个新的景观——"龙凤呈祥"。这是给每个欣赏半屏山的游客的美好祝愿！

共守海疆总相盼

大自然的巧合给两岸人民的交流来往提供了一条天然的纽带。由于和台湾地理位置接近，语言、民俗相通，洞头县近年来逐渐成为两岸民众交流的前沿。东海舰队某快艇支队军官许丹芬是一位土生土长的洞头人，在接受记者采访时，她表达了"两岸血脉割不断，共守海疆总相盼"的心声。

记者：你是洞头人，对于洞头的半屏山，相信你也很熟悉了？

许丹芬：对，在我小的时候，有一首关于半屏山的歌谣"半屏山，半屏山，一半在洞头，一半在台湾"，所以从小我就知道，这个半屏山有一半在洞头，一半在台湾，也是很向往去那边玩的。而且我还知道半屏山有这么一首诗，叫做"好屏半在洞头县，残壁一遗台岛滨，欲唤归来犹隔海，倘为离去若亡唇，两边相望茫茫水，何日才逢璧合辰。"

记者：把这首诗的大概意思给我们讲一下。

许丹芬：就是说美丽的半屏山，一半在洞头，另外一半就在台湾岛的海滨上，很想叫它归来，但是却隔着一层海；如果它离去了，就如同唇亡齿寒。但是，什么时候才能逢它归来？其实也寓意着台湾岛回到祖国的怀抱，和大陆心心相连。其实你听我的口音，也是有一种闽南腔调，因为我们跟台湾说的是一种方言——闽南话，很多洞头人跟台湾都有一些亲情，还有一些说不完的故事。在我身边的同学，还有我的家庭，都是跟台湾有相连的，有的亲戚在台湾，有的跟台湾之间有工作上的往来，渔民们之间也有一些交流，我们只要去渔船上面跟渔民一聊起台湾，他们可以滔滔的讲出很多故事来。

记者：说明联络还是非常紧密的。

许丹芬：对，特别是在我小的时候，在我们洞头是可以收到台湾的一些电台的，他们也会在电波中聊起他们跟大陆之间的事情，小的时候也听我们的父辈讲起很多台湾的一些故事。

记者：不光是地理位置比较近，包括血缘、亲情都是非常相近的。

许丹芬：对。

记者：关于你自己的台湾故事有没有？给我们讲一下？

许丹芬：这很凑巧，就是我外公的弟弟当时就是一个国民党，后来撤到台湾去了，我爷爷是一个共产党的地下党，所以我们家庭就是既有国民党的，又有共产党的。

记者：听你聊起老一辈的这些渊源，让我想起在浙东沿海，几十年前也曾经发生过很多次国共两党之间的战役，不知道你有没有了解呢？

许丹芬：其实我在我们部队里面，分管军史馆讲解，我在分管这一块工作的时候，也深入的了解了一些在浙东沿海发生的国共之间的战役。当时我们支队跟国民党之间的战役，就发生了128次，还创造了五战五捷的战绩，像头门山海战、击沉太平号等等。

记者：国共两党曾经在这发生过那么多次的战役，那么在如今两岸关系和平发展的大形势下，我们再回过头去看这些战争，你既作为一名处于两岸交流前沿的洞头人，同时又是一名大陆军人，对于你来说是不是又有一些不一样的体会呢？

许丹芬：现在我们两岸交流真的是发展得非常快，包括一些经济的、文化的、旅游方面的交流很多，比以前开放很多。以前两岸不交流的时候，真的是有很多很悲伤的故事，余光中先生的《乡愁》就很能体现：小时候，乡愁是一枚小小的邮票，我在这头，母亲在那头。但是现在两岸交流了，大家都是中国人，血浓于水，大家总有一种乡情在这里面，作为一个在跟台湾沟通比较多的洞头人来说，我希望，两岸能够携起手来，用我们的亲情，手拉着手。那么作为一名军人，我们也知道国共两党曾经携手一起对抗外敌，也闹过矛盾，但是我觉得这个矛盾是兄弟之间的，家人之间的，拌拌嘴、吵吵架，但是这是我们家人之间的事情，吵完了，可以坐下来聊，毕竟我们都是一家人，这是不可否定的。希望有一天，我们大陆的军人和台湾的军人能够携起手来，共同的来保护我们祖国的万里海疆。

洞头南炮台山抗倭英雄戚继光雕塑

巍巍南麂岛　片片相思情

南麂岛在浙江温州，坐落于平阳县鳌江口外 30 海里的东海海面。由大小 23 个岛屿组成，陆地总面积约 11.3 平方公里。因丰富的海洋生物资源，被国务院列为国家级海洋类型自然保护区之一；同时有中国最美丽十大海岛之一的美誉，1998 年 12 月成为我国第一个纳入联合国教科文组织世界生物圈保护网络的海洋类生物保护区。因为一系列的历史原因，岛上留存着很多海峡两岸的共同印记，如今成为了很多在台湾定居的大陆民众寄托相思的地方。日前，"万里海疆巡礼"采访团来到南麂岛，亲身感受这片因为阻隔而绵延不断的故土之情。

南麂列岛是浙江省最后一个解放的岛屿。1955 年初，1996 名生活在南麂岛上的民众被国民党带到了台湾，从此开始了一段相思之旅。57 年来，南麂岛两岸乡亲隔海相望，故土寻亲迟迟没有上路。直到 2013 年 5 月 11 日，随着两岸局势的不断向好，从台湾基隆来的 38 名南麂台胞终于得以回到岛上探亲，6 月份，又有来自台湾屏东的 40 位台胞回南麂岛探亲。58 年来，这些乡亲们第一次回乡，踏上故土的台胞最大的已经有 86 岁，老泪纵横的亲人们尽情拥抱在一起，有说不完的话，数不尽的情。在团圆的喜悦之后他们共同种下了 27 棵相思树，象征着同是南麂人，两岸一家亲，这些树木栽种的地点现在变成了南麂岛的著名景点——台湾相思园。

在南麂岛记者看到，台湾相思园里的每一棵相思树都设立有认树排，上面有种树人的姓名、住址、离开和返回南麂岛的时间等基本信息。据了解，当年离开南麂岛的居民现主要集中在台湾屏东县、高雄、基隆。南麂列岛国家海洋自然保护管理区马文平书记说，"种了相思树，从此更相思，27 棵相思树，有的是母亲和儿子一起种下，更加深下一代对中华民族的认同感。"马书记说，在南麂岛上设立台湾相思园就是希望台胞常回家看看。

1954 年 5 月，南麂岛还为宋美龄建造了"美龄居"。如今，"美龄居"对游客开放，展示特别历史时期的珍贵影像资料、照片。

马书记还向我们介绍说，南麂岛被国内 23 家杂志社评选中国最美十大岛屿之一，是浙江省风景名胜区，每年上岛游客 8 万人次，每年有 2% 的台湾游客登岛观光。两岸合拍的历史纪录片《揭秘飞龙计划》也曾在这里取景。

贝藻王国 碧海仙山

南麂列岛国家级海洋自然保护区是 1990 年 9 月经国务院批准建立的中国首批 5 个国家级海洋类型自然保护区之一，1998 年又成为我国最早纳入联合国教科文组织世界生物圈保护区网络的海洋类型自然保护区。南麂保护区还拥有我省首个国家级科技兴海示范基地和国家级海钓基地等多张"国家级金名片"。同时，南麂列岛还是省级风景名胜区、省级海珍品养殖示范基地和省级科普教育基地。

南麂保护区处于台湾暖流和江浙沿岸流的交汇处，生态环境独特，生物种类多样，生物区系复杂。在多年的海洋生物本底资源调查中，已查明有各门类海洋生物 1876 种，其中包括大型底栖藻类 178 种、微小型藻类 459 种、贝类 427 种、甲壳类 257 种、鱼类 397 种和其它海洋生物 158 种。其中尤为引人注目的是，区内的贝藻类资源特别丰富，两者分别约占全国海洋贝藻类种数的 15% 和 25%，约占浙江省海洋贝藻类种数的 80%，大约 30% 的种类以南麂海域为我国沿海分布的北界或南界，有 36 种贝类目前在中国沿岸仅见于南麂海域，黑叶马尾藻、头状马尾藻和浙江褐茸藻是在南麂列岛发现的海藻新种，还有 22 种藻类被列为稀有种，体现出很好的生物多样性、代表性和稀缺性，引起了国内外海洋生物学界的关注和重视。因此，南麂保护区素有"贝藻王国"之美誉，也是我国主要海洋贝藻类的天然博物馆、基因库和"南种北移、北种南移"的引种过渡驯化基地。

"碧海仙山"是人们对南麂列岛的美誉。山秀、石奇、滩美、草绿、海蓝、空远，是南麂自然景观的主要特色。"倘挟飞仙问蓬阆，便遗玉舄白云乡"，"曾闻大瀛海，中有蓬莱宫"，历代文人骚客用华章佳句来赞美南麂列岛的美丽景色。这里景色宜人，尤以金沙碧海、奇峰异石、神工奇画、天然草坪和野生水仙花等著称。南麂列岛拥有各类景观 180 多处，充满了自然的天韵和神话般的魅力

三盘尾景区，形似串珠状。地形为低丘台地，其中头屿与二屿，二屿与小虎屿之间的二屿门、三屿门位置很低，乱石相接，高潮位时海水淹没低处，小船可自由通行，各山岩便形成了独立的岛屿，好像三个"绿盘"漂浮在海面上，故有"三盘"之称。三盘尾景观较集中，冠之"万景园"——"谁知盘中景，景景佳新奇"。

三盘尾山上，两峰间山坡都向中间倾斜，形成一个五亩左右的大场地。教人耳目一新。这乳状大山丘无坑洼、无乱石，也无一棵杂木，满坡清一色的"离离原上草"，仿佛是经人工选择、仔细剪理过似的，齐刷刷的五六公分长。其实纯属天然长成，人踩上去，既留不下一个脚印，更踩不出一条小径，可见此野草何等繁密，又长得如此坚韧，其根须互相纠结，任你如何使劲拔，只能断其草茎，难以拔出草根；而且一年四季长青，没有枯荣盛衰，真是奇迹！大草坪毋须浇灌、保养，悠悠数千载，均为这般模样，比起世界各地人工养护的草坪，就更显得珍贵。伫立于大草坪上，极目海天，一望无际的碧波中，大小岛屿如螺黛浮沉，时而飞

鸟掠空，海风拂面，令人浮想联翩。

慈航普渡的观世音菩萨在南麂列岛定格、凝固成了高20米的天然巨像，它身披风帔（俗称"观音兜"），垂着两袖，眉目宛然，专注地向东海弟面凝视。然而这观音岩脚下全是刀剑般的礁石，潮来时淹满水，更像是泥犁地狱了。而在不远的1.5米外，有5支石柱耸立，其中最高的柱顶，酷似调皮捣乱的小猴子。它在观音菩萨面前，有所窥伺，又有所祈求。更令人惊奇的是，景随步移，若南行数十步，从另一个角度望，慈目的妙龄观音却突然变成了老态龙钟的南极仙翁，故人们又称之"寿星岩"。移步换形不仅平忝游人兴趣，而且从"双面人"身上也有不同感悟。

说起南麂列岛的绝景，天然壁画应是"首绝"，这又是大自然杰作。位于三盘尾南部东侧峭崖处，是原杭州大学张友良教授首先发现。画壁宽约40米，高30余米，气势恢宏，层次分明，被专家誉为"国宝"和东海奇观。就在礁石错落，白浪排空处，高矗着一幅石屏风，整个岩面宛然是一幅天然山水画，其中一尾大龙虾栩栩如生，十分逼真。历来山水画家师法自然，又常赞美自然景物为"天开图画"。眼前，这天然壁画给人带来意外的美的享受。

南麂列岛似一盘明珠镶嵌于万顷碧波之中，保护区内众多的小岛，各具特色。大擂岛和竹岛生长大量的水仙花，俗称"水仙花岛"；此外，还有蛇岛、鸟岛等。

稻挑山

在全国共77个领海基点中，浙江温州只有唯一的一个基点稻挑山，而稻挑山作为南麂列岛中的一个小岛，有着举足轻重的作用。"万里海疆巡礼"采访团在南麂列岛采访期间，专程登上这一领海基点，领略祖国海疆的壮美。

从南麂岛出发，渔船航行了大约20分钟后，茫茫大海的前方视线中出现了一

个狭长的岛屿，上面几乎没有植被覆盖，这就是稻挑山。稻挑山附近有形如鸬鹚的鸬鹚礁，状似巨人的立人礁，分列两边，像一条"冲担"上挑着的稻禾，故名稻挑山，因岛上光秃秃的没有植被生长，所以又叫无毛山。

远远望去，稻挑山顶部矗立着一座红白相间的灯塔，格外显目。随行人员告诉记者，在岛屿前端位置，还立着一块不起眼的碑石，那就是领海基点石碑。

稻挑山没有码头，记者一行借助渔船上放下的小渔排才登上稻挑山。由于极少有人来访，登岸点的岩石长满海苔，地面湿滑，一不小心就会摔跤。从登岸点到岛屿顶端，一路有石阶。前行10分钟左右，记者一行首先看到的是高高的灯塔，在灯塔边有一块石碑，上面写着"稻挑山灯塔"，署名"中华人民共和国海事局2007年6月建"。工作人员讲，稻挑山灯塔建于2007年，灯塔标高11米，灯高（海拔）24.8米，为无人看守灯塔。灯塔由太阳能供电，设有雷达应答器。因为灯塔本身装有遥测遥控系统，一旦主灯出现故障，工作人员可在陆上的办公室内通过电脑控制启用副灯。尽管该灯塔无人值守，但每隔半年，灯塔人都会来到岛上，迎着朝阳，举行庄严的升国旗仪式。

距离灯塔约100多米就是领海基点石碑。石碑分为碑体和基座，碑体上除刻有中国国徽外，上面分别写着"中国""领海基点""方位点""稻挑山"4行字，石碑基座则写有"中华人民共和国政府立1996年5月"，在基座与碑体连接处还刻有方位角等数据。站在稻挑山领海基点石碑旁，记者视线所及的是蓝天碧海，惊涛拍岸声不绝于耳，十分壮观。

大洋中无人居住的1平方海里的珊瑚礁有可能拥有着200海里专属经济区域，这就是领海基点的重大意义。那么，什么样的岛屿是领海基点岛屿呢？"稻挑山领海基点石碑所在位置下沿海的涨潮时露出海面的礁石才是确切的领海基点。"据市海洋与渔业局工作人员介绍，由于最外面的礁石不便安装石碑，一些领海基点石碑就安设在岛屿，另外，潮汐变化不定或地质结构不稳定的海岛和海礁一般不宜选作领海基点，国际上要求领海基点必须在涨潮时露出海面。

工作人员告诉记者，稻挑山属于南麂列岛保护区的二级缓冲区，游人未经许可不得进入该段海域，海岛上有海龟、海蛇、蜥蜴等动物驻足。离稻挑山基点最近的基点分别为台州列岛、福建宁德市的东引岛。

采访团女记者在稻桃山合影

平潭台湾心象印

金秋十月，"万里海疆巡礼"采访团来到福建平潭综合实验区，看到了平潭正朝着未来的美好蓝图飞速发展。

当地的朋友告诉记者，平潭岛为我国的第五大岛，面积 323 平方公里，人口约 40 万，距台湾新竹直线距离只有 68 海里，是祖国大陆距台湾本岛最近的岛屿，也是我国东南沿海对台经贸和交往的重要窗口。因其远望如坛，又称"海坛岛"，也因岛上时常"东来岚气弥漫"，又名"岚岛"。

平潭岛海岸蜿蜒曲折，海岸线长达 408 公里，共有大小岛屿 126 个，岩礁 648 个，故素有"千礁岛县"的美称。迷人的地文景观与水域风光，更为平潭的旅游业奠定了坚实的基础。1994 年，岛内八大景区被确定为"国家级重点风景名胜区"。

平潭岛北面、东面、南面分别有长江澳、海坛湾、坛南湾三大海滨沙滩，其中海坛湾和坛南湾沙滩长度约有 40 公里，可容纳游客 120 万人以上，沙滩首尾相接，滩面坦阔，而且沙滩沙质细白、海水清澈湛蓝，是目前国内发现的最大的海滨浴场之一。每年夏季，游客们在海滩上尽情看海、踏浪、拾贝、漫步……

平潭岛上鬼斧神工的海蚀岩礁数不胜数，海蚀崖、海蚀洞、海蚀平台等各异造型让人叹为观止。海蚀地貌的代表作"半洋石帆"，位于平潭岛西北端的石牌洋海面上，一个圆盘状的礁石，托着一高一低两块灰白色的花岗岩质碑形海蚀柱石，远远望去，整个礁石像一艘大船，两块巨石宛如两面鼓起的风帆，驱使着大船乘风破浪向前。这个堪称一绝的巨大海蚀岩，不仅是观光欣赏的奇景，本身还有极高的地质科研价值。

听完朋友的介绍，参观当地的自然景观和开发区，记者又采访了驻地的海军军官龚鹏，听他讲述大陆官兵眼中的平潭印象。

记者：今天我们一路走来，看到平潭到处都在开发和建设，对于平潭目前所面临的机遇，你有哪些了解？

龚鹏：说到平潭面临的机遇，我先介绍一下平潭县的基本概况。平潭位于福建省东北沿海，四面环海，是福建省第一大岛、全国第五大岛，总人口有 39 万。据我了解，2009 年 5 月，国务院出台《关于支持福建省加快建设海峡西岸经济区的若干意见》后，作为沿海经济开发县，福建省对外开放综合改革实验区，福建省旅游经济开发区和全国海岛综合开发试点县，平潭县凭借区位、海洋、港口、建材以及旅游等五大优势，在设立两岸合作的海关特殊监管区域，享有更加优惠政策的条件下，会进一步加深两岸在经济还有教育文化等领域的合作，同时也将会吸引更多的台商和外商前来投资。另外平潭的开放开发肩负着建设两岸同胞共同家园的历史使命，在推动两岸交流合作和和平发展中发挥着重要作用。

记者：你作为驻地的一名官兵，你所切身体会到的平潭岛的变化都有哪些呢？

龚鹏：我是看着平潭一步步日益在变化的，给我印象最深刻的有三个方面。首先是交通变得越来越便捷。2009 年，我刚到平潭的时候，是坐着轮渡到岛上的，要 30 分钟才能够到达。到了部队以后，3 年下来，每次外出都感觉这座城市在一天天变化着，我们每次探亲回家，都思乡心切，可每次等轮渡的时候，都觉得时间特别长。但自从海峡大桥在 2011 年通车以后，10 分钟就能够过大桥进出平潭岛。另外特别有意义的是，"海峡号"高速客滚船于 2011 年 11 月 30 号首次直航台中，截止今年 9 月，运输旅客人数已经超过了 19 万人次。"海峡号"直航以后大大拉近了两岸民众的距离，缩短了两岸往来的时间。比如说台湾的民众想到大陆来旅游，早上出发，中午就可以在大陆品尝午餐了。再者就是我们平潭岛将会再建一座海峡二桥，它是全国首座公铁大桥，也就是说可以上面通汽车，下面通火车。平潭岛不仅摆脱了原来依靠轮渡与外界往来，而且也享受到信息化时代给大家带来的便利。再有就是中国民航总局也有计划，将在我们平潭建设一个 4C 级支线机场，规划可以停放波音 717 客机，为国内外游客快进快出、大进大出提供了更加便利的条件。

第二个变化就是岛上的绿化带在逐步增多。我记得 2009 年刚来平潭工作的时候，坐在大巴车上一路走来，山上都是光秃秃的，而且岛上风特别大，一刮风就飞沙走石。现如今，平潭岛正在建设国际森林花园岛，3 年已经植树造林 5000 万株，森林覆盖面积由原来的 29% 提升到现在的 39%，岛上的生态环境越来越好。

第三个变化就是基础设施越来越完善。3 年前，我刚到平潭的时候，石头房子随处可见，路面也是坑坑洼洼的。今天我们一路上看到平潭的变化，大家也感受到平潭的大都市气息越来越浓厚。岛内"一环两纵两横"城市主干道建设正在加快进行，计划今年年底基本上建成。

记者：我们知道平潭是大陆距离台湾本岛最近的一个地方，在两岸民众密切往来的今天，你认为平潭在两岸关系中扮演着什么样的角色？对它的未来又有什么样的期待呢？

龚鹏：平潭历史上就是东南沿海对台贸易和海上通商的中转站，在清朝咸丰年间，就被开辟为福建省五个对台贸易的港口之一。1978 年，平潭岛在全国最早被批准设立台轮停泊点和台胞接待站。还先后开辟了东甲岛等地区的对台贸易点。30 年来，平潭接待的台轮、台胞总数居各地台轮停泊点的前列。随着两岸经济交流的不断发展，平潭与台湾在贸易、劳务等方面建立了许多稳定的合作关系，也结交了众多的经贸伙伴。

除了经贸上的往来，平潭也是一个体现两岸民众亲情血浓于水的地方。据我了解，到目前为止，平潭在台湾的乡亲人数已经达到了数十万人。此外两岸既有同名的苏澳镇，又有同名的百厝村。台北、基隆等地的平潭同乡会在台湾也有很大的影响力，两岸民众间的各类交往十分密切，平潭的知名度在台湾岛内也是家喻户晓。许多台湾同胞通过平潭这个两岸交往交流的"特殊窗口"来更好地认识大陆、走进大陆。

从以上情况来看，我认为平潭岛在两岸关系中将会扮演着"桥头堡"和"试验田"的角色。在未来，平潭岛将成为两岸物流的中转枢纽和商品集散地，也将进一步推进两岸关系和平发展。

记者：从大陆官兵的角度，在离台湾同胞如此之近的地方来保护这一片海域，你怎么看待自己身上肩负的责任呢？

龚鹏：对于这个问题，我想地理位置这么近，心灵上的距离应该是更近的。我始终认为不管是大陆人还是台湾人，大家都是炎黄子孙，都是一家人。作为一名海军官兵，我不仅要守护好这片海域，还要为两岸和平贸易及民众往来提供更好的环境，保护两岸的安全和利益，因为维护整个中华民族的利益是我们每一名军人的神圣职责。

昔日战地前线不再神秘

初冬，"万里海疆巡礼"采访团来到金门。在金门的各个景点，都能看到大批大陆游客的身影，从金门人的口中，也能听到许多来往两岸的故事，甚至当年用作军事用途的碉堡坑道，现在的管理员也是来自大陆的新娘。金门已从两岸军事对峙时期最前线的神秘战地，发展成为两岸交流合作的最前沿，而金门的变化也就是两岸关系变化的生动体现。

金门钢刀见证厦金两地独特发展历程

金门菜刀与高粱酒、贡糖并称为"金门三宝"。金门菜刀如此有名，是与曾经两岸军事对峙的历史分不开。因为制作菜刀的原材料就取自于金门炮战中解放军投下的炮弹壳。由于弹壳数量多达百万颗，而且钢材质量极佳，意外让当地制刀业拥有了取之不尽的宝藏。

在金门，制造菜刀名气最响的莫过于位于金城镇的老字号"金合利"。"金合利"创立于70多年前，是金门炮弹菜刀的研发者。在"金合利"钢刀店内设有一个堆满了废弃炮弹壳的铸造车间，师傅们在这里为顾客和参观者现场制作钢刀。只要客人提供设计图纸，还可以要求制作具有独特个性的刀具。如今，"金合利"

的钢刀被销往世界各地，"金合利"第三代传人吴增栋也被誉为"金门刀王"。"金合利"不仅质量上乘，它从炮弹淬炼成钢、见证厦门金门从炮打炮到门开门的独特经历，更吸引了成千上万的游客前来一睹它的风采。

走进店铺，各式精美钢刀闪亮展示在柜台，旁边就是一个开放式的制刀车间。吴增栋师傅是金合利钢刀的第三代传人，制刀已有 40 多年，他首创了现场指定炮弹壳制刀的先例，顾客可以亲眼目睹每一个钢刀从炮弹脱胎而来的全过程。

堆积如山的炮弹是车间里最醒目的一景。吴师傅说："这些炮弹都是从 1958 年到 1978 年之间交流过来的，整整 20 多年。那时候有一个单号打，双号不打，听过没有？……"吴师傅把打炮弹形容成"交流"过来，很有意味，了解这段历史的人都知道，那场炮战后来演变为只打宣传弹，而且形成单打双不打的惯例，是在特定国际背景下，两岸用"炮弹语言""交流"的一种默契。也有评论认为是打给美国人看的，表明中国的内战没有结束，不可能出现美国期望的划峡而治的分裂局面。

吴师傅说："早期用炸开的炮弹碎片做刀，都已经做完了。现在还有的都是没有炸开的宣传弹壳。这种弹在空中把传单撒出来后，就钻进土里面。这几年两岸和平了，我们整个金门海边的雷区到今年全部都清干净了，明年我们金门就是无雷岛了，完全没有地雷了。在挖地雷的过程中，把下面的弹头也全部挖出来了。还有盖房子，挖地基，也把弹头挖出来了。所以这两年出土的弹头比往年多了好几倍。现在我们切一块 500 公克的炮弹就可以做一把刀，所以这一颗炮弹壳就可以做 40 把刀，每公斤都可以做 10 把刀。"

吴师傅一边说着和平利用炮弹壳的成果，一边切割下一块炮弹壳，经过几道工序，似乎转眼功夫就造出了一把切菜的钢刀。意想不到的是，吴师傅双手捧着刚做好的刀说："这把刀就送给你们采访团吧。"话音刚落，响起一片掌声。为了珍藏这个见证两岸走出战争阴霾，享受和平生活的纪念品，采访团又请吴师傅在钢

刀上刻了"万里海疆巡礼——金门"的字样。采访团临时派代表把一个精美的皮钱夹回送给吴师傅,祝愿他生意红火,财源长流。吴师傅接过皮夹说:"更重要的不是钱,而是要把两岸的感情装在里面,这是无价的。"又是一片掌声。吴师傅越说越高兴:"我们要顺应形势,只要两岸能够和平发展,我的生意就会越来越好,生活的路才能走的更宽、更远。我们不要重蹈历史的覆辙,我们要往前看。"

炮弹变成菜刀,真是了不起的创意!金门菜刀的原材料本就来自大陆,现在又被大陆游客购买再带回大陆,这是多么特别的轮回。金门菜刀不仅有很好的实用性,更有一定的收藏价值和历史意义。

金门高粱品味两岸战争与和平的传奇故事

金门高粱酒在台湾白酒市场占有率高达 80%,是台湾政要人士出访必带礼品。随着两岸交流的深入,金门高粱酒在大陆央视等媒体推出"金门高粱,两岸飘香"的广告,更是让金门高粱酒在大陆的知名度大涨。

"万里海疆巡礼"采访团刚一踏进高粱酒厂厂门,醉人的酒酵醇香扑鼻而来。吴秋穆总经理笑迎宾客,侃侃谈起金门高粱酒跨越两岸战争与和平的传奇故事。

记者:金门高粱酒有多长的历史了?

吴秋穆:差不多跟两岸隔海对峙的历史一样长。1949 年以后,金门成了战地,跟大陆断绝联络后,物资供应只能舍近求远,从台湾一个月只有一两班船过来,补给是很大的问题。这样就被迫想出了因地制宜,种高粱酿酒,经济上解决一部分自给自足的问题。金门种不了稻米,种高粱却独有特色,还有当地的泉水,加上军中来自大陆的官兵不乏酿酒高手,带来了中华大地的酿酒技术,还有就是用坑道窖藏,"无心插柳柳成荫",没想到是战地成就了金门高粱酒,而且是整个中华文化融合而来。60几年米，一直保持了很纯正的质量。

记者：在当年创办这个酒厂的时候它的发展是不是受到外部环境的限制？最后真正的发展是在什么时候？

吴秋穆：当年，1970、80年代的酒，在台湾是专卖制度，限制金门酒只能每个月销台多少量，所以那时候酒销售的很辛苦。甚至有一阵子，金门县政府的薪金发不出来就用酒来抵，老百姓拿酒来当薪水，公务员拿酒当薪水，这是很辛苦的。直到1992年，解除战地政务之后慢慢开放，我们逐渐争取到台湾的购买，可以跟金门酒厂同步销售，那个时候就慢慢打开了，一直在1998年金门酒厂开始进入公司化，才开始比较大的发展。

记者：那么现在金门高粱酒是这里的一个支柱产业了。

吴秋穆：我们营收到151个亿，大概有30%交烟酒税了，有大概40%到45%这个获利我们必须交回县库，作为我们金门县政府推动各项基础建设所需的经费，我们金门乡亲的各项福利经费的来源，比如说在金门这里我们的福利第一个坐公交车不用钱，坐船大小金门只要2块钱的保险费，也相当于就不用钱，看医生免挂号费，甚至于我们的养老金也比台湾的县镇高了一倍，台湾那边65岁以上的一个月3000块台币，在金门可以拿到6000块。除了这些之外，金门县政府还每年三节委托金门酒厂酿造1公升一瓶儿的酒，就是一个乡亲成年20岁以上的可以购买12瓶儿的家户配售酒，酒厂用比较低的成本价卖给乡亲们，其实是让他们转卖获利，重点是让所有的乡亲共同来营销，每一位都是我们金酒的业务员，这个是比较难得的地方。

记者：应该说现在在大陆，"金门高粱两岸飘香"的这个广告可以说是家喻户晓。

吴秋穆：我觉得金门高粱现在扮演一个和平使者的角色。你看不管是大陆来的朋友，还是台湾的朋友，两岸距离有多远？一杯酒的距离。一杯酒的距离就是把它喝掉就没有距离了嘛！那这一杯酒喝了就品出和平。

记者：今年是"8·23炮战"55周年，我们一走到您的这个酒厂就看到有那种"823纪念酒"非常醒目，我想这个纪念酒有什么样特别的特色吗？

吴秋穆：有，我们这个"823纪念酒"最大的主题想要讲的是怀抱和平，所以我们整个酒瓶的设计以和平鸽作为设计的主轴，然后我们弄和平的这个铭文在上面，就是我们在古宁头有一个和平钟，有铭文在上面。把和平的铭文加上和平鸽，就是我刚才所讲的重点，把我们金门高粱酒，当做和平的使者创造双赢。

当年两岸曾经炮火相向，但是我们现在的人应该用一个包容的心去化解历史的恩怨，让它变成一个和平的概念，毕竟两岸都是中华文化的子民，这样去思考可以促进两岸的文化交流也好、两岸的经济交流也好，希望我们的酒可以拉近两岸人与人之间的距离。

记者：随着两岸的交流不断推进，金门高粱酒也开始到大陆营销了？

吴秋穆：我们金门酒厂是在2004年成功登陆，成立了厦门分公司。这个当然也感谢我们国台办的特批，让金门酒厂有机会在厦门去推广我们的业务。

记者：是不是也和一些大陆的这些酿酒的名师，做一个技术上的交流甚至是相互的借鉴？

吴秋穆：有，事实上我们已经跟大陆有关研究所合作很多年了，我们也提供机会让他来协助，请他帮我们做一些研究，我们现在厂里头有一位大陆这边白酒的一级品酒师，我们这些年派了很多人到大陆去学习，大概有七八位已经拿到二级品酒师的执照。我想要让金门高粱两岸飘香，不只是金门之光这样的品牌，中华之光，世界之光是我们想要达到的品牌。

吴秋穆告诉记者，酒厂当年最早的两个师傅，制麴的来自东北，酿酒的来自山东，可以说金门高粱酒是沿袭了中华文化，一脉相承而来的。如今，金门高粱酒仍是两岸因素结合的产物。随着金门高粱酒需求量不断增大，本地自产高粱已经远远无法满足制酒所需，因此现在大部分的高粱原料实际是来自于大陆。

一曲高粱酒，浓浓两岸情。吴秋穆说，两岸虽然分隔了六十多年，但是之间其实只有一杯酒的距离，只要把这杯酒喝完，那两岸之间就密不可分了，金门酒厂现阶段扮演的就是"两岸和平使者"的角色。

海西20城市"万人游金门"

11月22日上午8时30分，金门水头码头前一片欢腾，海西20城市"万人游金门"首发团400多人搭乘"小三通"客轮由厦门抵达金门，受到当地政府的热情欢迎，他们将在这里展开2天1夜的行程。

大陆居民赴金马澎地区"小三通"自由行自2011年7月29日正式启动，初期仅开放福建省9城市，2012年8月28日扩大至海西经济区20个城市，还包括浙江的温州、丽水、衢州，江西的上饶、鹰潭、抚州、赣州，广东的梅州、潮州、汕头、揭阳等11个城市。

今年以来，金门县政府召集金酒公司、地区旅行业、特产业、旅宿业及免税业者等组织旅游推介团，赴浙江的温州、丽水、金华、衢州，江西的上饶、鹰潭、抚州、赣州，广东的梅州、潮州、汕头、揭阳等十二个城市办理"金门观光旅游暨特产业二合一专场推介会"及交流活动，推广金门地区观光旅游形象，提升金门旅游魅力及旅游商机。

为吸引海西20个可来金门自由行的城市居民，金门县县长李沃士10月13日在浙江省温州市举办旅游推介会，并启动"万人游金门"活动，希望能吸引万人以上大陆游客到金门旅游。

金门县观光处处长杨镇浯表示，今天首发团的到来开启了"万人游金门"的序幕，期望以此带动金门观光产业，使金门观光旅游更上层楼。

金门愿为两岸政策先试先行

——专访金门县长李沃士

2013 年 11 月，"万里海疆巡礼"采访团登上金门岛，专访了金门县长李沃士，畅谈金门发展愿景等议题，期待两岸共同追求永远和平。李县长特别表示两岸政策可在金门"先试先行"，金门乐于扮演试验区，为两岸人民谋取更多福祉。

金厦"小三通"带来两地深度交往融合

记者：来到金门，确实感觉到金厦两地的交往非常热络。

李沃士：我想从 2001 年两岸正式展开小三通交流的时候，金门跟厦门就是直接往来的最主要的一个通道。从 2001 年开始，至今 10 多年的时间，金门跟厦门的交流，逐渐地具有深度的内涵。比如经济的交流层面，金门乡亲大概在厦门市周边买了两万套的房子，厦门这边有很多大陆的朋友到金门来旅游，大概有接近 40 万旅游的朋友到这边来。所以在两岸交流方面，经济上是走在前面的。我们的金门高粱酒也借着这个机会能够直接在厦门成立公司，而且能够把它营销到大陆的各个地方。

文化的交流也是非常的深入的，包含宗族的交流，我们李家每年都回去祭祖，2013 年的正月十四我还回到厦门我们李氏家族去祭祖，其它各宗族也都是，就是整个在宗族的交流这一块，产生了相当好的成果。除了金门的乡亲回大陆祭祖，最近这一段时间连大陆的乡亲，很多同宗的宗亲，也到金门来共享盛举。包含前不久我们小金门一个洪家的家庙，大陆来了三百多位洪氏的宗亲，是宗族相当团结的一种现象。

另外就是妈祖的信仰，我自己都亲自带了一千多人到湄州去拜拜。我们每年也都有相当的信众过去进香、请佛。当然大陆这边也有一些是从金门过去的，也会回过头来参加相关的这些庙的庆典活动。

还有我们体育的交流，我们金门现在跟厦门市政府，每年都固定在海上举办马拉松的比赛。还曾经在金门举办我们两岸七个岛屿的运动会。总之，金厦两地交流是全方位的开展。

战争无情和平无价

记者：今年是"8·23 炮战"55 周年。55 年前厦金海域可以说是世界上最危险的地方。现在战争的阴霾已经渐渐散去，金厦地区变成了黄金的水道，和平的广场。那么金厦的这种今昔对比，历史跨越，给人什么样的启示？

李沃士：是，我应该讲也是从炮火中成长的一分子，我 1960 年出生，而且我又是古宁头出身，我的家乡就是古宁头，古宁头的战役在"8·23 炮战"的战役中是最惨烈的。1958 年 8 月 23 日炮战后，两岸持续的紧张，继续"单打双不打"这个过程，那我的童年就是在那个环境走过来的。我们切实感受了这种两岸的紧张的氛围。我小的时候，睡的地方抬头一看就可以看到星星，因为屋顶都不见了，要经过一段时间才能够慢慢的再把它修复。所以当时给我们的感觉真的是战争是非常无情可怕的。那在我小的时候，单打双不打，小朋友最辛苦，睡觉睡到一半，这个弹打来了，大家又要急着跑去躲防空洞，所以那个心情当时真的是觉得为什么要有这样的一个环境。

当然我们也很庆幸走过了这一段比较艰辛的岁月之后，现在看到了两岸就像兄弟一样，吵了架，打了仗之后，毕竟是兄弟，大家又和好如初，然后能够继续展开更深入的交往。那这个过程就让我们体验到，其实和平才是真正的大家的心声。我们愿意两岸能够和平，而且世界各地大家都要和平相处。所以去年我们就在金门的炮阵地上设置了一个和平钟，那这个就是用"8·23炮战"那个时候的炮弹，拿来跟台湾的钢铁公司炼钢的钢铁融合在一起，然后铸造了一个和平钟。我们一起来见证两岸从战争到和平的历史变迁。

记者：这个钟什么时候敲响？有没有定期开展一些纪念活动？

李沃士：我们基本上就是平常是开放，但是我们的纪念活动就是在"8·23"，因为"8·23"大家的心目中那个日子比较深刻，所以我们就以那天作为一个纪念日，每年的"8·23"都会举办一些纪念的活动。

记者：今年是55周年？

李沃士：对。

记者：也举办了纪念的活动？

李沃士：有。今年也举办了活动。

记者：那和平钟敲响的时候，像您这样经历过战火的人，心中的感受是不是非常的深刻？

李沃士：我们觉得真的是非常的感动，因为钟声的响起不容易，要让这个钟声传到各地更加的不容易。我想两岸能够有今天的这样一个好的氛围，其实也是辛苦换的，也走过了60年的非常艰辛的过程，所以要得到这个，能够撞起这个钟声本身就不容易。当然这个钟声不止是在这个地方来响起，还希望它能够传递到各个地方，当然我们两岸是一定大家要听得到，我们也期待能够传到世界各地。我想这个对我们金门是非常有意义的一个活动。

金门在两岸关系中得天独厚

记者：那么从两岸关系缓和以来，金门从战地前线变成了两岸交流的前沿，在这样一个有利的时机之中，它自身是不是有一些独特的优势？

李沃士：是，过去的金门，就是一个前哨，民生的建设、经济的建设是缺乏的，相对的是集中力量在军事设施的建设。所以大家可以看到，金门到处都是碉堡和坑道，而且人员的进出不方便，真正的就是一个边陲，就是一个离岛。那两岸展开交流之后，金门的地理位置，它的优势就浮现出来了，我们看到这个地图就知道金门跟厦门就是在一个海湾，距离七八公里。从历史上，金门本来就是福建的一个部分，你看我们的语言、风俗习惯、饮食这些东西，虽然大概有五六十年的隔离，但是现在大家一交流起来，是一个非常自然的，能够融合起来的。甚至于我们的一些长辈早期都到过大陆的，这个金门跟厦门早期来来往往是非常密切的。你看，金门跟厦门之间，才30分钟的交通距离，小三通后人员在互动上面就方便了，台湾很多早期的台商就透过这条小三通的路径直接进入了厦门。现在，两岸人民就透过这条路径，他可以直接从厦门到金门再到台湾的每一个城市。所以两岸一展开这个交流之后，金门地缘的优势跟它原来历史上的优势就凸显出来了。在两岸关系发展过程当中，金门还具有很大的发展潜力。

记者：那么下一步的规划当中，金门是不是也准备借助这样独特的优势来发展呢？

李沃士：金门的发展，现阶段是一个最具有优势的时代。左边有台湾的支持，相对的我们右边也有大陆的支持，所以现在是两岸支持金门在发展，所以这个就是我们比台湾各县市还要有利的地方。我每年也都会到北京去，也会到国台办，也会到相关的部门去跟他们争取更有利金门发展潜力的一些政策，这就是我们现阶段非常庆幸的一个地方。

毕竟金门就是一个岛屿，在整个岛屿的发展过程，我们以国际观光休闲岛屿的目标作为我们建设的一个总目标，发展观光是我们一个重要的产业。目前对金门来讲，有两个支柱产业，一个是观光，一个是我们的金门高粱酒。这两个产业算是最主要的两个核心，支撑着我们整个金门经济。

我们也期待利用金门环境的这些特殊性，和文化的一些特殊条件，能够打造成一个养生的健康岛。我们有一个免税的政策，可以把金门变成一个免税的岛屿。那未来我们也积极跟厦门在探讨，整个厦门跟金门能不能合作发展成自由岛、自由港区。创造成人流、物流各个部分都能够非常的方便，使经济的发展有更好的提升。

期待水贯厦金、桥连两岸

记者：其实现在厦门和金门之间就有比较大合作的项目很值得期待。比如说厦门向金门供水，另外还有建设金厦大桥，这些项目你们也一直都在努力之中？

李沃士：我们特别希望的就是说金门跟厦门之间大家互利共荣，城市的发展里面有一些是厦门支持金门的，有一些是金门支持厦门的，大家一起来合作，所以在整体的公共建设部分我们就有几个面向。

第一个就是我们跟大陆买水，在今年的海峡论坛我特别又再一次的跟政协主席提出，我们很高兴，很快的就在 9 月份的会谈就达成了共识，然后现在就展开实质的一些合作内容的研讨，这个很快的我们期待能够定下来。

记者：有没有一个大概的时间表？

李沃士：我们应该是今年现在在谈，明年上半年应该这个方案就可以定了，之后工程就赶快推动了。我们预计是希望能够在 2015 年能够完全达到供水的目标。

另外金门也缺电，所以电力的这个部分我们也提出了一些合作的方案，希望将来两岸能够电网互联。因为金门未来还要发展低碳岛的规划，那希望电力能够相互的使用，所以这块我们也提出来这样一个想法。

那同时，桥的部分当然这也是我们大概 80%、90% 的金门乡亲也都一直期待，金门跟厦门能够有直接的一个陆路的交通。现在海路没有问题，海路很方便，陆路如果能够再建构金厦大桥就更好了。还有一个我们也非常期待的，厦门这边目前也在盖一个新的国际机场，我们也提出了很多合作的方案，未来我们也希望机场里面也有一部分是金门这边可以来使用的地方。那透过整个的公共设施大家可以相互来共同使用，资源可以相互的来合作共享，那我想真正的一个整体的合作就会达到更高的一个成果。

记者：那么如果说按照您刚才的一些设想，最终使金门获得了充足的水源、丰沛的电能、方便的交通，您觉得对于金门的发展来说这意味着什么？

李沃士：当然就增加了它的发展的能量，我们一个岛屿的发展，最怕的就是缺水、缺电，缺少对外的交通。这些能够透过两岸合作，取得更好的保障，就是比较无后顾之忧。我们也很期待通过合作，大家可以变成一个经济共同的生活区域，金门、厦门变成一个往来非常方便，变成一个一体的这样一个目标。

金门愿为两岸政策先行先试

记者：那么金、厦一体化的目标最终实现，对于两岸关系的发展意味着什么？

李沃士：其实我们一直觉得，两岸的交流真正突破点是在金门。大家想一想看，台湾本岛因为你要面对一些交流的时候，难免都有各种不同的声音，然后区域的一个整体的考虑有时候还必须要瞻前顾后，反而金门这个岛屿是比较单一性的，而且在整个的位置上，它又不是很远，跟厦门就是天然的一体，本来就是一家人么。在交流的过程当中，两岸相关的一些合作方案，其实它就是一个最好的实验场。如果两岸可以善加利用这个部分的话，其实它就是一个最好的突破。因为有时候，如果你两岸的政策不在前端做一定的实验，大家可能就会担心，会不会有什么样的一些后遗症，或者是不是会产生一些什么样新的课题要克服。所以我们金门乡亲对这一块的认同度也都很高。比如说小三通也算实验性啊，也是从金门开始展开呀，那我们很多其它的方案，我们对两岸的大学生的一个交流，金门就特殊的开放，就没有像台湾限制那么多，就欢迎大家到金门来。所以金门这个地方可以作为比较大胆、比较前瞻的两岸政策的实验场地。有机会都给我们试，我们很乐意试。

记者：金门协议的签署就为日后的两会商谈提供了很好的经验，我们可以列举类似的事例有很多，金门在两岸关系中确实发挥了特殊的作用。那么未来金厦跨海大桥的建立，金门的地位和作用是不是进一步突显？在先行先试方面，您有什么更进一步的思考吗？

·李沃士：其实我们也一直都期待金厦生活圈真正的实现，比如说人员的往来，它就是不必要证件，就是等于说是一家人走来走去，或者有一个替代的一个证明文件，就可以方便的来了，就不必好像还需要一个护照，护照意味的是另外一个层面的意义，那我们是同一个地方，那就不必了或者是替代了，这个意义它就自然又进了一步了。又比如货物的交流，两岸金门厦门之间的货物互惠到居民，比如说金门生产的商品到了厦门，厦门的税利把它拉成一样，我的优惠你享受，你的优惠我享受，然后还有我们的共同的福利，比如说我的公交车这边免费的大家也来坐免费了，你也有一些优惠的政策是给厦门当地的，比如说残疾朋友的相关的福利，大家就可以相互的来共享，其实还有一些是可做的，两岸还有很多东西一步一步的来推展，金门应该是在两岸交流的过程当中，还应该有一些贡献。

共同弘扬闽南文化

记者：在共同弘扬中华文化、闽南文化方面，金厦两地也有很多合作的空间，有消息说两地在探讨共同申请世界文化遗产？

金门一角

李沃士：我们想如何使闽南文化保存的更加完善，势必要有一套程序来走，当时就想到了世界遗产的申登，它本身就有完整的一个过程，包含着数据的建构、包含着人民的教育跟倡导，这些都有一套制度。

记者：这个申遗的项目叫什么？

李沃士：我们原来就是以闽南文化作为我们要申请的主轴。

记者：闽南文化是很大的范围。

李沃士：包括了物质跟非物质的项目，比如说我们宗庙的庆典，还有整个一个聚落完整的保留，那这些就是我们当时的一个初步的构想。后来也知道大陆也在闽南这边在准备要申请红砖文化，因为闽南的建筑大多以砖和瓦作为主要建筑的材料。所以当时我们就在一些场合，两边就展开了一些交流，包含了泉州，包含了厦门，大家就开始来探讨。经过这些交流之后，大家都觉得，我这边保存了一块、你那边保存了一块，但是你独自申请你就缺了我这一块，我这边申请也缺了你那一块，为什么不把它范围扩大，然后把它整合起来，就会变得更加的完整。所以当时我们也很高兴，大陆文化部的副部长也来过金门，他也看了金门在闽南文化这一块的保存，他觉得这个部分真的是可以合作。所以回去也就指示了相关的单位，加速推动这一块的合作，所以目前两岸都有定期的研讨，逐步的来推动这样的一个闽南文化的保存。

记者：好，希望金厦闽南文化的合作又有新的成果、有新的突破，携手一起走向世界，谢谢！

李沃士：谢谢！

战争与和平的见证

马祖列岛由南竿、北竿、东莒、西莒、东引、西引等 10 余个海岛组成，人口约 8000 人，原分属福建省的连江、长乐、罗源三县，后台湾当局将这些岛屿通称为"连江县"。前些年，马祖一直被作为战地管治，直到 1992 年才解除"战地政务"。1994 年局部开放台湾岛内民众观光。1999 年又定为风景特定区。

马祖的名字源于"长佑海民"的妈祖，记者来到马祖的第一站就是马港天后宫。相传妈祖当年英勇投海救父后不幸罹难，其尸体漂流至此，岛上居民发现后打捞安葬，并建庙祭祀，这个岛也因此得名"妈祖"。后因感女字边太柔弱，遂更名为"马祖"。天后宫对面的山上，竖立着一座高达 28.8 米的妈祖巨型神像，这座世界上最高的妈祖神像用 365 块花岗岩砌成，代表妈祖娘娘全年无休的守护庇佑。近年来，许多村落人口外移，即便全村少有人烟，天后宫仍旧香火不断。"妈祖在马祖"也成了当地观光行销的口号。

马祖观光的最大亮点除了延续千年的妈祖文化，还有独特的战地文化景观、优良的自然环境、完整的闽东文化聚落和悠久的人类活动遗迹，这些都构成了马祖独特的魅力。

马港天后宫最特别之处在于庙中有妈祖的灵穴，当地人称为"肉身灵穴"。灵

穴上覆盖钢化玻璃，四周加上石刻神龙守护。

作为曾经的军事禁区，马祖随处可见当年留下的军事工事。图为一进福澳港就能看到的"枕戈待旦"巨型石碑。

东莒与西莒看灯塔访聚落

从福澳港登船经过约 50 分钟的海上航行，客轮停靠西莒岛作了片刻停留，然后继续驶向此行的终点东莒岛。东莒与西莒两个岛屿属马祖莒光乡管辖，位于马祖列岛最南。据说是因为东莒与西莒状似两只卧于闽江口外的狗儿，因此旧名"东犬"与"西犬"。

西莒为乡治所在，朝鲜战争时期因为美国西方公司进驻，曾经是繁荣的"小香港"。相较之下，人口稀少的东莒则保留了较为完整的原始风貌。东莒岛上最吸引游客前往的除了战地风光，还有二级古迹东莒灯塔及三级古迹大埔石刻，另外福正、大埔两座传统闽东聚落也是游客必访之地。

东莒灯塔。一个特别之处，就是在连接灯塔与办公室的草地上，筑有一道长达 30 米的白色矮墙。那是由于灯塔所在位置的地势较高、风力强劲，这道防风墙可以让工作人员在强风吹袭时，低身快速通过，工作人员手上的煤油灯才不会被吹熄。

东莒灯塔位于东莒岛东北方福正山巅，是岛上的最高建筑，也是台澎金马地区最古老的西式花岗岩造灯塔。由于清朝在鸦片战争中失利，被迫开放五口通商，英国人为了便于船只往返时辨别福州的方向，于清同治 11 年（1872 年）建造完成该灯塔。塔身以花岗石为材，状圆锥形，海拔高度约 66 米，目标显著，是海上船只寻航的标志。据当地居民介绍，1958 年因台海形势紧张，东莒灯塔曾经熄灯三十余年，1993 年又重新开灯。随着时代的发展，虽然东莒灯塔今天已经不再背负实际的引航功能，但这座灯塔却已成为东莒的地标，也成为来岛游客流连忘返的最佳景点。

大埔石刻于 1953 年被台湾军方发现，刻文上记载，明朝万历年间，安徽人沈有容奉命镇守闽海间各列岛，沈有容在不伤一兵一卒的情况下，于东沙岛击退倭寇，生擒六十九人，实属难得，当时的工部右侍郎董应举于是刻赠此碑，用来彰显沈有容的功绩。1966 年，军方为防止古迹遭受雨淋日晒，在石刻上方兴建了一座仿古凉亭，命名为"怀古亭"。当地还有个传言，说大埔石刻是海盗的藏宝暗语，破解它就能发大财，有兴趣寻宝的人可以到此试一试自己的智慧。

福正村和大埔村曾经是东莒岛上最繁华的村落，但因渔业渐渐萧条，人口外移，往日的荣景已经不再。但它所散发的幽静之美，却是马祖传统聚落所独具的人文气息。近年来，政府大力推动聚落保存，福正村和大埔村从渺无人烟，转变成珍贵的文化遗产，引来游客的驻足与缅怀。游走在阶梯巷弄间，海风吹来，仿佛回到昔日渔村情景。

位于福正村南面的神秘小海湾，是最近几年才被命名的新景点。从某个角度望去，海蚀柱与海蚀洞，令人有无限想象的空间，据说，昔日马祖列岛海盗横行，这里曾是岛上民众躲避海盗的最佳藏身之处。

昔日战地前线变身观光胜地

作为两岸军事对峙时期的最前线，马祖地区密布着防空洞、碉堡与坑道等军事设施。有学者就指出，马祖是世界军事坑道最密集的岛屿。1992 年正式解除战地政务后，马祖才开始褪去战地色彩。虽然目前马祖仍有台军驻守，许多地区还是军事管制区。但也有许多曾经的军事重地已经揭开其神秘的面纱，并陆续对游客开放。战地文化成为马祖观光业最大亮点，而众多不再具有军事意义的坑道也

成为了马祖的重要景点，吸引着海峡两岸纷至沓来的无数游客。

记者在马祖采访时了解到，马祖的军事设施初步估计有 256 座，有些景点在通道、碉堡顶或炮台口涂上了浓重、醒目的迷彩色，人们可以不时看到用废弃炮弹制成的路灯和通道护栏。其中最著名的就是南竿乡仁爱村的"北海坑道"，每年吸引数万名游客参观。

台湾当局马祖风景区管理处表示，台军基于避风浪及大陆炮击的需要，1968年在马祖南竿、北竿、西莒与东引开凿可供登陆小艇使用的坑道码头，定名为"北海案"作战工程，其中西莒因地质因素开凿失败，南竿的北海坑道则是规模最大的一座。

北海坑道是马祖最具代表性的坑道。有一种说法是，如果没有造访北海坑道，便如同没来过马祖。北海坑道内部呈井字型，是个可以走船的水道，有开口与海岸接通，昔日是登陆小艇运补的地下码头。

这座可供百余艘登陆小艇使用的地底坑道，当年被视为高难度的工程，马祖防卫司令部共出动 2 个师、3 个步兵营、1 个工兵营以及 1 个倾卸车连混合编为 3 组，不分昼夜轮流施工，历经 820 个工作天才完成。当时由于施工设备简陋，除了用炸药爆破外，全靠人力一凿一斧挖掘花岗岩壁而成，不少官兵因而牺牲。

南竿的北海坑道呈"井"字造型，高 18 米、宽 10 米、水道 640 米，涨潮时水位约 8 米、退潮时为 4 米，步道全长 700 米，走完一圈约需 30 分钟，但要配合潮汐的涨退，在退潮时才能进入。内部可停泊 120 艘小艇，曾是马祖最重要的"地下战备码头"，也是金马地区最大的海底坑道。

其实，北海坑道不仅只是马祖南竿岛才有，在北竿、东引也都开了类似的坑道，只不过现在北竿的叫午沙坑道，东引的叫安东坑道，都是同一时间开辟的战备坑道，北海坑道则是其中规模最大的一座。

走出南竿北海坑道，我们来到位于马祖酒厂不远处的南竿另一端的"八八坑道"景点。"八八坑道"虽然规模不算大，却是名气最大的一个。知道"八八坑道"的人，大多是先知道"八八坑道"高粱酒。打开这条马祖知名度最高的坑道大门，就像是开启了一段窖藏的秘辛。"八八坑道"施工期历时约 10 年，于 1974 年完工，据说是落成时正逢蒋介石的 88 岁寿诞，所以军方将它起名为"八八坑道"。坑道主体由花岗岩构成，相传是先民躲避海盗的藏身山洞。国民党军队进驻马祖后，加以凿高、挖深与强固，辟为战车坑道，全长 200 米，可容纳一个步兵团的兵力。"八八坑道"的另一出口处便是南竿机场。

1992 年，马祖酒厂接收坑道后改为储酒使用。目前坑道的主通道为坛装老酒存放区，次通道为高粱酒系酒槽区。坑道内冬暖夏凉，长年温度约 15 到 20℃间，是绝佳的储藏酒窖。原酒储存在"八八坑道"中，经过长年的自然陈酿，口感沉稳内敛、醇厚够劲，"八八坑道"也由此成为闻名的储酒窖。坑道内酒香四溢，虽然没喝一口"八八坑道"高粱酒，可参观时边走边闻着酒香，等参观结束走出坑道时，大家似乎都有些醉意了。

大汉据点位于北海坑道附近，是一座纯粹为固守阵地而建的地下坑道，未移交前，平常都有军人驻守，内部有生活空间，设备十分齐全。

大汉据点于 1975 年开凿，1976 年竣工。不同于其它的军事据点，大汉据点共分为三层。最上层为连部，中间层设有生活圈及预备机枪阵地，最下层设有高炮阵地、会议室、指挥室、库房、储藏室等，临海的一面都设有炮眼与枪眼，用来夹击登陆的武装力量。

据介绍，军事坑道如今已经成为马祖旅游产业的一个亮点，每年会给马祖带来超过 10 万人次的游客，并带动了相关的餐饮、住宿、交通等方面的繁荣和发展。因"八八坑道"而名声大振的马祖酒厂生产的大麦酒、高粱酒和陈年老酒等系列产品，更是和"马祖酥"等特产一起，成为到马祖旅游一定要买的伴手礼。

张清的探亲路线图

早就听说，马祖地区与福建沿海人员血脉相连，不仅绝大部分马祖居民祖籍在连江、长乐等地，近年来，也有越来越多的两岸婚姻在当地出现。据不完全统计，如今的马祖，大约有三分之一人口来自大陆，而大陆新娘张清就是其中的一位。20年来，张清的探亲路线图，也从一个侧面见证了两岸关系发展的历程。

在马祖东莒岛参访时，记者意外得知带队导游张清就来自福州。张清告诉记者，二十年前，自己在一家台资企业工作。由于勤劳肯干，很快得到了老板的赏识，并把自己的表弟介绍给她认识。当时在张清的概念里，只知道未来的先生来自台湾，却不知道是在偏据马祖一隅的东莒岛上。初到岛上，张清几乎崩溃。但个性要强的她，最终还是选择留下，并把这一切对家人作了隐瞒。

尽管与福州近在咫尺，但每次回福州探亲，还是要先从东莒坐船到马祖南竿，从南竿坐飞机到台北，再从台北经香港转机，才能回到福州。如此周折，让张清的回乡之路变得异常艰难，常常因为各种因素而被耽误。但按照当时台湾方面的规定，大陆新娘在获得身份证之前，一次最多只能在当地逗留半年。因此，在最初的几年里，如何带着4个年幼的孩子往返于两地之间成为张清最头痛的事情。

2001年，福建沿海与台湾离岛地区实现海上直接往来。马祖与马尾之间实现直航，张清的回乡路一下子变得顺畅起来。为了早日感受到这样的便捷，张清早早就预订了首航班轮的船票。原本需要一两天才能完成的漫漫长路一下子缩短到一个半小时，早上去福州娘家探亲，晚上回到马祖的家中成为"家常便饭"。张清直言"幸福来得太突然"。

随着2008年两岸"大三通"的真正实现，张清的回乡路再次发生了变化。她更愿意从马祖到台北直接转机到福州,尽管时间稍长,但却省去了海上颠簸的烦恼,也不必担心因为海况不佳耽误回乡的行程。

如今的张清在马祖经营着一家民宿旅馆,还有一个出租车公司,4个儿女也长大成人,生活过的平静而安逸。和许多马祖乡亲一样,自己也在福州置办了房产。她告诉记者,自己想有更多的时间回福州走走看看,照顾年迈的父母,马祖何时能够实现和福州的空中通航成为她和几乎所有马祖乡亲的共同期待。

期待迎接更多大陆游客

记者在马祖发现,尽管昔日的战地前沿已经化身为旅游胜地,但当地人口老龄化的问题却比较突出,年轻人外流成为当地发展的主要瓶颈。为此,马祖乡亲普遍希望能够吸引更多大陆游客前来观光、旅游,从而带动当地的进一步发展,从而让年轻人在当地能有用武之地。

马祖县长杨绥生介绍,由于地域狭小、远离台湾本岛,再加上近年来大量年轻人口外移,劳动力紧张。导致马祖地区发展农业和工商业发展水平有限。但与此同时,优良的自然环境和独特的人文景观却是马祖发展观光事业的独特优势。如今的马祖人也大多从事导游、餐饮、民宿等旅游相关产业,家住马祖北竿的陈振官老先生就是其中一位。

陈振官今年65岁,几年前从台湾电力公司退休后,就兼职干上了司机兼导游的工作。和许多马祖老人一样,如今的他在福州、台北和马祖都置办有产业,身家超过1亿新台币,可谓家境优渥。但他告诉记者,自己之所以还要兼职从事旅游业,除了是想更多的向游人推介自己的家乡之外,一个更重要的原因是当地年轻劳动力的匮乏。

陈振官解释说，目前马祖旅游呈现出明显的淡旺季，每到夏季来临，岛内的游人纷至沓来，热闹非凡。但每年冬季因为岛上较之台湾岛内寒冷许多，来自台湾的游客就十分稀少。这种"一年只有半年工"的状况自然留不住年轻人的步伐，久而久之，导致岛内劳动力外流的大问题。陈振官的两个儿子也因此选择到台湾本岛就业。

陈振官坦言，自己的年龄越来越大，内心非常希望儿子能够回马祖继承自己的事业，但前提是马祖旅游必须走出目前"只做半年"的困境。在他看来，解决这一问题的办法就是吸引更多大陆游客访问马祖，只有这样才能把事业做大，从而吸引儿子回乡工作。

在马祖县长杨绥生看来，大陆仅仅福州地区就有 700 多万人口，而以马祖目前的承载量来看，只要确保每天能吸引 500 名大陆游客光临，就能让马祖的旅游业"吃饱"，从而创造更多的就业机会，确保马祖旅游业的客源不断，从而从根本上解决当地劳动力外流的问题。最近马祖与福州有关方面联合出台奖励大陆游客访问马祖的计划将是一次有益的尝试。

让马祖从"前线"变"后花园"

——专访马祖县长杨绥生

"万里海疆巡礼"采访团最近登上马祖列岛，所在县也称作连江县，县长杨绥生接受了记者的采访，他对比"战地"今昔，从马祖在两岸关系历史变迁中的角色转换，谈未来发展。

记者：县长您好。

杨绥生：您好。

记者：我们第一次来马祖，确实感觉到它有非常与众不同的地方，我们从小三通航线过来，一下船登上码头，就看到岸上不远处有一个非常大的标语牌，上面写着"枕戈待旦"四个红色的大字，特别醒目。这种特殊的历史印迹，让人感到很独特的意味。

杨绥生：马祖过去它是在闽江口外的一些小岛，从1954年第一次台湾海峡危机以后跟大陆之间断绝了关系，都跟台湾在一起。以前这些小岛是个渔村，到1954年以后变成一个战地，到了大概1992年以后，所谓的战地政务解除，逐渐开始对外开放，然后我们又开始规划了观光新城。

记者：原来一个不太起眼的渔村，成为战地以后出了名，却又变得神秘起来，

现在开放观光，你们最想给外界看的是什么？

　　杨绥生：我们觉得有几样，是马祖比较独特的。马祖在闽江口外面，就在福建黄岐的对岸，最近的距离大概只有9公里。那以前曾经是战地，在冷战那个年代留下很多很多特殊的军事设施，特别是坑道。那这些坑道呢，有的是往海里面挖，有的往山上挖，这个坑道的数量非常的庞大，对岸的黄岐、平潭等地虽然也有，但它的数量没有这么大。这些坑道除了数量大，还很独特。而现在从整个世界的角度来看，它是冷战年代留下来非常独特的一个遗迹。现在我们把它推出来作为观光内涵，是非常有价值的，这是第一个。

　　第二个，因为马祖多数人是来自福建沿岸的县，罗源、长乐、连江这几个县，跟台湾说闽南语不一样，马祖是说福州话，是属于闽东的。在建筑风格上面也生成一个独特的，闽东式建筑风格，而且在某些地方保存的非常完整，像芹壁聚落，有地中海的风格。所以闽东聚落，这个是我们旅游内涵的另外一个部分。

　　第三个生态旅游部分。马祖是几个海岛，它在海中间，但是它有很独特的具有风化的花岗石地形，从东引一直到莒光，这些风化的花岗石，构成了一个非常独特的天然地形海蚀洞。另外每年在春、夏这两个季节，有很多燕鸥来到岛上栖息。有一种燕鸥数量非常少，非常珍贵，叫黑嘴端凤头燕鸥，大陆叫做中华燕鸥，这是从1963年被发现以后，传说中这种鸟已经不见了。一直到2000年，在马祖的附近岛屿被发现，而且被很完整的记录下来，那现在每一年有很多观光客是为了这个鸟来这边看。最近我们两岸通过验证发现是在福建那边求偶，到马祖后生殖繁育了后代，这可以说是两岸另外一种合作模式。那整个全球的数量大概不到100只，大概有50只，一半以上是在马祖这个岛上发现的，这种鸟的身价非常珍贵。

　　第四个我想大家听到马祖这个名字，确实它是妈祖延伸过来。我们知道妈祖是华人社会里面非常重要的一个信仰，一个女神。妈祖在福建的湄洲出生，后来传说中因为救她母亲投海，尸体飘到马祖南竿这个地方。我们的居民为了纪念她，在这里盖一个妈祖庙，也叫天后宫，那个村庄名字就叫做妈祖。然后妈祖庙的正中央有一块陵穴，年代无可考的，等于说是一个石碑，我们把它称之为妈祖陵穴。这是传说中妈祖升天的地方，也就是说妈祖在湄洲出生，但是在马祖升天，所以每年的农历九月初九，我们都办妈祖升天祭。特别是今年，我们塑造了一个妈祖宗教文化园区。

这就是说战地、生态旅游、闽东聚落再加上妈祖，构成的马祖观光的最重要的内涵。另外，大概两年前，我们在马祖一个很小的岛屿，面积只有 0.3 平方公里的亮岛上面，发现亮岛人的考古遗迹，这个是跟南岛语族有相当的关联性，也就是说是在闽江流域发现最早的南岛语族，也是世界上到目前为止资料最完整、最早的南岛语族，那从这个发现我们也可以间接的证明，南岛语族的发源地之一是我们中国的东南沿海。另外在我们的莒光考古发现跟平潭壳丘头其实年代相当。说明马祖跟平潭之间，大概 6 千多年前就有来往了，所以说这个马祖跟中国东南沿海的关系是非常非常密切的。

记者：县长您就是出生在马祖？

杨绥生：对，我是在马祖出生长大。大学的时候去台北。

记者：那就是说您在这里有着特殊的人生体验，经历了战争与和平的这种跨越。您刚才讲马祖的旅游内涵的时候，第一个就讲的是这里的战争遗迹，战地文化。而我们一踏上这个马祖，确实也有很深刻的感受。那么我想您保留这些战争的遗迹，并且把它作为一种旅游的特色，您要告诉游客、告诉来观光的人什么样的内涵呢？

杨绥生：两岸的中国人，民国以后第一次这样分离，而且一分离就是四五十年，在特殊年代留下很多的特别记忆，那这个记忆要提醒我们，两地相隔，有很多家庭被拆散，可以说是妻离子散，我们要特别珍惜和平的来之不易，要珍惜和

平。我们两岸很多家庭的共同记忆，我们把它留下来，要避免再一次战争，避免历史悲剧重演。

记者：您觉得在两岸关系和平发展的当下，马祖应该发挥什么样的作用？

杨绥生：我想过去马祖是前线，现在是两岸交流的前沿，跟金门一样，是厦门金门两门对开，马尾马祖两马先行。下一步我想继续改善空中跟海上的交通，让大陆的乡亲更方便的往来这个岛上，建构起两岸一日生活圈，让马祖从"前线"变成一个"后花园"。

马祖县长杨绥生与记者交换纪念品

外婆的澎湖湾——澎湖

　　澎湖的美，最美在海，海的颜色由远及近，由浓转淡。最远处，是一抹深蓝，浓得像化不开的染料。近一点的是一抹浅蓝，蓝得像天空，印得出一朵朵的云。再近处则像一泓清澈的泉水，透出底下细白的贝壳沙。站在海边望向远方，心情随着风儿飘起来，就像海鸥一样，翱翔起来。然而，澎湖的另外一种美，是其人文的美。

从澎湖眷村走出的名人

　　澎湖金龙头眷村，即笃行十村和莒光新村两个眷村，一直被视为是眷村旅游开发中较好的样本，保有精彩的人文历史建筑、军事古迹设施，还有迷人的岩岸海湾和沙滩，也是大陆游客特别好奇的"外婆的澎湖湾"。

　　金龙头眷村有部份是清朝时期的练兵校场，日本占领时代日军炮兵大队在此建有宿舍。1946 年，大批军民从大陆迁出，金龙头成为台澎金马第一个眷村。金龙头眷村范围很大，从马公城内延伸到城外，潘安邦、张雨生，还有多位艺人都在这个眷村出生、成长。张雨生和潘安邦是在同一个眷村长大的，在这笃行十村中，还有胡锦、胡钧、赵舜。

　　"晚风轻拂澎湖湾，白浪逐沙滩，没有椰林缀斜阳，只是一片海蓝蓝……"一

曲脍炙人口的"外婆的澎湖湾"将澎湖美丽的海岛风情传唱至大江南北。透过优美轻快的旋律，人们的眼前仿佛展开一幅画卷，阳光、沙滩、海浪、仙人掌、还有老船长，让人不禁心生向往。

"外婆的澎湖湾"是歌手潘安邦主唱的成名作，是民歌手叶佳修第一次为别人填词谱曲的歌，结果一炮而红，直到现在这首歌旋律一响起，许多两岸五六十年代，甚至七八十年代出生的人们都能跟着哼唱，足见它跨越世代与地区的魅力。

叶佳修于 1979 年在唱片公司安排下认识了潘安邦，知道了潘安邦童年在澎湖与外婆祖孙情深的故事，为他写下这首歌。潘安邦当天立刻从台北打长途电话到澎湖给外婆。他说，当时他在电话里唱了这首歌，可是电话的那一头在他唱完后没有任何声音，他可以感觉到外婆在啜泣、流眼泪。"外婆的澎湖湾"这首歌背后藏着许多潘安邦与外婆的祖孙故事，用真情唱自己的故事，潘安邦进录音室唱一次就 OK！唱片出版之后，歌曲爆红，潘安邦人也红了，更有机会回到澎湖，在自己小时候看电影的戏院登台演出。尽管外婆有很严重的关节炎，而中兴戏院有很多的阶梯，但是外婆为了看他演出，一阶一阶的爬上楼梯，坐在位子上面，他当天唱这首歌的时候眼泪忍不住的掉了出来，因为他觉得外婆为了来看他的表演付出了很多、很辛苦。

这首歌和潘安邦后来还一路红到大陆去。潘安邦在 1990 年正要去长沙和几位歌手一同演出，却接获外婆过世的噩耗，他放弃演出立刻奔回澎湖，结果潘安邦没出场的第一天演出，就发生不快，许多观众摔桌椅抗议，潘安邦只好忍住悲痛赶往长沙。潘安邦说，他上台就告诉观众外婆去世了，当时现场一片哗然后安静了下来，接着突然从两万多名观众中喊出了"外婆的澎湖湾"的声音。本来只打算登台说句话道歉的潘安邦，当下决定要唱最后一次的外婆的澎湖湾，结果却发生无法解释的现象，这首他唱了上万次的歌，连起三次音都无法跟开场旋律搭上，紧接着音响还莫名发出刺耳的怪声音。于是潘安邦在心里跟外婆说，这次是为了她而唱，希望外婆能让他好好唱完这首歌，最后终于顺利唱了下去。潘安邦说，唱到澎湖湾的时候，想到躺在澎湖马公的外婆，眼泪就掉下来了，下面的观众开始跟着他一起唱，那个场面令他难忘，还有观众安慰他别难过，外婆也会听见。潘安邦在之后近 15 年都没有再公开演唱这首歌，直到 2003 年他历经大病重新复出后，灌录唱片才再度重唱了这首外婆的澎湖湾。而他澎湖老家也出现了模拟他外婆与童年潘安邦的雕像，配合这首歌成了澎湖吸引两岸观光客的活广告。

秋冬游澎湖　体验也精彩

从澎湖走出来的台湾歌手潘安邦以一首《外婆家的澎湖湾》在上世纪 80 年代红遍两岸，阳光、沙滩、海浪、仙人掌，这些元素也形成了两岸民众心中对澎湖的集体记忆。

澎湖美丽的海岛风光，悠闲的生活状态，受到众多两岸游客的追捧。但是由于自然条件影响，澎湖旅游的最佳时间是 4 月到 9 月，10 月份之后就逐渐转入传统意义上的旅游淡季。"万里海疆巡礼"采访团到达澎湖时已接近 11 月下旬，记者也明显感觉到岛上游客数量较少。

澎湖县长王乾发在接见采访团时坦言，澎湖夏天的游客其实很多，但到秋冬季节客源就比较少，如何打造秋冬季节的旅游项目，吸引两岸游客，是澎湖目前需要考虑的重点。

从采访团短短两日的行程来看，虽然此时的澎湖东北季风较为猛烈，但无论是在海边观潮起潮落，还是在岛上访历史古迹，同样是一种难得而精彩的旅游体验。

采访中，澎湖风景区管理处的管理人员告诉记者，台湾离岛澎湖虽小，却有不少独特的景点吸引陆客，才开放不久的"西屿东台军事史迹园区"因具有特殊军事古迹、观海步道等景点，加上特别设计的漆弹生存游戏等，正是最近陆客到澎湖的新热门之一。

"观光局"澎湖风景区管理处指出，过去大陆游客到澎湖游玩，最喜欢去的就是很有眷村特色的笃行十村，参观知著名手潘安邦、张雨生的故居，一游外婆的澎湖湾等，或是到著名的马公天后宫、海上平台等景点。最近澎管处特别开放过去管制森严的军事设施——如西屿的东昌、东台营区。意外地，这些行程深深吸引了大陆游客。

澎管处说，大陆游客对这些具有历史价值的军事设施都觉得相当新奇，加上营区就在海岸线，左通西屿东堡垒，可以远眺风坑口的海岸之美，别有一番要塞战地悠闲情怀。过去虎贲部队驻守的东堡垒还有阶梯地道可通往 5 寸舰炮，这些历史遗迹对陆客都具有相当的稀奇趣味。

澎管处分析发现，内蒙古地区的游客对澎湖的兴趣特别浓厚，原因是大部分内蒙人没看过海，对澎湖四面环海、没有工业污染的风景印象很好，在内蒙古直航即将开通之际，澎管处已将内蒙游客列为促销重点。

大陆老兵朱生富在澎湖的幸福生活

澎湖西屿的二崁聚落，兴建于清咸丰同治年间，是澎湖县历史建筑十景之一，也是台湾历史建筑百景之一，聚落面积很小，却有独特风土民情。在这里，记者遇一名 84 岁的大陆老兵朱生富。

朱生富出生于江苏新沂，18 岁入伍，1949 年随国民党军从上海撤退至台湾，之后在澎湖、马祖等外岛继续服役到 40 岁。退役后孑然一身的他成了一名船员，到过世界许多国家。直到有一天，远在南美的朱生富收到一位澎湖旧友的来信，说要给他在当地介绍一位女朋友。戎马半生的朱生富一直渴望能有自己的家庭，于是他毅然回到他曾经驻防过六年的澎湖，在那里他就真的遇到了他生命中的另一半。就这样，朱生富在澎湖娶妻生子，一直生活到今天。

朱生富虽然身在台湾，但一直心系大陆的亲人。上世纪 80 年代末台湾开放老兵返大陆探亲后不久，朱生富就踏上了回乡的路途。回想起当年回大陆的情形，朱生富说的最多的就是"心里怕怕的"。他说，那时候两岸没有直航，要回大陆江苏老家就只能先乘飞机到香港，然后再转机到南京，接着才能回到他家所在的乡村。不仅路途艰辛，而且在大陆的沿途还有两名人员一路"护送"，他笑着说，那时候真担心回到老家是不是会被"枪毙"。朱生富的担心当然只是多余，回到家时已是凌晨时分，少小离家的他差点找不到家门。见到老母尚在人世，朱生富激动万分，分别 40 年的思念，让这对母子一见面就抱头痛哭。虽然离家太久都已经忘记了怎么说老家话，但是那一夜，母子俩彻夜长谈直到天亮，他们有太多的话要说，有太多的情感要倾诉。

之后的几年里，朱生富还带着太太和子女陆续回乡探亲过好几次。不过近年来，随着年龄增长，身体状况也不是太好，朱生富已经好久没有回老家看看了。不过这并不能阻碍他对家乡亲人的牵挂，网络让身处海峡两岸的亲人紧密地联系在一起。现在每隔几天，朱生富就要通过网络与家乡的兄弟姐妹进行视频聊天，看着对方的面容，说出自己的想念。通讯方式的变化，让朱生富足不出户就可以了解远隔海峡的家中近况，也让两岸的亲人极其方便就能解除相思之苦。

如今，朱生富生活无忧，他的太太目前在学校当工友，明年就要退休，儿子在台北工作，女儿就在隔壁村子里做护士，一家人都很快乐。朱生富告诉记者，生活虽然平淡，却也幸福。二崁村是来澎湖的游客必到的地方，就住在村口的他，

每当听到有大陆口音的游客从门前经过，他都会热情主动地打招呼。他说，因为那都是来自家乡的人。

澎湖吸引陆客要克服两大障碍

澎湖县长王乾发在接受记者采访时表示，潘安邦先生"外婆家的澎湖湾"成功替澎湖观光做最好的观光旅游行销，让更多大陆人士愿意来澎湖旅游，其中的经济价值无法估算。除此以外，澎湖还孕育出张荣发、张雨生等众多的杰出人物，

澎湖景色

为澎湖的发展增光添彩。也让来自两岸的游客对澎湖观光有了更多的期待。

不过身为澎湖大家长的王乾发说，自从两岸直航以及开放小三通以后，澎湖仍面对两大困境无法突破，首先就是，两岸专案包机有总额控管的问题，旅行社安排陆客来台旅游，如果要转机到澎湖，自然成本会增加。第二就是航空公司本身，最想争取就是黄金航线，也就是载客量大的航线，澎湖相对人口居住少，在航空公司的选择下，相对没有比其他航线来强。

王乾发说，澎湖在发展，就要仰赖观光，目前虽然已经开放大陆城市来台自由行，澎湖列为自由行的城市，但仍期盼可以做到"澎进澎出"的目标，加上落地签的试行，就可以规划四天三夜或三天两夜的旅游行程，旅行成本也比较低廉。

他说，澎湖很用心发展旅游观光，无论航空或是海运都很积极推展，先前就尝试过包机模式，大陆郑州武汉等城市与澎湖对飞，还有香港飞澎湖，澎湖马公机场正加速建设，已经是国际机场模式，现在欠缺就是透过政策弥补航线比较弱势部分，积极吸引更多陆客指定来澎湖旅游。

王乾发还特别邀请大陆北方地区的民众冬季到澎湖来旅游，他说，虽然冬季不是澎湖旅游的旺季，但却是澎湖海鲜最鲜美的季节，而且气候温暖，非常适合北方游客，一定能给他们留下特别的体验。王乾发说，澎湖是中国大陆和台湾之间文化和血缘的连接点，在未来两岸关系发展中，澎湖必将扮演一个积极而重要的角色。

"外婆的澎湖湾"两岸的联结点

——专访澎湖县长王乾发

"万里海疆巡礼"采访团日前登上澎湖岛，采访了县长王乾发。王县长很期待以澎湖特殊的地理位置，在两岸的和平发展中能够扮演一个更积极的角色。

澎湖连两岸"决战境外"成笑谈

记者：有那么一首歌叫"外婆的澎湖湾"，上世纪八十年代就在大陆广为传唱，但是直到 20 多年后，大陆百姓才能够登上岛看到白浪、沙滩的真容。那么其实了解历史的人也知道，澎湖的地理位置在台湾海峡中，无论历史还是现在，它在两岸关系中都有非常独特的重要作用。您是怎么看的呢？

王乾发：事实上澎湖的开发比台湾还早了将近 400 年，我们小时候常常听长一辈的人谈到唐山过台湾，大陆往台湾走大概都是要经过澎湖。尤其是它的地理位置刚好也在海峡当中，它是一个军事的必争之地。我们一直认为，澎湖就是台湾跟大陆之间的一个中继点，一个文化的连接点、一个血缘的连接点，我们一直认为有这么一个历史的定位和意义。

记者：那我想澎湖这个特殊的地理位置它应该是见证了两岸关系的发展变化，比如在两岸紧张的时候，您有什么印象比较深的感觉吗？

王乾发：我就是当地人。谈到这个问题，我就想到说，当年两岸关系比较紧张的时候，大概澎湖就是被看成台湾本岛的一个"境外"，所谓"决战境外"，在澎湖大概就是一个所谓"决战点"了。

记者：这样澎湖不仅无法发挥两岸连结点的作用，相反就是隔绝点了。

王乾发：现在看来这个"决战境外"就是一个笑谈。而事实上我们一直认为说应该是两岸不至于发生这么一件事情。庆幸的是，现在两岸非常的和平发展，我们感到也非常的振奋。事实上我个人担任这么一个澎湖县长，透过这么多年来的交流，我们深切体会得到，两岸其实是可以和平共处，两岸其实是可以透过双方的你来我往连接感情的。

记者：这是您自己的切身体会。

王乾发：对。那事实上两地之间，我们的文化其实都是相融的，我常常跟乡亲说，2002年我第一次到泉州，当年我们举办宗教直航，我到泉州以后就感觉跟澎湖一样，其实口音也相同的，所以我们一直记得，走到泉州，就好像是看到自己的故乡。那么五缘相通，我们完全能够理解。两岸从2008年之后交流更加密切，透过不断的交流、不断的来来往往，我觉得两岸很亲了。所以这是一个非常好的现象，每一次见到我们以前见过的老朋友，就好象故乡人一样，这是一个很好的事情。其实澎湖也很期待，在两岸的和平发展中能够扮演一个更积极的角色。

低碳环保　建设美丽澎湖岛

记者：澎湖这里没什么遮挡，穿堂风正好通过这个地方，现在进入冬季后更明

显，我们今天一来就感觉到风力非常大。

王乾发：澎湖这里东北季风很大，我们都习惯了，而且现在还觉得风是老天给澎湖的利益。我在三年前开始推低碳计划，我们有一个目标，要让澎湖的风资源有系统的开发完成。而且我们要成立所谓的能源公司，由人民来入股，来共享这种老天给澎湖的风资源，所以我们预计明年年初，我们的风力公司正式成立。将来我们是希望有系统的开发风资源，甚至于未来所谓潮汐这部分都能够一并给它连接起来，我觉得这个是未来澎湖发展最重要的地带。我告诉我们乡亲，说澎湖未来风力开发完成，是可以直接把火力发电停掉，因为台湾电力公司有海底电缆将来要做连接，所以我们一下子就可以让澎湖群岛减碳50%，这是一个世界的指标，不容易的事情。我觉得说对人民是一个最大的贡献。

记者：这也是您在澎湖生长对这块海洋热爱的一种表现。现在保护海洋、保护我们的环境是全世界都非常关注的。

王乾发：能够把澎湖的风这种劣势的东西转化成为一个优势，事实上是澎湖一个很重要的问题，我们有信心。

记者：我们看到澎湖这地方的海水特别漂亮，而且特别干净，可见你们保护海洋的意识很强。

王乾发：事实上澎湖这个岛县上上下下大家都有这么一个共识，环境维护、海洋维护、资源的维护都是我们最重要的一个现任工作，管理的机制很严谨的，我们有环保警察，老百姓都已经知道这是一个很重要的事情，所以也不敢随便的违法乱纪。其实不是只有环保警察，其实是全民监督。你随便往海里倾倒东西的话，人家看到就会举发你，这个是不可以乱来的。大家能够有一些共识，共同爱护这个海岛，那才能永续发展。我们也十分期待能够吸引更多的大陆朋友来澎湖，多多开展各方面的交流。

目录

147 **下篇　维护祖国海洋权益的使命担当**
——将军、专家访谈录

上篇

我爱祖国海疆

特别节目：我爱祖国海疆

片头：

海浪，混出人民海军官兵清唱"我爱这蓝色海洋"：

"我爱这蓝色的海洋，祖国的海疆壮丽宽广……"

音乐起，压混：

播：大海一样的深厚，大海一样的宽广，

　　大海一样的富有，大海一样的坚强，

混出舰艇训练音响，音乐扬起，压混：

播：————《我爱祖国海疆》

第1集　"辽宁"舰从这里起航

出音响：

北海舰队某综合保障基地军械技术保障大队雷弹技术阵地

新型导弹总装演练现场实况

指挥员口令：导弹总装，号手就位！

众号手：是！……

压混：

记者：听众朋友，我是朱江。这里是我国第一艘航母军港某综合保障基地军械技术保障大队的雷弹技术阵地，新型导弹的总装演练正在进行。

演练音响扬起，压混：

记者：近日，"辽宁"舰再次解缆启航，开展科研试验和训练，这个为我国第一艘航母提供技术保障的大队，更加不满足于曾经在人民海军军械保障史上创造的多项第一，大队政委刘丰说，他们要努力为铸就海上利剑创造更新更高的第一。

出音响：

刘丰：我们大队在航母一列装，就注重盯着前沿搞一些研究，航母保障的弹种类更多了，难度也大了，任务量各方面都是成倍的增长，使命任务也是在拓展。

王保卫：航母对于我们中国人来说，都是一个梦想。现在就在我们眼前，在我们身边，航母的使命就是我们的任务，航母的安全就是我们的生命。

记者：怎么称呼你？

王保卫：姓王，王保卫。保家卫国，替父辈完成一个心愿。

记者：刚才组装的时候，你是在哪一个环节上？

王保卫：我们这个火攻专业，保证质量的情况下，然后比速度，比作风。我们给航母装导弹，大家确实很有干劲。我们的口号是见第一就争，有红旗就扛。我能第一个装它，它能第一个发射这个，然后百分之百地命中目标，这就是我的目标。

混出音响：北海舰队航空兵某雷达站，一级警报演练实况

压混：

记者：在北海舰队航空兵某雷达站，教导员黄鑫组织完一级警报演练后接受了记者的采访，他讲的父亲和海军作训帽的故事，让我们更深地理解了他和官兵们为什么冒着风雨那样认真地演练。

出音响：

黄鑫：我给我父亲打电话，我爸跟我说，儿子你什么时候休假？我说今年挺忙的，又演习，又比武，走不开。我爸说哦，行，儿子你那个海军作训帽，给我寄一个吧，我特别喜欢那个帽子。实际上是怎么回事？今年四月份，我母亲给我打电话说要不回来一趟，我爸大年初十做大手术，直肠癌，一直没有跟我说这个事。做完手术以后，放疗，头发掉了，他想戴个帽子。另外住院的时候，都是儿女在身边，问老黄你儿子怎么不来看你，我爸说我儿子当海军，回不来。我一听就傻了。我赶紧跟领导请假，我回家了，然后我当时陪他做放疗，他就戴着我的作训帽……确实是，有时候感觉忠孝难两全。我爸老是说你在部队好好干，就是对我最大的孝顺。我说如果有一天能够到航母上服役，这是我的梦想，我爸说我努力活，我争取都能看到……

主题乐起，出片花

播（女）：正像国防部新闻发言人所说："中国航母不是'宅男'"。"辽宁"舰解缆起航训练，在航母驻地海军官兵中激发出正能量。北海舰队副参谋长王凌将军说，辽宁舰已经不单纯是一件武器装备，它凝聚着民族精神，鼓舞着建设强大海军的信心。

出音响：

北海舰队副参谋长王凌：从上到下大家是憋着一股劲的，整个部队现在的士气非常高。

灵山岛观通站站长张功友：尤其第一次看到航母在屏幕上出现的时候，第一次看到航母回波是什么样子的，那个心里还是挺激动的，现在必须是百分之百的标准。

"沈阳"舰舰长张长龙：去年在海军组织的比武中我们舰拿了海军第一。今年我们拿了舰队的比武第一。

某驱逐舰支队政委孙健：航母入列以后，我们驱逐舰部队也是要求部队官兵做一流的舰员，也在思考我们如何来改进训练模式，探索新的训练方法，如何和航母共同组成一个编队，去履行我们的使命任务。

音乐扬起，结束

北海舰队副参谋长王凌接受了记者何端端的采访：

出音响：

记者：王副参谋长，北海舰队它的辖区是我们民族有着屈辱历史的地方，就是甲午海战战败、割让台湾等等；同时又是我们民族最骄傲的一个地方——中国第一艘航母诞生的地方，在您心里是怎么样认知和理解这样的巨变的呢？

王凌：这个巨变我自己经常也回忆，我当兵的第一年是在旅顺度过的，第二年因为执行任务又去了刘公岛，就是我们的两个半岛承载着中华民族近代史的屈辱，我们国家在近代历史上80多次外敌入侵来自于海上，这在心灵当中的震撼是非常深刻的。民族屈辱之下唤起的是建设强大海军的动力。有了航空母舰之后，它又是一种飞跃、一种大的跨越。

记者：它对于我们海军的建设和发展是一个什么样的标志性的意义呢？

王凌：首先它是大国海军的一个重要标志，再往下讲的话那就是一个海权的夺取。海洋对于我们中华民族未来的发展太重要了，这是我们民族的根本利益、国家的根本利益，必须靠强大的海军去维护。

记者：航母在这里诞生，对于北海舰队来讲，对它的整体部队的建设有什么样的促进作用呢？

王凌：我们舰队一个很重要的任务就是要把航母保障好，比如说我们要在岸上给它提供全套的、信息化的训练设施，因为我们的那个港是一个综合性的军港，作为军港之内的整个部队大家都可以利用这个设施。因为航空母舰执行任务的话是一个编队，通过这个编队的建设又带动了我们各个部队的战备和训练建设。

记者：就是说有一天是不是这样一个战斗群也要拉出去演练？

王凌：这是肯定的。我想那一天不远，而且肯定非常壮观！实际上整个航母的建设从单一平台走向了一个合成的整体，形成了一个作战编组，它又朝着实战能力迈进了一大步，这是非常鼓舞人心的。

记者：你很期待这一天？

王凌：非常期待。我希望能跟着一起走一走，作为其中一员。

混出"我爱蓝色海洋"主题乐，结束

第2集　驰骋海疆向大洋

出音响：威海水警区猎潜艇艇长全训考核实况

压混：

记者：听众朋友，我是朱江。您现在听到的是北海舰队某水警区猎潜艇艇长全训考核的现场实况。

考核音响扬起，压混：

记者：北海舰队副参谋长王凌说，舰艇长全训考核是舰队军事训练中非常重要的内容，特别是驱护舰舰长的考试更为复杂，要求更高。

王凌：一个舰的舰长考核实际上不仅仅是对他本人的考核，而是对全舰的考核，因为全舰每一个岗位都要达到全训合格的标准，它还牵扯到整个信息系统的带动，它是整体性的，这是现在舰长考核很大的一个特点。

混出音响："沈阳"号导弹驱逐舰出海前训练现场

舰长口令

压混：

记者：在刚刚出海训练回来的"沈阳"号导弹驱逐舰上，舰长张长龙又在组织下一次出海前的训练。

出音响：

张长龙：很快我们要出海执行相关的一些训练科目，进行预先的训练。当上舰长以后，除了掌握基本的技能，下决心和做出决策，这是相当重要的一方面。

压混：

记者：舰艇长的综合素质，正在多种形式的训练中提高。王凌副参谋长说，指挥能力更要在实战环境中锤炼。

王凌：现在对舰长的要求高，更多的是谋略和思维，他在技术的应用上面要很娴熟，但是通过技术反映到思维层面的话它要变成战术、变成艺术，指挥实际上是一门艺术。

记者：如何从一个技术指挥官上升到您讲的有指挥谋略和指挥艺术的舰长或者艇长？

王凌：我想促使他们这种转变主要的途径还是靠训练，尤其是靠在战术背景条件下的训练和演习，近似于实战环境的，这也是我们现在在训练当中特别关注的问题，因为你作为一个指挥官、作为一个舰长，你的最基本的职责是指挥作战，而且还要打赢。

主题音乐起，出片花

播（女）：当一名舰长，驾驶战舰驰骋海疆，这是多少热血男儿的青春理想。如今，一代又一代官兵伴随着人民海军成长，他们的"舰长梦"已经化作走向大洋的历史担当！

张长龙：我想我跟所有的大连舰艇学院毕业生的梦想都是一样的，我的梦想也是当舰长，当上舰长以后，我感觉更多的还是一种责任。

孙健：当一名舰长这是我从军一个主要的目标。人民海军走向远海，走向大洋

越来越多，在远海大洋执行任务，我们常态化的出岛链远海训练，战备巡逻，信心更足了。

音乐扬起，结束

出海舰队副参谋长王凌接受了记者何端端的采访：

出音响：

记者：王副参谋长您是哪年入伍的？

王凌：我是1971年入伍的。

记者：当时入伍的时候是就想当海军还是一个偶然的机缘当了海军？

王凌：就想当海军。

记者：你青春时的海军梦是什么样子的？

王凌：当然是想当一名舰长了，但是很遗憾，没当上。

记者：当时入伍当的是什么？

王凌：信号兵，就是旗语、灯光。在驾驶台上看得很清楚，可以始终看到大海。

记者：那怎么就对海这么眷恋？

王凌：看了《海鹰》。

记者：是王心刚主演的电影？

王凌：对。

记者：当时在你心里产生的印象是什么样的？

王凌：就是驰骋在万里海疆，保卫海防，光荣。

记者：当时你就立下了这样的志向？

王凌：是的。

记者：你当时是一名水兵，后来在部队经历了院校的学习吗？

王凌：经过南京海军指挥学院、国防大学的学习。

记者：就是做了高级的培训，然后就这样脚踏实地、一步一步地走上来。从一个士兵一直到现在的将军？

王凌：是的。因为中间工作不断地变化，尽管当时调到机关去，我自己非常不愿意，而且还在战友的面前大哭了一场，但是作为军人来讲服从组织安排。

记者：就是想当舰长，还哭了一次。

王凌：对。

记者：可见你对舰长确实是情有独钟。

王凌：是的。

记者：后来你的工作中有没有接近舰长这样的岗位？

王凌：到了机关工作之后我基本上是在作战部门和训练部门工作，这些工作都是围绕着舰长来做的，就是组织指挥、航行训练，这些都还是跟舰长干了相近的工作，所以我觉得依然是很光荣。

记者：你抓军事训练的理念是什么？你是从什么入手来训练部队的呢？

王凌：第一个方面就是基础，第二个部分就是训练一定要实战化。

所以这些年我们舰队在实战化训练这一块抓的成效是很大的，尤其是信息化条件下的这种实战化的训练，采取各种措施，想了很多办法。比方说去年的12月份到今年的3月底，我们舰队就统一组织了全舰队的部队，全要素、全员额、全领域，每个人都包括进去了，进行战术、技术基础训练，利用了四个月的时间，之后全舰队搞了一个大比武，从这个大比武的效果来看成效很明显，因为有很多专业的同志不断刷新纪录。我们现在每年的战备任务很繁重，但是这几年的战备任务完成得都非常好，其中还是得益于我们这种基础性的训练和实战化的训练抓得比较扎实。

记者：从士兵到将军的道路上让你特别难忘的一些关键的时刻，有没有这样的记忆？

王凌：这样的记忆我感觉非常多，让我最难忘的也是我自己的亲身经历，就是2002年我有幸参加了中国人民海军的首次环球航行，用我们当时的话讲就是圆了我们中华民族的一个梦想。我们航行了32000多海里，132天，到了10个国家的10个港口，我们过了苏伊士运河、巴拿马运河，走了很多我们以前没有去过的海区。

记者：能再稍微具体讲一下当时一些难忘的情景吗？

王凌：让我们感觉到印象最深刻的就是我们每到一个地方，我们当地的华人、华侨都过来登舰参观，而且都向我们一致地表达了一个心愿，就是希望祖国不断地强大、海军不断地强大，这样他们在海外的地位也就更高了，这是让我们很感动的。因此，也就进一步地激励了我们建设强大海军的自觉性。

混出"我爱蓝色海洋"主题乐，结束

第3集　300万海洋国土胸中装

出音响：山东沿海朝连岛领海基点石碑前

副营长程志勇：中国，这是一个国徽，这是中国的标志，你看这个大石碑是岛上领海基点，从这个点往外开始算，12海里的话是我们国家的领海，再往前24海里是一个比邻区，再到200海里是一个专属的经济区……

压混：

记者：听众朋友，我是朱江。这里是山东沿海朝连岛领海基点石碑前。北海舰队某雷达部队副营长程志勇说，领海基点是祖国300万海洋国土的重要标志，为了防止海水的侵蚀，他们每隔两三个月就要把石碑上的"中国"字样用红油漆重新描写一次。三级军士长潘文永说，更重要的是，要让我们海洋国土东大门的标志在心中永不褪色。

出音响：

潘文永：领海基点是我们坚守的一块阵地，包括我们海空，都是我们祖国不可缺少的。所以我们要经常把那个油漆描成鲜红的，就说祖国在我们心中……

主题音乐起，出片花

播（女）：海岛虽小连大洋，海防官兵的胸中装着辽阔的海洋国土。纵观世界海权兴衰交替500多年的历史进程，建设海洋强国需要强大的硬实力和软实力。维护祖国的海洋权益，成为人民海军官兵义不容辞的使命。

某雷达站教导员黄鑫：看见大海就像给自己充电一样，充满力量。

某驱逐舰支队政委孙健：随着我们国家海洋战略调整，加强沿海战备巡逻，维护国家海洋权益这种意识是非常明显，这种练兵的动力也更足。

音乐扬起，结束

海军北海舰队副参谋长王凌接受了记者何端端的采访：

出访谈录音：

记者：王副参谋长，您对维护我们祖国的海洋权益有着什么样的思考？

王凌：我想一方面作为我们海军来讲的话，这是我们的使命、任务，要坚决维护我们的主权和领土安全，坚决维护我们的海洋权益。我们执行了很多次这样的维护国家海洋权益的任务，现在整个海军广大官兵加强战备训练、加强部队建设，就是要完成好这个任务。同时……

压混：

女（播）：北海舰队副参谋长王凌认为，当前强化全民的海洋意识和海防观念主要有四个方面：一是海洋国土观。根据1994年生效的《联合国海洋法公约》，我国拥有300万平方公里的海洋管辖海域。二是海洋发展观。我国的可持续发展越来越离不开海洋。三是海洋价值观。2001年联合国正式文件中首次提出"21世纪是海洋世纪"。四是海洋防卫观。新世纪我国安全和发展

面临的威胁主要来自海上。

音乐扬起，结束

王凌：比方说关于海洋观的问题，现在大家讲得最多的是960万平方公里，很多人忘掉了我们还有300万平方公里的海洋国土或者叫蓝色国土。

关于海洋发展观，海洋首先是一个大通道，国家之间的交往、贸易都通过它来实现，再有海洋是人类战略资源的宝库，就是我们讲的可持续发展和未来的发展，尤其是像我们这样的国家是离不开海洋的。

第三个就是海洋价值观，尤其是我们作为人口大国，比其他国家应该说对海洋将来的依赖要大得多，这是一种客观的存在。因此开发海洋、研究海洋，大力发展海洋经济对于我们今后的发展至关重要。

再有就是我们的海洋防卫观，那就是加强海防建设、加强海军建设，提高全民的海洋防卫意识，大家都要意识到保卫我们的海洋、维护我们的海洋权益对于国家生存是多么的重要。

记者：现在事实上我们的万里海疆是由海峡两岸的防卫力量在共同守卫着。但是由于一些历史上的原因、政治上的原因，两岸还没有真正建立起这样一个互信和协防的机制，那么对于两岸能联手维护我们的海疆、维护我们的海洋权益，您有什么样的期待呢？

王凌：两岸携手维护我们的海洋权益、维护我们的海疆，我想这应该是我们中华民族每一个炎黄子孙大家的义务和责任，对于两岸之间来讲都是一样的。希望在涉及到我们中华民族的核心利益、涉及到我们中华民族未来的发展、涉及到我们中华民族伟大复兴，从这个大的角度来讲，两岸应该携起手来共同努力。

记者：事实上这也已经牵扯到了百姓的切身利益，比如说最近发生的菲律宾射杀台湾渔民这样的一个事件。

王凌：是的，菲律宾这次射杀台湾渔民的事情也充分地说明了两岸携起手来共同维护我们的利益是多么的重要。

记者：您个人是不是认为从事海军这样一个职业是必然会热爱海洋还是说一定要热爱海洋？

王凌：我想要当一个海军首先必须要热爱海洋，否则他当不好一个海军，同样的话他当了海军之后，我想他一定会热爱海洋，因为他走到海边之后就会发现海洋的美好，海洋对于我们国家发展的重要意义。

记者：我想您这么投身、关注、热爱海洋，您的家人是不是理解你、支持你或者说和您一样的也热爱海洋？

王凌：是的，从父母到我的家庭都非常支持我的工作，也非常热爱海军、热爱海洋。我的女儿也是海军。

记者：她就是考试考的海军院校吗？

王凌：对。我告诉她要当海军。

记者：您是这样希望的，她也真的是在延续您的海军梦。

王凌：是的，她小的时候我们经常在机关加班，她的妈妈值班。

记者：她妈妈也是海军吗？

王凌：也是海军，我们一家都是海军。她妈妈晚上加班，她就跟着我到办公室去加班，我们在那画图、做作业，尽管她很小，她看不懂，但是她很认真地始终坐在那看，所以很小就知道海图、舰艇，慢慢的就是一种熏陶。

记者：未来在她们的那个时代，我想我们的海军、我们祖国的海疆一定能建设得更好了。

王凌：肯定是的，我经常也说她，她们的运气会比我们更好，能看到我们的大发展。

混出"我爱蓝色海洋"主题乐，结束

第4集　海上联合抗威胁

出音响："海上联合－2013"中俄海上联合军演精彩瞬间回放

口令：抛锚！解除抛锚部署，舰艇转入锚泊状态

压混：

第二舰艇编队群指挥员王大忠：确保在编队锚泊期间，能够保障安全。主要是防袭扰，比方说防止恐怖袭击……

压混：

记者：听众朋友，"海上联合－2013"中俄海上联合军事演习7月11日圆满结束，演习的精彩瞬间给人留下深刻印象。

演习音响叠出：

警报声——

口令：战斗准备……

口令：减速为12节，准备向左转向，注意观察！

回答：明白！

声纳声……

"沈阳"舰舰长张长龙：我们要通过声纳包括其他一些设备对它进行辨别、接触，然后进行识别、确认，和实战是一样的……

口令：开始联合护航演练，必须采取措施防止"洪泽湖"号和"伊尔库特"号被袭……

卡27直升飞机声……

导弹实弹射击音响……

海军副参谋长段昭显少将：实弹射击，打得很利索。配合越来越默契。

海军副司令丁一平中将：这是我们的靶环，尽管它只有 60 米长、13 米高，上面我们精确地数了，一共有 21 个洞，有的大洞是多枚弹同时穿过一个弹孔，如果这个小目标是一艘巡洋舰，我们也已经把它打沉了，通过演习进一步提高了我们双方共同应对海上安全威胁的能力。

主题音乐起，出片花

播（女）：这次演习有两个突出特点：一是中国海军第一次组织多兵种、多型号大型舰艇编队，跨出国门到境外陌生海区参加联合军演；二是中国海军大型舰艇编队第一次进入日本海组织联合军事演习；因而具有更重要的意义。

中国海军副司令丁一平中将：气象复杂多变，实际使用武器，组织指挥协同复杂，是一次对我们近似于实战的实际检验和锻炼。

俄罗斯海军副参谋长苏哈诺夫：我们两国海军能够随时抵抗任何侵略，能够面对任何挑战，通过维护海上安全稳定，可以进一步加快两国发展速度。

北海舰队副参谋长王凌：从 2005 年的联演到去年、一直到现在，我感觉到一年比一年好，一次比一次配合更默契，现在确实体现了一种联合，这是最重要的。

音乐结束

记者：听众朋友，中国海军副参谋长段昭显少将在接受记者孙杰采访时进一步谈到四个重要成果，这就是：通过演习中俄海军互信进一步加深，能力进一步提升，经验进一步成熟，自信进一步增强。

出录音：

段昭显：互信进一步加深。体现在我们双方在整个参演过程中共识更加广泛，配合更加默契，协同更加密切，氛围更加坦诚友好，互信得到了大大的发展。

能力进一步提升。今年跨出国门，远离海岸依托到陌生海区，摸索、积累在

远海执行任务的经验，我们初步具备了、形成了既能在家门口和外军遂行联合行动，又具备了在远海遂行联合行动的能力。意义就更加重大。

经验进一步成熟。在演习的组织方式、方法上，初步形成了一整套比较规范的组织程序，一整套比较规范的演习文书，还有一整套比较规范的保障流程，这都为演习成功奠定了坚实的基础。

自信进一步增强。随着今后这种演习步入常态机制化以后，不断历炼当中我们的能力还会不断增强，这样我们的信心就会越来越强。

主题音乐起，出片花

播（女）：段昭显少将在去年和今年的两次中俄海上联合演习中担任执行导演，在不断地积累、摸索和思考中得出三点重要启示：第一、一个前提是互信，第二，他的重要途经是互鉴互补，第三是目标成果是互利共赢。

出录音：

段昭显：从互信互谅来说，组织国际性的双边军事演习没有互信一切无从谈起，我们这两次之所以圆满成功，他的重要原因是两国领导人达成高度共识和战略互信，在这个前提之下我们在组织演习过程中，双方都能够正视由于文化、语言、理念、工作方式等各方面的差异，相互尊重，相互体谅，求同存异，放大共识，达成默契，共同努力实现了一致目标。首先互信互谅是达成共识的重要前提和基础。

其次互鉴互补是一个重要的途经，在这个演习当中，双方都注重认真学习借鉴对方的优长来弥补自身的不足，也都注重吸取采纳对方建设性的意见建议，来提高演习工作的质量和效益，为整个演习的成功铺平了道路。

第三点，互利共赢是重要成果，我们这两次演习，成功的主要标志除了演习本身完成了各项预定的演习任务之外，还有更高层次更深意义的目标成果。从政治层面来讲，演习使得两国领导人定位的中俄全面战略协作伙伴关系得到了务实性的发展；从军事层面来讲，这两次演习既提高了双方海军实战化的能力，又提高了共同应对海上安全威胁的能力。这种重要的目标成果绝不是空谈虚夸的，而是实实在在的。从这个意义上我深刻地认识到，我们中俄两国海军联合军演的平台可以说是对习主席构建新型大国关系战略思想一个有益的实践和探索。

主题音乐起，出片花

播（女）：谈到发展前景，段昭显少将说，中俄两国海军的领导达成了共识，下一步的方向是四化：也就是"机制固化，内容深化，区域广化，组织优化"。

出录音：

段昭显：机制固化。使演习进一步步入常态化、法制化的轨道。

内容深化。下一步要从战略、战役、战术、技术各个层面，来拓展深化科目内容，使演练能够全面提升两国海军海上遂行联合行动的实战化能力。

区域广化。我们还要拓展到远海、大洋，这样使我们两国的战略利益得到切实有效的维护。

组织优化。初步形成了一套规范的东西，下一步还要科学化……

混出"我爱蓝色海洋"主题乐，结束

第5集　纵横古今演兵忙

出音响：

北海舰队航空兵某雷达站操纵员化世杰测报雷达观测情况

压混：

记者：听众朋友，我是朱江。在北海舰队航空兵某雷达站模拟训练室，操纵员

化世杰正在测报雷达观测到的海空情况。只见他眼、脑、口、手协调并用，快速准确，一气呵成，大大超过了标准速度，不愧是所在部队专业比武的冠军。

出音响：

化世杰：操作员主要就是靠眼睛，还有口报，也需要手上功夫，加上脑功就是四功。

记者：你怎么来提高你这方面的素质呢？

化世杰：努力刻苦训练，积累自己的经验，丰富自己的知识。

压混：

记者：教导员黄鑫说，雷达兵要有默默坚守的硬功夫。

黄鑫：古人说"养兵千日，用兵一时"，我们雷达部队是"养兵千日，用兵千时"，时时刻刻都在值班，时时刻刻都在担负战备任务。可能没有战场上的轰轰烈烈，但是这种默默无闻的坚守，也能体现我们的价值。

压混：

记者：持之以恒的坚守，并不等于墨守成规，应对信息化发展带来的挑战，也是他们必备的素质。当了十几年雷达兵的李志，是专业比武夺魁的一流标记员，但是他们单位信息化设备更新，将大大提高工作效率，逐步减少人工标图。李志对自己的价值做了新的思考：

出音响：

李志：但是我不能把这个专业丢了，你不能保证这个信息化有时候可能出现故障或者是中断，这个时候必须我们人工马上能够顶得上，尤其在大任务的时候更能体现你的价值。

记者：双保险？

李志：对。

压混：

记者：不过李志清醒地意识到，人工标图的技能虽然不可以丢，但仅有这个技能已经不能满足信息化发展的需要。比如现在安装了一个"雷达站执勤信息系统"，需要情报分析专业，他便开始学习新的知识和技能。

出音响：

李志：作为雷达兵，我认为以后的发展趋势，肯定都是往信息化发展，但是信息化设备再先进，肯定离不开人的操作，更好地把设备操作好，更好地为航空兵提供更及时、准确、连续的情报，感觉自己还要学的东西很多……

主题乐起，出片花

播（女）：为了提高官兵的综合素质、开阔视野、厚植内涵，部队采取多种方式开展练兵活动。营区内设有"战争墙"、"兵法苑"，巨大的计算机键盘和鼠标模型，醒目的石刻彩画，既瞄准当代军事科技前沿，又吸收中华古代兵法的营养。

出音响：

黄鑫：这个是战争墙，两部分，一个是古代，烽火台，千里报警。另一块是现代战争，雷达海天预警。这个烽火台实际上就是古代雷达的雏形，雷达是遇敌报警，烽火台也是……

这是我们站的兵法苑，把《三十六计》和《孙子兵法》以竹简的形式刻在这里……

音乐扬起，结束

记者：教导员黄鑫带着记者参观了他们独具匠心的营区建设后，又说起自己创办的"士兵讲武堂"，是要"借古之精华，练今之强兵"。

出音响：

记者："三十六计"是谁的主意？

黄鑫：我的主意。我感觉这是我们中华文化传统一些好的东西，老祖宗总结

出来的。有30棵小白杨，当时我想怎么把它们变成景观，把三十六计弄上去。废弃的桌子板锯了，第一棵树是第一计，刻出来，拿油漆刷成红色的，给系在树上，我把六个败战计都捆在一棵树上。我们用就用前面的胜战计，不用败战计。后来我想不能只刻在墙上，应该刻在他们的心里。今年年初，一人一计，你看明白，你上去讲，讲明白。

记者：这个三十六计分给每个战士，一人讲一计？

黄鑫：对，士兵讲武堂。

记者：这个士兵讲武堂也是你想出来的？

黄鑫：对。我从小就挺喜欢军事的，以前喜欢看那些历史书，包括古代的，"二战"，"一战"，比如说潜艇的，一个是潜艇的战争史，一个水面舰艇战争史，我小时候读《三十六计》，也喜欢看这些东西。我提倡官兵读书，我想让大家讲。

记者：讲得怎么样？

黄鑫：第一计印象很深刻，瞒天过海，我也给他们讲了一遍，实际上这个瞒天过海讲什么，常见者不疑，给他们举一个例子。比如说"二战"时候，诺曼底登陆，101师投放空降兵，就是用的瞒天过海。第一次投放，德军很警惕，用炮打，部队围剿，发现扔下来是橡皮人，紧接着第二天夜里又空投，德军再打，又是橡皮人，第三天又是橡皮人，慢慢德军不打了，真正到了诺曼底登陆那一天，美军101师全部登陆的时候，德军以为还是橡皮人，实际上都是真人。就是常见则不疑，备周则意怠。后来我这么一给大家讲，大家就明白了。以后所有战士按照这个套路来讲，效果我感觉是挺好的。

记者：教导员哪个学校毕业的？

黄鑫：我是空军雷达学院毕业的。

记者：具体专业呢？

黄鑫：信息工程。

记者：一毕业就一直在海边？

黄鑫：分到海边，作为一名海军感觉挺自豪的。连队搞营院建设，海上有礁石，搬回去在连队的阵地上拼了一个大的海军的锚，当时做海军锚角上那个尖，三角形的石头，沿着海边走了好远，才发现这个石头感觉像海军锚的尖，很漂亮。还有阵地上做了一个大的象棋盘，小的鹅卵石拼成象棋的那个格格画，然后捡的大小差不多的鹅卵石，将帅马炮，拿刀刻出来，拿红油漆和黑油漆刷，大家搬石头，下象棋。

记者：你在这个部队建设得确实非常好，我们也看到了，是不是也倾注你的志向？

黄鑫：虽然说我们作为海军也没有驾驶着战舰在大海上驰骋，也没有驾驶着战鹰在天上飞，我们可能就是幕后的英雄。人的一生，不是用金钱来衡量，当兵到现在感觉是价值感。激发官兵练兵的热情，每个人提高一小步，整个连队前进一大步。习主席提出"听党指挥，能打胜仗，作风优良"，士兵讲武堂是人人学兵法，个个谋打赢。

混出"我爱蓝色海洋"主题乐，结束

第6集　海岛男儿海防情

出音响：

沈阳军区某要塞区直属高炮营教导员石瑞清唱——

"云雾满山飘，海水绕海礁，人都说咱岛儿小，远离大陆在前哨，风大浪又高……"

压混：

记者：听众朋友，我是马艺。这是我在外长山岛采访沈阳军区某要塞区直属某营教导员石瑞的时候，他唱给我听的。他说这首《战士第二故乡》就是写他们这些驻防海岛官兵的，不仅他会唱，所有海岛官兵都会唱。

石瑞清唱（或歌曲）扬起，

"……自从那天上了岛，我们就把你爱心上……"

压混：

记者：石瑞说，海岛上的官兵和岛上的老百姓都对这首歌有特殊的感情。他们训练之余唱、劳动间隙唱、军地联欢会上唱，送别战友时唱，唱起这支歌，心里满满的。

出录音：

石瑞：我入伍整 20 年。我刚上岛的时候，路都是石头的，也没那么多路，就你们来的时候，下船的时候，最早那块儿没有码头，建出码头之后没有路，我当兵的时候就开路，这岛上所有的公路实际上都是部队开的，地方搞城区的改造、绿化，处处都遍布了咱们基层官兵的身影。

混出歌曲《战士第二故乡》——

"……有咱战士在山上，管叫那荒岛变模样，……"

压混：

记者：教导员石瑞在岛上的 20 年，参与和见证了这里的发展变化，他说很多守岛老兵都愿意回来走走看看，因为这里记录着他们的青春，每一条公路、每一片绿化带，是他们把这第二故乡变了模样。

石瑞：看着海岛这么多年的发展，总感觉到不管是哪个地方、哪个位置，发生了巨大变化，又有了新的成果，也有我的一份功劳，觉得这是家。

歌曲扬起——

"……亲爱的祖国，你可知道战士的心愿，这儿就是我们的第二个故乡……"

歌曲渐弱－－

记者：海岛的天气说变就变，总是大雾弥漫，或风大浪高，运输船时常不能按时把蔬菜从陆地运到岛上，造成了海岛"吃菜难"。但是官兵们在临海山坡上辛勤耕耘，建起了"南洋农副业生产基地"。走进蔬菜大棚，自产的时令蔬菜品种多样，鲜翠欲滴。

出音响：

北海舰队驻海洋岛某大队南洋农副业生产基地蔬菜大棚内——

记者：这是副班长李晓，你老家什么地方？

李晓：山东的。咱南洋这个地方在海洋岛就算比较暖和的，在冬天比较暖和。上大棚里面看看。（脚步声）

记者：这品种还挺丰富的。

李晓：现在有十几个品种吧，这边是小白菜，这是菠菜，这个是鸡毛菜。

记者：像这样的大棚有几个？

李晓：咱上面是三个，一共是六个。摘了几根黄瓜尝尝。

记者：（品尝）嗯，真好……

李晓：在这儿待了十来年了就有感情了，每次休完假回来，一见这个大门就感觉好不容易又回来了，把这儿当成家了，各个方面都适应了。

主题音乐起，出片花

播（女）：云雾依然萦绕，荒岛已变模样，官兵们建设的第二故乡，更是他们建功立业的疆场，正像歌中唱到的那样："亲爱的祖国，你可知道战士的心愿，这儿正是我最愿意守卫的地方。"

北海舰队大鹿岛观通站指导员葛卫：我们是祖国海上长城的一块砖，对于祖国的海防线来说，我们是发挥了一定的作用。

沈阳军区某要塞区广鹿岛独立营海防连三班长孔涛：我们作为海岛官兵，一方

面是作为一名军人，保卫国家每寸领土是一种职责在身上，另一个也是希望能够给全国人民安定繁荣的一种生活。

音乐扬起，结束

记者：近年来，海岛部队的装备在更新换代，一批批新型舰艇入列，一套套新体制观通设备换装。今年年初开始，驻海洋岛某猎潜艇大队参谋长魏东雷就带领艇队官兵投入到接装训练之中。

出录音：

北海舰队驻海洋岛某猎潜艇大队参谋长魏东雷：

随着装备的转型，"056型"轻型护卫舰逐步进入部队，现在也在开展一项叫百日强化训练活动，这是从5月初开始的，计划用100天的时间对新装备的知识进行学习。轻护列装之后，它下一步的任务包括日常性的巡逻、战备性的巡逻，参加各种重大演习训练。

记者：家在哪？

魏东雷：家在大连。

记者：孩子几岁了？

魏东雷：我的孩子三岁半，从我的孩子生下来到现在可能加起来见面的时间还不到一个月，现在回家，我的孩子跟我一点都不亲……

压混：

记者：谈起训练斩钉截铁，说起儿子言语哽咽。魏东雷说，每次出航归来都想把大海的气息带给儿子，想把战舰的故事讲给儿子。

出录音：

记者：想跟他分享的是什么？

魏东雷：我想跟他分享的还是荣誉，我希望他能为他的父亲当过兵、保卫过边疆而自豪，我觉得这就是我带给他最大的，他因为自己的父亲有自豪感、荣辱感，能够激励他以后的成长……

记者：北海舰队旅顺基地魏刚司令员总是说，"干海军就是乐趣，是他从小的追求"，这位曾经担任过第一代国产驱逐舰051型驱逐舰银川舰舰长的海军少将，对驻防海岛的官兵们有着很深的感情。

出录音：

记者：在很多的岛屿都走了一下，采访了很多基层的官兵，凡是有图片的地方，我们都注意到您会跟基层官兵合影，问寒问暖。

魏刚：旅顺基地的官兵有着吃苦耐劳、勇于奉献的传统的思想和基础。所以不管是在海洋岛上的官兵还是在陆地的官兵，他们都为了国防的建设牺牲自己的利益，投身我们军队的建设，为了国家的安全稳定奉献自己。

混出"我爱蓝色海洋"主题乐，结束

第7集　辽阔海疆写人生

出音响：朝连岛领海基点石碑现场

王仲林：……趁着这次机会，有大船，母子俩非要上来看看，代表军属……来爸爸给你讲一下，你看这个大石碑……

压混：

记者：听众朋友，我是朱江。在黄海前哨朝连岛上，记者碰到北海舰队航空兵某雷达站司务长王忠林，他特意带着刚来探亲的妻子和三岁的小女儿来到一块石碑前，给她们讲着最值得看的一道景点：

出音响：

王仲林：……中国，这是一个国徽，这是中国的标志，这是我们领海基点……

压混：

记者：王仲林说，小岛无淡水、无市电、无常住居民、无固定班船，然而这座不大的石碑，却镌刻着小岛不同寻常的身份——中国领海基点岛。这里的每一位雷达兵都深深懂得，虽然驻守"四无"小岛，却拥有一份守卫祖国海疆前哨的光荣使命。八零后士兵蔺栋说起自己上岛当兵的得与失，更觉得这段经历是他人生难得的宝贵财富。

出音响：

蔺栋：当时青岛有一个电视台是"生活在线"节目，播放那一年是很多老兵去岛上回访。当时我爸在看："你看你看，你看这个部队多艰苦"，我当时跟我爸开玩笑说："打死我也不去这个部队。"巧了，当年就来了。

记者：来了以后知道这是领海基点？

蔺栋：当时不知道领海基点是什么意思，是潘班长告诉我的，他说这是一个领海的方位基点，当时只是在电影和电视上看到中国两个字，没有想到就在眼前，真的有自豪感，感觉特光荣。

压混：

记者：六年的守岛生活让蔺栋变得成熟、有担当，虽然因为交流的不便使26岁的他至今还没交上女朋友，但他依然想着先立业、后成家，让青春在小岛绽放光彩。

出音响：

记者：还准备在这里呆多久？

蔺栋：今年争取自己留队，若是留下，还有四年。争取找一个对象。

记者：喜欢什么样的女孩？

蔺栋：我在岛上三个对象散了，现在感觉能等得住我的就知足了，正儿八经的理解我，在海岛结婚，海岛婚礼，我觉得挺好的。让她知道我将来有小孩，我也会把他领到岛上来。

记者：三级军士长潘文永，是蔺栋的班长。说起他 17 年的守岛生活，潘班长觉得在小岛实现了自己的人生价值：

出音响：

记者：你今年多大年纪？

潘文永：今年 37。

记者：你老家是哪里？

潘文永：我老家是广西南宁。我爱人跟小孩都还在老家。

记者：天气恶劣的时候多吗？

潘文永：岛上天气恶劣的时候很多。夏天基本上是大雾，冬天那个大风。

记者：有没有觉得自己为什么要在岛上这么长时间？

潘文永：也想过，但是职责所在，守卫海空。慢慢的感觉舍不得离开了。熄灯以后，睡不着看看海景，看看渔火，真好，那个景色很美。特别是早上，有时候我们就说海景房，躺在床上就可以看日出，太阳慢慢地升起来，坐在床上看日出，景色特别美。

记者：都说人在某一个地方坚守，为了追求一种人生价值。

潘文永：我能留在岛上，也是我的一个缘分，毕竟我呆了 17 年，也是我奋斗了 17 年，可以说以岛为家，以苦为荣，老一辈把精神传承给我，我能够给连队和战友们发扬下去。

主题音乐起，出片花

播（女）：在这些年轻海军的心中，他们所在部队的领导——北海舰队航空兵副政委杨志亮，就是看得见、学得着的英雄前辈。杨志亮海军大连舰艇学院毕业后报国从军，1988 年在维护领土主权的"3·14"海战中，被子弹扫断左臂，他把打伤的胳膊别在皮带上，继续英勇战斗，荣立一等功。他

常说军人的生活就意味着艰苦，意味着奉献。

音乐扬起，结束

杨志亮：作为一个军人有幸能够用自己的鲜血捍卫祖国的尊严，这是我一生的荣耀，这是我终生的自豪。

记者：据说当时舰长给你下达命令，让你带领第二组准备去捍卫国家海洋权益的时候，你曾经换上一双新的胶鞋，而且把自己的手表和钥匙放在房间里。

杨志亮：作为水兵登礁作战，那是没有任何掩体，离开战舰就没有想着能够回来，特别是我们面对着镜头，对祖国人民宣誓完了以后，就是义无反顾，视死如归那样的豪情壮志奔赴到战场。

记者：当时你的爱人那个时候还是女朋友，还在远方等待着你，当时有没有想跟她留下一些什么话？

杨志亮：那个时候在热恋之中的青年，我相信都是能理解那段很特殊的情感时期，因此在上战场之前，也是草草的写了"我就要登礁了"，留下了这么一句话。

记者：后来日记本给她看了吗？

杨志亮：后来还是看到了。

记者：据说很多医护人员和战友都付出了挺多的努力，为了挽救你的生命。

杨志亮：因为当时受伤之后，由于流血过多，在返回大陆途中，经过了四天三夜。

记者：非常危及生命了。

杨志亮：醒了以后，医护人员告诉我的，血色素只剩下 5.6 克，人一多半的血已经丧失掉了，我当时回到湛江医院之后，他们输了 2600 多毫升的血。首长十分关心，听说是大学生，海军司令员张连忠专门指示医护人员要全力以赴，用最好的医生，最好的药全力抢救过来，因此这么多年来，我始终以感恩之心，勤奋工作。

记者：你的孩子也即将大学毕业了，你对他的军旅生涯有什么样的期待？

杨志亮：我儿子是在复旦大学物理系一个高材生，据他跟我讲，他们这个系每一个人都有 6 个单位去聘用他们，可以说复旦生在上海就业是非常顺畅的。但是，到临毕业了，我们父子做了一次交流，我说一个人要把自己的理想和国家的梦想结合起来，我感到只有海军梦实现之后，才能实现中国的梦，因此我动员我的儿子，我说你还是要到部队来，为实现蓝色的梦，为实现海军强军的梦，做一点自己应做的事情。军队需要人才，需要知识，来驾驭我们现代的装备。尽管儿子经过一些思想斗争，现在基本上同意到部队来。

记者：也是当海军？

杨志亮：是。我想还是让他当水兵，到舰上去，真正的水兵，到大海上去。如果有可能的话，还是要把他送到我的母校大连舰艇学院去培养。

到部队升官发财，不要进来。部队就是跟苦连在一起的，军人的生活就是意味着艰苦，意味着奉献，这是我几十年来深深的体会。但是作为一个优秀的年轻大学生来讲，这也是自己展示才能一个很好的舞台，是实现人生价值一个很好的平台，祖国和人民都是会承认你的。

混出"我爱蓝色海洋"主题乐，结束

第8集　海岛灵山任鸟飞

出音响：北海舰队某部灵山岛哨所

记者：我们现在来到全岛最高的一个地理位置上？

李绍宝：对。

记者：我们看到塔架上面就有窝？

李绍宝：对。这个是喜鹊窝。

记者：现在有几只喜鹊在里面？

李绍宝：现在有两只喜鹊，上面有喜鹊蛋，正在孵蛋。

记者：那你们爬上爬下就能看到变化？

李绍宝：对。就是感觉喜鹊窝搭在我们营区特别的亲切。

压混：

记者：听众朋友，我是朱江。在黄海灵山岛山顶上的北海舰队某部哨所，坚守了 12 年的士官李绍宝说，灵山岛海拔 513.6 米，是除台湾岛和海南岛外中国第三高岛。古籍中就有"未雨而云，先日而曙，若有灵焉"的记载。山顶上没有居民，郁郁葱葱的茂密山林吸引着一批又一批的候鸟，喜鹊、斑鸠等成为哨所官兵们的好伙伴。

出音响：

李绍宝：候鸟来我们岛上特别多，尤其是斑鸠，鹰特别多。天蒙蒙亮的时候，那是特别的多，一起飞。我们早晨起来晨练的时候，看到路边非常多的鸟类在这里。有的时候一群一群往这边飞。

记者：大概有多少？

李绍宝：一群基本上是七八十只，五六十只这样的。有候鸟在我们营区，跟我们相伴，感觉特别的亲切。

出鸟叫声，压混：

记者：你能听出这是什么鸟叫吗？

胡学彬：这个是麻雀。

记者：你怎么称呼？

胡学彬：我叫胡学彬。

记者：你是在这里做什么的？

胡学彬：我是观测站的士官长。

记者：多长时间了在这里？

胡学彬：我在这里工作有7年多了。

记者：还有什么样的鸟你们经常遇到？

胡学彬：有喜鹊、麻雀、乌鸦、斑鸠，有时候还有很多的老鹰在这个附近，还有海鸥。

记者：你能辨别出喜鹊的叫声？

胡学彬：能辨别出来，我们每天早上起来，第一件事就是听到它们在那里叫唤。我们现在早上六点钟起来是出操，它同时在唧唧喳喳的叫着，好像跟我们打招呼一样，很热闹，成了我们的好伙伴。

压混：

记者：官兵们形容在灵山岛山顶生活就像是"夏穿云雾，冬走冰川"。夏天大雾迷漫，有时一连二十多天不见太阳，甚至伸手不见五指；冬天风大雪厚，执勤巡逻常常走在冰川上。李绍宝说，官兵们和飞鸟和谐相伴，而且彼此激励，度过了一个又一个暑去冬来。

出音响：

李绍宝：风大的时候这个地方基本上不敢来人了。特别大这个风，咱们根本站不住在这个地方。

记者：看下去底下是青翠的海岸和绿色的植被，这条执勤路多长距离？

李绍宝：100多米。

记者：正常情况下走，大概多长时间？

李绍宝：正常情况下就是三五分钟。

记者：如果是下大雪呢？

李绍宝：下大雪，路面有冰的时候，半个小时走不上去，而且风特别大，根本

走不动，扶着边上的护栏慢慢的一步一步地往上挪，特别难，路边特别的滑。

这个喜鹊窝，搭了好几年了，每年到冬天的时候，尤其是风大的时候，给刮掉下来，树枝掉下来在这边，我们捡过去理一理，放到那边，喜鹊又重新把树枝一根一根叼上去，把窝做好。看到喜鹊的毅力特别的坚强。

记者：喜鹊搭窝让你感觉坚强？

李绍宝：坚强的毅力，它都能够搭在我们这个山顶上，风这么大，它都能搭在这个地方……

主题音乐起，出片花

播（女）：在朝夕相处的生活中，灵山岛的官兵深深感受到鸟类是人类的朋友，鸟类在维护生态平衡、保护自然界绿色植物方面功不可没，"森林医生"、"灭虫能手"，都是人类对它们由衷的褒奖。随着灵山岛旅游业的发展，官兵们发现飞鸟遭到过度捕杀，便自觉的为保护生态环境尽义务，胡学彬说，他们要努力还给飞鸟那片自由飞翔的天空。

音乐扬起，结束

胡学彬：前几年，有很多人捕杀鸟类。

记者：你遇到过吗？

胡学彬：我们都遇到过。

记者：用什么方式？

胡学彬：买的跟捞鱼的网似的，布设在这个山上。很多次我们进行制止，把他们的网给他们收了。还有看到有些小鸟，我们把小鸟给它摘下来放了。

记者：当时怎么想的？

胡学彬：小鸟也是一种生命，我们不想失去这个伙伴，跟我们长期生活在一起，像我们的朋友一样。我们每个人都会尽职责去保护好这片美丽的地方，不愿意去破坏这个美好的环境。

记者：你除了把这个网子收了以外，还做什么？

胡学彬：我们还向上级有关部门反映这种事，也跟他们打过电话，还跟新闻热线反映这个问题。

记者：那个节目叫什么？

胡学彬：《生活热线》，还有《新闻60分》，我们都给他们打过电话。

记者：当时怎么想起来打电话？

胡学彬：因为他们大量的捕杀小鸟，对自然生态环境是一种破坏。我们作为官兵，保护大自然是我们的职责。

有关部门后来过来管了这个事。派了直升机过来看了一下。也有人过来查了这个事。

记者：后来这种事情被制止了吗？

胡学彬：现在基本上没有了。

压混：

记者：观通站站长张功友说起士官李绍宝爱鸟护鸟的故事十分感同身受。

出音响：

张功友：去年大概十一月份时候，让我记忆非常深刻，当时那个老兵李绍宝，看到那个鸟说实在的挣扎的，可能那个腿折了，当时他们值班的时候把那个鸟从那个网上拿下来了，放到下面，弄了一个纸箱大概养了一个多月，后来看能飞了，把它放走了，这个事挺感动的。

其实我们在这个地方守岛，高山的海岛，平常从我们内心情感来讲，人比较少，你说与动物为伴，与花草为伴，感情有一种内心自然的很亲近的感觉，所以一旦有这些破坏环境或者捕杀鸟类，自觉不自觉有一种保护的冲动，

记者：我们官兵非常注重生态保护的方面，我们意识也很强，有没有通过我们和岛上居民的沟通互动，提升他们一种生态环保意识？

张功友：这个有，像去年年底包括今年年初，岛上也成立了一个护林队，一方面是保护岛上的一草一木，珍惜植被，另外一块是候鸟迁徙时候，他们基本上每天有巡逻，整个山头，看到捕鸟的，一方面是把那个网给收了，另外一块是看到这个鸟及时的放生。

记者：我们军民一起努力才可以。

张功友：是。多宣传，多教育，你通过自己的行动带动大家，告诉他们保护环境，保护岛上植被，保护候鸟。保护环境就是一代一代老兵传下来，传统保持得非常好。

混出"我爱蓝色海洋"主题乐，结束

第9集　生态环保航母港

出音响：采访航母军港生态环境建设

于海峰：我们航母来了之后，勤务保障等等这一块，都是我们具体干的……

压混：

记者：听众朋友，我是朱江，在我国首座航母军港，记者看到码头上黑、蓝、黄三种颜色的不同泵口，可以源源不断地给航母补充油、水、气。北海舰队某综合保障基地勤务保障大队政委于海峰说，"辽宁"舰这个庞然大物每天消耗的油、水、电、气等能源物资是常规水面舰艇的数十倍。同时，航母上多型战机使用的航空油料就多达数十种；航母靠泊时，仅水的保障就多达六七种。所以，排污问题也相应地要花更大的力气解决好。

出音响：

记者：那是什么？

于海峰：我们自己造了一个污水接纳船，污水船进行第一步处理，再排到大的污水船上，运走进行处理。

记者：运到哪里去了？

于海峰：码头建立一个污水处理站，经过几级净化，经过处理，有一部分是变成水了，有一部分是变成其他的油料了，有一部分处理掉，成为中水，浇花这些。建生态军港，所有的水、油的处理都保证生态化……

压混：

记者：综合保障基地政委严烈把建设生态军港、环保军港看作航母保障人的梦想，他说这个梦想是和强国梦、强军梦连在一起的。

出音响：

严烈：国家有强国梦，我们军队有强军梦，作为航母保障人，我们每个人也有自己的美好梦想，我们将把个人的梦想与强军梦，强国梦紧密的联系在一起，履行好自己的职责，保障好航母的各项工作，真正为航母战斗力的提升做出我们应有的贡献。

压混：

记者：作为我国第一艘航母"辽宁"舰的勤务保障部队，他们深知建设好生态环保军港的重要性。军港管理保障队队长乔艳鹏说，生态环境保护工作也事关航母的战斗力。

出音响：

乔艳鹏：它的环保，甚至连接着战斗力，讲得浅显一点，如果舰员经常的往船上周围扔东西，它会有大批的海鸥来寻食，这样飞机起降什么的，就会影响它的安全。我们军港保障队就有一句口号，军港是我家，环境靠大家。现在每个人经常在港里捡垃圾，捡瓶子，用我们的行动带动大家的环保意识。辽宁舰的战士也是做得特别好，他们垃圾分类，垃圾无害化处理，做得很好。

记者：那个船边上，码头边上没有什么海鸥之类的？

乔艳鹏：对。有防污围栏，桔红色的，即使有几滴油，也不让它漂出去，防污围栏，外面还有一道排污系统。

主题音乐起，出片花

播（女）：航母勤务保障部队立足本职，放眼世界，立志高标准建设生态环保军港。乔艳鹏队长特别谈到他们很重视航母废弃物的回收利用，采用先进的生产工艺，变废为宝，从根本上减少污染物的产生。在保障航母战斗力的同时，尊重自然，追求绿色文明，保护祖国海疆的碧海蓝天。

音乐扬起，结束

出音响：

记者：你们现在想建立生态港？你们是怎么考虑，又是怎么着手做的？

乔艳鹏：建立生态军港，首先就是抓好环境保护，从每个人的意识开始。另外，加强设施建设，现在我们港里有污水站，包括咱们辽宁舰，有排污系统，刚开始"辽宁"舰靠过来，右舷靠码头，右舷可以排污，左舷排不了，我们基地攻关，研制了一套左舷排污系统，就是在海上，把这个排污管线接过去，把它左舷接过来，

记者：从左舷出来以后进行什么样的处理？

乔艳鹏：进入生活污水收集池，然后再打到生活污水处理站，处理完以后水可以达到中水，中水可以用来浇花，洗车。

记者：中水是什么？

乔艳鹏：中间的中。饮用水和污水中间，可以再利用。

记者：还有一部分是做什么？这个污水处理完了以后有几个去处？

乔艳鹏：中水处理完，主要是用来浇花，用来洗车，用来冲厕，我们基地现在正在做一个大的规划，生态军港，环保军港，将来中水，第一步先处理完，将来

可以接入各个生活系统，各个房间，冲厕用的水都是中水，这样会省很多。

记者：再生水，最后剩了中水可以再利用，其他的废渣什么都没有了？

乔艳鹏：留下的残渣，里面是有机物已经被细菌吃掉了。还有一部分的废渣，这种废渣有害物质是很少了。

记者：就把它当垃圾处理掉？

乔艳鹏：对。或者是沉淀一部分的废渣可以当肥料，在田野里施肥什么的用。

记者：从那口出来就是你们管是吗？

乔艳鹏：是有一个收集池，这是第一步。下一步就要把这个收集池里面的中水跟各个单位连起来。

记者：从排污的角度讲，没有对海洋造成任何一点污染？

乔艳鹏：对。

记者：一开始你们已经考虑这个问题？

乔艳鹏：对。环保对军港来说，几十年研究的课题，我们老港区开始已经建了海军第一家的污水处理站，就是生活污水和油污水，包括"辽宁"舰的油污水，现在的油污水主要是洗舱水，如果有的话，也有油污水管道，也可以直接的接入污水处理站，污水处理后，由200毫克每升含油量达到小于3毫克的含油量。

记者：油水最后处理完了以后做什么？

乔艳鹏：油污水不能回收再利用了。只不过这个水里面油的含量极其的低，然后排了。

记者：那个没有回收价值了？

乔艳鹏：那个没有回收价值了。

记者：刚才听说油还能回收？

乔艳鹏：对，油可以回收，其实就是把油污水里面能用的油给回收出来，不能用的水排掉，水里面的油很少了。

记者：回收出来的油是做什么？

乔艳鹏：回收的油将来进一步的提炼处理。

记者：这个也是有长远的规划。

乔艳鹏：对。

记者：你们环保意识的建立，这样一种思考，从你的角度，你是怎么理解的？

乔艳鹏：我感觉从我们一跨入军港的门，我们从事这个专业就是军港专业，大家必须树立环保意识，因为海里资源都是不可再生的，你污染了，对自己不负责任，对子孙后代也不负责任，对老百姓也不负责任，所以我们必须把军港搞好，这是自觉行为。

混出"我爱蓝色海洋"主题乐，结束

第10集　碧海蓝天铸利剑

出音响：国产新型第三代战机舱门开启声——

出录音：

记者：这个就是舱门打开？

洪志成：对，舱门打开。

记者：这个是新型战机的座舱是吗？

洪志成：对，这是新型战机的座舱。这个座舱盖全部是隐身的，所有飞机上的材料都是用新型材料……

压混：

记者：您好，听众朋友，我是记者穆亮龙。在海军南海舰队航空兵某部队的飞机库，记者登上了三层楼高的国产新型第三代战机。最先把新战机接到部队的工程师洪志成熟练地开启舱门，满脸自豪地介绍着现代化战机的优秀性能。

出录音：

洪志成：我们这个座椅是一个亮点。这两个座椅性能，可以达到零高度、零速度的弹射救生。它的救生系统特别好，在飞机马上要着陆，只有两三米的时候起跳、打开，跳伞成功了。

我们飞机是重型全天候远程轰炸战斗机，我们的航程、作战半径足够应付我们南海局势。现在我们已经进入了值班阶段，随时可以保证应急出动……

压混：

记者：新型战机装备部队后已经形成战斗力，担负起海天战备巡逻任务。海军南海舰队航空兵某师师长、特级飞行员白海平说，新战机实现了全电脑化操纵，要求飞行员在空中快速反应、迅速处理各种数据链提供的信息，而新武器作战性能的大幅提升，更是对飞行员实战化训练提出了更高要求。

出录音：

白师长：近距离空战、空中格斗的时候，现在我们三代机的空空导弹，包括空舰导弹，都是超视距攻击，区别很大。通过我们平时对战法课题的训练，还有演练、演习这些任务，逐步完善我们的战法，真正在实战中顶用管用。

特别是我们现在组织在海上超低空训练，离海面高度大概就是五十到八十米这个高度，夜间都可以达到80米的高度。

记者：很低了？

白师长：海上飞行，蓝天碧海，跟陆地不一样。而且我们现在超低空飞行要达到20分钟以上，所以精力和体力消耗很大。感觉对飞行员的心理素质、技术是一个很好的锻炼。

记者：夜间飞行和超低空飞行，我们加强这方面训练也是更加贴近实战化的需要？

白师长：对。这个是根据实战的需要，隐蔽突防……

主题音乐起，出片花

播（女）：部队在实战化训练中最大限度的发挥新装备的性能优势，战斗力显著提升。伸海大航程以及海上超低空突防训练取得突破性成果。伴随着人民海军远海训练逐步实现常态化，南海舰队航空兵正努力在碧海蓝天之间铸造"空中利剑"。

南航某师政委高树建：我们提出口号，我们要做蓝天的利剑。不畏强敌、迎难而上、敢打必胜、勇当先锋，这是"蓝天利剑"精神的内涵。

南航司令员王长江：寸土必争，寸海不让，捍卫领土主权，维护南海稳定是我们的使命所系，责任所在。

音乐扬起，结束

记者：王司令员，您好。

王长江：你好。

记者：很高兴，作为南海舰队航空兵的司令员，您能在百忙之中接受我们采访。听说您今天正在指挥着一场比较大型的演练。

王长江：是的。今天我们这个演习是比较大的一个实际武器实兵演练，就是要打导弹。

记者：实弹？

王长江：对，今天我们担负着发射空舰导弹、空空导弹。

记者：演习进展到现在，您感觉怎么样？

王长江：今天天气比较复杂，总体还算比较顺利。平时我们训练也经常搞。

记者：这个只不过是一个阶段性的、比较大型的？

王长江：对，对前一段训练成果的一个综合性检验。

记者：我们海军远海训练逐步的实现常态化，南航部队在常态化训练进程中，将要有什么样的作为呢？

王长江：狠抓伸海大航程，远程奔袭等远海训练，以及实战背景下的海上低空、超低空突防训练，从中进一步的促进飞行员陌生海域、陌生空域的技战术生成。应该说隐蔽突防能力，有了实质性的提高。

记者：你们飞行距离是不是现在也比较远程了？

王长江：是。过去南航部队装备的都是歼-5、歼-6飞机，随着装备的不断更新换代，先后又装备了歼-7、歼-8飞机，到了"十一五"以后，换成三代战机。三代战机的作战半径显然要比歼-7、歼-8要远了，所以我们现在所担负的日常战备巡逻任务，比以往距离更远了。

记者：最远到什么位置？

王长江：最远已经到了我们祖国最南端曾母暗沙，东边我们出了巴士海峡。

记者：这两次远程的奔袭训练情况怎么样？

王长江：都比较圆满，比较顺利。我们主要一个是制海作战能力得到提升，制空能力也得到了很大的提升，另外协同作战能力得到了提升。

记者：现在海洋在全球的战略地位越来越明显，围绕海洋权益的争夺斗争也是越来越尖锐复杂。

王长江：所以南海的局势从现在看也是热点地区、敏感地区，我们常年365天担负日常战备巡逻、查证、跟踪和监视的任务，这种任务比以前是越来越繁重。我们想牢牢的把握在未来战争中的角色定位和使命担当，始终向准备打仗聚焦，向能打胜仗努力。

记者：您是哪个学校毕业？

王长江：我当年是空军十航校毕业，我一直是从事飞行训练工作，飞行员。

记者：飞了多少年？

王长江：我飞了32年，1977年飞到2009年。

记者：司令员您叫长江，和大海却结了缘。

王长江：这是巧合吧，我哥哥叫王长海，也是有缘。当年我们很有幸，在空军培训，毕业以后分到了海军。

记者：您曾经飞过南海上空吗？

王长江：运输机飞过。南海很漂亮，西沙很漂亮，过去有一首歌是《美丽的西沙》，确实很漂亮，看到海水都是湛蓝湛蓝。南海整个的海洋面积总共是300多平方公里，整个东三省还没有这片水域大。在南沙，台湾地区占据有一个比较大的岛——太平岛，太平岛上还有机场。

记者：所以您对于双方携手维护海洋权益有什么样的期待？

王长江：希望我们两岸能够携起手来维护南海主权，我们都是中国人。

混出"我爱蓝色海洋"主题乐，结束

第11集　保障战鹰护海疆

出音响：打开导弹测试库房声

出录音：

张优涛：我们测试导弹的时候，一般都用这个。

记者：进门之前必须要有这个静电释放，摸这个铜球？

张优涛：对，在测试导弹之前，我们人一进来的时候，首先触摸这个铜球，释放静电……

压混：

记者：您好，听众朋友，我是记者穆亮龙。在海军南海舰队航空兵某师的空空导弹测试库房，二级军士长张优涛进门后先打扫卫生，查看库房湿度，打开除湿机。在导弹测试岗位上工作了 21 年的张优涛说，他的工作是给飞机导弹做健康检查，首先要保证检查的仪器每天都在健康状态，每一个细节在他心里都事关重大，年复一年，从不马虎。

出录音：

张优涛：这是我们最先进的设备。

记者：目前最先进的导弹测试的装备？

张优涛：对，可以测七种航空武器。因为这个仪器要求我们有三七限，温度不能超过 30 度，湿度不能超过 70 度。我们要使仪器处于良好状态，湿度过大，可能出现锈蚀这些问题。

记者：你是不是保护这些仪器，跟保护自己的孩子一样？

张优涛：那是，本身我们工作岗位就是维护导弹，测试设备就是我们手中的武器，如果没有它们，我们维护导弹，保障战斗力那是无从谈起的……

压混：

出音响：南海舰队航空兵部队某战机修理厂，压混

记者：在南海舰队航空兵部队某机库，工程师洪志成正在精心地为国产最新型第三代战机做检查维护。一年 365 天，这样的日常工作，他天天做得一丝不苟。

出录音：

记者：今天是休息日，但是你们不停止工作？主要的日常工作是什么？

洪志成：日常工作，相当于一个人一样，定期检查。因为我们飞机离地 3 尺就人命关天，那飞机不像在地面上，有问题了，飞机上去了，掉下来就是事故。我们飞行员和飞机，那是国家财产。

记者：责任特别大？

洪志成：责任特别大，所以我们检查特别细，所有油液，需要更换的地方更换了。像人一样，脚底一直走，或者手一直动，肯定有特别容易疲劳的地方，我们

要进行重点的检查检测。随时保证它处于最好的状态。我们的责任就是把问题留在地面，不能让它带到空中去。

记者：当你看到这些飞行员驾驶这些战机在天空翱翔，或者他们在远程奔袭，完成值班战斗巡逻任务的时候，我想你作为亲自经手这个飞机的人，心里感觉是不一样的？

洪志成：感觉不一样。第一个，等它完成任务回来，我们心里有一种骄傲，我今天维护出来的飞机。第二个，回来了，我们的心更踏实了。每次起飞我们心悬在空中，一个机务人员的责任心，对战机的爱护的心情。

还有一个，每次飞行完回来之后，我们进行经验和技术的总结。因为很多东西理论上是理论，但是现实中你必须要抓住任何一个细节，包括一个铆钉、一个螺丝钉都可能造成一起飞行事故。哪个地方会出现问题，哪个地方需要更加的关注，这就是我们一点点去积累，去总结。

主题音乐起，出片花

播（女）：担负海空雄鹰保障任务的官兵，是情系海天、脚踏实地的幕后英雄。他们被飞行员称为"保护神"，用忠诚和责任托起一架架战鹰，在云飞浪卷的海天之间，高飞远航。

南海舰队航空兵部队司令员王长江：我们装备三代机以后，也是首次执行了二等战斗值班，部队指挥能力和作战能力得到大幅的提升。

南海舰队航空兵部队某机库工程师洪志成：我们就是第一批去改装的。第一个是很自豪，第二个我感到责任很重大。

南海舰队航空兵某师空空导弹中队中队长李新亮：我们中队，从拉弹、测弹到运弹，都更加正规、更加仔细、更加严格要求。

南海舰队航空兵某师政委高树建：我觉得我们有信心、有能力，来守护好这片天空，有能力完成好我们的使命任务。

音乐扬起，结束

出录音：

记者：班长，怎么称呼？

张优涛：我叫张优涛。

记者：从入伍到现在，获得过哪些荣誉？

张优涛：海航青年学习成才标兵、海军士官人才奖、南航十佳技术能手。

记者：在这个岗位上获得那么多荣誉，你对装备熟悉程度达到什么水平？

张优涛：每个电路板，每个元器件都知道。电子部件大概有几千个元件，机械部件大概有 3000 个零件。以前是模拟元件，现在都是数字的。如果学操作这个过程，可能要简单，但是如果懂得原理，就比较复杂一点了，比以前还要难。

记者：为了更好的了解这个原理，你还要学习一些什么东西？

张优涛：现在导弹涉及到雷达、光电、气动，组件很多，需要的知识比较多。这个方面我们还要继续学习的。

记者：学无止境。

张优涛：对。

记者：一般飞行员可以驾驶战机在海面上翱翔，他们冲在最前面，你们只是在小小的库房里面，有可能连飞机都上不去。

张优涛：我觉得都重要。为什么？没有他们，我们就没有存在的意义。有了他们，但是没有我们，就像一个战士扛着枪没有子弹，那不叫战士了。我们相当于是给他提供子弹的人，这样他们才有战斗力，才能保证胜利。

记者：并且你给它提供的弹药必须是健康、合格的弹药？

张优涛：是，我们必须保证每发子弹打得出去，打得准。

记者：现在我们这支部队很重要的职责是担负海上防空任务，特别是在南海海域。你从来没有去过南海吗？

张优涛：没有。

记者：从你库房里面出去一枚一枚健康的导弹，在海空中巡航、发挥作用的时候，其实你并没有看到过它们的状态？

张优涛：没有。我们做这份工作，最主要的是体现我能给飞行员，给战斗机提供一个好的武器，这是我们最大的成就。飞行员反馈信息说我们导弹打得好，我们就觉得我们的工作做得值。

混出"我爱蓝色海洋"主题乐，结束

第12集　南海前哨写忠诚

出音响：南沙守礁官兵换班出征仪式

守礁官兵宣誓：我们是光荣的南沙卫士，为了完成党和人民交给的神圣使命……

压混：

记者：您好，听众朋友，我是记者穆亮龙。您现在听到的是在南沙守备部队营区举行的南沙守礁官兵换班出征仪式。守礁官兵每三个月轮换一批，这次已经是第23次赴南沙守礁的老兵胡全明，仍然像15年前第一次出征赴南沙一样的激动。

出录音：

胡全明：第一次场面我永远记得。1998年9月9号第一次去南沙。第一项就是升国旗、奏国歌，举起我们右手，面对国旗就是宣誓，宣誓完了就是出征了，像上战场似的。那种感觉特别的自豪。

记者：当时走了几天到第一个礁盘？

胡全明：3天。刚开始出湛江港的时候，看到大海很兴奋，见到那么宽阔的大海，深得发蓝。我说这个海水像蓝墨水似的。

记者：之前从来没有考虑过我们的国土，除了我们陆上的，还有这么大面积的一片海洋？

胡全明：第一次守礁我才知道，有海洋国土的概念。因为我家在长江边，这个小渔船在长江，就是这么一点。从来没有坐过这么大的船，跑到这么远的海洋。

记者：你现在的认识是什么样的？

胡全明：我们国土就是 960 万平方公里，加上 300 万平方公里的海洋国土。包括我回家的时候，我家里的小孩子，我问他，我们中国的国土面积多大？说 960 万平方公里。我马上纠正过来，给他们普及……

压混：

出音响：补给小艇停靠礁盘码头

记者：在南沙赤瓜礁，守礁战士张希磊一踏上礁盘就去查看自己第一次守礁时在礁堡上写下的"中国赤瓜"四个红色大字。这是最让他自豪的事情。

张希磊：在礁堡后方有一面白墙，第一次上礁以后，我们几个人一块把"中国赤瓜"，把那四个字用红色的漆，一点点地描上去的。每次上礁、下礁看到这个字特别的自豪。这是我们的地方，中国赤瓜。

记者：你自己怎么理解你站的岗位？

张希磊：在我来讲，很平凡的一个岗位，但是责任是很大的，代表了整个中国的主权存在。沧海孤礁上，全国都在关注……

压混：

出音响：渚碧礁抗登陆作战演练

记者：在南沙渚碧礁，天刚蒙蒙亮，一场抗登陆作战演练已经展开。渚碧礁守备队副队长陈勇说，这是新形势下他们每天都要进行的训练科目。

出录音：

记者：平常经常举行这样的演练吗？

陈勇：是的，现在我们针对日趋复杂的南海形势，特别加大了抗登陆作战演练。因为现在我们的作战对象，是不分时机，不分海况，我们随时都可能应对这样的情况。

记者：在岛礁上，周围都是海面，面对突然可能发生的威胁我们进行哪些针对性的训练？

陈勇：近两年以来，我们南海，拿我们渚碧礁来说，当面的海空情况是日益增多，现在特别是夜间情况比较多。比如说，我们平时采取的是通过放起床号的方式，提醒人员起床。但是为了提高我们人员的战备意识，现在更多的时候，我们是利用拉警报的方式，让人员起床。在夜间，指派一组人员潜伏在礁上，我们进行搜索训练，这个也是比较贴合我们现在自身防卫实际的一种演练方式……

压混：

主题音乐起，出片花

播（女）：在南沙各礁盘上，"祖国万岁"四个红色大字总是写在白色礁堡的最高处。几十年来，一代代南沙守礁官兵，在祖国的南大门，用自己的无悔青春为"忠诚"做出了最生动深刻的诠释。因为有了他们的赤胆忠诚，沧海孤礁上的中国国旗更加鲜艳。

赤瓜礁战士卞波：五星红旗插在这里，就表示我们的领土在这里，显示我国的主权在这里。

南薰礁战士廖文彪：我们每天有一个宣誓，人在、礁在、国旗在，誓与岛礁共存亡。这是我们对祖国人民的誓言。

东门礁礁长尹文玖：我们所有岗哨执勤是24小时不间断的。任何一个时刻，我们都会有一双眼睛紧紧地盯着祖国的蓝色海域。我们时刻都准备着，为祖国奉献自己的一切。

南沙守备部队司令员熊云：我们南沙的官兵虽然远离祖国大陆，条件艰苦，但是官兵精神抖擞，浑身充满了力量。这是对祖国、对民族、对人民的一种感情，一种责任。

音乐扬起，结束

出录音：

记者：在南沙永暑礁上，记者遇到了南沙守备部队政委胡天明，他刚刚执行完三个月的守礁任务。

出录音：

记者：胡政委，您好。

胡天明：你好。

记者：三个月的守礁生活，感觉怎么样？

胡天明：挺好。因为这种生活作为我们来讲都已经习惯了，和战士们在一起。

记者：我们南沙守备部队官兵怎么理解南沙这片海洋国土，对我们国家、对我们中华民族的重要性？

胡天明：南沙自古以来就是我们国家神圣的国土，我们最早发现、命名、开发利用它，也是我们祖祖辈辈传统的作业渔场。南沙海域地处联系印度洋、马六甲海峡，是一个海上交通要道。我们把它维护好了，保卫好了，建设好了，也使我们国家战略纵深向南可以推进一千五到两千公里，更能有效地使我们国家有一个和平的环境。

记者：这一片海域对我们国家战略意义非常重要，我们南沙守备部队的官兵，对这片南沙海洋国土的感情是什么样的？

胡天明：感情非常深厚。我们每一次守礁，我们都把南沙当家，除了站岗、战备执勤、守卫好以外，一草一木，都比后方的家爱护得还要好。守礁三个月一轮换，挥手告别，都是泪流满面的。所以说南沙梦也好，南沙的土地也好，应该说

扎根于南沙官兵血液里面。

记者：刚才政委说的南沙梦，有什么具体内涵？

胡天明：南沙梦其实是中国梦的一部分，也是强军梦的一部分。我们很多的官兵描述，将来这里从军事意义上讲，我们要有自己的机场、自己的码头；从民用来讲，我们有自己的直航、通航，开发旅游；从生活上来讲，我们有自己的健身房、有自己的游泳池、各种生活设施场地；包括我们的渔民作业，将来想象当中，有渔民的避风地。另外就是把我们南沙问题能够圆满的解决。战士们心中的南沙，这个梦是全方位的。

但是所有这些梦都需要从我们自身做起，先要守好，建设好，不能丢。然后从自己身边做起，把这片海洋环境爱护好。

混出"我爱蓝色海洋"主题乐，结束

第13集　两岸同心卫祖权

出音响：南沙南薰礁换岗

罗向阳：岗哨请接岗，现在我方位6度，距离约1海里，有一艘我南沙补给舰正在组织换班，空情正常，其余情况正常。

杨春华：验枪！

验枪声，压混

记者：您好，听众朋友，我是记者穆亮龙。日前，记者随南沙补给舰登上了南薰礁。这里是距台湾地区军队驻守的太平岛最近的礁盘。上礁时，正碰上岗哨换岗，记者随机采访了刚刚走下岗哨的守礁战士。

出录音：

记者：你好，叫什么名字？

罗向阳：我是值班岗哨罗向阳。

记者：到南薰礁上多长时间了？

罗向阳：一共 13 年了。

记者：现在太平岛的方向在哪边？

罗向阳：距离我礁有 12.5 海里，望远镜可以看到一点，今天的海况不是太好……

压混：

记者：记者上礁时，海上能见度很低，太平岛的轮廓非常模糊。正在岗哨执勤的杨春华向记者描述了他看到过的太平岛。

出录音：

记者：你到南薰礁的时候，第一次知道离太平岛这么近的时候，你也跑过去看吗？

杨春华：刚来的时候很好奇，经常看，拿高倍望远镜通过它看太平岛。有时候天气很好，看得比较明显一点，能看到上面的树、建筑物、他们的室外装备之类的。

记者：想过登上太平岛看一看什么样子吗？

杨春华：有想过，因为毕竟很近，整天看着就在眼前，但是去不了。很遗憾，很想去。

记者：你看过台湾军舰过来巡逻吗？

杨春华：有过，他们的护卫舰、海巡船，前一段时间"海研五号"也来过，台湾最新的科考船。因为我在这里值班，可以通过望远镜看到。

记者：想没想过两岸有机会能够携手保卫这片海域？

杨春华：一起来守卫南沙那就更好了，同一片海域，不用分台湾，或者是大陆

这些，对维护我们海权、中国主权更加有利……

压混：

记者：在南沙海域，同根同祖的两岸军人并肩守卫在远离陆地的大海岛礁上。每逢佳节倍思亲，特别是在中华民族的传统节日时，南薰礁官兵总想问候一声相距不远的太平岛官兵。守礁战士廖文彪还记得去年春节时，他们特殊的问候方式。

出录音：

廖文彪：当时我们过年的时候，在礁盘上写了一个对联。因为我们有一个门，向着他们那一边，我们在那个门上写的"欢迎台湾同胞回来跟我们一起过春节"。

记者：你们也会冲着那边挥手吗？

廖文彪：我们当时打信号弹的时候就是朝那个方向打的。

记者：春节，其实中华民族都要过这个节日，他们怎么过的，你能看见吗？

廖文彪：具体他们在那边干什么，我们不知道。当时想，希望他们过来跟我们一起过春节……

压混：

主题音乐起，出片花

播（女）：在遥远的南海岛礁上，并肩守卫的两岸军人有着同样的中华文化传统、传承着同样的炎黄子孙血脉、面临着同样的维护"祖权"的挑战、有着更深的合作默契。携手共同守卫中华民族的主权、捍卫老祖宗留下的这片美丽的蓝色国土，两岸军人责无旁贷。

南沙守备部队司令员熊云：我们南沙的官兵和太平岛的官兵，我们都是干一件事，守卫我们中华民族的国土。

南沙守备部队政委胡天明：我觉得两岸共守南沙的问题，将来不仅有可能，而且也是一个很现实的问题。

南海舰队三亚某基地司令员郭玉军：同是炎黄子孙，作为我们两岸的人民，都应该为维护我们海洋国土做出贡献。我也相信台湾人民也一定是这个愿望。

音乐扬起，结束

出录音：

记者：王副司令员，您好。

王明辉：你好，我是南沙守备部队副司令员王明辉。

记者：您见到过的太平岛是什么样子的？

王明辉：太平岛是一个很大的岛，据资料了解，据图片观察，太平岛是0.43平方公里，战备基础设施相当的完善，太平岛上有机场，有码头，还有淡水井。我们就盼望着利用太平岛的很大地理优势，我们两岸联防，发挥我们的军事最大效益，手拉手、肩并肩、心连心一起守礁，避免在南海上其他国家对我中国海洋权益的肆意破坏。

记者：我们南沙守礁官兵想和台湾地区军队驻守的太平岛之间，怎么来互动？

王明辉：其实这么多年，南沙官兵，还有驻守在南海战备巡逻的海军官兵，一直都是期盼着和太平岛官兵能够沟通，能够交流，能够互访。我们每次走到那里，很多人激动，招招手，有的时候扬着红旗摇一摇，扬着帽子摇一摇，总是想让台湾太平岛的官兵能够看到我们。我们这么多年守礁期间，经常自己用矿泉水瓶写上纸条，放漂流瓶，总是期盼着把漂流瓶漂到太平岛，让太平岛官兵能看到。我们期盼着大家在一起建立这种心连心的感觉。

记者：您有没有关注，台湾地区军队有没有和我们大陆军队南沙官兵类似的愿望？

王明辉：我们特别想知道。我想太平岛的官兵跟我们的心情应该都是一样的。能有机会，建立一个沟通机制。守岛或者执行任务期间，你来了我给你问个好，我们从那里过去，可以给你问一个好。

记者：最近南海这片区域形势比较复杂，包括台湾的渔民受到菲律宾公务船射

杀的事件。当时我们南沙的守礁官兵关注到这个信息的时候，是什么反应？

王明辉：南沙官兵纷纷表示愤怒。我们礁上是每周一搞时政述评，三名同志的发言都是就台湾渔民被菲公务船枪击事件，谈了自己的感想，我们全体官兵报以热烈的掌声。正因为这种形势下，如果我们跟台湾海军部队，共同驻守，共同防御，我想绝对是历史可以见证我们，绝对把南海和东海的权益保卫好，其他国家也再不会肆意地去侵犯我们的海洋权益。

记者：现在已经不单是我们官兵的一种愿望，已经是一个现实问题了？

王明辉：是。现在形势这么紧张，两岸驻军一起守礁，一起守岛，一起保卫海洋，这是势在必行的，两个弟兄携起手来什么事不好办。

记者：如果给您这样一个机会，让您现在对驻守在太平岛上的台湾官兵说几句话，您可以说一些什么？

王明辉：驻守在太平岛上的兄弟们，你们好。我也是驻守在南沙这片海域的中国军人，我也是特别希望条件允许的情况下，你们也能到我们礁上串串门、做做客、拉拉家常，我们交流交流，好好的喝两杯。我们更特别希望，咱们能够在南沙一起守卫好咱们老祖宗留下的这片美丽富饶的海洋国土。咱们在南沙守礁、守岛条件很艰苦，你们一定要照顾好身体。也祝福你们，在守卫南沙工作期间，身体健康、工作顺利、家庭幸福！

混出"我爱蓝色海洋"主题乐，结束

第14集　铸牢"南沙生命线"

出音响：小艇转运补给

舰上广播：铃声——，小艇转运补给部署。

小艇离舰入水声——

压混：

记者：您好，听众朋友，我是记者穆亮龙。不久前，记者跟随海军南海舰队某作战支援舰支队"抚仙湖"号综合补给舰赴南沙海域执行南沙守礁官兵换班补给任务。南沙礁盘附近水域较浅，大型补给舰难以靠近，只能靠小艇转运换班人员和补给物资。深夜11点，又一艘小艇从母舰吊放到海面上。艇上官兵要赶在落潮前把最后一批补给物资转运到礁盘。漆黑的海面上，小艇操舵手张海波借着手电筒的光亮紧盯着前方航道，不断修正着航行方向。

出录音：

记者：你们这个岗位对操舵手要求很高吗？

张海波：要求就是必须胆大心细。晚上补给，浪大看不见东西。浪冲过来的时候，摇摆特别大，要是稍微一慌张，一不小心可能一个浪把你甩下去了。我们有一次在一个礁上面，晚上突然来了一个特别特别大的浪。

记者：多高？

张海波：至少是5米。一下子就把艇上4个人全部卷到大海里面去了。我当时感觉胸口一阵剧痛，一个浪扑过来了。

记者：浪打到身上是疼的？

张海波：而且把艇打得是巨响。

记者：4个人掉下去之后，怎么救回来？

张海波：因为那个浪比较大，把人拍出去三四十米了。只能一个手操舵，一个手拿着手电筒，找到他们，拿手电照着，因为救生衣一照就反光，然后慢慢的过去。

记者：第一次操纵的时候害怕吗？

张海波：有一点。礁盘上面，水特别的浅，有的地方水一米不到，必须走规

定的一些航道航线，才能过去。稍微一偏，就容易碰到边上的石头，把小艇撞破，小艇就动不了了。

记者：你怎么能够做到不偏离航道？

张海波：对艇特别的熟悉，把人艇合一，就是最高的境界。

记者：你们政委把你评价为是"小艇王"。你知道你有这个称呼吗？

张海波：那也是执行一次任务的时候，领导就是这样说的。那一次，也是任务特别特别的紧，我们连续不分白天和黑夜，一直开，一个人开了将近 30 个小时。

记者：小艇开 30 个小时？

张海波：对。我们是给人家送补给，水、油、蔬菜各类东西，马上赶上台风袭击，如果不完成任务，礁上他们后续跟不上的……

压混：

出音响：航行口令

舰员：报告舰指，风向 250、风速 7 米 / 秒、落潮流 1.2 节！

舰长：明白！右舵 10！

舰员：右舵 10！

操舵手：10 舵右……

压混：

记者：在"抚仙湖"号综合补给舰驾驶室里，各战位工作紧张有序，口令密集，补给舰向着南沙礁堡方向破浪前行。舰长王伟目视前方，镇定指挥。

出录音：

记者：您觉得当舰长应该具备什么样的素质？

王伟：我觉得最基本的一个素质，你要把船当作自己的家，把所有船员当成你自己的家人一样。不管是风浪也好，任务艰难也好，平平安安靠上码头，所有的随船人员，送回他们自己的家。

记者：您意识到舰长要具备这种素质，是在您当上舰长之后，还是当上舰长之前就意识到了？

王伟：不在其位不谋其政，我以前晕船是晕得比较厉害，当我当副长的时候我还是晕船，但是当我当舰长的时候，我就没怎么晕船，至少我在我岗位上从来没吐过。一般就是一下班，还没走到房间开始吐了，就是一种意志力，并不是好像很刻意的，英雄气就那么突然出现了。当你觉得你肩上的责任重于泰山的时候，人生命的潜能就发挥出来了……

压混：

主题音乐起，出片花

播（女）：往返南沙的补给航线被官兵们称为"南沙生命线"。作为目前海军现役最新型的国产综合补给舰，"抚仙湖"号综合补给舰已经成为"南沙生命线"上当之无愧的主角。一代代补给舰官兵用责任铸起的生命线，传递着祖国人民对南沙这片海洋国土最深厚的感情。

"抚仙湖"号综合补给舰操舵手张海波：南沙是我们国土，礁上都是战友，又是兄弟，他们在礁上特别特别的辛苦，我们看得到，我们就感觉义不容辞的，必须要去保障好他们。

"抚仙湖"号综合补给舰政委齐宜善：在大洋中，和台风赛跑，一只舰船就是惊涛骇浪当中的一叶孤舟，一片树叶。对这件事情的热爱，那份责任，来支撑着自己。

海军副参谋长冷振庆海军少将：这次航行，我看到我们舰员操纵新一代的补给舰，驾驶新一代的补给小艇，在风浪当中，驾驶自如，技术成熟，安全顺利地完成任务。作为一名老兵，看到这个是由衷地高兴。

音乐扬起，结束

记者：在"南沙生命线"航程中，记者采访了"抚仙湖"号综合补给舰指挥员、

海军南海舰队某作战支援舰支队副支队长汤四明。

出录音：

记者：汤支队长，您好。

汤四明：你好。

记者：这次我们很荣幸能够跟着"抚仙湖"号综合补给舰到南沙执行守礁官兵的轮换和补给任务。

汤四明：我非常自豪，能有这么一条军舰，对南沙进行专项补给换防。我们以前最早是1000多吨的登陆舰，后来是6000吨的补给船，到现在这条舰服役以后，也为南沙官兵换防生活带来了很大的方便。睡觉的地方好了，带上去的菜比以前新鲜了，数量也多了，品种也多一些。海上的生命线包括很多内容，在南沙执勤的舰艇也需要补给，这条船也担负这个使命。

记者：您执行补给任务多长时间了？

汤四明：之前是当过登陆舰的舰长，勤务船大队大队长，海测船大队大队长，然后是到青海湖舰当舰长。执行补给任务是我到支队任副支队长以来，还只有八年。以我这些年执行任务看，到南沙好像是比较简单的事情。

记者：是因为我们装备在提升吗？

汤四明：那当然了。以前来的时候多难，以前据老同志讲，这叫远航，回来敲锣打鼓的迎接。后来到了西沙也是远航，回来也是敲锣打鼓的迎接。现在没有这个事了，太普通不过了。我们有时候一出去就是几十天上百天时间，甚至还有半年，我们单位还有11个多月的。你说到南沙十几天，半个月，一个月，那算什么，不算什么。我有一次从印度洋回来，进了龙目海峡，经巴厘岛的时候，当时我有一种感觉到家了，其实到家还有十几天。这个感觉不一样。

记者：您觉得补给舰和我们作战舰最大的区别是什么？

汤四明：南沙力量的构成，我分为三个部分：第一个部分是我们南沙具有光荣传统的一支部队在这里守着，第二支就是我们值班舰艇，第三个就是我们这支力量，我们号称"南沙生命线"。

我感受到，我们补给舰，和平时期的意义更为重大。打一个比方说，一个单位的炊事班重要不重要？很重要。我从战斗舰艇到了作战支援舰艇的这个感觉很明显。可能觉得不重要，但是事实上每个人都离不开。如果没有它，就不能运转了。将来一旦南海有事，我们面临的威胁也是最大，因为断了我们的生命线，等于断了前面的根基，所以我们面临一些危险和挑战也会大一点。

记者：像幕后英雄。

汤四明：应该是这样子的。这些年我们海军强大了，整个国家综合实力强大，营养就多了，造的装备比以前好了，所以才有那种自豪感，你才能去遂行各种任务。

混出"我爱蓝色海洋"主题乐，结束

第15集 军民共圆"三沙梦"

出音响：拉抽屉——

记者：这些都是各个地方寄给你的信？

麦三清：对，都是寄过来的。

记者：必须在这里盖邮戳？

麦三清：是，通过三沙这边寄出去给他们……

压混：

记者：您好，听众朋友，我是记者穆亮龙。在西沙永兴岛上的三沙市电信局，局长麦三清拉开了两个抽屉给记者看，里面塞满了各地寄来的信件。麦局长说，

去年 7 月 24 号三沙市人民政府挂牌成立之后，原来的西沙邮电局更名为三沙市电信局，各地集邮爱好者都来信索要带有三沙市字样的新邮戳。任局长两年的麦三清不仅感受到了各地民众对三沙市的关心关注，也见证了三沙市成立后通信建设的发展变化。

出录音：

记者：您到邮局工作是哪一年？

麦三清：两年。正好上来一年以后，成立了三沙市。

记者：你相当于三沙市电信局首任局长。

麦三清：应该是这样的。作为我们邮局或者是电信这块，我们也是加快我们建设的步伐。在南沙群岛那一块，我们是七个礁，有八个基站开通了我们手机业务。这边在西沙群岛，我们是六个岛，七个基站，也是覆盖了，基本上都已经有我们 3G 信号。

记者：今年一年内做的工作？

麦三清：对。我们岛礁上的官兵，以前手机信号不强的时候，打电话的时候也要找一个高的地方，随着天气变化才能打。现在手机信号也起来了，他们有些人上网，他们非常高兴。

记者：信号覆盖之后，在一些基站建设方面是不是需要军地之间的合作？

麦三清：需要。因为我们有时候到小岛，可能通过部队的船只运送过去。如果说没有他们的协助和帮助，我们不可能把那个基站建设得起来。

记者：其实你做这个工作，你自己也挺自豪的？

麦三清：那肯定，为他们服务，我们在这里不只是代表一个企业，或者代表我个人，而是代表我们的祖国在这里……

压混：

出音响：琛航岛信号台

记者：午夜时分，夜深人静，西沙琛航岛信号台上仍然灯火通明。这里是全岛的制高点，雷达班和信号班的岗位设在这里，负责监控进入琛航岛附近海域的所有目标。他们是守卫三沙的眼睛和耳朵。信号班班长冯开放一边和雷达值班员交流沟通，一边通过红外夜视仪观察附近海面情况。

出录音：

记者：发现这几年这片海域上的一些往来的船只、军舰有什么变化吗？

冯开放：我们自己的舰艇，那是经常过来训练，或者是巡逻很多的。而且地方的船，这几年是越来越多了。再就是外国渔船，对咱们进行骚扰的也挺多的。现在我们一直是 24 小时全值班。

记者：就在你这个岗位上观察这一片海域，你看到中国的军舰有什么变化吗？

冯开放：吨位是越来越大，新下水的舰艇越来越多这几年，之前只是南海这一部分的船在这边，现在东海、北海的船经常来这边训练，或者是一块演习。

自己感觉很兴奋，现在中国海军力量越来越大，向国际化发展，我们也是大船小船都有。利用我们本职专业，确保值班万无一失，在这个地方保家卫国，守卫我们南海……

压混：

主题音乐起，出片花

播（女）：三沙市因国家主权而设，三沙的使命注定了一起步就要站在国家、民族的高度谋划。三沙人共同勾划了一个"三沙梦"：建立主权三沙、幸福三沙、美丽三沙。为了圆梦，三沙军民正在辽阔的海洋国土上携手努力。

西沙某水警区政委郭建齐：三沙市成立之后，我们部队坚决拥护、真心爱护、忠实守护。驻岛上的军警民是一家人。

三沙市市委书记兼市长肖杰：三沙未来就是建设体制机制创新，基础设施完善，生产生活便利，产业特色突出，人与自然和谐的海域边境城市。

西沙某水警区司令刘堂：军民团结，三沙是我们的家乡故乡就要保卫它，祝愿三沙主权更加巩固。

海军南海舰队驻三亚某基地司令郭玉军：我们现在守卫它，也是为了更好的建设，建设也是为了更好的繁荣，为了我们下一代，能够世世代代建设一个非常好的家园。

音乐扬起，结束

记者：三沙市人民政府挂牌成立已过周年，在三沙市人民政府办公大楼里，记者采访了三沙市首任市委书记兼市长肖杰。

出录音：

记者：市长您好，三沙市成立一年来，应该很辛苦？

肖杰：通过三沙市一年的工作，为国家的主权，为我们国家的海洋权益做出我们应有的努力，感到很有成就感。

记者：我们在永兴岛上走了一下，看到很多这样的标语，"建设主权三沙，幸福三沙，美丽三沙"。这一年来，我们三沙市的所有人，为了这个目标都做了哪些工作？

肖杰：通过一年的工作，我们实现了政权有序运作。也采用各种办法，开展了海上综合执法，来开展护渔，打击各种侵权、侵渔的行为等各项活动，为下一步的发展，提供了很好的基础。

我们从三沙实际出发，提出军民团结融合式发展的建设工作。这是三沙的特殊性决定的。三沙特殊性，第一个是要坚决始终把国家主权放在突出的位置，我们和部队理想信念是一致的，都是为了国家的利益。

第二，我们就是一个兵市。我们驻岛的部队很多，这些部队担负很重要的职责。三沙市所有的建设，一定要实现社会经济和国防建设协调发展。我们建村委会提出来，平时是办公室、活动场所，战时一定是指挥所，也是民兵哨所，台风来的时候是一个避难所，我们叫五所合一。我们在政府的海上执法当中，我们更多强调军警民联防联动，资源共享。

记者：现在在三沙市有很多岛礁只有驻军，成立三沙市这一年，您作为首任书记、首任市长，对我们驻岛礁的官兵参与我们三沙市建设、保卫我们三沙，他们发挥的作用，您有什么样的评价？

肖杰：太大了，所有的岛礁我都去了，驻在岛礁的战士、官兵，我们部队的精神是值得我们地方学习的，"爱国，爱岛，乐守天涯"的精神。三沙成立以后，我们的理想和部队完全一致，所以我们在感情上也完全是一致的。三沙一年来得到了我们驻三沙部队的大力支持和帮助，也建立了深厚的兄弟般情意。你如果去采访（西沙某水警区的）刘堂司令和郭建齐政委……

记者：他们也说了同样的话。（笑）

混出"我爱蓝色海洋"主题乐，结束

第16集 信息化装备助打赢

出音响：海军陆战队某旅对抗演练

全排注意，向二号高地冲击前进！

轻武器射击声——

压混：

记者：您好，听众朋友，我是记者穆亮龙。在海军陆战队某旅演训场上，一场红蓝对抗演习正在进行。演习中，刚刚跳出掩体的战士熊贤木，头盔上突然冒出一股红色烟雾。

出录音：

记者：你头上冒这个粉红色烟之后，你接下来要怎么着？

熊贤木：意味着现在牺牲了，不能动了，等待战斗结束，然后撤回。

记者：一般这个烟分几种？

熊贤木：一般分两种，一种是红色的，代表是我们攻方牺牲了，还有一种是冒一种蓝色的烟，代表防守方牺牲了……

压混：

记者：小熊说，这种会冒烟的装备叫"激光模拟交战系统"，是今年刚配发到他们部队的，他也是第一次使用。

出录音：

记者：和之前比，你心里会不一样吗？

熊贤木：戴上这个之后，感觉蛮兴奋的。现在的话更贴近实战化，肯定是希望别人被击中，自己能够胜利。

记者：那你怎么能尽量的避免被别人击中呢？

熊贤木：还是按照动作来，该伪装伪装，该趴低一点趴低一点。

记者：原来你不是这么干的吗？

熊贤木：原来就是无所谓。

记者：原来反正就是被击中了，谁也不知道是吗？

熊贤木：对。现在蛮在乎的，更想方设法的夺取胜利……

压混：

记者：演习中，每名战士进攻前都在反复观察四周，进攻中交替掩护、协同配合。演习红方指挥员蒋飞燕说，他从训练中看到了变化。

出录音：

蒋飞燕：最主要的就是我们敌情观念强了，战术意识强了，战斗作风比以前好了。另外一个就是我们战斗协同比以前更加完善，我们更加的贴近实战。

记者：你感觉战士的战术动作，最明显的变化是什么？

蒋飞燕：最明显的变化就是，我们更加能够隐藏自己了。以前我们大家基本上是动作比较勇猛，但是不善于保护自己，不善于隐蔽自己，但是有了这套系统帮助以后，我们恨不得把我们身体全部贴到地面里面去，为了更好的保存自己，打击敌人……

压混：

记者：在演习导调席上，演习总导演、旅参谋长胡德海不时把目光转向身旁的两块电脑显示屏。

出录音：

胡德海：它的名字叫激光对抗系统态势显示软件，可以显示每一个单兵、每一个单装所处的实际位置、敌我攻防态势、相对位置。另外这个屏幕显示的是双方的现有实力，灰色区域是死亡，这个暗红色是受伤，红色属于仍然是有生力量，有战斗力的。现在战斗已经发起 5 分钟了，红方已经牺牲了 24 名、存活 62 名，蓝军死亡 3 名、受伤 1 名、存活 17 名。一目了然，而且是实时刷新的。

记者：有了这个软件，我们不光能够判定最后对抗的结果，连中间过程都可以实时的来体现？

胡德海：在哪一分，哪一秒，是哪一件武器击中对方哪一个武器，都能够得到体现，对于以后的训练过程和效果的评估是大大有帮助的。以往我们讲评仅仅是泛泛的讲，今天红方队形不错，蓝方部署不错，而现在我要讲红方到底哪一个排，哪一班，甚至哪一名战士，你战斗的哪一个时间表现怎么样，你应该怎么做，你要采取另外一个办法可能不是这个结果了。

主题音乐起，出片花

播（女）：海军陆战队被誉为"陆地猛虎、海上蛟龙、空中雄鹰"，组建以来先后经历了由陆军向海军转隶，由陆上单一向海陆两栖转型，由机械化向信息化转变三个发展阶段。目前，海军陆战队的主战装备全部实现了两栖化，正向信息化、智能化方向发展。大量信息化装备的不断列装，为海军陆战队维护国家海洋权益提供了强有力的支撑。

代理排长向勇：这个激光对抗系统对我们训练起到很大帮助，我们从实战需要出发的训练方面得到很大的提高。

旅参谋长胡德海：从基本的复杂电磁环境下的训练，到信息化条件下的作战训练，部队的战斗能力是在不断的提高，看到很可喜的变化。

旅长陈卫东：我就希望我们这支部队发展的是越来越强大，综合作战能力提升的更高、更快，这样我们才能更好地维护国家海洋利益，更好地发挥我们陆战队的应有作用。

音乐扬起，结束

记者：旅参谋长胡德海说，像激光模拟交战系统这样的信息化装备，给部队带来的变化绝不仅仅是一时的新鲜，更是训练方式和作战理念的变革。

出录音：

胡德海：激光交战系统使不好量化的对抗过程和结果能够更为直观，更为数字化，使各级指挥员和战斗员都能够有切身实际的体会，增强他们在战场上更好的保存自己，消灭敌人，提高这种技能。

记者：之前我们怎么演练？

胡德海：之前因为不好量化，不好直观的反映谁赢谁输，只好进行模糊的计算。同时评估一下他们基本队形是否合理，主要进攻方向或者主要的防御方向，是否符合基本的战术原则和要求。

记者：有了这个东西以后对我们战士也是一种激励，自己知道我该回避时候回避，该冲的时候冲。

胡德海：是这样。我们开始试验的时候，第一个步兵连采取了传统意义上的所谓人海战术，一窝蜂的往上冲，结果大量的伤亡，第二个连马上就会看见。原本应该热闹壮观的场面没有了，而是静悄悄的，几乎看不到双方人员的战场。双方都注意隐蔽，注意防护了，这个才贴近实战。

记者：用这种手段，我们再来训练部队，您自己感觉施展空间更大一点？

胡德海：空间更大了，很多方向、很多依据让你更好的进行设计、改进，而不是说仅仅是拍脑袋。

记者：每一个新装备的列装，从投入使用到最后熟练使用，充分发挥它的功能，都需要一个过程，我们这个过程是怎么来实现的？

胡德海：这几年我们配的新装备还是不少，实际上从 2000 年以来我们换了三批装备，对人员、官兵素质和文化基础、基本技能都有很高的要求，特别是信息化装备、设备的大批量的换装，对我们是一个挑战。从指挥上，如何面对信息化条件下的作战，战术上解决信息化战斗中间的一些难题，都让我们引起很多的思考。部队在上级引导下展开了很多课题的研究，得到一些突破，从基本的复杂电磁环境下的训练，到信息化条件下的作战训练，部队的战斗能力是在不断的提高，看到很可喜的变化。

混出"我爱蓝色海洋"主题乐，结束

第17集　浪花飞溅向阳菊

出录音：

班长田宝辉：我们现在所在的位置是我们 400 米障碍场，第一个是五步桩……

压混：

记者：听众朋友，我是记者李金鑫。登上南中国海的南澎岛，虽然小岛的面积

还不到半平方公里，而且地形复杂，但海防连的官兵们因地制宜，自建了"蛇形跑道"和"袖珍训练场"。在班长田宝辉的引导下，我们领略了南澎连训练场"麻雀虽小五脏俱全"的风采。

出录音：

班长田宝辉：这个是矮墙。再往前是高板，是练手臂力的。再往前是水平梯……因为我们岛地形比较复杂，我们也是作战方案比较多一点，不管是战术还是别的训练我们都是切合地形，进行训练。比如我们因为场地有限，建了一个袖珍的投弹场，还有那个战术场也是一个袖珍的，还有我们的射击场也是，利用两个山的山坳底下是中空的，建了一个100米的射击场……

压混：

记者：南澎岛是太平洋进入粤东地区的第一道屏障，地势险要、水深涌高，起风涨潮时，更被人称为"只见浪花不见岛"，因此也有"浪花岛"之称。官兵们在特殊环境下想方设法苦练守卫海防的过硬本领，袖珍训练场上依然龙腾虎跃，军歌嘹亮。

混出：南澎岛海防连之歌

压混：

记者：现在萦绕我们耳边的就是钢铁前哨——南澎岛海防连之歌。正如歌曲中所唱，"风口浪尖上我们百炼成钢，碧海蓝天里我们敢于奉献"。

扬起：南澎岛海防连之歌

压混：

出录音：

指导员宾军：这是我们的副业地，也叫菜地。大概种的20多种蔬菜，比如说西红柿、辣椒、茄子……

压混：

记者：岛上高温、高湿、高盐的艰苦环境并没有难倒连队官兵，指导员宾军介绍说，为了能吃到新鲜蔬菜，官兵们从各自家乡带来土壤，汇集成眼前这片名为"百乡园"的菜地。

出录音：

指导员宾军：我们连队进驻以来，官兵又发扬艰苦奋斗的作风，开山辟石，战天斗地，在荒岛上开垦出6.4亩的菜地，也叫做百乡园。为什么叫百乡园呢，因为我们岛上原来土很少，我们干部和士官每次出差、探亲回家过来都会每人背一包土回来，散在副业地上面，这一点一点积累起来，所以我们岛上的土可以说是聚全国各地，五湖四海的土。长年累月，我们一直坚持着，我们觉得这是好的传统。

压混：

记者：没有条件就创造条件，南澎连的官兵们把这股不服输的劲儿贯彻到底。岛上没有淡水，没有市电，没有居民，寂寞把日子吞噬，可官兵们积极乐观，过得精彩而充实。要说精彩，广州军区某海防团政治处主任杨华介绍说，不懂五线谱的官兵们自弹自唱创作了一张音乐专辑，表达对这个寂寞小岛的热爱。

出录音：

政治处主任杨华：我实际上不懂得五线谱，也不懂这个乐律知识，但是我觉得在南澎连来说，他是自己的一种感受，所以我们写歌的方式就是乱拨弦，你一句，我一句哼唱，随便哼唱感觉特别适合自己的心情，就记录下来，然后一句一句拼凑，最后拼凑出来……

压混：

记者：要说充实，官兵们远离大陆，保持不断追求知识的热情，紧紧跟随时代步伐。

出录音：

杨华：我们办了小岛夜校，我们常说这个地方是叫希望之光，就是熄灯了之后

连队允许在这个会议室里面，点一个蜡烛，或者说打一个小台灯在那里学习，这个门缝里面会透出希望之光。现在信息化战争这方面，特别需要一些知识的更新，需要一个人的学习能力，我觉得连队把这点保持住了，就不怕应对不了新的东西。

主题音乐起，出片花

播（女）：常年大风的南澎岛上看不到稍高的植物，岛花向阳菊却在全岛怒放。年轻的官兵们爱把自己比作向阳菊——乐观、坚强、迎风开放，他们驻守在钢铁前哨，战风斗浪中书写信念与青春。

战士彭先锋：寂寞的南澎岛，没有寂寞的南澎人。

排长吕克非：附首前哨、奉献海岛、永创一流、不辱使命。

连长余仕伟：我们平时加强战备训练和军事训练，也是守护着这片海峡的安宁。

政治处主任杨华：我们抬头低头看到的是这面国旗，看到的是国际航道，所以我们心里面装的最深的东西实际上是这种沉甸甸的责任。

音乐扬起，结束

出录音：排长吕克非清唱自创歌曲

混出

记者：最后一句是接过英雄的钢枪？

吕克非：是，因为这里以前有守岛的南澎老烈士，为了解放这里，118名烈士就在这里长眠了，就是对过去烈士一个缅怀，也有对现在我们的生活态度……

压混：

记者：排长吕克非是大学生士兵，在南澎连考学提干成为军官以后，又申请回到南澎岛，他认为南澎岛是一个展示年轻风采的舞台，能够更好地实现自身价值。

出录音：

记者：吕排长。你到这个岛上多长时间了？

吕克非：第 3 年了。这里已经是我的第二故乡了，我个人觉得还没待够，我觉得这有很多，积极的，外面根本就体会不到的东西，我受益匪浅。

记者：比如说哪些积极的地方让你觉得受益匪浅？

吕克非：第一次上岛的时候就这三句话："越是艰苦越要奋力拼搏，越是寂寞越要热爱生活，越是偏远越要胸怀伟大的祖国"。当时看了之后，感觉起鸡皮疙瘩，挺震撼的。这三句话就是我们连队平时是怎么生活的一种状态。包括我在这干了一年多没有下过岛，我也没感觉寂寞，岛上很多生活很精彩，能让我发挥自己的价值。我从这里走出去，身份变成一名军官，我要用实际行动来回报这个连队，以自己自身的一些经历，去感染这些年轻的战士们，让他们知道在这里很苦、很寂寞，但是要拼搏你的理想能实现。

记者：这其实也是你自己的一个小小的梦想？

吕克非：对，我们就是南海上最前面的一双眼睛盯着，更好地守好咱们的祖国边疆，不辜负小岛对我的培养。

记者：你作为一名海防官兵，现在南海局势比较紧张的情况下，我们应该怎么来保护好我们祖国的海疆？

吕克非：我们时刻不能放松警惕，因为我们国家周边的环境其实很复杂，所以说我们不能掉以轻心。军人他有一种特殊的使命感，还有一种责任感，我们就做好自己的本职工作，守好岛，放好哨，看好祖国每一寸土地。我们更要有民族意识，要团结，我觉得这点很重要。团结了大家劲都往一处使，会能更好的提高我们整个中国在南海上面的威慑力，更加能维护我们南海的和平稳定，我觉得这个战斗力是无穷的。

混出"我爱蓝色海洋"主题乐，结束

第18集　伶仃洋畔放眼量

出录音：

姜伟：万山海战有一个战役，叫做首战垃圾尾岛，我们现在所在的岛就是当时的垃圾尾岛。后来由于我们桂山舰在这里登陆、在这里沉没，桂山舰上一百三十多号官兵，全部在这里壮烈牺牲了，就把这个岛命名为了桂山岛。我们现在所在的地方就是当时桂山舰的登陆点……

压混：

记者：听众朋友，我是记者李金鑫。伶仃洋畔的桂山岛曾是上世纪50年代初万山海战时，人民海军首次登陆作战的战场。站在"桂山舰英雄登陆点"前，惊涛骇浪拍上陡峭礁石，仿佛还能听见几十年前解放万山群岛的第一声枪响。广州军区某海防团政治处主任姜伟说，这里的每一块礁石曾经都因国共两党手足相残而遍体鳞伤，同时也把如今海峡两岸的和平共处看在眼里。

出录音：

姜伟：在这里每年都有大量的游客，也包括了很多的台湾游客，他们也过来缅怀这段历史。前不久凤凰卫视做了一集专题节目叫做《沧海——解放万山群岛全记录》，就是记录了这一段历史。里面采访当时海峡两岸的一些老战士，对这个战争的一些感悟：万山群岛的登陆点，应该要成为我们展望明天，增进交流，共同创造海峡两岸和平共信、和平共处的一个契机。

记者：你对这一段历史跟现在两岸和平发展的关系是怎么来理解的？

姜伟：历史已经过去了，但是作为今天的官兵，我觉得要牢记历史。同时历史也是一面很好的镜子，从对峙、从战争走到今天，我们也走过了很多的风风雨雨，只有祖国统一，我们海峡两岸能够和平共处，共同建设我们中国。我觉得，这样才能够实现我们中华民族的梦想，这也是历史潮流的最终归属……

压混：

记者：当然，万山海战给世人留下的，除了警醒，还有更多。木船打兵舰、以少胜多的战例给驻守在此的某海防团官兵留下思考空间，英勇战斗、不畏牺牲的万山海战精神也在激励打造一支海防劲旅。

出录音：

姜伟：木船打兵舰，我们现在都还是有意义的，就是在作战中间怎么样利用现有的条件打赢这个战争，创造性的取得这个战争的胜利，包括创新战法，是对我们最大的一个启迪，也是我们现在孜孜不倦追求的一个东西。缅怀我们的烈士和过往的历史，也是我们一种精神力量的源泉。

记者：更好的献身海防？

姜伟：对。既要守好我们先烈抛头露，洒热血，打下来的美好的海岛，同时要把我们海岛建设好，为能打仗，打胜仗，储备我们的力量……

混出某海防团炮兵连操枪训练现场音响

出录音：

连长李剑波：今天下午我们主要是对验枪这个科目进行了训练，是轻武器操作的一个最基本的科目，它是保障我们实弹射击的一个前提。我们打仗怎么打，现在练要怎么练，去年实弹射击，我们连队在全团是得了第二名……

压混：

混出某海防团炮兵连小炮训练现场音响

出录音：

连长马书强：军事战斗训练我们主要以任务为牵引，以打得赢为目标。因为当今社会这个战争，瞬息万变，所以要求我们平时要多练。一个场合练多种打法，

一个目标练出多种能力……

压混：

播（女）：在相邻的两个海岛上，两个海防连的官兵们正分别进行操枪训练和小炮训练。两位连长——李剑波和马书强告诉记者，要守好海疆，通过实战化训练提高部队应变力和战斗力必不可少。连长马书强说，以史为镜，就能感受到肩负的担子多么重要。

出录音：

连长马书强：当年英军的舰艇也是通过珠江口，从我们这个海上过去的，威胁是来自于海上，我们的任务也是非常艰巨的。我们在海上为国家站岗执勤，是非常神圣而光荣的，肩负的使命变成我们工作的动力，做好自己分内的事情，万山海战精神，一代代地传承下去……

压混：

主题音乐起，出片花

播（女）：碧波万顷的伶仃洋上，万山群岛像南海明珠般星罗棋布。海岛亘古不变的礁石见证了文天祥过伶仃洋时的舍生取义，见证了外敌火炮军舰入侵时的屈辱不甘，也见证了手足同胞相逢一笑泯恩仇时的血浓于水。沧海桑田，历史变迁，不变的是一茬又一茬的守岛官兵，传承的是中华儿女的民族精神和战斗精神。

爱军精武标兵邱爱军：当兵是我一生的梦想，"好男儿当兵去，志在四方"，海岛就像我们的家一样。

政委赵琼飞：传承好万山海战精神，锻造南海利剑，把部队带得嗷嗷叫，把连队建成尖刀连，把我们的官兵带成小老虎，同心协力来捍卫我们自己的家园。

某海防团政治处主任姜伟：我希望有这么一天，海峡两岸的军队能够有更多的交流，更多的互动，来携手守护我们的南海。

音乐扬起，结束

出录音：

记者：姜主任，你好。

姜伟：你好。

记者：你在海岛上呆了多少年？

姜伟：我在海岛工作 13 年。

记者：可以说是一个"老海岛"，你对海岛的感情是什么样的？

姜伟：我觉得海岛给了我舞台，海岛既是我事业的一个起点，也是成就我人生，让我更加成熟的一方热土。特别是在我们万山群岛，有很多的优良传统，还有一些很厚重的历史，这些东西都会让我们吸取很多的力量。了解我们万山群岛的历史，了解历史上文天祥这样的民族英雄，对于我们当下所说的实现强军梦，也是一个很有效的助力。有国无防的历史应该是一去不复返了，重点还是我们的海防力量要不断的加强，落到实处，就是守卫好脚下的海岛，在海岛上建功立业。

记者：第一次到海岛，见到辽阔的海洋是一种什么样的感受？

姜伟：我第一次坐船是晕船的，没有来得及欣赏大海的美丽，但是现在就会有时间去看到这些东西了。觉得大海它有很多面，不管是台风下面的扑面而来的呼啸的浪涛也好，还是风平浪静下面的徐徐的海风也好，我觉得我都非常的热爱，都是我们海岛生活的一部分，也是我们海洋国土的一部分。

记者：作为你个人来说，你的海岛梦是什么？

姜伟：我的海岛梦，我希望我们的海防团能够建设得得更加美好，海岛越来越美丽，越来越富饶；海岛人民能够有一个安全、稳定的环境，让他们去生产、去作业；也希望我们两岸人民能够共同携手，共同维护好我们中华民族的宝贵领土。我觉得这是我们每个海岛官兵的梦。我家属、孩子在珠海。我儿子对我这个职业是非常骄傲的，他才四岁多，经常在幼儿园跟小朋友讲，我爸爸是解放军。不过他

有一点不理解，爸爸为什么经常上班不回来。

记者：你怎么跟他说的？

姜伟：我说爸爸要上班，爸爸上班的地方在海岛上，在海岛上爸爸还有一个家，他说这样，原来我们有两个家。

混出"我爱蓝色海洋"主题乐，结束

第19集　休戚与共筑海防

出记者在补给船上现场口播

记者：听众朋友，我是记者李金鑫，我正在一艘名为"伶仃洋8号"的民用运输船上。我现在要跟着这艘运输船去位于万山群岛最东端的一个岛，担杆岛。船长黎喜介绍，这是专门为了给海岛的官兵和居民运送生活物资和食品的。刚才我们在船舱里看到的食品有大米、土鸡蛋，还有一些蔬菜水果。由于这两天台风刚刚过去，现在还在台风的尾巴上，风浪也是比较大的，船也比较摇晃，但是船长说这点风浪根本就算不上什么……

压混：

出录音：

记者：今天海况怎么样啊船长？

黎喜：挺好的。

记者：那我们一般是多长时间补给一次？

黎喜：我一个星期一般是两班船。我开船超过20年了，服务岛上军民。

记者：我们今天就是赶着台风的尾巴去给岛上的军民送东西？

黎喜：对。台风跟年轻人一样，登陆上去，就变老人了，就没力了。我风雨不管的，成了岛上军民的一个生命之舟。几十年歌都有唱，当兵为什么光荣？当兵保卫祖国，光荣就是责任重。我为什么要弄一个船来送军粮啊？用一句话，同舟共济，军民团结如一人，试看天下谁能敌……

压混：

记者：在驾驶舱里和"船老大"黎喜聊天，愈发让人对我们即将要登上的担杆岛感到好奇，到底是什么样的海岛能让眼前这位见多识广的老船长如此热爱？到底是什么样的军队能让老百姓风雨无阻为他们服务保障了 20 多年？

出录音：

黎喜：现在我们可以看到担杆岛了。看到没有？长长的，就是担杆列岛……

压混：

记者：告别船长黎喜，我们登上了绿意盎然的担杆岛。道路两旁的茂盛植物营造出天然的"氧气吧"，有着城市无法比拟的清新。走进连队营区，木瓜园、菜地、鱼塘、猪圈、养兔场、放养的牛羊等等，一个个惊喜接踵而至。广州军区某海防团二连连长刘彬介绍说，担杆岛多发台风天气，为了减轻台风对官兵生活的影响，连队的农副业生产尽量自给自足，同时资源循环利用，既天然又环保。

出录音：

二连连长刘彬：连队菜地大约有 7 亩，每一块菜地我们都排序，要去设计粪坑。我们有自己放养的牛，每隔两天我们的战士都去收集一些牛粪回来要积肥浇在菜地上。

记者：是非常原生态的这种。

二连连长刘彬：对，他们都感觉自己种的菜比较好吃……

压混：

混出参观废弃旧营房现场音

压混:

记者:行走在担杆岛上,不难发现,岛上有不少遗弃的旧营房和军事坑道,墙上的标语依稀可见,这些几十年前的战争痕迹在提醒着世人担杆岛地理位置的重要。广州军区某海防团一连连长蔡智浩介绍说,现在岛上有陆军、海军以及公安边防三支海防力量,官兵们相互协作保家卫国,为独属于担杆岛的宁静气氛又增添了一分和谐。

出录音:

一连连长蔡智浩:我们在岛上,部队之间单位之间相互交流,合作也比较多,资源共享,信息共享。

记者:我一上来就感觉整个岛上的气氛特别和谐,不管是人与自然还是人与人之间。

连长蔡智浩:对。部队的、地方的、然后渔民,大家在一起的话就是互相帮忙互相协作。另一方面,我们平时打渔种菜,就是取之于自然,我们也尽量的不破坏自然环境,保持原生态的一种味道,大家都生活得很好……

压混:

主题音乐起,出片花

播(女):青山、蓝天、白云和深蓝色的大海,构成一副美丽的担杆岛画卷。岛上的居民打渔晒网,岛上的官兵手握钢枪,他们和一面面迎风飘扬的红旗一起,融入画卷之中。

政委赵琼飞:现在看起来,我们海岛绿绿丛丛,好山、好水、植被充足,凝聚了我们历代官兵的辛勤汗水。

海军观通站教导员:穿军装也好,老百姓也好,在岛上都是一家人。国泰民安,这就是我们共同的心愿。

某海防团政治处主任姜伟:守护着这些海岛,守护着我们的领海,这是一种信念，也是一种动力。

音乐扬起，结束

记者：广州军区某海防团政治处主任姜伟曾在担杆岛上担任教导员，重返故地让他心生感慨。

出录音：

姜伟：从上船到现在，碰到很多老熟人，老面孔，感觉到非常亲切，很激动。

记者：刚才我们从那个菜船过来，我也和船长聊了一下，他形容他那条船是一条生命之舟，这个你怎么看？

姜伟：我们这个岛上，除了我们部队定点的物资补给船之外，还有两条船，一条是叫"伶仃洋3号"，一条是"伶仃洋8号"。生活用品，包括蔬菜，经过这两条船来进行补给。"伶仃洋3号"船长杨金水，20多岁就在担杆岛上开船，直到他六十多岁退休，他儿子接替了他的岗位，对于我们部队的工作生活给予了支持和帮助。以前在通信不发达的时候，所有的鸿雁飞书都是通过他们的船只来传达到我们战士的手中，有时候他既是我们物资输送员，有时候又充当我们战士的信使。

记者：那部队又为老百姓做了什么呢？

姜伟：你像我们刚才上岛的时候，看到这个"小布达拉宫"，就是我们岛上最显眼的一个标志性建筑，当时就是我们部队给地方老百姓援建的。而且这些年来，一到大台风的时候，我们部队伸出援手，帮他们拖船、起吊。我印象最深的是2008年的黑格比，那次台风来的是很厉害的。我们当时出动了一百多号人，海军出动几十号人，然后武警做这个主持协调工作，我们就一起协同，损失降到了最低。我们岛上也有一些比较稀有的植物，比如说罗汉松、黄杨，我们的官兵都非常的珍惜和爱惜，如果说遇到偷盗的情况，我们都是及时的制止，然后跟森林公安系统联系，及时的处理。

记者：感觉这个海岛也是一块非常美丽的海洋瑰宝，官兵们也非常珍惜。

姜伟：这一块的海洋资源非常丰富，物产非常的富饶，不论是守卫好这片国土也好还是保护好我们岛上现有的环境和资源也好，都是我们守岛官兵的一种责任，我们担杆岛应该是一个坚强的堡垒和哨位。

混出"我爱蓝色海洋"主题乐，结束

第20集　笑傲海天爱无垠

出音响：东海航空兵某机场训练现场，塔台对话声

飞行员报话：490进跑道。

毕长虹副团长：490可以进跑道。

压混：

记者：听众朋友，我是记者何端端。这里是东海舰队航空兵某机场，夜幕已经降临，但是夜航训练却又拉开帷幕。

混出音响：

飞行员报话：前门打开，大压力起飞。

毕长虹副团长：可以起飞。

压混：

记者：副团长毕长虹刚在塔台指挥了一场夜航训练。他说，作为东海方向一支重要海空突击力量，他们当前担负着繁重的战备巡逻任务，训练强度也随之加大。

出音响：

毕长虹：我们平时训练是在不断的突破，要求更高了。昼夜间都能飞，像我也去参加那个夜间超低空的试训，它就完全打破了我们以前的那种经验和做法，要伸海，要20分钟。是现在的战斗力标准和我刚下部队那时候的战斗力标准那完全就是两个世界和两个概念的问题。

压混：

记者：毕副团长说，现在要应对的紧急升空等情况不分昼夜，夜航训练难度更大。

出音响：

毕长虹：因为晚上的感觉和白天完全不一样。

记者：你最低飞过多少米？

毕长虹：夜间 80 米。那种感觉就相当于把这个飞机的起落架放下来，开这个飞机在海面上跑，而不是在海面上飞。

记者：超低空飞行，10 和 20 分钟有什么区别呢？

毕长虹：时间越长，你要付出的精力和体力就越多，承受的压力也就越大。越往伸海飞越黑，如果是暗夜的时候，海面上眼前就是漆黑一片，就是说你只能通过屏显上的数据包括仪表的数据来判断你的高度，所以恐惧感会比白天要强烈得多。你要让自己去努力的用你的精神和你的意志来控制你的这种恐惧感，并且你的技术水平也要达到相应的要求。

主题音乐起，出片花

播（女）：飞过难关，更要超越自我；练飞行技术，更要练意志品质。现在毕长虹所在飞行师的能战组都具备了昼夜间紧急升空战斗转场和超低空 80 米连续飞行 20 分钟以上的突防能力。祖国海疆的安宁和无与伦比的美奂，回报了海天卫士的大爱无垠。

出音响：

毕长虹：因为我们跨昼夜飞得比较多，尤其是黄昏或者是拂晓，海上色彩斑斓很漂亮，。

飞行员程东风：始终感觉看到自己的海疆很自豪，而且我还能保护它所以更加

的自豪。

音乐扬起，结束

记者：毕长虹副团长已经飞行了20年，他从航校一毕业就与海天结了缘。

出音响：

毕长虹：一上了飞机以后，真正飞机随着自己的操作在动的时候，那个时候才对飞机产生非常强烈的感情。就好象你的孩子出生了一天，但是等你抱了他，那种感情会突然一下爆发出来。

记者：而现在实际上你们面对的挑战是很严峻的，那有没有感到这种压力？

毕长虹：包括应对周边形势、执行作战任务这一块我们的想法就是怕自己没有做好，这个是我们的主要压力，因为毕竟你是涉及到国家的行为。

记者：觉得在为国家做事……

毕长虹：这种很自豪的感觉是有的。我听我一个朋友说的，他说你要珍惜你现在的工作，我要想为国家做事情我没有机会。

记者：就是说每一个人想为国家做事都不一定像你这样有机会，所以你就感觉到非常的珍惜。

毕长虹：我会很庆幸当时的这种选择，包括给我分到一线部队来也很庆幸，因为你在一线的时候才知道国家的概念是什么。

记者：那么现在面临着钓鱼岛问题，你对两岸共同联手一致对外来守卫我们的领海、领空是怎么样想的呢？

毕长虹：联手更好，是两岸中国人之间的合作，和你独自去面对是不一样的。如果台湾在南海或者是钓鱼岛上和日本或者是其他的东南亚哪些国家发生了争执，我们再去，我想台湾对我们的感情肯定也不会一样。反过来也是一样，我们应对钓鱼岛或者是南海局势的时候，如果台湾派出军舰了，我们感情也会不一样，有兄弟和没兄弟感情是不一样的。

记者：你对对岸的军人是什么样的印象，对结束敌对又是怎么样考虑的呢？

毕长虹：台湾我觉得不能被几个政客绑架。大家是同文同种这个是一点不错的，只是因为我们隔绝了那么长的时间，造成了一些意识形态上的误会或者是其他对问题认识的角度不一样。我觉得民族血液里面的东西是没办法改变的。

记者：就是说兄弟之间应该携手一致对外。

毕长虹：这个是肯定的。我希望这种局面出现。

记者：现在你是指挥的时间多还是飞的时间多？

毕长虹：飞的时间相对多一点。然后飞行的时间长了以后，海上的景色变化怎么说呢，你对它感情也是一步一步的在加深。

记者：能不能具体一点说它的变化和你对海产生的感情？

毕长虹：尤其是飞到伸海以后，很远的看过去以后，海上的天界线和陆地上还不一样。海上的天界线特别齐，在很远的地方看上去。飞低空的时候，海上的浪花是看得清楚的。有的时候，比如说有低云，看海的时候，一块云一块海下面会呈现出不同的颜色，尤其是黄昏或者是拂晓，海上色彩斑斓很漂亮。还有的时候海上有雾，雾又非常低比较薄的时候，看海又是另外一种非常朦胧还飘飘的那种，有点像仙境的感觉。尤其再有一些大的船，它的桅杆破开雾的时候确实很漂亮。

记者：早晨的日出看到过么？

毕长虹：看到过。我们飞早班的时候，基本上就是太阳出来我们开飞。还有就是黄昏的时候看日落，因为我们跨昼夜飞得比较多，基本上是这边天已经黑了，我一飞起来越高天越亮，到海上再下到低空，越来越黑。有的时候高度到了以后，看着太阳逐渐落山，然后看着它的光照在你的眼前发生变化、海水的颜色发生变化、海上云的颜色发生变化。海上的渔船、货船在这种光影之下产生的一种让你没有办法形容的漂亮，只有亲身经历了才知道。

记者：很多人都很向往着看海上日出、看海上日落。

毕长虹：我想跟你说的是海上的月出。

记者：海上生明月。

毕长虹：对。这个就很少了。月亮的变化我们在地面就看的比较少，但是从空中，不光是圆月、有一些新月，因为我们从晚上一直到后半夜，甚至有的时候飞到凌晨三四点钟，所以整个月亮的变化我们看的很清楚。第一架次的时候是在太阳落山的时候，第二次的时候你就会发现月亮从海面里面一点点的升起来，不像太阳那么亮，很柔和的光。有的时候我们对着它看的很清楚，有的时候背对着它，我们通过显示屏反光也会看到，大的月亮从海平面上升起来确实是很漂亮。因为飞行是很辛苦的一件事情，我觉得这些别人看不到的美景就是对我们的一种回报和弥补。（笑声）

混出"我爱蓝色海洋"主题乐，结束

第21集　摩拳擦掌为打赢

出音响："泰州"舰离码头部署

记者：您好，听众朋友，我是记者穆亮龙。在赶赴东海某海域执行战备巡航任务的海军东海舰队"泰州"舰上，记者发现，和以往不同的是，军舰刚一离开码头，舰首最前端的旗杆就放倒了。带着疑问，记者采访了负责放倒旗杆的帆缆区队长周三红。

出录音：

记者：你们出航的时候，现在离开码头就要把舰首的旗杆放倒？

周三红：是的，主要是影响视距。为了我们出海期间，随时应对一些突发事件。对各个方向的目标嘛，随时进行火炮射击。以前主要就是规定的目标，规定的距离、方向，就是没有正前方向的目标，所以就不用放倒。现在呢，就是全天候目标，正前方的、左右弦的，采取 24 小时火炮发射嘛。

记者：你把这个旗杆放倒之后，是不是作战意识跟之前相比有一点变化？

周三红：变化很大的，以前就是定时定点的进行防御或者火炮射击，现在不同，现在就是 24 小时的全天防空或者战备，火炮射击……

压混：

出音响："泰州"舰对空防御及对海攻击操演

口令：导弹发射！

回令：导弹发射！

报告：试射两发。预备——射！

压混：

记者：战备巡航中，"泰州"舰突然发现高速低空"目标"来袭，并遭受强烈电磁干扰，两枚导弹立即发射，准确命中"目标"。这是军舰临时组织模拟实战环境下的一次对空防御及对海攻击操演，所有命令都由作战值班军官下达。正在值班的"泰州"舰导弹火炮部门长陈为说，作战值班军官制度也是按照实战要求新设立的。

出录音：

陈为：在海上的话，我们都是作战值班军官，我是作战值班长。出远海，实战化训练常态化之后，特别是针对近期岛屿维权和相关支援任务，基于复杂的海空情况，我们综合作战信息、反潜、防空、对海导弹攻击和火炮射击，综合软硬武器系统，设立这个值班部位。

记者：那现在对你们岗位的要求是不是也特别高啊？

陈为：对我们作战值班军官的综合能力素质要求，比以前有了空前的提高，他要综合雷声、信息、反潜、导弹、火炮五大作战系统。这样综合集成化的作战值班，我舰在海军是走在前列的。

这就需要我们这个值班部位的军官要具备非常高的战斗素养和非常全面的对现代海战的信息压制和电磁环境的掌握，掌握这个学识和知识结构。不是以前单个方面部门长就具备这样的能力，需要有多个方面作战长的经历，甚至有全舰、整个海区的作战意识，他才能做好一个称职的作战值班军官。

记者：设立这个岗位之后，他发挥的作用在我们实战化训练中有什么突出的地方吗？

陈为：这个岗位非常重要，也非常突出。在我们实战化训练、实战化战备、实战化巡航中，最关键的、最节点的位置就是我们这个部位，作战值班军官。他将以前我们在巡航训练过程中，战斗和平常的战备两者有机结合起来，平常训练即是战斗，战斗即是训练，他不分。可以说这个岗位体现出我们第一时间反应、第一时间火力打击、第一时间评估和第一时间进行战损汇报的一个综合的系统。

主题音乐起，出片花

播（女）：近年来，人民海军不断提升训练的实战化水平，官兵们个个摩拳擦掌，真抓实备，力谋打赢。随着战斗力的不断提升，官兵们维护海洋权益，信心倍增，底气十足。

东海舰队某驱逐舰支队副支队长、"泰州"舰指挥员卢飞云：完成好上级交给我们的各种任务，确保打得赢。

"泰州"舰舰长王永平：作为一个作战平台的舰长，随时听从召唤，赴各个海区执行任务，保护好我们的疆土，我是有信心的。

东海舰队副政委顾礼康：在维护海洋权益方面，从部队的状态、精神面貌、从部队的装备、战斗能力来讲，我们有这个底气。

音乐扬起，结束

记者：记者在"泰州"舰上走了一圈，看到不少岗位上都是年轻战士在值更，不像以往值更的多是服役多年的老兵。在"泰州"舰上担任指挥员的东海舰队某驱逐舰支队副支队长卢飞云说，现在已经实行了"三班倒"的分更次战斗值班，这对每位舰员的实战能力都提出了新的要求。

出录音：

卢飞云：主要是人员训练水平的一个挑战，三更都要合格。不像以前说不定一个战位啊，就几个舰员可能技术水平过硬就可以使用的起来。现在不是这样，现在要求三更的人员全部都要达到合格的水平，都达到能战的水平，对我们舰员的整体训练水平是一个比较高的要求。

这两年训练的难度都在加大，带兵打仗、练兵打仗意识都明显的增强，基础训练水平也不断的夯实，实战化能力得到大幅的提升。上级、中央军委一声令下，我们招之即来，来之能战，战之能胜，这是我们最高的梦想。

记者：我们靠的这个码头——舟山港，原来鸦片战争的时候是被外国列强第一个侵占的地方，那现在驻守在这个地方，看到我们军舰的一些变化，我们实战化训练的变化，您自己有什么感受？

卢飞云：以前鸦片战争第一次侵略在定海，后面一直打到北京的圆明园，把我们圆明园也烧掉了，像这种屈辱历史，我想不可能再重现了。就像我们舟山来讲，我们现在舟山的百万军民，也是牢记着这段屈辱史，大家也都是以史为鉴，刻苦训练。

记者：现在钓鱼岛是大家关注的热点，那钓鱼岛也在我们东海海域负责防御的范围之内，担负这样的任务，您作为支队的首长，您自己感觉身上的压力，您的责任是怎么理解的？

卢飞云：我们在钓鱼岛执行任务当中，一个是感觉到使命感和责任感，更激发出我们的练兵动力。只要上级交给我们的任务，我们会想尽一切办法完成好的，绝对不让我们的领土丢失。

记者：那现在包括台海对岸的和大陆的一些学者也在呼吁，说两岸军队可以联

手来保卫钓鱼岛这片海域，您怎样看这样的说法？

卢飞云：在钓鱼岛上大家都是同仇敌忾，都是有共同的目标，认为都是中国的领土，也确实是可行的。

记者：如果条件成熟的话，您也希望有一天能够实现这样的目标？

卢飞云：这个不光是我，应该是全体中国人民都有这种愿望。

混出"我爱蓝色海洋"主题乐，结束

第22集　"和平方舟"传和平

出录音：参观"和平方舟"医院船

侯培根：现在我们在术前准备室。（开门声）

记者：手术准备完毕之后，通过这个门直接就进到手术室去？

侯培根：对。船上现在有八个手术室。

记者：可以做一些什么手术呢？

侯培根：一些常规的手术都可以做。信息化系统比较先进，它配的卫星信号闭路电视可以把手术的现场传到北京总部，然后进行远程会诊……

压混：

记者：您好，听众朋友，我是记者穆亮龙。在刚刚完成出访亚洲八国任务的"和平方舟"医院船上，讲解员侯培根带记者参观了船上先进的医疗设备。出访期间，侯培根负责引导当地民众登船参观、就医。

出录音：

侯培根：通过我的讲解和大家自己的观察，对我们船的评价都是比较高的。他们到船上参观的时候，展露出那种特别羡慕的表情，就觉得我们的船很前进，我们的医生特别友好。有些就情不自禁的说"Great ship"（船真棒）。

记者：他们都对哪些地方比较感兴趣？

侯培根：我印象当中他们最感兴趣的就是中医。有一些人他会感觉脖子痛、肩痛，医生通过给他们拔火罐和针灸之后，他们症状得到缓解，他们感觉就用一个针或者是用一个竹筒就能治病，感觉很神奇。我觉得，我们医院船就是一个对外展示的窗口……

压混：

记者："和平方舟"医院船自 2008 年底列装以来，已完成三次出访和对外医疗服务任务，先后执行"和谐使命－2010"任务出访亚非五国、"和谐使命－2011"任务出访拉美四国、"和谐使命－2013"任务出访亚洲八国。船长于大鹏说，医院船每到一个国家靠上码头，都会在当地引起轰动。

出录音：

于大鹏：他们根本想不到中国有一个医院船把 217 种、2000 多台套设备放在船上，也想不到 20 几个硕士以上的专家过去。我们到了之后，大批的民众蜂拥而至，从早晨 5 点钟民众就开始排队了。

记者：各个科室的人都特别多？

于大鹏：满了，每天都 1000 多人。我们是尽自己最大能力，把所有的病人都看完。好多医生白天看病之后晚上做手术，有的手术做到半夜 2、3 点钟。

记者：这个影响力是很大的。

于大鹏：这个船对民众的影响力要超过战斗舰艇。因为我们是为民众看病的，又是免费，所以它的亲和力是很强的。都说医生是上帝，我看到了光明。民众认识了中国，这个国家是和平的、友好的，也就是说一个和平的使者来了……

压混：

记者：在"和平方舟"医院船上，记者还遇到一位仪仗兵。他叫李伯珏，是船

上医疗部门的维修班长，因为一米八五的身高被选入了船上的仪仗队。第一次随船出访，李伯珏印象深刻。

出录音：

李伯钰：印象比较深刻的，应该是第一站吧。文莱苏丹到我们船上来参观的时候，我们就列好队，接受检阅，就一个举枪礼，把枪抬起来。要求我们12名成员握枪的手线、枪刺的刺线成一条线，高度一样的。我印象最深的就是，我们出来迎接外国元首之后，就很多人跟我们合影，就形成了我们船的一条风景线一样的。

记者：当地居民是吧？

李伯钰：对，当地居民，还有华人华侨，很多人跟我们合影的。经常有人竖起大拇指，很高兴的。

记者：你能被挑选加入这个仪仗队，是不是也挺自豪的？

李伯钰：当然是，能够向外国的友军展示我们国家海军的良好形象，是感到很荣幸的……

压混：

主题音乐起，出片花

播（女）：中国军队一直是维护世界和平的一支重要力量。2009年，中国海军在成立60周年之际，提出了构建"和谐海洋"的倡议，以共同维护海洋的持久和平与安全。"和平方舟"医院船的每一次出访和对外医疗服务活动，无不体现了中国倡导和谐海洋，构建和谐世界的理念。

海军后勤部卫生部部长、"和谐使命—2013"任务海上指挥所副指挥员管柏林：马尔代夫的总统到我们船上参加甲板招待会，在留言簿上写的一句话说，感谢中国政府派出"和平方舟"医院船访问马尔代夫，并为马尔代夫人民提供了出色的医疗服务。

"和平方舟"医院船讲解员侯培根：我们用自己的实际行动告诉他们，我们的发展是创造一个和谐的世界环境，用我们的力量去维护世界和谐，传播和谐理念。

音乐扬起，结束

记者：刚刚随船完成"和谐使命－2013"任务归来的"和平方舟"医院船政委姜景猛，向记者分享了此行的感受。

出录音：

记者：这一趟125天、8个国家走下来，包括以前我们执行其他的活动，您觉得我们想传递的爱心，他们能够感受到么？

姜景猛：确实能够达到这种效果，起码我们建立了一个通道，增进了彼此了解，能够使我们的友谊更进一步。我们跟他们交流的时候，也能够感觉到他们对我们非常友好。

记者：给我们举个具体的例子。

姜景猛：一般就是他们要搞一次甲板招待会让我们过去，然后我们再搞一次甲板招待会他们也过来，大家交流的话都是很开心。唯独有的就是语言不一样、肤色不一样。有的时候刚见面，大家对互相的军装很感兴趣，问一问，通过这个方面再去谈谈其他的。时间再长一点我们就甚至可以谈谈他们怎么样去管理的、军队伙食怎么管理的等等一系列具体的问题，他们都不去回避这些事情。

记者：虽然我们聊的内容很平常，但通过这种交流就能传递出我们希望友谊、希望和平的意愿。

姜景猛：我想通过一些小事情，大家毫无隔阂的这种交流，实际上足以表达了彼此的信任与友好。而且每次走的时候大家握手的力度我们也能感觉到，不像是有的蜻蜓点水这样，像一种礼仪上的，他们握手确实也握得很紧。有的时候主动过来和你合影，都很真诚、坦诚的这样子。

记者：我们这个船走出国门之后担负的任务比较特殊，不像执行亚丁湾护航或者是远洋训练任务的舰船，但是我们也是在用自己的方式来传递怎么来更好的保

卫祖国海疆这样一种使命任务。

姜景猛：对，通过另外一种方式，主要是传达一种友好，这对国家安全肯定也是非常有作用的。说实在的，大部分人都不想去打仗。那怎么样去避免这种现象？我想如果发展友好，大家能够更理智，大家能够坐下来，思考一下，是不是有一个比武力更好的手段。首先我们要营造一个和平的环境，然后我们怎么样去合作，来达到一种共赢，我想这也是我们的一个战略目的吧。

混出"我爱蓝色海洋"主题乐，结束

第23集　踌躇满志护海疆

出音响："蚌埠"舰指挥室操演

指挥员：方位120，距离30公里，敌机一架向我近飞。电子战加强对方位120方向导弹末制导雷达信号的搜索！

电子战值班员：明白！

压混：

记者：您好，听众朋友，我是记者穆亮龙。在东海舰队"蚌埠"舰上，一场指挥室操演正在进行。"蚌埠"舰是人民海军新型护卫舰的首舰，今年3月入列，目前正在训练中心组训。操演中，情电班长彭文龙一个人负责指控和电子战两台设备。彭班长告诉记者，他们正在加紧训练，迎接即将面临的全训考核。

出录音：

彭文龙：现在我们是属于二类舰艇，要考核完的话，全训合格的话，我们就升为一类舰艇了，什么演习，战备巡逻任务，都可以参加了。

记者：你原来是在哪个舰上服役的？

彭文龙：我以前在猎潜艇上面。

记者：你觉得这个舰比以前你见过的其他的舰艇先进的地方在哪儿？

彭文龙：一个是集成度比较高，一个是自动化程度比较高，我们很多的机位都是没有人值班的。操作起来都比较方便，指控方面的话，我们一般一个人兼顾两台设备。

记者：在原来比较旧的一些舰种中，这是不能实现的？

彭文龙：原来肯定是一台机就一个人，现在有的装备都可以兼顾，就是说自动化程度比较高。比如说，像我们以前的装备好多按键你都要记住，现在就是几个按键，操作方便……

压混：

记者："蚌埠"舰是我国自行研制设计生产的新一代轻型导弹护卫舰，舰长黄继先经历了军舰从下水到舰员培训、装备加装、吸泊试验、航行试验、入列命名，以及进训练中心组训的全过程。站在指挥室里，黄舰长特别向记者讲述了他刚登上"蚌埠"舰时的印象。

出录音：

黄继先：因为当时对这个军舰不太了解，感觉的话，这个军舰比较小。我来这之前，是在"马鞍山"号当副长。

记者：那个吨位多大？

黄继先：3700多吨。

记者：我们这个舰呢？

黄继先：1400，差了很多。

记者：当时一看外观很小？

黄继先：外观很小。后来对系统越来越了解以后，感觉这条舰，自动化程度远远高于054型舰。

记者：你比如我们现在所在的指挥室跟你以前的"马鞍山"舰有什么区别？

黄继先：那区别很大。我给你介绍一下，那个设备是作战指挥系统的二代台，升级版本。

记者：从外形来看有没有变化？

黄继先：外形上变化很大，原来台子很大，现在台子很小。在软件上的话，进行升级了，本群合一。

记者：本群合一？

黄继先：054舰上有一个单舰的作战指挥室，在隔壁还有一个舱室，作为编队指挥室，编队作战指挥在另外一个舱室里实现。

我们这个舰的话，指控系统增加了一个软件，可以随意设置任何一个台位的指挥功能，相当于是装了双系统，我打开这个系统就是单舰指挥，我打开那个系统就是群指挥。而且，比如说我这是舰长台，这个是作战部长台，如果说舰长台坏了，那我们随便任何一个台位，把它设置成舰长台，舰长换个位置就可以了。这个功能在原来的舰上是实现不了的，这是一个本群合一的功能。

记者：这个在实战中会发挥什么样的作用？

黄继先：比如说我编队作战的时候，我把这一排通过软件设置设置成编队指挥，舰长到前面那个台来，那就是我编队和单舰指挥都在一起。一是好沟通，各种指令下达更加顺畅，减少了指挥层级，第二个的话，可以压缩很多的舱室，在控制吨位上又跨了一大步。

主题音乐起，出片花

播（女）：我国新一代轻型导弹护卫舰，是优化海军装备结构，提升基地防御作战力量，增强海军维护国家安全和领土完整、捍卫海洋主权和海洋权益能力的又一重要平台。作为新舰型的首舰，"蚌埠"舰全体官兵已经做足准备，正踌躇满志迎接全训考核，期盼尽快形成战斗力，护卫祖国海疆。

"蚌埠"舰政委翟士臣：全体舰员写一个决心书，自发地提到，通过大比武大练兵尽快提高我们的作战技术水平，赶快去执行任务。

东海舰队某猎潜艇大队大队长刘振龙：咱们官兵的积极性、进取心非常大，都非常想尽早的把战斗力形成。

音乐扬起，结束

记者："全训考核"全称叫"全科目训练考核"，舰长黄继先说，这次考核对"蚌埠"舰这艘全新的军舰来说非同寻常。

出录音：

黄继先：全科目就是你这条舰什么活都能干了，什么任务都能执行了，考下试试看。如果说全部达到及格标准，那么说明你这条舰就具备单舰作战和履行相应的非战争军事行动的任务能力，可以转为一类舰。就可以随时执行作战任务。

记者：那实际上这个相当于一次你们的毕业大考？能不能拿下毕业证，能不能去给你们分配工作，就看这一次了。

黄继先：对，能不能转为一类舰，执行后续任务就靠这次考核。

记者：现在我们当面海域的情况也是比较复杂，因为东海这个方向从去年以来整个形势是比较紧张的。你们在这片海域担负着防御的任务，又是最先进的第一艘轻型护卫舰，是不是也踌躇满志的想赶紧能转为一类舰，赶紧执行任务？

黄继先：一旦出中心执行巡逻任务，那就每天都面临敌情。我们也很期待去历练一下，训练最终的目的，说白了就是打仗嘛。

记者：刚开始你上这个舰的时候，从外面看特别小，感觉心里有落差，真正了解这个舰，又看见它一步一步的训练成熟，马上就要全训考核了，你对这艘舰的感情有变化吗？

黄继先：越来越喜欢这条舰。怎么说呢，这条舰可以说代表了一个发展趋势，从人力密集型到科技密集型转变，相当于是一个里程碑的意义。原来跟这条舰吨

位差不多的舰，它的人员编制是我们这条舰的三倍还要多。那么现在我们这条舰因为科技的进步、装备的发展，为压缩人员编制提供了客观条件。

记者：每次停在码头或者是在航行途中，遇到其他的军舰，是不是作为这个舰的舰长觉得非常自豪？

黄继先：非常自豪，因为我们有的武器他们没有。我们的主动攻击武器射程很远，防御武器目前是最高水平，所有的设备都能实现远程监控和远程操作。我们在组训期间，他们好多其他舰长、副长到我们舰来参观，听我们介绍他们感觉很震撼，没想到现在自动化程度已经发展到这种水平了，他们自己都没想到。

记者：我们现在都说中国梦，作为最先进的第一艘轻型护卫舰的舰长，您现在的梦想是什么？

黄继先：尽快完成转型，完成今年的后续扩大性试验任务，赶紧执行后续的任务。

混出"我爱蓝色海洋"主题乐，结束

第24集　大海深处有四季

出音响：潜艇升起潜望镜

报告：深度 16 米！

贾又春：摇！

报告：深度 15 米！

贾又春：升潜望镜！

报告：是！升潜望镜！

（潜望镜升起声——）

压混：

记者：您好，听众朋友，我是记者穆亮龙。在国产某新型潜艇里，记者征得潜艇指挥员同意，通过潜望镜观察海面情况。和大海上宽广美丽的景色相比，潜艇里狭小的空间，让人转个身都觉得困难。大部分空间都让给了机器、管道和线缆。副艇长贾又春向记者介绍说，潜艇有限的空间里，每一个行为都有规定，连怎么吃饭都是有讲究的。

出录音：

贾又春：我们厨师就一个人，很辛苦。我们所有的饭菜都要在这儿做好，一个大盆里面打上各种各样的菜，一个个传到舱室。

记者：不能端过去，而是传递过去。

贾又春：在水下的话，这么长的潜艇，这地方有 10 个人，走到这个地方 10 个人，这里少 10 个人，这里多了 10 个人，里外一比就差了 20 个人的重量。

记者：要保持平衡。

贾又春：所以在水下就不能随便走动的……

压混：

记者：在一个舱室里，记者看到不到两米高的舱壁上，安放了两层铺位，人只能斜躺进去。床铺宽半米，长 1.8 米，并排铺位的间隙也就一个转身的距离。在潜艇里睡了 24 年的内燃机技师刘雁武说，他们睡着的时候，都会无意识的原地翻身，不会掉下床去。

出录音：

刘雁武：1.75 米左右的可能正好，超过 1.75 米，睡觉的话脚伸不直，要蜷着睡。而且像北方块头稍微大一点的人，睡觉基本上是塞进去。

记者：一条胳膊可能都露在床板外面？

刘雁武：有的是胳膊露在外面，有的是脚掉在外面，确确实实条件有限。但现在这个条件比以前老艇有很大的改进，老潜艇就是一个吊床，一个铁链子，铁链子上面挂几个床板，就睡在机器边上。现在的话我们就是一个格式化的生活，都是一个小房间一个房间的。现在最起码房间关了门以后，外面的什么噪音都听不到了。而且现在潜艇上装的是中央空调，睡觉的时候，房间里面温度是很好的，很适宜的……

压混：

记者：潜艇最大的优势是隐蔽。艇长陈谷泽说，要达到更好的隐蔽效果，除了尽量降低自身装备的噪音、提高指挥员的指挥艺术，对艇员控制噪音的战术素养也有很高的要求。

出录音：

陈谷泽：我们平时，门的开关、轻关、轻开门。我们的马桶，在训练也好作战也好，是不用冲的。尽管有冲马桶的装置，自己用水来冲洗，把这种噪声就给降低掉。比如说一些机械装置的开闭一定要按照要求，而不是说你想怎么弄就怎么弄。这点是我们通过训练才能达成的。

记者：您现在是不是也养成职业病了，回家开关门也特轻啊？

陈谷泽：没错。我们有个口号，就是"不吵到自己，更不要吵到敌人"。因为潜艇出去作战的话一般是三更制，一部分人在操作，其他一部分在休息。如果你声音大的话，会吵到自己人的休息，另外更重要的是会吵到敌人，让敌人发现我们自己。

主题音乐起，出片花

播（女）：在大海深处，潜艇里没有白天黑夜，艇员们只能靠挂在各个岗位上的24小时铜盘挂钟，判定是黑夜还是白天。就连新鲜的空气、灿烂的阳光，也都成了潜艇兵们最昂贵的"奢侈品"。但是，潜艇里也有四季分明，官兵们也有自己的梦想。

内燃机技师刘雁武：潜艇里虽然看不到日升日落，虽然看不到四季，但是潜艇里也分春夏秋冬。

艇长陈谷泽：习惯于在孤独寂寞下静静的完成任务，是我们潜艇上的一个特质。

副艇长武学文：希望有一天我们满世界去游弋，那最牛了。

音乐扬起，结束

记者：老兵刘振武，在潜艇上服役 24 年，经历了三代五型潜艇，现在是内燃机技师，主要负责潜艇的动力发电。谈起 20 多年的潜艇兵生活，老刘说的最多的就是"自豪"。

出录音：

刘雁武：不光是我，包括我们这些同行都很有自豪感。当兵 20 多年了，一直在潜艇上面从事内燃机的工作。算是比较核心的岗位，因为这个是动力源，潜艇的电源是从我们这儿发出的，号称"蓝鲸的心脏"。辛苦是很辛苦的，因为我们这个专业，舱室的温度会达到 60 多度，人穿裤头、背心都汗流浃背的。空调是有，但是内燃机舱的话效果不是很好。

记者：温度根本降不下来？

刘雁武：因为我们用的是中央空调，对于其他的地方效果比较好，对柴油机边儿上这块那是效果不大的。因为这个机器这么热，工作的时候，温度可以达到 700 多度。但我们潜艇兵在出海的时候，住在机器边上，那就是温度再高也要坚守岗位，温度再高也要把工作做好。因为我觉得驾驭我们最先进的潜艇，到水下去保卫祖国，执行祖国人民交给我们的任务，很高兴、很激动、也很自豪。

记者：你觉得你现在是习惯了这种生活，还是喜欢这种生活，还是能够忍受这种生活？

刘雁武：我习惯了这种生活，我也喜欢这种生活，我认为这种生活不叫忍受。

我经常给我爱人讲，我说我几天听不到柴油机启动的声音就不是很舒服。我一到潜艇上，柴油机启动，听听这个声音，我听听所有正常，我就感觉到很高兴。

记者：但是实际上在高山海岛上站岗的战士也能看到日出日落，他也能看到风景的变化，一年有四季。你们在潜艇里面，看到的就是设备，连潜艇外面的海水是什么颜色都看不到。

刘雁武：潜艇里虽然看不到日升日落，虽然看不到四季，但是潜艇里面分春夏秋冬。艇首和艇尾两端位置比较冷，就像冬天。我刚才说我们温度比较高，穿着裤头背心流汗的时候，他们在那边穿棉袄。再往后面走，其他舱室，就像春天，温度比较适宜，比较温暖。在这个潜艇装电池的舱室里面就像秋天，虽然有点热，但是正好，不需要穿棉袄。在这个动力舱就是夏天，非常炎热的夏天，我们叫"洗桑拿"，感觉人都要烤干了，但是喝点水出点汗也很舒服。

记者：这个形容真是很生动。你二十几年在潜艇服役，你对潜艇的感情是什么样的？

刘雁武：我是我们那个镇，到目前为止，建国以来唯一的一个潜艇兵，我确实很自豪。觉得最高兴的就是，中秋节的时候，我们出海的时候，领导让我们把潜望镜升起来，看了一下海面，看了一下天上的星星、月亮，这是一个。第二个，有一次返航，我跟领导请示了，当时我也不当更，我能不能上去看一看，他说可以。上去一看，我们的潜艇在浩瀚的大海上航行，艇首犁开的浪花，还有鲸鱼，我们当时数了一下是 9 头，跟着我们潜艇走，就在边儿上。

记者：像护航一样。

刘雁武：对。景色也很美，潜艇在海上看起来也很威风，真的是很自豪。

混出"我爱蓝色海洋"主题乐，结束

第25集　海天雄鹰搏长空

出录音：

（模拟器训练现场）

王兴强：我们这个模拟器训练跟真实的一样，比如说夜间飞行，还有空战科目训练。

记者：模拟器训练它的好处在哪儿呢？

王兴强：通过这个训练保持自己的技术，包括复杂条件下一些特情处置的模拟。因为你这个特情处置在实际飞行中可能飞1000架次都用不上，但是在这上面就可以模拟出来……

压混：

记者：您好，听众朋友，我是记者李金鑫。在海军东海舰队航空兵某师飞行团的飞行训练室里，飞行员王兴强正在模拟器上进行训练。这是现在团里较为普及的训练方式，飞行员们通过模拟器的真实模拟熟练应对各种飞行情况，锻造过硬的飞行技术和优秀的心理素质。不久前，飞行员王涛驾驶国产新型三代机时对一场突发特情的完美处置，就是一份检验训练成果的满分答卷。

出录音：

王涛：那天我们团组织跨昼夜飞行，我跟我们团的副参谋长驾驶双座机。在飞机离地刚两秒钟吧，大概高度也就三四米，就听到前面发动机有很强烈的撞击的声音。然后我们收油门，就中断起飞了，操纵飞机正常接地、刹车，我们安全脱离。后来经过检查，说我们起飞的时候撞了一只鸟。当时，中断起飞决心比较果断，动作比较迅速。

101

记者：整个过程，也是凭着平时的经验和训练的积累？

王涛：飞行员始终是在与偏差和特情作斗争，对这方面研究得比较多。以前有句话说预则立不预则废，所以说，准备得充分，出现这样的情况，才能够正确的处置，化险为夷。

录音止

记者：王涛和王兴强都是首批接装国产新型三代机的飞行员，经过追梦道路上的厚积薄发，这批飞行员已经成长为团里的中坚力量，30岁左右的他们正值职业生涯的巅峰时期，技术的日臻成熟让他们拥有傲人的自信。飞行员刘翔也是其中一员，谈及飞机和理想，他热情洋溢，连说出来的话似乎都是烫人的。

出录音：

刘翔：我可以肯定地说，飞三代机是每一个飞行员的梦想。能够飞上三代机感觉很幸运，应该说是压力兴奋是并存的。飞行技术的成熟稳定之后，就感觉飞机就是自己的亲人一样了，我们一起出去了，再一起回来。

记者：作为飞行员里面的年轻一代，有没有觉得自己身上的担子很重啊？

刘翔：，现在海军可以说是跨越式的发展，我想作为海军的飞行员来讲未来作战的主体肯定就是航母了，希望能有那么一天吧，能够挑战一下航母。

记者：你对于自己守护的这一片海空是什么样的感情呢？

刘翔：：看到我们的领海啊，我唯一的感觉就是，这就是我的家，我们的任务就是保卫它，不允许别人去觊觎它。

主题音乐起，出片花

播（女）：这是在历史上有着赫赫战功的"海空雄鹰团"，也是全海军第一支改装三代机的部队，如今更成为海军航空兵部队三代机人才骨干储备中心。大洋之上，鹰击长空，一代代年轻雄鹰从这里起飞，在碧海蓝天抒写豪情壮志。

飞行员刘翔：飞行员都是很崇拜英雄的，我们的英雄实际上都在我们身边。

飞行员王兴强：责任与使命同在，既然当飞行员了就应该保卫我们这一块儿海空安全。

副团长贺文清：要保证我们这一片的天空永远是蔚蓝。

团副参谋长梁小林：最无私的老师就是飞行教员，让他学得比自己更好，飞得比自己更高，更好地保家卫国。

音乐扬起，结束

记者：东海舰队航空兵某师飞行团副参谋长梁小林是一名老飞行员，已经安全飞行了1800多个小时，对辽阔海天的热爱让他从当初的飞行员一直走到今天的飞行教员。回头再看第一次开上新型三代战机的情景，梁小林仍然记忆犹新。

出录音：

梁小林：这个飞机跟以前的飞机不一样，它加速性比较好，就是感觉还没有回过神来，飞机就拔地而起。飞到空中以后，经过自己亲自操作，感觉到飞机的操作性比较好，安全性能比较高，有较好的制空能力和对海攻击能力，整个飞机飞起来有一种心理优越感。

记者：这种优越感是不是对战斗精神也是一种激励呢？

梁小林：对，飞行员都希望能飞上好的飞机。在1998年的时候我到珠海去参观了航展，当时看到这款飞机表演的时候那是非常羡慕，没想到几年之后我们就引进了这款战机，而且在挑人的时候我很荣幸地被挑上了，非常高兴。但是也留下了一点遗憾，没有去成航母舰载机。当时舰载机的第一批都是在我们那儿挑的，包括舰载机首飞都是我们的战友。

记者：那你还有没有可能去飞航母的舰载机呢？

梁小林：现在基本上就没有机会了，因为受年龄限制，我们都40多岁了。现在的任务就是给他们培养后备力量，我们去舰载机的机会不多了，但是我们的学

员、我们的徒弟会源源不断地输送到航母上去的。

记者：这也是另外一种方式来延续你的梦想？

梁小林：对的，因为我会自豪地讲舰载机上首飞的是我的同学，是我们的战友，后来陆陆续续上舰载机的那就是我们的徒弟，我这种自豪感继续延续着我的航母梦，有机会我一定会去"辽宁"舰，去参观，去看看。

记者：你给学员上的第一课是讲什么呢？

梁小林：第一课就是讲怎么样做好飞行员，开飞机刚开始学习的时候是有压力的，等到学会之后，掌握之后就有一种快乐。飞行是一件快乐的事情。

记者：怎么说？

梁小林：就是一种境界。在实际飞行中人机一体的感觉，驾驶飞机在蓝天自由飞翔，看到祖国的美好河山，特别是在大海上飞行，那种感觉非常好，很快乐。所以才能坚持下来，我已经飞行 20 年了。

记者：也是为守护祖国海洋国土坚守了 20 年。

梁小林：对。100 多年以来中国是积贫积弱，但是现在中国强大一些了，不管是空中、地面、海上甚至是战略导弹方面，咱们的优势已经逐渐显现，中国要挺直腰板，寸土不让……

混出"我爱蓝色海洋"主题乐，结束

第26集　轻舞利剑卫海权

出音响：国产某新型导弹快艇靠岸声——

出录音：

艇长姜齐：这是导弹间，这是导弹发射架。小心脚下，刚出海回来，都是盐巴，比较滑。

记者：为什么有这么多盐？

艇长姜齐：今天风浪比较大，风 8 级，浪高 3 到 4 米……

压混：

记者：您好，听众朋友，我是记者李金鑫。东海舰队某快艇支队的国产某新型导弹快艇完成训练任务顺利归航，劈风斩浪过后，甲板上留下一地海盐。我们在艇长姜齐的引导下，踩着还没来得及清理的海盐，登上了身披海洋迷彩战衣的导弹快艇。姜齐介绍说，这艘 08 艇是国产新型某导弹快艇的首艇，首艇就是先行者，为后续的舰艇试验探路。

出录音：

艇长姜齐：我们就是 22 型导弹艇的第一艘。从接装备到形成战斗力，没有经验可以借鉴。武器装备的使用、维护保养、操纵规程，都是要一点一点从理论结合实际，摸索着把它形成文字以供后来人学习和借鉴，再通过后面几代人不断的完善，那会儿文字的东西打印出来估计有我高了……

录音止

记者：首艇不好当，曾任 08 艇第二任艇长的大队参谋长陆剑峰说，前无古人，后有来者，首艇就是一个活标准，得有一颗随时保持一流标准的心。

出录音：

大队参谋长陆剑峰：08 艇始终是一流的标准，以它的标准来培养后续的艇队和训练后续的艇。标准两个字拆开了，古代射箭的插在那里的杆子叫标，中间的靶心叫准，标准就是你一定要立在那里、你要立得住，立住之后你要保持住那个准心。全艇都要有那种"首艇"的精神、不服输的精神。人家不干的我们干，人家干不好我们也干，我们干好人家照着我们干，这个集体就蒸蒸日上了。

录音止

记者：现任艇长姜齐是 08 艇的第三任艇长。如何带领他年轻的团队把首艇的标杆传承下去，姜齐自有一套办法。

出录音：

艇长姜齐：这个团队怎么带，人才非常重要。现在 20 岁的小伙子和 5 年前、8 年前的小伙子不一样，接受能力就快，那就在这些方面要加大。比如说不但学电控技术，还要模拟数字技术，不但能会使用了，还要会修，而且根据个人的特长，要修到什么程度。比如雷达，天上飞个鸟、水上漂个瓶子我都看得见，那是使用，要求精。现在不但要求实战精，你还要把它达到维修级别。各项标准都要比标准还要标准，才能当得了首艇，才能让他当得了标杆，才算你是一流……

主题音乐起，出片花

播（女）："无影利剑"、"海上狙击手"，外界用这样的称号来表达对国产某新型导弹快艇的宠爱。要说是海上利剑，08 艇则是全军第一把，亮剑近 10 年来，作为标杆它风采不减。官兵们手持这把利剑快速穿梭于波峰浪谷之间，舞海弄潮，任重道远。

参谋长陆剑峰：大家这个集体聚是一团火，散落满天星。

机电班长高峰：平时当标杆战时当利剑。

艇长姜齐：只要把自己手中的那把剑磨磨好，能用得到你的时候真要当一把利剑、当一把杀手锏。

音乐扬起，结束

记者：在艇上的休息室里，艇长姜齐聊起了他和 08 艇的缘分。刚接装的时候他还是一名刚毕业不久的军校生，第一次接触到 08 艇，就让他明确了人生努力的方向。

出录音：

姜齐：2004 年下半年吧，那会船还没出厂，到船厂去跟他们一起试船，外行看热闹、内行看门道，我们也算科班出身，各个系统初步了解一下，真的是很先进，我们国家也能造出来了，那种自豪，敢打必胜的信心加强了。

记者：你当时跟着试航的时候是什么感受呢？

姜齐：不是海上法拉力么，很快。我是大连毕业的嘛，大大小小的船也跟着出去过好多次了，第一个感觉真的是海上法拉力，第二个真是名副其实的杀手锏，我那会就想以后我要干艇长。

记者：那就真的干上了。

姜齐：尤其是第一次出海的时候，我就想，我终于如愿以偿了。

记者：很激动？

姜齐：没有。第一次出去是执行任务去了没顾得上激动，要指挥全员作战，本来跑得就快，还这么窄的航路，航行条件那么复杂，不能丝毫的放松。一直到任务结束安全靠码头，躺在床上再去回味一下，兴奋。

记者：对这个艇的感情应该是非常深了？

姜齐：那都是我们倾注心血的地方。我毕业也十年了，我们这十年的青春年华都在这里。我们开玩笑讲说哥哥们干的不是工作、哥哥们干的是事业。因为一份工作可干可不干，但是事业就是一辈子，必须干好而且干到自己心里舒坦、自己心里自豪。

记者：当海军这么多年，你对大海是一种什么样的感情？

姜齐：大海太智慧了。我们上学的时候实习，从2002年5月份开始，从最北边的葫芦岛港、连云港、舟山一直到三亚，从西沙到南沙，我们所有港湾都去了，大海真的太美了，那会我就想干舰长。而且它这里面太智慧了，在航行的时候，那会特别愿意跟船上的那些老班长交流，脸上一看都是海风吹出来的都是沧桑。你跟他们每个人交流，都是一本书，在海上待得越久，这个人越靠谱、越有征服力，有阅历、有沉淀、有积累，他就有那个气场。

记者：当时你不是想当舰长，现在是当艇长，那你觉得你梦想实现了么？

姜齐：殊途同归呀，一样的，都是为了保卫我们的海洋国土，其实不在乎什么位置。哪怕我现在没当艇长，我在下面导弹技术大队当一个技术人员那也一样，这是跟大海学的嘛。

记者：能够保卫咱们的海洋权益。

姜齐：对，是这样。2002年那会儿，我们当时就实习也好、我们出去执行任务也好，尤其是到西沙、南沙，到南海诸岛，那个资源真的很丰富。当时教我们军事管理学的教授跟我讲的，说培养你们、带你们来看，让你们感受感受这是我们的地盘、是我们的国土，保护我们的资源。他们有的人问我，你有没有打过导弹？我说我打过。他说你打过几枚？我打两枚。我就很骄傲，我能为保护资源出份力这是最自豪的。

混出"我爱蓝色海洋"主题乐，结束

第27集　海军荣光耀两岸

出录音：

政治处主任谢国海：那边是大担、二担。在二担上，"三民主义统一中国"，我们这边的青屿，"一国两制统一中国"，两个标语面对面。因为毕竟这边到金门非常近，我们每次出港的时候都是必经之地……

压混：

记者：您好，听众朋友，我是记者李金鑫。走进东海舰队某猎潜艇大队，你会发现这是一支特殊的部队：营区四周高楼林立，一水之隔就是海上花园鼓浪屿，若是天公作美，轻易就能看见对岸二担岛上"三民主义统一中国"的红色标语。大队政治处主任谢国海说，部队地处两岸交流最前沿，每天都像是"国庆大阅兵"，时刻接受两岸同胞及中外游客的检阅。

出录音：

政治处主任谢国海：当时"小三通"金厦航线停靠的码头，跟我们舰艇真的就是距离20米那么近。所以如果要去金门的话，他们一离码头都是必经我们鹭江水道，每次经过我们营区的时候，游船上的导游都会介绍到我们。

记者：你一般听到他们都是怎么说的？

谢国海：各位游客，在我们左手侧，是我们的海军军港，然后就有很多游客把目光投向这边来了。所以我们的一举一动，整个透明，官兵的言谈举止备受关注。那么我们的形象其实是他们看我们军队的一个窗口……

压混：

记者：新时期的优秀水兵，不仅军事技术过硬，举手投足要对得起身上的军装，更要丰富自己的内涵，这是副艇长丁文俊对全方位树立良好水兵形象的理解，更是全体官兵对自身的要求。他们以此更好地展示大陆军人的风采，并通过志愿为台湾同胞等各地游客服务的点滴行动，建立两岸沟通的良好渠道。

出录音：

副艇长丁文俊：现在我们学的专业也很多，有工商管理的、心理学的，法律的，也有去考营养师证书的。还有就是要提高我们的英语会话能力，因为以后海军走向深蓝是必然趋势，那么不管是到他国去访问也好，去跟其他的国家进行联合演习、演练也好，都需要外语能力的提高，这对我们整个海军国际化都是非常有益的。另外就是我们跟厦门的轮渡公司属于共建单位，每年的大小节日我们都会派一些干部、战士到轮渡去执勤。包括小孩、老人上下渡轮比较困难，我们就去帮扶一下。这就是我们树立特区水兵良好形象全方位的一个展示。

记者：是不是也可以这样理解，因为现在来往的台湾同胞越来越多，通过这种

展示也从一定程度上拉近了彼此之间的距离呢？

丁文俊：可以这么说。因为我们平时的一言一行都是我们实实在在的一个生活状态、工作状态，我们就是这样积极健康、阳光向上的。通过这些旅客的眼睛、耳朵和嘴巴，去传递给他们的亲戚朋友，他们会觉得我们大陆军人原来是这样子的，也更有亲和力了。同时也更好地促进了两岸关系的和平发展，这也是我们大陆军人乐于见到的……

主题音乐起，出片花

播（女）：形象就是战斗力，海峡西岸的水兵们用实际行动践行着这句话：他们言谈举止赏心悦目——好看；他们做志愿者服务民众——实用；他们守护台海和平稳定——可靠！这样的部队，随时可以挺起骄傲的胸膛说，我，是人民海军。

政委黄海波：特别是穿着海军这个制服啊，在整个驻地群众或者游客当中很多人都是竖起大拇指，照相留影，当做一道风景线。

副艇长丁文俊：到轮渡那边去执勤，帮助他们上下游船，当时有一个小孩突然给我们敬了个礼，他说谢谢解放军叔叔。

政治处主任谢国海：金门离我们这么近。但是我们上不去，现在整个中国就是台湾还没回家，我们也很想到台湾去走走看看。

音乐扬起，结束

记者：海军福建基地司令员陈琳曾参加过亚丁湾护航。他以自己的亲身体会告诉我们，军人是展示国威、军威的窗口，而人民海军的强大是两岸同胞、海内外华人共同的荣光。

出录音：

陈琳司令员：我们是第 6 批护航的。我们去的时候形势是最严峻的时候，我们不单护我们大陆的船，我们还护香港的船、澳门的船和台湾的船。台湾的商船在海上，见到中国海军给他护航，船员非常激动，比我们大陆的船员还激动。我们当时护航了一条台湾的船，他整个船上亮出了五面五星红旗。甚至包括东南亚，东南亚很多船上都是中国人的船长和船员，只要是遇到这样情况他们都会把五星红旗展出来，就是说我这个船上有中国人。你跟他对答，全都是普通话。所以你别看是一个小小的护航行动，确实展示着中国海军负责任的形象。

记者：您在这过程当中是不是觉得咱们人民海军的形象在国际上也有很大的提升呢？

陈琳：这个是不言而喻的。当年人民海军走不出去主要是装备问题，那么随着海军装备不断的发展，海军走出去的机会就更多了。亚丁湾护航意义非常重大，中国海军去了以后，中国商船在我们护航的区域内就没有再发生被劫的。你在亚丁湾能不能护航代表你这个国家海军的实力，那么海军的实力说到底是国家综合实力的反映。同时我们通过走出去，就把中国海军，实际上是中国军队、中国的形象，展示给外国人，包括华侨。我们到各个国家的港口首先看到的就是华人、华侨，还有当地的留学生。他们的情绪非常高涨，有的是非常感动。他们出去都很不容易，看到我们现在军舰来了他们很有感触。所以这个对展示中国海军的形象是很有好处的，同时对部队也是很大的锻炼。

记者：看到当地华侨那么激动的时候，您心里是不是也有不一样的感受呢？

陈琳：那当然有了，当时感觉就是我们来了，中国海军来了。我最早出访是2001年到欧洲，那时候还没有这个卡呢，编队补给带了美金、外汇去，官兵个人也是。后来我到亚丁湾护航以后，我们到了7个国家，都有银联，官兵自己的工资卡就可以在那儿刷卡，你看这是多大的变化，确实跟我们国家经济发展有很大的关系。

记者：司令作为一个海军的老兵，你心目中海军的强军梦是什么？

陈琳：中华民族在海洋上确实灾难太深重了，有海无防的历史，教训太深刻

了。所以作为一个海军的老兵，希望我们海军能够更加强大，真正成为一个走向深蓝的海军，能够真正的担负起维护国家海洋主权完整，维护国家海洋权益的重任。更何况我们当前海洋还有那么多的争议和纠纷，这需要海军强大，将来才能逐步的解决。

记者：在两岸尤其在民间，其实有很多的呼声，比方说两岸共同携手来维护我们中华民族海上的权益，我不知道对这方面的呼声您是怎么看的？

陈琳：这个是很好的呼声，维护中华民族的海洋权益，不光是民间，也是两岸军人的共同职责，我希望这个方面两岸能够做得更好。首先是把现在我们已经实际控制住的这些岛屿、海域的主权要给它维护好。其次就是在有争议的环境下，两岸应该携起手来做更多的工作。我相信随着海峡两岸形势的发展，双方也可能会找到更好的一个结合点。

混出"我爱蓝色海洋"主题乐，结束

第28集　不负相思卫台海

出现场音：渔船发动、海浪声

出录音：

南麂列岛国家海洋自然保护管理区书记马文平：我们南麂岛有一个村叫南麂村，在台湾屏东也有一个叫南麂新村。1955 年 2 月 26 号，当时国民党从南麂岛撤退的时候强制带走了我们岛上的 1996 名岛民。带过去以后两岸就隔离了，两个南麂村，两岸血浓于水……

压混：

记者：您好，听众朋友，我是记者李金鑫。乘坐渔船环绕浙江省温州市的南麂岛，扑面而来的是这颗东海明珠的美丽风情。从南麂列岛国家海洋自然保护管理区书记马文平娓娓道来的述说中，我们发现，南麂岛身上承载的历史与故事，让她的美更加动人心魄。

出录音：

马文平：今年5月11号，基隆市大概40名从我们南麂岛出去的南麂台胞回来寻根探亲。还有6月24号，我们台湾屏东的南麂乡亲也回到岛上寻根探亲。58年来第一次回乡，踏上这个南麂岛的故土，很激动的，都热泪盈眶。我们在岛上也专门为他们开辟了一个叫台湾相思园，在相思园里种相思树……

压混：

记者：走进马文平书记所说的"台湾相思园"，我们看到每一棵相思树上都挂着一个认树牌，上面记载着植树人的姓名、出生年月、哪年离开故土、哪年回来寻根，以及在南麂岛老家和台湾新家的地址。相思树上都被他们亲手系上一条红丝带，仿佛一颗滚烫的游子心。

出录音：

马文平：他们种树的时候非常的感动。现在种了大概近200颗树，有一些是母亲跟着儿子一起种的，加深下一代的认同感。我记得有一个母亲是在南麂岛生活了20多年，在台湾也生活了几十年，他儿子是出生在台湾的，那他没有回过家乡，这次带他一起回来，母亲也跟她儿子说种了这个树以后经常回家乡来看看。

记者：其实也是当年国共对峙所造成的一个悲剧。

马文平：对。通过亲手种植的台湾相思树使他们不忘记我们共同的根在南麂岛。种下相思树，从此更相思，同是南麂人，两岸一家亲。台湾宝岛回归大陆，也是我们非常期盼的。

录音止

记者：台湾同胞回到故土，种植相思树一解相思。在他们回台湾后，驻地的海

军某观通站官兵们默默守护这片相思树林，观通站站长查小进和老班长雷达技师窦国兵说，这是为了两岸共同的那份中华情。

出录音：

观通站站长查小进：刚种完以后我们大概就是每隔一星期左右过去浇水，后期我们定期过去对树木进行维护。每次台风完以后我们派人过去检查，像个别的树枯萎掉了，我们就是重新给移栽过来。

记者：相当于你们也是在为远在台湾的同胞守护这片相思林，你心里是一种什么感受呢？

查小进：感觉是比较神圣的一件事情。台湾的老人对我们部队的感情也很深，对他们千里迢迢回来种的这些树我们一定要让它成长好，我们自己也是举手之劳。

雷达技师窦国兵：为了台湾同胞以后能回来看到他们栽的树非常得葱绿，我们去浇过水，培过土。台湾同胞跟我们就是一家人，都是亲人，都是同胞，他们留一分希望在这里，我们就能帮他坚守，这是我们的责任……

压混：

主题音乐起，出片花

播（女）：一湾海峡，两岸相思。种下台湾相思树，暂解故土相思情。悲伤的历史更显和平之珍贵，南麂岛上的海军官兵，以同胞之情守护相思林，更因军人的使命保卫海峡和平。

马文平：台湾的乡亲是我们的乡亲父老，我们非常欢迎他们多回家来走走、常回家来看看。

许丹芬：国共两党曾经携手一起对抗外敌，也闹过矛盾，但是这个矛盾是兄弟之间的，吵完了，可以坐下来聊，毕竟我们都是一家人。

马文平：有部队在这里就有一个主心骨，遇到困难的时候我们都请求部队出动支援我们。

老班长窦国兵：在这个海岛上远离大陆 50 多公里，我们一年也回去不了几次，但是你肩负着神圣的使命，就是保卫国家的领土完整和老百姓的幸福生活。

音乐扬起，结束

记者：南麂列岛的稻挑山岛是我国领海基点之一。雷达班长窦国兵和罗光军都登上过稻挑山岛领海基点，给界碑做保养维护，这对他们来说，是非常神圣又骄傲的事情。

窦国兵：我们作为雷达兵，我们在电脑屏幕上都能看到那个固定目标的，就是一个小小的点，但是我们登上去以后，这个岛还很大的，是我们南麂列岛最外沿的一个岛屿，突出点，那再往外面就是一望无际。

记者：平时你们在屏幕看到就那么一个点，到真正去看的时候，那种心情的变化是什么样子的？

窦国兵：踏入了我们的领海基点心情是非常不一样，它一个碑立在那里，上面有中国两个字，一个国徽，非常鲜艳，以这里为界都是我国的领土，那再往外 12 海里那就是公海了。当时我们是带着国旗去的，我们都进行了宣誓。我们作为军人来讲，那就应该踏遍祖国的每一寸土地，应该守卫好我们每一片海疆，不能让它有任何敌人来侵占来掠夺。这是我们的职责。

罗光军：作为一个中国人到那里去，我专门刷了中国两个字，用那个毛笔一笔笔描下来的，慢慢描，平时可能做事都没有这么细致。我感觉就是责任，这是我们中国的领土，我们中国的大海，非常激动。

记者：作为雷达兵，常年驻守在高山海岛，不能像舰艇部队的海军一样驰骋大洋，但就像默默守护相思林一样，观通站的官兵们也在以自己独有的方式守卫着祖国的万里海疆。

出录音：

窦国兵：我的海军梦啊？实际上最大的遗憾就是没能够登上军舰驰骋在浩瀚的

大海上，感受我们辽阔海疆的这种美丽。但是在这里坚守我也无怨无悔，也一样守卫着我们的海疆。军人在各自的岗位上有各自的专业，像我们观通站来讲，你跟军舰上来比较是不一样的，我们实际上就是为他们服务和保障的，所以他们在海上作战离开我们也不行，我们离开他们也不行。所以我们简单的说，我们就是海上作战部队的眼睛和耳朵，职责都是一样的。

记者：同样都是守卫祖国。

窦国兵：对。我一直从分下来就在高山海岛部队，我非常热爱这份工作，虽然条件艰苦，我们也是在这里展现我们军人的风采。

记者：这个地方地理位置比较特殊，咱们身上肩负的责任也很重。

窦国兵：对，都是随时待命。如果我这个机器故障了，一个夜班下来一夜不睡觉，然后第二天一天继续再干，直到故障排除为止。每次在我完成好任务的时候，机器能够正常运转进行值班，那是我最开心的事。因为我们守卫这片领土那就是我们职责，从我们手上丢掉了，那就是我们的耻辱。

混出"我爱蓝色海洋"主题乐，结束

特别节目：我爱祖国海疆

片头：

海浪，混出歌曲"鼓浪屿之波"：

"鼓浪屿遥对着台湾岛，台湾是我家乡……"

音乐起，压混：

播：大海一样的深厚，大海一样的宽广，

　　大海一样的富有，大海一样的坚强。

混出

金门县长李沃士：我们就在金门的炮阵地上设置了一个和平钟，其实和平才是真正的大家的心声……

马祖县长杨绥生：两岸开始交往的时候马祖也是前线，是两岸交往的前线……

澎湖县长王乾发：澎湖就是台湾跟大陆之间的一个中继点，一个文化的连接点、一个血缘的连接点……

音乐扬起，压混：

播：《我爱祖国海疆》

第29集　和平红利安海峡

出音响：金门金合利钢刀制作现场

吴增栋师傅：58年那一年是"8·23"炮战，1958年到1978那时候有一个单号打，双号不打，听过没有？那是打传单的……

记者：您在这儿几年了？

吴师傅：我是土生土长的。

记者：那做这个炮弹的刀做了几年了？

吴师傅：做炮弹的刀大概30几年了。这也是一个纪念吧，我们不要重蹈覆辙，我们往前看，我们两岸能够和平的路走得更宽、更远……

压混：

记者：听众朋友，我是记者何端端。这里是金门的金合利制刀厂，堆积如山的炮弹壳是车间里最醒目的一景。金合利钢刀的第三代传人吴增栋师傅，正经历着停止炮击三十多年来生意最红火的时期，他边说、边现场演示着炮弹变钢刀的传奇故事。

吴师傅：这几年两岸和平了，我们整个金门海边全部的雷区到今年都清干净了，盖房子、挖地基，都把弹头挖出来了，所以这两年出土的弹壳比往年多了好几倍。现在我们切一块500公克的炮弹就可以做一把刀……

切割炮弹音响，压混：

记者：现在随着金门的逐步开放和建设发展，吴师傅越来越多地尝到和平红利的甜头。看着废弃的弹壳重新淬炼成钢变为民用，也让人更真切地体味出两岸跨越战争与和平的沧桑巨变。

混出捶打钢刀音响 - - -

混出金门古宁头和平钟撞击声 - - - - -

压混：

金门县长李沃士：去年我们就在金门的炮阵地上设置了一个和平钟，就是把我们"8·23"那个时候的炮弹，拿来跟台湾的钢铁公司炼钢的钢铁融合在一起，铸做了一个和平钟。我们一起来见证两岸已经走过对峙的岁月，这个对我们来讲真的感受非常深刻。

主题音乐起，出片花

播（女）：正像金门县长李沃士所说，金门和平钟用特殊材料制成，在特殊的历史方位有着深刻的内涵。在马祖、在澎湖，同样回荡着海峡和平的钟声，共享着和平红利的恩惠。两岸交流的金桥，沟通着台海离岛的发展大道，构筑起安宁稳固的东海边陲。

金门县长李沃士：两岸的交流真正突破点是在金门，我们金门的发展，现阶段是一个最具有优势的时代。

马祖县长杨绥生：马祖的旅游资源丰富，从战地走到现在，规划了观光新城，我们要特别珍惜和平的来之不易。

澎湖县长王乾发："外婆的澎湖湾"，我们一直希望它未来在两岸的连接上能够扮演一些中继甚至更具有积极开放的角色。

音乐扬起，结束

记者：马祖县长杨绥生和澎湖县长王乾发，都谈到台海边陲离岛在两岸交流合作中历史角色的巨变。

杨绥生：我们觉得有几样，是马祖比较独特的，一个战地，一个自然生态，再加上妈祖，构成马祖观光的最重要的内涵。我所有的努力最优先的是改善空中跟海上的交通，让台湾的人、让大陆的乡亲更方便的来，更方便的去，把观光做起

来，把这边我们很特殊的文化可以跟外界介绍。

王乾发：我们小时候常常听长一辈的人谈到说"唐山过台湾"，等于说台湾人其实从我们大陆往台湾走都是要经过澎湖。

记者：那我想澎湖这个特殊的地理位置它应该是见证了两岸关系的发展变化？

王乾发：当年两岸关系比较紧张的时候，决战境外，在澎湖大概就是一个决战点了，事实上这个是一些笑谈。两岸从2008年之后，透过这么多年来的交流，我们深切体会到，两岸其实是可以透过双方的你来我往连接感情的，其实澎湖也很期待，能够扮演一个更积极的角色。

记者：金门县长李沃士先生以自己的切身感受，谈起金门能够在台海稳定及两岸融合发展的重要时期，发挥出独特优势。

出音响：

李沃士：我的家乡就是古宁头，"8·23炮战"是在58年。

记者：今年是55周年。

李沃士：对。

记者：也举办了纪念的活动？

李沃士：有。今年也举办了活动。

记者：那和平钟敲响的时候，像您这样经历过战火，心中的感受是不是非常的深刻？

李沃士：真的是非常的感动，因为钟声的响起不容易。过去的金门，就是一个前哨，那两岸展开交流之后，它的优势就浮现出来了。

记者：金门协议的签署实际上就为日后的两会商谈提供了很好的经验。

李沃士：正式的第一次的协议就在金门。

记者：我们可以列举类似的事情有很多，金门在两岸关系中特殊的作用。

李沃士：其实它就是一个最好的实验场，如果两岸可以善加利用这个部分的话其实它就是一个最好的突破。比如说两岸直接的"小三通"也算实验性啊，也是从金门开始展开呀，我们对两岸的大学生交流，金门就特殊的开放。比较前瞻的一个政策的实验场地，有机会都给我们试，我们很乐意试。

记者：您也很愿意在进一步的先行先试中，金门能做出很好的示范和提供一些经验。现在跨海大桥也都在规划中，您有什么更进一步的思考么？

李沃士：厦门跟金门，其实我们一直也都是非常期待大家可以变成是一个共同生活的区域。第一个就是我们跟大陆买水，2015，能够完全达到供水的目标；那希望电力能够相互的使用；桥的部分当然也都一直期待，金门跟厦门能够有直接的一个陆路的交通，厦门这边目前也在盖一个新的国际机场，我们也提出了很多合作的方案。比如说人员的往来，它就是不必证件甚至就是等于说是一家人走来走去，或者有一个替代的一个证明文件，就可以方便的来了；货物的交流，互惠到居民；一步一步的来推展，能够让这个生活圈真正的来实现，那这样子我想真正的整体的合作就会达到更高的一个成果。

混出"鼓浪屿之波"主题乐，结束

第30集　海上维权共使命

出音响：翻照片声

应文进：这个是日出，海上日出。

记者：确实很美……

压混：

记者：听众朋友，我是记者穆亮龙。在台湾基隆一间摄影工作室里，基隆市摄影学会名誉理事长应文进先生，正向记者展示自己的摄影作品。作品主题大多跟

海洋有关。

出录音:

应文进:我拍摄的最拿手的是晨昏,就是日出左右和黄昏左右。比如说天快要亮的时候,大海颜色就是蓝色的,整个蓝了,慢慢慢慢就开始黄起来了。那如果日出很漂亮,反射到海水,海水变金黄色,拍出来的时候就是红色的。这个就是日出,你看红不红?

记者:这个是在基隆吗?实际上就是我们祖国的海疆。

应文进:海疆。我一直认为台湾就是中国的,我们连在一起的……

压混:

记者:身在四面环海的台湾岛,对大海的感情无疑是深厚的。台湾师范大学教授王冠雄先生也喜欢看海上日出,他觉得,日出寓意新的开始,产生新的希望。作为重点研究海洋问题的学者,王教授说,近年来两岸共同面临的海权挑战,也为两岸合作提供了新契机。

出录音:

记者:这几年,面对这些挑战新的情况,您有哪些重点的思考呢?

王冠雄:我觉得,对于这些海上权益的维护,我们的基础基本上是相当吻合的。我们面对外来侵扰的时候,我们应对的一些方式,也会有一些相同的做法。在整个国家安全上来看,我们也必须思考这些共同面对的挑战。

记者:在您和两岸的交流中,你觉得是共识大于分歧么?

王冠雄:共识是绝对有的,两岸之间有共同的文化、共同的历史,而且在海洋权益的诉求上面基本上也是很类似的,甚至于是相同的,所面对的挑战也是相同的。我觉得,两岸之间如果说能够有默契的去处理一些事情的话,可能会处理的更好一些。

出音响:南沙南薰礁远眺太平岛

*记者：*现在太平岛的方向在哪边？

*罗向阳：*距离我礁有 12.5 海里，望远镜可以看到一点，今天的海况不是太好……

压混：

*记者：*记者随南沙补给舰登上南薰礁采访时，守礁战士指着不远处由台湾地区军队驻守的太平岛说，希望有一天两岸军队能够携起手来，共守南海主权。对于海防一线官兵的愿望，大陆社科院边疆史地研究所研究员李国强认为，两岸在海洋领域的合作，既有意愿也有良好的基础。

出录音：

*李国强：*南海、东海对大陆和台湾来讲，具有同等重要的价值。特别是在"九二共识"这个重要的原则下面，东海、南海属于中国，在两岸是有共识了。这是一个非常好的基础。

主题音乐起，出片花

播（女）：维护钓鱼岛和南沙群岛的主权，捍卫海洋权益，符合两岸同胞的共同利益，也符合中华民族的长远利益。共同面临的海洋挑战，使海峡两岸有了新的合作空间和可能。为了维护炎黄子孙的利益，两岸有识之士正呼吁搁置争议携手合作，担负起维护海洋权益的共同使命。

南海舰队三亚某基地司令员郭玉军：海洋国土同是我们两岸的，两岸联合起来，这是义不容辞的责任。

台湾退役少将、马祖县副县长陈敬忠：我们在台湾的海巡部队，大陆的海空军，两岸真诚的帮助对方，是中华民族之福，也是现在的人民和后代子孙之福。

大陆社科院边疆史地研究所研究员李国强：非常希望两岸在维护海洋权益方面真正的走到一起。他们在台湾，我们在大陆，共同推进。

台湾摄影学会理事长王传信：台湾也好，大陆也好，我们努力团结在一起，这

个力量全世界不可以忽视。

音乐扬起，结束

记者：在共同维护海洋权益方面，两岸如何展开合作，台湾的王冠雄教授和大陆的李国强研究员都给出了自己的建议。

出录音：

王冠雄：我个人认为，在相当长的一段时间里面，国际社会对于两岸譬如说在南海的主张就有相当多的误解，我们并没有一个很清楚的叙述跟阐释。这种话语的主张，我觉得要一致起来。这个可能就需要做更多的、而且更进一步相互之间的探讨跟交流。

记者：我们在更大范围上，共同的保卫我们的海洋权益，您觉得还有什么要进一步做的建议吗？

王冠雄：我大概会把它区分为近程、中程、远程的一个步骤。近程的部分，应该马上做的，就是渔业资源的开采跟共同管理维护。然后在中程的话，包括资源的利用、包括救灾救难、包括了海洋环境保护这方面的共同管辖，也是可以进一步去做思考的。这些事情是比较属于功能性的，政治性的色彩相对的来讲比较弱一些。那么长程来讲的话，就可能会涉及到两岸军事化或者是一些高敏感度的进一步的合作。

那么整个来讲的话，如果两岸之间能够累积更多的信心、累积更多的互动、累积更多的共识的话，那我觉得往下一步的迈进应该会变得比较可行一些。

李国强：我个人认为，军事领域的合作也分着不同的层面。秉持"先易后难、稳步推进"的原则，在现阶段，我们是不是可以建立一定的联系制度，包括军事热线，使我们两岸能够互通信息。

事实上我们也知道，1988 年"3·14"海战的时候台湾军方也有过非常积极的表态。这个充分体现出了两岸在海洋维权方面，包括在军事领域方面可以达成默契，可以在一定的程度上形成协商。

现阶段，在两岸一些军人包括一些退役军人，包括一些学者，包括一些文化人士当中已经有非常好的共识。他们在台湾，我们在大陆，共同推进。

记者：不能只靠海军，每个人都有责任。

李国强：对。非常希望两岸在维护海洋权益这方面真正的走到一起，能够真正的实现两岸共同的愿望。

混出"鼓浪屿之波"主题乐，结束

南沙太平岛栈桥遗址

特别节目：我爱祖国海疆

片头：

中国海警船备航铃声，混出海浪，

"我爱这蓝色海洋"乐起，混出汽笛，航船行进

[混出中国海警编队巡航钓鱼岛音响：

进入毗连区报告：我船0931时进入毗连区……

执法员喊话宣示主权：中国海警编队正在我国管辖范围巡航，钓鱼岛及其附属岛屿自古以来就是中国的固有领土……

音乐扬起，压混：

播：——

第31集　风雨巡航钓鱼岛

出音响：

中国海警编队船向指挥船报告：我船0931时进入毗连区，航向145度，航速8.3级，经纬度是北纬26度，12.427……

压混

记者：听众朋友，我是记者何端端。现在，我们跟随中国海警编队已经进入钓鱼岛毗连区，在我管辖海域执行巡航任务。

出音响

执法队员喊话：日本海保厅巡视船 PL71，这里是中国海警 2146 船。中国海警编队正在我国管辖范围巡航，你船已经进入我国管辖海域，请你们遵守我国法律法规。（日文重复喊话）

压混

记者：执法队员王磊向尾随我编队的日本巡逻船喊话，宣示我国领海主权。

出音响

执法队员喊话：我方不接受你方所提主张，钓鱼岛及其附属岛屿，自古以来就是中国的固有领土……

记者：现在，钓鱼岛被厚厚的云雾遮挡了，海上都是白色的浪花，气象报告显示有 7 级风，浪高达到 5 米，1000 多吨的船身晃动很厉害。我的一位记者同仁不到 20 分钟就呕吐了 4 次。但是在驾驶室里，正在值班的编队指挥员、船长、船员、执法队员都不顾晕船反应，各就各位，坚持巡航执法。

出音响

记者：刚才你对日本的巡视船进行喊话，宣示我们的主权，心里感受是什么样的？

王磊：那我们喊话肯定是代表中国，立场也要非常地坚定，也觉得很光荣。

记者：碰到大风浪，或者是海况比较差的时候，自己能适应了？

王磊：碰到晕船又要干活的时候，是最痛苦的。要发报啊，又要报告，又要记录要拍照这些，船又晃你就会很难受。有时候就一边吐，然后吐完再回来接着发。

记者：这个时候你想的最多的是什么？

王磊：责任吧，这个责任挺重的。

驾驶室音响压混

记者：船长荆春隆在电子海图前指挥着船的航行。他说，在钓鱼岛不管是遇到大风大浪还是复杂的维权执法情况，都要坚定地向前！向前！！

混出音响

船长荆春隆：就是在钓鱼岛海区，水也比较深，然后风大浪急，情况也比较复杂。我碰到最大的风浪就是，浪打上来我们驾驶室前面7个玻璃窗全部是海水，看不到海面。指挥舱的玻璃高度肯定是超过了6米，另外从甲板到我指挥舱还有三四米。船不停的摇晃，桌子上东西没法放了，这个凳子都会倒，大多数人都晕船了。

记者：您当时有没有反应？

船长荆春隆：我肯定是晕船的，但是我为了船舶的安全还是要坚持。在大风浪里面坚持了20几个小时。

记者：不能离开岗位的，那当时怎么样去调试自己来应对这样一个恶劣的环境？

船长荆春隆：在海上是没有退路的，那只有向前！向前！再向前了！！

主题乐起，出片花

播（男）：中国海警船编队在钓鱼岛海域执行巡航执法任务常态化以来，克服了该海域气象及维权环境复杂等各种艰难险阻。只要气象条件许可，一年四季始终坚守在我国管辖海域维权执法，以实际行动宣誓了主权，有效提升了我国政府对该海域的实际管控，维护了国家的海洋权益。尤其是中国海警局成立以来，整合海上执法力量，显著提高了执法效能。

出音响：

大副黄松海：我们也是想到钓鱼岛是我们祖国的领土嘛。

船长荆春隆：对我们这个钓鱼岛的领土我们决不会退让，一定要行动，一定要斩钉截铁!

报务主任沈华秀:我们也感到很自豪到钓鱼岛来,也很振奋,我们也有这种保卫祖国的感觉,虽然我们两条船过来的,但是祖国是强大的,我们打先锋祖国在后面支持我们,我们肯定也不怕!

音乐扬起,结束

记者:编队指挥员张庆祺现场接受了记者的采访。

出音响

记者:总指挥,进入这个毗连区我们就显示管辖,刚才也听到了我们的相关的喊话,执行这样的任务您觉得肩上的责任是什么样的感觉?

总指挥张庆祺:钓鱼岛这个海域应该说自古以来是咱们祖先留给我们的宝贵财富,现在守护钓鱼岛这个任务交给咱们中国海警来执行,也是我们的职责和使命吧。

记者:应该有很多难忘的记忆吧?

总指挥张庆祺:应该说最兴奋的,2008年的时候执行了钓鱼岛巡航的首航。当时也是为了体现我们的国家对钓鱼岛海域的管控,所以海监51船和46船联合执行了首航任务,是咱们国家的公务船第一次,应该说开启了咱们国家对钓鱼岛管辖的政府行为。

记者:那一次给你留下的最深的感觉是什么?

总指挥张庆祺:2008年12月8号是我们启航的时间,到那边是12月9号凌晨了,当时的气象非常好,海况也非常平静。当时我们这个船上有一种说法,钓鱼岛也知道祖国的亲人来看他了,所以当时也开始呈现了一片这个场景非常和谐安宁。然后随着我们绕道巡航的过程中,日方的巡视船不断增加,天上乌云一点一点的厚,海浪一点一点的增加,所以从气象这么一个现象也反映了在钓鱼岛维权斗争的形势确实还是不容乐观的,我们撤离的时候真是狂风巨浪。

记者：当时你们这个船离钓鱼岛有什么样的距离了？

总指挥张庆祺：最近距离是 1.1 海里左右吧，非常清楚，南面的植被相对的比较稀疏的，北面的植被还是非常茂盛的。那确实亲眼目睹了钓鱼岛比较雄伟壮观的风采以后，非常激动。

记者：2012 年 9 月日本方面"购岛"的这个闹剧以后，我们开始比较大规模的到钓鱼岛来巡航是吧？

总指挥张庆祺：作为我们国家所采取的反制措施的一个行动，当时中国海监也组织了各个海区的力量成立了专门的钓鱼岛巡航的编队，我那次正好参加了。

记者：那一次又给您留下了什么深刻的印象呢？

总指挥张庆祺：如果说和第一次相比，那一次应该说我们准备更加充分，然后力量部署应该说比第一次更加强大，而且在钓鱼岛海域巡航整个过程中，确实也体现了国家的意志和管控钓鱼岛海域的这么一个决心。

记者：最近的时候双方的船能达到多少米啊？

总指挥张庆祺：最近的时候有二三十米左右，这在海上是非常危险的一个距离。

记者：当时你感觉怎样呢？

总指挥张庆祺：这块儿总得有人来干，为子孙万代咱们争取权益也好，或者说保护咱们的家园也好，由咱们海洋人来做这个活儿也是义不容辞。

第32集　维权执法护领海

驾驶舱音响，压混

记者：现在，电子海图上显示，我们的巡逻船距离钓鱼岛领海线还有 100 米的距离，70 米、50 米，好，与领海线完全重合了！

出音响

船长荆春隆：8 点 59 分，2146 船正式进入钓鱼岛领海巡航。

记者：现在我们朝什么方向开？

船长荆春隆：现在我们向南偏东，正前方就是钓鱼岛，我们看到的是钓鱼岛的北侧。

记者：船长，我们现在航行在钓鱼岛 12 海里以内的领海。

船长荆春隆：嗯，在神圣领土上行使主权，责任重大。

压混

记者：听众朋友，现在我跟随中国海警编队已经进入钓鱼岛 12 海里领海内巡航。

出音响

执法队员郭炜喊话：日本海保厅巡视船 PLH22，这里是中国海警 2146 船。我方不接受你船所提主张，钓鱼岛及其附属岛屿，自古以来就是中国的固有领土，其周边 12 海里为我国领海。你船已进入我国领海，要求你船立即离开。（日文重复）

压混

记者：执法队员郭炜向尾随的日本船喊话，宣示我国领海主权！

出音响

记者：刚才你喊话就是宣示我们的主权，这是你的岗位职责。

郭炜：职责肯定是代表国家，捍卫国家主权吧，尽自己的一份微薄之力吧。

（转到光电平台前）

记者：您怎么称呼？

舒杰：舒杰。

记者：您现在在看的这个是什么？

舒杰：我看的这个就是光电平台，就是跟踪日本船的。那么除此之外就是观察这个地区附近的一些渔船动态。

记者：还有没有保护我们渔船作业这样的职责呢？

舒杰：也有的，比如说有大风什么就提前告诉他们，也是通过对讲机或者其它高频进行劝离。

出报话声

执法队员：这是 46，02 请讲。

02 船报告：日本海上保安厅，5083。

执法员：好的，收到。

记者：他这是给你报什么呢？

李超：我们发现的这个 P3C 飞机的情况，日本海上自卫队的。

记者：请问你怎么称呼？

李超：李超。

记者：你在这个执法船上主要是什么职责？

李超：我主要是从事这个执法船的取证记录工作。我们代表的是国家维权执法工作，不但理直气壮而且是非常名正言顺的，一定要维护好国家的海洋权益。

主题乐起，出片花

播（男）：2012 年 9 月 10 日，日本政府宣布所谓"购买"钓鱼岛后，我国政府采取一系列针锋相对的举措捍卫钓鱼岛领海主权。2012 年 9 月 10 日公布了钓鱼岛及其附属岛屿的领海基点基线，9 月 14 日开展了颁布钓鱼岛领海基点基线后首次大规模维权巡航，9 月 25 日发表《钓鱼岛是中国的固有领土》白皮书，12 月 13 日首次开展钓鱼岛领海内海空联合维权巡航执法行动，2013 年 2 月 4 日开展航时最长的钓鱼岛专项巡航执法，2 月 18 日开展钓鱼岛领海内最近距离 0.8 海里巡航。在实现钓鱼岛海域常态化巡航执法中，我编队人员不辱使命。

音乐扬起，结束

记者：船长荆春隆接受记者采访时谈了他亲历巡航常态化的不平凡体验。

出音响

船长荆春隆：当初我们2012年进出钓鱼岛海域的时候，日本保安厅的船也是反应比较激烈的，跟现在我们2014年这样巡航，也是有本质的区别。一个用高频喊的话频率非常高，甚至是搬出高音喇叭来这种事情也有过。一进入领海他们盯得很紧很紧，并且靠得很近，离我们最近的时候可能不到10米，我觉得就要碰上了，就是他一步一步的紧逼着我们。那我们采取的策略就是不亢不卑，你逼过来，我绝对不示弱，为了国家我绝不可能退让，但是我也不会来主动冲撞你。

记者：遇到过日本方面的一些挑衅的行为吗？

船长荆春隆：日本右翼的渔船也是反应比较激烈，多次组织渔船在钓鱼岛进行所谓的渔业考察，水温考察或者海洋岛屿调查，进入钓鱼岛领海靠的钓鱼岛特别近，有时候甚至计划登岛。我遇到过，但是我们也是也跟着日本渔船进到了离南小岛北小岛几百米的地方。

记者：就是阻止日本右翼的渔船这种靠近和登岛的行为是吗？

船长荆春隆：对的。

记者：有效的进行巡航执法，维护我们的领海主权。

船长荆春隆：我们在钓鱼岛巡航期间，有台湾的"全家福号"保钓船，还有台湾海巡署的巡逻船在钓鱼岛附近。这个日本海保厅的船，对付保钓船，台湾海巡署的巡逻船都使用了水炮。

记者：当时你们也在那里吗？

船长荆春隆：对。日本船不但没有对我们用水炮，并且在我们靠近台湾海巡署的船和"全家福号"保钓船，用摄像机对准他们的时候，他们的水炮停止下来，

所以我就充分的感觉到这是我们国家后盾的实力强大。

记者：当时你看到日本的船对台湾的船用水炮的时候，你们就开过去，当时是出于什么样的考虑？

船长荆春隆：当时就是我们要靠近，一个是要取证，再一个就是要充分保护这些保钓船，尽量的隔在保钓船跟日本保安厅的船之间，就是阻挡保安厅的船侵犯我们这个没有武装能力的船只。

记者：就是把台湾同胞的船也看作是我们一体。

船长荆春隆：对的，就是我们两岸最终来说还是一家人。

记者：那当时看到他们已经使用了水炮，你们还开过去，有没有考虑到有危险？

船长荆春隆：这个水炮对船舶航行的影响肯定是有，但是不能因为我们船只的危险然后放弃了我们应该执行的任务。

记者：那现在这种情况逐渐减少是从什么时候开始？

船长荆春隆：应该从 2013 年夏天开始逐步减少，相对来说平静了。

记者：经过斗争，经过这两年的巡航，现在这样一个局面的形成，你觉得是什么样的原因？

船长荆春隆：我感觉我们国家综合国力的提升，对我们这个海洋权益的维护是一个强有力的支持。我总的感受还是体会到了我们国家强大的国力，还是感觉到了有这么一个力量的存在。

第33集　钓鱼岛四季赏不尽

出驾驶室音响

记者：我们现在这个是什么方向？

船员甲：我们往南走。

记者：这个是钓鱼岛的本岛吗？

船员甲：对的，它在我们的东方。

记者：望远镜呢？（拿来望远镜看）哦，望远镜看得真清楚！像一个三角形一样的。

开舱门声

船员乙：哇哦！

记者：好看吗？

船员乙：好看！哇，你看你看，好漂亮！

压混

记者：听众朋友，我是记者何端端，经过大风大浪，现在雨过天晴，又是一个清晨。在中国海警船驾驶室东侧甲板，能够清楚地看到钓鱼岛本岛。它在海天交界处只是露出了一个三角形的山头，青黑色的，下面有一层薄薄的云雾。现在海面上风平浪静，太阳从云缝里放出光芒，在海面上洒出一道闪闪金光，几只海鸥在自由飞翔。

混出音响

船长：前面那条渔船是台湾渔船，现在已经比较近了，应该是在捕鱼作业。

压混

记者：船长告诉我，不远处是一只台湾渔船在捕鱼作业。哎！真是太美了，梦想中的画面竟然就在眼前！我希望离得近一点，再近一点，让我们把钓鱼岛看得清楚一点儿，再清楚一点儿！

记者：船长，我们只有进入12海里领海的时候才可能正对着钓鱼岛的吧？

船长：我们进领海的时候选择的位置正好是钓鱼岛的正北侧这个位置，这个正北侧对观测钓鱼岛是最合适的，最理想的一个角度。因为钓鱼岛北侧坡度比较陡，

植被比较丰富，我们观察的时候看到的面貌更好一点。钓鱼岛的南侧因为有悬崖峭壁它这个植被相对少一点。

记者：那就是从这个北面看的面积是最大是吗？

船长：对的，看到的钓鱼岛面积最大时候。钓鱼岛是东西向分布的，东西向狭长的，南北相对来说比较窄。

记者：这旁边这个靠东边的这个是南北小岛？

船员：恩，这就是南北小岛，现在可以说我们这个视线快形成一个整体了，一幅画一样的……

主题乐起，出片花

播（男）：我国2012年9月25日发表的《钓鱼岛是中国的固有领土》白皮书中明确指出："钓鱼岛及其附属岛屿位于中国台湾岛的东北部，是台湾的附属岛屿"，"由钓鱼岛、黄尾屿、赤尾屿、南小岛、北小岛、南屿、北屿、飞屿等岛礁组成"，"钓鱼岛位于该海域的最西端，面积约3.91平方千米，是该海域面积最大的岛屿，主峰海拔362米"。2012年9月，我国公布了钓鱼岛海域部分地理实体的标准名称，还公布了我国钓鱼岛及其部分附属岛屿的地理坐标，并有位置图、示意图、三维效果图等。巡航编队的所有人员都以能进入我领海内，近距离的看到钓鱼岛风采而无比振奋。

出音响：

大副黄松海：这是我们亲眼看到钓鱼岛了，真是很高兴了，看到祖国的宝岛了。

执法队员李超：在海上近距离的亲眼看到，就心潮澎湃吧。

报务主任沈华秀：我觉得最好的景象是从钓鱼岛后面升起的太阳，那是最美的一个景色。

音乐扬起，结束

记者：听众朋友，现在天气晴朗，海水是湛蓝的。电子海图上显示我们距离钓鱼岛是8海里，钓鱼岛看得更清楚了！在光电显示屏上，还能够把钓鱼岛的图像再拉近，岛上的植被、山石等细节都清晰可见。

出音响

记者：您看这个钓鱼岛的形状像什么？

大副黄松海：北面，这是西北面，远看就是一个冬瓜样。

船员：我觉得像一个倒扣的一个大盘子。

记者：中间凹的那部分是盘底？

船员：所以感觉它镇在这个地方，保证这一带海域能够风平浪静。

记者：但是我怎么觉得远远地看像一只鞋一样？

船员：也有点像，头是在那边。

记者：对，后边是鞋帮，中间凹进去的是鞋坑。

报务主任沈华秀：再增加一点传奇色彩的话，就是观音到南海去的时候，路过这个海域的时候，正好把这个鞋掉在那个地方，变成一个钓鱼岛了。（笑声）

记者：你看像什么？

报务主任沈华秀：像一个卧虎，就是这个老虎趴到那个地方。

记者：那两个鼓起来的小包像…

船员：像老虎的两个耳朵一样的。

记者：那中间那个凹进去的，

船员：脖子这个感觉，

记者：后面翘起来的，

船员：尾巴好像……

压混

记者：船员们虽然不是第一次看见钓鱼岛了，但每一次在茫茫大海中看见钓鱼

岛都有新的感受。

出音响

记者：你们能不能跟我说一说这个钓鱼岛四季的不同的变化？都来过吧四季？

船员：那我们一年四季都来过。

记者：最好看的季节是什么时候？

船员：那最好看的季节应该是秋天，

船长：秋高气爽肯定是最好的，

船员：视线比较好，岛上面也比较清澈，这样时间如果是太阳上来或者是下去的时候那景致更壮观。春天的时候就是海上面主要是有雾，

记者：朦胧美。

船员：是，是这样子。

船长：春夏之交雾比较多一点，盛夏或者是初秋这段时间应该最好。

记者：那冬天呢？

船员：其实钓鱼岛冬天的时候它是有植被的这一面也是墨色的。

记者：冬天的时候颜色深一些。

船员：春天的时候相对来说也是绿一点，仔细观察就有这个感觉。

记者：春天的时候浅一些。

船员：冬天深了嘛，就是墨色的那个感觉。

压混

记者：船员们心中装着钓鱼岛的四季，而随着航行角度的变化，钓鱼岛在眼前也变幻着身影。但无论怎样变化，钓鱼岛在大家心中都是最美的。

第34集 钓鱼岛之花映海天

出音响:

喷水壶喷花声

记者:每天喷几次?

船长荆春隆:喷3次。因为它没有雨露的照顾,我们给它一些人工雨露。这是水竹,这个君子兰,蟹爪兰……

压混

记者:听众朋友,我是记者何端端。船长荆春隆在巡航钓鱼岛途中,每天都要抽空用喷水壶给驾驶室舷窗窗台上固定放置的7个花盆喷水。兰花、长寿花、四季海棠等,都长势很旺。

出音响

船长荆春隆:这个叫做四季海棠,开花的时候很漂亮,粉红色的……

压混

记者:正在盛开的四季海棠,粉红的花、翠绿的叶,格外惹眼。由于这株花曾经在第一次巡航钓鱼岛时盛开,所以大家就亲切的叫它"钓鱼岛之花"。

出音响

记者:船长还喜欢养植物?

船长荆春隆:调节一下这个驾驶室的气氛嘛,让大家有温馨的感觉……

压混

记者:返航的前一天下午,一场雨后天边映出很长的弧形彩虹,还有海鸥在轻松飞翔。大家争相拍照,并说这真像是彩虹凯旋门,在预祝我们凯旋!这时记者

忽然注意到，在那个大盆的四季海棠花旁边，有一小株插在一次性纸杯里的四季海棠花，在舷窗衬着前甲板，映着夕阳晚霞，别是一番动人。记者拍下了这张特别的构图。

出音响

记者：船长您看这个，这是用一个一次性的纸杯种的小盆花，在镜头上映着晚霞确实也还很漂亮的，是吧？

船长荆春隆：对的，比较亮丽，那你摄影水平还比较高。（笑声）

上一次到钓鱼岛的时候种的，我用剪刀从大的花里剪下来插在这里的。

记者：这一次它就长起来了。

船长荆春隆：这个才一个月，现在长这么大了。它一年四季都会开花，"钓鱼岛之花"。

记者：给它起一个别名，这个"钓鱼岛之花"确实是非常有价值。

船长荆春隆：只要活着，它就开花……

主题乐起，出片花

播（男）："钓鱼岛之花"顽强的生命力映衬着中国海警编队成员的品格。在两年的巡航执法中，他们平均每年在海上200天以上，有时刚上岸，坐上班车还没到家，一纸命令下来，他们又返回船上继续奔赴维权一线。他们不仅要战胜风浪、噪声、每天24小时不间断值班的辛劳，时刻准备应对突发事变，还要战胜与亲人完全不通信息的寂寞，并甘当无私奉献的无名英雄。

出音响：

报务主任沈华秀：只要船到钓鱼岛来，我基本上每次都来的，我们觉得任务比较重大，也很振奋。

执法队员郭炜：我们这个喊话都是代表国家的发言，宣示完以后肯定是很自豪、很骄傲。

音乐扬起，结束

记者：海警队员们以乐观豁达的心态面对艰巨的巡航任务，他们对生活的热爱、对美的追求还体现在对海洋环境的爱护。记者看到，船上用不同颜色的桶分类装垃圾。政委张博伦介绍说，船上实行垃圾分类制度，餐厨类的垃圾，在12海里以外可入海，有些垃圾还要按照要求粉碎成颗粒状才能入海。另外还分可回收的和不可回收的垃圾，有害的垃圾单独装，回到陆地按照要求处置。

出音响

政委张博伦：你可能会看到，我们船上面有几块儿地方都是贴的垃圾分类公告，既然有这样的法规，有这样的制度，那我们也要提供相应的器具，船上放了三个大的垃圾筒，上面根据分类也标有各种字体。

记者：这方面是怎么做到的？

政委张博伦：这个塑料有害垃圾是禁止入海的，像瓜皮果壳之类的是属于餐厨类垃圾，根据规定只要距离岛屿12海里以上的话是可以进行入海处理的。而且这个根据再具体的规定，入海颗粒大小这方面也有要求，再严格一点的话，就是要进行粉碎处理。

记者：都有粉碎的机器吗？

张博伦：机器是有的，这样对海洋环境的污染比较少一点。禁止入海的，用垃圾袋收集起来，靠码头了以后，拿到陆地上专用的垃圾站。

记者：我们也发现船上不管是船员还是乘员，对于这方面的规定也是执行的比较自觉。

政委张博伦：这跟我们平时的教育、开会宣传贯彻是密不可分的。更何况保护海洋环境是我们义不容辞应该做的，做我们自己该做的事情，时刻注意尽量减少海洋污染。

录音止

记者：他们爱护海洋环境，也爱护自然生态。巡航途中，一直有海鸟伴飞，有时还会有海鸟飞进船舱里。

出音响

记者：我昨天晚上看到有一只海鸟它可能是不是飞累了，飞到咱们船舱里面休息一下。

张博伦：这个我们经常是碰到的。

记者：是不是往往在风浪比较大的时候它也来避风了？

张博伦：避避风，歇息歇息。我们就打一盆水，到它边上去放着，有时候也给放一点米，或者放一点剩饭。

记者：茫茫大海，这个也是对人的心灵的一种慰藉。

张博伦：是。

记者：然后给它提供好的条件，让它休息一下，再飞回自然？

张博伦：对，基本上都是这样子，我们尽量不去打扰它。

记者：也是和这个自然的生物和谐共处。

压混

记者：在大海深处有小伙伴来串门，也给寂寞的海上生活带来了乐趣，带来了遐想。或许，这些海鸟的家就在钓鱼岛。

第35集　两岸搜救血浓于水

两岸搜救船只通话音响

海军548舰：东海救112，我是海军548舰，我正在事发海域搜救……

压混

记者：听众朋友，我是记者何端端。在随中国海警编队巡航钓鱼岛途中，遇到了两岸合作救助大陆遇险渔民的生动现场。我国 1 艘渔船在钓鱼岛以北海域作业时机舱进水沉没，人员落水。接报后，大陆军警民各路搜救舰船都用最快速度赶到出事海域，通过报话平台和搜救指挥船东海救 112 船联系，全力搜救。同时，通报台湾中华搜救协会，请台湾方面派出力量协助搜救。一场两岸合作进行的搜救行动全面展开。

记者在搜救现场了解到，事发当天上午，台湾"顺利宏"渔船已经救出 4 名大陆渔民，交给台湾海巡署基隆舰。大陆东海救 112 船在当天傍晚赶到搜救现场后，首先设法联系到基隆舰，准备实施海上人员交接。

出录音

基隆舰：东海救 112，我是海巡署基隆舰。

东海救 112：基隆舰你好，我是东海救 112。你听我声音怎么样？

基隆舰：声音清晰响亮，声音清晰响亮！

东海救 112：你们辛苦了！报一下位置，我们对开……

压混

记者：双方在茫茫大海中捕捉到彼此的声音时都显得很兴奋，通话亲切热情，他们商定着交接细节：

出录音

基隆舰：我已经看到你的位置了，我们大概 20 分钟后就汇合。

东海救 112：到时候你速度控制在 2 节以内，好吧？

基隆舰：好，速度控制在 2 节以内……

压混

记者：20 分钟后，当两船靠近时，两岸救助船再三细致安排各项事宜，确保人员安全。

出录音

东海救112：你的船舷高多少?

基隆舰：舷高1.5米。

东海救112：好。等会儿我这边放个救助艇，靠你左舷，人员登救助艇。

基隆舰：好的，没问题……

压混

记者：天黑之前，大陆和台湾的救助船终于成功实施了人员交接。临别时，双方愉快地致谢祝福：

出录音

东海救112：谢谢基隆舰，感谢你的帮助，谢谢!

基隆舰：祝你一路顺风。再会!

东海救112：再会，再会! ……

主题乐起，出片花

播（男）：上世纪90年代，两岸海上搜救机构之间就建立起了稳固的联系渠道，共同致力于维护台湾海峡航行船舶的海上安全。近年来，随着两岸关系进入大交流、大发展、大合作的全新阶段，两岸人员往来更加热络，台湾海峡往来船只更加频繁，两岸间的海上搜救合作交流也逐步深入。

音乐扬起，结束

记者：听众朋友，这一次应对突发情况，中国海警编队又多了一次历练，但更让他们振奋的是，在钓鱼岛附近海域见证了两岸合作搜救的生动场景。当时台湾海巡署的另一条船"谋星105"上，穿着橘红色船服的船员还站在舱门向我们大陆海警船友好地招手。船长荆春隆更激起了两岸共同为维护钓鱼岛领海主权贡献力量的期盼。

出音响

荆春降：我们两岸，最终来说还是一家人，是吧。1953 年的时候，以西方国家为主的，他们单方面地绕开了我们，签订了《旧金山协定》，我们国家，包括我们的台湾都没参加。到现在我们慢慢的国力强盛，能扬眉吐气，在钓鱼岛这个问题上坚定地表达我们自己的主张，如果能长中国人的志气，共同为钓鱼岛回归中国出一份力，肯定是感到很荣幸的。

音响止

记者：指挥员张庆齐说，两岸的公务船在钓鱼岛附近海域合作搜救还是第一次，双方配合默契，也说明两岸合作搜救的沟通管道是非常畅通的。从中华民族的根本利益来看，这样的合作是义不容辞的。

出音响

张庆齐：因为钓鱼岛这个海域自古以来是咱们祖先留给我们的宝贵财富，而且从它目前所属地理位置和周围的海洋经济、海洋资源角度来说，开发利用的前景也非常广阔。为了给子孙后代留下一笔宝贵的财富，干这个活儿也是天经地义的，也是我们的职责和使命吧。

录音止（完）

下篇

维护祖国海洋权益的使命担当

——将军、专家访谈录

<h1 style="text-align:center">驶向深蓝的跨越</h1>

——访海军北海舰队副参谋长王凌少将

（记者何端端、朱江　特约记者李建伟、徐秀林）北海舰队作为国家安全的重要战略方向，远海防卫的重要组成力量，创造了首次水下发射运载火箭试验、首次赴南极科学考察、首次组织联合机动编队赴西北太平洋合成训练、首次环球航行等历史性突破，见证了人民海军走向强大、走向深蓝的历史进程。近日，中央人民广播电台记者何端端、朱江、特约记者李建伟、徐秀林等"万里海疆巡礼"采访团采访了北海舰队副参谋长王凌。

带着青春理想环球航行

记者：王副参谋长，您好！

王凌：您好！

记者：很高兴在这里能采访到您这样一位将军。今天是周末，我们一来您还在这里工作，正在准备中俄联合演习，而且告诉我们这是常态，我们就由衷地感到敬佩，由此也看到了您的工作作风和工作状态。我想请问一下参谋长，您是哪年入伍的？

王凌：我是 1971 年入伍的。

记者：现在已经有 40 多年了，您老家是不是南方的？

王凌：江苏南京的。

记者：但是你的普通话还是讲得非常标准，一入伍就在海军吗？

王凌：对。

记者：就是北海舰队吗？

王凌：就在北海舰队。

记者：等于你 42 年的时间，把最美好的青春都奉献在北海舰队了。就是从一个士兵一直到现在的将军？

王凌：是的。其中有两年在广州。

记者：当时入伍的时候是就想当海军还是一个偶然的机缘当了海军？

王凌：就想当海军。

记者：当时你青春时的海军梦是什么样子的？能给我们描述一下吗？

王凌：当然是想当一名舰长了，但是很遗憾，没当上。

记者：当时入伍当的是什么？

王凌：信号兵，就是旗语、灯光。在驾驶台上看得很清楚，可以始终看到大海。

记者：你老家是靠着海吗？

王凌：没有。

记者：那怎么就对海这么眷恋？而且就想当海军、而且想当舰长，这个由头是怎么来的呢？

王凌：看了《海鹰》。

记者：是王心刚主演的电影？

王凌：对。

海军北海舰队副参谋长王凌接受中央电台记者何端端采访

记者：当时在你心里产生的印象是什么样的？

王凌：就是驰骋在万里海疆、保卫国防、保卫海防很光荣。

记者：当时你就立下了这样的志向？

王凌：是的。在我很小的时候有一种感觉，陆军当个团长，带领一个团冲锋陷阵，当海军的话当一名舰长，驾驶着战舰，英勇杀敌，非常光荣。

记者：就等于舰长是你理想中一个标志性的岗位是吧？

王凌：对。

记者：有没有在什么样的大比武中取得什么名次？

王凌：我当信号兵的时候获得过海军国际信号大比武的个人第二名。

记者：现在还有那样的锦旗和照片吗？

王凌：照片还有一张大的，那是大家的一个合影，当时得了奖以后就是一个本子，上面有几个字，盖了一个章，但是很珍贵。

记者：现在还留着呢？

王凌：留着呢！

记者：你当时是一名水兵，后来在部队经历了什么样的院校的学习吗？

王凌：经过南京海军指挥学院、经过国防大学的学习。

记者：就是做了高级的培训，然后就这样脚踏实地、一步一步地走上来。我相信你的这个理想和抱负就是从一而终的，始终没有变化的是吧？

王凌：是的，一直到现在还是这样。

记者：你刚才说你年轻的时候就想当舰长，最后有没有经历当舰长的这样一个环节？

王凌：因为中间工作不断地变化，就把我调到机关去了。尽管当时调到机关去，我自己非常不愿意，而且还在战友的面前大哭了一场，但是作为军人来讲服从组织安排，这还是非常重要的。

记者：就是想当舰长，还哭了一次。

王凌：对。

记者：可见你对舰长确实是情有独钟。

王凌：是的。

记者：后来你的工作中有没有接近舰长这样的岗位？就是让你觉得跟舰长的距离也并不远的岗位？

王凌：到了机关工作之后，我基本上是在作战部门和训练部门工作。这些工作都是围绕着舰长来做的，就是组织指挥、航行训练。这些都还是跟舰长干了相近的工作，所以我觉得依然是很光荣。

记者：后来实际上你从事的工作应该说也是在实现你的梦想。

王凌：对，离舰长不远。

记者：从士兵到将军的道路上让你特别难忘的一些关键的时刻，有没有这样的记忆？

王凌：这样的记忆我感觉非常多。因为我在工作岗位上这么多年，也经历了很多重大的任务和重要的时刻。让我最难忘的也是我自己的亲身经历，就是2002年我有幸参加了中国人民海军的首次环球航行。用我们当时的话讲，就是圆了我们中华民族的一个梦想，这是我终身难忘的。

记者：能再稍微具体讲一下当时一些难忘的情景吗？

王凌：那次环球航行的话首先对我们中国人民解放军海军来讲是一个挑战。因为第一次组织这样的环球航行任务，我们航行了32000多海里，132天，到了十个国家的十个港口，我们过了苏伊士运河、巴拿马运河，走了很多我们以前没有去过的海区。印象最深刻的就是我们每到一个地方，当地的华人、华侨都过来登舰参观，而且都向我们一致地表达了一个心愿，就是希望祖国不断地强大、海军不断地强大，国家强大了、海军强大了，他们在海外的地位也就更高了，这是让我们很感动的。因此，也就进一步地激励了我们干好本职工作，建设强大海军的自觉性。

从民族屈辱的历史中崛起

记者：北海舰队的辖区是我们民族有着屈辱历史的地方，比如甲午海战，并且是战败，割让台湾等等；这个地方又是我们民族最骄傲的一个地方，它是我们中国第一艘航母诞生的地方。在您心里是怎么样认知和理解这样的巨变呢？

王凌：这个巨变我自己经常也回忆。比如说我当兵的第一年是在旅顺度过的，我当兵的第二年因为执行任务又去了刘公岛，就是我们的两个半岛承载着近代史上中华民族的屈辱，体现的是最明显的。我们国家在近代历史上80多次外敌入侵来自于海上，这在心灵当中的震撼是非常深刻的。像旅顺的白玉塔、白玉山、威海的刘公岛海战馆，我们都读到了很多东西。回过头来再看看那段历史，民族的屈辱是永远不能忘记的，民族屈辱之下唤起的是建设强大海军的动力。所以在我的军旅生涯当中，我自己也感觉到由于离这些地方很近，对自己的激励也最大，我也觉得很有收获。

有了航空母舰之后，整个海军的建设发展，它又是一种飞跃、一种大的跨越。这确实是我们民族的骄傲，我们中国海军的骄傲。

记者：它对于我们海军的建设和发展是一个什么样的标志性的意义呢？

王凌：首先它是大国海军的一个重要标志，再往下讲的话那就是一个海权的夺取，海权的夺取源自于我们国家和民族的利益。因为 2000 年的联合国文件里面就首次提出来了 21 世纪是海洋的世纪，这次党的十八大也专门提出来建设海洋强国。确实，海洋是我们的一个战略资源库，也是我们的第二生存空间，海洋对于我们中华民族未来的发展太重要了，这是我们民族的根本利益、国家的根本利益，必须靠强大的海军去维护。

记者：现在航母军港在北海舰队这里，你们的主要工作是什么？

王凌：我们舰队一个很重要的任务就是要把航母保障好，所以我们田司令提出了三句话：第一句话就是视航母的需求为命令；第二句话就是视航母的官兵为亲人；第三句就是视航母的安全为生命。这个保障工作一定要做好，这也是我们的强军梦里面的重要组成部分。

记者：保障航母的工作，对你们部队的建设有什么样的拉动和促进作用呢？

王凌：首先我们保障好它的各种需要，也包括它的训练需要、包括它日常的一些其他各项活动的需要。比如说我们要在岸上给它提供全套的、信息化的训练设施，这个正在规划建设之中。

记者：这对你们的信息化建设是不是也就是一个促进？

王凌：它也是一个同步拉动，因为我们的那个港是一个综合性的军港，作为军港之内的整个部队，大家都可以利用这个设施。当然这个保障首先是围绕着航母的需求来的，同时带动其他部队。

记者：围绕着这样的任务，你们现在又怎么样规划你们的训练，怎么样提高标准呢？

王凌：航母的诞生，它和以往的兵力使用的样式就发生了很大的变化。我们通过多年的不断的研究和积累，也形成了一套我们自己对航空母舰的指挥、运用、训练、保障等等这些相关的规定和战术要求，我们也是在不断的摸索。航空母舰执行任务的话是一个编队，通过这个编队的建设又带动了我们各个部队的战备和训练建设。

记者：将来建设航母编队，就是形成一个大的航母战斗群？

王凌：对。

记者：你现在置身在实现这样一个梦想中，无论从你个人的海军梦、舰长梦，还是说从北海舰队的强军梦和整个海军的建设发展走向深蓝的梦想来讲，你觉得有什么样的展望呢？

王凌：首艘航母确实也牵动了我们北海舰队的整体建设和发展，我们全舰队从首长到机关到广大官兵确实都是非常振奋的，因为这标志着一个新的跨越。这个跨越实际上对我们的工作、各方面的建设又提出了很多很高的要求。比方说围绕航空母舰形成战斗力的建设问题、围绕着航空母舰的作战使用和指挥的问题、围绕着航空母舰的各项保障条件的建设问题，以及围绕着我们整个舰队担负着一个辖区方向的防卫作战和未来远海作战的建设问题，都提出了很高的要求。而且我感觉到，十八大之后，围绕着学习贯彻十八大的精神、围绕着建设海洋强国的这个目标，落实习主席能打仗、打胜仗的要求和我们强军的目标，从上到下大家是憋着一股劲的，而且整个部队现在的士气非常高。所以有时候我们也在想，航母它不是一个武器装备的出现，通过一个武器装备的出现带动了一种精神在不断地激发出来，激发出建设海洋强国、建设强大海军的力量，在鼓励着大家。

记者：就是说有一天是不是航母战斗群也要拉出去演练？

王凌：这是肯定的。

记者：你有没有想象过如果未来有那样一天，是一个什么样的场面？

王凌：我想那一天不远，而且肯定非常壮观！实际上整个航母的建设从单一平台走向了一个合成的整体，形成了一个作战编组，它又朝着实战能力迈进了一大步，这是非常鼓舞人心的。

记者：你很期待这一天？

王凌：非常期待。我希望能跟着一起走一走，作为其中一员。

实战的需要就是训练的标准

记者：你抓军事训练的理念是什么？你是从什么入手来训练部队的呢？

王凌：我感觉到是抓好两个方面：第一个方面就是基础，我把基础看成是两个部分：第一个是每一名指战员的个人基础，然后大家合起来之后还有一个基础，这个基础必须牢牢的。有了这个好基础的话，我觉得第二个部分就是非常重要的，就是训练一定要实战化，一定要按照作战的要求来进行训练，而且在训练当中决不能摆花架子、不能马虎、不能虚。

记者：在威海水警区，我们跟随一艘猎潜艇进行了一次艇长的全训考核，现在新的要求更具有整体性了？

王凌：舰艇长全训考核是我们军事训练里面非常重要的训练内容和考核内容。你在威海训区看到的猎潜艇相对来讲简单一些，因为它的武器装备少。假如有机会的话你将来看一看驱护舰舰长考核，因为它的武器系统多，比较复杂。它还牵扯到整个信息系统的带动，就是一艘舰的考核可能要带动它本舰的、海上其他兵力的和岸上指挥所的，都能带动起来。一个舰的舰长考核实际上不仅仅是对他本人的考核，而是对全舰的考核，因为它的全舰每一个岗位都要达到全训合格的标准，它是整体性的。这是现在舰长考核很大的一个特点，就是比过去复杂得多，要求也高得多了。

记者：那么舰艇长需要掌握的技能比过去是不是也是大大地提高了？

王凌：是的，现在对舰长的要求高，无论是从文化还是经历，更多的是谋略和思维。他在技术的应用上面要很娴熟，但是通过技术反映到思维层面的话它要变成战术、变成艺术。我有时候经常讲，指挥实际上是一门艺术。

记者：如何从一个技术指挥官上升到您讲的有指挥谋略和指挥艺术的舰长或者艇长？

王凌：我想促使他们这种转变主要的途径还是靠训练，尤其是靠在战术背景条件下的训练和演习。通过这些近似于实战环境的，有情况、有背景条件之下的连续训练，通过这些来促使他们在技术的基础上向谋略型转换，这也是我们现在在训练当中特别关注的问题。因为你作为一个指挥官、作为一个舰长，你的最基本的职责是指挥作战，而且还要打赢。很多情况都是瞬间发生的，可能瞬间就定乾坤了，所以我说你们在指挥上面、在谋略上面要下相当大的工夫，而不是简单地对一艘舰艇的操作。不要把舰长的职责定位为简单的对一个舰艇的指挥操作，而是指挥作战。

记者：训练的成效怎么样呢？

王凌：这些年我们舰队在实战化训练这一块抓的成效是很大的，尤其是信息化条件下的这种实战化的训练，采取各种措施，想了很多办法，尽量地营造一个训练的环境和条件，接近到实际的作战当中去。比方说，去年的 12 月份到今年的

3月底，我们舰队就统一组织了全舰队的部队，全要素、全员额、全领域，每个人都包括进去了，进行战术、技术基础训练。通过这四个月的战术基础训练之后，全舰队搞了一个大比武，也是全员额、全要素的大比武。从这个大比武的效果来看成效很明显，因为不断地有很多专业的同志刷新纪录。

从这几年实践情况来看，我们现在每年的战备任务很繁重，但是这几年的战备任务完成得都非常好，其中还是得益于我们这种基础性的训练和实战化的训练抓得比较扎实。

更深地认识我们的海洋国土

记者：近年来侵犯我们国家领海主权的事件时有发生，面对来自海上的威胁和挑战，您对维护我们祖国的领海主权和海洋权益有着什么样的思考？

王凌：我想一方面作为我们海军来讲，这是我们的使命和任务，这是我们的历史担当，要坚决维护我们的主权和领土安全，坚决维护我们的海洋权益。我们执行了很多次这样的维护国家海洋权益的任务，对这个任务我们很熟悉。现在整个人民海军加强战备训练、加强部队建设，就是要完成好这个任务。另一方面，也需要强化我们全民的海洋意识和海防观念，我觉得当前尤其要强化国人的四种观念。

一是海洋国土观。现在大家一讲起来我国的面积，讲得最多的是960万平方公里，根据1994年正式生效的《联合国海洋法公约》，我国拥有300万平方公里的海洋管辖海域又叫蓝色国土。我们还需要大力加强海洋国土知识的宣传教育，对我们的海洋国土有更深的认识。

二是海洋发展观。海洋首先是一个大通道，国家之间的交往、贸易都通过它

来实现，再有海洋是人类战略资源的宝库，关系到我们可持续发展。我们回顾一下世界海权兴衰交替500多年的历史进程，控制和利用海洋一直是世界大国追求的目标。今天，像我们这样的国家越来越离不开海洋了。实际上它就是一个发展的问题、资源的问题，控制了海洋就控制了一切。海洋和我们未来中华民族的发展息息相关。

三是海洋价值观。2001年，联合国正式文件中首次提出"21世纪是海洋世纪"。我们13亿人口的大国，比其他国家更迫切地需要海洋这个第二生存空间，这是一种客观的存在，需要全社会都来热爱、研究、开发和保护海洋。大力发展海洋经济对于我们今后的发展至关重要。

四是海洋防卫观。新世纪我国安全和发展面临的威胁主要来自海上，我300万平方公里海洋国土存在双边或多边争议面积达二分之一以上。维护国家海上安全，需要强大的硬实力和软实力。加强海防建设、加强海军建设，提高全民的海洋防卫意识，大家都要意识到保卫我们的海洋、维护我们的海洋权益对于国家生存是多么的重要。

期待海峡两岸携手保卫海疆

记者：现在事实上我们的万里海疆是由海峡两岸的防卫力量在共同守卫着。但是由于一些历史上的原因、政治上的原因，两岸还没有真正的建立这样的一个互信和协防的机制。那么对于两岸能联手保卫我们的海疆、维护我们的海洋权益，您有什么样的期待呢？

王凌：两岸携手维护我们的海洋权益、保护我们的海疆，我想这应该是我们中华民族每一个炎黄子孙的义务和责任，对于两岸之间来讲都是一样的。希望在涉及到我们中华民族的核心利益、涉及到我们中华民族未来的发展、涉及到我们中华民族伟大复兴，从这个大的角度来讲，两岸应该携起手来共同努力。

记者：事实上这也已经牵扯到了百姓的切身利益，比如说最近发生的菲律宾射杀台湾渔民这样的事件。

王凌：是的，菲律宾这次射杀台湾渔民的事情也充分地说明了两岸携起手来共同维护我们的利益是多么的重要。同样在钓鱼岛的问题上面，我们中华民族一定要形成一个整体。

蓝色梦想的延伸

记者：您个人是不是认为从事海军这样一个职业是必然的会热爱海洋，还是说一定要热爱海洋？

王凌：我想，要当一个海军首先必须要热爱海洋，否则他当不好一个海军。同样的话他当了海军之后，我想他一定会热爱海洋，因为他走到海边之后就会发现海洋的美好，海洋对于我们国家发展的重要意义。

记者：我想这是您40多年海军的一个切身体会是吗？

王凌：是的。

记者：我想您这么投身、关注、热爱海洋，您的家人是不是理解你、支持你或者说和你一样的也热爱海洋？

王凌：是的，从父母到我的家庭都非常支持我的工作，也非常热爱海军、热爱海洋，这是不言而喻的。我的女儿也是海军。

记者：她在什么地方？

王凌：她就在我们下面的一个部队。我告诉她要当海军哦。

记者：她就是考试考的海军院校吗？

王凌：对。就是武汉海军工程大学，她是搞舰艇技术的。

记者：你是这样希望的，她也真的是在延续你的海军梦。

王凌：是的，她小的时候我们经常在机关加班，她的妈妈值班。

记者：她妈妈也是海军吗？

王凌：也是海军，我们一家都是海军。

王凌：她妈妈晚上加班，她就跟着我到办公室去加班，我们在那画图作业，尽管她很小，她看不懂，但是她很认真地始终坐在那儿看，所以很小就知道海图、舰艇，慢慢的就是一种熏陶。

记者：未来，在她们的那个时代，我想我们的海军、我们祖国的海疆一定能建设得更好了。

王凌：肯定是的，我经常也说，她们的运气会比我们更好，能看到我们的大发展。

记者：今天非常高兴，王副参谋长能接受我们"万里海疆巡礼"采访团的采访，谢谢您！

王凌：谢谢！

海疆卫士不辱使命

——访海军北海舰队旅顺基地司令魏刚少将

（记者马艺　特约记者李建伟、徐秀林）北海舰队旅顺基地是一支有着光荣传统和深厚底蕴的部队，组建58年来，先后圆满完成了潜艇首次水下发射运载火箭等百余项重大任务。2010年8月，中央军委胡锦涛主席签署命令，授予基地某潜艇"水下发射试验先锋艇"荣誉称号。日前，北海舰队旅顺基地司令魏刚接受了记者马艺、特约记者李建伟、徐秀林等"万里海疆巡礼"采访团的采访。

干海军就是乐趣，是我从小的追求

记者：魏司令，您好！

魏刚：你好！

记者：之前就听说您在海军很多岗位工作过。

魏刚：我当兵以来，当过战士、当过连里的文书，喂过猪，干过炊事班。后来到舰艇部队工作，猎潜艇上干过，当过航海观通长、副艇长，在护卫舰工作过，也在驱逐舰工作过。

记者：我知道，您曾经是银川舰的舰长。

魏刚：是的，我是第一代国产驱逐舰051型驱逐舰银川舰的舰长。

记者：这样的经历一定让您受益匪浅。

魏刚：我感觉在驱逐舰舰长的岗位上锻炼是最大的。在担任舰长后，先后遂行了"96.3"、"99.7"这些军事行动，当然还有一些互访的活动和对外交往方面的活动，这些活动使我得到了比较大的锻炼和提高。特别是在驱逐舰舰长岗位上，经过驱逐舰舰长的全训考试，使我比较全面地掌握了作为一名海军舰长所必须具备的专业和指挥才能，使我能够成长起来。

记者：您总是在说干海军没有不苦的，没有最苦，只有比较忙和比较累的岗位。

魏刚：我在舰队作战处当处长的时候事情比较多，特别那几年任务也很重。我是2003年当舰队作战处处长，遇到的第一个事情就是北海舰队要组建一支新的部队。你就要从选点、部队配套设施建设，尤其是部队来了如何停靠和食宿，这些都要综合考虑的。营房、码头有大量的工作要做，当时我这个作战处长跑遍了舰队山东半岛和辽东半岛几乎所有的营区。

另外，在我当处长的时间段，我们第一次与俄罗斯进行联演——"和平使命－2005"。这个联演活动是我们对外比较大的一次联合演习，而且动用兵力也比较多。当时俄罗斯来了5艘舰船，分为3个课题。在我们青岛海域，从年初就开始筹划，两次到海参崴和俄罗斯太平洋舰队进行磋商，在我们自己的辖区选演习地点，完成这些任务提高了自己的综合素质。

传承历史，谋划未来，增强官兵责任感、荣誉感

记者：旅顺基地所处地理位置也很特殊，这里曾经是甲午海战的发生地，基地官兵的历史责任感非常强烈。他们在完成海防任务的同时，乐于思考、勤于思考

魏刚司令员接受记者采访

的精神给记者留下了深刻印象。

魏刚：我们基地是 1955 年从苏军手里接管过来的。基地组建初期，我们就是战略前沿，现在我们这个基地又是我们海军新型武器装备的实验场，这是它独有的地理位置决定的。历史的传承就给基地官兵积淀了很多从国家战略高度来思考自身工作的这样一个传统。

记者：海军的建设现在提到了很高的位置，这在十八大报告中也有体现。

魏刚：是的。十八大报告中提出来，要把南海、东海、黄海方向的战略问题同东南沿海的战略问题统筹考虑这样一个思想，使基地辖区的战略位置有了新的提升。在这样的情况下，基地官兵就更加地认识到自己所担负的担子之重，所以他在思考问题的时候就会想到我从国家建设、国家安全的高度来考虑自己的工作。

当然，我们基地党委在工作教育当中、在重大任务当中，也非常注意培养官兵这种意识。我们会给官兵进行形势教育，我们当面的形势如何？我们国家海洋的形势如何？通过这些形势教育潜移默化地提高官兵的大局意识。

记者：而且这样的教育也会贯穿在执行重大任务当中，是这样吗？

魏刚：你说得很对。在重大任务执行过程中，我们的官兵要想的是，我所要完成的任务，对我们国家的国防和军队建设可以起到怎样的作用。这个问题想清楚了，官兵的责任感和荣誉感自然就有了。所以这一系列的教育，特别是我们基地在国家安全战略当中独有的地位，就养成了官兵这种思考问题的方式。

不辱使命，走向深蓝

记者：走向深蓝，这是几代人民海军的梦想，如今正在成为现实。我们的远海训练逐步常态化，我们的亚丁湾护航不间断进行，我想这都是近年来海军全面建设发展和使命任务的必然。

魏刚：我们的海军经过这些年的建设，应该说是具备了走向深蓝的一些基础和能力，比如说我们这些年亚丁湾的护航，我们的海军不但进入了西北太平洋，而且进入了印度洋。另外有一个撤侨行动，撤侨行动也表明了我们海军具有在地中海保护我们国家和人民利益的能力。

特别是今年春节以来东海舰队、南海舰队、北海舰队多次到太平洋西北海域组织训练，这也是我们走向深蓝的一个重要的部分。

记者：说到使命任务，钓鱼岛问题、南海问题牵动着广大海军官兵的心，您怎么看？

魏刚：钓鱼岛问题，日本搞购岛闹剧，甚至有一些颠倒历史的言论和做法，这是不能容忍的。我们的海军有能力维护海洋和海岛的主权，我们也有决心保护我们的领海和主权不受侵犯。

我们国家的南海资源丰富，在国家未来的发展和持续发展当中有着重要的作用。但是，我们南海正在被附近的一些国家无理地开发、占据，甚至提出一些无理的领土要求，这是不允许的。我们要告诉官兵，作为一个海军官兵有责任捍卫国家海域的完整。

迎接挑战，牢记强军目标、投身强军实践

记者：近年来，旅顺基地在编制体制和装备更新上都有大的动作，这对基地所属部队建设提出了更高要求。部队在搞好训练方面是不是也有突破呢？

魏刚：基地在训练改革上主要抓了两个方面：第一个就是搞好战法、训法的研究。因为目前基地装备正在变化，体制、编制正在变化，如何在新的体制下加强训练，如何使新的装备形成战斗力，都需要进行认真研究。所以基地专门召开了战法、训法研究的研讨会，从理论上首先搞清楚如何提高训练质量问题。

第二个改革就是运用信息化系统进行训练。现在基地部队指挥所的建设已经比较成系统，基地注意运用这些自动化指挥系统进行训练，从指挥所的训练入手，提高基地整体作战能力，使基地整体的能力有一个大的跃升。

记者：也就是说训练是随着体制的调整和装备的更新同步展开的，而且先从理论入手。

魏刚：是的，理论上搞清楚了，再去研究方法步骤，然后定下计划和目标。

记者：所以训练展开后的效果才会好。

魏刚：是的。而且为了提高训练的质量效益，我们也有办法和措施：第一个办

法就是一舰出海，多舰受益，提高装备的使用效率。过去都是一条舰出海，一条舰的官兵训练，现在基地一条舰出海，把需要训练的其他舰的官兵集中在这一艘舰上同时出海。一条舰出海训练，实际上带动了多条舰的重要号手进行训练，这样就提高了舰艇装备的使用率。

第二个就是采用集中组织，并联试训的办法，提高时间的利用率。过去我们训练，在定好训练计划以后，总是一个阶段一个阶段实施，一项内容一项内容这样串联地进行，这样训练下来就会时间比较长，占用的时间比较多。基地现在采取的办法就是集中组织，并联试训，把不同的训练内容纳入到同一个训练时间段内，由指挥所出去以后一起进行组织，分别进行训练。这样就提高了训练时间的使用效率，是在一定的时间内能够训练更多的训练内容。

第三个就是细化了不同舰种，舰种上的不同号手，在不同时间段的训练内容。比如，早操时间要组织声纳兵的听音训练，报务兵的发报训练，晚上的时间要组织雷达兵的搜索训练……这样利用这些八小时以外或者八小时以内边角的时间，来使我们的训练总体水平能够效益更高。

记者：方法路子找对了，摆在我们面前的困难和挑战也就可以解决了。

魏刚：基地党委认真研究了基地面临的形势，分析了所面临的挑战，将牢记强军目标，投身强军实践，围绕完成使命任务狠抓战斗力建设，把基地部队建设成为听党指挥、能打胜仗、作风优良的坚强的海疆卫士。

记者：感谢魏司令接受我们"万里海疆巡礼"采访团的采访，谢谢。

魏刚：谢谢，再见。

亲历人民海军40年大发展

——访海军副参谋长冷振庆少将

（记者穆亮龙　特约记者李建伟、徐秀林、赵健）日前，海军副参谋长冷振庆少将随补给舰赴南沙各礁堡视察、调研。在执行完南沙守礁官兵换班补给任务从南沙礁堡返回大陆的补给舰上，冷振庆少将接受了记者穆亮龙、特约记者李建伟、徐秀林、赵健等"万里海疆巡礼"记者团的采访。作为一名服役40多年的"老海军"，冷振庆少将见证并亲历了人民海军建设的大发展、大跨越。

南沙归来：捍卫海洋权益从不言弃

记者：冷副参谋长，您好。

冷振庆：你好。

记者：我们很荣幸采访到您。跟您同行到我们中国海军力量驻守的南沙各个礁盘，我们自己感受是很深的，身上也留下了印迹，胳膊都晒脱皮了。不知道您视察了一圈之后，对我们南沙各个礁堡的建设，您自己有什么感受？

冷振庆：这次南沙之行很高兴跟大家一块去，8天来我们登上南沙各礁堡，你们跟我们一样都看到了我们岛礁的驻守情况和岛礁的建设情况。现在驻守的岛礁

是第三代装备和设施。第一代是木制的茅草屋。

记者：我们看到还有遗迹。

冷振庆：对，第二代是铁皮屋。前两代的驻守部队住在这样的环境下守卫南沙是非常辛苦的，而且这种辛苦是常人体会不到的，几平方米、十几平方米，上面顶天，下面立在水里面，这个条件艰苦是难以言表，但是我们守礁的部队牢记祖国的嘱托，立足岛礁，放眼全球，捍卫我们国家领土主权。应该说这些年来他们一代一代人做出了自己的贡献，履行了自己的责任。

我们现在看到的第三代设施，条件是明显改善，无论是守礁的官兵，还是我们这次到岛上去的同志，同时感觉到住房条件与第一代、第二代相比有明显的改进，生活设施也得到明显的改善，突出的是两个方面：一个是可以接收电视信号，另外是有了移动通讯信号。

记者：可以打手机了。

冷振庆：解决了南沙驻礁部队文化生活和精神生活两大块需求，住房得到改善，防御性的装备也得到改善。但是现在看，这些岛礁因为都是 90 年代末、2000 年前后建设的，已经十几年了。设施十几年被海水侵蚀，现在从我们自己需求看，第三代也需要尽快尽可能的在现有基础上，大修扩展一下，使我们守礁部队官兵生活条件得到进一步的改善，防御的武器装备能够进一步得到完善，使我们守礁部队官兵驻守岛礁的条件更好一些。这是我到南沙后的第一个体会和感觉。

记者：还要加强礁堡的建设。

冷振庆：对，礁堡建设进一步的加强。第二，沿途我们注意到他国侵占我们岛礁的情况。南沙目前形成这种局面，包括越南、菲律宾、马来西亚，侵占我们岛礁情况是一个历史过程。解决这个问题，确实需要我们这一代人的聪明才智。在我们坚守"主权归我、搁置争议、共同开发"的这样一个前提下，通过双边谈判

冷振庆副参谋长在南沙与守礁官兵亲切握手

解决。但是我们作为军人看到这个现实，心里是非常不舒服的。我们海军同志都有一个梦，希望南沙完全回归祖国是我们这一代海军人的梦，我们希望这一天尽快到来。我想这是我去南沙两点感受最深的。

记者：我们看到，每一个礁堡上，南沙守备部队的官兵们精神状态非常的饱满，士气高涨。看到他们这种精神状态，您作为他们的首长，又作为一名老海军，是不是也会想起自己的青春，热血往上涌？

冷振庆：跟年轻官兵在一起，自己本身感觉就年轻了。一批批的守礁官兵，他们的精神状态确实是值得我们赞扬。在这样艰苦的条件下，他们保持昂扬的斗志，昂扬的精神状态，表明了我们部队的政治教育、思想教育是非常到位的。

我们官兵的素质比较高，他们知道他们的责任。驻守南沙，守住祖国南大门，这是历史赋予他们的责任。所以，他们标语口号，我们也看到了"为国守

家，宁可牺牲自己，也要守住祖国的领土"。保家卫国，在他们心中一直是他们最大最大的责任。所以，所有的困难、所有的难题，他们自己都用饱满的革命斗志去克服。

记者：现在我们国内出现了一股"海洋热"，特别是对南沙关注度非常高。这样的情况下，我们的海军官兵是不是都感觉到自己的责任好像更重了，使命更加重要了？

冷振庆：应该说作为海军保卫国家海洋权益，捍卫国家海洋主权，领土安全，这一点一代一代海军人从来不敢放弃，也从来没有放弃。包括在南沙海域跟周边国家的维权斗争，我们每天都不放松。这次我们上岛，听到了官兵的反映，周边一些国家的渔船，不断的侵入我们警戒线和领海线，包括一些化装的武装渔船侵犯我们的主权，我们都给予了坚决的有理有力有节的斗争。因为在海洋维权方面，确实还要讲究斗争策略。所以这种形势也磨炼了我们新一代守礁官兵的斗争方式，他们的外交方式，既要维权，还要注重策略，这一点上我们官兵做的不错，值得表扬。

40年亲历：海军装备人才建设大发展

记者：南沙这片海域，现在的形势是错综复杂，周边环境比较恶劣。同时，南沙又是我们整个国家海防建设很标志性，甚至是比较有代表性的一片区域，面积也比较大，从这里可以看到我们整个国家海防建设这些年的变化。特别是海军作为我们海防保卫力量中一支非常重要的防御力量，您觉得这些年来，我们海军的海防力量建设有哪些重大的变化？

冷振庆：在海防建设中，海军是一支重要的力量。党和国家非常关心海军建设，特别是 20 世纪 90 年代中后期以来，国家加大了对海军建设的投入。经过了十几年的建设，我作为一个老海军，确实感受到了在这十几年当中，海军装备正好更新了一代。现在形成了第三代国产装备为主体的海军装备体系，装备的技术上了一个大的台阶，装备的质量明显提高了。

你们看到了，我们的舰艇连续航行八九天，一点故障不出。我们去亚丁湾护航的驱逐舰、护卫舰，包括我们的补给舰，长达一百五六十天在海上。这一点表明什么？第一，我们远海作战能力在装备方面有了支撑，装备是基础；第二，我们装备的质量可靠性明显的提高，质量和可靠性也是战斗力。所以你们应该感受到了这一点，我作为在海军服役几十年的老兵来讲，体会更深。我们注意到，第一艘航母也服役入列了。

记者：刚才我们看到舰上的电视在播航母相关的新闻。

冷振庆：对，第一批舰载机飞行员经过考试考核、论证，认定他们的舰载机飞行员资格，发给了证书。这表明中国海军第一代舰载战斗机飞行员的形成、诞生，也表明我们第一艘航母现在真正实现了舰机融合，为下一步的训练和实验奠定了非常好的基础。

除此之外，我们近岸的装备也得到了快速地发展，我们近海和基地防御作战的兵力又得到一个大的改善，所以从现在看，无论是基地防御作战，还是近海机动作战，还是远海防卫和执行远海远洋任务，我们形成了一定的力量，形成了比较好的一个装备体系，形成了结构比较合理的作战系统。装备的发展，为我们完成党中央和国家赋予我们的历史责任、历史使命，应该说是奠定了非常好的基础。

记者：我们海防力量建设，装备提升了，肯定对我们人员素质是有新的要求，要有会熟练操作、又能非常精准操作这些武器装备的人。人员素质上，我们海军这几年又有什么重大的变化？

冷振庆：高新技术装备需要高技术人才，这是相适应的。新装备到部队以后，也确实暴露出一些装备先进，但操作装备的人员明显不足的问题。这些年，军队，包括海军也加大了高技术人才的培养力度。我们从地方大学接收了相当一批学员，经过部队的培训，现在来看，这些年状态明显的改善。人与装备的结合这块，也实现了一个大的跨越。驾驭新装备，尽快形成作战能力，一声令下能够打胜仗的好的形势逐渐形成。

记者：您看，现在我们海军力量不管是装备建设，还是人才建设，都在不断的跃升。作为一名老海军，您又亲历了这些变化，是不是自己做海军的自豪感比以前更强了？

冷振庆：这是毫无疑问的。因为我在海军服役40多年了，又是搞装备出身，在机关工作，对海军情况相对熟悉，看到我们装备一代一代的接替、提升，官兵完成使命任务的决心、信心也越来越强了。作为一个老兵来讲，看到这个是由衷的高兴。

比如说这次航行，我看到我们的舰员，特别是看到我们的战士操纵新一代的补给舰，驾驶新一代的补给小艇，在风浪当中驾驶自如，技术成熟，安全顺利的完成任务，我都为他们高兴。我们海军这支队伍永远是听党指挥，海军是高技术兵种，经过这么几代人的努力，我相信我们海军会建设的越来越好。这一点我非常自信。

"中国威胁论"：不攻自破

记者：您刚才提到我们的远洋训练开始越来越增多，现在国际上也出现一些杂音，比如说"中国威胁论"。您自己作为海军的高级指挥员，又是海军的一员，您怎么看待这样的声音？

冷振庆：我对海军的发展有一个基本认识，海军发展历来是跟国家利益发展是相适应的。国家利益的安全、国家利益的拓展需要海军的发展，海军就能得到发展。改革开放以来，大家看到我们向全球敞开自己的胸怀，我们与世界上大多数国家建立经济往来的关系。所以说在海洋权益和利益上，我们的国家利益得到拓展，海军适应这种环境，适应这种需求，保卫国家海洋权益和利益，海军肯定要走出去，任何一个海洋国家都是这么做的。

我们从近岸到近海，然后再到远海，这是一个必然的过程。经过六十年的建设，应该说我们从近岸到近海，我们海军作战能力比较强。经过这些年的发展，我们逐渐形成远海防卫作战能力，但是还不强，这还是我们一个发展方向，我们还要继续努力适应在远海防卫作战的需求。特别是我们作为一个大国，还要履行国际主义义务，在人道主义救援方面，我们还要发挥一定的作用。比如说去亚丁湾索马里地区护航，我们履行国际主义义务。当周边国家发生大的自然灾害时，海军还可以救援，我们叫做非战争军事行动。所以军队在和平时期，也能发挥很大的作用。

记者：我们远洋战略的真正出发点是什么？为什么会出现这种所谓的"中国威胁论"？

冷振庆：说我们"中国威胁论"的国家，应该说都是别有用心的。我的一个基本看法，这些国家的情况我们都很清楚，也说明他们怕我们壮大。因为从地理环境可以看到，我们的周边，第一岛链什么概念？冷战时期，封锁当时的前苏联共和国和中华人民共和国，就是两大社会主义阵营组织而形成的一个西方封锁链。虽然冷战结束了，但是很多人对我们国家现在冲破岛链，常态化走向远洋，他们感觉到不舒服。所以往往叫的最响的，恰恰都是过去封锁过我们、侵略过我们的这些国家，所以我想他们喊这个口号的目的就是不攻自破了。

增强海洋意识：以活动带宣传

记者：我们也发现了这几年的变化，比如说我们一些中小学生，甚至有一些大学生，我们问他我们祖国领土面积是多大的时候，大多数人认为是960万平方公里，但是他们不知道我们还有300万平方公里的海洋国土。现在有一些人已经知道了，但是好像这种意识还不是那么的强。在加强我们国民的海洋意识、海洋权益的观念方面，您有什么样的呼吁？

冷振庆：这一点很重要，一个民族强大，一个国家强大，尤其是我们这样的大的国家，必须要建立比较强的海洋意识。但是很遗憾，历史上，从明朝的建文帝以后，郑和下西洋到宣德时期，后面就封海了。从明中后期一直到清朝，闭关锁国，我们把注意力都放在960万平方公里的大陆国土上，所以我们国人的海洋意识比较淡薄，这个跟历史是有关系的。

随着这些年海洋意识的提升，海洋地位的提升，我们国人确实对海洋的认识逐渐的提高了。比如说对南沙问题，对钓鱼岛问题非常的关注，随之而来就是对海洋权益的认识。我们看到了国人的海洋意识一天天的在增强，但是相比其他的海洋大国来讲，我们这个民族的海洋意识还是比较薄弱的，大陆主义思想比较严重，当然我说过这是有历史关系的。

所以我觉得我们应该在全民当中宣传海洋，进行一些教育，提高我们国人的海洋意识非常重要。除了教育之外，还应该搞一些实实在在的活动，比如说我们建立海洋日、建立海军日，组织跟海洋有关的大的活动，通过让国人、让民众参加这样的活动，逐渐的提高海洋意识，包括你们这次"万里海疆巡礼"，你们从北到南，我觉得你们提的主题非常好。

记者：我们海军现在在这方面已经开展工作了吗？比如说已经开始举办一些活动了吗？

冷振庆：海军这方面一直在做宣传，比如说我们有海军成立日（中央军委批复为海军成立日期），跟有关省市搞一些联欢。国家有一个海洋日，但是规模太小，就是几个涉海部门、涉海地区搞了，这个活动都小了，在这个基础上我们可以多一点、大一点。

另外，海军通过舰艇命名，跟相关的省、市建立一种与当地政府和老百姓的联系。比如说我们这艘舰叫"抚仙湖"舰，实际上就是云南省的一个湖泊，他们跟当地政府建立了联系。我们驱逐舰一级都是叫比较大的城市、省会级城市，护卫舰就是用地区性城市命名，相当于我们海军都成了当地的名誉居民。我们也是通过这种联系加大跟全国人民的关系和宣传，每年能够搞一次两次活动，通过这样的活动来加强海洋、海军的宣传。

记者：特别是第一艘航母是"辽宁"号，大家很羡慕辽宁人民。

冷振庆：是。他们是有得天独厚的条件，这条舰在辽宁建的。当时有很多的命名，最后选定"辽宁"舰，这是一个中性的舰的命名，用省一级，符合我们现在的命名规定。因为舰在辽宁大连造船厂建的，辽宁人们感到很骄傲，我们很羡慕。

记者：原来甲午海战发生在那一片海域，就是因为我们的海防建设太薄弱，现在也是代表我们新时代海防力量的强大。

冷振庆：如果从这个角度来讲，也是可以这么说的。大连地区确实在历史上是多灾多难的，日俄战争是在旅顺爆发的，甲午海战也在渤海辽东湾、山东半岛和辽东半岛地区发生的，包括后来的抗日战争。就感觉我们中华民族在近代受人侵略、欺辱的一段历史，在这个地区是一个典型的缩影。

记者：比较集中的体现出来。

冷振庆：是，所以"辽宁"舰在大连建造，在大连这个地区成军，你要这么认为，我觉得也有道理。

记者：至少国民是比较振奋的。

冷振庆：是。

中国海洋文化：构建"和谐海洋"

记者：海军是一个国际性的军种，但是中国又有自己特色的海洋文化，跟别的国家对海洋文化的理解不太一样。在建立自己的海洋文化方面，您有什么样的体会？

冷振庆：你提这个问题很大了。从文化层面讲，中国海洋文化还是植根于我们民族文化之中的。你比如说我们这个军队海军建设，我们是中国共产党领导的中国人民解放军人民海军，我们歌唱的是"人民海军向前进"，从这个歌词可以看出，我们跟其他国家的海军本质上的不同。这一点是跟其他国家有鲜明的区别。

第二点，我们这支军队建设，在思想文化方面底蕴非常浓厚，跟我们的历史文化，我们的民族文化渊源非常深。我们是和平之师，为了和平而建的海军，而且当时我们是为了防御而建的海军，我们实行战略防御，跟其他大国海军比起来，我们明显不同。其他大国的海军，都有扩张的历史、侵略的历史。而这些大国海军翻一翻，美国、日本、英国、西班牙，甚至葡萄牙、荷兰，这些国家你发现他们都是兴盛过，海军都强大过，都曾是世界海洋霸主，他们都曾经推行霸权。但是，我们中国人民海军不是这样，我们是为了和平，过去是，我们将来也是。所以我们提出一个构建建设"和谐海洋"的观念，是军方提出来的，实际上是贯彻当时我们总书记"和谐世界"的这样一个构思，在海洋方面的一个延伸。

我们中国人民解放军海军，在党的领导下永远是一支人民军队，永远是为了维护我们国家的海洋权益，永远是为了维护世界和平而建设的一支部队。

记者：现在您作为有 40 多年军龄的海军一员，最后跟我们说一下您期望我们中国海军力量未来会是什么样的，您期待能够发展到什么地步？

冷振庆：我们有一个口号是"建设现代化海军"。最近一些年来，我们又适应世界军事变革要求，我们海军的建设目标又提出了"建设信息化军队，打赢信息化海上局部战争"的这样一个建设目标，所以我们海军建设又迈入了一个新的历史发展阶段，向信息化迈进。这些年大家都在努力，逐步的实现这个目标，我们应该在 2020 年左右尽快的在信息化建设方面取得一个质的飞跃，赶上世界的先进水平，这是当前最紧迫的，也是我们现在正在干的一项工作。

我们现在还有一个目标，到 2049 年的时候，我们希望在中华人民共和国诞生 100 周年的时候，中国海军能够真正的建设成一支强大的具有现代化作战能力的人民海军，这是我们的一个远景目标。

记者：谢谢冷副参谋长。

冷振庆：非常欢迎你们到我们舰上来，而且我们一块也到了南沙，我们体会都很多。你们很辛苦，祝福你们，一路顺利。

记者：谢谢。

美丽三沙，我的家

——访海军南海舰队三亚某基地司令员郭玉军少将

（记者穆亮龙　特约记者李建伟、赵辉、唐运红）海军南海舰队三亚某基地组建于1955年，是驻海南岛的第一支海军部队。1959年基地派出兵力进驻西沙，成为守卫南海的第一支海军部队。基地曾组织参加了1974年"西沙海战"和1988年"3·14海战"，奠定了当前南海局势的整体战略态势。

近日，南海舰队三亚某基地司令员郭玉军少将在登上一艘刚刚列装的某新型导弹护卫舰之后，接受了记者穆亮龙、特约记者李建伟、赵辉、唐运红等"万里海疆巡礼"记者团的采访。

新装备列装是战斗力增长点

记者：郭司令员，您好。

郭玉军：你好。

记者：今天我们非常荣幸，跟郭司令一起登上了非常先进、新型的护卫舰。在装备发展方面，我们基地这些年发生了哪些变化？

郭玉军：装备发展方面来讲，我们基地这两年变化都比较大。应该说随着我们国家国力增强和对经济发展的需要、我们利益的拓展，我们海军的使命任务也随之向外拓展，上级也是根据我们的使命任务配发给我们装备。我们基地新的装备列装了很多，还在不断的补充。

记者：司令在军舰上服役过工作过吗？

郭玉军：我一直在军舰上工作。

记者：您做过舰长？

郭玉军：当过艇长，当过大队长，当过支队长。

记者：我今天看您登上这艘新型护卫舰的时候，心情非常的愉悦，特别高兴，是不是想起来您当时服役的装备，跟它有一些对比？

郭玉军：应该讲，现在的装备比我们那个时候的装备要先进多了，武器性能，特别是信息化程度，都有极大的提高。在我们那个年代，服役的装备信息化程度比较低。现在打的都是信息化作战，在这块变化是非常大。

我作为基地司令，新装备列装是新的战斗力增长点，那是最高兴的事情。包括你们当记者，没有装备你们也是没有办法干工作。虽然说武器装备不是决定性因素，但是是一个基础，战斗力是人和武器装备的结合，没有这个就没有战斗力。

记者：您说装备不是最重要的，人才是最重要的因素。现在有了先进的装备，我们怎么来使用好这些装备，未来切实提升我们的战斗力？

郭玉军：我认为，因为人是第一因素，在战争中这是不可否认，永远是这样。不管武器装备发展到什么样，因为武器装备是靠人来操纵的，决定战争胜利的是人，而不是物。

首先，应该教育我们的官兵，要激发我们的官兵爱国、爱我们的海洋这种精神，使军人树立为国奉献的精神，发扬一不怕苦，二不怕死的精神，发扬我们基地老海军们、老首长们不怕苦，不怕死，打胜海战的精神。

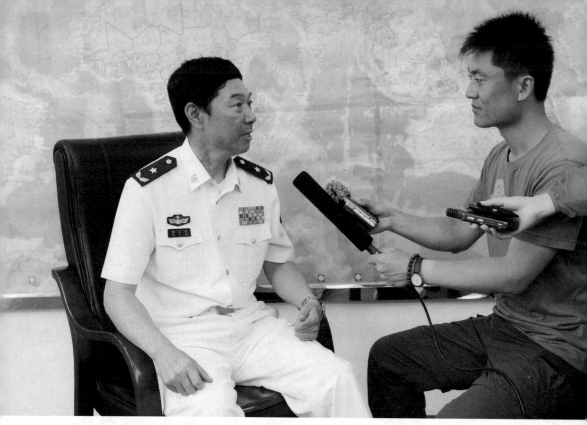

郭玉军司令员接受记者采访

　　第二个，我们应该很好地组织训练，提高我们掌握装备的技能，因为人和装备的结合是战斗力，所以必须要很好的掌握训练。我刚才在舰上讲，尽快的进训练中心训练，尽快的形成作战能力，掌握好武器装备，提高我们的战斗力。

　　第三个，作为一支部队，我们确实要认识到是一个整体，现代作战不是单兵种，是一个体系与体系对抗。从基地角度，还要把整个基地所有体系的训练搞好，不是一个舰的单纯问题。

传承光荣传统

记者：现在南海整体形势跟前些年相比要复杂一些？

郭玉军：复杂多了。

记者：在这种复杂形势之下，基地作为守卫在南海的一支重要力量，应该怎么保卫好这片海域？

郭玉军：保卫好我们南海海域是我们不可推卸的责任，我们基地的使命任务就是近海防御。我们基地按照我们的使命任务抓好训练，加强战备，激发我们部队高昂的精神状态。当前来讲，我认为按照我们基地部队目前的现状，有这个能力保卫好我们的南海，这是没有什么问题的。

特别是发扬我们基地的优良传统，基地从 1955 年组建到现在，对南海海洋国土的守卫建立了不朽的功绩。其中有两件最有影响的，就是 1974 年"西沙海战"和 1988 年"3·14 海战"，这两次海战奠定了我们南海当前局势的整个战略态势。

1974 年的海战中，我们完全收复西沙三个岛，原来西沙有三个岛被南越占领——珊瑚岛、金银岛、甘泉岛。那次以后由于海上作战的胜利，使我们收复三岛。这次海战是我们在劣势的情况下打的海战，我们艇的吨位都比他们小，这一场海战是发扬了我军以小打大，特别是英勇顽强的作风，在劣势装备的情况下，打赢这场海战，奠定了我们收复西沙三个岛的基础。如果没有这场海战的胜利，就不可能使西沙完全解放回到我们祖国的怀抱。1988 年的"3·14 海战"胜利以后，建立了我们现在的南海态势。

对于我们基地来讲，守卫着南海，没有辜负祖国人民赋予我们的任务和希望。作为我们当今新一代的海军，应该向老前辈学习，更好的按照能打仗、打胜仗的要求，刻苦训练，提高技能。也应该像老前辈一样，在今后可能发生的海洋冲突中，我们一定不会辜负希望，打赢海战，保卫好我们的南沙。这是我作为现代的基地司令最最不能够辜负的一件事，如果在当今海战，我们要是打输了，那是对不起我们前辈，对不起祖国人民。从历史上看我们的责任和我们现在的责任都是一样的。

三沙市成立激发官兵自豪感、荣誉感

记者：去年三沙市成立之后，基地在保卫三沙、参与三沙市建设方面做了哪些工作？未来我们还有什么样的计划？

郭玉军：成立三沙市对我们来讲是非常高兴的事情。对我们基地来讲，不管成立没成立三沙市，我们从1955年开始组建基地，59年我们进驻西沙，88年到南沙打仗，这片国土对于我们来讲，任何时候都是需要我们很好来守卫它。我们把我们祖国蓝色的国土和南海的岛屿命名设市，作为一个正式行政区以后，我们从法律角度，从我们行政管辖的角度，我们军民一家，共同来守卫，具体的组织和协同方面做的会更好。

成立三沙市以后，更能激发我们官兵对祖国国土的热爱。我跟我们官兵讲，以前你当兵，你说你在什么地方，大家可能不太清楚，或者是你在哪一个小区域当兵，一个地级市来讲，没有多少人知道，但是一提起三沙市，全世界都知道。因为我们国家宣布成立三沙市以后，我想不是全国都知道，而是全世界都知道，这在世界上是不多的。所以说作为我们部队来讲，在三沙市入伍、服役，更能激发我们部队的自豪感、荣誉感，也提高我们的责任心和事业心。

记者：去年7月24号三沙市成立，您得到这个消息的时候，当时您个人的心情是什么样的？

郭玉军：我个人非常高兴。我觉得我们国家的措施是非常有利，也是非常实的。我也觉得，也确实需要成立一个市专门管辖这个海域，都是海洋，岛又很小，成立一个三沙市，更能使我们国家建设好这片海洋国土。成立三沙市不仅仅是政治上斗争和军事上斗争的需要，也是建设上的需要。

恨不得亲自上岛守国土

记者：我们在西沙守岛部队采访的时候，每到一个岛屿都会看到这样的标语："爱国、爱岛、乐守天涯"。

郭玉军：对，这是我们的西沙精神。我们西沙部队从 1959 年上岛以后，也是我们多少代的军人，经过我们这么多年守卫海疆的实践，总结出来的精神。西沙精神也列入了海军的几大精神之一，我感觉这是我们西沙人，守卫西沙、为国奉献的最好的体现。

记者：我们在西沙有驻军的岛屿，您都踏上去过吗？

郭玉军：对，全部连续性的，去过三次。

记者：您第一次上去的时候，是什么样的感觉？

郭玉军：1998 年，我第一次到西沙，但是那个时候去和现在去完全不一样，那个时候我是训练路过的。虽然我对西沙精神很了解，对我们官兵很了解，但是每次上岛，特别是离开岛的时候，总是感觉到，现在我是基地司令，非常的恋恋不舍，也想多呆几天，这主要是我们官兵的大无畏的精神和爱国、爱岛、乐守天涯的精神，感动和感染着我们。我们也想，恨不得自己亲自到这里来守卫这片国土，和他们一起共同战斗。但是由于职责不同，这个不允许。

每个人去了以后，真实地了解西沙官兵，了解岛上的一草一木，你都会被这种精神所感动，你都会愿意为我祖国守卫海疆做出奉献。特别是现在这种情况下，很多周边的国家，对我们西沙，我们已经守卫的这些国土，还进行骚扰和破坏，你都会有一种油然而生的守卫好我们国土，保卫好我们的家园的感受。

应该讲，西沙的这些珊瑚岛礁环境是不适宜人生存的，在这种环境下，能够

守卫好我们的海洋，搞好我们的战备，这是非常不容易的事情。西沙人他们常讲，到西沙一天是天堂，一个星期是人间，一个月就是地狱。物质是人生存的一个基本条件，但是精神也是人生存的一个条件，如果人没有一种精神条件，是没法生存的，甚至说在某种极限的情况下，精神条件比物质条件可能还要重要。

保护环境，建设美丽海岛

记者：我们在西沙守岛部队采访的时候，听到很多感人的故事。他们除了要守卫好这些岛屿，守卫好这些海域之外，在建设这些岛屿方面，也想了很多的办法。甚至每个人又会泥瓦活，又会绘画，大家好像都是一专多能。您1998年上过西沙岛，现在15年过去了，您发现这些岛礁的建设有什么变化？

郭玉军：那是变化非常大的。这个变化有我们国家战略的需要，我们国家和军队建设的需要、发展的需要，有守卫海防的需要。在国家规划和军队建设的基本计划条件下，有一些是我们战士根据实际需要，他们自己建设他们的家园。官兵通过自己自力更生，发挥自己的潜能，自己想办法，克服很多的困难，自己来建设这个岛，我们官兵都做的比较好。比如说现在道路维修、道路施工，只要我们能参与的都参与，包括房子的维修、规划建设。

特别是在环保建设方面，应该说西沙的官兵做出非常大的努力。我们西沙官兵最了解那个地方，一个是熟悉，一个是最爱惜，第三是这种责任心。因为我们现在守卫它，也是为了更好的建设，也是为了更好的繁荣，能够世世代代建设一个非常好的家园。对环境保护，我们做了很多的工作，也是建设的一个方面。现在上去一看，这些岛屿都很漂亮。

记者：包括植树，放生一些海龟。

郭玉军：海洋生物，我们海军都是保护的。海龟上岸以后，受伤的都医疗，包括岛上一些生物，海鸟，都放生了。

再有植树，从我们20世纪90年代上去以后，现在岛上树木很多。岛上的树木保护和建设不是说你种几棵树就行，因为岛上有三种水，一种是从大陆上送的水，第二是海水淡化和雨水净化，第三是岛上自然的岛水，岛水经过净化以后也可以用，如果我们多抽了地下岛水，这样整个的岛水水位降低，对整个岛的植被就有影响。

现在人多了，为了保持地下水位，我们一个是海水淡化，还有一个是加大运水力度。我们运上去的淡水都是几次使用，用完了，还要浇岛上的树，尽量少用岛上的水。我们在这方面比较注意，主要是为了岛上的植被需要。所以现在植被长的好，人为的来呵护和种植，现在上面很漂亮。

有些树木长大了以后，现在对我们的防卫还是有一点影响，长的比我们的工事、阵地高了，影响我们的视野。过去因为修建这些工事的时候，这些树木基本上没有。现在我们也是修剪到它不影响为止，还是尽量的保留这些树木完整。就保护环境来讲，我们非常注意这方面的问题，因为这是我们的家园，我们像爱护自己的身体一样，爱护这个岛。我们官兵不光是守卫这片海洋国土，还要建设好我们美丽的海岛。

关注海洋，盼两岸携手

记者：我们在跟郭司令聊天过程中，包括我们一路上采访过来，从每一名官兵身上，都能体会到，大家对我们这片海域，对我们这些岛屿的那种深刻感情，那种热爱。您作为守卫在这片海域、生活在这片海域上的一个代表，您希望我们国

人怎么关注这片海域？

郭玉军：过去由于历史的原因和我们传统上的一些观念，可能对海域关注得不够。但是地球 70% 是海洋，不关注海洋，想成为强国，我认为是不现实的。所以当今要实现我们的强国梦，必须要走向海洋，必须要使我们都认识到海洋的重要性。

说到这块，我认为我们国家现在在这块教育和引导我们的国民，还不太够。这两年来讲，特别是改革开放以后，好一点。因为改革开放以来，最发达的、最先受益的都是沿海的城市，内地都知道。所以我认为要教育引导我们的国人向海洋发展。我不是说我们要霸占控制海洋，而是通过海洋来建设我们这个国家。

记者：两岸在守护这片蓝色海洋方面，还有更大的空间吗？您的看法是什么样的？

郭玉军：同是炎黄子孙，应该讲海洋国土同是我们两岸的，作为我们两岸的人民，都应该为维护我们的海洋国土做出贡献。如果两岸不联合起来、团结一致来守卫好这片国土，要实现中华民族的复兴，我认为会增加很大的难度。两岸联合起来，这是义不容辞的责任，能使我们中华民族的复兴更加顺利。不是说不联手不行，应该讲联合起来更顺利。我也相信台湾人民也一定是这个愿望，因为中华民族的炎黄子孙，现在除了有部分极少数的"台独"分子在那块骚扰，真正的两千多万的台湾人民，大部分还是认可我们中华民族的传统和精神的。

记者：谢谢。

为维护祖国领海主权再立新功
——访海军南海舰队副司令员兼南海舰队航空兵司令员王长江少将

（记者何端端、穆亮龙、特约记者李建伟）南海舰队航空兵地处南海和台海两个重要战略方向，是南海方向的重要空中作战力量。1959 年组建以来，部队先后参加了维护南海主权及国土防空等作战任务，为维护我国领土主权和海洋权益立下战功。

近日，南海舰队航空兵司令王长江少将在紧张的训练间隙接受了记者何端端、穆亮龙、特约记者李建伟等"万里海疆巡礼"记者团的采访。

面对两个重要战略方向的一支空中作战力量

记者：王司令员，您好。

王长江：您好。

记者：很高兴您能在百忙之中接受我们采访。听说您今天正在指挥着一场比较大型的演练。

王长江：是的。今天是海军和舰队年内组织的一次重大的实兵实弹演习，就是要打导弹。

记者：实弹？

王长江：对。今天我们担负着发射空舰导弹、空空导弹的任务。

记者：演习进展到现在，您感觉怎么样？

王长江：今天天气比较复杂，经过精心筹划，截至目前，进展比较顺利。按照训练大纲所规定的内容，训练到一定规模、一定的程度，要进行实弹射击训练，这样的活动也是经常搞的。

记者：今天只不过是一个阶段性的比较大型的训练？

王长江：对，是对于前一段训练成果的一个综合性检验。

记者：现在我们都知道，南海问题还是比较尖锐复杂的，我想您作为南海舰队航空兵的司令员，肯定是对您这支部队的战略地位有一个清醒的认识？

王长江：是的。我们南海舰队航空兵地处南海和台海两个比较重要的战略方向，也是海军唯一的在南海方向的空中作战力量，应该说地位非常重要，使命也非常光荣，责任也很重大。

记者：从历史上看，你们重要的地位和作用已经非常明显的显现出来了。

王长江：是的。我们这支部队是 1959 年组建的，组建以来，部队先后参加了收复西沙、保卫南沙、还有国土防空等作战，取得了先后击落击伤敌机 82 架、俘获敌飞行员 13 名的辉煌战绩，也涌现出了一大批英模人物，应该说有效地维护了我国领土主权和海洋权益。

记者：现在海洋在全球的战略地位越来越明显，围绕海洋权益的争夺斗争也是越来越尖锐复杂，比如我们所处的南海就是一个非常突出的方面。现在南海维权斗争也是非常的尖锐复杂，我想您是不是非常明显的感觉到，维护海洋权益的任务是越来越重了？在维护海洋权益方面，我们的任务有什么新的特点？

王长江：南海的局势从现在看也是热点地区，敏感地区，更加的复杂。所以寸土必争，寸海不让，捍卫领土主权，维护南海稳定是我们使命所系，责任所在，就是说把南海的事情做好了，对解决钓鱼岛问题和其他方面问题都有着极其重要的作用。

现在我们提高核心能力的训练，以及日常战备巡逻、跟踪、监视和查证任务是越来越繁重。随着装备的不断更新换代，特别是现在换装三代战机，作战半径显然比歼－7，歼－8要远了，所以我们现在所担负的日常战备巡逻任务，比以往距离更远了。

记者：最远到什么位置？

王长江：最远已经到了我们祖国最南端曾母暗沙，到东海，我们的军机首次到曾母暗沙，我们军机首次出巴士海峡。

记者：这两次远程的奔袭、巡逻情况怎么样？

王长江：情况正常，经过飞行员的认真准备，各指挥机构大力配合，都比较顺利。

记者：我觉得航空兵是机动性非常强的兵种。

王长江：是。

记者：现在这样的远程训练、巡逻，使我们维护海洋权益变得更加主动。

王长江：而且这种行动逐步的要实现常态化。

记者：这也是我们现在维护海洋权益战备值班的一个新特点，伸海远程，大范围巡逻。

王长江：对。

三个阶段跨越式发展

记者：现在可以说南航部队已经是今非昔比了，装备已经大大的更新，人员素

质明显的提高，它的跨越式发展经历了哪些主要的阶段？

王长江：三个阶段。一个是 1959 年成立之初到 20 世纪 80 年代，主要装备是歼 -5 和歼 -6 等国产第一代战斗机，那个时候武器主要是航炮和火箭弹，主要的空战方式是近距离空战。当时官兵主要是从海军和空军等部队抽调过来的，技战术水平不一，但是广大官兵充分发扬一不怕苦，二不怕死顽强拼搏的精神，取得收复西沙等维护领土主权战斗的胜利。

记者：这个阶段一共经历了 20 多年？

王长江：对，20 多年。20 世纪 80 年代中后期，到 20 世纪末，又先后装备了歼 -7，歼 -8，直 -8，运 -7、轰 -6 等型的飞机，这个时候的武器主要是航炮，还有近距的空空导弹。这个时期的官兵、干部来源比较正规稳定，敬业精神，吃苦，奉献，综合素质能力应该说都比刚成立之初有明显的提高。

记者：这个阶段缩短了，10 多年又有了一个不小的跨越？

王长江：对。进入 21 世纪以来，部队执行任务多了，远洋护航、联合军演、抢险救灾、海上搜救、军事安保等多样化军事任务逐渐增多。另外新装备改装换装的步伐明显加快，南航先后列装了歼轰 -7，直 -9、国产新型战机等，这个时候武器装备主要是中距空空、空舰导弹等。

记者：这个时间也就只有十多年，您觉得跨越速度和幅度是不是更加大了？

王长江：是的，跨越的幅度是比较大的，发展速度也比较快。

记者：相应的人员素质要求也更高了？

王长江：对。人员的素质提升也可以说促进了战斗力生成，也为部队有效履行使命，提供了强大的支撑。特别是歼轰飞机装备我们南航以后，我们首次参加了 09 年国庆阅兵，创造了海军航空兵史上人员最多、飞机最多、编队最大、首次挂弹受阅等四项新纪录，也书写了米秒不差的阅兵传奇。

直升机先后完成了 6 批亚丁湾护航任务，创下国产直升机随舰执行任务、持续时间最长、出动频率最高、机降难度最大等多项纪录，受到了上级领导和首长的高度肯定。今年以来，我们装备国产新型战机以后，首次担负二等战斗值班，另外歼－8飞机也是首次进行夜间跟踪侦查。应该说部队指挥能力和作战能力得到大幅的提升。

向远海训练常态化迈进

记者：面对这样一个新的形势特点、机遇和挑战，您的训练思路是什么样的？

王长江：我们想主要还是立足于现有条件，主动作为、全力以赴、攻艰克难，始终坚持战斗的标准，把战训意识与依法从严治训贯穿于训练的全过程。科学统筹，严密的组织，循序渐进，稳扎稳打，最大限度的发挥新装备的性能优势，使之真正成为战斗力成长的增长点和助推器。大力开展学习新知识、掌握新装备、提高新本领的活动，采取送出去学、请进来教、岗位上练等方式，引导官兵在改装训练当中，当先锋、打头阵。坚持适度超前、科学实用的原则，狠抓战场设施的配套建设，始终把服务战斗力、提高战斗力作为后勤装备的根本出发点和落脚点。

记者：海军远海训练逐步的实现常态化，南航部队在常态化训练进程中，有什么样的作为呢？

王长江：我们主要是坚持以拓展和深化军事斗争准备为牵引，狠抓伸海大航程，远程奔袭等远海训练。这样检验和完善了战法和训法，也从中锻炼和摔打了部队，应该说部队战斗力水平得到了稳步提升。

一个是制海作战能力得到提升，这个主要是着眼提高复杂环境下，遂行作战业务的能力。

记者：这是训练的一个主要成果？

王长江：对。主要是积极组织伸海大航程，以及实战背景下的海上低空、超低空突防训练，从中进一步的促进飞行员在陌生海域，陌生空域的技战术生成，应该说隐蔽突防能力，有了实质性的提高。现在我们歼轰–7和轰–6飞机，在海上超低空长时间可以达到七百公里或者五百公里，飞行员连续在高度一百米以下练突防，应该说这个难度还是非常大的。

记者：现在这方面进步比较大？

王长江：比较大，实实在在的这方面我们进步还是比较大的。比如说现在的歼轰–7这个飞机，夜间都已经实现了超低空，高度一百米以下，高度表都指定的，用无线电高度表，几乎就贴在海面上飞。因为你高度飞的越低，敌人发现不了你，你突防概率越高。

第二个是制空能力也得到了很大的提升。坚持把精确打击、伴随掩护、远程作战作为重点，突出抓好战斗特技、夜间特技、空战综合、使用空空导弹打击来袭目标等等训练，特别是我们组织的国产新型战机伸海包线飞行，为进行伸海作战积累了宝贵的经验。

第三协同作战能力得到了提升。因为我们多机种要进行协同，另外跟水面舰艇部队、潜艇部队要进行协同。

记者：这个也是未来战争样式很重要的一个方面？

王长江：是，非常重要。第四个是执行多样化军事任务能力也得到提升。主要是近年来部队圆满的完成亚丁湾护航、博鳌安保，还有抢险救灾等各项重大任务，战斗力水平得到进一步的检验和提升。

着眼未来，目标是"能打仗、打胜仗"

记者：在这样一个良好的基础上，着眼未来，你们打算重点在哪些方面进一步有所提高？

王长江：未来我们主要是着眼"能打仗，打胜仗"的要求，我们想牢牢地把握在未来战争中的角色定位和使命担当，始终向准备打仗聚焦，向能打胜仗努力。

一个主要是持续深化战争精神培育，习主席明确指出培育战斗精神是军队战斗力一个重要的因素，只有把强大的战斗精神与新装备有机结合起来，才能发挥出最大的效率，才能大幅提升部队的战斗能力。

第二个，加强信息化条件作战问题的研究，这个也是总部和军委及海军要求要大兴研究作战之风。作为我们来讲，主要突出东南沿海，南海两个方向作战准备，深入开展海上维权军事行动，和大规模作战问题的研究。强化作战方案的检验，紧贴作战的对手，任务，作战环境，深入研究针对主要对手的战法，突出抓好我主战兵力技战术演练，不断提高信息化作战能力。

第三个，要大抓部队核心军事能力提升，就是严格按纲施训，科技组训，从严治训，持续抓好技术训练，扎实的打好飞行员的两个基础。严密组织新机改装训练，积极培养改装人才，推动新装备尽快形成战斗能力，同时突出抓好突防、反潜、实际武器等实战化训练，重点围绕遂行军事威慑，海上封锁，和反击强敌等作战认识，开展体系融合训练，持续巩固提升部队战斗核心军事能力。

与海结缘的人生很荣幸

记者：您是哪个学校毕业？

王长江：我当年是空军四航校毕业，我一直是从事飞行训练工作，飞行员。

记者：飞了多少年？

王长江：我飞了 32 年。1977 年飞到 2009 年。

记者：有什么觉得特别难忘的经历吗？当飞行员的时候？

王长江：当飞行员我觉得很光荣，也不容易，也付出很多。我参加过很多重大的军事演习。比如 1995 年 10 月份我带队到青岛参加了一次比较重大的演习，历时五十天，当时空空第一枚空中导弹就是我打的。

记者：当时准确的命中了目标？

王长江：对。

记者：如果按照我们通常的理解就是中了十环了？

王长江：那是的，百分之百。

记者：司令员您叫长江，和大海却结了缘。

王长江：这是巧合，我哥哥叫王长海。也是有缘。

记者：就是一分配就分配到海军航空兵？

王长江：对，当年我们很有幸，在空军培训，最后毕业以后，分到了海军，1979 年毕业一直到现在。

记者：您曾经飞过南海上空吗？

王长江：运输机飞过。

记者：飞机上看南海是什么样的？

王长江：南海很漂亮，西沙很漂亮，过去有一首歌是《美丽的西沙》，确实很漂亮。看到海水都是湛蓝湛蓝，

记者：当时从飞机上往下看，我也有这样的经历，黄色的沙滩围着礁盘一圈，像套了一个项链一样。

王长江：是这样的。我一直在海军当飞行员，我们跟空军最大的区别，在海上训练时间比较多。应该说海上训练，环境要比陆地上训练环境复杂，心理上承受很大的压力，承受很大的考验。

记者：现在当了比较高位置的指挥员以后，您重点在增加哪些方面的知识学习，未来您在自己的素质提升方面，还有什么样的想法？

王长江：一个是加强新装备知识的学习，加强新装备技战术知识的学习，毕竟我从事过飞行，在这方面多学习一下，才能带领好这支部队。

两岸理应携手维护南海主权

记者：王司令，我们这一行先后到南沙和西沙去采访，在西沙永兴岛采访的时候，我们还采访了南航部队所属一个场站的站长廖琼，他也给我们谈了一些感受。我们在永兴岛上看到一个收复西沙群岛的纪念碑，是 20 世纪 40 年代中期，国民党海军姚汝钰上校率永兴、"中建"舰在 1946 年 11 月 29 日收复西沙群岛，1947 年国民党海军张君然少校任西沙管理处主任的时候立的一个碑。之后，国共两党曾经有过炮口相向、兄弟阋墙的情况。在上世纪 70 年代中期的时候，南航所属部队，就是您所在的这支部队，当时也有一些英勇的战士们参加西沙自卫反击战，重新夺回了我们甘泉、珊瑚、金银三岛，当然也有一些烈士牺牲在那里，我们还专门祭拜了这些烈士的陵园。

现在您又守卫在南海这片海域，从近代的历史脉络来看，无论我们中华儿女内部曾经有过什么矛盾，但是在守土卫疆方面，我们的心好像是一致的。您现在作为守卫在这一片海域的一位高级将领，从这段历史中您能得到一些什么样的启发？

王长江：怎么看待这段历史，大陆和台湾都是中国人，应该联起手来，有这个义务共同维护我们国家海洋权益和领土的安全。

西沙，现在越南还是认为是它的领土，越南现在常年有三艘武装渔船在永兴岛，西沙西南面，也是不断地向我们国家炫耀武力。

我的部队在那上面有一个场站，还有一个雷达部队，我们去年和今年，包括以前的年份，每年我们飞机都要上去，因为西沙上去以后，表明我们军队整个战场距离向前推了300多公里。

记者：如果两岸不是敌对的状态，而是携手共守海疆，局面就应该会更好？

王长江：那肯定会有很大的改观，因为在南沙，毕竟台湾地区占据有一个比较大的岛太平岛，太平岛上还有机场。因为南海整个的海洋面积总共是300多平方公里，整个东三省还没有这片水域大。希望我们两岸能够携起手来维护南海主权，我们都是中国人。

记者：谢谢您。

维护我海洋权益：有信心，有底气

——访海军东海舰队副政委顾礼康少将

（记者穆亮龙、张腾阳　特约记者李建伟、徐秀林）2012 年 9 月，日本政府罔顾中方一再严正交涉，对我固有领土钓鱼岛及其附属的南小岛和北小岛，实施所谓"国有化"，东海海域形势复杂。作为守卫在东海的一支重要军事力量，海军东海舰队战斗力如何？听闻见证 60 多年沧桑变迁的两岸关系，身处台海前沿的大陆海军官兵对未来两岸关系发展有怎样的思考？近日，东海舰队副政委顾礼康少将就相关话题接受了记者穆亮龙、张腾阳、特约记者李建伟、徐秀林等"万里海疆巡礼"采访团的采访。

海军力量大发展，我海洋权益不容侵犯

记者：顾副政委，您好。

顾礼康：你好。

记者：能不能先给我们简要介绍一下您的军旅经历？

顾礼康：我是 1973 年入伍，入伍以后一直在海军航空兵部队工作。曾经在基层连队搞飞机维护，后来在南海舰队海军航空兵部队机关工作，然后到北海舰队

海军航空兵部队任政委，后来又到东海舰队海军航空兵部队工作，2008 年到东海舰队机关工作。我是一个老海军，实际上又是一个新水兵，真正到水面舰艇工作是 2008 年，主要是这样一个经历。

记者：1973 年到现在正好服役 40 年了？

顾礼康：对。

记者：人民海军这 40 年有一个很大的发展，您也亲身经历了。您这 40 年见证了我们海军装备、人员素质等各方面建设发生了什么样的变化？

顾礼康：这些年以我的经历和感受，人民海军的建设发展，最大的标志就是我们的装备在不断更新和发展，主要是提升了装备的科技含量。同时，我们的作战理念、人员素质也在不断发生着变化，也在不断的提升和提高。

记者：顾将军您长期在海军航空兵部队工作，这个时间段是最长的。

顾礼康：35 年吧。

记者：对海军航空兵这支部队的跨越式发展，如果分阶段的话，您感觉可以分几个阶段？

顾礼康：所谓跨越式发展，我认为它的主要标志是以装备的更新、战斗力提升为标准。作为军队来讲，如果没有装备和战斗力提升为标志，所谓的跨越式发展我认为都没有本质意义。海军航空兵部队，我觉得要真正说是有了跨越式发展，可能也是在 1995 年以后。

1995 年以后，随着我们引进装备，随着我们二代和三代战机的投入生产和装备以后，航空兵部队才有了跨越式的发展。如果再讲就是到去年以"辽宁"舰下水以后，又是一个跨越。我觉得以三代战机列装和"辽宁"舰的下水为标志，这两个是重大的跨越。前一个跨越主要是装备的升级换代，由过去的机械化向信息化进一步提升；"辽宁"舰的下水就是标志着我们海军航空兵由岸基走向海洋，这个是最大的提升。过去我们作战飞行的平台都是在陆地，现在有了航母，走到海

顾礼康副政委接受记者采访

上。这是由陆地到海上，陆基到海基的转变，我觉得这是一个重大的转变。

记者：那这种转变给我们海军航空兵部队乃至海军的战斗力提升会带来什么样的变化？

顾礼康：我认为，首先是作战理念上的一个重大变化。海军航空兵适应了海军转型发展，从近海防御到远海防卫这么一个战略转型，也是适应了国家利益的拓展和延伸，作为一支军队，国家利益到哪儿，人民军队就应该延伸到哪儿。

我认为，"辽宁"舰下水以后，提升了海军航空兵的远程作战能力，扩大了作战半径，这个是特别重要的。在维护海洋权益上，这个意义也是很重大的。尽管我们不像有些国家一样对其他国家的海洋利益有自己的想法和企图，我们不存在这样的问题，但是对于我们远海防卫来讲，对于我们加强近海内海的防御、我们海洋权益的防卫都有重大的利益。特别像西沙、南沙这样的部队，我

们的海军航空兵如果是以陆地为基地、为飞机平台的话，我们的作战能力明显受到影响。有了航母，就有了海上作战平台，这个就扩大了我们海军航空兵的作战半径，延长了我们航空兵飞机在空中的作战留空时间，这对作战能力的提升也极其重要。

记者：那看到这种变化，您又亲历了这个过程，您自己最明显的感受是什么？

顾礼康：首先是感到很自豪、很兴奋，毕竟是有了，但同时也感到有一些遗憾，我觉得是晚了，我认为可以早发展。另外，我们现在"辽宁"舰还只是一种训练舰，我们这个舰载机也是刚刚训练出来，要形成作战能力还要有一个过程。如果早一些有可能现在就形成了作战能力，对我们维护海洋权益，增强海上的实力，我觉得可能今非昔比。所以，我觉得还有一些遗憾。

记者：您展望一下我们未来的海军航空兵和海军的建设，您希望我们的海防建设、海军建设达到什么水平呢？

顾礼康：我觉得，就是我们的海洋权益没有人敢侵犯，没有人敢染指，我们这方面的利益始终得到保护，海洋的资源能为我所用，为国家增强实力所用。我觉得，我们海军能有完成这样的使命和任务的能力，这是一个强大海军的标志。

拥有强大海军未必是海洋强国

记者：现在全国人民都特别关注我们的海洋权益，习主席也提出来要建设"海洋强国"。那您作为一名老海军，您怎么来理解"海洋强国"这样一个概念？什么样的国家才算"海洋强国"？

顾礼康：海洋强国，我认为这个问题首先要从我们历史上来考虑。中国历史上，我们的陆地国土观念很强，对海洋建设和发展的重视我们还是有很大的差距，随着利益的拓展，我们逐步认识到了海洋的重要性。那么，对海洋强国，我的理解，首先要有一个全面的海洋意识，就是对海洋的重要性要有充分的认识，要把海洋作为我们国家的国土来看待，这是一个很重要的问题，如果不把海洋作为国土来看，我看海洋强国这个大前提就已经失去了。

建设海洋强国更重要的是我们要开发海洋、利用海洋，还有守卫海洋，就是我们把海洋的资源利用好、开发好，把海洋的权益维护好，我觉得这才是真正的强国。

记者：建设海洋强国包括方方面面，海军力量的发展是其中非常重要的一个部分。

顾礼康：我觉得，海洋强国和强大海军有联系，但还不是一个概念。海军只能是作为海洋强国的一种支撑和后盾，但有强大的海军未必是个海洋强国。为什么呢？你守住了主权，把这块地守住了，但是海洋资源没开发，海洋没有很好的利用，没有转化成国家利益，没有转化成国家的实力，我认为也不算海洋强国。

记者：您认为我们怎么样才能建设一个海洋强国呢？

顾礼康：建设海洋强国，这是一个战略层面的问题。首先要把海洋立法问题好好的解决，维护海洋权益、增强海洋意识，要靠法制。同时，建设强大的海防力量也很重要，如果没有海上的力量来维护权益、保护海洋利益，那么这个强国是不行的。

当然，我们要建设海洋强国，要大力推进海洋的建设和开发，我觉得还要充分利用海洋资源。我们不仅要维护通道，更要维护我们的资源。通道是大家都可以走的，资源只有自己可以用，不能让资源流失。特别是我们现在人口特别多、土地资源相对紧张的情况下，海洋资源是我们赖以生存和发展、实现"中国梦"的一个不可或缺的宝地。

和平和谐是中华海洋文化的精髓

记者：我们在舟山采访的时候，看到海军在从近岸到近海、从近海到远海的发展过程中，海军担负的使命和任务有很大的拓展。不仅是作战防御这一块，包括"和平方舟"医院船、亚丁湾护航的一些军舰，他们在走向远海的过程中，传递的是维护世界和平、海域安全的责任，传递的是一种爱心、和平的理念。您对这方面感受深吗？

顾礼康：我这样讲，"和平方舟"医院船出访过三次，亚丁湾护航我也去过，是 2009 年 9 月份到 2010 年的 4 月份。

记者：当时是第几批护航？

顾礼康：第四批。我觉得，这个"和平方舟"号和亚丁湾护航就是体现了一个负责任大国的形象。"和平方舟"号是军事外交的一种交流，是国际人道主义。亚丁湾护航，我认为是一种军事力量在执法。我们这些行动也是体现了中国提倡和谐海洋理念，传递和平的声音。

无论是反海盗，还是提供对外医疗服务，都是一种和谐理念。和谐理念和我们自身增强实力、维护权益我认为并不矛盾，就是你犯我我就犯你，但是我不对别人的利益构成威胁，我也没有谋取别人利益的企图和想法。

记者：能不能这么理解，和平和谐是我们中华民族海洋文化非常精髓或者是比较有代表性的特点之一？

顾礼康：我认为应该是这样的。从我们的理念和本意上讲，从中华民族的传统文化上讲，我们是和谐和平，但这个和谐和平不等于我们放弃，不等于我们不敢于与侵犯者、与染指我们国家利益的人做斗争。有的时候和平是靠协商谈判取得的，有时候是要靠斗争取得的。

维护海洋权益，有信心，有底气

记者：在东海方向，现在大家比较关注的问题，去年日本将我国的固有领土钓鱼岛及其附属岛屿进行所谓的"国有化"之后，东海海域变得形势复杂起来，东海舰队守卫在这片海域，您怎么来理解东海舰队保卫祖国领土主权完整的使命呢？

顾礼康：东海舰队是处在主要战略方向的一支部队，这支部队在人民海军当中组建最早，战斗最多，具有光荣的传统，而且经过几十年的建设和发展也是走进了现代化海军的行列，具有一定的或者是较强的海上防卫和作战能力。那么在东海担负维护海洋权益这一使命任务，作为东海舰队来讲，目前责任重大，任务也很繁重。特别是去年钓鱼岛问题之后，尤其是日本提出所谓"国有化"挑起了东海的领海主权事端，那么东海舰队作为主要战略方向的部队，在维护海洋权益方面，我们部队应该说从部队的状态、精神面貌，从部队的装备、战斗能力来讲，我们是很有信心。在履行这个使命当中，我们要服从国家的政治外交大局，从政治上来思考我们的军事行动，从国家安全的整体利益上来筹划和履行我们维护海洋权益的使命任务。

记者：您刚才提到说，东海舰队是有信心保护好这片海域的，这个信心来自哪里？

顾礼康：这个信心，首先是有党中央、中央军委的战略决策和正确指挥，贯彻中央军委和中央的战略判断，同时也有我们海军自己建设发展的实力支撑，更有全国人民的大力支持，还有我们全军部队的综合实力。我们有这个信心，有这个底气。

建立两岸军事互信，携手捍卫领土主权

记者：台湾海峡也在东海舰队的防卫辖区之内，您在东海方向一定也在关注着这片海域。从 1949 年以后两岸的敌对状态，到 1979 年《告台湾同胞书》发表以后两岸开始有所缓和，再到了后来 1987 年台湾老兵可以返乡探亲，再到 2008 年两岸"大三通"实现。您在海军工作 40 年，您见证了这片海域发生了哪些变化？

顾礼康：作为一个中国人，我始终在关注台湾海峡，在了解两岸关系。两岸关系的发展变化，现在是由经济热在逐步地向政治方面发展和推进。你刚才讲的都体现了两岸关系和平发展的一个趋势。有人讲现在叫"经热政冷"，现在两岸实际上也在积极倡导在政治上消除分歧这个问题。有两句话，叫"协商取代对抗、合作共创双赢"，我看这两句话代表了当前两岸关系发展的总趋势。这几年两岸关系的发展，我认为，我们在推进民间交流、增进相互了解中发展，同时也在坚定反对"台独"势力。

记者：现在两岸关系发展呈现一种"大交流、大发展、大合作"的全新局面，作为守卫在这片海域的一支重要力量，我们是不是也和台湾地区军队有共同的责任，来保卫好台湾海峡往来频繁的舰船和人员安全？

顾礼康：如果从台湾是中国领土不可分割的一部分，台湾人民是中华民族炎黄子孙，从"一个中国"的大前提来考虑，两岸军队都应该被赋予这样的责任。但是从目前的情况看，因为两岸政治上的分歧，或者隔阂，我个人觉得这两支军队目前并没有形成一种共同维护利益的合力。所以说，要想推进两岸军队共同维护两岸人民的海上权益问题，我觉得可能是要在消除政治分歧的前提下，先局部的来推进两岸的军事互信，如果没有军事互信，这个使命和责任就难以担当，目的也难以实现。

台湾和大陆的对立、两岸政治上的分歧表现为军事上的对抗，如果军事上处于一种对抗状态，没有互信，两岸的军事合作我觉得就难以达成。所以我觉得在当前情况下，要想维护海洋权益，台湾和大陆两岸的军队都要共同推进，建立两岸军事互信是十分必要的。

记者：您觉得具体可以从哪些方面入手，一步一步地推动两岸军事安全互信机制呢？

顾礼康：建立两岸军事互信，可以先民间后官方，从民众的共同利益入手，比如说海上联合救援，从这些层面来共同推进。我想这个可能要有一个过程，因为如果要想军事互信达到一定境界，就要政治上消除分歧，否则军事力量是很难融合的。所以军事互信的推进要靠消除政治分歧。

记者：去年以来钓鱼岛问题变得越来越突出之后，两岸的民间人士都有这样的呼声，包括大陆国防部新闻发言人也提出来说，钓鱼岛是我们两岸的共同主权，希望两岸军队能够携起手来共同维护。对于这样的声音，您怎么看呢？

顾礼康：我认为这是一种很积极的姿态，也是很积极的信号。但是我认为，一个最重要的前提就是，钓鱼岛是中国不可分割的一个部分，两岸要在这个问题上达成共识。这是最重要的，不管在什么情况下，要坚定立场，钓鱼岛是我们自己的领土领海。如果没有这个主权共识，那两岸军队就不可能形成合力。特别是岛内一些"台独"势力利用这个主权问题来进行政治纷争，作为筹码，我认为要坚决反对。

记者：好，感谢顾将军接受"万里海疆巡礼"采访团的采访，谢谢您。

走向深蓝促进海军建设全面推进

——访海军东海舰队福建基地司令陈琳少将

（记者李金鑫、熊琼　特约记者李建伟、徐秀林）在人民解放军海军部队中，担负保护台湾海峡安全、和平与稳定任务的海军东海舰队某基地，因其任务的特殊性而备受瞩目。2013 年以来，他们成功完成多项训练演习任务：在复杂电磁干扰条件下成功发射导弹 16 枚，并首次组织小型护卫舰编队赴西太平洋开展远海训练。日前，记者李金鑫、熊琼、特约记者李建伟、徐秀林等"万里海疆巡礼"采访团采访到海军东海舰队福建基地司令员陈琳少将，听他讲述：面对近年来愈加严峻的海洋安全形势，基地部队如何在远航中锤炼战斗力？一水之隔的两岸军人又该如何携手保卫中华民族共同的海洋权益？

每一次远航都是对部队能力的全面检验和提升

记者：陈司令，您好。基地地理位置非常特殊，从去年以来也进行了不少演练，对于提高部队战斗力有什么意义和作用？

陈琳：过去我们是近岸防卫，活动范围大概在距岸 200 海里左右。去年以来，我们在训练中，主要采取让部队"走出去"的方法强化"实战性"。我们根据东海方向的形势变化，组织部队进行了一些准备和演练，提升部队的战斗精神、部队的作战准备水平及军人的血性：想打仗、谋打仗、同时还要打胜仗。

过去，险不练兵，夜不出航。现在，在重大训练和演习活动中，我们突出背靠背，不搞摆练，不搞程序化演练，就是按照实战的要求、实战的情景来组织演练，把官兵和指挥机构置于情况难判、决心难下、打击困难的境地，迫使部队各级指挥员去动脑筋、想办法，彻底摒弃演习训练中的形式主义，部队尤其是指挥机关的实战能力有了很大提高。

今年，我们在海军和舰队的指挥下，首次组织小型护卫舰编队出岛链到达西太平洋进行远航和远海战备巡逻实战化训练。然后又从西太平洋通过巴士海峡进入南海，又在西沙组织了岛礁攻防训练、跨区舰机协同训练，这是海军基地首次组织的，全海军我们是第一家。训练总航程达到 4000 多海里，对部队战斗力提升和锻炼起到很大作用。由 200 海里以内跨升到 4000 海里，预示着部队的远洋作战能力有了质的飞跃。

记者：那像刚刚提到的"小舰闯大洋"这个突破，对我们部队最具有指标性的意义是什么呢？

陈琳：如果要完成这个任务，它要带动很多方面的保障，比如武器装备的准备、后勤保障等。16 天时间里，首先要解决官兵的吃住问题，如公海的排污问题、蔬菜的保鲜问题等，最重要的是，它带动了这张网——你走远了，指挥网能不能够得到，预警情报网能不能跟得上。以前海军出去了只能靠短波，容易受干扰，甚至天气变化也会影响。现在用卫星、数据链的手段建网，同时还要在大洋里、在有风浪的情况下进行补给，所以是一个全面建设的带动和促进，比过去提高一个层次。我说个例子，我们基地指挥所每天交接班，我在海上我都可以看到，我们通过视频可以跟家里的指挥所直接对话。更不要说情报信息的传递，那是非常迅捷、非常快。这个确实是很大的提高。

过去是出去走一圈，自己组织一些训练，这次不但走出去，而且是红蓝双方攻防训练，有航空兵、有飞机、预警机……在太平洋上建起这张网不容易，确保军事信息安全，保证部队训练，是很了不起的。

所以为什么说海军一定要走向深蓝，海军要走到印度洋，走到太平洋，不是一种简单的说我到深蓝跑两趟就完了，它是对整个海军部队全面建设的促进。海军必须走出去，通过远航的形式，牵引基地的全面建设，更好地完成使命任务，为维护台湾海峡的和平稳定做出自己的贡献。

在实战化训练中提升战斗力

记者：像这样比较具有突破性意义的一些成果大概有哪些？

陈琳：比如导弹在电磁干扰条件下的使用问题，部队在高海情下的作战能力，观察预警部队如何在更远的距离上发现和识别目标，引导武器系统、武器平台对目标进行精确打击，这些是长期制约部队的重难点问题。这两年，这些问题有很大突破，如海上多目标情况下导弹如何精确选择和攻击目标、有干扰条件下的导弹攻击等，应该说在现有条件下这些问题都得到较好的解决。

今年以来，部队成功完成多项训练演习任务。先后在复杂电磁干扰条件下成功发射各型导弹16枚，出色完成部队的长距离跨区机动，提高了部队维护海洋权益、保证海峡安全和稳定的能力和信心。

陈琳司令员接受记者采访

军舰是流动的国土，海军官兵是国家形象的窗口

陈琳：我们是第六批护航的，我们去的时候形势是最严峻的时候，我们不单护我们大陆的船，我们还护香港的船、澳门的船和台湾的船。见到中国海军给他们护航，台湾商船的船员非常激动，比我们大陆的船员还激动。我们当时护航了一条台湾的船，他整个船上亮出了5面五星红旗，而且他们一定要送给我们几箱蔬菜和啤酒，我们坚持不要他们还非要送，后来我们接收下来，接着又回送了罐头、啤酒等给他们。东南亚很多船的船长和船员都是中国人，只要遇到这样的情况他们都会把五星红旗展出来，就是说我这个船上有中国人，你跟他对答，全都是普通话。所以你别看是一个小小的护航行动，确实展示着中国海军负责任的形象。

记者：您在这过程当中是不是觉得咱们人民海军的形象在国际上也有很大的提

升呢?

陈琳：这个是不言而喻的。当年人民海军走不出去主要是装备问题，那么随着海军装备不断的发展，海军走出去的机会就更多了。亚丁湾护航意义非常重大，中国海军去了以后，中国商船在我们护航的区域内就没有再发生被劫的。你在亚丁湾能不能护航代表你这个国家海军的实力，海军的实力说到底是国家综合实力的反映。同时我们通过走出去，就把中国海军，实际上是中国军队、中国的形象，展示给外国人，展示给华侨。我们到各个国家的港口首先看到的就是华人、华侨、还有当地的留学生，他们的情绪非常高涨，也非常感动，他们出去都很不容易，看到我们现在军舰来了他们很有感触。所以这对展示中国海军的形象是很有好处的，同时对部队也是很大的锻炼。

记者：看到当地华侨那么激动的时候，您心里是不是也有不一样的感受呢?

陈琳：那当然有了，当时的感觉就是——我们来了，中国海军来了。我最早出访是2001年去欧洲，那时候还没有这个卡呢，编队补给带了美金、外汇去。后来我到亚丁湾护航，我们到了7个国家，都有银联，官兵自己的工资卡就可以在那儿刷卡。你看这是多大的变化，跟我们国家经济发展有很大的关系。

记者：您去亚丁湾护航经历了多长时间?

陈琳：6个月。记得当时我们解救的一条台湾渔船，那艘船被海盗扣了一两年了，交了赎金以后海盗放了他，放了以后我们怕他再次被劫，因为索马里海盗派系林立，有时候你这个船刚走没多远那个派系又把他劫了。所以海盗一放渔船，我们的舰艇和直升机带着特战队员就首先把他保护起来，接着就给他送生活品上去，然后我们军舰一直把他护航到安全区。在护航过程中这种事情不是一两例了，举不胜举。

记者：在您个人的军旅生涯当中，去索马里护航是比较具有标志性意义的事件?

陈琳：人生难得几回搏，应该说索马里护航是一搏。当时我是编队参谋长，确实是压力很大，因为护航实际上就是像打仗一样，跟海盗就是打仗，因为他都是有武器的，关键不怕他打我们，就怕他去打商船。要是你护航的商船被劫了，你中国海军是出大洋相，所以只要编队一启航，必须保证商船安全，所以这个压力是很大的，但是确实也是一个很大的锻炼。第一批护航部队那是经受很大考验的，连续两三个月没有靠岸，后来慢慢建立了机制，以后每个月可以靠岸一次，进行修整、补给。

战时威震海峡，平时保卫两岸和平

记者：刚才您讲到说，海军一定要走向深海，要走得更远。作为基地的掌舵者，接下来您的工作规划又是什么样的呢？

陈琳：总的来讲，我们想把部队建设成一支平时能够镇守海峡，保证海峡的安全和稳定，战时能够威镇海峡的海上劲旅，这是我们总的目标。我们建设这支部队的最终目的是保证祖国的统一。台湾不能被分离出去，谁搞"台独"，你对面的这支海军部队就是对你最大的威慑。

记者：这支部队是在维护整个台湾海峡的和平稳定。现在两岸交流来往日益增多，过往的船只也非常多，那么司令您对于咱们这支部队在维护两岸同胞的海上安全方面有什么想法？

陈琳：现在海峡两岸的形势总体上是和谐稳定而且是发展的，经济往来、人员往来逐年增多。作为海军部队，我们首先是要把自己的内功练好，把部队建设好，利用两岸和平发展的时期，把我们部队的条件更好地改善，同时我们也大力地支持地方为两岸经济发展、社会发展做贡献，尽我们所能支持他们。

现在两岸海上的联合搜救机制已经有了，大陆海事部门和台湾的海事部门建立起这种联合搜救机制，每年在厦门附近搞一次演练，对于我们来说都支持。下一步，希望在海峡联合搜救以及处理重大海难上面，两岸双方能找到一个更好的结合点。

记者：基地组建于 20 世纪 50 年代，从那时两岸关系的紧张对峙，到现在的和平发展，对于这种时代的变迁，您作为主官，有什么启示吗？

陈琳：两岸的形势发展走到现在是大势所趋，也是两岸人民共同的期盼。两岸的和平发展实际上是取决于台湾人民，如果民进党放弃"台独"的理念，相信将来两岸的发展绝对是向越来越好的方向走的。

两岸军人携手维护中华民族海洋权益——这是"很好的呼声"

记者：在两岸尤其在民间，其实有很多这样的呼声，比如说两岸共同携手来维护我们中华民族海上的权益，我不知道对这方面的呼声您是怎么看的？

陈琳：这是很好的呼声，新的时期、新的历史条件下，两岸在维护海洋权益这方面，可以有更多的事来做。从我们来讲，我们非常支持两岸在维护海洋权益上做一些工作、做一些事情。维护中华民族的海洋权益、维护中国的海洋权益不光是民间，也是两岸军人共同的职责，我希望这方面两岸能做得更好。首先是把现在我们已经实际控制住的这些岛屿、海域的主权要给它维护好，其次就是在有争议的环境下，两岸应该携起手来做更多的工作，这个应该说是可以做到的。

带领精兵强将坚实稳步践行海军强军梦

记者：司令作为一个海军的老兵，您心目中的海军强军梦是什么？

陈琳：要说我的海军强军梦，首先是希望我们海军能够更加强大，真正成为一个走向深蓝的海军，能够真正担负起维护国家海洋安全、维护国家海洋主权完整、维护国家海洋权益的重任，也希望中国军队能够更加强大。

特别是这几年我们亲身感受了海军的发展，我们也在这大发展之中。一个海洋大国没有强大的海军，那就不叫海洋大国。所以我们非常赞成海军要走出去，国家利益拓展到哪里，海军就应该发展到哪里，去保护国家的海洋权益。更何况当前我们海洋还有那么多的争议和纠纷，这更需要海军强大，将来才能逐步去解决。所以作为海军的一个老兵，我希望通过一代人接一代人的努力。我们这一代过去了，下一代成长起来，他们再往下一代，努力把海军建设起来。

中华民族在海洋上确实灾难太多了，有海无防的历史，教训太深刻了。恩格斯就说过，一艘军舰是一个国家综合实力的反映。综合实力包括科技包括经济，没有这个基础的话，就发展不了。所以我们国家改革开放以后，才有海军的今天。随着改革开放深入发展，将来海军会建设得越来越好。

记者：谢谢陈司令。

陈琳：谢谢。

中俄海上联演收获互信与自信

—— 访海军副参谋长段昭显少将

（记者孙杰）代号为"海上联合 –2013"的中俄海上联合军事演习，2013 年 6 月 11 日在俄罗斯符拉迪沃斯托克正式落下帷幕。中方执行导演、海军副参谋长段昭显少将接受了中央人民广播电台记者孙杰的专访，畅谈此次演习的突出特点、主要收获和重要启示，并展望了未来演习的发展方向。

两个突出特点　四个主要收获

段昭显：今年演习有两个突出特点：一是中国海军第一次组织多兵种、多型号大型舰艇编队，跨出国门到境外陌生海区参加联合军演；二是中国海军大型舰艇编队第一次进入日本海组织联合军事演习。这两个特点决定了演习比去年具有更重要的意义。

我们今年的收获也更多：互信进一步加深，能力进一步提升，经验进一步成熟，自信进一步增强。

互信进一步加深。去年双方第一次演习，建立起了两国海军战略互信，今年在此基础上互信有了更大的发展。体现在我们双方在整个参演过程中共识更加广泛，配合更加默契，协同更加密切，氛围更加坦诚友好，互信有了大大的发展。

能力进一步提升。去年是在家门口海区，今年跨出国门，远离海岸依托到陌生海区，在人家的家门口组织大规模演习，摸索积累了远海演习的经验，我们初步形成了、具备了既能在家门口和外军遂行联合行动，又能在远海遂行联合行动的能力。有了在远离海岸依托的陌生海区的这种能力，它的意义就更加重大。

经验进一步成熟。通过去年的摸索今年进一步积累，使我们在演习的组织方式、方法上，初步形成了一整套比较规范的组织程序，一整套比较规范的演习文书，还有一整套比较规范的保障流程，这都为演习成功奠定了坚实的基础。

自信进一步增强。由于有了家门口的成功实践，又有了在远离海岸依托在陌生海域的成功实践，我们的能力得到了比较大的提升，随着今后这种演习步入常态机制化以后，在不断历炼当中我们的能力还会不断增强，这样我们的信心就会越来越强。

三点重要启示

段昭显：作为去年和今年这两次演习的执行导演，我也在不断地积累、摸索和思考，有不少的体会和启示，最突出的有三个方面：第一，一个前提是互信，第二，它的重要途经是互鉴互补，第三，目标成果是互利共赢。

第一，从互信互谅来说，组织国际性的双边军事演习没有互信一切无从谈起。我们这两天之所以取得圆满成功，重要原因是两国领导人达成高度战略互信，在这个前提之下，我们在组织演习过程中，双方都能够正视由于文化、语言、理念、

工作方式等各方面的差异，相互尊敬，相互理解，求同存异，达成默契，共同努力实现了一致目标，互信互谅是达成共识的重要前提和基础。

第二，互鉴互补是一个重要的途径。在这个演习当中，双方都注重认真学习借鉴对方的优长来弥补自己的不足，也都注重吸取采纳对方的建设性的意见建议，来提高演习工作的质量和效益，为整个演习的成功铺平了道路。

第三，互利共赢是重要成果。我们这两次演习，成功的主要标志除了演习的本身完成了各项预定的演习任务之外，还有更高层次更深意义的成果。从政治层面来讲，演习使得两国领导人定位的中俄全面战略协作伙伴关系得到了务实性发展；从军事层面来讲，这两次演习提高了双方实战化的能力，又提高了共同应对海上安全威胁的能力。这种目标绝不是空谈虚夸的，而是实实在在的。从这个意义上我深刻地认识到，我们中俄两国海军联合军演的平台，可以说是对习主席构建新型大国关系战略思想的一个有益的实践和探索。

"四化"发展方向

段昭显：这个演习我还想讲一个，通过这两次演习我们看到了它的发展前景非常光明，发展的空间还非常广。我感到下一步我们的演习还应该继续向前不断发展。往哪个方向发展，两国海军的领导达成了共识，下一步还要组织深入细致的工作，向"四化"方向发展：机制固化，内容深化，区域广化，组织优化。

机制固化，按照两国海军领导人达成的共识，使演习进一步步入常态化、法制化的轨道，以实现这种演习长远可持续性发展。

内容深化，这两年我们还属于探索尝试阶段，科目涉及的领域还不深，下一步要从战略、战役、战术、技术各个层面，来拓展深化科目内容，使演练能够全面提升两国海军海上遂行联合行动的能力。

区域广化，这两次演习一次在自己家门口，一次在俄罗斯家门口，我们以后不仅要在家门口进行演习，我们还要拓展到远海、大洋，这样使我们两国的战略利益得到切实有效的维护。

组织优化。初步形成了一套规范的东西，下一步还要科学化，完善、细致，使他能够越用越规范。

参加中俄海上联合演习的双方舰艇

日本主流社会不应被极端民族恩义观挟持

——访军事科学院研究员王卫星少将

（记者何端端、穆亮龙）随着日本右翼势力不断抬头，中日之间围绕钓鱼岛发生的争端一直持续至今，仍未平息。日本与中国、韩国等亚洲邻国关系进一步恶化，一些美国媒体也连续对日本的右倾化趋势敲响警钟。军事科学院研究员王卫星少将在接受记者何端端、穆亮龙等《万里海疆巡礼》联合采访团的采访时表示，要妥善处理同亚太邻国关系，建立和平稳定的国际地区秩序，日本主流社会和民众应当对极端民族恩义观有所警觉。

不要被极端民族恩义观绑架

记者：王研究员，您好。

王卫星：你好。

记者：近年来，日本政治右倾化进一步显现：对内，谋求修改"和平宪法"、重整军备，试图解除战后维系日本和平发展的自我约束；对外，企图以片面订立的《旧金山和约》取代《波茨坦公告》和《开罗宣言》，打破战后形成的东亚秩序，挑战国际社会的公道良心。对于日本这样的做法，您怎么分析？

王卫星：对此情形，不仅国际社会必须予以高度关注，而且日本主流社会也需要摆脱右翼势力的挟持，包括摆脱早已不合时宜的极端民族恩义观的"魅影"。

记者：您所说的极端民族恩义观有什么特点？

王卫星：展阅日本近代史可见，右翼势力极端的民族恩义观，是以"皇国史观"为基础、带有功利主义特征的伦理道德观，一旦侵入主流社会，特别是执政层，就必然会在其内外政策中表现出来。日本右翼势力极端的民族恩义观往往会使道德观、价值观、交往观发生扭曲。

记者：从这三个方面来说，具体有什么表现？

王卫星：在道德观上向"重利轻义"倾倒。这种道德观认为，"利"是实实在在的，"义"是虚无缥缈的，当"利"与"义"发生矛盾冲突时，立即选择见利忘义、舍义取利，或是假仁义之名、谋一己之私。

记者：能举个事例吗？

王卫星：可以。人们不会忘记，近代日本军国主义对亚洲国家发动侵略战争时，嘴上宣扬的是所谓"为了让各国人民'摆脱愚昧'"、"帮助各国人民'驱逐欧美'"、"与各国人民'共存共荣'"，实际上却到处烧杀、掠土劫财，为日本一己的畸形发展，肆意扩张，进行血腥的原始积累。

记者：从价值观上看呢？

王卫星：在价值观上向"唯利是图"倾倒。这种价值观认为，只要对己有益，道义、原则都可以抛弃。

日本近代思想启蒙家福泽谕吉曾经说过一句话："世界上哪有那么多的真理，争到了利益就是争到了真理。"这位印上日元钞票的"日本伏尔泰"之言，并非其一己之见，而是日本国内一些势力集团行为的集中反映，不要指望这些势力会设身处地替人着想，他们只会根据自己的需要立身行事，乃至恣意妄为、不择手段。

记者：还有一个观察视角是交往观。

王卫星：对，交往观上向"趋利附势"倾倒。这种道德观信奉的是"与强者为伍"、"结势利之交"。外界可以相当直观地看到，日本的一些势力集团在对外交往上的这一条不变的"战略公式"。当对自己有用时，即使是旧仇宿怨，也会曲意逢迎、贴身依附；当对自己无用时，即便是旧情宿恩，也会弃如敝屣、视同陌路。

在日俄战争前，日本与英国结盟，借英国之力量打败了沙皇俄国。而在战胜俄国后，则又转而与沙俄订下密约，联手与英美争夺在华利益。

记者：这种极端民族恩义观会对日本社会产生什么影响？

王卫星：如果日本主流社会受到这种扭曲的道德观、价值观、交往观的摆布，甚至以此为行事准则，那么日本执政者的处事就难言光明，得利难言磊落，政客们可能盆满钵满，最终受伤害的还是广大日本人民。

不要迷恋并不光彩的发家史

记者：日本的这种极端民族恩义观是如何形成的？

王卫星：日本与中国是一衣带水的邻邦，日本长期受到中华文明的影响。大化改新，鉴真东渡，日本从中国辉煌的古代文明中汲取了不少养料。然而，日本走上富国强兵道路后，一些政客的行为再次使其所秉持的"恩义"的虚伪狭隘显露无遗。

1894 年日本发动甲午战争，迫使清王朝签订《马关条约》，割让台澎及包括钓鱼岛在内的台湾附属岛屿，赔款 2 亿两白银，再加上中国"赎回"辽东半岛的 3000 万两白银，中国直接赔付日本 2.3 亿两白银，相当于当时日本年财政收入的 3.5 倍。

记者：当时日本实际花费军费多少？

王卫星：按李鸿章估计，甲午战争，日本实际所耗军费不过 1 亿日元。即使根据日本方面公布的夸大数字，也不过 2.1 亿日元，约合中国白银 1.4 亿两。据日本学者伊原泽周研究，日本在甲午战争中海陆军军费支出总计为 2 亿日元，中国对日战争赔款及赎辽费折合共计 3.65 亿日元；除补偿军费之外，日本可净赚 1.65 亿日元。

记者：在日本军国主义大发战争财的同时，中国却付出了惨重代价。

王卫星：是这样。甲午一战，中国直接损失达 3 亿两白银，加上其他经济损失，保守估算有五六亿两白银之多。这个数字相当于清政府六七年的财政总收入。

甲午战争后，日本利用这笔巨款扩充军备，筹划下一轮扩张战争。日本还得以采用金本位制，实施了工业立国和贸易兴国战略，给日本带来了经济繁荣。直到今天，在《马关条约》签订处，日本还立有一块石碑，上面刻着："今之国威之隆，实滥觞于甲午之役"，公然炫耀这段血淋淋的暴富发家史。

记者：上世纪初，日本经济危机之后，军国主义也开始抬头。

王卫星：20 世纪 20 年代的经济危机，终结了明治维新以后日本经济的畸形繁荣；1923 年东京大地震，又使日本经济雪上加霜，失业人口持续攀升，整个日本国内已迫近社会动荡的边缘。

当时，梁启超、李大钊等人认定，当时的日本经济已伤及元气、国运正趋于式微，而中国则利用一战以来欧美无暇东顾的"黄金十年"，其产能和繁荣程度已超过日本，亚洲的未来必定由中国引领。

然而，日本军阀财阀合抱，以"赌国运"的方式，将全部身家押宝于军国主义，对内实行军事独裁统治，力推国民经济军事化，对外奉行侵略扩张政策，通过发动对邻国的侵略战争转嫁国内危机、转移国内矛盾，以侵吞邻国利益、牺牲他国发展、剥夺别国生存为前提，推动日本向近代化和现代化的迈进。

不能忘却日本在战后赔偿上的所为

记者：在"二战"史上，日本侵略者对中国人民犯下的罪行，成为历史上最野蛮最残酷的一页。

王卫星：据不完全统计，在日本侵略军的屠刀下，中国死伤人数 3500 万，仅南京大屠杀就死亡 30 万人以上。从关内骗招到东北的劳工被残害致死的不下 200 万人。此外，还有令人发指的细菌战、化学战。按 1937 年的比值计算，日本侵略者给中国造成直接经济损失 1000 亿美元，间接经济损失 5000 亿美元。日本侵略者对中国人民犯下的罪行，成为历史上最野蛮最残酷的一页。

按日本著名中日友好人士宇都宫德马所说："以每年赔偿中国损失 10 亿美元的话，（日本）则需要 100 年甚至 500 年才能还清这笔巨债。"

记者：日本发动的侵略战争以失败告终，但对"二战"赔偿问题，日本并没有悔过、负责的态度。您怎么分析？

王卫星：日本对待对"二战"赔偿问题又折射出极端民族恩义观的影响。

抗日战争结束后，同盟国设立远东委员会，负责日本战后处理问题，国民党政府也成立专门机构——"行政院赔偿委员会"，并提出日本应以海外资产和国内资产充当赔偿物资，且中国索赔份额应较其他国家为高，在远东地区应在 40%，中国境内的日本资产应由中国接收以充抵一部分赔偿。

上述赔偿要求，远不抵日军多年侵华给中国造成的损失。但出于多种原因，在美国的主导下，自 1948 年 1 月至 1949 年 9 月，中国只从日本运回三批赔偿物资，价值 2250 多万美元。

上世纪 50 年代初，美国提出了"对日媾和七原则"，要求同盟各国放弃对日赔偿要求，逼台湾当局放弃对日战争索赔要求。台湾当局出于政治考虑，拟向日本索取2亿美元的象征性赔偿。

即使如此，美国也未允许。日方还放言称："我国遗留在贵国大陆之财产，为数甚巨，以美金计，当值数百亿美元，以此项巨额财产充作赔偿之用，应属已足。今贵方若再要求服务补偿，实与贵方屡屡宣示之对日宽大之旨不符。"

记者：日本对待其他"二战"受害国的态度又怎么样呢？

王卫星：日本政府在美国的庇护下，极力摆脱对主要受害国家的赔偿责任，只向韩国、越南、印尼、马来西亚、菲律宾、新加坡、缅甸、印度等国家支付了少量战争赔款，合计6565亿日元。按当时360日元兑换1美元换算，约合18亿美元。

日本还采取以本国物资抵偿赔款的做法。因此，赔偿不但没有让日本经济承受沉重负担，反而为日本经济对外发展、占领别国市场创造了有利条件。

中日建交后，中华人民共和国政府为了恢复和促进中日两国人民友好，放弃了对日本索取战争赔偿的政府赔偿要求。

中国政府和中国人民的义举应当唤醒日本政府什么，无疑是世人皆知的东西。世界所有正义的人对此都不会忘记。

不要让极端民族主义观助推右翼势力坐大

记者：长期以来，日本不少政要包括个别日本领导人不时参拜供奉有"二战"甲级战犯的靖国神社，同时还出现篡改教科书、否认南京大屠杀、美化侵略历史等言辞和行为。对这些行为的影响，您怎么看？

王卫星：人们已经注意到，在日本右翼势力主导的歪曲历史的国民教育下，日

本国内反省力量明显削弱。

日本的政治右倾化步伐加快，与美国的姑息纵容分不开。美国先是在冷战时期，因朝鲜战争需要，打断了日本战争反省进程，让大大小小的战犯逃脱惩处；现在，美国又从"再平衡"战略需求出发制衡中国，为当前日本右翼势力的迷梦背书。

记者：当前，中国的国家综合实力和国际影响力持续上升，日本经济则进入发展瓶颈期。在这样的对比之下，据您的观察，日本方面有哪些反应？

王卫星：日本民众焦虑感和失落感增强，保守化和右倾化势头上扬。有这样几个表现：

一是过度渲染日本作为广岛、长崎原子弹爆炸"受害者"的悲情形象，却在日本侵略战争罪行问题上噤声，刻意回避对日本发动侵略战争恶行的历史反思；

二是摒弃"河野谈话"与"村山谈话"，否定侵略历史，否认强征"慰安妇"，鼓动领导人参拜靖国神社，公然挑战"二战"后形成的国际秩序；

三是在钓鱼岛、独岛（日称"竹岛"）和南千岛群岛（日称"北方四岛"）问题上非理性示强，人为制造与邻国的对立与冲突，恶化地区安全环境；

四是不断突破"和平宪法"限制，陆续架空其实质性的限制条款，企图使日本能够规避"专守防卫"原则、拥有进攻性武器、行使集体自卫权等。

记者：面对日本国内经济增长乏力的困局，重新执政的安倍政府用强烈的右翼表态来换取执政基础，并在美国亚太"再平衡"战略牵引下，继续在修宪、强军的道路上前行。这样的做法会带来什么后果？

王卫星：日本近代启蒙思想家中江兆民说过：日本没有哲学，"不论做什么事情，都没有深沉和远大的抱负，而不免流于浅薄；没有独创的哲学就降低一个国家的品格和地位。"

自知不易，自醒犹难。今日东亚格局已发生翻天覆地的变化。日本右翼势力想用逆和平发展的历史潮流的做法，打断亚洲共同繁荣和中国和平崛起的进程，是无济于事的。日本主流社会应对极端民族恩义观保持更加警醒的态度，推动政府正视历史、正视现实、正视未来，与周边国家一道，共同建立并维护和平发展的局面，而不是做那些相反之事。

记者：谢谢王研究员。

王卫星：谢谢。

巡航钓鱼岛

中国海军的责任与担当

——访海军信息化专家咨询委员会主任尹卓少将

（记者马艺　特约记者徐秀林）近年来，中国海军发展迅速，国际关注度越来越高。随着国民海洋权益认知度的提高，我们发现，在我们的近海危机四伏，海权、海洋、海岛、海防成为当前非常紧迫的话题。

人民海军水面舰艇按照"国际法、国际惯例"走出近海进入远海训练，与近岸防御相互补充，加强了海军综合军事实力；人民海军装备建设使部队海上作战能力大幅提升，远海近岸攻击手段都有加强；万里海疆全面建设惠及海军官兵，海防硬件建设取得翻天覆地的变化。由我们主导或参与的各类海上联合演训、海军编队出访、护航行动，以及"和平方舟"行动，使人民海军增长了见识，磨练了意志，正在成为国家安全和利益的守卫者，并最终实现"建设和谐海洋"的庄严承诺。

在台海问题、钓鱼岛问题、南海问题等等一系列涉及中国核心利益的问题上，海军信息化专家咨询委员会主任尹卓少将要传递给世界的口信是：谁要敢用武力动我们的"奶酪"，我们就会武力相向，这是中国海军的责任和担当。

中央人民广播电台记者马艺、特约记者徐秀林就此话题采访了尹卓少将。

谁敢动我们的"奶酪"，我们就会武力相向

记者：尹卓将军您好。

尹卓：你好。

记者：中国海军一直以来提出的是走向深蓝，我们要到深海大洋去练兵，与此同时，我们注意到美国已经把重点放到了由海向陆的调整，但是近岸作战不是他自己的岸，而是别国的岸。对这种情况，我们应该如何应对？

尹卓：这里有一个背景，冷战结束后，对美国来说，前苏联这样一个重大的战略威胁还没有完全消失，面对可能的威胁，美国海军提出要由海向陆。具体来讲，由海向陆就是把大洋决战改成了到对方的近海去作战，所以美国要求大量的弗吉尼亚级潜艇要有近海作战能力，包括现在驻扎新加坡的濒海战斗舰，都是为了近海作战。

调整后的美国海军力量建设，对中国及其周边海洋性国家都提出了一个巨大的挑战。美国是一个庞大的军事机器，在海洋上现在还很难有人跟他匹敌，这样一个强势的军事压力当然对我们国家造成了重大的挑战，不是我们一个国家的问题，很多国家都感到这样的一种压力。

我们现在的发展，并不是以美国为对手的建设海军战略，我们是一个防御性的海军，所谓防御性的海军就是我们主要考虑我们自己，包括我们的近海利益和远海利益。需要明确的是谁威胁到我们的近海利益和远海利益，我们就以谁为对手，这个是毫无疑问的，这就是一个防御性海军所要考虑的事情。

我们考虑到的是我们的核心利益，像台海、东海钓鱼岛、南海问题，在这些核心问题上、核心利益上，我们不会相让。谁要敢用武力动我们的"奶酪"，动我

们近海的这些核心利益，我们就武力相向！否则我们要这支国防力量干什么？

同时，我们要保持包括与美国海军，和其他国家海军的海上合作。亚丁湾护航期间，我们和美国在亚丁湾的防海盗编队有非常好的合作，我们跟欧盟的国家也有合作，和韩国、俄罗斯都有合作，日本没有挑事之前，我们和日本也有合作。特别要说的是我们明年（2014年）参加美国的"环太演习"，我想我们是同像美国这样的大国海军，一方面借鉴他的经验，另一方面我们也是在维护我们的海上安全利益。讲到海上安全利益的维护，我想中国海军的发展，航母的建造，我们也是防御性的，这方面美国要有清晰地认识。

我特别要强调的是在台湾问题上，任何人敢于动我们的台湾问题，我们都是不惜于一战的。我跟美国朋友在交流时多次表达了作为一个海军军官的决心：我们希望以合作为主，但是谁动了我们的"奶酪"，我们就跟谁较真，就跟谁动武，我们有这个决心，也有这份信心，在我们家门口打仗，我们谁也不怕。

人民海军走向远海是必然趋势
周边国家要逐渐习惯中国海军日渐增加的远海行动

记者：中国海军已经实现了远海训练常态化，特别是今年以来，我们看到海军三大舰队演训行动非常密集，您对此有何评价？

尹卓：现在我们海军的训练和建设正在努力跟上国家海洋利益、海外拓展的脚步。我们的港口吞吐量已经是日本的三倍，我们的外贸量现在也是世界第一位的，海外投资到2020年前后，大概在一万亿美元左右，海外就业人口是以百万计的。

我们海军之前的发展建设速度和训练，远远跟不上国家海洋利益、海外拓展的速度，这个差距不是在缩小而是在扩大。按照习主席提出"能打仗，打胜仗"

的要求，我们以这个为唯一的标准来考核和设计海军整体发展，所以中国海军走向远海是必然的趋势，任何国家都阻止不了的，我想美国、日本，还有其它周边国家要逐渐习惯中国海军今后日渐增加的远海行动。亚丁湾护航到现在五年多了，我们还将持续下去，只要联合国有需求，那么我们中国就会承担作为常任理事国的义务，所以中国海军走向远海是一个必然的趋势。

记者：我注意到您用了一个词，要逐渐地"习惯"中国海军今后的远海行动，这是不是可以体现出来中国海军的一种自信？

尹卓：是的，当然我们这个自信首先是来源于我们的合法性，因为海洋是人类的共同财富，我们去活动的海域不是任何人的私产，是整个人类的共同遗产。同时，依据《联合国海洋法公约》的规定，在公海和国际水域，我们是能够自由行动的。

我们再看看我们自己家门口的东海、黄海、南海，当然还有台湾周边海域，包括台湾以东洋面，美国每年都在这里搞大量的联合演习，日本在我们周边抵近侦查，每年超过500多次，我们当然认为这是一种很不友好的行动，但是我们并没说他违反国际法，因为这些海域也是公海。

所以我们在类似海域展开的军事演训行动也是我们维护国家海外利益、海洋利益的需要，是合理合法的行动，而且，这种行为都是一种防御性的行动，并不是进攻性的行动。我们没有任何针对第三方的意思，比如亚丁湾护航就是针对海盗，南海方向也是针对这一海域的海盗活动和南海的非传统安全威胁，那么这些行动，我认为是合理合法的行动，是防御性的，这样的行动我们当然很有自信心。

另外，我们的自信也来源于对我们装备的信心。我们现在在装备方面，我们的舰艇逐渐大型化，我们的信息化保障水平在提高，随着我们亚丁湾行动的扩展，我们在远海的卫星保障、通信能力，我们的指挥控制保障等等是越来越好，这个是给我们提供了一定的自信心。

当然，我们在和周边国家在海上安全合作方面的发展也很快，我们同美国搞

联合演习，美国邀请我们参加明年的"环太演习"，当然还有其他国家，我们也进行过两国或多国联合海上军演，我们和越南在南海有联合巡逻，我们与很多国际组织有联合护渔护航行动，还有舰艇互访等等。实际上在日本挑起钓鱼岛问题之前，日本也曾经派舰员到我们舰上来进行实习、参观，我们也到日本和韩国进行过舰艇访问，等等。所以，相关的这种外向型、防御性的远海活动，这些国家都是欢迎的，这是一种为本地区和平做贡献的行动，从这个角度上来讲，也给我们带来了这样的自信。

海上一寸土，陆上一座山　加强海洋意识，守卫岛屿主权

记者：我们的海疆非常辽阔，海岸线从北部的鸭绿江口一直到南部的北仑河口，长达1.8万多公里，我们还有很多岛屿，岛屿的海岸线也将近1.4万多公里。无论是陆地海岸线，还是分布在北海、黄海、东海、南海上的这些岛屿，对国家安全和发展都是有着非常特殊的意义。

尹卓：是的。在陆上边界，我们除了中印边界还有个别的一些部分以外，其他的都划定了，应该说现在大的趋势是和平和稳定的。那么真正不安全的是我们的海疆，海岸线和岛屿线加在一起三万多公里，由于历史原因，一些海域划界没有划清楚，一些岛屿归属还有争议，那么我们现在的判断比较一致的是，在新的历史时期，对我们国家的安全威胁、对我们战略机遇期的威胁，最主要的可能发生在海洋方面。

随着我们利益拓展，我们对海洋是越来越关注，这是一个必然的趋势，这种趋势有传统安全的威胁，有非传统的安全威胁，而岛屿可以给我们的国家带来巨大利益。所谓利益，第一个就是我们的主权，这是我们的当然领土，老祖宗留给

我们的，我们 500 平米以上的岛屿就有 6700 到 6800 个。我们说"海上一寸土，陆上一座山"，就说明海上的每一寸土地都是非常宝贵的。

我们海上的很多利益，比如说南海一些岛屿的归属问题，整个南海大概有石油储量 275-420 亿吨左右，天然气在 14 万亿立方米以上，还有甲烷水合物大概是整个油气资源综合的一半，石油资源如果按每桶石油 50 美元计，那就是在 20 万亿美元以上这样的一个价值。当然这是我们今后未来经济发展战略资源的接替区，像这样一个巨大的利益，它是由于岛屿的存在。

小平同志讲南海问题是 3 句话：主权属我，搁置争议，共同开发。首先一个主权属我，就是岛屿主权属我，我们可以此基础上，搁置争议，共同开发，所以我们首先要考虑我们的主权问题，岛屿的归属对我们来讲是非常重要的。同时，岛屿归属也是我们海防的前沿，从这个前沿地带向外推，我们有 200 海里专属经济区，有 12 海里的领海，这是我们海军必须要保卫的区域，必须要执法的，这是我们国家安全的底线。

台湾是我们国家最大的岛屿，台湾问题一直影响到国家和民族的兴盛，我们中华民族的荣辱都系于台湾这个问题。一个世界性的大国，一个安理会常任理事国不能是一个被支解的国家，如果台湾出事儿的话，那将对我们中华民族产生重大影响。所以，类似这些问题是我们国防建设中很重要的一个环节，特别是海防岛屿的归属，由此而带来的资源价值是无法估量的。

巩固和加强近岸联合防御作战能力
提升海军装备性能，满足远海作战需要

记者：习主席明确提出我们"要建设一支强大的海军"。强大的海军支撑着我

们国家成为一个海洋强国，而我们成为了海洋强国，才能支撑中华民族伟大复兴的"中国梦"，我想这个关系是紧密相连的。

尹卓：我们现在的海防是联合防御，中央提出来我们要建立有效的海上防卫体系，要形成联合作战的态势，空军、二炮、陆军都在其中。今后在海上的防卫绝不是海军一家的事儿，从作战范围来看，空军、二炮都可以到达二岛链以西，因此当然要在这里展开联合作战的态势。

海防、岸防部队，包括海军的海军陆战队，这些部队的建设直接关系到国家的安危。近十几年以来，国家和军委对我们海防部队的建设更加重视，给予大量支持、支援，在政策上给予倾斜，特别是我们的装备在快速发展。我们的岸基反舰导弹"鹰击62"射程是过去的将近10倍，这样的一个性能，如果我们把它部署在我们的海岛上，控制范围就相当大了。另外，我们的岸基航空兵还在发展，一是舰载航空兵在我们航母上的发展，另一个是岸基飞机，岸基飞机负责近海防御和要地防御，近海和要地防御就是我们海防的问题。空中有海军航空兵，有空军，近海有护卫舰，我们的056型轻护卫舰，还有扫雷舰艇、常规潜艇，这些都是我们海防、岸防的重要力量。

记者：所以您讲到装备的话我就想到，今年5月份开始的"万里海疆巡礼"采访，我们一路走下来，高兴的看到很多海防部队的猎潜艇要退出现役了，056A已经装备部队。因此，装备的更新和提升对海军战略思维转变也会带来影响。

尹卓：应该是这样的。我们海军以前是近岸防御，之后发展到近海防御。现在我们有巨大的远海利益，因此我们今后的海军发展是在远海和近海兼顾的战略思想指导下来进行建设。远海除了我们大规模战略中我的防御以外，还有一个对非传统安全威胁的防御，当然走向远海就对我们的兵力结构提出了新的要求，我们不能再完全以岸基为依托，航母的发展就是必然的趋势。

亚丁湾护航中我们可以看到大型的补给舰与驱护舰的编组，这就是远海编队，再发展下去，航母编队和两栖攻击编队为核心的我们的海上力量就已经可以看到雏形了。另外，我们的舰载航空兵和岸基航空兵并行发展。我们的潜艇兵力，过去是常规潜艇为主，现在我们逐步加大了核潜艇的比重，包括我们的弹道导弹核潜艇和攻击型核潜艇，这都是远洋部署的兵力，远洋到达、远洋部署、远洋作战，这方面的份量在加大。

还有一个更重要的方面是我们的综合电子信息系统 C4KISREW 体系。我们的电子信息系统要向远海伸展，除了我们过去传统的岸基、潜基、舰基以外，我们现在大量的综合电子信息处理依托的核心携载平台是空基和天基卫星的。空基方面，我们新型预警机的服役、电子侦察机、海上巡逻机的入役，这都使我们整个电子信息系统对作战的保障能力向远海远洋伸展。

当然，应该看到我们现在远海的力量还是很薄弱的，同国家对我们的要求差距还很大。但是我们有信心，因为国家经济实力在提升，科技实力在发展，所以依托我们有效的国防工业体系支撑，我们海军装备的发展会逐步弥补这个差距。

寄语年轻海防官兵：我的"海军梦"将由你们完成

尹卓：很多海防部队我都去过，驻守这些地方的干部战士用青春和他们的孤独，换来了我们海疆的和平；用他们和家人的分离，以他们的奉献和爱，换来了国家的安全和稳定，我想大家都要感谢他们对国家海防做出的贡献。包括我们执行远海训练和护航任务，以及其它海上任务的官兵，这些任务会使我们的海军今后远离岸基，走向远海。

和平时期千万不要忘了这些人，不要等到战争来了，苦难来了，大的灾害来了，我们才想到中国人民解放军。我们平时就要想到他们，能够为他们做的，我

们尽量做，让他们能够放心的在海疆上执勤，我想这是我们应当做的。

我的"海军梦"就是中国的海军建设能够赶上我国海洋海外利益的发展，能够真正履行起我们维护国家海洋海外利益任务，这也是中央军委赋予我们的使命。这项任务很重大，当然差距也不小，可能还需要几十年的时间。我今年68岁了，我不一定能看得到了，但是我坚信中国有一天会达到那样的一个程度。

我祝愿我们中国海军在党中央、中央军委的引领下，在联合作战的背景下逐步走向远海，真正履行起人民海军维护国家海洋权益的职责，维护海洋领土主权完整的光荣历史使命。

记者：感谢尹卓少将接受我的采访，谢谢。

海洋强国之路需要全体中国人共同努力

——访社科院边疆史地研究中心研究员李国强

（记者穆亮龙　特约记者宿保平）中共十八大报告提出，提高海洋资源开发能力，发展海洋经济，保护海洋生态环境，坚决维护国家海洋权益，建设海洋强国。中国的海洋强国之路面临哪些挑战？如何建设海洋强国？为建设海洋强国，两岸中国人可以展开哪些合作？社科院边疆史地研究中心研究员李国强就相关话题接受了记者穆亮龙、特约记者宿保平等"万里海疆巡礼"记者团的采访。

多种因素交织使我国海洋权益面临严峻挑战

记者：李研究员，您好。

李国强：你好。

记者：我跟随"万里海疆巡礼"采访团去南沙、西沙看到了我们现在海防建设的一些情况，海防一线的官兵们对近些年以来我国海洋国土安全面临的严峻形势也有一些自己切身的感受。从学者的角度，从您的全局性研究来看，您怎么分析目前我国面临的海洋安全形势？

李国强：实际上我们所面临的海洋问题，除了渤海是我们的内海，不存在主权

争议或者是安全的问题，在其他海域都不同程度的面临着非常严峻的形势，那么这样一种形势，从我个人的分析来讲是危机四伏、挑战诸多。

我们看到，在黄海我们和韩国，在东海跟日本，特别是东海当中的钓鱼岛问题，在南海我们又面临着更多的声索国，越南、菲律宾、马来西亚、印度尼西亚、文莱。那么在这样的态势下，区域外大国不断地介入、不断地干预。

从海洋领土上来讲，出现这些新的特征，比如说国际化问题、长期化问题、司法化问题等等。那么这种因素相互交织，使我们的周边海洋所呈现出来的是一种错综复杂的局面。

之所以出现这样的状况原因是多方面的。我们说中国既是一个陆地大国，也是一个海洋大国，长期以来我们对海洋并不是特别的重视，受到传统的重陆轻海的思想观念的影响，政府在海洋领域投入是不够的。但是随着改革开放的不断深入，海洋在国家安全、在国家经济发展当中的地位、所发挥的作用日益显现出来。特别是我们看到，世界上几乎所有的所谓的强国，他们的崛起之路是离不开海洋的。

记者：比如说像西班牙、荷兰这样的国家。

李国强：包括英国、法国、美国，实际上他们的崛起、他们的发展与海洋紧密相关。从某种意义上来讲呢，只要是沿海的国家，如果海洋不强大，这个国家就算不上一个强国。因此在我们改革开放 30 多年之后，我们看到的是海洋事业在我们国民经济当中所占的比重越来越高，也就是说海洋事业在我们现实社会和未来发展当中它的作用和地位日益显现出来。

正是基于我们十八大报告里面提出了维护海洋权益、建设海洋强国这样一个宏伟目标，要实现这样一个宏伟目标，中国一定要在海洋领域无论是政治经济科技文化外交军事各个方面都要齐头并进，要推进这样一个发展。那么在这样一个形势下面，也就是说随着中国在海洋领域投入越来越大，重视程度越来越高，也引起了周边国家和域外国家的关注甚至不满。

记者：就是不适应。

李国强：他们非常不适应。从另外一个角度来看，这可能也是中国在发展当中所要付出的一个代价，就是如何让周边国家和域外国家能够理解和接受中国不仅是一个陆地大国也同样是一个海洋大国，我们致力于海洋事业的发展同样是实现中华民族伟大复兴，实现中国梦的必由之路。这是出于中国发展的需求，这是一个方面。

从第二个方面来讲，随着各个国家的发展，特别是1982年随着《联合国海洋法公约》的缔约，1994年的生效，赋予沿岸国家可以主张200海里专属经济区和大陆架的这样一个地位，因此各个国家纷纷的提出自己的200海里专属经济区和大陆架。

记者：更加重视海洋了。

李国强：更加重视海洋，我想主要是两个目标：一个是要获取海洋的资源，第二个就是获取海洋的战略利益。这两个诉求越来越高。

那么有了这样一个海洋法公约之后，他可以主张200海里的专属经济区和大陆架。在主张的同时，就我们的周边而言，他们的200海里的专属经济区和大陆架的主张进入了我们的范围之内，从而造成专属经济区和大陆架主权要求的重叠，因此实际上也就造成了我们看到的海洋领域这么多的纠纷，这么多的领土争端。其原因，应该说跟新的海洋制度和新的海洋法律法规是有着密切关系的。

这个有关系，我认为还不是核心和根本，根本还在于周边国家在致力于发展他们的海洋事业，也在谋求海洋的利益。我刚才提到的这个利益不仅是经济利益、资源利益，还包括战略利益。

从第三个方面来看，随着全球化进程的不断推进，域外大国对亚太愈发的重视，以中国周边海洋问题作为一个切入点来不断干涉、干预、介入这个地区的事

务，包括我们海洋所谓的海洋争端事务。事实上，域外大国要利用中国与周边海洋国家的海洋争端问题，实现他们在亚洲的或者在亚太地区的战略布局。因此，我们整个的周边海洋形势就呈现出来一种多种元素、多种因素交织在一起非常复杂的局面，当然也就是说我们面临的挑战更加严峻。

建设海洋强国需要全民参与

记者：您刚才说我们从改革开放之后，特别是上世纪 80 年代《联合国海洋法公约》缔约，我们国家对海洋也愈发的重视。那从历史上来看，我国政府在对待海洋问题上的海洋观的发展大概可以有几个分期？

李国强：纵观中国整个历史的话，贯穿于中国早期历史的主要表现就是重陆轻海，对海洋并不是很重视。

记者：但实际上我们是一个海陆并存的国家。

李国强：对，没错。我们从秦汉时期就开始和海洋发生了密切的联系，我们的祖先发现海洋、开发海洋、建设海洋，已经启动了这样一个进程。那么在这个过程当中，历代中国政府虽然并没有把海洋置于很高的一个位置来看待，但是也有一些相应的政策和制度，比如说设立了市舶司来进行海洋贸易。特别是我们知道早在汉代，中国就开辟了一条海上丝绸之路，从我们的东南沿海地区出发，经过东海、南海一直驶向东南亚，乃至于更遥远的非洲，这样一条海上丝绸之路。

实际上呢，在这个过程当中我们的科学技术也与海洋密切相关，包括中国最早发明了水密舱，一些最早的造船技术，比如说我们发明的指南针是航行的指南，用于航行。实际上中国人民或者说中国历代政府在海洋上是有很多的举措。

当然了，非常不幸的是，从明朝政府到后来的清朝政府实行了闭关锁国的所谓海禁政策。海禁政策确实是在中国通过海洋来勃兴的这条道路上增添了很大的障碍。当然，历史不可以假设，但是如果我们来想象一下，明朝，当中国实行海禁政策的时候，正是西方国家海洋事业蓬勃发展的时期，于是我们看到了在那个时代里面，有所谓的"日不落帝国"，有"海上马车夫"等等这样一些国家，而我们却与海洋越行越远，这跟明清时期的海禁政策是密切相关的。

记者：但是在清朝的时候，也有像北洋舰队这样的军事力量。甲午海战的时候其实我们的海上军事力量也是不薄弱的。

李国强：但是要看到，在这样的海禁政策下面，我们应该是走了很大一个弯路。当世界各国发展的时候，利用尖船利炮来攻击中国的时候，一批中国人觉醒了，一些仁人志士他们首先觉醒了，认为中国必须要加强海上力量的建设。于是就像你刚才提到的，我们有了这个舰队。但是在这个舰队的发展过程当中，仍然是没有摆脱传统思想的束缚。清朝政府在政策上，存在很大的缺陷，以至于当西方国家殖民主义通过海上进入中国的时候，我们的这些舰队和我们的这些海军建设，几乎是不堪一击。

晚清以来的近代历史，给我们一种惨痛的教育。西方殖民者正是通过海上打开了中国的大门，中国从此也进入了半殖民半封建社会，使中国历史发生了很大的变化。近代历史所得来的惨痛教训应该说也是中国历史上留给我们的一笔遗产。

正是因为如此，在新中国成立之后，以毛泽东同志为代表的这一代领导人，他们首先发出了要建设强大的人民海军的这样一个号召。也就是说，在中国共产党的领导之下，在老一代人的奋斗之下，才看到了海洋对中国是何等重要，海军的建设、人民军队的建设对于一个国家是何等重要。从1949年之后，我们的国防建设，我们对海洋的关注才有了一个新的提升和发展。

记者：实际上从历史来看，比如清朝有了强大的北洋舰队，硬件设施比较强，但并不代表你是个海洋强国。现在也是这样，你有强大的海军力量，并不代表你

就是一个海洋强国。

李国强：我个人的理解，海洋是一个综合性的，不仅要有强大的人民军队，还要有强大的海洋科技，还要有强大的海洋文化，当然了，我们还要有强大的海洋外交。从现在的发展来讲，以单一的力量来实现维权，似乎显得非常的薄弱，一定是一个综合性的，是一个系统工程。因此我个人体会，党的十八大提出的海洋强国，这不是仅靠一个部门就能够实现的。

记者：不能只靠海军，每个人都有责任。

李国强：也不能只靠海洋局，也不能只靠军队，需要全民的参与，需要全社会的参与，各个部门要发挥其所能，来共同建设我们的海洋强国。所以，在未来的发展当中，我想基于我们在历史上曾经有过的辉煌，也有过惨痛的教训。那么在新的时期，在未来的发展当中，党中央、国务院把海洋置于如此高的一个位置，确确实实我们说海洋关乎国家的领土完整，关乎国家安全，关乎国民经济、社会经济的可持续发展，这三大要素，也体现出了海洋是我们的核心利益。

维护海洋权益的决心意志不容置疑

记者：具体到海洋国土的安全来说，因为目前我们周边的海洋形势已经比较严峻了，面对这些具体的问题，我们国家应对的原则和策略是什么样的？

李国强：中国作为一个负责任的大国，自始至终致力于和平解决有关海洋的争端问题，因此，我想作为中国政府来讲，在面对一系列的海洋争端的时候，有几个方面是值得注意的：

第一方面是坚定不移地维护中国在海洋的权益。坚决维护中国的海洋权益，这是我们历代政府的主张，特别是以习近平为总书记的新一代党中央的领导下，这样一个意志和决心更加的坚定。刚才提到，党的十八大报告里面提出来，要坚决维护海洋权益。从十八大之后到现在传递出来的一系列信号，我们深刻感觉到，我们维护海洋权益的意志和决心是非常坚定的。因此，中国维护自身的海洋安全，这个立场是不可动摇的，这是第一。

第二个方面，面对来自海洋的这种威胁，中国一方面要加强自身的建设和能力的发展，同时我们致力于和平解决彼此间的争端。事实上，在上个世纪70年代，邓小平同志就提出了解决海洋争端的12字方针"主权在我，搁置争议，共同开发"。这样一个理念或者原则，一直指导着中国的外交实践。同时，中国作为一个负责任的大国，不仅要解决争端问题，有效地维护我们的海上安全，也要维护地区的和平与稳定。正是因为如此，我们始终走和平解决的道路，通过外交手段来解决。

第三个方面，中国也是忠实的在履行国际法，包括《联合国海洋公约》在内的国际法的基本原则，谋求与周边国家、有争议的国家之间妥善处理彼此间的争端问题。同时，也提出在争端没有得到根本性解决的情况下，寻求临时性和过渡性的办法。这样一些原则或者做法应该体现了中国在解决海洋问题上的思路。

同时，我个人理解，随着我们建设海洋步伐不断的加快，中国在海洋争端问题上不会主动挑事，但是我们不怕事，我们不主动示强，但是也决不会低头，未来这也是建设海洋强国的一个部分。我们之所以在面对海洋争端的问题上，不主动示强，是因为我们要发展好我们的周边，要把海洋问题置于地区的一个整体框架当中，我们要建设海洋和谐周边。建设和谐周边，也是为了使我们发展的战略机遇期能够延长，使我们有更多的精力、更多的时间来提升我们的综合国力。

那么另外一个方面来讲，我们之所以说，我们不惹事，我们不主动挑事，是因为作为中国来讲，作为中国沿海来讲，这也是一个传统思想的发展。从我们海洋周边来看，中国从北到南这样一个海岸带从自然条件来讲呈现出一个防御态势，

而中国历代在维护海洋安全方面是始终秉持着这样一个防御性为主的思路。在现在的发展形势下，我们的军事发展战略同样也是致力于以防御为主的发展方向。那么在这样一个方向下面，我们说我们不主动挑事，无论是从我们的战略思路、自然地理条件、还是一个地区大国、世界大国这样一个地位来讲，都是一个必然的要求。但是任何一个国家或者任何一个人，都不能怀疑中国在维护海洋权益，维护国家海洋安全方面的决心和意志，同时也不能低估中国在维护海洋权益和维护海上安全的能力。

海洋强国之路要做的工作还很多

记者：您长期从事海洋问题包括边疆问题研究，您个人对我国的海洋建设、海防建设、处理海洋问题方面有什么样的建议？

李国强：我想这个海洋问题特别是海洋安全问题，现在已经面临这么多的挑战，在国家这么重视海洋形势下，我们其实要做的工作还很多。比如说，新中国成立60多年了，我们改革开放也30多年了，但是直到现在我们没有国家海洋战略。

什么是国家海洋战略？国家海洋战略是一个国家与海洋有关的一切事物的一个重要的依据，是我们运用政治经济外交军事等多种手段维护海洋权益的重要的政策依托。但是恰恰就是在这样一个我个人认为是非常重要的、非常核心的问题上，我们是缺失的。

记者：您研究过国外的一些海洋战略吗？他们都有海洋战略吗？

李国强：我们的周边国家几乎都有，韩国、日本、菲律宾、越南等。从西方的一些世界强国来讲，他们都是有海洋战略的。像日本，它的海洋战略是什么呢？

他很明确，从海洋战略的方向、任务、目标、底线、执行、协调等等都非常详细，在什么时间段达到一个什么目标等等，应该说非常周全。

记者：我们目前还缺失这一块？

李国强：是。事实上，我们到现在都没有。那么作为一个大国来讲，没有一个海洋战略，我们的方向目标就不会明确，我们维权的底线就是模糊的，我们的整个行动协调就是混乱的。

记者：缺乏一个明确的依据和支撑。

李国强：所以首要的，我想就是尽快拟定国家的海洋战略，这个海洋战略不是规划，是一个体现国家意识在海洋领域的意志的纲领性文件。

记者：就像我们要全面建成小康社会一样。

李国强：对，这是一个方面。第二个方面，在海洋上我们的法律还不够健全，尽管我们有《大陆架法》《临海毗连区法》《渔业法》《海岛保护法》等。但是我们缺的一个重要的法律就是《海洋基本法》。在海洋所有的相关领域里面，我们根本的一个法《海洋基本法》是没有的。

记者：它要解决的是一个什么样的问题呢？

李国强：它要解决的是几乎在涉海的所有领域里面，我们的法律制度安排。我们也知道，在2012年6月中旬的时候，越南公布了《海洋基本法》，因此也导致了中越在去年6月份的一个交涉。那么《海洋基本法》，日本是有，韩国是有。

作为一个根本大法，《海洋基本法》是融含了所有的，我刚刚提到的这些法律。比如说《大陆架法》《临海毗连区法》，这都是专项法律，而不是一个根本大法，类似于我们有《宪法》，《宪法》下面我们还有很多专项的法律制度。而现在我们是倒过来的，我们有一些专项法，但是海洋领域根本大法没有。所以我觉得，制订海洋法也是要提到日程上来的。

第三个方面，我们的能力建设要继续加大，特别是未来5到10年当中如何能

提升我们在多个领域的能力，这是非常关键的。这个能力包括我说的几个方面：一个方面，油气资源的开采，我们的科技创新，在海洋深海勘探的技术，这个能力要进一步提升。在提升的同时，我们要切实把油气勘探开采深入到南海的深海区域，要尽快实现共同开发与自主开发并存的战略，使南海的油气资源真正造福于我们。

记者：我们不能只守住这块地方，还要开发利用。

李国强：要开发利用。第二个方面来讲，要切实维护好渔民生产的权利和生命财产的安全。南海渔场的保护，包括渔业资源的养育，海水的环境保护，以及整个海域和岛屿的生态保护都应该列入日程。在这方面，海洋科技工作者作了大量的工作，也取得的很多优秀的科技成果。但是，我想要提升这样一个能力还有待时日，还要进一步提高养育渔场的开拓和保护，海洋环境以及生态的保护。

第三个方面，我们的国防能力建设仍然需要加快步伐，要做更多的投入。我知道你们到南沙一些岛礁去走访过，我自己也多次去过西南沙群岛，我们看到的，我们的一些岛礁建设，我个人认为与我们的社会经济发展似乎是脱节的。我们的综合国力已经得到很大的提升，但是在西沙、南沙这些岛礁的建设上，无论是基础设施、还是驻训的条件、备战的条件、生活的条件，我觉得都是远远落后于国家的发展。在很大程度上来说，对于我们有效地维护南海的国土安全，实际上是有某种隐患。但是反观越南，当然前提是越南侵占了我们的一些岛礁，可能是这个面积会稍大一些。

记者：比如像鸿庥岛这样的岛屿。

李国强：对，他占的地方大一些，我们所控制的岛可能面积小一些。我个人认为，这不是一个岛的大小问题，即使在小岛上面，我们的驻训条件、生活条件也必须要得到改善，我们的码头建设一定要跟上。如果这些基础设施基本条件都改善不了，我们的作战能力怎么提高？我觉得这些问题必须要列入议事议程。

甚至我也非常主张有必要的情况下，我们要扩大岛礁建设，通过人工设施来扩大岛礁建设。因为从我们的经济实力、建设能力、科技条件、材料等等方面都可以满足，可以做人工岛礁，可以扩大我们现有岛礁的面积。我觉得这些问题，都应该做一个通盘的考虑，做一个战略规划，不但应该而且很需要。

当然了，在海军建设上，一方面看到了，我们的"辽宁"号航母已经入列服役，但是我个人认为，还是不够，我们还是要以更多的投入来发展好我们的人民海军，提高人民海军在维护国家领土方面，在为我们的经济建设保驾护航方面的能力，真正发挥出它的作用来。当然，我们整个的国防建设都应该提高，特别是在建设海洋强国这样一个宏伟目标下，我个人认为，我们的海军建设必须要提速、要加速。

两岸合作维权有共同意愿，需稳步推进

记者：刚才您特别谈到了南沙群岛的一些情况，我也看到过一些报道，包括大陆的一些学者，还有台湾退役的一些军方人士，也在呼吁说，两岸在共守南沙方面，在共同守卫钓鱼岛方面，是不是可以开展一些合作。特别是我们在南沙采访的时候，南沙守备部队的司令和副司令也都提到，太平岛有机场、有淡水，我们是不是可以在面临突发情况的时候，能够利用他们的机场，或者是他们给我们提供一些淡水，我们给他们提供一些物资，这样进行合作。您对这样一些意见和建议，有什么自己的看法？

李国强：第一个方面，两岸在南海，包括在东海进行合作，是一个非常重要的命题。因为无论是大陆还是台湾，在海洋上包括在东海和南海都有重要的利益需求，南海、东海对大陆和台湾来讲具有同等重要的价值。

第二个方面，两岸在南海问题、钓鱼岛问题和东海问题上，应该是有相同的立场，也有共同的意愿。特别是在"九二共识"这个重要的原则下，东海南海属于中国在两岸是有共识了，这是一个非常好的基础。所以说，两岸在海洋领域的合作，既有意愿也有良好的基础。实现两岸在海洋领域的合作，对于两岸无论是从安全还是从发展的角度来讲，都是具有长远的利益。特别是台湾长期控制太平岛，大陆在南沙也有几个岛礁的控制，两岸携手维护海洋的主权和维护海洋领域的安全，从长远来讲，我想一定会实现的。

但就目前来讲，我个人理解，由于受到岛内政治形态的限制，特别是受到两岸特殊关系的局限，现阶段实现两岸的合作是有一定的难度的，特别是在军事领域的合作难度是很大的。因为在这里面，我们看到尽管双方在一定层面上有共同的意愿，但是受到岛内政治形态的影响，最起码来自于岛内不同党派之间的利益之争，受到台湾与美国关系的影响，受到台湾与东盟其他国家和其他声索国的影响。在这样多重的影响下面，台湾和大陆是不是能实现这样的合作，实际上存在很大的障碍。

同时，我们也注意到，在台湾已经形成的法律制度，有他的一些程序或者说一些规则，实际上与大陆并不衔接，也就是具体操作层面的制度安排和法律，两岸之间还没有进行对接。所以在具体实践上，仍然存在一定的障碍。

在这样的情况下，我个人认为，要实现两岸的合作，首先秉持先经后政、先易后难、稳步推进的原则在一些低敏感领域，首先能够实现两岸合作。所谓低敏感领域，包括渔业合作、油气合作、海上救助、打击海盗、海上科研等等这些领域。在低敏感领域能够实现双方的合作，由此奠定良好的基础，能够实现双方在未来军事领域的合作。

军事领域的合作当然也分着不同的层面。在现阶段，如果实现不了两岸军事合作的情况下，我们是不是可以建立一定的联系制度，包括热线军事热点的问题，使我们两岸能够互通信息，即使我们实现不了真正携手，我们保持一定的信息畅通，在两岸之间能不能实现。事实上我们也知道，1988 年"3·14 海战"的时候，台湾军方也有过非常积极的表态。这个充分体现出两岸在海洋维权方面，包括在军事领域方面可以达成默契，可以在一定程度上形成协商。

从现阶段来讲，我个人并没有持乐观的态度，但是这样一个良好的愿景，在两岸一些军人包括一些退役军人，包括一些学者，包括一些文化人士当中已经有非常好的共识。这个愿景，我个人觉得，虽然实现起来有一定难度，但是它一定能够实现，两岸一定能够携手共同守卫海洋疆土，维护中华民族在海洋领域的权益。最终我想一定能够实现，而且我相信也不远。

记者：我们也看到，在两岸学者层面的学术探讨方面，每年也都有一个南海问题或者南海形势的研讨，有两岸的专家学者来参与。您在平时的交流和研究中有没有接触过台湾地区的一些学者？你们之间都交流一些什么样的观点，他们是怎么看的呢？

李国强：在 2002 年，两岸就启动了一个南海问题学术会议，叫"海峡两岸南海问题民间学术论坛"，轮流在台湾、大陆两边开，牵头单位大陆这方面是中国南海研究院，在台湾这边是台湾政治大学。这个会议之所以能持续，从十几年前开始每年一次持续了十届的这样的一个会议，是因为两岸学者有共同的话题、共同的愿望，就是刚才我们讨论到的，要推进两岸在南海问题上的合作。

从 2011 年开始，也举办了"两岸共同维护中华民族领土主权和海洋权益研讨会"，截止到 2013 年开了三届。台湾方面非常积极，包括他们的学者，包括他们的退役军人，包括他们的文化名人纷纷参会。这个会议讨论更多的涉及到了两岸具体的合作问题。

我平时在我的学术研究当中也接触了大量的台湾方面的学者，我们无论是在会议上，还是在会议下，我们讨论的最核心的话题，就是两岸如何实现在海洋问

题上的合作。

记者：大家都有这样的意愿。

李国强：都有这样的意愿，而且我们都希望通过我们学者的努力，他们在台湾，我们在大陆，共同推进。我想这是非常好的形势，首先由学者之间共同讨论，来不断的消除分歧，达成一致，形成共识，从而为我们有力的推进两岸官方合作奠定一定的学术基础、理论基础。在十几年的过程当中，我也接触了不仅是学者，也接触了方方面面台湾的这些朋友，他们所表达出来的，也是非常希望两岸在维护海洋权益方面真正的走到一起，能够真正的实现两岸共同的愿望。

记者：好，谢谢李研究员。

南沙巡航

两岸共同海上维权三步走

——访台湾师范大学教授王冠雄

（记者何端端　特约记者李建伟、宿保平、徐秀林）日前《万里海疆巡礼》采访团在台北专访了台湾师范大学的王冠雄教授。王教授身在四面环海的台湾岛，把自己的重点研究方向确定为海洋问题。面对当前中国遇到海权挑战，王教授提出两岸共同海上维权三步走的思考建议。

两岸海上维权的共识最重要

记者：您好，王教授。

王冠雄：您好。

记者：很高兴这次能在台北见到您。最近这几年海洋的话题确实在我们海峡两岸成为热点话题。特别是出现了一些南海问题、钓鱼岛问题的挑战以后，大家更加关注海洋。您作为研究海洋问题的专家，不知道是不是有这样的感受？

王冠雄：这个感受是特别的深。因为长久以来海峡两岸对于海洋权益的维护，包括海洋能够带给海峡两岸共同的利益，我相信这个是我们绝对没有办法回避掉的一个问题。这几年来，特别是在南海和东海的议题上面，我相信海峡两岸所共

同面对的外来侵扰，彼此之间是有更深的一些体会。

记者：在面对这些挑战的新情况，您有哪些重点的思考呢？

王冠雄：第一个思考，我觉得，海峡两岸是在共同的历史的脉络上面，所以我们对于这些海上的权利的维护，基本上是立场是相当吻合的；另外一点，就是我们面对外来的侵扰的时候，也是会有一些相同的做法；我们在整个的国家安全的思考上面，也必须要适用一些比较相同的基础上面来思考这些所共同面对的挑战。

记者：在两岸的交流中，您觉得是共识大于分歧吗？

王冠雄：共识是绝对有的。举例来讲，两岸之间是有共同的文化、共同的历史，而且在海洋权益的诉求上面基本上也是很类似的，甚至于是相同的。经常碰到外国人的一个询问，就是说台湾跟中国大陆的海洋权益的这种主张上面，有没有什么不一样的地方？那么在我个人直接的反应里头，会觉得不一样的地方我一下子还真的找不出来。因为很多根本就是共同历史所面对的问题，那么所面对的挑战也是相同的，这个是我们双方彼此之间会具有共识的地方。

分歧的地方不是没有。因为台湾跟中国大陆目前我们在两个不同的角度，并不是说指的是任何政治上的分歧，而是在于整个我们所处的这个地理位置上头，很可能我们会有一些不同的思维。举例来讲，中国大陆因为整个海岸线是非常长的，那么对于海洋事务的应对上头，中国大陆这边势必一定会有一套自己的思维；台湾是一个岛，四周都环海，因此在面对来自海洋的挑战的时候，那可能是前后左右都会面对到共同的议题，而且这个议题可能是多样性的，可能也会有一些不太一样的选择。

记者：那您觉得，两岸的共识，对于面对这些海洋问题的挑战是不是非常的重要呢？

王冠雄：是，绝对重要的。举例来讲，在最近这几年，从不断公布的一些统计数据上面来看，台湾跟中国大陆对于海洋的鱼类资源的需求量都是非常大的。

那么另外的话就是对于资源，特别是对于石油、天然气，也是共同的需求。因为我们都需要在经济的发展上面要有一些基础，那这些基础无可避免的来自于能源的供给。因此在处理这些问题的时候，我们双方之间是绝对会有一些相同的看法。

记者：对于存在的分歧，如何求同化异呢？

王冠雄：我个人认为，比较重要的一点还是需要多多的互相接触，然后大家可以来获得一个理解，也就是说互相能够体谅，然后互相能够去认同对方的一些思维跟想法。特别是现在面对外头很多挑战的时候，我觉得两岸之间，如果说是能够有默契的去处理一些事情的话，那我在想可能会处理的更好一些。

记者：在您和大陆现在的交流过程中，您觉得是不是在一步一步的有更深入的理解呢？

王冠雄：那当然，我个人的理解就是，第一个是面变广，因为现在两岸之间，特别在 2008 年之后，两岸之间的接触应该是在广泛的面上是相当的好的，讨论的面已经变得非常的多。不过我觉得在某些特定的议题上头，两岸之间需要再做进一步更深入的探讨跟意见上面的交换，这样子才能让我们彼此之间的讨论跟理解，还有一些体谅，不仅是面的宽广，也能够在点的上面去获得一些突破。

认清干扰两岸携手合作的外部因素

记者：从现在的情况看，面对钓鱼岛问题、南海问题，大陆方面的立场是非常的明确，态度也比较的积极，一直想推动两岸之间的合作，然后一致对外。相比较之下，台湾方面态度要暧昧一些，或者是有一些顾虑。您觉得这之中的顾虑主要是什么呢？

王冠雄：是，您讲的完全没有错。我个人认为，两岸在面对相同的挑战的时候，很可能彼此的表现上面会有不太一样的地方。我个人的理解就是，以中国大陆来讲，面对的挑战可能是更强硬一些。因为现在全世界都看着中国大陆是一个所谓崛起中的大国，那么势必会受到已经是大国的这一个国家的挑战，那么或者是也会成为这个区域里边其他也在崛起中的国家的一个凯觎。从国际关系的历史上看，很少会在一个区域里边同时维持住两个大国、强国存在。因此在我们这个区域里边，这个其他的大国、崛起中的大国势必也会对中国的强盛跟崛起有一些比较酸溜溜的心态。

那所以我可以想象得到，中国大陆在面对海疆上面的议题挑战的时候，势必会用一个比较强烈的方式来确认某些基础的原则。那么因为长久以来两岸之间的隔阂，台湾这边当然在面对这些事情的时候，会用相对不同的一个角度。譬如说台湾长久以来跟日本、跟美国的接触，本来就是比较来得深一些，也是不容忽略的事实。因为两岸之间从 1949 年之后大概到了西元 2000 年左右，五十年时间是处在完全不同的思维跟想法的空间和环境里面，那么现在要想在一个很短的时间之内，要把这样子的一个状态扭转过来是不容易的，可能还是需要一些时间。

但是我也必须要强调的就是，对于海疆的很多问题，基本上我们两岸的立场是一致的。长久以来对于海洋上面一些疆土，譬如说钓鱼台、譬如说南海的问题，甚至于到了今年在 5 月份发生台湾跟菲律宾之间渔民的纠纷这些问题，马英九是完全站在维护人民利益角度出发的，所以我觉得在这个层次上面来看，他的立场是坚定的。但是在手段上头，可能因为究竟台湾还是一个小地方，那么他在处理的时候手段上面可能会需要去多增加一些圆滑的程度。

记者：理解。您刚才提到了国际因素，就是说在这些南海问题上、钓鱼岛问题上存在着美、日的因素，这也是一个现实问题。那么现在美、日之所以在我们的这些海疆、海权问题上能够这么比较强硬的做文章，是不是也吃定了我们两岸之间现在有裂痕、有分歧，这样他也有空子可钻？

王冠雄：我觉得从两个方面来讲，或者是从整个历史的脉络上头，我们可以把它拉出来两个时段。第一个时段大概是在 60、70 年代的那个时候，当时两岸还是在一个极度分裂的状况之下，在那个时段里边，他们的确是真正的把握住了两岸之间的分裂，譬如说美、日他们在钓鱼台问题的处理上面，才会出现所谓的什么归还琉球的条约，再不然就是把钓鱼台里头的某些岛屿当作是美军演习炸射的靶场。

第二个时段就是现在。我觉得现在的这个状况，可能反而会有一点点的转变。也就是说两岸之间事实上是在往一个合的方向走，他们会认为兄弟两个如果说是合二为一的话，那么在共同处理一些相关议题的时候，它的力量就会变得比较强一点，立场上面也不会有一些相互的掣肘或者是抵消，所以就会相对的来讲受到一个比较高的关注。在国际关系的这种操作之下，也都是会尽量的去把对方的力量给减损掉，然后因此而使得自己的力量会提升，我相信这个都是很常见的一种操作的手法。不过我想很重要的一点，就还是回到我之前所提到的，就是一种默契吧，那我相信在很多事情的处理上面会变得比较方便一些。

记者：您的意思就是说，原来两岸对立的时候，美、日想从中做文章，现在两岸在走向缓和的时候，他们顾虑我们真正的合到一起了，所以他们还要插手，那台湾又非常在意他们的态度，所以现在也面临一种尴尬。

王冠雄：是的。

两岸应建立共同的话语体系一致对外

记者：事实上台湾在整个的海疆上处于一个非常重要的战略位置，无论是面对钓鱼岛问题它所处的位置，还是在南海问题它所占有的太平岛，它都是不容或缺、非常重要的力量。但是由于现在的政治现实我们还不能完全协调一致的去面对海权的挑战，还是可以让人来做文章。那现在这个海洋问题也非常现实地摆在了我们的面前，在现有的国际环境下，我们怎么能最大限度的来维护我们中华民族的整体利益。我想您作为一个研究中国海洋问题的专家，您觉得我们从哪里着手开始解决是最佳之道呢？

王冠雄：因为本人是在教育界服务，我会比较强调的是加强教育。这个可能短期之内不会马上看到效果，但是我觉得长期来看的话，会是一个比较扎实的做法。我觉得不仅是对我们国内民众的教育，也对国际社会要有一个教育。

我们先从国际社会的教育来看。我个人认为在相当长的一段时间里面，国际社会对于两岸在南海的主张就有相当多的误解，包含大陆所讲的九段线，或者是台湾这边所讲的 U 型线，事实上两岸对于这样的线段的这一个立场，我们是很坚定的，但是它里面的内容我们并没有一个很清楚的叙述跟阐释。目前我们所面对的一个挑战是国际社会是一直不断的在筹划这一个线段，国际社会这边就会刻意的渲染说九段线是中国企图掌控整个南海的这一种手段。我相信当时 1947 年的这一个主张以及一直到了我们现在中国大陆在国际社会这边所做的所有的主张，对于九段线的立场应该都还是在一个相当自我克制的主张。因此我觉得，国际社会有这种言论出现的时候，我们就必须要给予驳斥。

记者：那就是说在概念方面还要进一步的理清晰。

王冠雄：还要进一步的去理清，也就是说两岸之间在立场上面就应该要做进一步相互的研究，否则的话到时候可能大陆的学者一种说法，那台湾的学者另外一种说法，那这又会让别人找到了一个可以从中间切入来分化的机会了。所以我觉得，应该在这一个对外的，像您刚才所提到这种话语的主张，要一致起来，这个就需要做更多的而且更进一步相互之间的探讨跟交流。

讲教育的另外一个方向，就是我们国内的民众。那我会觉得国内的民众往往是有高度的对于国家民族的这种要求的状况之下，很可能都会有一些比较激烈的反应，那我觉得这一点也是我们可能是需要去做一些克服的。那我相信这一点现在在大陆这边或者是在台湾这边都会有很类似的情况出现，譬如说在网路的发达之下，一则错误的讯息，或者是一则被错误解读的讯息，那么很可能在一夜之间就传遍千万人，甚至造成千万人的一种回应，或者甚至于对于政府的我个人认为有的时候会是一种不合理的这种要求就会出现，那么这个往往会给一个正需要做清楚的，而且是有理性的决策的这一个政府，会构成一种民意的压力。我觉得这个可能也是我们要在民间有一个更广泛的教育，让民众能够了解到我们的主张是什么，这个主张我们要怎么样去做才是一个合理的、理性的决策。那我觉得这些在两岸都是有相当多需要努力的地方了。

记者：您的看法现在也在大陆的学者中有共识，他们也是主张在海权问题上、在南海、钓鱼岛问题上，两岸应建立共同的话语体系一致对外，像您说的要理清概念，从默契到进一步的沟通、进一步达成共识，然后形成共同对外的一致的这种概念，这个是非常重要的。另外，正确的疏导国民的这种爱国热情，都还是需要去做。那么在我们共同开发、共同着手维护海洋权益方面不知道您有什么样的思考？

王冠雄：是。共同开发上面我觉得两岸之间要做的事情很多，最主要的当然是资源，这个资源可能是两岸之间在进行第一步的共同开发的过程当中要去思考的。

第一个就是渔业资源，渔业资源因为是一个游动的资源，两岸之间应该要有制度，这个制度是一种保护的制度，让渔业资源能够被两岸的民众共同享用，大陆的说法叫做可持续的利用，台湾是叫永续利用，那我相信这个利用是绝对需要的。但是问题就来了，两岸的渔民在捕捞渔业资源上头都有很强的能力，如果说我们没有一个共同的管理的机制的话，很可能这个渔业资源会在很短的时间之内会被两岸的渔民共同给利用掉了，这是很严重的一点。举例来讲好了，我记得在我小的时候，那个时候我母亲到市场上面去还可以买得到所谓的黄鱼很鲜嫩的黄鱼。

记者：指的在台北么？

王冠雄：在高雄。那个时候还可以吃得到，但是我印象中大概到了大学时候，就听母亲讲说在市场上已经很少见到黄鱼了，如果有的话可能都是从金门那边过来的，后来慢慢的几乎台湾这边就没有了。那么这几年，市场上又出现黄鱼了，但是据我所知是从跟大陆这边的渔业界交易过来的。那我自己就会想到这一点，原先台湾能够掌控的海洋的区域里边，大概这一种鱼类已经灭绝了，现在大陆可以掌控的范围里边可能还会有这些渔业资源。但是我相信，这种鱼既然好吃，绝对不是只有台湾的民众喜欢吃，大陆的民众也一定会喜欢。那么在这种大量需求的过度捕捞之下，渔业资源是绝对绝对的会受到一个很严重的破坏。那我觉得这个渔业资源的保护，两岸之间是可以马上做的。

第二个是石油天然气资源。我相信可能已经做了，在台湾海峡的南部，然后一直延伸到南海的北部的某些区域里头，两岸已经开始了石油跟天然气的探勘。我个人觉得蛮鼓舞的，因为石油天然气这一种资源跟渔业资源最大的一个不同，就是渔业资源经过我们适当的保护之后，我们可以永续利用，但是石油跟天然气是你开采完一桶就少一桶。因此无论是世界上哪一个国家都会把它当作战略性的物资来加以应用。可以看得出来两岸之间对于这个资源的利用的眼光跟手段做法，事实上已经是相当成熟的。这个过程里面，两岸之间在这个事情的处理上面显然是已经有了相当好的一个基础。

我觉得还有另外的一个利用，我个人深深感受到不能够放弃的，就是对于海洋这块空间上面它的一些功能，要让它发挥出来。举例来讲，台海两岸的民众，现在互相来往的机会很多。因此在交通工具的选择上头除了飞机之外，可能是渡轮，再加上台湾海峡也是一个世界上的主要航道，那么在这么密集的、无论是客或者是货运输的空间里面，万一有一个什么样的意外发生，那么救灾、救难这个应该是要有一套健全的体系。那么目前台湾的海巡署跟中国大陆的海监已经至少实施过共同搜救的演习，那我会觉得这种搜救的演习应该还可以再扩大，而且甚至于是扩大到两岸能够共同管辖、共同控制的这一个海洋面积上头。一旦有这种急难救助的事故发生的时候，两岸应该有一套的机制，比如说谁先发动救难的作为，后面的他也有另外一套救援的机制，那么让这一个救援的活动很顺利的、而且是很有条理的去进行。那我相信，这种做法第一个会有利于两岸之间对于海洋事物共同合作的一个体验，另外，对于国际社会的这种声望的传播，也会把两岸之间的合作给它更多正面的思考。

两岸携手海上维权可分近程、中程、远程三步走

记者：刚才您说了一个很重要的问题，就是在共同维护权益、共同开发的同时，我们还面临着一个海上安全利益的共同维护，就是共同的保护我们人民的生命财产。那确实此前也发生了菲律宾那样的一个事件，确实是我们在海洋上面临着一个救护、救难的问题。这次来我们也感受到海岛的妈祖文化，妈祖文化实际上就是祈求和平、祈求安宁，海上救助被称作是海上的活妈祖，所以我觉得您说的共同维护生命安全这方面确实是非常重要的。那由此我们在更大范围上，就是

说共同的保卫我们的这个海洋权益、保卫我们的主权领土、保卫我们的海上安全，您觉得还有什么更推而广之的，要进一步做的这样的建议么？

王冠雄：事实上还有一些近程可做的，举例来讲，两岸之间在共同执法的这种层面上，或者是说还会有一些更深一层次的共同管辖的一些事物。虽然在目前来讲，感觉似乎还有很长的一段路，不过我觉得两岸之间现在如果能够从一些比较简单的事情上头来做的话，那我会觉得应该是一个比较好的开始。

我大概会把它区分为近程、中程、远程三个步骤。我觉得近程的部分，应该马上做的就是渔业资源的开采，共同管理跟维护；第二个是救灾、救难的问题；第三个我个人认为是在海洋的环境保护，因为经济开发的一个结果，对于环境的破坏跟影响，这个我相信在任何的国家的发展里面都是一样的。那么今天对于两岸来讲，我们也同样的对于经济发展有强烈的需求。那么在这个同时，我们也对环境保护必须要给予用心，那么对于海洋环境的保护我相信这个一定也是一个重点。

在中程的部分，那就是对于我们刚刚讲的这些包括资源的利用、包括救灾救难、包括了海洋环境保护，这些方面的共同管辖，那我觉得也是可以进一步去思考的。我为什么会把它界定在中程，因为这些事情，针对资源的、救灾的、环境的这些事情，是属于功能性的，政治性的色彩会相对弱一些，那这些事情我觉得是两岸之间可以做思考的好操作一些，碰到的障碍可能也可以少一些。

那么远程的话，我个人认为，可能会进一步的去涉及到一些法律的层面了。举例来讲，资源的开采，石油天然气的开采可能会是一个比较困难的部分，因为毕竟它是一个会被消耗的能源，因此两岸之间如果没有一个共同的理解的话，那对于这种能源的利用，可能我们会需要再多一些的功夫在里。我甚至于还想到，就是两岸共同的某些军事化或者是一些高度敏感单位之间的一些进一步的合作，那么这种合作事实上我觉得，不管我们是把它架构在任何的制度上面，它都会有相当高度的敏感性，这个敏感性不仅是来自于我们两岸相关的决策单位，同时它的敏感性也绝对的会来自于国际社会，这也就是之所以会把它放到一个最远程的进展部分。如果两岸之间能够尽量的先在近程的部分累积更多的信心、累积更多的互动、累积更多的共识的话，那我觉得往下一步的迈进，应该是会变得比较可行一些。

台湾"谋星"号船参加搜求大陆渔民行动

钓鱼岛自古属中国
——访香港中文大学亚太研究所研究员郑海麟

（记者何端端、穆亮龙　特约记者宿保平）自 2012 年 9 月日本方面对钓鱼岛及其附属岛屿采取所谓"国有化"措施以来，中日钓鱼岛问题变得严峻复杂。那么，钓鱼岛主权属中国有哪些史料证据？日本企图侵占钓鱼岛的借口和手段到底错在哪里？香港中文大学亚太研究所研究员郑海麟就相关话题接受了记者何端端、穆亮龙、特约记者宿保平等"万里海疆巡礼"记者团的采访。

钓鱼岛是中国人最早发现命名使用

记者：郑先生您好，您这次来参加中国太平洋论坛，主要做了什么样的发言？

郑海麟：我主要是讲一个专题"从中外图集看钓鱼岛主权归属"，就是从中国的、日本的、西洋欧美的地图跟资料，去看他们对钓鱼岛主权的认定。所有的典籍都是指向钓鱼岛是中国的领土。

记者：根据您的研究，从中国这方面来看，历史上都有哪些地图史籍证明钓鱼岛自古就属于中国呢？

郑海麟：这个从由演变来谈起吧。其实钓鱼岛最早是由福建人发现命名的。大概元朝末年到明朝初年，大量的福建移民前往琉球中山王国，去帮助他们开发农业技术、手工业，纺织、造纸那些工业。明朝初年朱元璋派了三十六姓闽南人去帮助琉球发展手工业，发展各行各业。他们在前往琉球的过程中，就发现了钓鱼岛、黄尾屿、赤尾屿作为航标，钓鱼岛当时叫做钓鱼屿，最早命名是钓鱼屿。因为他们是在东南季风的水流上顺着走，以前没有电船，没有轮船，只能靠顺风，顺风相送。

记者：靠风帆。

郑海麟：靠风帆把他们带到琉球国。历史上所有的图集都把钓鱼岛最早划到福建，这是因为他们发现、命名、长期使用。

中国有关于钓鱼岛最早的文字记载

郑海麟：元朝末年到明朝初年，他们在去琉球的过程中，把航海的那些罗盘更路、方向航向做了一个针路图。

记者：相当于现在的航海图？

郑海麟：航海路线图。最早形成文字的针路图应该就是《顺风相送》的手抄本，现在还藏在英国牛津大学柏德利图书馆。

记者：您专门去翻阅过？

郑海麟：我有复印件，这个资料是非常珍贵的。它里面提到了钓鱼屿，从福建出发经过台湾的金龙屿，然后到钓鱼屿，然后到赤尾屿，到琉球境界。这个针路图就成为以后航海的指南。《顺风相送》大概是在1403年前后，明朝永乐大帝为了去东西两洋考察，他当时想开拓海上丝绸之路。

记者：就是郑和下西洋。

郑海麟：郑和下西洋之前，他就派了很多使臣到处去探路。其中有一条是福建到琉球的，有福建到日本的，也有福建经过台湾到东南亚各国的。这个是最早的有文字记载的。

这个针路图后来就给明朝、清朝册封琉球的使节去琉球册封中山王的时候作为航海指南。1534 年左右，留下的《册封史录》里面，那个路线基本上跟《顺风相送》差不多，也提到钓鱼屿，经过钓鱼屿、黄尾屿、赤尾岛屿到琉球。而且里面明确讲到，赤尾屿过后有一条海沟，里面海浪很大，过了这个海沟到了古米山，也是到了琉球的境界。

记者：当时的表述都非常详细。

郑海麟：非常详细的。中国跟琉球之间有条很深的海槽，地下有 2000 多米深，里面海流很急，流量很大。

记者：现在也是这样？

郑海麟：也是有，现在为什么不提这些？因为现在轮船不怕这些海浪，以前划帆船就很怕，如果风浪很急，就会给他带走，会撞倒、触礁。他们就到海沟边拜祭海天神。

记者：中国的使臣到琉球册封的时候，要经过钓鱼岛是吧？

郑海麟：对，经过钓鱼岛。中国福建的渔民，前往琉球也要经过钓鱼岛，必须经过，这是航线上的一个路标，而且经过那里面还要做一些休息，风浪很大的话，在钓鱼岛港湾避风。

记者：说明当时的中国人，很多的渔民在钓鱼岛附近打鱼、活动。

郑海麟：打鱼、活动、路过、休息，他们就利用钓鱼岛作为一个路标，不然会迷路，有些漂到日本，漂到八重山也有。但是经过钓鱼岛、黄尾岛、赤尾岛就不会漂得很远，就可以到那霸，就是现在冲绳县的首府。这条路是最捷径的，中国人当时也是多次勘探，看哪一条路最顺，有时候也经过太平山，就是现在宫古岛那边过去，但是更远，更难到。

450年前中国官方地图最早把钓鱼岛划入福建

记者：我们最早的文字记载是《顺风相送》，但是当时还没有图是吧？

郑海麟：图是到了1561年就有，郑若曾画了一个叫做东南沿海的《沿海山沙图》。当时是因为倭寇进犯东南沿海，他们要进行防卫，哪一个地方可以设堡垒设点，当时钓鱼岛就是划进了防守的沿海三沙图里面，作为防卫中的一个重点的结点。

记者：那上面也有一些防卫的设施吗？

郑海麟：设施倒不一定有，但是你要了解，日本倭寇通过钓鱼岛要进犯台湾，从台湾要骚扰东南沿海。这条路线都要布防，要注意。

记者：刚开始就注意到这个问题了？

郑海麟：对，刚开始就注意到这个问题。所以1561年，郑若曾因为非常了解这些地理环节，所以后来他就给浙江总督胡宗宪做幕僚，编一个叫《筹海图编》的书，就是关于防倭抗倭的整个沿海的策略、要塞、地理、历史。那个大书，总共有43节，很大的部头，里面的第一节就是"沿海山沙图"。这本书是1562年出版，那里面是很清楚了，也是把钓鱼屿、黄尾山（黄尾屿）、赤尾屿这些列入福建版图，而且明确标注是福7福8，福建第7第8。

记者：都编着号呢？

郑海麟：编着号呢，第7第8号图，这里面很明显的就把它归到福建沿海的版图里面。

记者：也是作为一个海防的图里面？

郑海麟：海防图里面出现的钓鱼岛，这是历史事实。总督府就是军事最高指挥部，发布的那个方位图是比较有官方色彩背景的，所以比较重要。

记者：这些图您都收集到了？

郑海麟：对，都有，我书上都有。

日本最早出现钓鱼岛的地图也认为钓鱼岛属中国

记者：那从历史上来看，日本方面的地图和史籍又是怎么来标注钓鱼岛以及附属岛屿的？

郑海麟：我们的历史书是1403年文字记载，军事地图是1561年，比较官方的算是1562年的防卫图里面就有钓鱼岛。日本的图集上首先出现钓鱼岛是1785年林子平的图。

记者：又过了200多年。

郑海麟：这是过了200多年吧。林子平，一个地理学家，他写了本《三国通览图说》，那里面有一个附图，"琉球三省并三十六岛之图"，这里面提到了钓鱼台、黄尾屿、黄尾山，他们的名字当时叫钓鱼台。

他们最早提到这些地方还是根据中国人的史料，因为他们看到了中国的典籍，就是清朝康熙年间的册封使臣徐葆光写了《中山传信录》，里面提到有个针路图，提到这个册封使必须经过钓鱼岛、黄尾屿、赤尾屿才能到达琉球。所以林子平用分色地图的形式，把钓鱼岛划到中国福建省这边，还用红色的标志，琉球是用紫色的标志。

记者：当时日本的地图也是认为钓鱼岛是中国的。

郑海麟：认为是福建省版图内。而且他那个命名也是用中国的命名，而且颜色也是归到福建省版图内，和中国的版图一样的分色，用红色来标注。

后来我又看到了一个比较厚的日本地图，叫做《日本文化 7 年（1810 年）》，有个现代地图。那个是比较标准的地图，林子平是手画的。

记者：手绘的？

郑海麟：手绘，他那个是用机器。

记者：印刷的那种。

郑海麟：印刷，而且是用传教士传过来的西洋画法，跟现在的地图是一样的。那张地图里面，台湾的右上角也有钓鱼台、黄尾山、赤尾山。跟林子平的图命名是一样的，放在台湾右上角。这张图我也有。

西方老地图也证明钓鱼岛属中国

记者：当时除了中日之外，世界上还有其他的国家也对钓鱼岛的归属有过一些地图史料吗？

郑海麟：史料很多很多。我考察过西洋的地图，现在可以看到在中国历史档案馆收藏的最早是蒋友仁大概 1760 年绘制的，比日本人的更早。那个地图里面钓鱼岛、黄尾屿、赤尾屿也是用福建话命名的。

记者：传教士好像是中国的名字，但是他国籍是哪国的。

郑海麟：法国国籍。

记者：他自己起了一个中国名字。

郑海麟：起了中国名字。我们去查阅了大量的资料，发现这张图叫做《坤舆乾图》。坤是乾坤的坤，舆就是舆论的舆，舆就是地理的意思，就是整个乾坤地图，就是世界地图了。它里面那个岛屿，钓鱼屿叫 Haoyusu。

记者：福建话叫 su。

郑海麟：如果普通话叫 yu，他叫 su。黄尾屿也叫黄尾 su，赤尾屿叫赤尾 su，这些都是福建方言发音。为什么会出现这种情况呢？因为我考察了大量的史料，发现大概康熙 50 年左右，那时候有大量的传教士。康熙皇帝很喜欢西洋的地理钟表那些东西，很多传教士进来，就把西洋的制图画图的方法……

记者：工艺方法。

郑海麟：把工艺方法传到中国。康熙非常有兴趣，他觉得西洋的地图很精密。我们以前的地图是比较简单的，不准确的，而传教士用投影集合三角那种方法，非常精准的。康熙大概是 1720 年左右，派了 4 个传教士，专门研究地理的，到东南沿海 7 省，福建、浙江、江苏，在东南沿海待了 4 年，包括台湾，因为当时收复了台湾，1683 年就收复了。

康熙下旨要绘制一个他现在所统治的版图，中国版图的所有的疆域，每个岛屿都要画出来。他们真的是去过钓鱼岛。到了台湾，到了福建很多地方岛屿。他们考察非常艰苦，考察了每一个岛屿。向导就是福建人，或者台湾的向导，这些人讲闽南语的，所以他到了那个钓鱼岛，他就说这是 diaoyusu，福建人就是讲 su 的，到现在也是这样。

记者：因为从大的概念，那时候台湾也是福建。

郑海麟：台湾也是福建的一个府。当时那些向导都是讲福建话，传教士他就直接把这个音用英文标出来。康熙看不懂英文，那他就翻译成中文，也就是用这个福建方言翻译过来，注音是很明显。

这些草图是英文的，传到法国、英国、欧洲，甚至美国。当年就是 19 世纪，但他们的英文的也是用福建话发音，钓鱼屿全部是用 SU 拼音的。

记者：当时的世界各国包括西方的一些国家，他们也都是认为钓鱼岛是属于中国的。

郑海麟：是中国的，而且他们的知识主要是得自于传教士，西方的地图基本上清一色的钓鱼屿、黄尾屿、赤尾屿都是用福建方言发音的。这个可以证明，这些岛屿实际上就是福建人在那里使用开发，洋人他们也要通过福建人开始了解到这些岛屿，主权归属很清楚。

英国人曾向中国政府申请登上钓鱼岛

郑海麟：还有一点大家还不是很注意，其实我在历史的典籍发现，1845 年前后，英国的军舰曾经到过钓鱼岛去测量。海拔高度是他们最早测量出来的，1181 英尺，折合现在的米、公尺就是 360 米。现在我们标注的钓鱼岛的海拔高度是 363 米，最早是英国军舰测量出来的，叫"沙马朗"号。但是英国军舰当年由台湾到琉球、八重山之间的那几个岛屿，他们全部去登陆、去调查，事先是通过照会福州的琉球馆向中国政府申请。因为他知道这些地方跟中国跟琉球都有关系，我现在去调查，必须征得管辖国的同意。

记者：也就是中国的同意。

郑海麟：中国政府的同意。当年福州有个英国使馆，就是鸦片战争之后设立的。福州使馆那个领事叫李泰国，也有中文名，中国加封他三品。

记者：中国的三品官员。

郑海麟：当时的嘉庆皇帝封他为三品官，他自称清朝三品官、驻福州领事。李泰国以这个名义头衔去照会福州布政使，提出一个申请，我们有舰队要到钓鱼台、八重山这一带去做水文地理的勘探，他说允许我们登陆，而且附近居民提供一些鸡鸭食品给他们，其实用钱来买就是了，意思是不要去限制它。

当时琉球馆一个通事，实际上是翻译官，就是懂得英文也懂得中文，他拿到

照会以后马上就上呈给福建布政使，同时也照会给琉球国王。琉球国还讨论说，这些岛屿如果不向中国当局申请的话，不给中国知道的话是不可以的，是违法的行为。

记者：那时候琉球还算我们附属的。

郑海麟：附属国，而且有一点必须注意，就是当年八重山那些岛屿都是受中国册封，中国皇帝册封叫太平山、宫古岛。八重山也有中国名叫太平山，实际上是属于中国跟琉球两属的状态，但是跟日本岛是没有关系。

所以当时1880年的时候，日本灭了琉球，把琉球国王拉到东京去坐牢，囚禁起来。琉球那些人抗议，要求中国出兵保护他们，后来中国就跟日本交涉。日本就提出一个方案说，那我们来瓜分琉球。他说把南部诸岛就是靠近台湾的南部八重山、宫古岛划给你中国。实际上那时候很多中国人在那里惊异，说他为什么划给？因为中国一直势力渗透很厉害，日本也管不了太远。他就说北部靠近九州那些就归他。

所以当时英国人登陆的那个地方也是事先要通过琉球馆照会中国，知会中国政府。从这点也可以看出，当年英国人还是比较讲国际法，虽然那些是无人岛，但是他知道中国有管辖权。

记者：测量这个英国有什么用心吗？

郑海麟：他要航海，到中国、日本去做贸易，派遣使船来往要路过这些地方，有时候要使用。所以军事地图里面都有标，钓鱼岛虽然很小，但是以前的航海图每一张都有标注，是航线上非常重要的一个标记。简单来讲，当时还是跟日本一点关系都没有。

日本地图证明钓鱼岛不属于琉球，更不属于日本

记者：那后来日本人怎么又说钓鱼岛属于日本呢？

郑海麟：1879 年日本吞并了琉球，它吞并琉球的一个很大阴谋就是想占领台湾，占领了台湾它才有可能南进中国，侵略中国。因为它地方小，它想扩张。1885 年，日本的海军就开始调查从琉球到台湾之间的岛屿。

记者：调查这个航路？

郑海麟：它发现去台湾路上有几个岛屿，不知道叫什么名字。当时他们的海军不知道的，但是它看到过西洋人的海图里面有提到这几个岛屿，比如说和平山、钓鱼岛。

1894 年，日本海军出的《日本水路志》里面非常有意思的，把"钓鱼 su"翻译成"低牙乌苏"，有时候用汉字注，有时候用片假名注，所以很明显它是从传教士那里看到这些地图的。了解到这里有几个岛屿很重要，可以做中转站的，所以它就去调查，发现没有人住，他说这是无人岛，我们是不是可以把它占有？

日本内务卿指令冲绳县令西村舍三，他说你把它编入冲绳县版图去吧。但是西村舍三很了解历史，他懂的，他说这些岛好像是清朝《中山传信录》中提到的钓鱼台、黄尾屿、赤尾屿，好像有清朝人统治管理过，册封时提到过，好像属于清国的领地，不可以随便就它归到版图，怕引起争议吧。

记者：这些书上都有记载？

郑海麟：日本外交文书都有记载。所以当时就不敢把它划进版图，西村舍三就没有这样做。但是到了 1894 年爆发甲午战争，1895 年 1 月 14 号的时候，日本当时已经打赢了中国，它就觉得下一步要占领台湾，那我要先把这几个岛并到冲绳

县版图，这样的话我们就方便嘛。所以在 1895 年 1 月 14 号的一个内阁决议里面就把内务卿井上清的信转交给内阁。他说井上清指令冲绳县要把这几个岛归并到琉球、冲绳县版图，内阁决议通过了。

中国当时也不知道他们究竟搞些什么名堂，日本就根据这一点作为他们所谓国内法的依据了，正式编入版图，就是从那里开始。但是在 1885 年之前他们是一点关系都没有的，如果不是因为要打台湾，日本是跟钓鱼岛一点关系都没有，甚至跟琉球也没有关系，钓鱼岛不是琉球的一部分。

钓鱼岛不是琉球的一部分也有很多史料可以证明，包括 1708 年琉球一个学者写的《指南广义》里面，用的名字也是钓鱼台、黄尾山、赤尾山，中国的命名，他也是认定这些岛屿是中国的，琉球 36 岛不包括钓鱼岛。这一点实际上日本也很清楚，比如说我们搜集到很多地图，最早日本为了吞并琉球，比较现代的一个地图叫做《日本琉球全图》。

记者：《琉球诸岛全图》。

郑海麟：1873 年的一个地图。当时一个叫大槻文彦的日本学者，为了日本军方吞并琉球最早绘制的一个地图，琉球列岛是不包括钓鱼岛。到 1876 年日本军方有一个《大日本全图》，就是我个人收藏的，那个是很精密的现代地图，非常精准的，它有一千多个岛屿，里面也不包括钓鱼岛，他们当时也是认定钓鱼岛列屿不在琉球版图内，也不属于日本。到 1877 年，当时接管琉球的时候，他们那个地方官绘制的地图也不包括钓鱼岛。

我的宗旨就是很明确的，这些地方就是日本用武力占有。这些问题都是历史留下来的问题，主要就是日本近百年扩张侵略产生的后遗症，给各国，给朝鲜，给中国带来的灾难，还有东南亚国家带来的灾难。这些又因为战后没有很好的清算，受到美国的保护，美国利用它这个棋子来抗衡苏联、中国，统治亚洲，管辖亚洲。很多不合理的事情没有摆平，没有解决好，《开罗宣言》《波茨坦公告》的精神没有落实好，这才留下钓鱼岛这个问题。

我说这根本跟你们没有关系的事情，但是现在你们变成了有个中日钓鱼岛之争。这是历史的吊诡，对中国人是一种差辱！因为中国人几百年前就有登上这些岛屿的权利了，我们几百年历史书上一直有记载，永远有权利，你凭什么去剥夺我这个权利？这一点摆上国际法庭，他们也没办法可说。我们有很多证据说明中国人在那里生活、发现、使用，有法律依据、有事实根据、有图、有文字、地图作证。

我们几百年一直以来有记载，你日本都没有记载。你近百年扩张侵略才发现这个钓鱼岛，用武力把它占为己有，这是不符合人类公理。所以，钓鱼岛的问题，我认为要解决主要是靠日本的态度。日本如果是对百年侵华史、侵略扩张史有个正确的认识，那么这个问题非常好解决。

台湾认为钓鱼岛属中国

记者：那您研究的情况，现在台湾方面怎么来看待钓鱼岛的问题？

郑海麟：台湾方面也是认为钓鱼岛是台湾的附属岛屿，这个是他们坚持的立场。在历史上，他们也是跟我们一样的认知，就是中国册封时最早发现、命名、使用这个岛屿的。但是台湾强调的一点就是，钓鱼岛列屿是台湾附属岛屿这一条。那这一条我们也没有反对，实际上从更大范围来讲，台湾以前也是福建省版图内的一个大岛，钓鱼岛是台湾附属岛屿，这点逻辑上也不矛盾，而且也有图。

比如说郑舜功的《日本一鉴》里面也提到，钓鱼屿是小东的一个小屿，小东就是台湾。因为他们要去日本，当年也是走这条路线，台湾要到钓鱼岛经过琉球，再往日本九州那边过去，所以台湾他们基本上跟我们的认知也是一样的。

因为我经常去参加台湾的学术会，每届基本上都有参加。马英九也经常出席这样的会议，如果他不方便出席，晚上他也会请我们吃饭，讲起来都是一样，而且他们也不断的挑战日本所谓的"内阁决议"。

我记得我还当面跟马英九讨论过半个小时，我说你认为"内阁决议"合乎国际法吗？他说那个内阁会议是秘密进行的，他说你取得领土的话，那要向国际社会公布。比如说我们现在钓鱼岛每个岛屿都有经纬度、海基线、命名那些，你要向国际社会公布。现在有联合国，还要给联合国提交文本。但当时它是秘密进行的，谁都不知道的，决议里面也没有天皇的盖章。

记者：即使国内法也不能生效。

郑海麟：也不符合国内法，更加不用想国际法，也没有向国际社会公布，因为他也不敢公布。

记者：他要公布了，那我们收复台湾的时候，顺便这个事肯定也解决了。

郑海麟：肯定是。而且马英九他说的也有道理，实际上就是1953年美军托管琉球之后，日本人也派人去调查过，他说发现很多台湾的破渔船，台湾的渔民在那儿建了小茅房。

记者：在钓鱼岛上？

郑海麟：钓鱼岛上建小茅房，而且把那些触礁的破船支解，把那些铁搬上来运回去，木头丢掉，很多细节的描述。日本方面调查的有这个资料。

记者：这些描述都是日本人写的？

郑海麟：日本人写的。他说当时发现很多台湾的渔民在那里作业，收集鸟粪、还有采药，那些都有。

记者：日治时期呢？

郑海麟：日治时期一直都有，一直不断，到20世纪50年代都有。还有我听当时马英九还提到过，他说好像1954年还是1955年从舟山群岛撤退的国民党残兵，他说还有一个连到钓鱼岛那里去，退到台湾。

记者：逃到台湾去了？

郑海麟：实际上就是漂到那里了，有一个连队驻扎在那里，驻过军。他的说法，可能他们有记载。

两岸守土有责，理应联手合作

记者：那现在大陆和台湾在钓鱼岛问题上基本的立场都是相同的，也有相同的责任来保卫好钓鱼岛。

郑海麟：那肯定。我觉得，虽然现在碍于两岸这样一种还没有统一的局面，但是在钓鱼岛问题上，除非很"台独"、非常"台独"的那种死硬派，像李登辉那些本身就是日本人，所以他不认同钓鱼岛是中国。但是大部分包括民进党很多人也是认为，钓鱼台是台湾的附属岛屿，因为他们经常去那里作业，而且离得很近。所以，这一点我觉得两岸有共同点。

因为台湾目前是美国人给他有压力，他不敢说联手来保钓，但实际上默契还是有的，暗中还是有配合。比如说中国保钓船上次经过台湾还是放行，如果他刁难的话，他就不让你靠岸，不给你补给。因为香港的那个保钓船"启丰二号"，它必须到台湾苏澳港去补给，才有可能向钓鱼岛进发。

记者：补食品、补水。

郑海麟：对。如果马英九他们不合作的话，就不让你靠岸，你也没有办法去。所以从这些事情上也可以看出，暗中还是相互配合，有默契。这是中国人的领土，我觉得是守土有责。

以前讲，也是有过这样的默契。当时打西沙，1974年的时候，解放军的舰队

通过台湾海峡也放行。这次保钓船经过苏澳港它也补给，也是给他放行。这也是一个案例，都是兄弟手足，而且共同的领土，这个是有一种历史的责任、民族的情感在里面，是不一样的。

岛内对两岸携手维护海洋权益还存在分歧

记者：您研究钓鱼岛问题这么多年，肯定跟台湾的学者有很多的交流。在您的接触中，您觉得，除了两岸默契之外，台湾的学者和相关人士，他们在保卫钓鱼岛这片海洋国土方面有没有一些建议？怎么来联手保卫，进一步加强合作？有这样的看法吗？

郑海麟：有。台湾也是分几派，统派他们认为两岸应该不光在钓鱼岛，在南海方面都要相互配合，建立一个准军事的联盟。碍于美国的压力，正规军方面的联盟可以避开，但民间应该更加默契，民间要相互配合，从民间做起，开发利用钓鱼岛，包括南海都要联手，这方面呼声很高，因为大家可以获利。

当然，有一些"独派"比较坚持他们的立场，他们就认为你跟大陆联手保钓的话，到时候大陆为了打钓鱼岛先把你台湾灭了怎么办？他们有这个担心，他们说那你这个军事防卫怎么办？你现在还是要靠美日安保附带的保护一下台湾。

记者：从目前两岸形势发展来看，您觉得这种担心有必要吗？

郑海麟：我认为是没有必要，台湾我觉得现在你就是再怎么设防，再怎么安保，没有用了。台湾本身的军事力量跟大陆都不成比例了，你只有靠和平的手段，和平发展嘛，这个设想才是对的。所以你不要去搞那些跟大陆有军事对抗的意图，我觉得这个意图是非常荒唐，不符合台湾的实际，也无法对抗大陆。只有跟大陆合作更紧密的合作、共同发展，寻找最好的途径从大陆获利，这样的话对台湾的经济发展、老百姓就业也有好处。

我觉得靠美国来维持它那种相对自主，这种想法很不现实，对台湾没有好处。我认为，台湾也要有一个明确的认识、了解。你想，美国能给你什么？现在美国自身经济状况非常糟糕，每况愈下，它能给你什么？也没什么，就是再卖一些过期武器给你，这些有什么用？也没什么用。你这些过期武器也对抗不了大陆的军力，想跟大陆对抗这个想法我觉得不现实。台湾应该是削减军费，跟美国购买武器少一点，多发展经济，这才是正道，才是正确的选择。

民进党他们以前有一些想独立建国的人，是想通过美国的保护，挑起美国跟中国战争的冲动，脱离中国。以前是有这种想法，现在这种想法越来越少。

记者：也觉得不现实。

郑海鳞：不现实。那么好的自己的大后方为什么不去开发利用，让其他国家的人来利用，让韩国那些抢了头注？现在韩国跟中国打得火热，东南亚国家都纷纷来中国占领市场。台湾这么近，又是血肉同胞、兄弟同胞，为什么不来占领这个市场分红利？这一点其实台湾老百姓很清楚，只是一小撮政客想在那里为了政治上捞取本钱，鼓动宣传，拉选票。

对地图情有独钟因黄遵宪而起

记者：郑先生，我们今天听您聊钓鱼岛问题，您有非常精深的研究。您是从什么时候开始研究这个问题的？

郑海鳞：其实正式研究从1990年代。

记者：那现在也20多年了。

郑海鳞：20多年了。

记者：是什么使您有这么浓厚的兴趣，从那么早就开始研究？

郑海麟：我以前是研究中日关系，中日关系史上有个非常了不起的学者叫黄遵宪，驻日外交官，我的博士论文就是做黄遵宪研究。

记者：也是梅县人。

郑海麟：对，我们家乡人。他在日本，对日本研究很深入，写了本《日本国志》，还有《日本杂事诗》，大量介绍日本明治维新的情况，日本的地理文化，当时也很有名气。我发现黄遵宪的《日本国志》没有地图，本来写的是有地图的，要附图的，以前中国人做书一定要有图表的，图书图书，图还重要过书。书是文字，图就是地图。河图洛书，图是摆在前面，中国人先有图后有书，文字是后来的。

记者：文字都是象形的嘛。

郑海麟：根据图来制造出来的。所以他当时的《日本国志》没有图，后来我发现他的信里面写的，他当时想托一个叫木村的绘制《大日本全图》，害木村坐了半年的牢，所以他那个图就再也买不到了。因为他是管人家买军事机密的东西，可能是有涉嫌。他也是出了不少的钱去做这个事，所以我对这个非常有兴趣。

钓鱼岛问题也是个很重要的问题，再加上后来我1995年以后到加拿大英属哥伦比亚大学做研究学者，那时候正好是1996年爆发的香港的保钓陈毓祥的事件。保钓死了一个人，所以引起全球华人的抗议。

那时候很多保钓的文章我看了，看了以后觉得可能错误很多，我觉得这个不够严谨，所以我觉得我们应该用日本的资料把这个不严谨的地方剔除，对它进行精确化、准备化、系统化、科学化的研究。所以我第一次把钓鱼岛问题用中西交通史的方法，结合国际法来研究。

因为它涉及到福建到琉球这个交通路线，所以必须从中西交通史去仔细考察，去研究每一个岛屿的归属。归属搞清楚，你研究钓鱼岛才有扎实的基础，你的那些逻辑推论才站得住脚。

日本 1972 年就开始发布尖阁列岛的基本见解，说日本尖阁列岛分明是日本领土，后来我就用日文的史料、中国的史料、琉球史料、还有洋人的史料去反驳。我认为钓鱼岛根本就不是无主地，无人岛跟无主地是两个概念的，到现在很多无人岛也是有主地。中国上千个岛也是无人住，它那里不适合人类居住，那么你就说无人岛就是无主地，我占有就是我的，那是天下大乱。

爱地图，更爱祖国

记者：那些史料很多都是第一次面世的，被世人关注的，搜集这个过程应该也有很多的艰险吧？

郑海鳞：那当然的。早期还好，在日本查资料基本上他们还是很帮忙的，日本的学者他们也不知道我做研究什么。我是研究黄遵宪的，黄遵宪是中日友好的使者。他觉得你是研究中日关系，又是黄遵宪，他还是给提供很多便利了。有一些也不是图书馆的，也是书摊里面淘出来的。

记者：您好像还找到一个日本原来的军用地图，现在是唯一的一本了。

郑海鳞：这是《大日本全图》，就刚才讲的木村绘制的，那个是非常精密的。

记者：现在只有您手里有？

郑海鳞：现在还没有发现第二个。当年就是木村画了这张图，黄遵宪当时知道嘛，所以说你帮我再画一张。现在日本自己还没有拿出来，还没有反驳。他们也报道，我看朝日新闻也报道这个事，它说香港中文大学郑海鳞收藏了一个《大日本地图》。

记者：那你是怎么得到的？

郑海鳞：就是书摊里面发现的。我是喜欢买地图，地图很有趣，地图它是挂起来的，时不时看一看又有新的发现，它永远看不厌的。文字一看就没有意思了，一览无余，地图是很怪的，你看十遍八遍都很有意思，不会厌烦，而且每次看都有新的发现。

记者：这个地图在书摊上摆那么长时间，怎么就被您发现了？

郑海鳞：其实日本人当时没有人去注意这些，可见当时在东京很少人研究这个。那些典籍都是尘封多年，灰尘很厚，没有人问津。

记者：后来您搜集的很多珍贵的资料还捐献给国家一些。

郑海鳞：捐了不少，国图也有。

记者：国家图书馆。

郑海鳞：国家图书馆它需要，我送了不少地图，它说它要搞那个地图展览。

记者：费了很大的辛苦，好不容易搜集到了，自己又这么喜欢地图，怎么舍得就捐出去了？

郑海鳞：国图它一展的话，人民日报、中央台会来摄影，影响会更广。

记者：发挥更大作用？

郑海鳞：更大作用，如果是我个人去搞这些图展，可能是不会传开，中央电视台、人民日报不一定会登。

重陆轻海是中国传统观念

记者：研究这么多年钓鱼岛问题，您自己对海洋国土的感情是什么样的？

郑海鳞：我认为中国以前因为太注重陆地，不注重海洋。其实中国在明朝有一段时期曾经非常重视海洋，想建立海上丝绸之路，也是想跟周边三十几个国家建立友好关系。

记者：也派出使者。

郑海麟：派出很多使者。郑和就是七下西洋，郑和之外还有很多组团到日本、琉球、朝鲜，还有其他国家的，去建立友好睦邻关系。跟 30 多个国家都建立，而且他们纷纷都来归顺，愿意做中国的宗藩国、附属国。

而且他们的名山大川享受中国皇帝册封，就是帮我命个名，题个字，我刻在那山里面。他们是有作用的，因为东南亚周边国家有很多海盗，他们老是骚扰那些国家。比如说马六甲国王、印尼国王、文莱国王，老是被海盗骚扰，海盗抢他的地盘，不过我认可中国，郑和舰队很厉害，认可中国、中国皇帝册封了，你就不能来骚扰。

曾经有两次海盗去骚扰马六甲、印尼那些国家，被郑和抓起来接到北京，杀过两个海盗，杀了以后他们就不敢了。所以说各国就很愿意接受中国的册封，比如说文莱是附到福建的，琉球也附到福建省，越南是附到广西的，泰国好像是广东。他们就是说，我是附属你广东省，跟你广东一起拜祭了，春秋两祭，你拜祭，我也拜祭了，反正是跟你一起同步了，当时是这样的一种关系。所以当时明朝的威力很大。

记者：那之后呢？

郑海麟：之后慢慢的就衰弱了，明朝以后因为经济上跟不上了。另外，明朝后期实行闭关就是不让出海，因为他怕反对他的势力在海外勾结起来，对他朝廷不利，也就是朝廷的控制力弱了。他就担心私通海外，所以不让中国人的大船、渔船出海跟外边联络。

记者：但是大清有一段挺盛的。

郑海麟：早期也不错的，康熙、乾隆早期都还可以，传教士来很多而且很开明的。后来慢慢的怕跟反清复明的势力勾结，也是实行禁海令，不让反清复明的

势力经常在海外勾结，在海外和台湾、福建沿海岛屿里面对他有威胁，这样的话，海洋的领土意识就慢慢的淡薄。

到了抗战胜利，有一度中国因为是强国了，四强，所以对南沙、西沙那些重新划入版图开始重视，但由于内战对中国很致命的打击。抗争胜利以后，1945年接着内战，内战的很多问题要处理，跟日本也没有很好的清算，而且又分成东西两大阵营，你要选边，共产党是选到苏联，那国民党选到美国，内战加深了这种裂痕。

记者：就忽视了海洋。

郑海麟：忽视海洋管理，收回来也没有好好经营，所以这一点也是遗憾。而且对日本侵略中国很多也没有作出清算，领土很多该收的也没有收回来，包括琉球都没有清算。这都是近百年有些是"二战"遗留，有些是更早遗留下来的一些问题，主要还是日本的扩张侵略给我们制造的很多麻烦。

根本钓鱼岛问题不会产生，但因为你扩张侵略，为了侵占台湾，所以把我们钓鱼岛也拿去了，拿去了以后又不还。因为《马关条约》里面又没有涉及到、提到钓鱼岛，所以就以这个为理由，说不在《马关条约》割让之列，实际上没有提到、不等于就不是。《马关条约》里面很多附属岛屿也没有提到，火烧岛、兰屿也都没有提到，那你能说那些台湾的岛屿，不是中国的吗？不可以这样讲，因为那个条约不可能什么岛都列出来。

建设海洋强国要水陆并举，重视文化传播

记者：那您通过研究历史，对我们现在加强海洋国土的保护意识，有一些什么想法吗？

郑海麟：我觉得其实清朝的有一些思想、有一些做法很值得参考，有三点很重要。

第一个，不占有人家领土。它跟人家发展睦邻关系不是为了殖民、扩充殖民地。像英国、法国，包括日本，它们的目的是要扩充自己的殖民地，它们是以占有人家的领土为目的。但是明朝郑和下西洋是没有领土占有的欲望。

第二点，它是输出中华文明为目的。就是你接受我这套中华文明统治秩序，他们叫王道，王道也是仁政，就是你接受我这个王道，儒家文化，那么我就把你纳入到统治朝贡贸易体系里，也就是在中华文明秩序里面建立一种有次序的关系，友好关系。它以输出文明作为一个目的，不占领人家领土。

第三条，就是跟他们建立友好关系，维持一种朝贡贸易，正常的经济往来。当然最重要的后边要有一个很强大的军事实力，给经济实力做后盾，如果没有的话就很难维持。

建立海洋强国，要水陆并举。现在海上丝绸之路可以重走，另外其实陆上也有一条路非常重要，由云南下到泰国然后到马来西亚到新加坡这条路上，其实这条陆上丝绸之路叫高铁之路。中国如果把这条高铁帮他们建起来，那比郑和下西洋意义更大，那整个东南亚都会跟中国拉得很近，距离拉近了，而且经济交往会更频繁。

我是刚刚去过东南亚，现在你像马来西亚、新加坡、泰国曼谷、吉隆坡很多大城市放中国宣传的广告牌，丽江、桂林山水那些宣传广告不断地放，现在东南亚大街小巷都在放宋祖英的歌，以前是放邓丽君的，现在东南亚华人比较喜欢听宋祖英，影响力很大。我看起来，这就是文化的传播。

老百姓不看书，报纸都很少看，电视视频一播的话，他们就认为中国现在发展得很快，中国的变化很大，他们感受到中国的国力上升，特别是华人亲和力很强，越来越强，认同祖国、母国的这种心结越来越重。整个东南亚最起码华人又变成一家人，其他民族也可以更加频繁跟中国交往。这是一个好的势头，对中国建立海洋强国有帮助。我觉得水陆并进，文化上的交流开始，这点很有效果。

记者：今天不光是听了您的研究，治学很严谨，也取得很好的成就，您的爱国热情也特别让我们敬佩，谢谢您。

中国海警船巡航钓鱼岛

万里海疆万里情

（后记）

2014 年 7 月 3 日，"万里海疆巡礼"采访团随同中国海警巡航编队，完成了对我钓鱼岛领海及管辖海域 15 天的采访返回大陆。至此，历时 1 年半、行程 54000公里的"万里海疆巡礼"大型采访活动圆满结束。作为"万里海疆巡礼"的策划组织、采访拍摄及唯一走完全程者，我深深的体会到了自始至终充满的真诚、感动和激情。

（一）

"万里海疆巡礼"采访活动，去年初策划定案，5 月 7 日从我国最北的海岛大鹿岛开始，南至南沙群岛，东赴钓鱼岛，西到京族三岛，采访了 20 多名将军和学者，1800 余名基层官兵和普通民众；与三沙市、舟山群岛新区、平潭综合实践区、连云港开发区和长海县、长岛县、崇明县、象山县、洞头县、南澳县等 26 个沿海重点县市、开发区的主要领导、学者及当地居民进行了座谈交流；成功登上台澎金马，对金门县长李沃士、马祖县长杨绥生和澎湖县长王干发进行了专访，并采访了部分海洋专家、退役将领和大陆籍老兵；今年 6 月中旬，几经周折，克服各种困

难，终于完成了对钓鱼岛海域的采访。从部队首长到地方领导、从基层官兵到普通民众，还有台湾岛内的朋友，对采访团的到来，都表示了热烈欢迎和尽力配合，为采访任务的顺利完成，提供了强有力的支持。

采访外长山岛、内长山岛、舟山群岛、万山群岛、西沙群岛和南沙群岛等岛屿时，当地驻军都专门为采访团派出了交通艇。去大连海洋岛采访时，由于雾大，虽然是白天，但能见度不到 5 米，艇上指挥员让码头上的车灯全部打开，依靠船上的雾灯、雾笛加上瞭望战士的喊话，才安全靠上码头。

由于一些岛屿太小，加之天气的原因，部队交通艇不能靠泊，这时就需要乘坐地方渔船。因此，记者们认识了被官兵们亲切的称为"船老大"的两个地方船长，他们是跑西沙航线的琼海市潭门镇渔民邓大志和跑万山群岛航线的珠海渔民黎喜。无论刮风下雨，浪大浪小，两位"船老大"都坚持不断的为守岛官兵们提供补给、充当交通。正是由于他们的鼎力相助，在西沙群岛，采访团登上了 10 座海岛，其中包括多个无人岛，这是前所未有的。在万山群岛，台风"尤特"刚过，记者们三上三下，最后在伶仃岛换乘黎喜的渔船，才登上了远离大陆、条件艰苦的担杆岛。

在海岛、高山雷达观通部队采访时，山高路窄，路面只有供汽车走的两条 10 多公分宽的水泥或石头道，战士们称其为"筷子路"。这样的道路异常难行，每个单位都是选派最有经验、状态最好的驾驶员接送记者。但就是这样，座在车上的记者们还是不敢向车外看一眼。

大鹿岛，位于鸭绿江口入海处，空中俯瞰犹如一只梅花鹿横卧于黄海，因此而得名。这是一个充满浪漫而又饱经痛苦的地方。这里曾经是中日甲午海战的战场，"致远"号战舰至今还浸泡在附近冰冷的海水里。岛上有月亮湾、双珠滩和英式灯塔，还有写着"甲午英烈永垂不朽"的烈士墓和花岗岩做的邓世昌塑像。村长张宗义带领记者乘坐快艇来到中日甲午海上古战场祭拜参观，并登上渔船采访正在海上作业的渔民。采访结束后，张村长还特地从渔船上取回最新鲜的海产品，亲手做给记者们吃。

在海滨城市威海，甲午海战纪念馆原馆长戚俊杰老人告诉记者，知古而兴今，中国需要海权强，只有中国海军发展壮大了，中华民族被人鱼肉凌辱的历史才不会重现。采访戚俊杰馆长时，他还特意把威海一个年仅9岁的小学生孙瑞宁介绍给记者。孙瑞宁非常痴迷《甲午大海战》这部电影，已经看了19遍。他还买了很多有关甲午海战的书籍，说起所有参战舰名和参数如数家珍。孙瑞宁告诉记者，将来要报考海军院校，毕业后当"管带"（舰长），以洗当年甲午海战的耻辱。

年轻的三沙市刚刚成立，世人关注。我们在市政府所在地西沙永兴岛采访时，正赶上三沙建市一周年庆祝活动。在记者们要返回大陆的那天上午，肖杰市长乘包机到了永兴岛，肖市长第一时间就同意接受记者的专访，但因行程太满，他只好从招商会上讲完话，中间请假出来接受我们的专访，这也是他这次庆祝活动中接受的第一个专访。当时媒体很多，包括中央台、海南台和上海东方台等，他们都对我们羡慕不已。采访很顺利，肖市长也很高兴，邀请记者搭乘市政府的包机返回海南。

中国佛教协会副会长、普陀山普济寺方丈道慈法师，原定上午接受"万里海疆巡礼"采访团的采访，但由于连续重要法事活动，一直到中午才回到方丈室，没有休息就接受了记者将近一个小时的采访。临离开时，道慈法师把他到台湾参加两岸交流活动的画册送给采访团，还向参加采访的每名记者赠送了他精选的佛珠手链，并在采访旗帜上签字留念。

在台澎金马时，台中市客家公共事务协会前理事长廖运塘夫妇全程陪同，并协调澎湖、金门和马祖三个县的县长接受了我们的专访。马祖县长杨绥生由于正在会议期间，就利用中午休会时间接受采访。刚刚率崇明县农业代表团从台湾

访问归来的县长马乐声，听说我们要采访他，第二天一大早就在办公室等我们。每到一地，当地领导都尽可能的为记者们详细介绍情况、提供资料。丹东市还把"万里海疆巡礼"在东港的启动仪式写入了当地大事记。这些真诚的支持和帮助，是对记者完成采访任务最大的鼓励和鞭策，促使大家把这次采访任务完成的更好。

（二）

本次采访活动，记者足迹遍布 18000 公里海岸线和 106 个主要岛屿，其中包括远在大海深处的 10 多个领海基点岛屿。所见所闻、所思所想，让人心潮澎湃、感动不已。

在南沙永暑礁，记者们听说了 56 个响头的故事。一天，油机班班长赵作亮正在机房值班时，接到妻子刘骏从千里之外打来的电话，父亲因心脏病突发去世了！面对突如其来的噩耗，由于当时没有回大陆的舰艇，赵作亮无法回家奔丧，他只好强忍住内心悲痛，继续坚守在工作岗位上。战友们听说后，自发的拿来罐头摆放在礁盘上，大家不约而同地望着北方，赵作亮跪倒在地，用最传统的方式为 56 岁的父亲磕了 56 个响头。

在江苏灌河入海口 10 海里的黄海上，有一面积 1.3 平方公里的开山岛，岛上没有电、没有淡水，有的只是几排空荡荡的营房、嶙峋的悬崖峭壁和呼啸而过的海风。就是在这样一座小岛上，民兵王继才、王仕花夫妇一守就是 27 年。夫妇俩在岛上度过了 25 个春节，父亲和大哥去世时，王继才没有下岛；女儿出嫁时，王继才也没有送行；甚至连大儿子出生时，也是王继才为妻子接生的。王仕花说，刚上岛时，他们看到的是满山的野草，让人感到无尽的荒凉。而现在，岛上到处郁

286

郁葱葱，绿树成荫，一片生机勃勃。从 1986 年王仕花上岛之后，两个人就每天坚持升国旗，他们用过的国旗超过 100 面。家就是岛，岛就是家。采访当天，中央台记者何端端、海峡台记者何燕等与他们一起在岛上共过中秋节，同放漂流瓶，期盼两岸团圆，祝福全球华人幸福。

在波涛汹涌的东海钓鱼岛海域，排水量 1000 余吨的海警船只，尤如大海中的一叶小舟，不停的颠簸摇摆，船舱里的东西经常撒落一地，船上工作人员尤其是随船出海的执法人员晕船可以说是家常便饭。然而，一旦遇到情况，大家全部精神抖擞，很快进入各自的工作岗位。和记者同船的执法组长王磊，从海洋大学毕业不久，上船第一天就因风浪大躺了一天，但一有任务就立即跑到驾驶台处理，无论是英语还是日语喊话都把握的非常准确。一年 100 多天的海上执法活动使他与女朋友聚少分多，女朋友对此很不理解，这给王磊带来了不小的压力，但他还是坚持过来了。一路上，王磊不时为大家讲解执法情况，还为记者找了急需的相关资料。船上的炊事员看到记者晕船呕吐，不能吃东西还要加班写稿子，就把自己从老家带来的粽子加热后送到记者舱室，让记者感到十分温暖。

在大连广鹿岛海拔 245 米的铁山山头，屹立着一座 2 米高的铁山神驴墓碑，上面铭刻着 4 个红色大字"铁山神驴"，石碑旁是一头毛驴雕像，它正奋力地拉着一辆铁制胶轮车，瞭望着大海。守岛官兵告诉记者，这头毛驴曾经参加过抗美援朝作战，战争结束后，它又随连队进驻广鹿岛，在铁山上担任海防建设任务。那时，身经百战的毛驴有编制、有口粮，是一位特殊的"战士"。当时岛上交通困难，搭建营房的许多材料，都是毛驴一趟趟地从山下驮到山上的。在部队粮食供应紧张时，毛驴的口粮分给了官兵，而战士们则打草喂养毛驴。有趣的是，毛驴能够自己完成很多任务，其中每天自己下山驮水就坚持了 10 多年。1979 年 7 月，年迈的毛驴去世了，战士们为毛驴举行了隆重的葬礼，并为它修建了坟墓、树立了墓碑。

无独有偶，在汕头南澎岛还有座"老黑墓"。老黑是岛上海防连官兵饲养的一条普通狗，它守岛 11 年，有很多传奇故事。在官兵眼中，老黑是一名称职的士官，它能识别军衔，会提前叫值班员起床，还会与战友们一同喊口令、一起站岗、巡逻、训练、娱乐，甚至会在拔河比赛时咬着官兵的裤子拼命拉。老黑很有威严，夜间站岗时，若有其它狗见到官兵乱叫，它会毫不犹豫的上前教训一顿。但开饭时，即使再弱小的狗都敢从老黑嘴里抢夺食物，老黑从不为此生气。2007 年，老黑去世了，海防连官兵冒雨为它举行了葬礼，并撰写了墓志铭。连队官兵们说，他们用对人的待遇对待老黑，实际上是对守岛价值的最大肯定。

从黄海最北的特殊用途海岛南坨子到南沙群岛最南的华阳礁，从东海钓鱼岛到北部湾的京族三岛；从 5 月东北被冰冷的海水"湿身"，到 7 月南沙被曝晒得脱皮，再到 8 月整天云雾满山飘、几十天看不到太阳的北部湾罗华观通站；从大鹿岛甲午海战邓世昌墓碑，到琛航岛西沙海战烈士陵园；从"8·6"海战英雄麦贤德，到南沙"3·14"海战英雄杨志亮；从国外大学回国入伍的"海归"士兵王帝，到涠洲岛的"南丁格尔"军医李伟；从万山群岛刻在岩石上数米见方的"家"，到西沙中建岛用海马草种出的数十米长的"祖国万岁"。巡礼万里海疆，让记者热血沸腾、激情澎湃。特别是在采访麦贤德中，当他振臂高呼："听从祖国的召唤，保卫海疆永不变色，祖国领土一寸都不能丢！"时，所有在场记者都受到了前所未有的冲击，在心灵上打下了深刻的烙印。

（三）

登山上岛，踏浪巡海，乘车坐船，行走在祖国波澜壮阔、美丽富饶的蓝色国土上，直视波涛汹涌的大海和与其朝夕相伴的沿海军民，对记者来说是一种震撼、一种洗礼，一种蜕变，更是工作激情的大暴发。

在海洋岛，面对恶劣海况，经常出海的当地渔民都有些担心，但女记者王轶南、郑逸舟坚持随船出发。负责护送记者登岛采访的海军某舰艇大队参谋长魏东雷说，出现 6 级以上的北风和南风时，舰艇通常就不会出海了，今天的天气是南风 6 级、阵风 7 级，这样的大风天让他这个老艇长也有些紧张。在海军官兵和当地渔民的共同护送下，经过交通艇、渔船和舢板三次换乘，记者们终于登上黄海特殊用途海岛南坨子。尽管他们晕船吐了，但仍然坚持完成了现场采访。当天的稿子播出后，受到了听众的广泛好评。王轶南说，她的信念就是一定要让岛上的官兵们第二天在电波里听到自己的声音。

在舟山群岛采访时，冷空气来袭，海上即将停航，记者们赶最后一班交通船上岱山岛，而原准备同行的一个工作组担心风浪大放弃了上岛。正是这次坚持，使我们顺利完成了重点选题"海岛博物馆"的采访。为了采访领海基点岛两兄弟屿，记者们更是历经艰辛。这里无风三尺浪，航行中记者们一个个吐的惨不忍睹，站都站不起来。然而，就是在这样的情况下，仍然挣扎着对随行的某测量中队中队长张乾隆进行采访，听他讲述 20 多名官兵徒手把重达 1.5 吨的领海基点石碑拖上海岛的经过。在海水逐渐由黄变绿再变蓝时，风浪也更大了，交通艇没办法靠上去，与换乘的小渔船也没法接近，恶劣海况迫使指挥员最终放弃了登岛计划。但看到岛上领海基点石碑和灯塔就像两兄弟一样，在惊涛骇浪中岿然不动，仿佛在向世界宣誓，中国的领海主权不容侵犯时，记者们晕船的痛苦一扫而光，全部冲到了甲板上。类似的领海基点岛屿，记者们还采访了朝连岛、佘山岛、稻挑山、南澎列岛、东岛、中建岛、赵述岛、钓鱼岛列岛等。

在温州，记者们在风速高达 17 级的台风"菲特"刚刚登陆不久，就乘坐第一班船登上了南麂岛。记者看到，这里到处被台风吹得一片狼藉。在南麂岛，记者们又马不停蹄的换乘渔船，开往温州唯一的一个领海基点岛————稻挑山。登上

稻挑山后我们发现，1吨多重的领海基点石碑被台风刮到了海里，同行的当地政府负责人立即通知相关人员组织打捞、修复。就是在这种恶劣的天气下，"中国台湾网"记者马迪和大家一起，克服晕船、断电、只能简单用餐的困难，撰写了"南麂与台湾————剪不断的血脉情缘"的稿子，发表后受到广泛好评。马迪告诉我们，她参加了很多次重大采访，这次参加"万里海疆巡礼"采访团，是最认真、最扎实、最辛苦的一次采访，但同时也是收获最大的一次。

面积只有0.34平方公里的汕头南澎岛，位于台湾海峡喇叭口处，扼守着台湾海峡通往太平洋的国际航道，是太平洋进入粤东地区的首道屏障，素有"潮汕屏障，闽粤咽喉"之称，历来为兵家必争之地。一位诗人曾这样描绘南澎岛：台风来，沙石满天飞；海潮卷，一浪盖全岛。因为风大浪高，人们又叫它浪花岛。广州军区南澎海防连就驻守在这个孤悬海外的小岛上。半年前，"畅行中国边疆"记者想去南澎岛没有成行，只好进行了连线采访。而我们到时正好台风即将到来，为了能够赶在台风之前登上南澎岛，我们乘坐的渔船已经离开了码头，又回头换乘快艇。面对接连不断的强烈颠簸，记者们手拉手肩并肩、紧紧的靠在一起保持稳定。两名女记者熊琼和李金鑫一路紧张的用衣服蒙着头，至到靠岸的那一刻，才如释负重。

西沙的景色可以与马尔代夫媲美，但这里的生活条件仍然艰苦。有人讲，在这里一天是天堂，一周是生活，一年就是地狱。记者们登上补给舰从湛江出发到西沙永兴岛，再乘坐交通艇到琛航岛，然后又换乘渔船到其它小岛。从琛航岛出发时，战士们带了一条小狗，航行3个多小时在即将到达珊瑚岛时，实在受不了晕船之苦的小狗竟然跳海了。然而，就是在这样艰苦的条件下，参加西沙段采访的女记者洪蕾、何燕仍然坚持采访完了西沙10岛，尽管人累瘦了，皮肤晒黑了，但却把西沙的美好景色和军民共守海岛的事迹报道给了关心的听众。

在远离祖国大陆的南沙群岛，为了争取更多的采访时间，记者们每次都是第一批上礁、最后一批下礁。首次去南沙采访的郑霁远，出海第一天就晒脱了皮，海水打上去钻心的痛，但他仍要求到各礁采访。在南沙美济礁采访完乘小艇返回母舰时，已是凌晨3点钟，当时风高浪大，大海一片漆黑，小艇摇摆近30度，紧张的没人敢说话。事后，一位来自地方的记者说，当时他跳海的心都有了，因为他担心如果小艇被浪打翻人会更危险。但看到战士们沉着、果断的操作，他还是坚持下来了。小孩刚出生不久的中央台记者穆亮龙，就是在这种情况下，在南中国海连续奋战一个月，走完了南沙的7礁8点和西沙的10个岛。

第一次踏足宝岛采访的记者钱志军，10天时间里奔走于马祖、澎湖、金门和台北之间，没有登上阿里山，也没有游览日月潭，甚至没有时间品尝台湾的特色小吃，所有点滴时间都用在了采访上。用他自己的话说，这是一次"非典型"台湾之行。赴钓鱼岛采访时，钱志军从上船的当天晚上就开始晕船呕吐，但为了有体力采访，他坚持强迫吃饭，吃了吐、吐了吃，在用意志与晕船进行较量。在进入12海里领海时的现场录音中，10分钟内连续吐了3次，体力严重不支，但他坐在驾驶室地板上仍然坚持把节目做完。

在大鹿岛甲午海上古战场，中央台记者马艺点燃三根香烟，投向大海，以祭奠中华民族的英灵们；在钓鱼岛领海内，记者们把海军某部官兵精心雕刻有"中国钓鱼岛"的特制钢板投入海中；在南沙南薰礁礁盘上，海峡台记者刘典拉起了"太平岛，你好！"的横幅，祝愿两岸同胞同守祖产祖业；女记者们更是一路欢笑一路歌，航渡期间为舰员播音，海岛上与官兵拉家常、拍照合影、深情拥抱。

参加"万里海疆巡礼"采访的中央人民广播电台、海峡之声广播电台、中广网、光明网、华广网和人民日报、中国国防报、中国文化报等数10家媒体的60多名记者，通过他们采访机和镜头，宣示了我领土主权和海洋权益，报道了驻守海疆的人民军队现代化建设，宣传了改革开放后沿海地区日新月异的变化，讲述了万里海疆的历史传统、自然景观和风土人情，讴歌了中华民族勤劳质朴的精神

气节。记者们精心制做的录音报道、电视短片、文字和图片稿件，不但每天都有境内外媒体转载，还引起了众多听众和观众的振奋、共鸣和好评。他们纷纷表示，今后将会更加重视海洋、关注海洋、建设海洋，共同期盼万里海疆更巩固，蓝色国土更安全，伟大祖国更强盛！

李建伟

2014 年 8 月于北京

"万里海疆巡礼"采访团记者名单:

何端端、杨雨文、李建伟、王 敏、沈永峰、宿保平、徐秀林、左 岩、

张青豫、王 莹、张东晓、丁 鹏、马 艺、朱 江、穆亮龙、李金鑫、

孙 杰、罗丁紫、马 迪、金 赫、易靖茗、卢 旭、胡克非、陈晓冉、

李雪南、向昌明、徐 芳、张 鹏、时 晨、李江雪、程莎莎、李婷婷、

张腾阳、赵凤艳、朱圆圆、李觐如、王轶南、郑逸舟、刘 典、钱志军、

郑霁远、何 燕、洪 蕾、程娟娟、丁卫卫、孙 浩、龚天宁、黄伟华、

熊 琼、陈嘉莉、姚 玲、吴 勇、易绍杰、洪莉萍、卢伟峰、肖林颖、

陈建伟、翁 辰、漆修安、张 飞

摄影:豫 夫、李三实

图书在版编目（CIP）数据

万里海疆巡礼 / 李建伟编 .-- 华艺出版社 , 2015.2

ISBN 978-7-80252-566-5

Ⅰ.①万… Ⅱ.①李… Ⅲ.①新闻报道—作品集—中国—当代 Ⅳ.① I253

中国版本图书馆 CIP 数据核字（2015）第 023641 号

万里海疆巡礼

编　　者：李建伟　主编

责任编辑：郑　实

装帧设计：姚　洁

出版发行：华艺出版社

社　　址：北京市海淀区北四环中路 229 号海泰大厦 10 层

电　　话：010-82885151

邮　　编：100083

电子信箱：huayip@vip.sina.com

印　　刷：北京天正元印务有限公司

开　　本：710×1000　1/16

字　　数：653 千字

印　　张：49.75

版　　次：2015 年 2 月第 1 版第 1 次印刷

书　　号：ISBN 978-7-80252-566-5

定　　价：168.00 元

华艺版图书，版权所有，侵权必究

华艺版图书，印装错误可随时退换